DESAFIANDO LAS NORMAS

MARÍA MARTÍNEZ

DESAFIANDO LAS NORMAS

TITANIA

Argentina • Chile • Colombia • España
Estados Unidos • México • Perú • Uruguay

1.ª edición Noviembre 2017

2.ª edición Noviembre 2020

Plaza de los Reyes Magos, 8, piso 1.° C y D – 28007 Madrid
www.titania.org
atencion@titania.org

ISBN: 978-84-17421-04-5
E-ISBN: 978-84-18259-02-9
Deposito legal: B-15.652-2020

Fotocomposición: Ediciones Urano, S.A.U.

Impreso por Romanyà Valls, S.A. – Verdaguer, 1 – 08786 Capellades (Barcelona)

Impreso en España – *Printed in Spain*

Para Alice Kellen.
Gracias por un título perfecto.
Sin ti y todos los empujoncitos que me has dado,
esta novela no sería una realidad.

Prólogo

Port Pleasant, Carolina del Norte.
Mayo de 2009.

Hacía varios minutos que el coche de policía había desaparecido calle abajo, pero ella era incapaz de apartar los ojos de ese punto por el que se había alejado. La imagen de Caleb saliendo de la casa esposado, con la ropa manchada de sangre, se había grabado en su cerebro y no lograba ver nada más.

Había ocurrido. Lo que tanto temía, al fin, había pasado.

Desde que había descubierto las cosas horribles que tenían lugar en esa casa, había sabido que solo era cuestión de tiempo que alguien acabara muerto. Joshua Marcus era un monstruo que había aterrorizado a su familia durante toda su vida y se había ganado a pulso su destino.

Sin embargo, Caleb no merecía el escarnio al que se encontraba sometido. La policía lo estaba tratando como si fuese un asesino, y nada más lejos de la realidad. Estaba convencida de que había actuado en defensa propia, por una cuestión de supervivencia. Pero toda aquella gente que se agrupaba en la calle, movida por una curiosidad morbosa, no lo sabía. Solo veían a un chico problemático que había golpeado a su padre con saña.

Si supieran la verdad. Si hubieran visto el cuerpo desnudo de Caleb como ella lo había visto. Cada golpe, cada herida, y esa horrible quemadura. Si hubieran visto todo eso, no habrían permitido que se lo llevaran detenido y humillado de ese modo.

Spencer cerró los ojos y apretó los párpados con fuerza. ¡Dios mío, Caleb! Notó un dolor agudo en el pecho y las lágrimas pugnando por escapar de sus ojos. Tyler le rodeó los hombros con el brazo y eso bastó para que se desmoronara. Se giró hacia él y hundió el rostro en su pecho mientras unos sollozos descontrolados se apoderaban de su cuerpo, sacudiéndolo sin control. Se aferró a su camiseta y gimió con el corazón destrozado. Caleb era lo único bueno que le había pasado en la vida. Siempre había podido contar con él. Ese chico tan roto como ella era lo único que tenía; y ahora no sabía qué iba a pasar con él.

—¿Qué van a hacerle?

—No lo sé —respondió Tyler con la voz ahogada por una rabia que apenas podía contener—. Ese hijo de puta sigue vivo. Esperemos que no la palme. Si se muere, acusarán a Caleb de homicidio.

—Nada de esto está bien. Debe haber pasado algo muy grave para que él haya hecho algo así. Caleb solo se ha defendido, estoy segura.

—Yo también. Pero los dos sabemos que solo era cuestión de tiempo que ocurriera. Con o sin motivos, las cosas iban a acabar así en esa casa. Lo único bueno de todo este asunto es que no es Caleb quien va en esa ambulancia.

Se giraron hacia el vehículo y se quedaron mirando cómo los paramédicos empujaban la camilla con el cuerpo de Joshua Marcus, machacado por un bate de béisbol.

—Se lo merecía. Espero que no pueda volver a ponerles una mano encima nunca más —masculló Spencer.

—Ojalá. Sin Caleb, Hannah y Dylan están en peligro con ese tío.

—¿Crees que van a encerrarlo?

—No lo sé. Pero la última vez que lo detuvieron, la abogada de oficio le dijo que, con todos sus antecedentes, se arriesgaba a ir una larga temporada a un centro de menores si volvía a meter la pata. Esto es mucho más serio que meter la pata.

La cara de Spencer se contrajo con un nuevo ataque de llanto. Se cubrió la boca con la mano y respiró hondo, tratando de que el aire llegara a sus pulmones.

—Voy a acercarme a la comisaría para ver si averiguo algo —dijo Tyler.

—Voy contigo.

—Es mejor que no, Spens. Vete a casa y descansa. No tienes buen aspecto.

—Estoy bien.

—No lo estás. —El estómago de Spencer gruñó ruidosamente en ese instante—. ¿Has comido hoy?

Spencer apartó la mirada y se sorbió la nariz. Finalmente negó con la cabeza, avergonzada.

—Mi madre encontró el dinero de las propinas y hasta el viernes no vuelvo a tener turno en la cafetería. En el supermercado no quieren darme más crédito hasta que liquide lo que debo.

Tyler resopló y murmuró un par de maldiciones mientras sacaba la cartera del bolsillo trasero de sus pantalones. Solo llevaba veinte dólares, pero se los puso a Spencer en la mano sin dudar.

—Guárdalos bien. Voy a llevarte a casa. Le pediré a Matt que se pase a verte y te lleve algo de comer. Después iré hasta la comisaría para ver si logro averiguar qué pasará con Caleb. Si me entero de algo, serás la primera a quien llame, ¿de acuerdo?

—Vale.

A regañadientes, Spencer dejó que Tyler la acompañara a casa. Se despidieron con un abrazo en el que se fundieron durante un largo instante, y desde la puerta observó cómo su mejor amigo se marchaba a toda prisa. Caleb y él eran todo lo que tenía, lo único constante en su vida desde que era una niña. No podía perder a ninguno de los dos. No podía.

Tras tomarse un momento para dejar de temblar, entró en la casa y se dirigió a su habitación. Su madre no estaba, como casi siempre. Probablemente se encontraría en algún bar, poniéndose hasta arriba de whisky con algún novio gracias al dinero de las propinas que le había robado.

Odiaba cómo olía entre aquellas paredes, una mezcla ácida de alcohol y marihuana que, junto con el tufillo que salía de la cocina donde se amontonaban los platos sucios, hacían el aire irrespirable.

Incapaz de permanecer quieta, comenzó a recoger todo aquel desorden. Abrió las ventanas para que el aire refrescara el ambiente. Se puso unos guantes de goma y abrió una bolsa de basura para echar las cajas de pizza y las latas de cerveza que abarrotaban el salón. Mientras sacaba la ropa sucia del suelo del baño, pensó en lo inútil que era aquel esfuerzo. Al día siguiente, en cuanto los amigos de su madre aparecieran, todo volvería a estar igual.

Aspiró hondo antes de sujetar con las puntas de los dedos el preservativo usado y cerró los ojos muerta de asco mientras lo dejaba caer en la bolsa. Al menos se protegía, aunque dudaba mucho que fuese su madre la que se preocupaba por tomar precauciones. Apoyó la espalda contra la pared e inspiró al encaminarse a la calle y tirar la basura al cubo. Odiaba aquella casa y a todas las personas que su madre llevaba allí. La odiaba a ella y detestaba la vida que le había dado.

Después de ducharse, se dirigió a su habitación y echó el cerrojo que Caleb había instalado meses atrás, después de que uno de aquellos hombres intentara propasarse con ella, aprovechando que su madre se había emborrachado hasta quedar inconsciente. Se sentó en la cama y se frotó los brazos en un intento de hacer que los escalofríos abandonaran su cuerpo, aunque no sirvió de nada. Sus pensamientos eran tan tristes y fríos como aquella habitación.

Estaba muerta de miedo por lo que pudiera sucederle a Caleb. Él era las estrellas de su noche y el sol de su día, el aire que la mantenía viva. Se había encaprichado de él desde el primer instante que lo vio, cuando apenas eran unos niños. Entonces ya tenía ese aire rebelde y despreocupado que en tantos problemas lo había metido.

Se hicieron amigos de inmediato gracias a Tyler. Inseparables. Pero no había sido hasta un año atrás que su amistad había dado lugar a algo más profundo e íntimo. Y se había enamorado de él con toda su alma. Los dos habían tenido sus buenos y malos momentos, los habían compartido. Y cada risa, cada lágrima, los había unido más y más hasta convertirlos en uno solo. O al menos así lo había sentido ella. Caleb era la única persona en el mundo en la que confiaba que no le haría daño.

Se tumbó en la cama y dejó que las lágrimas fluyeran, sintiéndose más vacía que nunca, como si toda esperanza la abandonara. No podían apartarlo de ella. No podían quitárselo o la dejarían a la deriva, sin nada que la ayudara a volver cada vez que se perdiera.

—Todo va a ir bien. Todo va a ir bien —susurró para sí misma, una vez tras otra mientras se quedaba dormida.

Un fuerte golpe la despertó. Por un momento creyó que había alguien al otro lado de la puerta intentando entrar. Saltó de la cama sin pensar y plantó las manos en la madera, empujando con fuerza. El corazón le latía tan fuerte y rápido que lo sentía reverberando en todo el cuerpo. Tardó un segundo en darse cuenta de que estaba a salvo, y otro mucho más largo en tranquilizarse lo suficiente como para respirar.

Los golpes provenían de la sala. Se vistió con un pantalón de chándal y una sudadera holgada que ocultaba sus formas. En casa siempre vestía de ese modo, desaliñada, para no llamar la atención de todos aquellos tipos que solían desfilar por allí. Salió del cuarto y se dirigió a la sala. Por un instante creyó estar en otra parte que apenas reconocía. Los muebles habían desaparecido junto con la televisión. De reojo vio que los armarios de la cocina estaban abiertos e igual de vacíos.

Con un mal pálpito cruzó la puerta principal, que se encontraba abierta, y sus pies descalzos aterrizaron en el cemento húmedo. Frente a la casa había aparcada una furgoneta de gran tamaño, y su madre y un tipo al que no había visto nunca estaban cargando en ella todas sus cosas.

—Mamá, ¿qué… qué estás haciendo? —preguntó, yendo a su encuentro.

Su madre esbozó una sonrisa tensa mientras se apartaba el pelo sucio de la cara. Tenía la mirada vidriosa y la retiró cuando Spencer se detuvo frente a ella con el ceño fruncido.

—¿Esta es tu hija? —se interesó el tipo que se encontraba con ella.

Miró a Spencer de arriba abajo y sonrió mostrando unos dientes torcidos. Su expresión se tornó maliciosa y no se cortó al darle otro repaso.

—Podrías traerla contigo —añadió mientras cargaba con la última caja que quedaba sobre la acera.

Spencer le sostuvo la mirada con un gesto de asco y después clavó los ojos en su madre.

—¿Qué ha querido decir con eso? ¿Te marchas?

—Bueno, sí… Jerry tiene asuntos en Connecticut y me ha pedido que vaya con él…

—¿Que vayas con él? ¿Desde cuándo conoces a ese tío? No lo había visto nunca.

—Hace un par de días, pero sé que le importo…

—¡Por Dios, mamá! No puedes irte con un hombre al que acabas de conocer.

—Hemos conectado. Esta vez es de verdad. Quiere cuidar de mí.

—Eso mismo dijiste de Bud. ¿Se llamaba Bud? No se quedó lo suficiente como para aprenderme su nombre.

—No me hables de ese modo, Spencer. Soy tu madre.

—Pues no lo parece.

—No puedes culparme por intentar ser feliz. Me lo merezco después de todo lo que he tenido que aguantar. No he tenido una vida fácil, ¿sabes? Tu padre no quiso saber nada de ti. Me dejó por tu culpa y yo tuve que ocuparme de todo, sola. Tuve que ocuparme de ti.

—Lo sé, me lo recuerdas cada día. ¿Quieres ser feliz? Bien, adelante. ¿Y qué pasa conmigo?

—Seguro que puedes arreglártelas. Eres una chica lista.

—No puedes estar hablando en serio. ¿De verdad vas a largarte y a llevártelo todo? ¿Vas... vas a abandonarme?

—Ya eres mayor, piensa en algo. Yo fui madre con tu edad y aquí estoy. Además, estoy harta de este pueblo y de cómo me mira la gente.

—Quizá, si dejaras de beber y de colocarte, la gente te miraría de otro modo.

—Tú no eres quien para juzgarme. ¿Acaso crees que no me he enterado de lo que ha hecho ese chico con el que sales?

—No metas a Caleb en esto. No tienes idea de nada. ¡De nada!

—Te crees mejor que yo. Siempre me has tratado sin ningún respeto. Eres egoísta y mala. Solo piensas en ti. ¿Y qué hay de mí?

—¿De ti? ¿Cuándo has pensado por una sola vez en alguien que no seas tú?

—Voy a irme con Jerry y a empezar de nuevo. Tiene amigos importantes y contactos que van a ayudarnos.

Spencer miró de reojo a Jerry. Si sus contactos se parecían a él, nadie querría encontrárselos de noche en un callejón apartado.

—Mamá, por favor. Soy menor de edad, no puedes largarte sin más y dejarme aquí.

—Puedes ir a vivir con tu abuela.

—¡Vive en una residencia, en otro estado! ¿Y qué pasa con el instituto, con mis amigos...? Mamá, aquí tengo una vida.

—Entonces intenta que no te pillen hasta que cumplas los dieciocho. Aunque tendrás que buscarte otro sitio. El casero quiere que la casa quede libre en una semana.

—¿Por qué? ¿Y el dinero que te di para el alquiler?

—Tuve que gastarlo en otras cosas.

—¿Qué cosas? Porque seguro que no ha sido en comida, pagar facturas o el jodido alquiler.

Ni siquiera le sorprendía que se hubiera gastado el dinero. En realidad la culpa había sido solo suya por dárselo y confiar en que haría lo correcto después de que hubiera empeñado hasta el último objeto con algo de valor que poseían.

—No me hables de ese modo, soy tu madre.

—Pues compórtate como tal al menos una vez en tu vida.

—Eres igual que tu padre. Me desprecias porque te crees mejor que yo. Te avergüenzas de la vida que llevo cuando la única culpable eres tú. Tú me arruinaste la vida, Spencer. Tenía sueños, un futuro y tú acabaste con todo el día que naciste.

—Fuiste tú quien se quedó embarazada, no yo.

—Créeme, si hubiera podido… —dejó la frase suspendida en el aire y sacudió la cabeza con desdén, aunque Spencer no necesitó que la acabara para captar sus pensamientos—. ¡Va siendo hora de que te ocupes de ti misma! No sé, eres guapa, búscate un hombre que cuide de ti. Esa colina apesta a dinero y con tu cuerpo y tu cara no te costará encontrar un «amigo».

Spencer notó que su barbilla temblaba, incapaz de contener el llanto que pugnaba por salir a través de su garganta. Cada palabra se había clavado en un lugar muy profundo de su interior. Las había oído cientos de veces y siempre dolían mucho. En el último año, ella la había acusado en más de una ocasión de no ponerle remedio a la situación de casi indigencia en que vivían. Sin ningún miramiento le había pedido que usara sus encantos para seducir a uno de esos ricachones que vivían en la colina. No importaba mucho si estaba casado o si era mayor, para su madre lo primordial era su cuenta corriente y todo lo que una niña como Spencer podría sacarle a un tipo así. Fantaseaba con apartamentos de lujo, coches caros y líneas de crédito en todos los comercios y restaurantes de la zona, mientras Spencer rezaba para que solo quedaran en eso, en las fantasías de una loca que veía normal pedirle a su hija adolescente que vendiera por dinero lo único que aún tenía algo de valor para ella: su dignidad.

—¡¿Un hombre?! Yo no soy como tú, ma…

La bofetada hizo que se tragara la última palabra.

—Maldita desagradecida. Nadie va a quererte nunca. Nunca. Nadie te querrá jamás, porque no vales nada. No sirves para nada. Dios, mírate en un espejo antes de juzgarme.

Spencer se quedó inmóvil. El dolor por la bofetada se extendía por su mandíbula hasta el oído y empezaba a rebotar dentro de su cabeza. Poco a poco se llevó la mano a la mejilla. Sus ojos se humedecieron con un molesto escozor. Y pese al golpe, lo que más le dolía era cada palabra pronunciada por su madre. Quizá tenía razón, quién iba a quererla cuando ni siquiera había conseguido despertar el más mínimo afecto en la mujer que le había dado la vida.

—Te lo merecías —dijo su madre sin ningún ápice de remordimiento. Inspiró con un gesto de suficiencia—. Ya te enviaré la dirección cuando me instale.

Spencer asintió con un gesto imperceptible. Todo se había quedado en silencio y hasta el tiempo parecía ir más despacio mientras su madre daba media vuelta y se dirigía a la parte delantera de la furgoneta, subía a la cabina y cerraba la puerta con fuerza, sin mirar atrás ni una sola vez. Segundos después, las ruedas del vehículo chirriaban sobre el asfalto.

Se quedó allí, de pie, durante una eternidad, después de que se hubiera marchado. Algo le decía que no volvería a verla.

Regresó a la casa sin apenas sentir el suelo bajo los pies. De repente todo parecía irreal, como un sueño, o quizá una pesadilla. Creía a su madre capaz de muchas cosas —no era la primera vez que le pegaba o insultaba hasta humillarla—, pero ¿de abandonarla? No, nunca pensó que pudiera llegar hasta tal extremo.

Buscó su teléfono y llamó a la única persona que siempre había estado ahí para ella.

—Tyler, se ha ido.

—¿Como que se ha ido? ¿Quién se ha ido?

—Se ha largado llevándoselo todo.

—¿Tu madre? ¡Será zorra!

—¡No sé qué hacer!

—Tranquila, Spens, no la necesitas, ¿vale? No la necesitas para nada.

—No tengo dinero. Debo dejar la casa… ¡Dios mío, Tyler!

—No te muevas de ahí. Voy para allá. Todo va a salir bien, Spens. Te lo prometo. Yo siempre cuidaré de ti. Siempre.

Jacksonville, Carolina del Norte.
Septiembre de 2015.
Consulta de la doctora Leigh, psiquiatra.

Spencer volvió a recorrer con la mirada el intrincado diseño de la alfombra. En cada visita había encontrado un nuevo detalle y lo había convertido en un juego.

—¿Cuántos de sus pacientes mejoran de verdad? —preguntó.

—Tengo un porcentaje de éxito bastante alto, aunque hay quienes nunca lo hacen.

—¿Por qué?

—Porque no tienen la fuerza necesaria para volver a tomar el control y enfrentarse a sus fantasmas. Intentan olvidar en lugar de recordar y eso nunca es bueno. Los recuerdos, por muy dolorosos que sean, son la única puerta hacia la recuperación. Debemos aceptarlos, admitir que son recuerdos porque en algún momento de nuestra vida fueron el presente. Un presente que nos marcó, que nos hizo daño. Una vez se aceptan, dejas de estar atrapada en ellos.

—Supongo que tiene sentido.

La doctora Leigh sonrió y se le formaron unas arruguitas alrededor de los ojos. Pasaron unos segundos en silencio. Spencer seguía con la vista clavada en la alfombra, escuchando los sonidos del bolígrafo deslizándose por el papel. El sonido se detuvo.

—Spencer, ¿hay algo que no me hayas contado y te preocupe? Hoy pareces ausente.

Alzó la mirada hacia ella y tomó aire.

—Tyler va a ser padre. Cassie, su novia, está embarazada.

—¿Desde cuándo lo sabes?

—Dos semanas.

—¿No pensabas decírmelo?

—Acabo de hacerlo.

La doctora Leigh se inclinó hacia delante.

—¿Cómo te sientes respecto a eso?

—Bien. Es una buena noticia y está muy ilusionado, feliz. La familia es muy importante para él y ahora va a tener la suya propia. Además, su hermano mayor va a quedarse en el pueblo y por fin todo está en su lugar. Se lo merece.

—No te he preguntado cómo se siente él, sino tú.

—Me alegro por él.

Su terapeuta le dedico una sonrisa condescendiente.

—Sé que te alegras por él, Spencer. Quieres a tu amigo. Pero somos humanos y nuestros sentimientos también lo son. Te estás enfrentando a dos momentos muy importantes. El único chico del que te has enamorado, que has amado, va a casarse con otra mujer dentro de unos meses. Y tu mejor amigo va a tener el bebé que tú no podrás tener. Debe afectarte de algún modo.

—No los envidio, si se refiere a eso. Tyler y Caleb merecen ser felices. Son mi familia y deseo su bienestar.

—Estoy segura de ello.

Spencer comenzó a darle vueltas al anillo que llevaba en la mano izquierda. Respiró hondo y, poco a poco, dejó escapar un hilo de aire.

—Jamás pensaría que yo merezco más que ellos ser feliz, tener una familia… O por qué ellos sí y yo no… —Frunció el ceño como si algo le doliera—. Pensar esas cosas me convertiría en una persona horrible.

La doctora Leigh asintió y la alentó a continuar:

—Pero…

El silencio pesaba en el aire mientras Spencer buscaba las palabras.

—Me duele saber que yo nunca podré tener lo que ellos han conseguido. Nunca seré madre y no formaré una familia. Nunca seré feliz.

—Puedes serlo, Spencer. Aún puedes. La felicidad tiene muchas formas.

Ella negó con la cabeza, rechazando esa idea con vehemencia. Puede que sí, que la felicidad tuviera muchas formas, pero ella no las había conocido. Lo más parecido que había sentido a ese estado fue el año que

Caleb y ella salieron juntos. Esos meses fueron estupendos. Se había sentido amada, necesitada y por primera vez en su vida había creído que duraría. Pero no duró, y todo lo que vino después fue realmente malo.

—Aún puedes ser feliz, Spencer —insistió la doctora.

—No, me rendí. Dejé de luchar. Abandoné.

—No lo hiciste.

Spencer resopló, frustrada y nerviosa, como cada vez que salía a relucir ese tema.

—Pero quería hacerlo. Quería que todo terminara.

—Sí, querías, pero no lo hiciste. No diste el último paso, tuviste la fuerza necesaria para pedir ayuda. ¿Y sabes por qué?

—¿Porque me daba más miedo morir que continuar viva? —replicó en tono mordaz. Había sido cobarde hasta para ponerle fin a sus problemas.

La doctora Leigh dejó a un lado su cuaderno.

—Porque en el fondo tú tienes un motivo por el que vivir. Algo dentro de ti se aferró a la luz y luchó contra la oscuridad que sentías. Descubre cuál es ese motivo.

Spencer se puso de pie y se dirigió a la ventana, con la necesidad de poner algo de distancia entre ellas. Hacía lo mismo siempre que sentía ese asomo de esperanza latiendo sobre la piel, intentando penetrar en su interior.

—Doctora Leigh, sé que quiere ayudarme, y lo ha hecho, créame que lo ha hecho. Pero así estoy bien. No quiero esperanzas ni ilusiones, no quiero más fantasías. Puede que Brian no terminara con mi vida, pero acabó con todo lo demás. Me conformo con sobrellevarlo. Y en eso usted me ha ayudado mucho.

—Esa vida con la que te conformas suena muy triste y solitaria. ¿No crees que merece la pena apostar por algo mejor?

—No, en mi caso no. Estoy bien así.

—Sola. Sin expectativas.

—¡Tengo expectativas!

—Trabajar en ese bar un día sí y otro también, como una autómata, es lo opuesto a tener perspectivas de futuro.

—Las aspiraciones conllevan desengaños. Yo ya he cubierto mi cupo.

—Y porque te da miedo la posibilidad de sufrir, prefieres conformarte con lo que tienes y estar sola…

Spencer negó con la cabeza y se frotó la frente, nerviosa.

—No estoy sola.

—Sabes perfectamente a qué me refiero, Spencer. Ya lo hemos hablado y esa negación es por algo más que el miedo a que las cosas salgan mal.

—Estar sola no es el fin del mundo. —Alzó los brazos sin paciencia—. ¿Por qué se empeña tanto en que la solución a todos mis problemas pasa por un chico?

—Porque tu problema es que piensas que la solución a todo lo que te ocurre pasa por aislarte del mundo, de cualquier afecto y permanecer sola, mientras te lamentas de la familia y el amor que crees que nunca podrás tener. Lo has admitido hace un momento: te entristece saber que no tendrás el amor y la familia que han conseguido tus amigos. ¡Para ti son cosas importantes!

Spencer apartó la vista, abochornada por sus propias contradicciones. Su terapeuta continuó:

—Por supuesto que no es malo elegir estar sola, cuando lo haces por los motivos adecuados. No necesitas una pareja, ni formar una familia para estar completa, solo a ti misma si eso es lo que quieres. Pero yo tengo mis dudas respecto a tus verdaderas motivaciones. En los últimos dos años no has tenido ni una sola interacción afectiva fuera de tu círculo de seguridad. ¿Por qué?

—No lo sé.

—Sí lo sabes. La respuesta está dentro de ti.

Spencer resopló.

—¿Por qué insiste? Sabe todo lo que hay que saber sobre mí, sobre lo que pasó y cómo me afectó.

La doctora Leigh se puso en pie y se acercó a ella.

—Insisto porque ha llegado el momento de avanzar otro paso en la dirección correcta. Así que, por favor, respóndeme, ¿por qué no quieres salir de ese mundo que has creado? ¿Por qué no dejas que nadie entre?

—Ya sabe por qué —sollozó, sintiéndose acorralada.

—Claro que lo sé, pude verlo desde nuestras primeras sesiones, pero… ¿lo sabes tú? Te escondes tras lo que nunca podrás tener, como si la vida de toda persona se redujera a ese proceso biológico, porque no eres capaz de aceptar la verdad y te resulta más fácil justificar tus miedos de ese modo.

—¿Por qué me dice todas estas cosas ahora?

—Porque siento que por fin empiezas a estar preparada para aceptar la verdad.

—Solo hay una verdad, él me rompió. Me hizo pedazos. No se puede seguir adelante cuando estás rota —clamó cansada.

—Se puede, Spencer, tú lo estás haciendo cada día, y para no detenerte va siendo hora de que aceptes que el problema va mucho más allá de la agresión y sus consecuencias. Te resistes a salir de tu burbuja porque no te aceptas a ti misma. Tienes que enfrentarte a todos tus miedos, ¡a todos! Así que hazte esta pregunta: ¿qué más perdiste aquel día?

—No entiendo a dónde quiere llegar.

—¿Qué más perdiste? —Esta vez su voz sonó más autoritaria.

Spencer la miró con lágrimas en los ojos. Sabía perfectamente a dónde quería llegar y qué quería que dijera. La respuesta a esa pregunta siempre había estado ahí y ella la conocía, aunque nunca había tenido el valor suficiente para enfrentarse a todas las emociones que implicaba. Inspiró hondo, abriéndose por completo con esa inhalación, y las palabras que se negaban a salir de su boca, atascadas desde no sabía cuándo, empezaron a fluir:

—Perdí mi dignidad. Mi amor propio. Me siento herida, sucia y avergonzada por dejar que alguien como él me tocara, entrara en mi cuerpo. Odio los motivos que me llevaron a él. Odio a la persona que se subió a aquel coche con él. Me doy asco por las cosas que hice —soltó sin aliento.

Abrió los brazos, derrotada, dando vueltas por la habitación. Sus ojos ardían y su cuerpo temblaba.

—¿Por qué? Tú no has hecho nada malo, Spencer.

—Porque me juré que nunca sería como ella.

—¿Como quién?

—¡Como mi madre! —explotó—. Juré que nunca sería como ella, que no cometería sus mismos errores. Pero lo hice y todo acabó mal. Hice las mismas cosas que odiaba de ella. Las mismas cosas que ella me pedía una y otra vez, y que juré que no haría. Todas y cada una. Soy como ella.

La doctora Leigh dejó escapar el aliento que había estado conteniendo. Por fin había ocurrido, el estallido que tanto tiempo llevaba esperando.

—Ella bebía, tú no. Ella consumía drogas, tú no...

—Ella estuvo con muchos hombres. Se iba con cualquiera con más de diez dólares en el bolsillo esperando que la salvaran, cuando lo único que querían era un polvo. Pero mi madre seguía cayendo y de verdad creía que el tipo siguiente sería la solución a sus problemas.

—Y verla de ese modo te hacía sufrir.

—¡Sí! Era mi madre, puede que ella no me quisiera, pero yo sí a ella. La vi tocar fondo tantas veces, que me juré que jamás seguiría sus pasos. Pero lo hice. Me convertí en una chica fácil sin apenas darme cuenta. Empecé a creer que cada tipo que se me acercaba podía ser el que por fin se enamoraría de mí, el que me querría y cuidaría para siempre. —Soltó una risa histérica llena de dolor—. El que me rescataría de esta vida de mierda. Y fueron muchos, pero todos querían lo mismo, acostarse conmigo. Y aun así continué creyendo que tras el último aparecería el adecuado. Así fue cómo tropecé con Brian.

—Nada de eso te convierte en una mala persona, y mucho menos en tu madre.

—Me convierte en basura —replicó con rabia—. ¿Entiende por qué no puedo pensar en amor y familia? No soy digna de que alguien me quiera, de que un chico me toque de ese modo, porque lo contaminaría. Soy horrible y toda esa suciedad que siento sobre mi piel no se va —balbuceó mientras se subía la manga de su jersey y se frotaba la piel—. No consigo quitarla. Está aquí, sobre mí. Todas esas manos, esos cuerpos. El olor, el maldito olor a sexo lo sigo notando. No puedo dejar que otra persona me toque. Qué puedo ofrecer cuando solo siento dolor, culpa y me desprecio a mí misma.

Había empezado a llorar sin control y la doctora Leigh le concedió unos segundos para que dejara salir toda esa frustración. Finalmente se acercó a ella y le rodeó los hombros con el brazo para conducirla al sofá. Se sentó a su lado y le ofreció un pañuelo de la caja que había sobre la mesita.

—Spencer, tú no eres como tu madre, pero estás dejando que su influencia te domine. El pasado siempre estará ahí, pero de ti depende que controle o no tu vida. Todas esas cosas que sientes pueden desaparecer si dejas de creerlas. No eres indigna. Eres fuerte, inteligente y preciosa. Y por supuesto que mereces que te quieran. Nadie más que tú merece que la amen.

—Ningún chico querrá saber nada de mí en cuanto descubra mi pasado.

—Entonces será porque no te merece y no se ha molestado en conocer a la auténtica Spencer. Pero alguien querrá hacerlo y esa persona será especial.

—Quizá nunca aparezca. Quizá yo no quiera que aparezca.

—Tú tienes el control de tu vida y tus decisiones. Pero intenta que esas decisiones que vas tomando las motiven buenas razones.

—Cuando usted lo dice parece fácil. Sin embargo, cuando salgo ahí afuera es mucho más difícil.

—Puede ser fácil.

—Odio sentirme así, deprimida y vacía. Estoy cansada.

—Pues deja de echar la vista atrás y mira adelante, ya que cada nuevo día es una promesa de que algo maravilloso puede suceder. Una oportunidad que nos brinda la vida. Contrarresta esos pensamientos oscuros con otros llenos de luz. Busca motivos por los que emocionarte, por los que ilusionarte. Lucha contra todos esos miedos, porque solo son eso, miedos. No son reales.

Spencer quería hacer todas esas cosas, pero no tenía ni idea de cómo lograrlo. Había convertido su mundo en un espacio tan pequeño y limitado, que su voluntad y decisión se habían visto reducidas al mismo tamaño.

—Lo intentaré. Se lo prometo.

1

Un segundo.

Un único segundo basta para transformar toda una vida. Y cuando esa vida cambia de un modo irremediable, inexplicable y definitivo, ese segundo puede convertirse en una pesadilla de la que no se puede despertar. Se vuelve a ese instante una vez tras otra. Lo revives e imaginas cómo habría sido todo si hubieras actuado de un modo distinto, si hubieras tomado otra decisión.

Si entonces hubieras sabido lo que sabes ahora, habrías hecho las cosas de otra manera, pero la realidad es que no tenías forma de saberlo sin ser vidente, un oráculo o alguna otra mierda de esas; y ella no lo era.

Regresar a ese segundo es inevitable. No importa cuánto te alejes, ni todo el empeño que puedas poner para dejarlo atrás, ni el esfuerzo que dediques a no pensar en ello. Se vuelve a él. Se vuelve como lo hace la ficha de un juego que siempre acaba en la casilla de salida, vuelta tras vuelta. Porque no es una cuestión de voluntad, olvido o perdón, ni siquiera de aceptación de lo ocurrido.

No.

No importa lo que hagas, ni los terapeutas que visites para intentar comprender, ni la medicación que ingieras para ayudarte a soportarlo. Puedes dormir todo un año y, al despertar, seguirá ahí. Ese segundo nunca desaparecerá porque es como una cicatriz en tu piel, una marca fea y dolorosa que siempre estará presente, recordándote lo que pudo haber sido si…

Si…

Verás esa cicatriz cada vez que te mires en el espejo y la recordarás por culpa de una palabra, un sonido o un simple aroma.

Spencer había tardado mucho tiempo en comprender todas esas cosas. Meses en los que las pesadillas casi la habían vuelto loca. Meses y meses sintiéndose mal, castigándose, echándose la culpa y creyendo que lo merecía. Ahora sabía que ese segundo fue un momento que ya no podría cambiar. Jamás podría borrarlo, ni siquiera fingir que no había ocurrido o que solo había sido un sueño. Constituía parte de su pasado. Formaba parte de ella y de la mujer que ahora era. La había transformado.

Aquella noche había tomado la decisión de acompañar a Brian hasta su coche, dando el primer paso hacia un rápido descenso que la condujo al desastre. Aún no lograba explicar con palabras por qué lo había hecho. El impulso y las tontas ilusiones que la habían animado a aceptar sus caricias. La fantasía de que algo así pudiera hacerse realidad. Iba en busca de un ángel que la rescatara y se encontró en los brazos del mismísimo diablo. Un psicópata sociópata que redujo a añicos su alma y destrozó su cuerpo.

En un segundo, la vida que crecía en su interior había desaparecido dejándola vacía.

Un maldito segundo.

Había tardado demasiado tiempo en unir los fragmentos a los que había quedado reducida tras su pérdida, pero al unirlos se había dado cuenta de que ya no era la misma Spencer de antes. En su lugar había alguien muy diferente.

Su corazón seguía latiendo y sus pulmones respirando. Aún existía, por lo que no le quedaba más remedio que continuar adelante. Pero iba a hacerlo bajo su propio control, con sus normas. Nunca más volvería a ser tan débil e ilusa como para creer que la solución a sus problemas, la receta de su felicidad, se encontraba en un hombre que cuidara de ella.

Hasta ahora los chicos solo le habían traído decepciones, problemas y dolor, mucho dolor. Estaba decidida a no volver a entregarse a nadie. Después de todo, llevaba la mayor parte de su vida sola. Lo único que debía hacer era continuar como hasta ahora, pero sin las falsas esperanzas que la habían mantenido a flote durante años. Sin esperar nada ni a nadie.

La doctora Leigh insistía en que algún día, si se abría a la oportunidad, podría encontrar el amor. Spencer no pensaba abrirle su puerta a esa opción. Ni siquiera necesitaba imaginarlo para saber qué ocurriría si lo hiciera. El chico adecuado aparecería, ella se haría ilusiones y ese chico desaparecería en cuanto descubriera los detalles de su pasado.

No, ni hablar, no iba a poner en riesgo la estabilidad que tanto le había costado encontrar.

Por fin había logrado cierto equilibrio y seguridad, aunque las pesadillas seguían siendo una constante desde que había logrado recordar lo que pasó esa noche. Siempre despertaba con un grito, justo en el momento que sus pies perdían el contacto con el suelo y su cuerpo caía escaleras abajo.

Esa mañana no había sido distinta, sentada en la cama trataba de llenar sus pulmones de aire mientras temblaba empapada en sudor. Se pasó las manos por el pelo y se frotó las mejillas. Finalmente, tras unos segundos de concentración para convencerse a sí misma de que estaba a salvo, logró una inhalación profunda que consiguió aliviar el ahogo que sentía.

La luz que entraba por la ventana apenas lograba iluminar el interior. El sol comenzaba a despuntar en el horizonte, aunque sus rayos tardarían en atravesar la tupida maraña de hojas y ramas de la arboleda en la que se encontraba la cabaña. Suspiró y vio cómo su aliento se condensaba frente a su cara. Todo su cuerpo se estremeció con un escalofrío. La habitación estaba congelada.

Saltó de la cama y se le erizó la piel en cuanto sus pies descalzos tocaron el suelo.

—¡Qué frío! —masculló con los dientes apretados.

Se echó por los hombros la colcha de la cama y corrió hasta la cocina de puntillas. Empujó la puerta del sótano con el hombro, sujetando con más fuerza la tela contra su pecho, y bajó las escaleras. Se plantó frente a la vieja caldera, solo para constatar lo que ya sabía, que había vuelto a estropearse. Volvió arriba maldiciendo por lo bajo y regresó a su habitación. Metió los pies en sus botas, sin dejar de soltar improperios, y salió a la calle a través del porche trasero.

Las hojas secas que cubrían el patio, húmedas por los últimos días de lluvias, habían creado una capa pegajosa y resbaladiza en la que se hundían sus pasos. Logró llegar hasta la valla de madera que delimitaba la propiedad y apartó un par de listones sueltos para pasar al otro lado.

—¡Chase! —gritó mientras cruzaba la estrecha carretera y enfilaba el camino de gravilla que conducía hasta el hogar de su casero—. ¡Chase, la caldera ha vuelto a estropearse!

Se plantó frente a las escaleras del porche y esperó, tiritando bajo la colcha y su pijama de franela. La puerta se abrió y en el umbral apareció Aston, el hijo de Chase, vistiendo tan solo una camiseta de tirantes blanca y un pantalón de algodón. Se la quedó mirando un par de segundos y su boca se curvó con una sonrisa torcida.

—Bonito disfraz, pero juraría que estamos en febrero y que Halloween es en octubre.

—Ja, ja, muy gracioso. ¡Vaya, te veo bien, y por tu aspecto diría que en casa estáis muy calentitos!

Aston chasqueó la lengua y su gesto socarrón se acentuó con un mohín. Inspiró al tiempo que cruzaba los brazos sobre el pecho y marcaba sus bíceps.

—Mi cama aún está caliente. ¿Te apetece entrar y subir la temperatura de ese cuerpecito tuyo?

—Tanto como una gastroenteritis. Oh, disculpa, quizá eso sí que me guste si lo comparo con tocarte. Vómitos, diarreas…, sí, creo que lo prefiero.

Él sonrió descaradamente.

—Dios, me pone verte sacar las uñas, casi tanto como esa mirada de mala leche. ¡Te gusto, ¿verdad?!

Spencer puso los ojos en blanco y decidió que ignorarlo era lo mejor. Aston no era un mal tío, pero su ego debía pesar casi tanto como su amor por sí mismo, y la suma total daba como resultado un tío demasiado infantil que se creía irresistible para cualquier bicho viviente.

—¿Qué pasa ahí afuera? —preguntó una voz masculina desde el interior de la casa.

—La caldera ha vuelto a estropearse —gritó Spencer. Y añadió cuando el hombre apareció en el porche, deteniéndose junto a su hijo—: Hola, Chase.

—Hola, Spencer. No deberías salir así a la calle, hace frío.

—¿Frío? La temperatura aquí afuera es casi tropical comparada con la que hay dentro de la casa. No puedo vivir así, Chase, estamos en invierno. Esa caldera se rompe un día sí y otro también. Ese… ese trasto ya era viejo en la prehistoria.

—Sabes que no puedo hacer nada. Es difícil encontrar piezas.

—¿Y una caldera nueva? Eres mi casero, ¿no se supone que deberías ocuparte de esas cosas?

Chase inspiró hondo y soltó todo el aire de golpe.

—Ya estoy haciendo más de lo que puedo cobrándote un alquiler tan bajo. Sabes que podría arrendar esa casa por el doble de lo que tú me pagas. O venderla mañana mismo y quitármela de encima de una vez por todas.

Spencer frunció el ceño, a la defensiva.

—Pero no puedes hacer eso, tenemos un acuerdo. Me lo prometiste.

—Sí, te lo prometí. Y también se lo prometí a tu abuela. Y mientras sigas cumpliendo tu palabra, yo mantendré la mía. Pero no puedes pedirme que haga mucho más. Ya pago los impuestos. Los gastos y el mantenimiento corren de tu cuenta.

Spencer suspiró derrotada y sacudió la cabeza.

—¿Cuánto cuesta uno de esos trastos?

—¿Para esa casa…? Si mantienes la instalación y solo cambias la caldera, puede que unos mil pavos.

—¡¿Mil dólares?! —exclamó ella. Soltó una risita histérica—. Creo que mis ahorros actuales ascienden a cuatrocientos.

—Lo siento. No puedo hacer más.

Spencer se arrebujó bajo la colcha.

—Está bien. Ya veré qué hago con la caldera, pero nuestro acuerdo sigue en pie. La casa es mía.

Chase sonrió al ver su expresión amenazante y asintió con un gesto.

—Si quieres, Aston puede acercarse contigo y echarle un vistazo.

—Por mí no hay problema —se apresuró a intervenir el chico.

Ella exageró una mueca de horror y se encogió mientras giraba sobre sus talones y emprendía el camino de vuelta.

—Creo que esta vez intentaré solucionarlo yo sola. Pero gracias —replicó, acelerando el paso.

Mientras regresaba, contempló el cielo manchado de vetas anaranjadas y violetas. El temporal de viento y lluvia había remitido y por fin iba a brillar el sol en Port Pleasant. Irrumpió en la casa, dando saltitos para entrar en calor. Corrió hasta el dormitorio y sacó del armario una gruesa rebeca de lana que le estaba un poco grande. Pegó un respingo al notar un roce en la pierna. Miró hacia abajo y se encontró con unos ojos amarillos que la contemplaban con curiosidad.

—Al final averiguaré cómo demonios consigues colarte en mi casa y dejarás de darme estos sustos.

El enorme gato negro y blanco continuó mirándola. Lanzó un maullido al aire y se frotó contra sus botas mientras se ponía a ronronear.

Spencer no pudo evitar sonreír y se agachó para tomarlo en brazos. Hacía un par de semanas que el felino merodeaba por los alrededores de la casa. Al principio solo husmeaba cerca del cubo de la basura, pero, poco a poco, había ido ganando confianza hasta que un día lo encontró dentro de su dormitorio, dándole un susto de muerte. A partir de ese momento se había colado a diario sin que Spencer lograra averiguar cómo. Aparecía sin más cuando menos lo esperaba y desaparecía del mismo modo.

Le rascó tras las orejas.

—¿Has comido algo?

Lo dejó sobre la encimera y abrió la nevera. Sacó un plato con sobras y las volcó en un recipiente de plástico que había improvisado como comedero, junto a la puerta. El gato saltó al suelo. Olisqueó la comida un par de segundos y la probó con cautela. Después comenzó a devorarla con apetito.

Ella le acarició el lomo, deslizando los dedos por su pelaje brillante y suave. Estaba calentito y sintió la tentación de estrujarlo contra su pecho para ver si conseguía entrar en calor. Se frotó las manos frías y fue hasta la cafetera para encenderla.

—¿No crees que debería ponerte un nombre? Parece que piensas quedarte por aquí. Te doy de comer, duermes en mi sofá y ya me has visto desnuda. —Soltó una risita—. Si vamos a tener una relación, necesitas un nombre. —Se quedó pensando, mientras movía los labios fruncidos como si ese gesto la ayudara a concentrarse—. Tienes aspecto de *Salem*... O de *Tristan*. *¿Crookshanks?* Ese tiene mucha personalidad. Aunque tú no eres pelirrojo.

De repente, un rayo de sol penetró a través de la ventana, trazando una línea luminosa. El gato se alzó sobre las patas traseras y trató de alcanzarla. Movía las manos como si diera zarpazos intentando cazarla. Spencer sonrió y se cruzó de brazos.

—O podría llamarte *Zarpas*. ¿Qué dices? ¿Te gusta?

El gato emitió un maullido y se tumbó en el suelo; a continuación se concentró en lamer sus patas y frotarse la nariz con ellas.

—Decidido. Te llamaré *Zarpas*.

Sintió algo especial al ponerle nombre al animal. No sabía muy bien qué era, pero le hacía sentirse bien. Nunca había pensado en tener una mascota —no dejaba de ser una responsabilidad—, pero había empezado a apreciar la compañía de su visitante inesperado.

Se sirvió una taza de café y un trozo de tarta de manzana que Blair le había llevado un par de días atrás. Se la comió con un tenedor mientras miraba por la ventana, pensando que el patio necesitaba una buena limpieza, antes de que las hojas echaran a perder el césped que había debajo. El porche también demandaba unos arreglos. Y la baranda, las contraventanas… Suspiró sin saber de dónde iba a sacar el tiempo y el dinero para todas esas reparaciones.

La puerta principal se abrió y ella se sobresaltó con el chirrido que emitió.

—Por Dios, Spencer, ¿cuántas veces tengo que decirte que cierres con llave? —gritó Tyler desde el salón.

El chico entró en la cocina con un gorro de lana calado hasta las orejas y la capucha de su chaqueta cubriéndole la cabeza. Apenas se le veía la cara y Spencer agradeció perderse su mirada de enfado.

—La llave se atasca. Además, ¿quién va a entrar? —apuntó sin darle mucha importancia.

Tyler se quitó la capucha y clavó sus ojos verdes en ella. Comenzó a negar con la cabeza.

—¡Cualquiera! —exclamó exasperado. Señaló al gato—. ¿Qué es eso?

—Un gato.

—Ya sé que es un gato, y bastante feo. ¿Qué hace aquí?

Spencer puso los ojos en blanco.

—*Zarpas*, te presento a mi amigo Tyler. Normalmente no suele ser tan borde. Tyler, este es *Zarpas*, y va a quedarse por aquí un tiempo.

Tyler alzó una ceja y miró con más detenimiento al minino. Se estudiaron con cierta indiferencia durante unos segundos, antes de que Tyler pasara por su lado con toda su atención puesta de nuevo en Spencer.

—No me gusta nada que vivas aquí sola, está demasiado apartado. Pero ya que te has empeñado en este sitio, al menos podrías tener cuidado. ¿Sabes? Me da igual toda esa mierda sobre que ya eres mayorcita y puedes cuidar de ti misma, solucionar tus problemas y que no necesitas ayuda. —La apuntó con un dedo—. Voy a cambiar esa puerta.

—¡No!

—¿Por qué no?

—Porque cuesta dinero. Y ahora, con el bebé a punto de nacer… ¿No ves que tienes una familia de la que ocuparte? No puedes comprarme una puerta.

—Pues una cerradura nueva, y eso sí que no voy a discutirlo.

Spencer se sintió culpable bajo su mirada suplicante. Tyler se preocupaba por ella, siempre lo había hecho.

—Vale, si vas a estar más tranquilo, cambia la cerradura. Pero pienso devolverte el dinero. —Se giró hacia la ventana y dio un pisotón—. Odio que siempre te salgas con la tuya.

Tyler esbozó una sonrisa divertida y se acercó para darle un golpecito en la nariz con el dedo. Se estremeció.

—¡Dios, qué frío hace aquí!

—Ya… Se ha vuelto a estropear la caldera —declaró ella.

—¿Estás sin calefacción?

—Y sin agua caliente. Pero ya lo solucionaré, no te preocupes.

Tyler resopló malhumorado. Se acercó al armario para sacar una taza y se sirvió café mientras maldecía por lo bajo.

—Claro que me preocupo. Este invierno está siendo la hostia de frío. No puedes estar aquí así. ¿Por qué no te vienes con nosotros un tiempo? Hasta que esta casa sea habitable.

Ella hizo un ruidito con la garganta y abrió mucho los ojos, espantada.

—¿Con Cassie y contigo? Ni de coña. Olvídalo.

—Pues con mis padres. Sabes que estarían encantados de tenerte con ellos.

—No, y menos ahora que tu hermano también vive allí. —Bebió un sorbito de café y disfrutó de su calor deslizándose por su garganta. Él resopló con disgusto—. Tyler, de verdad, quiero estar aquí, en mi casa. La caldera, la puerta…, esas cosas se pueden arreglar. Aunque te cueste creerlo, no necesito que estéis pendientes de mí todo el tiempo. Puedo cuidarme sola.

Él dejó la taza sobre la encimera. La miró fijamente un largo segundo, con una calidez que le calentó el pecho, sintiendo más fuerte que nunca esa conexión que siempre habían tenido.

—Pero ese es el problema, que no estás sola. Tienes un montón de personas que te quieren. Yo te quiero.

Spencer tomó aire antes de enfrentarse a su mirada. Esbozó una sonrisa, que él le devolvió con un brillo de nostalgia. Se puso de puntillas y lo abrazó. Cerró los ojos cuando él correspondió a su abrazo y la apretó con fuerza volcando en el gesto todo el cariño que sentía por ella.

—Yo también te quiero —le susurró—. Aunque me pones de los nervios —masculló divertida mientras se daba la vuelta para colocar la taza y el plato en el fregadero—. Por cierto, ¿qué haces aquí tan temprano?

—¿Qué hago? ¿Lo has olvidado? Me dijiste que hoy necesitabas la camioneta.

Spencer se golpeó la frente con la mano. Un día de estos iba a perder la cabeza. Miró el reloj que colgaba de la pared de la cocina y se percató de que iba a llegar tarde como no se diera prisa. Suspiró y le dedicó a Tyler una mirada de disculpa. Subió las escaleras, corrió a su habitación y empezó a buscar en el armario algo que ponerse.

Él la siguió y se detuvo en la puerta. Apartó la vista mientras ella se vestía.

—Es la tercera vez que me pides la camioneta en las últimas semanas.

—Lo siento, de verdad, pero ya sabes que la mía está muerta.

—Tu camioneta, la caldera, la puerta… Aquí hay demasiadas cosas muertas.

—Solo será por esta vez.

—Sabes que puedes usarla todas las veces que quieras. No es eso.

—Lo sé. De todas formas, no creo que la necesite mucho más tiempo. Es posible que… —no terminó la frase, consciente de que iba a dar unas explicaciones que no quería.

Él la observó en silencio, notando con más fuerza que nunca ese halo de vulnerabilidad que solía rodearla. Cambió el peso de su cuerpo de una pierna a otra y paseó la vista por el dormitorio.

—¿Qué?

—Nada, pensaba en voz alta.

Tyler se frotó la nuca y la miró con más detenimiento.

—¿No vas a contarme a dónde te escapas con tanto misterio?

Spencer se puso rígida y terminó de abrocharse los vaqueros en silencio.

—No hay nada que contar.

En realidad sí lo había. Un tiempo después de que Brian la atacara, había comenzado a tener ataques de pánico, cada vez más intensos conforme los recuerdos de esa noche iban cobrando nitidez. Dejó de comer, no podía dormir, y comenzó a tomar somníferos sin control. Una noche tras otro ataque, acabó tomando más de la cuenta. Lo había hecho a propósito. Pero en el último momento se asustó y acabó vomitándolos.

Chad la encontró y llamó a los servicios de emergencia. Tras un montón de pruebas y una pequeña evaluación psiquiátrica, una doctora muy amable le recomendó la consulta de una terapeuta especializada en casos de agresión. Spencer dudó durante mucho tiempo si debía ir o no, pero el miedo continuo y las pesadillas, más las amenazas de Chad de llevarla él mismo, aunque tuviera que hacerlo a rastras, terminaron por empujarla a su primera sesión.

Tyler entró en la habitación en cuanto ella se enfundó un jersey de cuello alto. Se acercó a la cómoda y acarició una mariposa de papel que colgaba del espejo. La miró desde su reflejo.

—Sé que me estás escondiendo algo y tengo muchas formas de averiguarlo.

Ella alzó la vista del suelo, dando saltitos mientras intentaba meter el pie en la bota.

—¡No! Ni se te ocurra ponerte en plan detective. No tienes ningún derecho a inmiscuirte en mis cosas.

—¿Y cómo vas a impedirlo? —la retó él. Ladeó la cabeza, entornando los ojos—. Vamos, Spens, ¿a dónde demonios vas? ¿Estás metida en algún lío? Porque ya sabes que si tienes un problema, no importa cuál, Caleb y yo… Solo tienes que decirnos a quién hay que joder. —La apuntó con el dedo y sus cejas se unieron con una expresión asesina—. Mierda, si alguien te está molestando, ya puede darse por muerto. O si…

Spencer no pudo evitar sonreír. Suspiró derrotada.

—No se trata de nada de eso.

Se sentó en la cama y se frotó los muslos con nerviosismo. Tyler se acomodó a su lado y la empujó con el hombro de forma cariñosa.

—¿Y de qué se trata? ¿Algún tío al que debamos presentarnos? —bromeó.

Spencer se encogió de hombros. Tras esa conversación iba a ser imposible que Tyler no metiera las narices hasta enterarse de todo. Él era así.

—Estoy viendo a una psiquiatra. Empecé la terapia un año después de lo que pasó con Brian. Al principio fue duro, pero ha acabado ayudándome mucho.

Tyler la miró en silencio. Su rostro era una secuencia de emociones a cuál más intensa. Tras lo que pareció una eternidad, se puso en pie y se acercó a la ventana. Se frotó la nuca, y las aletas de su nariz se dilataron con una profunda inspiración.

—¿No vas a decir nada? —se preocupó Spencer.

Tyler se giró de golpe, con la mandíbula tan apretada que era imposible no oírla crujir.

—¿Estás diciendo que llevas dos años yendo al loquero y que no se lo habías dicho a nadie? ¿O es que solo me lo has ocultado a mí?

—¡No se lo he dicho a nadie! Solo lo sabe Chad.

—¿Y por qué cojones no me has contado algo tan importante? Tú, precisamente tú… ¡A mí! Somos como hermanos, Spens. ¿Qué demonios te pasa?

Ella también se puso en pie y se frotó la cara, frustrada.

—No quería preocuparos. Si os contaba que estaba viendo a una psiquiatra, os habríais dado cuenta de que no me encontraba todo lo bien que debía. De verdad, no lo hice porque no quería preocuparos.

—Por supuesto, es mejor mentir a tus amigos a que se preocupen por ti —replicó con ironía.

—No quería que vuestras vidas giraran a mi alrededor. Todos tenemos problemas, Ty. —Tenía los ojos brillantes y había un deje de súplica en ellos.

—¡Eso son unas excusas de mierda! —exclamó enfadado—. Somos una familia, Spens. Caleb, Matt, Kim, tú y yo, somos una jodida familia desde que éramos unos mocosos. Siempre lo hemos sido. ¿Y qué hacen las familias, señorita Yo-No-Necesito-A-Nadie? Están ahí para lo bueno y lo malo. Cuando tienes un problema, recurres a tu familia. Si necesitas ayuda, se la pides a tu familia. No les mientes y ocultas cosas durante tanto tiempo.

Spencer apartó la vista, sintiéndose cada vez peor.

—Vamos, Tyler. No es para tanto. Lo siento, ¿vale? Creí que...

Él no la dejó terminar.

—¿Creíste? ¿De verdad creíste que lo mejor para superar todo lo que te pasó era alejarte de los que te queremos, mentirnos fingiendo que te encontrabas bien y buscar ayuda en un extraño?

—Lo dices como si... como si... Vale, era una extraña, pero terapeuta. Su trabajo es ayudar a las personas y a mí me ha estado ayudando. Gracias a ella casi puedo vivir una vida normal.

—Debiste decírmelo.

Spencer estaba a punto de perder la paciencia, cada vez más molesta dentro de aquel bucle de reproches que Tyler había creado. Y sin darse cuenta, estalló:

—¿Y qué habrías hecho? A ver, dime. No había nada que evitar o solucionar, ya no tenía arreglo. Ya había pasado, me habían roto. ¿Qué habrías hecho si te hubiera dicho que estaba tan jodida que no quería continuar viviendo? ¿Que prefería que todo acabara a seguir sintiendo ese vacío? Me quedé sin fuerzas.

Tyler la miró estupefacto.

—No lo sé, porque ni siquiera me has dado la oportunidad de intentarlo. ¿De verdad has estado tan mal como para pensar esas cosas?

—Por favor, Tyler, no le des vueltas. Estoy bien. Te lo prometo.

—Eso dices ahora, pero ¿qué hay de todo este tiempo sin soltar una palabra, aparentando que te encontrabas bien?. Te pregunté muchas veces y siempre respondías «Estoy bien, Tyler. Me encuentro bien, Tyler» —masculló al tiempo que salía de la habitación.

—No te vayas enfadado. Lo siento.

Él se detuvo en mitad de las escaleras y se giró hacia ella, apuntándola con el dedo.

—¡Dios, ¿cuándo te darás cuenta de que no tienes que hacerlo todo tú sola?! ¿Cuándo… cuándo abrirás los ojos para ver que sí le importas a alguien? Nos importas a nosotros. Me importas a mí. ¡Joder, Spencer!

—Lo sé. Pero, créeme, ninguno de vosotros habría podido ayudarme.

—¿Cómo lo sabes?

—Caleb ni siquiera estaba y tú… Tú tenías tus propios problemas. —Alzó los brazos con exasperación—. Y hablando de problemas, yo podría decir lo mismo sobre ti. Fingiste estar bien durante años cuando por dentro la muerte de Jen te había destrozado. Nunca me pediste ayuda, ¿por qué?

—No es lo mismo. Yo creía que merecía toda esa mierda, porque Jen había muerto por mi…

Ella no lo dejó acabar.

—Es exactamente lo mismo. Yo también creía que merecía todo lo que me pasó y que nada podría arreglarlo.

—¿Cómo ibas a merecer que ese hijo de puta casi te matara, o que perdieras el bebé? —susurró apenado.

—Por parecerme a mi madre.

—Tú nunca has sido como tu madre —masculló al tiempo que terminaba de bajar los peldaños.

—Ahora lo sé, mi doctora me ayudó a entenderlo.

—¿Ella? Yo mismo te lo repetí durante años. Nunca serás como tu madre porque, para empezar, ella tendría que haber tenido corazón y nunca lo tuvo.

Sus palabras la afectaron y sintió un nudo muy apretado en la garganta. Tyler continuó andando hacia la puerta. Intentó alcanzarlo.

—Tyler, por favor. No puedes molestarte por esto. —El chico ni siquiera la miró y salió al porche con paso rápido en dirección a la carretera—. No puedes ir hasta el pueblo andando. Deja que te lleve.

—Me apetece caminar —le espetó entre dientes mientras volvía a cubrirse la cabeza con la capucha de su chaqueta.

Spencer se detuvo en el porche y resopló sintiéndose cada vez peor. Un temor se fue apoderando de ella.

—¿Vas… vas a contárselo a los demás? —preguntó, alzando la voz para que pudiera oírla.

Tyler no contestó y se limitó a alzar la mano con un gesto a medio camino entre una despedida y un «que te den».

—Seguro que sí… —dijo para sí misma.

2

—¿Y cómo te sientes respecto a todo esto?

Spencer dejó de mirar la pared y posó sus ojos en la doctora Leigh.

—¿Respecto a qué? —inquirió con curiosidad. En los últimos minutos habían hablado de varias cosas, incluido *Zarpas*.

—Respecto a Tyler. ¿Te preocupa que se haya enfadado?

Spencer se encogió de hombros.

—Solo un poco. Conozco a Tyler y sé que se le pasará. Él… él es así, impulsivo y temperamental, pero no es una persona rencorosa.

—¿Y comprendes su enfado?

—Sí, claro que lo comprendo. Pero no estaba preparada para hablar de nada de esto con él. —Hizo una larga pausa, y añadió en un susurro—: Ni con nadie.

La doctora Leigh dejó de tomar notas y la miró a los ojos.

—¿Piensas que ahora sí estás preparada? Porque, si te soy sincera, creo que le has dicho la verdad porque lo necesitabas y no porque te hayas sentido descubierta.

Spencer meditó sus palabras y tragó saliva al darse cuenta de que tenía razón. Había confesado su secreto porque empezaba a ser demasiado pesado. Nunca le había gustado mentir, ni ocultarle cosas a las personas que le importaban. Aun así, había tardado mucho tiempo en dar el paso. Quizá era un síntoma de que empezaba a recuperarse de verdad.

—Es posible. Sí, puede que sí.

—¿Por qué ahora?

—Estoy cansada de ocultar cosas, de poner excusas, de aparentar —contestó. Se movió con inquietud—. Ya no soy esa chica que ellos conocen y deben saber quién soy ahora.

—Hablas en plural. ¿Te refieres al resto de tus amigos?

—Sí.

—¿Temes que ellos también se enfaden tanto como Tyler por haberles ocultado nuestras sesiones?

Spencer suspiró con resignación y se limpió el sudor de las palmas de sus manos en los vaqueros.

—En realidad temo que no entiendan por qué lo hice. Por qué fingí que estaba bien cuando no era cierto. Por qué no les pedí ayuda cuando me la habrían dado sin dudar. Ellos mejor que nadie me habrían comprendido. Tyler, Caleb…, ellos han pasado por cosas muy malas que les destrozaron, pero las superaron y ahora tienen una vida feliz y plena.

—Pero no les pediste ayuda. Nunca les hablaste de cómo te sentías. ¿Por qué?

—Ya sabe por qué —replicó, arrastrando las palabras.

La doctora Leigh negó con un leve gesto.

—Me gustaría volver a oírlo.

—Caleb se fue, se marchó de Port Pleasant y nos dejó a todos atrás. Y lo entiendo, de verdad entiendo por qué lo hizo. No tengo nada que reprocharle. Y Tyler… cambió cuando perdió a Jen y apenas lo está superando ahora. Por eso guardé silencio. Ya tenían bastante intentando sobrevivir a sus propios desastres como para que tuvieran que rescatarme de los míos. No pueden pasarse la vida cuidando de mí. Debo hacerlo yo sola.

—Me sorprende esa necesidad tuya de rechazar cualquier ayuda. No solo eso, te cierras en banda a cualquier posibilidad que incluya a alguien más que a ti.

—He asumido que solo puedo contar conmigo. Las personas suelen desaparecer, unas veces porque lo deciden y otras porque no les queda más remedio. Al final, la única persona con la que puedes contar eres tú misma.

—Ese pensamiento no es muy positivo.

—No, sí que lo es.

—Explícate.

—Siempre he fingido ser lo que no era. Aparentaba que era una niña feliz para que no descubrieran las cosas que hacía mi madre. Cuando se fue tuve que seguir fingiendo para que nadie notara que me habían abandonado y no acabar en un hogar de acogida. También lo hice cuando Caleb no regresó y jamás me llamó, como si nunca hubiera sido importante para él. Cuando mi mejor amigo comenzó a distanciarse y a cambiar, hice lo mismo, aparenté que no me dolía. Que estaba bien. Continué haciéndolo cuando Brian Tucker casi me mata e hizo que perdiera mi bebé, y también después.

—Toda una vida fingiendo ser otra persona.

—Toda una vida sin ser yo.

La doctora asintió ante su explicación, como si por fin la entendiera.

—Pero eso está cambiando, ¿verdad?

—Sí, porque estoy cansada de decir que estoy bien cuando no es cierto. De parecer fuerte y sentirme rota. Y estoy cansada de actuar como creo que los demás quieren verme. De intentar ser la persona que ellos esperan que sea. —Inspiró hondo con la mirada perdida—. Necesito ser honesta conmigo misma, y si un día siento que el mundo es una mierda poder gritarlo. No quiero seguir guardando silencio por si mis amigos se preocupan o sienten que deben hacer algo.

—Quieres liberarte de esas cadenas.

—Sí.

—Hazlo. Demuéstralo.

—¿Qué?

—Grita.

—¿Quiere que grite?

—Quiero que grites, y bien fuerte —insistió. Esbozó una sonrisa y chilló a pleno pulmón—: ¡El mundo es una mierda! —Spencer la miró boquiabierta. La doctora Leigh la tomó de las manos y tiró de ella hasta que estuvieron de pie—. Vamos, grita conmigo.

—No puedo hacerlo aquí.

—Sí que puedes. ¿Quieres liberarte de verdad? Entonces grita porque te apetece.

—El mundo es una mierda —dijo.

—Más fuerte. ¡El mundo es una mierda!

Spencer sacudió la cabeza, mientras la sonrisa en su cara se ensanchaba.

—¡El mundo es una mierda! —gritaron juntas.

—¡Otra vez!

—¡El mundo es una jodida mierda! —aulló hasta ponerse roja. Después se echó a reír, incapaz de parar.

Se miraron con los ojos húmedos.

—¿Te das cuenta de que hoy has dado otro paso en la dirección correcta? Pronto habrás recorrido todo el camino y podré darte el alta.

—¿Está pensando en deshacerse de mí?

—Me encantaría deshacerme de ti —bromeó la doctora Leigh. Su expresión risueña dio paso a otra un poco más seria—. Has plantado cara a tus miedos. Te has enfrentado a tus recuerdos, a tus complejos..., y los estás superando. Pero sigues encerrada en tu burbuja y te niegas a abrirte al mundo.

—¿Estamos hablando otra vez de chicos? —replicó Spencer con un tonito irónico.

—*Nooooo.* Hablo de volver a confiar en los demás. De arriesgarte a interactuar con otras personas fuera de tu círculo seguro... —Hizo una pausa y se encogió de hombros—. Y por qué no, también de salir con algún chico —y se apresuró a aclarar—: No digo que lo necesites, porque desde luego no lo necesitas. Pero no cierres esa puerta por miedo a tus inseguridades. Sé que no lo crees, pero ahí afuera hay una persona que un día te verá perfecta con tu pasado y tus imperfecciones. Puede que, si te das la oportunidad, esa persona aparezca.

—O puede que no.

—Quizá sea emocionante descubrirlo, ¿no crees?

Spencer bajó la vista al suelo y tragó saliva, intentando ocultar que sus palabras habían llegado hasta un pequeño rincón en su corazón donde escondía un pequeño anhelo. El mismo que sentía cuando veía a Caleb con Savannah, a Tyler con Cassie, incluso a Derek con Clare, y que le hacía preguntarse si algún día ella...

Inspiró hondo y se recompuso lo mejor que pudo. Había algo que la diferenciaba de todos ellos.

—Salir con un chico de ese modo puede conducir a otras cosas como tener una relación, enamorarse y acabar pensando en compartir la vida con otra persona. Eso supone compromisos, planes, un futuro en común e... hijos. Porque así funcionan las cosas, ¿no? Y yo no podría llegar al final de ese plan maravilloso con nadie.

—Sí que podrías. Hay otras formas de tener hijos, Spencer. Muchas mujeres tienen tu mismo problema. Seguro que conoces a alguien adoptado.

Spencer sintió que se le encogía el estómago porque la doctora Leigh volvía a tener razón, como siempre. Su amigo Matt era adoptado y tenía una familia feliz. Sus padres seguían tan enamorados como el primer día y a él lo adoraban. Él también los quería con locura y que no compartiera su sangre nunca había significado nada.

Resopló derrotada. Esos argumentos que la habían sostenido durante tanto tiempo, haciendo que se aferrara a tantas excusas sin sentido, habían ido cayendo como las fichas de un dominó y empezaba a quedarse sin ninguno. Miró a la mujer que poco a poco había logrado recomponerla.

—Ojalá nunca me hubiera apartado del buen camino. Ahora podría ser como usted.

—¿Te gustaría ser como yo? —inquirió la doctora Leigh, sorprendida.

—Sí. Hace que todo parezca fácil, sencillo. Es tan positiva y… no sé… Es tan perfecta.

—No soy perfecta. Estoy muy lejos de serlo.

—Da igual, para mí lo es. Si pudiera elegir parecerme a alguien la elegiría a usted.

La doctora Leigh sonrió emocionada. Le colocó un mechón de pelo tras la oreja con un gesto maternal.

—Vale, voy a confesarte un secreto —bajó la voz y la tomó de las manos—. No debería compartir cosas personales contigo, no es muy ético en mi trabajo, pero hoy voy a hacer una excepción. —Spencer asintió y sus ojos se abrieron expectantes—. Cuando te vi entrar por esa puerta la primera vez, fue como verme en un espejo muchos años atrás. No tuve una infancia fácil y mi adolescencia se convirtió en un error tras otro con malas consecuencias. Pero tuve la suerte de encontrar a alguien que creyó que yo merecía la pena. Me demostró que el pasado solo forma parte de nuestra vida si queremos que lo haga. Todas las decisiones tienen consecuencias, no importa si decides quedarte quieto o dar un paso. Las dos afectarán a tu vida. Una vez que entendí eso, todo fue más sencillo. Ya eres como yo, Spencer, nos parecemos mucho. Yo simplemente he podido pasar página y conseguiré que tú lo hagas.

—¿Quién la ayudó?

—Una profesora de mi instituto. Ella no tenía por qué hacerlo, pero lo hizo. Me ayudó y gracias a ella estoy hoy aquí, intentando hacer lo mismo por otras personas.

Spencer la miró a los ojos y asintió.

—A mí me ha ayudado.

—Me alegra que lo pienses.

—¿De verdad cree que lo lograré?

—¿A qué te refieres?

Spencer se encogió de hombros con un gesto despreocupado que nada tenía que ver con lo que realmente sentía.

—Volver a ser normal.

—Sentirse normal es un estado muy subjetivo, Spencer. Pero sí, estoy segura de que un día te sentirás normal.

3

Cuando horas más tarde Spencer estacionaba la camioneta de Tyler frente al Shooter, se encontró con dos cosas que no esperaba. La primera, que Chad había llegado temprano, nunca lo hacía; la segunda, que su camioneta se encontraba aparcada en la parte de atrás, lo que significaba que volvía a funcionar o que alguien tenía ganas de tomarle el pelo.

Abrió la puerta de su vieja Chevrolet y se acomodó en el asiento. Encontró las llaves en la visera. Solo necesitó girar un poco la llave en el contacto para que el motor ronroneara como un gatito. Sonrió con una mezcla de emoción y amargura, que acabó con una risa resignada y unas estúpidas lágrimas humedeciendo sus ojos. Tyler de nuevo al rescate. ¡¿Qué iba a hacer con ese chico?!

—¿Vas a quedarte ahí toda la tarde? —gruñó Chad junto a la ventanilla.

Spencer bajó el cristal con la manivela.

—¿Has visto quién la ha traído?

Chad se encogió de hombros.

—Tyler y ese chico nuevo, Eric o como se llame. Vinieron en dos coches, dejaron este aquí y se largaron en el otro. Tyler me dijo que no te preocuparas por su camioneta, que ya vendrían a buscarla por la mañana. ¿Por qué? ¿Pasa algo?

Ella negó con la cabeza y bajó del vehículo. Alzó la mirada y sus ojos se encontraron con los de Chad. Dio un paso y le rodeó el cuello con los brazos, apoyando la cabeza en su hombro. Era lo más parecido a un padre que había tenido nunca. Él le devolvió el abrazo y la sostuvo sin prisa.

—¿Cómo ha ido? —se interesó él.

—Bien —susurró, y soltó de golpe—: ¿Crees que soy una mala persona?

—¿Tú? Oh, sí, muy mala —replicó él en tono mordaz.

Ella le dio un golpecito en el pecho.

—Lo digo en serio.

—Vale. ¿Por qué crees que lo eres?

—Esta mañana Tyler averiguó que veo a la doctora Leigh y se enfadó mucho por no habérselo contado antes. Sé que mis amigos se preocupan por mí y quieren ayudarme, pero en lugar de aceptar esa ayuda los alejo y los rechazo. No sé por qué lo hago. Y luego ellos hacen cosas como arreglar mi coche a escondidas, porque les importo, y yo me siento fatal por todo ello. ¡Me pongo furiosa!

—¿Por qué? —inquirió Chad, intentando no reírse.

—Porque tengo que cuidarme yo sola y solucionar mis propios problemas. Ellos ya tienen los suyos. ¿Sabes? Reparar la camioneta debe de haberles costado una pasta que sé que no tienen. ¿Cómo no me voy a enfadar? Soy una mujer adulta que debe ser autosuficiente, pero no me dejan. Desde lo que pasó me tratan como si fuese de cristal. Como si no pudiera valerme por mí misma. Agradezco su ayuda, pero para mí era importante ahorrar ese dinero y arreglarla yo. No sé si puedes entenderme.

—Lo entiendo, Spens, claro que lo entiendo. Pero tú debes entenderlos a ellos. Es imposible que no se preocupen por ti. Les importas. Te quieren. Harán todo lo que esté en sus manos para ayudarte siempre que puedan. No sé, son buenos chicos, ¿por qué no finges durante un ratito que estás enfadada y luego les das las gracias?

Spencer frunció los labios con un mohín.

—Pensaba que no te gustaban mucho. Siempre te refieres a ellos como «los idiotas».

—Os he visto crecer, no lo olvides, por eso sé que son idiotas. Pero harían lo que fuese por ti, sobre todo Tyler, y para mí eso es suficiente.

Spencer se apartó de él un paso para estudiarlo: su pelo castaño comenzaba a desaparecer entre las canas que se habían multiplicado en el último año, tenía los ojos oscuros y brillantes, enmarcados por unas arruguitas, y una sonrisa sincera que solo aparecía en su cara para ella. Todo el mundo creía que Chad era un tipo arisco y distante, pero nada más lejos de la realidad. Él solo había tenido mala suerte en la vida, como ella, y estaba enfadado con un mundo que le había quitado mucho más de lo que le había dado. Como a ella.

—Eres un buen hombre.

Él sonrió y le guiñó un ojo.

—Y tú una buena chica que ya debería estar haciendo el inventario.

—¿Sabes? Acabas de cargarte un momento perfecto.

—¡Deja de remolonear!

Juntos entraron en el bar y, mientras Chad organizaba la cocina para las cenas de esa noche, Spencer hizo inventario del almacén y repuso los bidones de cerveza y las bebidas del expositor. Después empezó a preparar las mesas y la barra. En cuanto acabara con esa tarea, iría a casa a por un par de cosas que necesitaba y se prepararía para la larga noche que tenía por delante.

Llamaron a la puerta.

—Está cerrado.

—Pues abre de una vez. Tengo los pies hinchados.

Spencer dejó el vaso que estaba secando sobre la barra. Alzó una ceja.

—¿Cassie?

—¡Sí! Abre de una maldita vez.

Se apresuró hasta la puerta y quitó los cerrojos. Al abrir se encontró con Cassie y Savannah. Ambas lucían una enorme sonrisa, demasiado amplia, demasiado efusiva. Las contempló con la sorpresa pintada en su rostro, sin entender qué hacían allí. No es que fuese raro que aparecieran por el bar. Iban a menudo, pero siempre lo hacían en compañía de Caleb y Tyler, y no a esas horas de la tarde.

—¿Qué hacéis aquí? —sonó demasiado suspicaz.

—Controla ese entusiasmo —replicó Cassie.

—Íbamos de paso. Y no le hagas caso, está de un humor de perros —contestó Savannah.

—¿De paso hacia dónde?

Las dos amigas se miraron un segundo y posaron su vista de nuevo en Spencer.

—¿Vas a dejarnos entrar? —resopló Cassie—. Tengo la espalda destrozada y no consigo juntar las piernas desde hace días.

Spens se hizo a un lado y las dejó pasar. Después las siguió hasta la barra. En ese instante, Chad salió de la cocina. Les dedicó una mirada inquisitiva y frunció el ceño.

—Está cerrado.

—Nosotras también nos alegramos de verte, Chad. Perdona si no me lanzo a tus brazos, es probable que rebote antes de tocarte —masculló Cassie, acariciando su abultada barriga. Notó una patadita—. ¡Mira, el bebé también se alegra de verte! Dentro de nada tendrás a la nueva generación Kizer correteando entre las mesas de billar.

Chad no pudo evitar reírse y su mirada se dulcificó un poco.

—Como si no tuviera bastante con la primera. Si hay una de Marcus, creo que me jubilaré antes de tiempo. ¿Quién dijo que no llegaría el Apocalipsis? —refunfuñó en broma. Después regresó a la cocina.

Savannah entornó los ojos con un gesto hosco.

Spencer inclinó la cabeza para ocultar su sonrisa.

—¿Queréis tomar algo?

—Agua, por favor —pidió Cassie.

—Para mí una cola —dijo Savannah.

Llevó las bebidas hasta la mesa que habían ocupado y les sonrió. No había sido fácil, pero desde el verano anterior, en el que ambas habían vuelto al pueblo, se había establecido entre ellas lo que parecía la base de una sincera amistad. Cada una había asumido su lugar y el que ocupaban las demás. El pasado era solo eso, pasado, y cualquier roce o malentendido había quedado atrás. Ahora las tres formaban parte de la misma gran familia.

—¿Estáis bien? —se preocupó al ver que guardaban silencio. Parecían tensas, sobre todo Savannah.

Alternó su mirada entre ellas y la incomodidad se hizo patente.

—¡Está bien, de acuerdo, no estamos de paso a ninguna parte! Hemos venido a entretenerte para asegurarnos de que no regresabas a casa.

Cassie se atragantó con el agua y giró la cabeza de golpe hacia Savannah.

—¿Te están clavando astillas bajo las uñas y yo no me he dado cuenta? —le espetó entre dientes.

—¡¿Qué?! —exclamó Spencer.

—No voy a mentirle. No es justo. No me gusta hacer cosas a espaldas de nadie —se justificó Savannah.

—No le estábamos mintiendo.

—No decir nada es lo mismo que mentir. Y yo tengo conciencia.

—Pues tu conciencia es una bocazas.

Spencer apartó una silla y se sentó con un gesto ceñudo.

—¿Quién de las dos va a explicarme qué ocurre?

—Ya que ha empezado, que continúe la Hermana No-Sé-Guardar-Un-Secreto. Amén.

Savannah alzó las cejas, mirando con disgusto a su amiga. Puso los ojos en blanco y sacudió la cabeza.

—Los chicos están en tu casa y… —empezó a explicar.

—¿Y qué demonios hacen allí? —la interrumpió Spencer. La respuesta iluminó su mente—. Vale, no me lo digas, puedo imaginarlo. ¡Serán idiotas! ¿Es que no pueden meterse en sus propios asuntos por una vez?

—No te enfades. Hace frío, no puedes estar sin calefacción en esa casa.

—Sí puedo.

—Pero no puedes evitar que nos preocupemos por ti. Así que ganamos por número.

—Empiezas a parecerte demasiado a Caleb —refunfuñó Spencer. Savie sonrió—. No era un cumplido.

Cassie se tragó una risita. Alargó la mano y la posó sobre la de Spencer con un gesto afectuoso. En algunos aspectos se sentía muy identificada con ella y esa afinidad se estaba transformando rápidamente en cariño.

—Tyler nos ha contado que esta mañana pasó a verte y que tenías problemas con la caldera. También con la puerta y algo más sobre tu coche. Así que todos pusimos algo de dinero y ahora están cambiando ese trasto que tenías en el sótano.

Una brusca sacudida agitó el pecho de Spencer.

—¿Todos habéis puesto dinero?

—Sí, hasta Chad ha querido colaborar —dijo Savannah con una sonrisa.

Spencer se giró hacia la barra, donde Chad se encontraba rellenando los servilleteros.

—¿En serio? ¿Lo sabías y no me has dicho nada? ¿De parte de quién estás tú?

Chad se encogió de hombros.

—De la mía. Sin calefacción en esa cabaña en la que vives, acabarás enfermando y yo me quedaré sin mi mejor camarera. Miro por mis intereses.

—Sí, seguro —murmuró mientras se ponía en pie. De repente se detuvo y atravesó con la mirada a ambas chicas—. ¿Qué más os ha contado Tyler?

—¿Te refieres a lo de tus… visitas? —sondeó Savannah.

—¡Dios, voy a matarlo! —Sintió que el alma se le caía a los pies. Ya había imaginado que Tyler no sería muy discreto, pero una parte de ella albergaba la esperanza de que lo dejaría estar.

—Solo se preocupa por ti —le hizo notar Cassie con tono condescendiente.

—Yo también me preocupo por él y no voy metiéndome en sus asuntos.

—Forma parte del lote. Tú deberías saberlo mejor que nosotras, habéis crecido juntos. Por favor, no te enfades con él.

Spencer suspiró.

—Es algo muy personal.

—Lo imagino, pero no saldrá de aquí. Nadie más va a saberlo. —Cassie hizo una pausa—. Y ya que estamos hablando de ello… ¿Estás bien?

—Lo estoy —susurró. Cassie frunció el ceño—. ¡Estoy bien, de verdad! Solo tendrá importancia si vosotros se la dais.

—Vale, te creo.

—Pero si nos necesitas… —empezó a decir Savannah.

—Gracias —dijo Spencer sin apenas paciencia. Forzó una sonrisa—. Tengo que trabajar.

Se dirigió a la barra y, tras lanzar una larga mirada de reproche a Chad, se puso a cortar limas. Miró de reojo a Cassie y a Savannah, que no parecía que tuvieran intención de marcharse.

Adiós a su idea de ir a casa.

Durante un rato se dedicó a poner el bar a punto: colocó los ceniceros, los servilleteros, rellenó la nevera del hielo y las cestitas con cacahuetes. Casi sin darse cuenta, se descubrió observando a Cassie, la forma protectora en que acariciaba su vientre, el brillo de sus ojos y esa preciosa sonrisa que iluminaba su cara cada vez que notaba al bebé.

Tragó saliva e intentó ignorar ese peso angustioso que solía instalarse en su pecho cuando pensaba en ello. Nunca sabría qué se siente.

Respiró hondo para tranquilizarse. Necesitaba respirar. Así que comenzó a inhalar despacio, como le había enseñado la doctora Leigh. Pasaron unos segundos, pero al final logró que sus pulmones funcionaran con normalidad. El alivio apenas le duró un instante. La puerta se abrió de nuevo y Caleb y Tyler entraron en el bar. Sus ojos se encontraron con los de Tyler y no los apartó mientras él se acercaba sin prisa. Se midieron un instante, hasta que él extendió las manos en un gesto como diciendo «Venga, ¿qué esperabas?». Ella negó, sacudiendo la cabeza con obstinación al tiempo que se apartaba para evitar que la abrazara. No sirvió de nada. Tyler la tomó por las muñecas y la atrajo hacia su pecho. La abrazó mientras presionaba los labios contra su frente un largo instante. Y sin más, cualquier enfado ya era parte del pasado.

—Lo siento, Spens. Esta mañana me he comportado como un imbécil.

—No es cierto. Yo también…

—Sí lo es. Me he pasado. Me he portado como un crío y no tenía ningún derecho.

—Debería habértelo contado antes.

—No, yo debería haberme dado cuenta de que no estabas bien y no lo hice. No estaba enfadado contigo, sino conmigo mismo por haberte fallado.

Spencer se soltó de su abrazo y lo miró a los ojos.

—Tú no me has fallado. Quítate esa idea de la cabeza. —Él frunció el ceño, cuestionándola—. Lo digo en serio, Ty.

—Vale —suspiró sin estar aún convencido—. ¿Olvidado?

—Olvidado.

Tyler sonrió mientras sacaba una llave que colgaba de una anilla y se la ponía en la mano.

—Voy a devolveros hasta el último centavo.

—Lo sé —susurró él, enmarcándole la cara con las manos—. ¿Qué tal te ha ido?

Ella sonrió, sabiendo que se refería a su terapia.

—Ha ido —respondió, sintiéndose un poco extraña hablando con naturalidad del tema por primera vez—. Cada día es mejor que el anterior. Estoy bien, de verdad.

Él le devolvió la sonrisa y le tiró de un mechón de pelo, antes de darse la vuelta en busca de Cassie.

—¡Tyler! —El chico se detuvo y la miró por encima del hombro—. Ya sabes… Gracias.

—Yo también te quiero.

Spencer era consciente de que sonreía como una idiota cuando bajó la vista, y que unas obstinadas lágrimas pugnaban por derramarse. Se giró y se dio de bruces contra un pecho cubierto por una gruesa sudadera que olía de un modo especial. Un aroma que reconocería en cualquier parte porque Caleb siempre había olido así, a algo cálido que aún lograba provocarle un cosquilleo irracional.

Tragó saliva y alzó la barbilla componiendo su expresión más tranquila.

—Tú y yo tenemos que hablar —dijo Caleb muy serio.

—¿Vas a echarme la bronca y a decirme lo mucho que te he decepcionado? Créeme, ya me siento como una arpía para el resto de mi vida.

La expresión de Caleb se dulcificó. Arrugó la nariz con un gesto muy mono y se pasó la mano por la nuca.

—No lo haré si me prometes que dejarás de hacerte la dura y que contarás con nosotros siempre que lo necesites. —Tomó aire y lo soltó de golpe—. Mira, las cosas son como son. Te guste o no, estamos aquí y no vamos a marcharnos. Somos como un grano en el culo, lo sé, pero somos tu grano en tu bonito culo y no vamos a desaparecer. Somos familia, no puedes pasar de nosotros ni mantenernos al margen. Sobre todo en cosas tan importantes.

—No estaba pasando de vosotros, es solo que…

—Eh, te entiendo mejor de lo que crees. Sé por qué has actuado así, ya que yo he hecho lo mismo muchas veces. Os aparté, os mantuve al margen y decidí que estar solo y no pedir ayuda era lo mejor. Mis problemas eran cosa mía. Pero me equivocaba. La vida mejora cuando alguien te toma de la mano —susurró, tomando sus dedos entre los suyos. La miró a los ojos con ternura y le dio un ligero apretón antes de soltarla—. Sé que no me he portado muy bien contigo en el pasado. Pero te prometo que ahora puedes contar conmigo, Spens. Siempre voy a estar para ti.

Spencer le sostuvo la mirada sin saber qué decir, de pronto avergonzada. Un cosquilleo le recorrió el estómago con una extraña sensación de vértigo, y fue como asomarse a un precipicio. Bajo sus pies se extendía un pasado lleno de recuerdos en los que Caleb era el único protagonista. La nostalgia se apoderó de ella y echó de menos lo que una vez habían tenido. Con él se había sentido a salvo.

—Gracias —logró decir. Sonrió con timidez.

—No tienes que dármelas. —Entornó los ojos, risueño—. Por cierto, ¿desde cuándo te gustan los gatos? ¿Y qué clase de nombre es *Zarpas*?

Ella soltó una risita con los ojos en blanco. Negó un par de veces y lo empujó hacia la mesa.

—¿Por qué no te sientas de una vez? Os llevaré unas cervezas.

4

Eric cerró el taller en cuanto el mortecino sol se ocultó detrás de las copas de los árboles. Se dirigió a su Pontiac aparcado junto a la carretera. Después de sentarse frente al volante, cerró la puerta con fuerza y se quedó inmóvil, mirando fijamente a través del parabrisas. Tras unos minutos con la mente llena de pensamientos, se puso en marcha en dirección al Shooter. Tyler le había escrito un mensaje, avisándole de que se encontraba allí con Caleb.

Cassie también estaba con él.

Minutos después aparcó en la explanada y se encaminó a la parte trasera del local. El bar aún se encontraba cerrado al público y su hermano le había indicado que podría colarse por detrás sin ningún problema. Encontró la puerta abierta y entró sin anunciar su presencia.

Se dirigió directamente al baño.

Al entrar se topó con Avery, la camarera pelirroja, y la saludó con una leve sonrisa. Ella le guiñó un ojo de forma seductora y, al pasar junto a él, sus cuerpos se rozaron en zonas muy concretas. Eric abrió la boca con intención de disculparse, pero la expresión de la chica le dijo que no se había tratado de un accidente.

—Te sienta muy bien esa camiseta —indicó ella.

—Gracias.

—De nada. Es que cuesta no darse cuenta de que hace juego con tus ojos. —Soltó una risita—. Últimamente no vienes mucho. Empezaba a echarte de menos.

Eric la contempló con curiosidad. ¿Estaba coqueteando con él? Sí que lo estaba haciendo. Ni siquiera recordaba haber hablado con ella antes de ese momento, pero era evidente que la chica sí se había fijado en él.

—Tengo mucho trabajo.

—Pues deberías trabajar menos y divertirte más —replicó ella al tiempo que se apoyaba en el marco de la puerta.

Eric intentó dar un paso atrás para mantener las distancias, pero habían quedado encajados en el estrecho hueco. Si se movía un solo centímetro, aunque solo fuese para tomar aire, su pecho tocaría el de ella. La miró a los ojos fijamente para evitar hacerlo a su escote; y no porque le atrajera especialmente, es que el tamaño de su top minúsculo no encajaba con el de su generosa talla de sujetador y el efecto era imposible de ignorar. Sonrió de nuevo, disimulando que el encuentro comenzaba a resultarle incómodo.

Ella le alisó una arruga inexistente en su camiseta a la altura del estómago. Se humedeció los labios.

—Y hablando de diversión. Si sigues por aquí cuando acabe mi turno... Podríamos... —dejó la frase suspendida en el aire, pero sus ojos hablaron por ella.

—Solo voy a quedarme un rato.

—Pues otro día.

Eric contuvo el aliento y trató de recordar cuánto hacía que no estaba con una chica. Demasiado. Esta vez se permitió mirarla de arriba abajo y, pese a que no se sentía atraído por ella, no fue inmune a sus encantos. Después de todo, era un tío con ojos en la cara, testosterona y todas esas cosas que funcionaban por si solas sin permiso del corazón o la cabeza.

—Sí, estaría bien. Aunque últimamente tengo que trabajar muchas horas y acabo muy cansado.

—¡Claro, es normal!

Eric notó su desencanto.

—No es una excusa.

—Espero que no —susurró ella con tono coqueto—. Ya sabes dónde encontrarme si te apetece verme, ¿vale?

Eric asintió y la observó alejarse. Cerró la puerta con el pestillo y después se apoyó contra la pared durante unos segundos. Abrió el grifo y se mojó la cara para despejarse. Su reflejo le devolvió la mirada desde el espejo, al tiempo que se inclinaba hacia delante con las manos a ambos lados de la fría porcelana del lavabo e intentaba recuperar el aliento que siempre sentía que le faltaba.

Llevaba algo más de diez meses en Port Pleasant, siete desde que su madre había fallecido, y toda su vida había cambiado por completo.

De repente se había encontrado con un mundo muy diferente al que había vivido, en el que ahora tenía todo aquello que siempre había echado en falta: una familia que le quería, estabilidad y una perspectiva de futuro. Y pese a esa verdad, pese a ver cumplido su mayor sueño, todo a su alrededor se le antojaba indefiniblemente extraño e irreal. Continuaba sintiendo que no pertenecía a aquel lugar, su sitio estaba en alguna otra parte, que acabaría encontrando tarde o temprano si reunía el valor para marcharse.

Esos pensamientos le inquietaban y se preguntaba constantemente qué demonios le ocurría; aunque una parte de él sabía dónde estaba el maldito problema. Su mente había asumido que las cosas eran como eran y que así estaban bien. Como debían ser. Pero su corazón iba por libre la mayor parte del tiempo y a veces sufría. Como en ese mismo momento, cuando la risa de ella atravesaba paredes y se colaba en sus oídos como una melodía, traspasando sus defensas.

Dios, le había costado la vida dejarla marchar y empujarla a los brazos de Tyler, pero sabía que había hecho lo correcto. Y se aferraba a esa idea como a su propia existencia. Por ello había dejado de pensar en Cassie y todo lo que tuviera que ver con ella. Había dejado de contemplar los espejismos que su mente creaba con escenas de la vida que podría haber tenido si no se hubiera marchado cuatro años atrás.

Por suerte, era alguien que había pasado toda su vida esforzándose para vivir en el presente más inmediato, dejando a un lado el pasado y sin pensar mucho en el futuro. Podía parecer una actitud poco comprometida, pero a él le funcionaba.

Entró en la sala y la voz de Tyler atravesó el espacio vacío, rebotando en las paredes con una bienvenida. Eric alzó la mano y le devolvió el saludo con una sonrisa. Se encontraba sentado a una mesa en la otra punta del bar, con Cassie acomodada en su regazo mientras le frotaba la prominente barriga. Ella también le saludó, y él le respondió con más entusiasmo del que sentía en ese instante.

Les indicó por señas que iba a pedir algo en la barra.

Dios, había empezado a dolerle la cabeza y no estaba de humor para ser sociable. Se acomodó en uno de los taburetes, con la vista clavada en sus manos sobre la madera. No levantó la cabeza cuando oyó agitarse la cortinilla que daba paso a la cocina y una sombra se colocó frente a él.

—¿Te pongo algo?

—Una sin, por favor.

—¿Te refieres a una cerveza sin?

—¿A qué si no? —replicó mientras cerraba los ojos y se frotaba la cara con ambas manos.

—Bueno, podrías estar pidiendo una cola sin. Un té sin, incluso un zumo sin.

Eric abrió los ojos y alzó la cabeza. Spencer lo miraba al otro lado de la barra, esperando una respuesta. Frunció el ceño y se inclinó hacia delante.

—¿Un zumo sin? ¿Sin qué?

—Sin azúcar. Hay mucha gente que no quiere tomar azúcar.

Una expresión de entendimiento cruzó por la cara de Eric y se encogió de hombros conforme con la explicación.

—Una cerveza sin alcohol, por favor.

Unos segundos después, ella colocaba un botellín delante de él y lo abría con pericia utilizando una sola mano.

—Aquí tienes.

—Gracias.

Se llevó la botella a los labios y dio un largo trago. El líquido amargo se deslizó por su garganta, humedeciéndola. Inspiró hondo y miró por encima de su hombro la mesa. Se habían enfrascado en una conversación sobre la pasada Super Bowl, que había tenido lugar unos días antes. Los Panthers de Carolina habían perdido contra los Broncos de Denver por 10 a 24, y el resultado les escocía como una herida abierta.

A Eric nunca le había atraído el fútbol, prefería el béisbol, así que continuó sentado donde estaba. Dio otro trago y sus ojos se encontraron con los de Spencer, que rellenaba de forma concienzuda los botes de salsa barbacoa. Ella le dedicó una leve sonrisa y continuó con su tarea sin prestarle atención. Sin nada mejor que hacer, se dedicó a observar sus movimientos.

Era curioso, pero hasta esa noche no se había dado cuenta de que los ojos de la chica eran azules, de esa clase de azul que te deja atrapado y que inmediatamente te hace pensar en el mar plomizo de finales de verano; ni que su nariz y una gran parte de sus mejillas estaban cubiertas por un manto de pecas que hacían más evidente la palidez de su piel.

O quizá fuera su melena oscura, casi negra, la que lograba el contraste. Fuese lo que fuese, no recordaba haber visto a nadie con una piel tan blanca y luminosa.

Entonces cayó en la cuenta. Iba sin maquillar. Por eso nunca lo había notado. Tampoco llevaba ese uniforme sugerente que solían vestir las camareras: unos pantalones tan ceñidos que parecían una segunda piel y una camiseta diminuta y con un pronunciado escote decorada con el logotipo del bar. Esa tarde vestía unos tejanos anchos y un jersey de lana que le estaba un poco grande. Su aspecto le pareció dulce, incluso inocente, aunque sus ojos no tenían el brillo y la vida que cabía esperar en alguien así, sino un velo receloso. La repasó con curiosidad y en conjunto la encontró bastante guapa.

Ella suspiró y se pasó las manos por la cara. Después frotó las palmas contra la tela de sus tejanos, mirando a su alrededor como si buscara algo.

—¿Dónde he puesto el maldito cuchillo?

—¿Es ese? —le hizo notar Eric, señalando con un dedo el cubierto que sobresalía del cuenco con limas cortadas.

—Ese es —respondió con un gemido de cansancio—. Gracias.

—De nada.

—Por cierto, gracias también por lo de hoy —dijo ella, y con una tímida sonrisa puso un cestito lleno de cacahuetes delante de él. El chico alzó las cejas, sin comprender a qué se refería—. Hablo de mi camioneta, el dinero para la caldera… Todo eso, ya sabes —aclaró cohibida.

Eric asintió un par de veces y sonrió.

—No sé nada de ningún dinero. Me he ocupado de la camioneta, nada más. Solo había que cambiarle el motor de arranque, unos cilindros y solucionar un par de problemillas eléctricos. No me ha dado mucho trabajo y no he necesitado piezas nuevas.

—Aun así, gracias. No tenías por qué hacerlo y lo has hecho.

—Tyler me lo pidió.

—Ya, bueno, pero no debería habértelo pedido. Ese es el tema, que no debería haberlo hecho. Pero él es así, no puede dejarlo estar, tiene que… Ya sabes, meterse en todo. A veces puede convertirse en un dolor de cabeza, en uno muy grande, y ser tan molesto como un sarpullido. —Arrugó la nariz con un mohín—. Y lo peor de todo es que no se corta a la hora de implicar también a los demás, como ha hecho contigo. No sé, es incómodo para mí que haga estas cosas aunque su intención sea buena. Porque tú no me debes nada, apenas me conoces. Y él tampoco me debe nada. —Gruñó exasperada, sin entender muy bien por qué le estaba diciendo todo aquello a él—. No sé si me entiendes.

Bajó el mentón un poco avergonzada y sonrió, mirándolo a través de sus oscuras pestañas.

Eric se inclinó hacia delante y también sonrió. Spencer tenía un tono de voz bajo, con un toque áspero, muy agradable al oído. Nunca se había fijado y le resultó gracioso verla parlotear nerviosa y enfadada.

—Puede que no lo creas, pero entiendo muy bien lo que quieres decir. Yo también he sufrido sus enredos. No hace mucho que conozco a Tyler, pero ya tengo una idea bastante clara de cómo es y hasta dónde puede llegar.

—Supongo que sí, sois hermanos y eso debe ayudar. —Hizo una mueca graciosa con la que arrugó la nariz—. Aún se me hace raro.

—¿El qué?

—La idea de que seáis hermanos. Bueno, sabía que existías y todo eso. De pequeños él nos hablaba de ti. Con el tiempo dejó de mencionarte y no supe nada más hasta que apareciste el año pasado, cuando… Ya sabes… Cuando pasó todo lo que pasó. —Se rascó la nariz e inspiró hondo—. Creo que debería irme a otra parte y cerrar el pico.

—No pasa nada.

—No suelo hablar tanto. Y tampoco suelo ser tan bocazas. —Apretó los párpados con fuerza—. Normalmente ni siquiera hablo con los clientes.

—Entonces me alegro de que hagas una excepción y hables conmigo —dijo él cada vez más relajado y divertido.

Ella sonrió y se fijó en sus rasgos.

—Y yo me alegro de que Tyler y tú por fin tengáis una relación.

—Yo también.

—Él siempre te echó de menos. Te buscó durante mucho tiempo.

Eric bajó la mirada un segundo y negó con un leve gesto.

—Yo no lo sabía. Que me estaban buscando, quiero decir.

—Lo sé. Nadie tiene la culpa de que le mientan. —Se cubrió la cara con las manos y lo miró a través de sus dedos—. Lo siento. A veces no pienso lo que digo. Te juro que esta no soy yo. Bueno, sí, lo que quiero decir es que…

Eric movió la cabeza, quitándole importancia, más centrado en ella a cada segundo que pasaba.

—Prefiero a las personas que no piensan mucho lo que dicen. Me gusta esa espontaneidad.

Los dos se sonrieron.

Ella, un poco abochornada al no reconocerse, ¿qué demonios le pasaba esa tarde?

Él, demasiado entretenido y a gusto. La observó con la cabeza inclinada.

—Veo que Tyler te ha puesto al día con mi historia.

—¡No creas! Es mi mejor amigo, pero no me lo cuenta todo. Es más reservado de lo que parece.

—Pero sabes más cosas de mí que yo de ti. Lo cierto es que no sé nada sobre ti; y es curioso porque vengo por aquí a menudo y hemos coincidido en varias ocasiones. Tyler te aprecia… ¿Por qué no hemos hablado nunca tú y yo?

—¿Cosas de la vida? —bromeó ella, haciéndose la interesante. Se encogió de hombros—. No lo sé.

—Pues ahora estamos hablando, cuéntame algo sobre ti.

—No hay mucho que contar. Nada interesante. Además, creo que están esperando a que te sientes con ellos.

Eric miró de reojo la mesa y pilló a Cassie observándoles. Tomó aire y ladeó la cabeza mientras le dedicaba un mohín a Spencer.

—Pues yo me encuentro de maravilla aquí. Vamos, sorpréndeme con algún secreto que no le hayas contado a nadie.

—No es que no quiera contarte mis secretos más oscuros, como que me gusta la crema de cacahuete con sirope —lo sé, es asqueroso y no debería confesar esas cosas— pero viendo cómo te mira Avery, creo que ella estaría más que encantada de contarte los suyos. No quiero entrometerme.

Él negó con un gesto y se inclinó un poco más para susurrarle:

—Aprecio tu consideración, no me malinterpretes. El problema es que no me interesan los secretos de Avery. —Entornó los ojos—. Pero eso de la crema de cacahuete con sirope sí que me ha dejado impresionado y... ¡Dios, ¿de verdad te comes eso?!

Spencer trato de no echarse a reír por su expresión de asco. Imposible cuando sus ojos oscuros la miraban de aquel modo suspicaz.

—Está bueno.

—Lo dudo mucho, pero allá tú. ¿Algún otro secreto inconfesable?

—¡Eh, yo te he contado uno, ahora deberías ser tú el que confesara sus vergüenzas!

—Tienes razón. Me parece justo. ¿Preparada? —Ella asintió sumamente interesada—. Me gustan *Las chicas Gilmore*. Es más, estoy viendo de nuevo todas las temporadas. Hay algo en ese tío, Luke, que hace que me cuestione algunas cosas sobre las camisas de franela y que ya haya comprado dos en el último mes. —Hizo una breve pausa y bajó la voz—: Prométeme que no se lo contarás a nadie.

Spencer se lo quedó mirando sin parpadear. De repente, una fuerte carcajada surgió de su garganta. Intentó ahogarla con los labios apretados y un sonido ronco escapó de su nariz, como el de un cerdito.

—¿Tan malo es? —inquirió Eric, divertido con los esfuerzos de Spencer para no reír con ganas. Ella asintió y sus ojos brillaron húmedos—. Creo que esto supera a tu crema de cacahuete.

Ella asintió de nuevo y le apuntó con un dedo.

—Tú no estás bien de la cabeza.

—Ni tú de las papilas gustativas.

—Lo tuyo es mucho peor.

—Dijo la terrorista del sirope.

—Ya, prefiero ser una terrorista del almíbar a esa repipi de Rory Gilmore.

Eric sacudió la cabeza.

—¡Me gusta Rory! Aunque en otra vida yo seré como Jess. Ese sí que sabe.

—¿Y por qué no como Dean?

—Porque Dean es el chico que siempre se queda esperando en el banquillo —la respuesta salió de su boca antes de que pudiera detenerla.

Se quedaron mirándose un largo segundo. Eric abrió la boca para decir algo cuando, de repente, se oyó un gemido.

—¡Creo que he roto aguas!

Todos clavaron sus ojos en Cassie, que permanecía de pie, inmóvil, junto a la mesa. Un pequeño charco se extendía a sus pies y lo miraba incrédula. El primero en reaccionar fue Tyler, que se levantó de golpe.

—¿Es el bebé?

—Sí, creo que sí.

—¡Joder! Ya viene. Vale, con calma, pensemos. ¿Te duele?

—No —susurró ella con el miedo reflejado en la cara—. No puedo…

—¿Qué no puedes? —replicó él sin entender.

—Hacer esto. No puedo tener el bebé.

—¿Pero qué dices, Cass? —intervino Savannah con preocupación.

Cassie la miró a los ojos y después señaló su vientre. Sacudió la cabeza y el miedo se transformó en pánico.

—Mira este barrigón, es imposible que salga por ahí abajo. Es imposible, te lo digo yo.

Caleb hizo un ruidito, divertido.

—Sobre todo si es tan cabezón como Tyler. —Savannah le dio un coscorrón—. ¡Ay!

—¡No ayudas! —le espetó Tyler. Se centró por completo en Cassie y le tomó el rostro entre las manos—. Nena, claro que puedes. Y lo vas a hacer muy bien, lo sé. Además, no pienso separarme de tu lado y podrás gritarme todo lo que quieras —bromeó.

Cassie sonrió e hizo un puchero al mismo tiempo. Entonces su cara se transformó con una mueca.

—¡Oh, Dios mío, duele! Duele, duele… ¡Tyler!

—Vale, tranquila, no te preocupes. ¡Nos vamos al hospital! —Se tanteó los bolsillos—. ¿Dónde demonios he puesto las llaves de la camioneta?

En ese momento, Spencer reaccionó. Las llaves de la camioneta aún las tenía ella.

—Las tengo yo —gritó, mientras las sacaba del bolsillo de sus pantalones y rodeaba la barra.

Caleb se las arrancó de la mano.

—Conduzco yo. Tú ve detrás con ella —le indicó a su amigo—. Sav, deberías llamar a sus padres.

Savannah asintió y le dedicó una sonrisa feliz a su amiga.

—Todo va a ir bien, ya lo verás. ¡Madre mía, vas a ser madre! ¡Voy a ser tía!

—Necesito la bolsa del bebé. Necesitamos las cosas del bebé —gimoteó Cassie, dejando que Tyler la ayudara a caminar.

Tyler buscó con la mirada a Spencer.

—Yo me encargo, no te preocupes.

—Está en el armario de la entrada, y ya sabes dónde guardo la llave.

En cuestión de segundos, todo el mundo estaba en marcha. Todo el mundo menos Eric. Se había quedado de pie, junto a la barra, observando sin más y sin saber qué hacer. Un sentimiento extraño le estrujaba el estómago y no sabía cómo manejarlo. La idea de que allí no pintaba nada, con ellos, lo atravesó como un rayo y viejas emociones asomaron su fea cara. No formaba parte de nada de aquello, era un extraño intentando adaptarse a una situación que aún le parecía rara y difícil.

—¡Maldita sea, no encuentro las llaves! Chad, ¿has visto las llaves de mi camioneta? —gritó Spencer.

—No —dijo el hombre a su lado—. ¿Has mirado en el almacén? ¿Recuerdas si volviste a guardarlas en la visera?

Eric tomó aire y se obligó a moverse.

—Yo te llevo —se ofreció—. Mi coche es más rápido.

Spencer le sostuvo la mirada unos instantes, sopesando si quería compañía. Su compañía. Se amonestó a sí misma, no era un tipo cualquiera sino el hermano de Tyler. Era de fiar.

—Vale. Démonos prisa.

La sala de espera estaba abarrotada de amigos y familiares. Un montón de personas muy diferentes entre sí que, por esas cosas de la vida, habían acabado formando una familia bien avenida. Dos mundos opuestos que habían logrado coexistir y crear algo mucho más grande y unido.

Desde el rincón que ocupaba, Spencer observó todos aquellos rostros nerviosos. Los padres de Tyler se encontraban junto a la puerta, hablando en voz baja con Dana, la madre de Cassie, y Bruce, el novio de esta. Los padres de Savannah también estaban allí, sentados en un incómodo sofá. Derek y Clare susurraban acomodados en el suelo. Todo el mundo había dejado lo que estaba haciendo para ir hasta el hospital.

La preocupación era visible y la expectación tangible, y más aún la curiosidad por conocer el sexo del bebé. Desde el primer momento, Tyler y Cassie habían decidido que no querían saberlo. Sería una sorpresa para todos.

Mientras pasaban los minutos, la espera se hacía un poco más difícil y Spencer empezó a mirar el reloj con demasiada frecuencia. Ese hospital despertaba en ella recuerdos dolorosos. No dejaba de ser curioso cómo en un mismo lugar podían convivir lo bueno y lo malo, el dolor y la alegría, la pérdida y la esperanza; y, como siempre, que te tocara una carta u otra dependía del maldito azar.

Odiaba cada segundo que pasaba allí y aún no había encontrado el modo de contener la tristeza que se apoderaba de ella entre aquellas paredes. Pero tal y como le había dicho su terapeuta, el tiempo era un concepto finito, y todo, absolutamente todo, acaba pasando. Se aferraba a ese pensamiento cuando ningún otro le funcionaba.

«Acabará pasando.»

Incapaz de permanecer quieta por más tiempo, se acercó a la ventana y subió un poco la persiana. Esa parte del edificio daba a la carretera, por lo que la vista no era muy interesante, pero cualquier cosa le parecía mejor que seguir mirando el cartelito de prohibido fumar que había en la pared.

Desde el otro extremo de la sala, Eric contaba de nuevo cada grieta del suelo. Paseó la vista sin fijarla en nada concreto, hasta que sus ojos tropezaron con Spencer. La vio removerse inquieta, suspirando y cambiando los pies de posición. Como él, también estaba sola y no buscaba la compañía de nadie. Con las manos en los bolsillos, decidió acercarse. Había sido agradable hablar con ella en el bar.

—¿Qué tal por aquí? —preguntó al detenerse a su lado.

Ella ladeó la cabeza y le sonrió. Dio un par de tirones a las mangas de su jersey y ocultó las manos repletas de anillos con la suave lana. Se encogió de hombros. Eric se dio la oportunidad de observarla con más detalle y pensó que era más guapa de lo que le había parecido anteriormente.

—¿No crees que están tardando mucho en decirnos algo? —preguntó ella a su vez.

Eric sopesó la pregunta. No es que supiera mucho sobre partos, pero había visto algún documental y películas con infinidad de situaciones parecidas. Estaba a punto de responder, cuando Tyler apareció en la sala completamente aturdido y pálido. Se quedó mirándolos y, poco a poco, su rostro cambió de expresión y se apaciguó. Una sonrisa se extendió por su cara y su mirada se tornó de orgullo.

—Las dos están bien —dijo casi sin voz.

—¿Las dos? ¿Es una niña? —preguntó Dana yendo a su encuentro.

Tyler asintió mientras una lágrima rodaba por su mejilla. Soltó una risotada y lanzó un puñetazo al aire.

—¡Dios, es preciosa y perfecta, y tan pequeñita! Se parece a Cassie, pero tiene mis ojos. ¡Mis ojos! —exclamó, incapaz de controlar la felicidad que sentía.

—¡Enhorabuena, hijo! —dijo Drew, dándole una palmada en la espalda antes de abrazarlo.

—¿Podemos verlas? —quiso saber Blair.

—En un rato podréis verlas —respondió Tyler mientras abrazaba a su madre con fuerza—. ¡Es preciosa, mamá, preciosa!

Tuvieron que organizarse en pequeños grupos para pasar a la habitación y poder ver a Cassie y la niña. Los últimos en entrar fueron Caleb, Savannah, Eric y Spencer. Encontraron a Cassie agotada, pero radiante, tumbada en la cama sobre un par de almohadas. Tenía en los brazos una mantita blanca, de la que sobresalía un gorrito también blanco con topos en tonos pastel. Les sonrió y se incorporó un poco con la ayuda de Tyler.

—Hola —dijo con voz cansada.

Savannah corrió hasta la cama y se agachó para abrazarla.

—Lo has conseguido, Cass.

Cassie asintió con las mejillas húmedas y poco a poco movió el bultito que reposaba en su pecho. Abrió la manta y una personita diminuta quedó a la vista.

—Chicos, os presento a Madison Rose Kizer.

Tyler no había exagerado ni un poco. Madison era perfecta, preciosa y redondita, con mejillas gordinflonas que daban ganas de comérselas. La pequeña abrió unos ojos de color gris azulado y los miró. Después movió la boca y bostezó.

—Es la cosa más bonita que he visto nunca —dijo Caleb sin dejar de mirarla, fascinado. Alargó la mano y le rozó la manita con uno de sus dedos. Sonrió de oreja a oreja cuando la pequeña, por instinto, le agarró el meñique—. Tú y yo vamos a llevarnos bien, ¿a que sí? El tío Caleb va a enseñarte un montón de cosas. Y en cuanto tengas unos pocos años más, te enseñaré a conducir.

—Por encima de mi cadáver —saltó Tyler.

Caleb se echó a reír mientras abrazaba a Savannah por la cintura.

—¿Qué dices, no te da un poco de envidia? —le susurró al oído.

Savannah se limitó a sonreír y a mover la cabeza como si él se hubiese vuelto loco de remate, pero el rubor que coloreó sus mejillas delató sus pensamientos. Algo dentro de ella se había agitado al ver a Madison en los brazos de su amiga. Pero la maternidad era algo para lo que quería esperar. Unos días antes, su agente literaria le había comunicado que había un editor bastante importante interesado en su manuscrito. Cada día estaba más cerca de conseguir su sueño y aún tenía tiempo antes de empezar a pensar en bebés y responsabilidades.

Cassie levantó la vista hacia Spencer y Eric. Ambos se habían quedado a los pies de la cama. Les sonrió y alargó la mano libre hacia él.

—¿El tío Eric no quiere conocer a su sobrina?

Eric le devolvió la sonrisa y se acercó. La tomó de la mano y se la llevó a los labios para darle un beso. Después se quedó mirando a la niña y le acarició la mejilla con ternura. Su hermano tenía razón, se parecía a Cassie, pero había heredado los ojos de Tyler. De repente se dio cuenta de que aquel ser pequeñito también estaba unido a él de un modo imposible de ignorar, llevaba su sangre; y fue como una revelación.

Después de todo, quizá sí que formaba parte de aquello que llamaban familia. Sonrió con una nueva emoción en su interior y, por primera vez en mucho tiempo, logró mirar a Cassie y Tyler juntos, de un modo diferente, sin ese pellizco en el corazón.

Meses atrás, esa niña había cambiado el transcurso de los acontecimientos sin siquiera saberlo. Había unido a sus padres de un modo milagroso cuando ambos lo daban todo por perdido. También había cambiado el rumbo que la vida de Eric había tomado. Durante unas maravillosas semanas creyó que el destino le había regalado una segunda oportunidad con la única mujer que había amado, pero todo había sido una ilusión. En el fondo de su alma sabía que no había responsables de aquella situación, no había nadie a quien culpar, y mucho menos a la niña.

—Hola, preciosa —musitó, acercando su cara a la de Madison. La niña le miró, como si supiera que se estaba dirigiendo a ella, y movió la boca con lo que parecía una sonrisa.

—¡Dios mío, es adorable! —gimió Savannah—. Estoy deseando que vayamos a comprarle ropita.

Tyler le guiñó un ojo a Spencer y a continuación se inclinó para tomar a su hija en brazos. La acunó como si fuese de cristal, con el miedo y la cautela de la inexperiencia, y se acercó a ella.

—Y esta chica guapa de aquí es Spencer. Ella aún no lo sabe, pero va a ser tu madrina.

Spencer, que se había mantenido en segundo plano todo el tiempo, dio un respingo y abrió los ojos como platos.

—¡¿Qué?!

—Queremos que seas la madrina de Madison —dijo Cassie sin ninguna vacilación—. Tyler y yo lo hablamos hace unas semanas y pensamos que eres perfecta para ese papel. Nos encantaría que aceptaras.

—¿Por qué... por qué yo? —preguntó sin dar crédito a la propuesta.

Tyler se la puso en brazos y sonrió encantado.

—Porque sé que la querrás tanto como nosotros —replicó muy seguro—. Y porque confío en ti. ¿Qué dices, serás su madrina?

Pasada la impresión inicial, Spencer empezó a sonreír sin dejar de mirar a la niña. Era preciosa y olía muy bien. La acercó a su cara y la besó en la mejilla. En su pecho estalló una dicha enorme al sentir su cuerpo pequeñito agitándose contra el suyo, y al mismo tiempo un dolor inmenso que le arrancó un par de lágrimas al devolvérsela a Tyler.

—Me encantaría ser su madrina —logró decir pese al nudo que le cerraba la garganta.

Tyler regresó al lado de Cassie y puso a la niña de nuevo en sus brazos. La miraba como si no pudiera despegar los ojos de ella. Se le veía inmensamente feliz y la escena era adorable. De repente, se inclinó y besó a Cassie en los labios con un impulso desesperado.

—Gracias —gimió contra su boca—. Gracias por cada día, minuto y segundo a tu lado. Gracias por quedarte conmigo y darme todo lo que me estás dando. Y gracias por este regalo —susurró, besando a la niña en la frente. Después repitió el gesto con Cassie—. Te quiero. Os quiero mucho a las dos.

5

Spencer apartó la vista de ellos para ocultar que había empezado a llorar emocionada. El momento era demasiado íntimo y sin hacer ruido abandonó la habitación. Segundos después, también salieron Caleb y Savannah. Habían quedado para cenar con los padres de ella, por lo que la despedida fue bastante breve.

Se dirigió al ascensor y, una vez en la calle, se encaminó hacia la parada de taxis. Ya que Chad había decidido no abrir esa noche, pensaba ir directamente a casa, cenar tranquila mientras veía una película y acostarse temprano por primera vez en mucho tiempo.

—¡Eh, tú, la del sirope! ¿Te estás escaqueando? —gritó una voz profunda tras ella.

Sonrió para sí misma al reconocerla y dio media vuelta sin dejar de caminar. Eric corría hacia ella con las manos en los bolsillos. No llevaba nada de abrigo y de su boca surgía una columna de vaho.

—¿Que si me estoy… qué?

—Te preguntaba si intentas darme esquinazo.

—¿Y por qué iba a hacer eso?

—¿Porque hemos venido juntos hasta aquí, te has largado sin decir nada y ahora huyes en medio de la noche? —Se inclinó hacia delante, con las manos apoyadas en los muslos, resoplando—. ¡Dios, para, me estoy quedando sin aire!

Spencer se detuvo y se encogió de hombros.

—No huyo. Solo voy a buscar un taxi para volver a casa. Estoy muy cansada y es la primera noche que no trabajo en semanas. Quiero aprovecharla.

Él la estudió un segundo.

—Yo puedo llevarte a tu casa. No me importa.

—No es necesario. Gracias.

—No hay ningún taxi a la vista y hace frío. No me importa llevarte, en serio. —Ella lo miró indecisa y un estremecimiento la recorrió de arriba abajo. La temperatura estaba descendiendo muy deprisa. Eric resopló y sacudió la cabeza—. ¡Dios, no puedo creerlo! No te tenía por alguien con prejuicios.

—¿Perdona? —inquirió, sorprendida por su aparente arrebato.

—Es por ese secretillo que te he contado, ¿verdad? Me juzgas. Pues… ¿sabes qué? Si tanto te molesta que me gusten las camisas de franela, esta prometedora amistad se acaba aquí mismo. —Se giró hacia una mujer que pasaba—. ¿Puede creerlo? Me sincero con ella, le desnudo mi corazón, y ahora me rechaza sin piedad.

La mujer lo miró sin estar muy segura de qué pensar y aceleró el paso, escondiendo una sonrisa. Él se giró de nuevo hacia Spencer y le dedicó una mirada triste, que se tornó rápidamente pícara.

Ella empezó a sonreír y alzó la vista al cielo. A ese chico le faltaba un tornillo.

—¡Está bien! ¿Dónde has aparcado?

Eric dio un saltito para entrar en calor y señaló su coche estacionado al otro lado de la calle. Se dobló por la cintura con una reverencia.

—¡Madeimoselle, su carruaje la espera!

Spencer le dedicó una sonrisa sincera y se arrebujó bajo su abrigo mientras cruzaba la calle junto a él. Lo observó de reojo. Caminaba con prisa y, bajo la fina camiseta que vestía, pudo apreciar que tiritaba. Aun así no dejaba de sonreír y esa expresión era tan genuina que costaba no quedarse embobada mirándolo. Además, su boca se curvaba un poco más hacia el lado derecho, dibujando una sonrisa torcida que le hacía parecer un niño travieso.

—¿Siempre eres así? —le preguntó.

Él la miró y alzó las cejas un par de veces, mientras abría la puerta del coche para ella.

—¿Te refieres a tan simpático y encantador? —Se encogió de hombros y no esperó a que respondiera—. Bueno, es una de mis maldiciones. Y si a eso le sumamos que soy guapo, un caballero y que sé hacer unos tamales increíbles… —Hizo un gesto despreocupado, como si le quitara importancia a sus palabras—. No te preocupes, lo entiendo.

—¿Y qué se supone que entiendes?

Eric respondió mientras rodeaba el coche a la carrera:

—Que finjas que no te caigo bien. Puedes decirme lo mucho que te gusto sin miedo. No se me va a subir a la cabeza, estoy acostumbrado.

Cerró la puerta igual de rápido y se acomodó en el asiento, resoplando a causa del frío. Su sonrisa se hizo más amplia al tiempo que la chica le lanzaba rápidas miradas. Entornó los ojos, divertido por la cara que había puesto.

Spencer abrió la boca, atónita, mientras se ponía el cinturón. No tenía idea de si hablaba en serio, si estaba de broma o si era el tío más raro que había conocido.

—¡Tú estás mal de la cabeza!

Eric inspiró hondo, soltando después el aire con un silbido, y puso el coche en marcha. Luego colocó las manos frente al chorro de aire caliente que brotó del salpicadero. Se le habían quedado heladas y apenas sentía los dedos. Chistó y esperó a que ella lo mirara. Le guiñó un ojo y las comisuras de sus labios se curvaron aún más.

—Solo bromeaba. Es agradable verte sonreír y no sueles hacerlo. Deberías sonreír más. Y si para conseguirlo tengo que comportarme como un lunático… ¡Que así sea!

Spencer no supo qué contestar a eso. Achicó los ojos y una idea pasó por su cabeza.

—¿Tyler te ha pedido que hagas esto?

—¿El qué?

—¡Esto! —Hizo un gesto con el dedo, señalándolos a ambos—. Ser amable. Bromear conmigo… ¿Forma parte de su plan «Salvemos a Spencer de su triste vida»?

—¿Tu vida es triste?

—No.

—Pero acabas de decir…

—No cambies de tema y contesta a la pregunta. ¿Te lo ha pedido Tyler?

—¡No! ¿De qué hablas? ¿Por qué iba a pedirme algo así? —Guardó silencio un segundo, estudiándola—. ¿Soy amable contigo y crees que es parte de un plan? Porque es muy raro. No sé, pero ¿no has pensado que simplemente me caes bien?

Acomodó la espalda en el asiento, sin apartar la mirada de ella. Pudo ver cómo su expresión cambiaba al ritmo de sus pensamientos.

—¿Te caigo bien? No me conoces —dijo Spencer en un susurro tímido.

—No necesito conocerte para eso. Es una sensación. ¡Siento la energía positiva! —exclamó, soltando un gruñido. Hizo un mohín con los labios, pensativo—. Aunque sí te conozco. Sé que te gusta la crema de cacahuete con sirope y los Cracker Jack... Y esa bebida de moras que sabe a jarabe. Ahora que lo pienso, tú tienes un problemilla con el azúcar, ¿no?

Spencer sonrió, un poco más relajada.

—¿Cómo sabes que me gustan esas cosas?

—Soy observador —respondió. Volvió la cabeza hacia ella—. El coche de una persona es como una ventana a su alma. —Soltó una risita al tiempo que cambiaba de marcha y empezaba a maniobrar—. Tenías el asiento de la camioneta lleno de envoltorios y latas. ¡Una guarrada!

—¡Me has pillado! —replicó Spencer, un poco abochornada. Ni siquiera recordaba cuándo fue la última vez que limpió su camioneta.

—Ya te lo dije, soy perfecto. —Remató la frase con una mueca seductora—. Y no iba en serio que me parezca una guarrada. Te lo perdono porque me gusta la música que llevas.

—¿También has cotilleado mi música?

—Es lo primero en lo que me fijo en el coche de una chica. Es como una prueba, si la supera podemos pasar a la siguiente.

—¡Vaya, una prueba! Me has sorprendido, la verdad. No es nada habitual que un hombre decida si una chica merece su interés mediante pruebas tan inteligentes. ¿También haces eso de la cartulina con sus fotos y vas añadiendo pegatinas de colores según sus habilidades? Largo de la falda, reírte las gracias, que adore tus abdominales... Ya sabes, esas cosas tan importantes que hacen que te imagines cumpliendo las bodas de plata con ella.

Eric tardó unos instantes en reaccionar, sorprendido por el elegante y sarcástico rapapolvos que acababa de echarle. Se rio y negó con la cabeza.

—Dicho así, soy bastante capullo. Acabas de destrozarme.

Ella le guiñó un ojo, como diciendo «Tú te lo has buscado». Empezó a girar uno de sus anillos, incapaz de permanecer quieta.

—¿Y yo la he superado?

—¿Qué?

—La primera prueba. ¿La he superado?

—¡Sí! Redlight King, Bridge to Grace, Nickelback, The Kicks... Tienes buen gusto para la música. Algo ecléctico, pero eso también me gusta.

Spencer lo observó con más atención, aprovechando que él se había concentrado en los espejos, atento para incorporarse al tráfico. Sabía que era algo mayor que Tyler, así que le echaba unos veinticinco o veintiséis años.

Si se fijaba, podía percibir cierto parecido entre los dos hermanos. Cosas poco evidentes como la forma de entornar los ojos o de morderse el carrillo, o ese tic de asomar la punta de la lengua entre los labios cuando se concentraban en algo.

En cuanto a sus rasgos, eran completamente opuestos. Eric tenía el pelo oscuro, del color del chocolate. Ojos marrones salpicados de motas doradas y unas espesas pestañas negras como la noche. Su piel era más tostada, su nariz más pequeña y su mandíbula más afilada.

Deslizó los ojos por su cuerpo, y ahí sí que no había duda de que era un Kizer. Debía medir al menos un metro ochenta y cinco. Espalda ancha, caderas estrechas y unos brazos fuertes. El cuerpo de un atleta, al igual que el de su padre y sus hermanos, solo que estos parecían jugadores de futbol y Eric tenía un porte más estilizado, como el de un nadador. Sí, definitivamente, Eric tenía motivos para pavonearse de sus cualidades. Estaba segura de que su sonrisa haría fallar muchos pulmones y aceleraría corazones. Ese era otro don innato de los Kizer.

—Y hablando de tu camioneta —Eric rompió el silencio—. La dejaste en el aparcamiento del bar. ¿No prefieres ir a buscarla?

Ella lo meditó un instante y negó con la cabeza.

—Está en la otra punta de la ciudad. Prefiero volver a casa. Ya me las arreglaré mañana.

—Como quieras —le concedió. Se detuvo bajo el semáforo, en el cruce que separaba las distintas partes del pueblo—. ¿Hacia dónde?

—Hacia el este. Vivo a las afueras, en Sunset Beach. ¿Lo conoces?

—Sí, sé dónde queda. Conozco la playa. Solía ir a hacer surf, porque allí siempre hay buenas olas. Esa zona es muy bonita, un poco apartada y solitaria, pero está bastante bien.

—Sobre todo es una zona tranquila.

—Ese es el encanto de las afueras. Y las casas. Ya sabes, por el espacio para construir.

—Sí. La mía es bastante grande, con un jardín por delante y un enorme patio en la parte de atrás. Tiene un cobertizo y está rodeada de árboles. —Hizo una pausa y asintió para sí misma—. Siempre he soñado con vivir en un lugar así.

—Vaya, suena bien.

—Suena mejor de lo que es. Es una construcción muy vieja y necesita una gran reforma, pero con el tiempo, y algo de dinero, sé que puede quedar de maravilla.

—¿Y vives con alguien? ¿Tus padres? ¿Alguna amiga? ¿Un novio?

Spencer apartó la vista de la ventanilla y la clavó en él. La sonrisa desapareció de su cara, desconcertada. ¿De verdad sabía tan poco de ella? No es que esperara ser un tema de conversación asiduo para sus amigos, pero Eric llevaba muchos meses instalado en Port Pleasant, incluso trabajaba en el taller con Caleb y Tyler. Se daban todas las condiciones para que estuviera al tanto de los cotilleos más jugosos sobre su persona.

Respondió con sinceridad:

—Vivo sola desde los dieciséis. No sé quién es mi padre, mi madre nunca quiso decírmelo, y ella se largó con un tipo al que acababa de conocer. No he vuelto a saber de ella. —Encogió el hombro con un gesto despreocupado—. Aunque antes de que se marchara tampoco podía contar con su ayuda, por lo que no supuso una gran pérdida.

De golpe, la velocidad del coche disminuyó considerablemente. Eric giró la cabeza y miró a la chica que tenía sentada al lado con los ojos como platos. No tenía ni idea. Resopló, sintiéndose mal consigo mismo.

—Lo siento, soy un bocazas. Me he puesto a interrogarte sin más y… Lo siento, no pretendía ser indiscreto ni molestarte.

—No tienes que disculparte, no lo sabías. Y tampoco pasa nada. Hace mucho que cuido de mí misma y no me va tan mal. No todos podemos tener la maravillosa vida de los Brady.

Él sonrió. Su gesto de preocupación desapareció poco a poco y entornó los ojos con un brillo juguetón mientras recorrían su rostro, deteniéndose en su boca un instante. Se percató nuevamente en lo atractiva que era. Tenía una belleza fresca y natural, que por algún motivo a él le había pasado desapercibida. Hasta ahora. Arrugó la nariz con desaprobación.

—¡Joder, los Brady! ¿Quién querría vivir en una familia así? A mí me ponen los pelos de punta con tantas sonrisas y buen rollo.

Spencer se relajó contra el asiento y suspiró.

—Padres maravillosos, hermanos encantadores, pavo en Acción de Gracias y regalos bajo el árbol en Navidad… ¡Dios, debe de ser horrible! —exclamó ella con una mueca de horror.

—¡Sí!

—Las familias perfectas están sobrevaloradas.

—Y tanto, nada como una disfuncional en la que los traumas forman parte del menú diario.

—¡Exacto! Esa gente no sabe lo que se pierde.

Eric rio para sí mismo y se fijó un poco más en ella con una nueva sensación. Se había criado solo la mayor parte de su vida. Su madre y él habían viajado tanto que siempre había sido el niño nuevo en todos los colegios a los que fue. Apenas había tenido amigos y ella había trabajado de lunes a domingo para poder mantenerlos. Al graduarse en el instituto dejó los estudios y comenzó a trabajar de camarero, lo que le permitió empezar a vivir solo y no ser una carga para su madre. Su vida había sido muy similar a la de Spencer en ese sentido.

Se sonrieron con complicidad, en silencio, y permanecieron así durante el resto del trayecto. La carretera serpenteaba bajo una arboleda, a través de la que apenas se podía ver un manto negro plagado de puntitos brillantes que titilaban. Eric giró a la derecha y tomó la desviación que conducía a Sunset Beach. Circularon otros cinco minutos, hasta que Spencer levantó el brazo y señaló una casa que se alzaba solitaria un poco más adelante.

—Es ahí —anunció.

Eric asintió y redujo la velocidad hasta detenerse junto al bordillo de cemento que delimitaba el césped de la carretera. Se inclinó y le echó un vistazo a través de la ventanilla. Después escudriñó la oscuridad que los envolvía. No había ninguna otra casa a la vista y la luz que proyectaba una solitaria farola apenas alumbraba el camino que ascendía hasta la vivienda. Inspiró hondo y agarró la manija de la puerta al mismo tiempo que Spencer.

—¿Adónde vas? —preguntó ella.

De repente se le pasó por la cabeza que él quisiera que lo invitara a entrar y advirtió un ligero aceleramiento en el ritmo de sus pulsaciones. Nunca invitaba a nadie a casa, porque ella ya no hacía ese tipo de cosas. Y aunque algo le decía que él no esperaría nada más que un poco de café y algo de conversación, no estaba segura de sentirse cómoda con un chico en casa.

—Voy a acompañarte hasta la puerta.

Eric salió del coche y se estremeció con la fría brisa que llegaba desde el mar. Ella también bajó.

—No hace falta, está ahí mismo. Entra en el coche, te vas a quedar helado.

—¿Y que te secuestren un par de mapaches? No podría dormir con ese peso en mi conciencia —replicó, socarrón.

Ella sonrió y alzó las manos con un gesto de rendición.

—Vale. Será un placer que me acompañes los escasos diez metros que hay hasta el porche. Nunca he visto mapaches por la zona, pero, quién sabe, puede que estén ahí, acechando en las sombras.

Él soltó una risita traviesa y la siguió con las manos en los bolsillos.

—No hay que subestimar a esos animales. No van a ser los extraterrestres los que un día nos conquisten y esclavicen. Serán los mapaches.

—¿En serio? Pero si son unos animalitos adorables.

—Hasta que te secuestran o esclavizan.

—Siguen siendo adorables.

—De acuerdo, cuando el mundo comience a llamarse Mapachelandia y tú seas una prisionera explotada y yo un aguerrido soldado de la resistencia, no esperes que vaya a salvarte —repuso él con el ceño fruncido.

Spencer se echó a reír, realmente divertida.

—¿Aguerrido soldado de la resistencia? —lo cuestionó—. ¿Como John Connor en *Terminator*?

Eric le guiñó un ojo, pagado de sí mismo.

—John Connor es un aficionado a mi lado.

—Perdona si pongo eso en duda —replicó para picarlo.

—Aunque no lo creas, tienes ante ti a un auténtico marine de los Estados Unidos de Norteamérica. —Esbozó una sonrisa arrolladora—. ¿Emocionada?

—¡Oh, sí, creo que estoy a punto de desmayarme!

Esta vez fue Eric quien soltó una profunda carcajada.

—¡Cuesta impresionarte!

—¿Intentas impresionarme?

—¡Joder, sí! Normalmente no me cuesta tanto impresionar a una chica y tú me lo estás poniendo muy difícil. Aunque eso hace que quiera intentarlo con más ganas. —Se quedó pensativo un segundo—. ¿Sabes?, acabas de darme una misión. Señorita, pienso encontrar el modo de impresionarte.

Ella se paró de golpe y lo miró con malas pulgas.

—No lo dices en serio.

—Sí, estoy muy seguro de haberlo dicho en serio.

—De verdad, tú no estás bien de la cabeza. Deberías mirártelo.

—¡Gracias!

Spencer no pudo contener la risa.

—¡No era un cumplido!

Él hizo una mueca rara. Parecía divertirle aquel tira y afloja.

Subieron juntos las escaleras del porche. Spencer sacó la llave del bolsillo de su pantalón y movió los pies con visible nerviosismo. Luego alzó la cabeza y contempló a Eric.

—Bueno, ya estamos.

El chico miró a su alrededor y asintió un par de veces, aprobando lo que veía. De nuevo sus ojos toparon con los de él por un instante que se prolongó más de la cuenta. Sus miradas se enredaron sin más, como si hubieran percibido algo nuevo en los rasgos del otro que necesitaran asimilar.

—¡Menudo día! —exclamó él. Raspó con la puntera de su bota los tablones del suelo.

Spencer se humedeció los labios resecos por el frío e hizo un gesto afirmativo.

—Una locura. Si esta mañana alguien me hubiera dicho que regresaría a casa siendo la madrina de la hija de Tyler...

—Eres su amiga. Ha sido un gesto muy bonito.

—No lo habría imaginado en un millón de años. Aunque tampoco esperaba que Tyler fuese algún día padre, pero ya ves... No puedes dar nada por sentado.

—Sí, suele pasar. La vida nos acaba sorprendiendo. Es una niña preciosa, ¿verdad?

—Es preciosa y afortunada. Tiene unos padres geniales que la van a querer mucho.

—Sí, se les veía muy felices.

—Bueno, y también tendrá un tío que seguro la mimará y consentirá.

A Eric se le iluminó la cara y sus labios se curvaron con una sonrisa torcida que dibujó un hoyuelo en su mejilla.

—Eso por descontado.

De nuevo silencio mientras se observaban. Spencer fue la primera en apartar la vista y metió la llave en la cerradura. Sonó un ligero clic tras el que la puerta cedió sin más.

—Gracias por acompañarme.

—De nada.

Ella cruzó el umbral y encendió la luz. Se giró hacia él, inexplicablemente nerviosa, y le dedicó otra sonrisa. Eric se la devolvió, después escudriñó de nuevo la oscuridad, como si necesitara asegurarse de que no había ningún ejército de bichos agazapados en las sombras.

—Supongo que ya nos veremos, ¿no? —dijo él.

—Seguro que sí.

—Genial.

—Buenas noches, Eric.

—Buenas noches, Spencer.

Con lentitud, ella cerró la puerta. Se quedó quieta un instante y, sin saber muy bien por qué, se inclinó hacia delante y avistó el porche a través de la mirilla. Eric continuaba allí, inmóvil, mirando el suelo como si pensara en algo importante. Después sacudió la cabeza y regresó al coche trotando. Segundos más tarde, el Pontiac negro se perdía en la noche.

Se dejó caer contra la pared y cerró los ojos un instante. Debía admitir que Eric no era el tipo de chico que había imaginado en un principio, más bien al contrario. Era amable y simpático, divertido, y sonreía con facilidad. Aunque no recordaba haber visto su sonrisa antes de esa noche. Las pocas veces que habían coincidido, él siempre se había mostrado serio y distante.

También debía aceptar que había sido agradable pasar ese rato con él. No sabría decir cuándo había sido la última vez que había hecho algo parecido: reír, bromear y sentirse a gusto en compañía de un chico. Quizá se debiera a que él no sabía nada sobre ella y que por ese motivo no se había sentido juzgada. Quizá porque, pese a su flirteo, en ningún momento la había mirado con la malicia a la que estaba acostumbrada. Había sido inocente, sin ningún tipo de plan o estrategia con el objetivo de conseguir sexo. El único motivo por el que un hombre se le acercaba desde hacía mucho.

Y puede que sí la hubiera impresionado un poquito, pero solo un poquito.

Un ligero ronroneo hizo que mirara hacia abajo. *Zarpas* se había detenido a su lado y la miraba con curiosidad.

—Hola —le dijo con mimo. Recibió un largo maullido como respuesta—. Supongo que ya te habrás instalado.

Otro maullido y el gato se frotó contra su bota.

—Bien, en ese caso, ¿qué te parece si preparamos algo de cena y vemos una película en la cama? —Tiró el bolso en el sofá y se dirigió a la cocina. Resopló y se quitó el abrigo, y a continuación hizo lo mismo con el jersey—. ¡Eh, parece que esa caldera nueva funciona!

Un rato más tarde estaba metida en la cama, calentita, con un bol de cereales con leche entre las manos y la vista clavada en la televisión. *Zarpas* se había acurrucado junto a ella y dormía plácidamente. El día había comenzado de un modo extraño, discutiendo con Tyler por culpa de sus secretos, y había terminado convertida en la madrina del bebé más bonito que había visto nunca. No estaba muy segura de muchas cosas en su vida, pero sí de una: iba a querer a Madison con todo su corazón y sería un buen ejemplo para ella.

Dejó el bol sobre la mesita y se arropó hasta la barbilla, sintiendo una extraña calma en su interior. Casi parecía un sentimiento nuevo y desconocido después de tanto tiempo.

6

Eric apagó el despertador de un manotazo. Inspiró hondo y se frotó la cara mientras bostezaba. Otro día más al que enfrentarse y del que no quería llevar la cuenta. Jamás había pasado tanto tiempo en un mismo lugar. Desde que recordaba, había ido dando tumbos de un sitio a otro, y ninguno había sido especialmente bueno. Quizá, por todos esos motivos, nunca había sido un tipo familiar y casero.

Ahora comprendía que la única finalidad de aquella vida errante había sido el castigo. Su madre lo había usado para hacerle daño a Andrew Kizer, llevando su despecho hasta una obsesión difícil de comprender. Solo en el último momento se había arrepentido de sus actos.

Eric la había perdonado, la había dejado ir en paz, pero nada compensaría jamás todos esos años que vivió completamente solo, creyendo que su padre le había abandonado. Convencido de que nadie le quería. Había crecido odiando a los Kizer sin ningún motivo y había sido así durante veinticinco años. Demasiado tiempo. Ahora tenía que tomar todos esos años, borrarlos de su corazón y aprender a querer a esa familia. Su familia.

Por suerte, le estaba resultando más fácil de lo que en un principio había creído. Drew, Blair, Tyler y Derek eran unas personas increíbles que se desvivían por él.

—Hijo, ¿estás despierto?

Eric pestañeó varias veces, intentando espabilarse, y se levantó de la cama. Abrió la puerta y encontró a su padre en el pasillo, completamente vestido y abotonando su cazadora.

—¿Qué pasa? —preguntó con curiosidad.

—¿Te importaría abrir el taller hoy? Voy a acompañar a Blair al hospital y me va a llevar un rato.

—¿Tan temprano? No creo que a estas horas permitan visitas a los pacientes.

Su padre arrugó la nariz con una mueca de disgusto.

—Intenta decírselo a Blair. Cuando se lo he sugerido, casi me atiza con la tostadora. Pobre del que trate de impedirle ver a su nieta esta mañana —dijo en voz baja.

Eric soltó una risita silenciosa y sacudió la cabeza.

—No te preocupes. Yo me encargo del taller.

—¿Vas a ir a la entrevista?

Asintió y se pasó la mano por la cara para ocultar un bostezo.

—Sí. Aunque no es hasta las doce.

—De acuerdo, pero si necesitas tiempo para prepararte o cualquier otra cosa, tómate la mañana libre en cuanto llegue Caleb. Creo que entre los dos podremos hacernos cargo de todo.

Eric se quedó un momento callado y se pasó los dedos por el pelo, inquieto. Miró a su padre con la esperanza de que él tuviera todas las respuestas que no lograba encontrar.

—¿De verdad piensas que es una buena idea?

—No pierdes nada por escucharles. Cuando les hablé de ti, enseguida se interesaron. Solo es una opción más, hijo. Tienes un don para la mecánica, como tus hermanos, pero sé que trabajar en el taller no es algo que quieras hacer a largo plazo.

—La verdad es que no sé si en este momento hay algo que quiera hacer a largo plazo —dijo en voz baja, sin atreverse a mirarlo.

Andrew le puso una mano en el hombro y le dio un apretón afectuoso.

—Entiendo que no debe ser fácil acostumbrarse a una vida tan diferente a la que tenías. Establecerse en un lugar cuando nunca te has detenido, debe ser complicado. Lo comprendo. —Hizo una pausa y tomó aire, luego lo soltó de golpe con un suspiro—. Haz lo que quieras, Eric. Ve a esa entrevista si te apetece, quédate en el taller, busca otro empleo si es lo que necesitas... Pero hazlo en Port Pleasant.

—Vale.

—Lo digo en serio. Espero que no estés pensando en largarte, porque no te lo voy a permitir.

—Sabes que tengo veintiséis años, ¿verdad? No soy un niño —le recordó.

—Como si te conviertes en abuelo. No voy a perder a mi hijo otra vez. ¿De acuerdo?

Eric levantó la vista del suelo y miró a su padre. La preocupación que trasmitía su expresión le hizo sentirse culpable.

—De acuerdo —dijo finalmente.

Drew sonrió y le palmeó el hombro un par de veces antes de darle un rápido abrazo.

—Nos vemos después, hijo.

Eric se puso en marcha con rapidez para no llegar tarde. Tras salir de la ducha se dirigió a su habitación, que antes había sido de Tyler. Se vistió con un vaquero gris y una sencilla camiseta negra de algodón, bajo una camisa también negra. Fue hasta la cocina y allí encontró a Derek, tomando unos cereales mientras examinaba unos folletos.

—¡Eh! ¿Qué es eso?

Derek levantó la vista de los papeles y le sonrió.

—Otra entrevista.

—¿Otra? —preguntó sorprendido—. ¿Cuántas has recibido ya?

—Veamos, primero contactó conmigo UCLA. Después la USC. Alabama y la TCU, y esta es de Ohio State —respondió Derek. Apartó a un lado toda la documentación de la universidad y se metió una cucharada de cereales con leche en la boca—. Son buenos equipos.

Eric se sentó a su lado en la mesa, con una taza de café y un bollo. Contempló a su hermano y sintió una oleada de orgullo. Acababa de cumplir los dieciocho años y ya era todo un hombre. En los últimos meses su cuerpo se había desarrollado hasta alcanzar el metro noventa y en el campo de juego era como un obús. No le sorprendía que las mejores universidades que formaban parte de la NCAA quisieran tenerle.

Bebió un sorbo de café sin quitarle la vista de encima. Aún le chocaba el parecido que guardaba con él, era como mirarse en un espejo. La única diferencia residía en el color de sus ojos, los de Derek eran de un verde muy claro.

—¿Y qué vas a hacer? Debes ir tomando una decisión.

Derek asintió y frunció el ceño.

—Me gustaría jugar para los Ohio State, pero todo el mundo dice que UCLA es mejor universidad. Y no sé... tengo que ser realista. Puede pasar cualquier cosa y el fútbol no es para siempre. Tengo que estudiar y licenciarme en algo.

—Es muy inteligente que pienses de ese modo. Pero UCLA está en la otra punta del país, te veremos muy poco.

—Lo sé, es lo que menos me gusta de todo.

—Aun así tienes una oportunidad increíble. No la desaproveches.

El chico se ruborizó y esbozó una sonrisa.

—Ahora que tú estás aquí, no quiero irme. Me gusta que estemos todos juntos.

Eric apartó la vista. No estaba acostumbrado a hablar de sentimientos familiares y tampoco a ser el destinatario de estos. Las muestras de afecto tan habituales en esa familia aún le creaban cierta incomodidad. Lo cohibían, y no porque no sintiera el mismo cariño hacia ellos, es que le costaba expresarlo con esa facilidad.

—Aún faltan unos meses para que tengas que irte, y yo no pienso moverme de aquí. Somos hermanos, ¿no? Eso no cambiará. Y nos veremos durante las vacaciones. Hasta puede que vaya a visitarte.

A Derek se le iluminó el semblante.

—Eso sería estupendo.

Eric apuró su café y se puso en pie.

—Tengo que irme. ¿Quieres que te acerque al instituto?

—No hace falta. He quedado con Clare. Iremos juntos.

Él sonrió al ver cómo su hermano se ruborizaba al mencionar a su chica.

—Vale, Romeo. Nos vemos esta noche.

A las ocho en punto, Eric abrió el taller. Llevó adentro un Chevrolet del 74 y lo colocó sobre el foso. Saltó al agujero y con la lámpara en la mano trató de encontrar el problema. Minutos después, Caleb entraba en el taller.

—¿Qué pasa, tío?

Eric asomó la cabeza y alzó una mano a modo de saludo.

—Tiene un agujero del tamaño de una moneda de diez centavos. Hay que cambiar el depósito. Se podría parchear, pero volverá a romperse por culpa del óxido.

Caleb se agachó junto al borde, con los brazos descansando en las rodillas.

—Pues no es barato. Habría que cambiar todo el sistema y no tengo ni idea de cuánto costará uno nuevo. Hay que llamar al dueño y preguntarle qué quiere hacer. En algún lado apunté su número.

—¿Te importa ocuparte? Tengo que acabar con los frenos de esa Ford antes de mediodía. Van a venir a buscarla.

Caleb asintió y le guiñó un ojo mientras le daba la mano para ayudarlo a salir.

—Sin problema. Yo me ocupo.

—Gracias.

—De nada, tío. Vamos a ponernos en marcha o no dará tiempo.

Caleb se acercó a su taquilla y sacó un mono de trabajo manchado de grasa. Se lo puso sobre la ropa allí mismo. Después conectó el equipo de música y subió el volumen de Trap hasta que fueron un estallido rebotando en las paredes. Luego se puso manos a la obra con un carburador estropeado que había dejado a medias el día anterior.

Eric también se puso a trabajar y tres horas más tarde ya había terminado de cambiar el sistema de frenos de la furgoneta. Se limpió la grasa de las manos en un trapo al tiempo que miraba el reloj. Debía marcharse ya si quería pasar por casa y ducharse antes de la misteriosa entrevista.

—¡Eh, me largo! Tengo que ir a un sitio —le dijo a Caleb por encima de la música.

El chico levantó la vista de un GTO con motor V8 y alzó la mano, sonriente.

—¡De acuerdo!

Se dirigió a la salida.

—Espera —gritó Caleb. Eric se dio la vuelta y lo vio corriendo hacia él—. He olvidado decirte una cosa. Verás, a Jace se le ha ocurrido que podríamos celebrar esta noche que Tyler va a pasarse los próximos dos años cambiando pañales y dando biberones. Nada especial. Solo tomar una cerveza todos juntos. Le haremos regalos estúpidos… Le tomaremos el pelo… —Esbozó una sonrisa traviesa y añadió—: ¿Te apuntas?

Eric soltó una risita y sacudió la cabeza. Era difícil rechazar un plan como ese.

—¿A qué hora?

—Sobre las nueve. Antes he quedado con Savannah, quiere que vayamos a ver una casa de nueva construcción que ha encontrado a las afueras.

—¿Aún no os habéis decidido? Falta poco para la boda.

Caleb resopló con desgana.

—Lo sé, tío. Pero queremos comprar la casa definitiva ahora. Nada de mudarnos dentro de unos años a otra más grande o con más habitaciones… Quiero que sea mi hogar desde el primer día, imaginar allí a mis hijos…

—¿Qué pasó con la que visteis en el barrio el verano pasado?

—Pedían demasiado. Aunque sigue a la venta, así que volveremos a llamarles por si deciden bajar el precio. Espero que sí. No me gustaría abandonar el barrio —dijo para sí mismo mientras se miraba las manos. Alzó la vista—. Entonces, ¿te apuntas a esa cerveza?

—Sí, claro que sí. ¿Dónde queréis ir?

—Tío, donde siempre. Al Shooter —dijo Caleb como si fuera lo más evidente.

—Allí estaré.

Mientras se dirigía al coche, Eric empezó a pensar en Spencer.

Miró de nuevo su reloj, con una idea en la cabeza.

Puso el coche en marcha y en lugar de ir a casa, cruzó el pueblo en dirección a las afueras, hacia Sunset Beach. Mientras conducía se descubrió repasando las conversaciones que habían mantenido. Se acordó de algo muy concreto y su cara se iluminó con una sonrisa maliciosa. Se detuvo en la gasolinera y entró en la tienda. Encontró lo que buscaba en el mostrador, pagó y un instante después estaba de nuevo en movimiento. Atravesó varias manzanas de calles amplias, árboles frondosos y viviendas restauradas. Al llegar al paseo marítimo, con sus increíbles vistas al puerto, tomó la carretera principal. Cinco minutos después detenía el coche frente al hogar de Spencer.

A la luz del día, el lugar era muy diferente. La arboleda formada por pinos y robles rojos se extendía hasta donde alcanzaban sus ojos. El kudzu había crecido por las últimas semanas de lluvias y cubría una gran parte de los troncos, confiriéndole al paisaje un aspecto salvaje que poco encajaba con una zona residencial

Agarró su chaqueta del asiento trasero y bajó del vehículo. Se pasó una mano por el pelo y emprendió la marcha hacia la construcción de piedra y madera que se alzaba frente a él. La noche anterior no había podido apreciarla con claridad.

Spencer le había dicho la verdad, era una casa bastante grande que necesitaba unos cuantos arreglos, pero tenía mucho potencial. La edificación poseía dos plantas, parecía muy sólida y los ventanales eran increíbles.

Llamó al timbre y se descubrió sonriendo para sí mismo. Segundos después, la puerta se abrió de golpe y Spencer apareció frente a él.

—¿Qué haces tú aquí?

Eric no contestó, porque la pregunta no terminó de calar en su cerebro ya que se había quedado de piedra al ver a la chica. Su atuendo era… ¡Dios, ¿qué se había puesto?! Vestía un pantalón gris de algodón, una sudadera con la frase «ROLL ME UP AND SMOKE ME WHEN I DIE» estampada en la parte delantera y una rebeca de lana que le quedaba grande. Tenía los pies enfundados en unas botas que le recordaban a las de los esquimales. La miró de arriba abajo y sus ojos se detuvieron en su cara. Primero en las gafas de pasta azul que le colgaban de la punta de la nariz, después en su mejilla manchada de gris, y luego en el moño alto con el que había peinado su larga melena, sujeto con un pincel de madera. A su lado apareció un gato, que se quedó mirándole de un modo insolente.

—Disculpe, Spencer no me había dicho que vivía con su abuela. Me llamo Eric, ¿está su nieta en casa?

Spencer lo acribilló con la mirada y, sin miramientos, empujó la puerta con intención de cerrársela en las narices. Él fue más rápido y logró meter el pie, muerto de risa. Arrugó el gesto con una mueca de dolor cuando la madera le golpeó el tobillo.

—¡Era una broma!

—Y me estoy riendo, ¿no lo ves? —replicó ella con cara de pocos amigos.

Eric sonrió de forma descarada, contemplándola. Lo cierto es que estaba preciosa con esa pinta horrenda, y no dejaba de ser un sinsentido. También el que, de repente, fuera tan consciente de esos detalles.

—¿Y a qué debo tu inesperada visita? —preguntó ella con una mueca de fastidio.

—¿Es cosa mía o anoche nuestra relación era más agradable?

—Anoche no me llamaste abuela ni te burlaste de mi aspecto.

Los dos sonrieron ampliamente.

—¿Y bien? —insistió ella.

—¿Tratas así a todos tus amigos?

—Ah, pero… ¿somos amigos?

Él se llevó la mano al corazón.

—Eso ha dolido. Me has dado de lleno, justo en el centro. Aquí. Me muero.

Spencer trató por todos los medios de mantenerse seria. Imposible. Poco a poco, sus labios se curvaron hacia arriba y un ruidito ahogado surgió de su garganta, captando la atención de él.

—¡Te has reído! —exclamó el chico.

—No. Intentaba no vomitar con esa pésima actuación.

—Admite que te ha encantado.

Se miraron durante un largo segundo con un brillo divertido en los ojos.

—En serio, ¿qué haces aquí? —se interesó ella.

Eric metió las manos en los bolsillos de su cazadora y suspiró.

—He recordado que anoche dejaste tu camioneta en la otra punta de la ciudad y… He pensado que, quizá, necesitarías que alguien te llevara a buscarla. Tengo un rato libre y me he acercado por si te interesa.

Spencer no pudo disimular su sorpresa.

—¿En serio has venido por eso?

—Sí. Aunque si no quieres, no… Bueno, que si ya lo has solucionado… Es que tenía algo de tiempo y he pensado que…

Ella sacudió la cabeza con un sentimiento cálido en el pecho.

—Te agradecería mucho que me llevaras a recogerla.

—¿Sí?

—Sí, mucho. ¿Quieres pasar mientras busco algo que ponerme que no te recuerde a mi abuela? —preguntó, haciéndose a un lado y sosteniendo la puerta.

Eric asintió y la siguió adentro. Se quedó parado en medio del salón, mirando con curiosidad a su alrededor mientras ella desaparecía escaleras arriba. La estancia era acogedora, con muebles sencillos y un par de alfombras que cubrían casi todo el suelo de madera. Las cortinas que la protegían de miradas indiscretas eran blancas y daban un toque luminoso entre tanta madera. Era un lugar agradable, desprendía calidez.

—Hay café recién hecho en la cocina, por si te apetece tomar una taza. En la nevera hay refrescos —gritó ella.

—No, gracias. Estoy bien así —respondió.

Giró sobre sus talones y se encontró al gato mirándolo con desgana desde el sofá. Después saltó al suelo y caminó hacia lo que parecía la cocina.

Cinco minutos después, Spencer bajaba la escalera con un aspecto muy diferente: unos tejanos negros con unas botas de cordones y un jersey de hilo azul. Se había dejado el pelo suelto y sus ondas naturales le enmarcaban unas mejillas sonrosadas por el rubor, confiriéndole una apariencia radiante y un toque de fragilidad. Él silbó por lo bajo y arqueó una ceja al tiempo que la miraba de arriba abajo.

—¿Mejor? —inquirió ella.

Eric soltó todo el aire de golpe y dudó un momento.

—No sé, el *look* abuelita tenía cierto morbo.

Ella puso los ojos en blanco y le atizó un golpecito en el hombro al pasar por su lado en busca del abrigo, que colgaba de un perchero junto a la puerta.

—No sabía que te ponían las maduritas.

—Ni yo hasta que te he visto.

Spencer se giró hacía él mientras abotonaba su *parka*. Frunció el ceño.

—Justo lo que necesitaba este pueblo, otro Kizer ligón que se cree gracioso.

Él se echó a reír con ganas. Spencer cada vez le caía mejor.

7

Spencer cerró los ojos cuando un rayo de sol incidió en el parabrisas, calentándole el rostro. Lo había echado de menos en las últimas semanas. A veces pensaba cosas raras como que en otra vida debía de haber sido un reptil, porque su época favorita del año era el verano. Disfrutaba del calor, de la intensa luz y dormitaba bajo el sol como una lagartija.

Se acomodó en el asiento mientras el coche alcanzaba la entrada al pueblo. El rugido del motor era constante, como la velocidad, y solo variaba cuando Eric tomaba una curva. Pronto llegaron al puente que separaba las dos mitades de Port Pleasant y viraron hacia el norte.

—¿Qué tal tu noche de descanso? —se interesó él.

Ella abrió los ojos y ladeó la cabeza para mirarlo.

—Bien. Hacía mucho que no me acostaba temprano. Es lo que tiene trabajar en un bar.

—¿Cuánto tiempo llevas en el Shooter?

—Cinco años.

—Eso es bastante.

—Puede parecer mucho pero, créeme, no lo es.

La mirada de Eric iba de la carretera a ella y de nuevo a la carretera.

—¿Te gusta trabajar allí?

—La verdad es que sí.

—¿Y nunca has pensado en buscar otra cosa con un horario más normal?

—A veces —confesó—. Ser camarera en un bar donde el ochenta por ciento de los clientes son hombres, y algunos con las manos un poco largas, puede resultar difícil. Pero me las arreglo bastante bien —dijo como si nada. Meditó un poco más la pregunta y añadió—: Ese sitio es como un hogar para mí y Chad es lo más parecido a un padre que he tenido. Él me necesita y yo le necesito. Formamos un buen equipo.

—Entonces no eres una simple empleada.

—Diría que soy una encargada que también hace funciones de camarera. Oye, ¿siempre haces tantas preguntas?

Él soltó una risita y se encogió de hombros mientras mantenía ambas manos en el volante con una postura relajada.

—Solo cuando me interesan las respuestas.

Spencer sintió un revoloteo en el estómago y se quedó un poco aturdida. Lo miró de reojo, cada vez más consciente de su presencia y de que era un chico. Un chico atractivo, simpático y divertido al que apenas conocía y con el que estaba manteniendo la conversación más larga que recordaba haber tenido en los últimos dos años y medio. En todo ese tiempo no se había permitido bajar la guardia, pero con Eric lo estaba haciendo sin darse cuenta. No dejaba de ser raro.

—¿Y qué hay de ti? Trabajas en el taller con tu padre y los chicos, ¿no? —se interesó ella.

—Ajá —respondió él mientras le echaba un rápido vistazo a su reloj por tercera vez.

—¿Tienes prisa por algo?

Eric sacudió la cabeza, quitándole importancia a su actitud.

—Tengo que estar en el parque de bomberos a las doce y no quiero llegar tarde. Pero no te preocupes, tengo tiempo de sobra.

—¿En el parque de bomberos? ¿Se les ha roto algún vehículo?

—Que yo sepa no.

—Entonces, ¿qué vas a hacer allí? —preguntó, cada vez más curiosa.

—¿Siempre haces tantas preguntas?

—Solo cuando me interesan las respuestas —contestó Spencer y batió sus pestañas con un gesto inocente.

Eric se la quedó mirando más tiempo del que debería. Había algo en el azul de sus ojos que resultaba fascinante; y cuanto más los estudiaba, más bonitos le parecían.

—El jefe de bomberos quiere verme. Hace unos días, mi padre le habló de mí. No sé qué le contó exactamente, pero ese hombre está interesado en que nos entrevistemos.

—Qué misterioso suena todo esto.

—¡Igual ha descubierto que soy La Antorcha Humana! —bromeó.

Spencer alzó una ceja y soltó una risita traviesa.

—No te pareces en nada a Chris Evans.

—Es cierto, yo soy mucho más guapo. Gracias por notarlo.

Y sin darse cuenta, acabaron sumergidos en un tira y afloja divertido que duró el resto del camino, sobre qué película de *Los 4 fantásticos* era mejor, si la que se estrenó en 2005 o en 2015. Eric desplegó su encanto de listillo, gastándole bromas sin parar solo para hacerla reír. Algo que empezaba a lograr con más facilidad.

—Gracias por todo —dijo Spencer cuando él detuvo el coche junto a su camioneta.

—No me las des. Ha sido un placer.

Ella se humedeció los labios con la lengua e inspiró con una leve sensación de ahogo.

—¿Siempre haces cosas así? Cosas amables por gente que apenas conoces.

—Podría decirte que sí y quedar como un tío estupendo y encantador. —Se encogió de hombros y negó con un leve gesto—. Pero no, suelo hacer cosas amables por morenas guapas de ojos azules a las que quiero impresionar.

Spencer ladeó la cabeza y abrió la boca. Se le formaron unas arruguitas alrededor de los ojos mientras intentaba que sus labios no temblaran, pero él sabía que se estaba riendo.

—¿Esto es por esa ridícula misión que mencionaste anoche?

—¡No es ridícula! —exclamó Eric, llevándose la mano al corazón—. Es una cuestión de amor propio.

—Pues siento decirte que a estas alturas pocas cosas me impresionan. Aunque te agradezco el gesto.

Eric se enderezó en el asiento y se inclinó un poco hacia ella. Entornó los ojos, tentador, y muy despacio abrió la guantera. Rozó sus rodillas con el brazo al cerrarla y notó cómo ella se tensaba un segundo. Alzó la mano y puso ante su cara una bolsa pequeña de Cracker Jack.

Ella miró la bolsa, después a él, esforzándose por mantener su fachada de indiferencia.

—¿Son para mí?

—Ajá.

—Y ahora esperas que diga…

—Oh, sí. Y no te controles, por favor, puedes gritar.

Esta vez, Spencer no pudo contenerse y soltó una risotada. Si tenía alguna duda, esta acababa de esfumarse, a ese chico le faltaba un tornillo. Ignoró el hecho de que su corazón había comenzado a latir desbocado y que una extraña emoción le atenazaba el estómago, placentera y al mismo tiempo dolorosa.

—Gracias —expresó, tomando la bolsa entre sus dedos.

—¿Y?

—Me has impresionado. Un poco. —Él frunció el ceño. Spencer tragó saliva—. Vale, puede que mucho. —Se rio y bajó la vista al ver que él curvaba sus labios con una sonrisa divina.

Esa era una de las cosas que había descubierto en él, que tenía una sonrisa bonita y contagiosa que comenzaba a apreciar. Eric se la quedó mirando un largo instante, en silencio, y después, con un gesto cargado de confianza, alargó el brazo y le cerró el cuello del abrigo.

—Abrígate, hoy hace frío.

Ella asintió y se bajó del vehículo sin decir nada más. Eric esperó hasta que estuvo dentro de su camioneta y la puso en marcha. Después la siguió de vuelta al pueblo. Una vez llegaron al cruce donde él debía tomar otra dirección, se despidió tocando el claxon un par de veces.

El parque de bomberos se encontraba muy cerca del puerto. Aparcó junto a un sedán, a un lado del terreno donde se levantaba la estación. Un edifico de ladrillo de dos plantas con tres puertas de garaje pintadas de un rojo brillante, que en ese momento estaban abiertas. Entró por la que tenía más cerca. En el interior se encontraban los vehículos rojos y blancos de los bomberos y del servicio sanitario de emergencias. Las paredes estaban repletas de equipamiento.

—¿Puedo ayudarte en algo? —preguntó una voz desde lo alto de un camión.

Eric alzó la vista y se encontró con un hombre, poco mayor que él, dentro de la cabina. Bajó de un salto y se acercó. El tipo era enorme, con el pelo rubio casi rojizo y unos ojos ambarinos, alegres y vivaces.

—Sí, disculpa. El jefe Holland me pidió que viniera a verle, hoy a las doce. Soy…

—¡Vaya, así que tú eres el hijo de Drew! Eres igualito a él. Mi padre y tu padre son amigos desde pequeños. Iban juntos al colegio —dijo, ofreciéndole la mano—. Bienvenido. Mi nombre es Cameron Holland, aunque todos me llaman Moby. El jefe es mi padre.

—Eric —respondió, estrechándole la mano.

—Ven, te llevaré a verle. Ahora está en su despacho.

Mientras se adentraban en el edificio, Eric lo observó todo con curiosidad. El lugar era austero, diseñado para su función, pero se respiraba un ambiente agradable, como de camaradería. Lo sabía porque le recordaba a su época en el ejército. Tenía la misma sensación.

Moby lo condujo hasta la parte de atrás, y desde allí cruzaron a un edificio anexo. Pudo ver un gimnasio tras una puerta de cristal, a su lado un comedor y lo que parecía un baño con duchas y una hilera de taquillas. Moby se detuvo junto a una puerta entreabierta y llamó con los nudillos.

—Adelante.

Moby entró e hizo un gesto a Eric para que lo siguiera. En el interior, tras una mesa, se encontraba el jefe de bomberos Holland. Un hombre moreno, corpulento, con un cabello espeso y oscuro que llevaba muy corto. Por su aspecto, Eric pensó que no debía tener más de cincuenta años.

—Jefe, tiene visita.

El hombre levantó la vista de la mesa donde revisaba unos papeles y sonrió a Moby, después clavó sus ojos vivaces en Eric. Inmediatamente se puso de pie.

—Así que tú eres el chico de Drew. ¡Vaya, te pareces mucho a él!

—Eso dicen, señor —respondió mientras estrechaba la mano que le ofrecía.

—Bueno, yo os dejo para que podáis hablar. Un placer conocerte —apuntó Moby.

—Lo mismo digo.

Holland volvió a sentarse y sin prisa guardó todos los papeles esparcidos sobre la mesa en una carpeta marrón. Con un gesto de su mano le pidió a Eric que se sentara. Él obedeció y se acomodó en la silla de madera que había frente a la mesa. Se estaba poniendo nervioso y tomó aire para soltar parte de él con un suspiro tranquilizador.

—Bueno… —Empezó a decir Holland—. Eric Kizer.

—Es D'Angello. Llevo el apellido de mi madre.

—No lo sabía. Disculpa.

—No tiene que disculparse, me siento muy orgulloso del apellido de mi padre.

Holland movió la cabeza, de acuerdo con esa apreciación.

—Debes hacerlo. Tu padre es una de las mejores personas que he conocido. Somos amigos desde el colegio y nos hemos cubierto las espaldas en más de una ocasión. Es un buen hombre.

Eric sonrió y sintió que se conmovía al ver cómo ese hombre hablaba de Drew. En los meses que llevaba viviendo en Port Pleasant había podido conocer al hombre que le había dado la vida y sabía de primera mano que era alguien que se hacía querer y respetar.

—Bien. ¿Sabes por qué estás aquí?

—No, señor.

—Tu padre me contó que has estado sirviendo a nuestro país. En la Marina.

—Durante tres años, señor.

—Y que allí, el último año y medio lo hiciste como paramédico.

—Así es.

Holland entornó los ojos y después se estiró hacia un mueble que había junto a la pared para servirse una taza de café. Eric negó con la cabeza ante su mudo ofrecimiento. El hombre dio un sorbo a la taza y la dejó sobre la mesa antes de preguntar:

—¿Tienes el título?

—Sí, señor. Pude estudiar y prepararme gracias al ejército y logré el certificado.

—Bien, eso está muy bien. —Se rascó con pereza la mandíbula—. ¿Por qué preferiste trabajar con el cuerpo médico y no de soldado?

—Era ambas cosas, señor. Pero como paramédico sentía que ayudaba mucho más. No me asustaba estar en primera línea, y nuestros soldados necesitaban la seguridad de tener a alguien cerca que pudiera ayudarles si ocurría algo. Los enfrentamientos y las escaramuzas eran habituales. Además, no solo atendíamos a los nuestros. También venían civiles de la zona a vernos. Niños y mujeres. Y les ayudábamos.

Un brillo de anhelo iluminó los ojos del capitán mientras estudiaba a Eric.

—¿Y eso te hacía sentir bien, aunque tu vida corriera peligro?

—Sí. Pero no tengo ningún complejo de héroe ni nada de eso. —Guardó silencio y vaciló un segundo antes de hacer la pregunta que se repetía en su cabeza—. ¿Para qué quería verme, señor Holland?

—Llámame Cole. O jefe. No somos tan formales.

Eric asintió. Holland continuó:

—Verás, muchacho. Somos un parque pequeño, con solo ocho bomberos y unos cuantos voluntarios. Nuestro presupuesto es un poco justo, y por eso intentamos aprovechar al máximo todos nuestros recursos. Incluidos los humanos. En doce semanas, Frankie, uno de nuestros compañeros más veteranos, se jubila. Su puesto quedará libre y necesitamos cubrirlo con urgencia.

—Disculpe, pero... ¿Qué tiene que ver eso conmigo?

—Como te decía, necesitamos aprovechar al máximo nuestros recursos y estar lo más preparados posibles. Frankie, además de bombero, también es paramédico. En este parque es un requisito indispensable que todos los que trabajan en él tengan al menos el certificado EMT, pero necesitamos a gente más preparada. Nunca sabemos lo que nos vamos a encontrar y debemos poder actuar en cualquier caso. —Hizo una pausa y se inclinó hacia delante en la mesa—. ¿Te interesaría ocupar la plaza de Frankie cuando él se marche?

—Pero... yo no soy bombero, señor.

—Sí, eso es cierto. Aunque podría solucionarse si tú estás dispuesto a dejarte la piel. —Se tomó unos segundos—. Voy a hacerte una propuesta. Necesito cubrir esa plaza dentro de tres meses y no es que me falten candidatos, pero quiero a alguien en quien pueda confiar, que esté preparado y quiera hacer esto por más motivos que un uniforme para ligar con chicas.

Eric sonrió sin poder evitarlo. En el ejército había conocido a muchos con esas motivaciones y no habían durado ni seis meses. Cole prosiguió:

—Algo me dice que tú eres el hombre que estoy buscando. Y si por tu cuerpo corre la misma sangre que por el de tu padre, sé que eres todo lo que necesito y mucho más. Convertirse en bombero lleva tiempo y mucho esfuerzo, pero merece la pena. Tendrás un trabajo bien pagado y una jubilación asegurada. —Sacudió la cabeza, ordenando sus ideas—. Pero empecemos por el principio. —Sacó del cajón de su mesa unos folletos y un montón de impresos que desplegó ante él—. Si te interesa, y espero que sí, tendrás que pasar primero por algunas evaluaciones y exámenes: aptitudes y capacidades físicas, evaluación psiquiátrica, control de drogas y antecedentes… Aunque dudo que tú tengas algún problema con eso.

—No, señor, no lo tengo.

—Bien. Pasadas las pruebas, tendrás que entrenarte y hacer unos cursos que durarán varias semanas y que te prepararán para conseguir el certificado estatal de bombero. No te enviaremos a la academia, te prepararemos aquí y lo consideraremos prácticas, para agilizar todo el proceso. El parque cubriría los gastos de tu formación. Una vez obtengas el certificado, y sé que lo obtendrás, te daré un trabajo a jornada completa, con seguro médico, póliza dental y la certeza de que tendrás un motivo por el que levantarte cada día.

Eric se sentía abrumado por toda la información que había recibido en apenas dos minutos, pero lo estaba mucho más por la propuesta que Cole Holland acababa de hacerle. No necesitaba convencerle de que muchas personas venderían su alma por un trabajo así: seguro, estable, bien pagado y con una finalidad de la que sentirse orgulloso. Pero él solo podía pensar en las ataduras que suponía aceptar algo así. En su interior crepitaba una llama, ácida y dolorosa, que no le permitía relajarse. Había algo dentro de él que le impulsaba a querer moverse, a buscar, aunque no supiera qué buscaba exactamente ni dónde.

No sabía si estaba preparado para algo así.

Cole Holland debió darse cuenta de sus dudas, porque se levantó de la mesa y rodeó el escritorio. Después se sentó a su lado, en otra silla.

—Entiendo que necesites pensarlo. Es una decisión importante.

—Me ha pillado por sorpresa. No entraba en mis planes algo así —dijo Eric. Levantó la vista de sus manos y le dedicó una sonrisa insegura.

—Lo bueno de los planes es que siempre podemos cambiarlos. —Le guiñó un ojo con complicidad—. Puedes preguntarme todo lo que quieras. Cualquier duda que tengas. Incluso puedes quedarte un rato y conocer a los chicos, ver lo que hacemos. Comprobarás que somos como una gran familia. —Hizo una pausa y sonrió de oreja a oreja—. Se me ocurre una cosa, ¿por qué no te quedas a comer con nosotros? Es casi la hora del almuerzo.

—No quiero molestar.

—No digas tonterías. Un Kizer nunca molesta en este sitio. Ven, voy a presentarte al equipo.

8

—¡Es imposible atender a toda esta gente! Mi sección está hasta arriba y no doy abasto —Se quejó Avery mientras dejaba sobre la barra una bandeja llena de vasos sucios. Y añadió, alzando la voz—: Chad, necesito el pedido de la doce.

—Oído —gritó Chad desde la cocina.

Avery resopló y clavó sus ojos en Spencer, que se peleaba con un barril de cerveza nuevo que intentaba conectar al grifo.

—Necesito las bebidas de la diez —le recordó.

—Solo tengo dos manos. Salta esa barra y prepáralas tú.

—Creía que Chad iba a cubrir el puesto de Stacie, pero han pasado dos semanas y nada.

Spencer por fin logró que el barril estuviera en su sitio y comenzó a llenar jarras. De reojo miró a Avery y sacudió la cabeza. Se quejaba por todo, sin parar. A veces se preguntaba por qué seguía allí cuando era evidente que no lo soportaba. No le respondió, solo se limitó a colocar las bebidas sobre la bandeja y a servir el siguiente pedido.

La risa escandalosa de Caleb llegó hasta ella. Lanzó una rápida mirada a la mesa que compartía con los chicos y sonrió para sí misma. Estaban inmersos en una competición absurda que consistía en colar cacahuetes dentro de un vaso. Jace y Tyler parecían disgustados, al contrario que Caleb, que se movía sobre la silla con un baile ridículo. Eran como niños.

Sus ojos acabaron sobre Eric, que reía divertido por algo que le estaba contando Derek. Se fijó un poco más en él y notó que se le calentaban las mejillas. A lo largo de la tarde había pensado en más de una ocasión en ese chico. Un pensamiento velado que le hacía contener el aliento sin saber muy bien por qué.

—¿Qué demonios están haciendo? —preguntó Chad, que acababa de aparecer a su lado con cinco menús completos de hamburguesa con patatas y aros de cebolla. Le entregó dos a Avery y dejó el resto sobre la barra.

—¿Seguro que quieres saberlo? —preguntó a su vez Spencer.

Chad torció el gesto, mientras lo pensaba.

—No. No quiero —gruño al tiempo que los fulminaba con la mirada.

—¿Por qué finges que no los soportas? Eres el primero que da la cara por ellos.

—Una cosa no tiene que ver con la otra. No los soporto porque son un atajo de idiotas sin cerebro, pero esos idiotas sin cerebro son lo más parecido a unos hijos que tendré nunca. —La miró severo—. Aunque jamás lo admitiré.

Spencer apoyó la mejilla en su hombro con un gesto cariñoso.

—Sabes que ellos también te quieren, ¿verdad?

Una sonrisa se insinuó en los labios de Chad.

—Esos menús son para su mesa —le dijo intentando parecer serio—. Y encárgate de que se porten bien y no se metan en líos.

Spencer levantó su mano con el gesto de una promesa, lo que hizo que se ganara una gran sonrisa por parte de Chad. Después tomó los platos y se abrió paso entre los clientes que abarrotaban el local. Llegó hasta la mesa que ocupaban los chicos y sus ojos se vieron atraídos por la camiseta que llevaba puesta Tyler. La parte delantera estaba decorada con la frase «TENGO UNA HIJA PRECIOSA, UNA PISTOLA Y UNA PALA. TÍO, TÚ MISMO». Sonrió porque era una afirmación que le iba que ni pintada.

—Mola la camiseta. Aunque empieza a preocuparme que Maddie acabe convertida en una solterona rodeada de gatos.

—Ya. Pero un gato no intentará poner sus manazas sobre mi hija.

—¿Y no crees que es un poco pronto para pensar en algo así? Es un bebé.

Tyler esbozo una mueca y alzó las manos.

—Créeme, nena. Los tíos son tíos sin importar la edad —replicó al tiempo que señalaba a Derek—. Este era un bebé y por las mañanas se despertaba más firme que el asta de una bandera.

Derek se atragantó con el refresco que estaba sorbiendo.

—¡Serás imbécil! —exclamó indignado. El rubor coloreaba sus mejillas—. Eso no es cierto.

Tyler esbozó una sonrisita socarrona.

—Pregúntale a mamá por el agujero de esa colcha que guarda. El brazo no es lo único de lo que puedes presumir, ¡eh!

Derek frunció el ceño y acercó la cara a la de su hermano.

—¿Seguro que no eres gay? Porque esta conversación sobre mi pene... O igual tienes envidia. ¿Problemas con tu soldadito?

—Mi soldadito dispara perfectamente.

—Entonces puede que sean las pelotas, ahora que te tienen bien cogido por ellas —replicó Derek, socarrón.

Spencer apretó los labios para no echarse a reír y fue dejando los platos sobre la mesa. El pequeño Derek ya no era tan pequeño y aprendía deprisa. Empezaron a temblarle las mejillas y un ruidito ahogado ascendió por su garganta. Se llevó la mano a la boca y soltó una carcajada, corta y ruidosa. Lo que hizo que los demás también rieran con ganas. Caleb se dobló hacia delante, con lágrimas en los ojos y palmeó la mesa. Tyler trató de permanecer serio, pero poco a poco sus labios se curvaron y acabó riendo con los demás mientras le daba un rápido abrazo a su hermano.

—Ven aquí, *caraculo.*

—¡Aparta!

Cuando Spencer alzó la vista de la mesa, sus ojos se cruzaron con los de Eric. La estaba observando con una expresión divertida en la cara. Durante un largo instante, se sostuvieron la mirada. Ella le dedicó un leve saludo y comenzó a retirar las botellas vacías.

—Eh, ¿no vas a sentarte con nosotros? —le preguntó Caleb al ver que se marchaba.

—No puedo, esto está hasta arriba.

—Solo un ratito. Hace mucho que no estamos todos juntos —insistió él.

Ella vaciló.

—Intentaré tomarme un descanso, ¿de acuerdo?

Caleb esbozó esa maravillosa sonrisa con la que siempre se salía con la suya y le guiñó un ojo. Ella inspiró hondo antes de regresar a la barra. A veces le costaba reconocer a ese chico del que había estado tan enamorada seis años atrás. Seguía siendo él, y al mismo tiempo era tan diferente.

Sin un segundo de respiro, dejó los vasos sucios en el lavaplatos y fue atendiendo a los clientes que esperaban su turno.

—Un whisky y una cerveza —le pidió uno de los habituales con la voz pastosa.

—¿No crees que ya has bebido suficiente, Remi?

—Solo una más, cariño. Y te prometo que me iré a casa.

Ella lo miró ceñuda.

—¿Lo prometes? —El hombre asintió, achispado—. ¿Y me prometes que le pedirás a alguien que te lleve? No quiero que conduzcas así.

—Te doy mi palabra.

Tras meditarlo un instante, finalmente le puso las bebidas. Casi de forma mecánica, llenó los cestitos con cacahuetes y limpió con un paño la barra. La hora de la cena estaba acabando y el ambiente empezaba a cambiar. Gente más joven, que venía a tomar una copa y a jugar unas partidas de billar, comenzaba a llenar el local. Alguien ocupó un hueco libre en la barra.

—¿Qué te pongo? —preguntó sin levantar los ojos de los saleros que estaba rellenando.

—Una sin, por favor.

Esa voz le hizo levantar inmediatamente la cabeza. Se encontró con unos ojos oscuros clavados en ella que la contemplaban con interés.

—¿Cerveza?

—¿Qué si no?

—Podría ser un zumo sin, una cola sin…

Eric se echó a reír y se inclinó hacia delante con los codos en la barra.

—¿Qué tal la noche?

—Como siempre, una locura —respondió mientras abría un botellín de cerveza y se lo entregaba. Sus dedos se rozaron un segundo y notó un cosquilleo que se extendió por su brazo—. ¿Y qué tal tu entrevista?

Él se encogió de hombros y dio un trago a la cerveza.

—Ha sido… No sé… Aún trato de asimilarlo. —Negó con un gesto—. Paso de aburrirte.

La contempló mientras ella preparaba dos Beam Tonic. Vestía su uniforme: un pantalón negro ajustado y una minúscula camiseta con el logo del bar. Se había maquillado y sus ojos tenían un aspecto felino enmarcados por sombras oscuras. Sus labios carnosos destacaban con un carmín rojo como el vino tinto. ¡Joder, era impresionante! Y no entendía cómo no se había dado cuenta antes.

De repente era incapaz de ignorarla y la seguía con la vista sin ser consciente de que lo hacía. Una chica a la que apenas conocía pero que quería conocer. Y una parte de él, de pronto, se moría por contarle cómo había sido la entrevista y hablar con ella de todas las dudas que le comían la cabeza desde que había salido del parque de bomberos.

—¿Cuándo vas a tomarte ese descanso? Porque estaba pensando que podríamos congelarnos un rato en la calle y respirar algo que no sea este humo. ¿Qué dices? ¿Me acompañas? —le propuso.

Spencer no esperaba esa invitación, y estaba segura de que se le notaba en la cara porque él esbozó una sonrisita burlona antes de añadir:

—Ya he cenado. No voy a comerte ni nada por el estilo.

—Es un alivio. De veras. —Le divertía que bromeara con ella y hasta empezaba a apetecerle ese descanso en su compañía—. Vale, puedo tomarme unos minutos. Nos vemos fuera, en la parte de atrás.

Eric no dijo nada, pero la sonrisa que iluminó su cara logró que ella se ruborizara. Dio media vuelta y se perdió entre la gente. Spencer se asomó a la cocina para avisar a Chad de que se tomaba unos minutos. Después se dirigió al almacén a buscar su abrigo.

El aire frío en la cara hizo que se estremeciera. Encontró a Eric sentado sobre una de las mesas de *picnic* que Chad había instalado el verano anterior, de espaldas a la puerta. Lo contempló durante unos segundos, sintiéndose rara por dentro.

—¡Vaya, decías en serio lo de congelarnos! —exclamó mientras se acercaba.

Eric la miró por encima del hombro. Soltó una risita y no la perdió de vista hasta que se sentó a su lado sobre la mesa. Le ofreció su cerveza con el brazo extendido.

—Gracias.

—De nada.

Eric no pudo resistir el impulso de volver a mirarla y la estudió mientras ella le daba un traguito a la cerveza con los labios fruncidos.

Le temblaban de un modo evidente y la notó estremecerse con un escalofrío.

—Vale, no pienses mal, pero voy a acercarme un poquito más a ti. Así nos daremos calor. ¿Te parece bien?

Spencer ladeó la cabeza y sus ojos se encontraron. No había ni un ápice de malicia en su expresión. Asintió y tragó saliva, encogiéndose instintivamente mientras él se movía hasta quedar pegado a su costado. Notó la presión de su cuerpo caliente sobre el suyo y, en contra de todo lo que había esperado, enseguida se relajó. Sobre sus cabezas, las estrellas perdían brillo eclipsadas por una luna resplandeciente.

—La entrevista… Era en realidad una oferta de trabajo —dijo él, rompiendo el silencio.

Ella lo miró con curiosidad.

—¿Qué clase de trabajo?

—Como paramédico y bombero.

—¿También eres esas cosas? —preguntó sorprendida.

Eric rio por la bajo y negó con la cabeza. Se frotó las manos heladas antes de meterlas en los bolsillos de su cazadora. Se apoyó un poquito más en ella, tratando de darle más calor, pero con cuidado de no dejar caer su peso.

—Solo paramédico. Pero el jefe Holland cree que también podría ser bombero y trabajar aquí, en la estación de Port Pleasant.

—¿Qué clase de oferta te han hecho?

Eric le contó toda la conversación que había mantenido con Cole Holland, sin omitir ningún detalle.

—¡¿Cuarenta y nueve mil al año?! —chilló Spencer sin poder contenerse. Ni siquiera podía imaginar cómo sería vivir con todo ese dinero.

—Y esa cifra se incrementará un cinco por ciento cada año hasta alcanzar los setenta y cinco mil. La verdad es que es una buena oferta —dijo él con una risita.

—¿Pero…? Porque es evidente que hay un pero.

—No tengo ningún pero, simplemente no sé qué hacer. —La miró a los ojos y la empujó con el hombro—. ¿Tú qué harías en mi lugar?

—¿Yo? —Negó sin dudar y se giró hacia él—. No puedo decirte qué hacer. Es algo muy personal.

—Supongo, pero no me vendría mal una ayudita.

—Seguro que la mía no. No se me da bien aconsejar.

Se quedó callada un momento y se colocó el pelo tras las orejas, antes de añadir:

—Sí puedo decirte lo que veo.

—¿Y qué ves? —preguntó él, sumamente interesado.

Spencer lo estudió durante un largo segundo. Además de lo evidente, ya que era imposible no fijarse en que era un chico muy atractivo con un cuerpo perfecto y una cara hermosa, también había percibido algunos detalles mientras él le contaba su visita al parque.

—Quizá me equivoque, pero creo que trabajar en el taller de tu padre para siempre no entra dentro de tus planes. Pareces alguien muy independiente, al que no le gustan las ataduras ni los planes a largo plazo. Aunque pienso que quieres intentar quedarte en Port Pleasant, con tu familia, y para eso necesitas algo de estabilidad. Por cómo hablabas, tengo la sensación de que ser bombero te atrae y algo me dice que se te daría bastante bien. Además, el sueldo es una pasada y los uniformes vuelven locas a las chicas. —Hizo una pausa y se encogió de hombros como si le quitara importancia al asunto—. Puedes intentarlo y ver qué pasa. Si al final no es lo tuyo, pues buscas otra cosa.

Mientras ella hablaba, la expresión risueña de Eric había ido desapareciendo hasta tornarse muy seria. Spencer había dado en el clavo en todas y cada una de las cosas que había dicho. Y empezó a preguntarse si de verdad era tan fácil ver en su interior o si solo lo era para ella, detalle que lo intrigaba. Guardó silencio durante unos segundos, observándola, y volvió a notar ese pellizco de ternura que por algún motivo ella le inspiraba.

—¿A ti también? —preguntó con tono sugerente.

—¿También qué?

—Que si a ti también te vuelven loca los uniformes.

—¿Eso tiene importancia?

—Podría ser un aliciente para mí. —Eric alzó las cejas, travieso—. Sí, lo sería.

A Spencer se le escapó una breve carcajada.

—¿Estás intentando coquetear conmigo?

Eric empezó a reír y se reclinó hacia atrás, apoyando los codos en la madera. Levantó la vista al cielo y entornó los ojos. De soslayo volvió a observarla, recreándose en su perfil iluminado por la luz de la luna. Sí, estaba coqueteando con ella y ni se había dado cuenta.

—Si acepto la propuesta de Holland, necesitaré otro trabajo —susurró para sí mismo. Ella frunció el ceño, inquisitiva. Eric soltó el aire que estaba conteniendo antes de contestar—. Tendré que trabajar menos horas en el taller para poder hacer todos esos cursos, el entrenamiento y las prácticas, porque ellos solo van a cubrir los gastos de mi formación. Necesito otro trabajo con el que conseguir dinero para vivir.

—¿Qué tipo de trabajo?

—Cualquier cosa. Algo por horas que me deje libres las mañanas y parte de la tarde. ¿Alguna idea?

—No. Pero estaré pendiente por si me entero de algo.

La puerta del bar se abrió y la voz de Avery irrumpió entre ellos.

—¿Piensas pasarte ahí toda la noche?

Spencer se giró como un resorte, molesta por su tono agresivo, pero Avery dio media vuelta y desapareció antes de que pudiera replicarle.

—Será mejor que entres. No quiero que tengas problemas por mi culpa —susurró Eric.

—No voy a tener problemas. Pero sí que debería entrar.

Regresaron adentro en silencio.

Eric fue en busca de sus hermanos tras despedirse con una tímida sonrisa. Conforme se alejaba, no pudo evitar echar un vistazo atrás y volver a mirarla. Los minutos que había pasado afuera con ella, a punto de congelarse en una noche demasiado fría para esa zona, habían sido lo mejor de todo el día. Esa chica tenía algo. En su presencia se relajaba, hablaba y sonreía sin ser consciente de ello, como si se tratara de una amiga de toda la vida con la que compartía cierta confianza. Era curioso, cuando apenas la conocía.

Spencer reapareció tras la barra, donde el trabajo se acumulaba. Su descanso había supuesto que Carla y Avery perdieran el control de la noche por completo. No podía dejarlas solas ni cinco segundos, y era frustrante. Se habían liado con los pedidos, los clientes se quejaban, y hasta Chad había abandonado la cocina para intentar poner un poco de orden y aligerar las comandas. Desde que Stacie se había marchado era mucho más difícil dar un buen servicio, porque el número de clientes solía sobrepasarlos casi todas las noches.

«Necesitamos ayuda», pensó para sí misma.

De repente, la idea apareció en su cabeza. Chad necesitaba otro camarero y Eric un trabajo. Le dio vueltas a esa posibilidad. Sopesó los pros y los contras, como que tendría que verle todos los días y convivir con sus coqueteos, sus bromas y todas esas cosas que le resultaban graciosas en él. Su primera interacción afectiva con otra persona fuera de su círculo de seguridad. La idea la dejaba sin aire. Pero era un buen chico, de eso no tenía duda, y por ese mismo motivo merecía que alguien le ayudara.

—Chad, necesitas contratar a otra persona que nos eche una mano —le dijo al hombre mientras este rellenaba una de las neveras con refrescos.

—Lo sé, Spens, lo sé —respondió agobiado. Junto a la puerta, dos tipos empezaron a discutir y, por momentos, parecía que la cosa acabaría a golpes—. Y también necesito a alguien que pueda ocuparse de los que montan bronca, pero tengo que hacer números y ver si puedo pagar más sueldos. Ni siquiera tengo tiempo para hacer entrevistas y no puedo contratar a cualquiera.

Spens sonrió para sí misma, se lo estaba sirviendo en bandeja.

—Y si te dijera que conozco a alguien de confianza que podría hacer las dos cosas: atender la barra y echar de una patada a cualquiera con ganas de pelea —replicó ella, rezando para estar en lo cierto y que Eric fuese capaz de ambas cosas.

Chad se mostró muy interesado.

—¿Estás segura?

—Sí. Tiene experiencia en este trabajo y fue marine. Está cachas y me juego lo que quieras a que podría poner a cualquiera en su sitio. Y necesita un trabajo, Chad. Lo necesita de verdad.

—¿Lo conozco?

—Ya le has visto por aquí.

Chad terminó de servir unos chupitos de tequila y la miró con curiosidad.

—¿Quién es?

—Eric Kizer. Ya sabes, ese chico moreno que…

—Sé quién es —la cortó él con un gruñido—. Y los Kizer no acaban las peleas, las comienzan.

—Eres injusto. Sabes que eso no es cierto. Ellos no buscan los líos.

—Tampoco los evitan.

—Pero siempre tienen un motivo justo y noble para patear traseros —comentó convencida. Resopló cuando Chad se echó a reír con ganas y le dedicó una mirada con la que ponía en duda sus palabras—. Chad, Eric es el mayor de sus hermanos y te aseguro que es un chico muy sensato y responsable. Si le das una oportunidad…

—Está bien, no necesito que me convenzas de nada. ¿Podrá empezar mañana?

Spencer se quedó inmóvil, pensando si había oído bien. Poco a poco una enorme sonrisa curvó sus labios. No había sido tan difícil.

—Sí. Seguro que sí. —Dio un saltito, contenta—. Creo que aún sigue por aquí. Iré a decírselo.

Salió de detrás de la barra y corrió hasta la mesa que los chicos ocupaban. Caleb y Jace jugaban al billar con Derek. Tyler no estaba y no vio a Eric por ninguna parte.

—¿Y tu hermano? —le preguntó a Derek, que se encontraba inclinado sobre la mesa a punto de golpear una bola.

—Tyler ha ido al baño.

—No busco a Tyler, sino a Eric.

Derek detuvo el golpe y alzó la vista hacia ella. Arqueó una ceja con un gesto socarrón y sus labios se curvaron. Ella apoyó las manos en sus caderas y le sostuvo la mirada con una advertencia.

—Piensa muy bien lo que vas a decir, enano.

La sonrisa de Derek se ensanchó, divertida y un poco arrogante. Se enderezó alcanzando toda su altura, lo que hizo que Spencer tuviera que levantar la cabeza para mirarlo.

—Acaba de salir. Estará esperando a Tyler en el aparcamiento para llevarlo de vuelta al hospital con Cassie.

—Gracias.

—Eh, no olvides que solo puedes casarte conmigo. —La apuntó con un dedo—. Prometiste esperarme.

—Tenías seis años.

—Pero lo sellamos con un escupitajo. Eso une tanto como un pacto de sangre.

Ella hizo una mueca de asco.

—No me lo recuerdes.

—Fue divertido, y un contrato en toda regla.

—Seguro que a Clare no le importa lo más mínimo compartirte.

Derek se ruborizó, aunque no abandonó su pose arrogante.

—En mi corazón hay sitio para las dos —gritó mientras ella se alejaba.

Spencer se estremeció con un escalofrío en cuanto el aire le rozó la piel caliente que llevaba al descubierto. Escudriñó el aparcamiento hasta que a lo lejos se topó con una figura apoyada sobre un coche oscuro, aparcado al lado de la carretera. Reconoció al chico de inmediato.

Al acercarse lo encontró ensimismado, con la mirada clavada en el cielo como si fuese algo muy interesante. Él bajó la vista al percatarse de su presencia y sus ojos se agrandaron.

—¿Qué haces aquí?

—¿Tienes experiencia como camarero? —soltó sin preámbulos—. ¿Has trabajado alguna vez en un bar o un restaurante?

Eric asintió, algo confuso.

—Sí, trabajé en varios garitos durante un par de años. Pero de eso ya hace algún tiempo. ¿Por qué lo preguntas?

—He hablado con Chad y… Si necesitas ese trabajo que te permita hacer el curso de bombero, él está dispuesto a contratarte. Pero no voy a engañarte, el sueldo no es gran cosa. Servirás copas y si alguien monta follón tendrás que intervenir. Ya sabes, ocuparte un poco de mantener el orden. Aunque no suele haber muchos problemas. Algún borracho y poco más. Nada que deba preocuparte —comentó con sencillez, esquivando su mirada la mayor parte del tiempo—. Sin embargo, ya has visto que siempre estamos a tope y eso puede volverte un poco loco. Lo positivo es que las propinas suelen ser buenas. Yo vivo prácticamente de las propinas…

Mientras ella hablaba sin parar, Eric se había ido acercando hasta detenerse a solo un par de pasos. Por un instante se olvidó de escuchar y solo se fijó en el movimiento de sus labios y la forma en que su pelo revoloteaba por la brisa. En sus ojos insondables bañados en plata por la luna.

—¿Me has conseguido un trabajo?

—Es lo que parece, ¿no? —Rozó el suelo con la punta del pie—. Solo he ayudado un poco. Chad iba a contratar a alguien sí o sí, y le he hablado de ti. De todas formas, solo es una posibilidad, por si quieres hacer esos cursos. Si no quieres, no pasa nada, cubriremos ese puesto con otra persona. Aunque si aceptas, tendrás que empezar mañana mismo.

Tomó aire y al exhalarlo su aliento formó una densa nube de vaho. En un visto y no visto, Eric le estaba cubriendo los hombros con su cazadora. Le frotó los brazos para hacerla entrar en calor y le dedicó la sonrisa más bonita que ella le había visto hasta ahora.

—Gracias. —La prenda estaba calentita—. Bueno, ¿qué dices?

Lo contempló mientras él parecía considerar todo lo que le había explicado. Sonrió al ver cómo fruncía el ceño, y de golpe fue consciente de que no había sonreído ni reído tanto desde que sus pasos tropezaron con los de Brian. Apartó esa reflexión.

—Me gustaría darte más tiempo para pensarlo, pero…

Él se mordió el interior de la mejilla.

—Acepto el trabajo. Lo cierto es que no he dejado de darle vueltas al tema después de hablar contigo, y creo que debería hacer esos cursos. Además, de pequeño me gustaban las sirenas y los camiones de bomberos. ¿Qué puedo perder?

—Nada. ¡Dios, Eric, es una buena oportunidad! —indicó entusiasmada.

—Yo también lo creo.

Se la quedó mirando, preguntándose por qué demonios se preocupaba por él hasta el punto de ayudarle a encontrar el trabajo que necesitaba. Quizá intentaba corresponderle por haberla llevado a recoger su camioneta. O por esos cacahuetes dulces que le había comprado. Se perdió en sus ojos un instante, pero no logró ver tras ellos algo que le diera una pista. Eran como un cristal transparente que no escondía nada.

—¿A qué hora tengo que estar aquí mañana?

—¿Te viene bien sobre las cuatro? Para poder enseñarte un poco el local y dónde está cada cosa. Normalmente tu turno empezará a las siete.

—Vale, me parece bien. Mi jornada en el taller termina a esa hora.—Entonces, ¿le digo a Chad que aceptas? —Eric asintió con un gesto. Ella tragó saliva e hizo ademán de devolverle la chaqueta—. Tengo que regresar. Ten.

Él la detuvo con una mano en su brazo.

—No, hace demasiado frío. Quédatela.

—Gracias. —Vaciló un momento, como si el marcharse sin más no fuese correcto. Tomó aire de nuevo con la sensación de que últimamente se le olvidaba respirar—. Te veo mañana.

Giró sobre sus talones con un movimiento grácil y comenzó a alejarse. Eric sonrió para sí mismo, observándola mientras caminaba.

—¡Oye! —Esperó a que lo mirara y la señaló con un dedo—: ¿Yo también tendré que ponerme una de esas camisetas?

—No, lo cierto es que no. Tú no llevarás camiseta —bromeó con un tonito travieso, tan espontáneo que ella misma se sorprendió de su comentario—. No llegues tarde.

Continuó andando, obligándose a sí misma a no mirar una vez más atrás. Notaba el corazón en la garganta, palpitando deprisa. Alzó la mano y se frotó con la muñeca la nariz. Un aroma delicioso inundó sus sentidos. Se arrebujó bajo la cazadora y aspiró el olor que desprendía. Era maravilloso, dulce y a la vez especiado, cálido. Le recordaba al campo en verano y a algo más masculino que le encogió el estómago.

Empujó la puerta con la mano y, en el último momento, miró de reojo por encima de su hombro. Él seguía allí, observándola.

9

A la mañana siguiente, Eric se levantó temprano para poder organizar el que iba a ser su futuro más inmediato. Se sentía inquieto, con una palpable inseguridad machacándole los oídos. ¿De verdad era eso lo que quería? ¿Un trabajo que probablemente le encantaría, cerca de su familia, con amigos, en un pueblo que empezaba a parecerle el lugar perfecto para pensar en tener un mañana? Cualquiera en su sano juicio contestaría a esa pregunta con un sí rotundo. Pero allí estaba él, pensando en mil cosas sin sentido y dudando con la sensación de no encontrar su lugar en el mundo, de no saber qué hacer con su vida.

Estaba harto de dudar, de ser su propio enemigo.

Iba a hacer todo lo posible para aprovechar la oportunidad que tenía delante de sus narices.

Lo primero que hizo fue hablar con su padre. Le comunicó la decisión que había tomado respecto a la propuesta del jefe Holland y cómo influiría eso en su trabajo en el taller. No recordaba haber visto a Drew tan feliz en los últimos meses; y, cuando le dijo lo orgulloso que se sentía de él, por primera vez, lo creyó de verdad.

El entusiasmo de Blair lo desarmó por completo. Se acercó a ella y la abrazó, dejándose mimar por esa mujer que lo había tratado como si fuera su hijo desde el primer día. Y después se zampó sin rechistar todo el desayuno que se había empeñado en prepararle a modo de celebración.

Más tarde se dirigió a la estación de bomberos.

Holland no disimuló lo mucho que le agradaba que hubiera aceptado su propuesta. Le presentó de forma oficial a los que iban a ser sus compañeros a partir de ese día y mantuvo una pequeña reunión con Moby y otros dos hombres que serían sus instructores, junto con Holland y Frankie, el tipo al que iba a reemplazar.

Salió de allí con un uniforme bajo el brazo, varios manuales que debía empezar a estudiar para superar los primeros exámenes escritos, y un horario medido al milímetro para cumplir con su entrenamiento, prácticas y todos los cursos que necesitaba finalizar para lograr el certificado estatal. En total, eran un montón de horas y esfuerzo.

Tomó el almuerzo con Tyler, en la cafetería del hospital. Y después subió con él a visitar a Cassie y a la pequeña Maddie a su habitación. Al día siguiente ya podrían regresar a casa.

Tomó a la niña en brazos. Nunca antes había cargado un bebé y era una de las sensaciones más alucinantes que había experimentado en su vida. Quererla incondicionalmente había sido inmediato y no dejaba de sorprenderlo que un sentimiento así se pudiera desarrollar tan rápido.

Durante unos minutos, mientras Tyler iba a buscar algunas cosas al coche, se quedó a solas con Cassie.

—¿Qué tal todo? —le preguntó ella.

—Bien. Como siempre. Y, ¿qué tal tú?

Cassie contempló a la niña, que dormía plácidamente acunada por él.

—La miro y aún no me lo creo. Me asusta no estar preparada.

—Lo vas a hacer bien, pequeña.

—Hacía mucho que no me llamabas así —le recordó ella con una sonrisa afectuosa.

Él se encogió de hombros, quitándole importancia.

—Intento no hacerlo, pero es difícil perder la costumbre —bajó la voz hasta convertirla en un susurro—. No está bien que lo haga.

Cassie lo miró, incapaz de leer más allá de su expresión indescifrable.

—Tyler me ha contado que vas a intentar conseguir el certificado estatal de bombero, y también que vas a trabajar en el Shooter.

Eric asintió y se acercó para poner a Maddie en sus brazos. La niña se había despertado y se agitaba inquieta.

—Eso es genial. Me alegro por ti.

—Son muchos cambios y aún intento asumirlos —respondió el chico mientras volvía a sentarse en la silla que había estado ocupando.

Ella dejó a la niña en la cuna.

—Me alegro de que por fin hayas encontrado un motivo para quedarte. No confiaba mucho en ello, la verdad.

—¿Por qué dices eso?

—Estos últimos meses siempre he creído que en algún momento te marcharías. Me despertaba cada mañana pensando si ese sería el día que Tyler volvería a casa con la noticia.

—¿De verdad? —inquirió extrañado. Ella asintió—. ¿Por qué?

—Por todo, Eric —comentó Cassie con tono vehemente—. Porque te conozco y me he dado cuenta de que tienes un problema con los compromisos, de cualquier tipo. Te resulta más fácil huir que enfrentarte a ti mismo y a tus sentimientos. También porque sé lo mucho que Tyler sufriría si te marcharas. Sabes que le harías daño, ¿verdad?

Eric bajó la vista a sus pies para dejar de mirarla, incómodo. Era muy consciente de sus problemas y no necesitaba que nadie se los recordara. Ella se agachó frente a él y apoyó las manos en sus rodillas para mantener el equilibrio.

—Yo también sufriría si te marcharas. Te quiero, Eric. Lo sabes, ¿cierto? Siempre serás importante en mi vida.

La miró de nuevo y asintió levemente. Claro que lo quería, pero como a un hermano, su mejor amigo, nada más. Pero eso era algo que ya había asumido. Ella frunció el ceño y añadió:

—Entonces, ¿por qué llevas tanto tiempo evitando quedarte a solas conmigo? Y no intentes negarlo, puede que haya fingido no darme cuenta, pero no soy tonta.

Eric le sostuvo la mirada y apretó los labios con fuerza. En los últimos meses había tratado de mantener las distancias con ella porque, pese a echarla de menos, todo le resultaba más fácil si no la tenía cerca.

—Necesitaba distancia.

—¿Hasta casi no hablar conmigo?

—Verte y hablar contigo complicaba una situación que ya era muy difícil.

Ella inspiró hondo, intentando ponerse en su lugar para no sentirse tan molesta.

—Lo entiendo, pero has mantenido esa distancia durante medio año.

—Era más fácil. Dolía menos si no te veía. —Hizo una pausa—. Si no os veía juntos.

—¿Era? —inquirió Cassie con anhelo y un brillo de esperanza en los ojos—. Estás hablando en pasado. ¿Ya no te duele?

A él no le pasó desapercibido todo lo que encerraba esa pregunta y se tomó un momento para pensar en ello. Contempló su bonito rostro, el color azul de sus ojos y el tono sonrosado de sus labios. Se fijó en la forma que su larga melena rubia enmarcaba ese conjunto. Recorrió todos y cada uno de sus rasgos, atento a sus propias reacciones y, para su sorpresa, donde esperaba sentir dolor solo notó un ligero escozor. Donde temía descubrir atracción, deseo y tensión, apenas sintió un leve cosquilleo.

Alzó la mano, con miedo, y le rozó la mejilla con los dedos. Los deslizó despacio sobre su piel tersa e impoluta y, sin saber muy bien por qué, trató de imaginarla cubierta de pecas.

—No tienes que preocuparte por eso —dijo en voz baja, y era sincero—. Yo también te quiero y siempre serás importante para mí, pero no de ese modo que te da tanto miedo. Ya no, Cassie. Todo está bien, te lo prometo.

—¿Seguro?

—Sí. Mis sentimientos ya no... No son los mismos. Eres mi mejor amiga y eso no cambiará. Todo lo demás sí lo ha hecho. Eres la chica de mi hermano y ahora eso es lo único que veo cuando te miro.

Ella asintió con lágrimas en los ojos y se puso de pie, sin poder contener la sonrisa que sus labios se empeñaban en dibujar.

—¿Crees que podría darte un abrazo?

Eric también sonrió. Se puso de pie y la contempló, y ese vacío en su pecho se llenó con algo muy distinto que nunca había experimentado por ella. Amor, pero era un amor muy diferente a cualquier otro que hubiera sentido antes por esa chica. Este no dolía. Y lo tuvo claro, la quería pero ya no la amaba, y liberarse de ese peso lo conmocionó.

Se acercó a ella y la abrazó. Primero flojito, después la apretó con fuerza contra su pecho y la besó en el pelo. Y ese fue el beso de la despedida y de un nuevo comienzo para dos personas que se habían amado mucho, pero que ahora solo eran amigos. Los mejores amigos.

En cuanto Blair apareció para relevar a Tyler en el hospital, los dos hermanos se dirigieron juntos al taller. Caleb y Drew estaban comiendo en la oficina, mientras veían una nueva entrega de *Fast N' Loud.*

—¿Es cierto? ¿Vas a trabajar en el Shooter? —le preguntó Caleb nada más entrar.

—Así es —respondió Eric, dejándose caer en una silla a su lado.

—¡Genial, tío!

—No voy a servirte gratis. Olvídalo.

Tyler se echó a reír con ganas y apuntó a Caleb con un dedo.

—Te tiene calado.

—A ti tampoco voy a servirte gratis. Pretendo que no me echen de allí en los próximos tres meses.

A Tyler se le borró la sonrisa de la cara y frunció el ceño.

—Pero yo soy tu hermano.

—Como si eres Mila Jovovich —replicó. Se quedó pensando un segundo y su boca su curvó hacia un lado con malicia—. Bueno, igual si te trabajas un poquito el disfraz y te pones un par de buenas...

No pudo acabar la frase. Tyler saltó sobre él, pero Eric fue más rápido y logró colocarse tras Caleb, interponiéndolo entre ambos. Drew terminó de tragar el último bocado de su sándwich y se limpió la boca con la servilleta. La tiró a la papelera y apuró su refresco. Suspiró al levantarse de la silla mientras sus hijos correteaban de un lado a otro de la oficina entre gritos y risas.

—Si a los treinta no habéis madurado, juro que os desheredo a todos —masculló a la vez que se dirigía a la puerta. Pero una vez afuera, sonrió para sí mismo—. ¡A trabajar, gandules! —gritó.

A las cuatro en punto, Eric aparcó frente a la puerta del Shooter. Rodeó el edificio y entró por la parte de atrás. El pasillo estaba en penumbra y solo se oía el tintineo del cristal y la música de fondo. Al entrar en la sala desierta vio a Spencer tras la barra, secando unos vasos. Parecía muy concentrada y se tomó unos segundos para contemplarla con los brazos cruzados sobre el pecho y la cadera apoyada en la columna.

Con Suki Waterhouse sonando muy bajito, se encontró admirando sus rasgos: su mandíbula perfecta, sus labios carnosos, la curva de su pequeña nariz y las sombras que sus pestañas proyectaban sobre sus mejillas. Joder, era preciosa, y no de un modo convencional. No era de esas chicas en las que uno se fija en su cara al primer vistazo. Sino de las que se descubren poco a poco hasta que, de repente, te das cuenta de que estás delante de una obra de arte única y perfecta.

—¿Este sitio no abre por las mañanas?

Spencer alzó la cabeza al escuchar la pregunta y se encontró con Eric caminando hacia ella. Le sonrió y dejó el paño a un lado, después salió a su encuentro con el corazón revoloteando dentro de su pecho y las mejillas coloradas.

—Antes sí. Pero no es un bar al que los clientes acudan durante la mañana. La gente que está de paso busca cafeterías o restaurantes para desayunar y comer, y lo mismo ocurre con los del pueblo. Mantener un turno de mañana era imposible. Pero por la tarde y la noche ya has visto cómo se pone —contestó. Coló las manos en los bolsillos traseros de sus pantalones y tomó una bocanada de aire—. ¿Estás listo para tu primer día?

—Listo.

—Ven conmigo. Voy a enseñarte todo esto y a explicarte lo que tienes que hacer. Por cierto, el día de pago es los martes. Y las propinas, directamente al bolsillo.

Eric sonrió por el comentario. La siguió en silencio mientras le enseñaba dónde estaba cada cosa y la rutina de su trabajo. Una hora después sabía todo lo que se podía saber sobre el Shooter. Por último lo acompañó hasta la pequeña habitación que había junto al almacén, donde los empleados podían dejar sus cosas y cambiarse. Spencer abrió un armario y, tras rebuscar unos segundos, sacó de su interior una camiseta negra.

—Espero que sea de tu talla.

Eric cogió la prenda y la inspeccionó. Era de manga corta y en la parte delantera lucía en blanco el logo del bar con unas letras sencillas y las *oes* convertidas en las mirillas de un fusil.

—Puedes dejar tus cosas en este otro armario —dijo ella al tiempo que lo abría. Eric asintió una vez—. He puesto aquí tu cazadora. Gracias por prestármela anoche.

—De nada.

—Vale, creo que esto es todo. Abriremos en cinco minutos, así que te dejo para que te cambies.

—Spencer —la detuvo por la mano cuando estaba a punto de salir. Sus dedos apresaron los de ella y la miró a los ojos—. Gracias por hacer esto por mí.

Spencer se quedó quieta, apenas consciente de nada que no fueran aquellos dedos cálidos, y un poco ásperos, rodeando los suyos. Bajó la vista y contempló sus manos unidas. Él los acarició y con el pulgar siguió el contorno de sus nudillos con demasiada lentitud. ¿Por qué la alteraba tanto su contacto? Y no de un modo molesto e incómodo, sino agradable. ¿Y qué estaba haciendo él?

—No tienes que darme las gracias, de verdad.

—Pero quiero hacerlo. Gracias —insistió.

Después la soltó tan despacio que el tiempo parecía haberse detenido. Spencer tragó saliva. Un simple roce de alguien a quien apenas conocía no debería haberla afectado tanto como lo había hecho. Titubeó, dividida entre la sensación de emoción y de terror. Dio media vuelta y salió con paso rápido, cerrando la puerta tras de sí.

Eric se quedó a solas en aquel cuarto, inmóvil durante un rato.

Se miró la mano con la que había sostenido la de ella y estiró los dedos un par de veces. Se preguntó qué estaba haciendo, a qué venía todo aquello y, sobre todo, si estaba bien que lo hiciera solo porque ella empezaba a gustarle. Lo que no dejaba de ser raro, ya que no encajaba en el tipo de mujer en el que podría haberse fijado. Pero esa era la verdad. Lo que había sido una simple sospecha, apenas unas horas antes mientras hablaba con Cassie, se convirtió en una realidad. Había algo en la chica morena de ojos tristes que despertaba su curiosidad.

El volumen de la música subió, acallando sus pensamientos.

Tras la barra, Spencer intentaba no pensar en nada que no fuese la noche de trabajo que tenía por delante. Ni tampoco en la batería de preguntas que Avery y Carla le estaban haciendo sobre la nueva incorporación a la plantilla del Shooter. De pronto se callaron, y ella levantó la vista hacia el motivo de su silencio.

Eric se aproximaba con paso seguro. Lo miró de arriba abajo, no pudo evitarlo. La camiseta de manga corta le quedaba un poco justa y se le ceñía al torso, destacando unos brazos fuertes y musculosos.

El resto resultaba igual de impresionante, desde su expresión risueña, la forma en la que se pasó la mano por el pelo, hasta su modo de moverse.

¿Por qué demonios se daba cuenta de todo eso ahora? No es que hubiera pasado por uno de esos programas de cambio radical y ahora fuese distinto. Era así desde que había llegado a Port Pleasant, casi un año atrás.

«Pero tú nunca has mirado más allá de tu nariz», dijo una voz en su cabeza.

—¡Jesús! —exclamó Carla.

—¿Él es el nuevo camarero? —preguntó Avery en un susurro cargado de excitación.

Spencer la miró de reojo, segura de que en cualquier momento le lanzaría su ropa interior. Puso los ojos en blanco cuando la vio recomponerse el escote, haciendo que sus tetas emergieran con descaro. Antes de que pudiera presentarlo, las dos chicas se abalanzaron sobre él.

—¡Hola! —exclamaron.

Tras la incomodidad de los primeros minutos, la noche avanzó sin ningún problema. Después de varias pruebas de organización, Chad decidió que el lugar de Eric estaba al lado de Spencer en la barra, juntos eran muy rápidos y los pedidos salían con fluidez, tanto para las mesas como para los clientes que abarrotaban la barra.

Y por primera vez en muchas semanas, el servicio comenzó a funcionar de verdad, lo que mejoró el humor de Chad considerablemente.

10

Los días pasaron con la misma rutina. Eric había comenzado su preparación en la estación de bomberos y aprovechaba las mañanas para estudiar y asistir a los cursos. Después trabajaba unas cuantas horas en el taller de su padre y a las siete en punto aparecía tras la barra del Shooter. Cuando su jornada acababa, se iba directamente a casa para dormir apenas seis horas y volver a empezar.

Nunca había tenido una vida social muy activa, ni muchos amigos. Tampoco relaciones con chicas que se alargaran en el tiempo, así que no le importaba que en las últimas cuatro semanas su vida se hubiera reducido a estudiar, trabajar y dormir, y que lo más divertido que hacía era ver los programas de supervivencia del Discovery Channel.

Pero sí había algo que cada día esperaba con más ganas, ver a Spencer. Conforme pasaba el tiempo, su relación se había ido estrechando y estaba casi seguro de poder afirmar que eran amigos. Puede que no amigos íntimos que se contaban confidencias, pero sí amigos con los que te diviertes, puedes hablar de cualquier cosa y están dispuestos a echarte un cable si los necesitas.

Era una chica divertida, ingeniosa y con carácter, con la que podía hablar de cualquier cosa sin aburrirse ni un solo segundo. Al contrario que Avery y Carla, que pasaban la mayor parte del tiempo coqueteando con los clientes para lograr más propinas y alguna cita, ella se mantenía alejada de aquellas personas. Era amable con todo el mundo, pero a su alrededor había levantado un muro invisible que la mantenía lejos de los demás, o quizá a salvo. No estaba seguro.

Tras un mes viéndola todos los días, en muchos aspectos, Spencer continuaba siendo un misterio para él que despertaba su curiosidad. Tenía una fachada, como si fuese muy dura y todo le importara una mierda, pero él había visto breves atisbos de un lado vulnerable. Sentía que ella guardaba algo tras esos bonitos ojos azules. Hermosos y dulces, pero también tristes. Rotos.

Cuando la contemplaba, acababa teniendo esos pensamientos sobre ella, con la sensación de estar reconociendo a alguien que se sentía tan perdido y solo como él. Esa aflicción que detectaba en su sonrisa y en su mirada perdida, cuando creía que nadie la observaba, empezaba a intrigarle. Quería descubrir quién era y por qué tenía esa expresión distante la mayor parte del tiempo, cuál era la razón que se ocultaba tras sus escasas sonrisas.

¿Quién demonios era en realidad Spencer Baum? Además del rostro más angelical que recordaba haber visto en mucho tiempo. Porque le gustaba su cara. Y le gustaban sus ojos cuando sonreía y cómo se mordisqueaba el labio inferior, igual que un ratoncito. También le gustaba la forma en la que se recogía el pelo tras las orejas y apartaba la vista al mismo tiempo, con esa fragilidad que lo intrigaba y que ella trataba de mantener oculta bajo una pátina de confianza y un atisbo de desdén.

Le gustaba su forma de caminar y ese perfecto trasero que dibujaban sus pantalones ajustados, porque en eso también se había fijado. ¡Oh, sí! En su trasero, en sus largas piernas y en cada centímetro de su esbelta figura. Y tanto su mente como su cuerpo estaban despertando de ese letargo inapetente y desinteresado en el que se habían sumergido durante muchos meses. Reaccionaban a su proximidad, al sonido de esa risa que aún le costaba liberar y a su perfume delicado. Por eso había pensado en besar sus labios unos minutos antes, cuando se habían chocado en el almacén y sus cuerpos habían quedado encajados entre la puerta y la pared, para averiguar también a qué sabía. No se había atrevido. Joder, si ni siquiera debería haber tenido esa idea cuando era evidente que la chica pasaba de él en ese sentido. Pero no podía impedir sentirse atraído por ella y no podía evitar desearla.

—Perdona —se disculpó con ella al chocar sus manos en la nevera del hielo.

—No pasa nada —dijo Spencer con una sonrisa.

Se miraron durante un instante y cada uno regresó a su parte de la barra.

Spencer sirvió una cerveza a un tipo pelirrojo que ya llevaba allí un buen rato, bebiendo solo. Tenía la sensación de haberle visto antes, aunque no sabía muy bien dónde. Ignoró el hecho de que él no dejaba de mirarla y aprovechó un momento de calma para cortar más limas. El tequila volaba los fines de semana.

Un coro de risitas llamó su atención. Miró de soslayo al grupo de chicas que había llegado media hora antes. Se habían acomodado en la barra, en la parte que Eric atendía. No dejaban de sonreírle, buscaban continuamente su atención y se lo comían con los ojos cada vez que se movía o les daba la espalda. Algo similar ocurría con Carla y Avery, a las que se les caía la baba con él.

Apartó la mirada y la clavó en las rodajas que flotaban en el agua. Pero, casi sin darse cuenta, echó otro vistazo. Eric estaba mezclando bebidas en una coctelera con eficaces movimientos. Esa noche llevaba unos vaqueros negros desgastados que se le ajustaban a las caderas y a los muslos. Era increíblemente atractivo, así que entendía a todas esas chicas que acudían una noche tras otra. Era imposible no quedarse ensimismada con su apariencia impecable y su sonrisa encantadora.

Él ladeó la cabeza y sus ojos se cruzaron con los de ella, ilegibles, excepto por un brillo de complicidad. Después se inclinó hacia delante y, con una mano en la barra, sirvió la bebida en unas copas que había dispuesto.

Se ruborizó como una chiquilla. Era como si su mera imagen activara algo dentro de ella y no entendía el motivo. Y no era su apariencia lo que solo la afectaba, siempre había estado rodeada de chicos guapos. Había visto muchos así. Era otra cosa.

Él volvió a buscarla con la mirada y la pilló observándole.

Spencer apretó los párpados un momento, ignorando el cosquilleo que despertaban sus ojos sobre ella. En el tiempo que Eric llevaba trabajando allí, su comportamiento había sido intachable y muy profesional. Spencer admiraba eso de él. Trataba a todo el mundo con amabilidad y una sonrisa pintada en la cara. Pero lo que más llamaba su atención era la forma de tratar a las mujeres. Era respetuoso, inocente, y siempre las miraba a los ojos, de donde no apartaba la vista ni ante la tentación de la escasa ropa que muchas de esas chicas vestían. Ni siquiera reaccionaba a las muestras de atención que recibía por parte de ellas, unas más descaradas que otras.

Quizá su intuición estuviera en lo cierto y él era distinto a los demás. Un buen chico en el que se podía confiar.

—Te dije que era ella.

—Joder, es ella de verdad. Eh, preciosa, ¿te acuerdas de mí? Me dejaste con un calentón de narices la última vez que nos vimos.

Spencer alzó la cabeza hacia las voces y se encontró con el tipo que llevaba allí gran parte de la noche, bebiendo solo. Otro tío se había unido a él y no le gustó cómo la miraban.

—¿Os conozco?

—Wilmington, hace tres veranos. Tú y yo hicimos algo más que conversar —respondió el recién llegado. Moreno, ojos grises y aspecto de pijo. Reloj caro, ropa de marca y perfume a toneladas.

Spencer hizo memoria y, de repente, lo reconoció. Se llamaba Aaron. Era uno de los amigos de Brian, compañero de universidad. Por este tipo había llegado hasta la peor pesadilla de su vida, cuando se encontraron por primera vez durante una fiesta en la playa.

—Sé quién eres, pero no recuerdo que hiciéramos nada de lo que insinúas.

—Me ofendes. ¿Tan poco signifiqué? Es posible que no llegáramos a lo más interesante. Ya sabes, un *touchdown*, pero hicimos otras cosas divertidas.

—Mira, no sé lo que crees que hicimos, pero no me interesa esta conversación. Pedid algo si vais a beber, y si no, largaos.

—¡Joder, esta zorra se cree mejor que tú! —dijo su amigo, el pelirrojo alto y ancho, todo músculo.

—Vamos, no finjas que no te acuerdas. Porque yo sí que me acuerdo de lo poco que te costó ponerte de rodillas cuando te lo pedí —intervino Aaron, inclinándose hacia ella—. Se te daba muy bien. Esa boca… ¡Dios, esa boca!

Spencer tragó saliva y empezó a ponerse nerviosa. Era cierto que se había enrollado con él, y que habían bebido juntos más de la cuenta, pero no recordaba haber hecho nada más allá de unos besos. ¿Habría hecho lo que él afirmaba? No conseguía acordarse. Sintió náuseas y suplicó en silencio que nada fuese cierto, porque si lo era… ¿Cómo había podido acercarse a un tipo como él? Un sudor frío cubrió las palmas de sus manos.

La gente de su alrededor se había empezado a fijar en la conversación y eso hizo que se sintiera más humillada de lo que ya estaba. Por el rabillo del ojo vio a Eric fruncir el ceño y observar a los dos chicos. Dios, no quería que él oyera nada de aquello. Él no. Quería seguir siendo buena a sus ojos. Y ese pensamiento inesperado se convirtió en una necesidad.

Agarró una bandeja y un trapo y salió de detrás de la barra con intención de recoger las mesas vacías y alejarse de ellos. No funcionó, un segundo después los tenía detrás.

—Vamos, preciosa, no seas tan arisca. ¿Por qué no tomas algo con nosotros y terminamos lo que empezamos aquella noche? —inquirió Aaron con la boca cerca de su oído—. ¿Qué tal si recordamos viejos tiempos?

—Déjame en paz.

—Joder, tía, ¿qué te pasa? Sabemos que te lo montaste con más de un colega. ¿Quién nos contó que se había acostado con ella? —preguntó el pelirrojo a su amigo.

—Brian Tucker —respondió el otro entre risas—. Pero dijo que no había sido para tanto. La fama no le hacía justicia. Igual necesita un hombre de verdad.

El pelirrojo se echó a reír.

Spencer empezó a temblar. Que aquellos chicos la estuvieran tratando de ese modo, más el recuerdo de Brian, estaba a punto de provocarle un ataque de pánico. Se giró hacia ellos y los fulminó con la mirada. Hizo todo lo posible para no flaquear, para mostrarse fuerte y segura.

—¡Que os jodan! —les escupió. Se dio la vuelta mientras se abría paso entre la gente.

—De eso se trata.

—Dais asco —masculló, alejándose.

—Venga, te recuerdo más cariñosa. —Aaron alargó el brazo y trató de agarrarla por la cintura.

Ella se lo impidió con un manotazo.

—No me toques.

Sus dedos le rozaron la cadera y todo su cuerpo se crispó.

—¡Que no me toques, joder!

Se echaron a reír mientras la hacían retroceder hacia la pared, aprovechando el tumulto para pasar desapercibidos.

—¿Es por dinero? Tiene arreglo. Porque eso es lo que buscabas entonces, ¿no? Alguien con pasta —dijo Aaron.

Sus palabras la ofendieron de un modo muy doloroso. Le temblaba todo el cuerpo por la rabia que se estaba apoderando de ella.

—Cállate y déjame en paz.

—Vamos, deja de fingir que eres una chica decente. Sabemos cómo eres.

Notó las lágrimas a punto de derramarse por su cara. Recuerdos de la persona que había sido acudieron a su mente, de todas las cosas que había hecho, de cómo había acabado su vida por sus malas decisiones. Odiaba su pasado con todas sus fuerzas, porque en él siempre habría chicos como ellos, y como Brian. Los chicos populares que se creían por encima de ella, la chica perdida y marginal, cuya reputación de puta sería un estigma para el resto de su vida. Puede que con motivos, y aquello era lo que más la avergonzaba y torturaba hasta el punto de bloquearla como para no intentar defenderse.

—No me toques —rogó cuando Aaron sacó un par de dólares del bolsillo de sus pantalones con intención de metérselos en el escote.

No llegó a rozarla, porque una mano lo sujetó por el brazo y lo apartó de un empujón.

—Te ha dicho que no la toques —masculló Eric interponiéndose entre ella y los idiotas que la estaban molestando.

—No te metas, esto no va contigo. Ella y yo ya nos conocemos. Somos viejos amigos.

—Me importa una mierda lo que seas. ¿Ves esa puerta? —señaló con la cabeza la salida—. Tienes dos segundos para salir por ella.

—Y si no, ¿qué? —intervino el pelirrojo.

—Voy a romperos todos los putos huesos del cuerpo.

—¿Tú y cuántos más?

Spencer intentó interponerse, porque todo apuntaba a que aquellos dos buscaban pelea y no iban a parar hasta conseguirla, pero Eric la relegó hacia atrás con su brazo. Lo agarró por la trabilla del pantalón, intentando alejarlo.

—Eric, no. Déjalo.

—Hazle caso a la zorrita. No te metas…

La mano de Eric salió volando, agarró a Aaron por el cuello y lo estampó contra la pared. Su cabeza sonó con fuerza contra la piedra. El pelirrojo saltó sobre él, pero Eric fue más rápido y, sin apenas moverse, le golpeó la rodilla con un golpe seco de su talón. El tipo cayó al suelo con un grito.

—¡Me has roto la pierna, joder!

Eric ni siquiera se molestó en comprobarlo. Su mirada encendida estaba clavada en el tipo al que aplastaba contra la pared. Aaron no dejaba de retorcerse, intentando con ambas manos aflojar el agarre de sus dedos. No podía hablar. El aire no llegaba a sus pulmones.

Eric se inclinó sobre él.

—Presta mucha atención. No sé quién eres ni me importa. Pero si vuelvo a verte cerca de ella, le diriges la palabra o simplemente la miras, voy a hacer mucho más que romperte los huesos uno a uno. —Se pegó un poco más. Sus labios casi le rozaban la oreja—. Te aseguro que soy alguien a quien no te interesa joder. Y no es un aviso, es una puta amenaza por si eres tan tonto como pareces y no terminas de entenderlo. Ahora, cuando te suelte, vas a disculparte con la dama. Porque es una dama, ¿verdad? —Apretó más fuerte y tiró un poco hacia arriba, de modo que Aaron tuvo que ponerse de puntillas. Asintió cuando le repitió la pregunta entre dientes—. Bien. Te disculparás con ella y te largarás por donde has venido sin armar jaleo. —Se apartó un poco y lo miró a los ojos. Y añadió antes de soltarlo—: Intenta que te crea.

Aaron se masajeó la garganta y resopló en busca de aire. Fulminó a Eric con la mirada, humillado, y después clavó sus ojos en Spencer. Se podía sentir la ira que emanaba de él en oleadas mientras intentaba mantener la compostura y la escasa dignidad que le quedaba. Pero también el miedo que la fría calma de ese chico le había provocado.

—Lo siento —masculló. Miró de reojo a Eric y este alzó una ceja—. Lo siento mucho. Me he comportado como un imbécil y no se repetirá.

Después dio media vuelta con un gruñido y se dirigió a la salida, seguido del pelirrojo, que cojeaba con dificultad.

Antes de sentirse tentado a salir tras ellos y cumplir su amenaza, Eric regresó a la barra y continuó con su trabajo sin mirar a Spencer ni una sola vez. No entendía nada. Esos tipos se habían presentado allí y habían comenzado a insultarla y humillarla sin ningún reparo. Dios, hasta él se había sentido ofendido por sus palabras. Lo peor era que parecían conocerla y ella en ningún momento había tratado de defenderse.

Cuando el último cliente salió por la puerta, Eric cerró con llave y apagó la mitad de las luces. Carla y Avery fueron hasta el pequeño cuarto a cambiarse de ropa y poco después se fueron con Chad. Esa noche les tocaba a Spencer y a él limpiar y preparar el bar para el día siguiente.

Sin mediar palabra, comenzaron con la rutina. Mientras él colocaba las sillas sobre las mesas, ella limpiaba el suelo y vaciaba los ceniceros. Después le siguió el baño y el almacén. Finalmente acabaron tras la barra, secando vasos y reponiendo botellas. Él seguía dándole vueltas a lo que había ocurrido y la actitud esquiva de Spencer no le ayudaba a olvidarse del asunto.

La pregunta que se había hecho tantas veces apareció de nuevo en su cabeza. ¿Quién demonios era ella en realidad? La conocía, pero ¿qué sabía de ella? Su nombre, dónde vivía y que su madre se había largado cuando ni siquiera podía valerse por sí misma. Nada más. Y esos tíos… Dios, aún tenía ganas de asesinarlos.

Aquel silencio lo estaba matando y mucho más la incertidumbre y la rabia que sentía.

Dejó una caja de bourbon sobre la barra y miró a Spencer como si fuese la persona más complicada del mundo, y quizá lo fuera.

—No deberías permitir que te traten de ese modo —susurró. Hizo una pausa y resopló disgustado—. ¿Por qué has aguantado que te humillen de ese modo?

Spencer dejó de frotar un vaso y se quedó inmóvil. Las palpitaciones que notaba en el pecho aumentaron de velocidad y advirtió que le faltaba el aire. No le gustaba el poco control que tenía sobre sus propias reacciones cuando se trataba de él. Entrecerró los ojos, dispuesta a discutir si era necesario para que no metiera las narices en sus asuntos. Pero cuando ladeó la cabeza y sus miradas se encontraron, se desinfló por completo. Se preparó para decir la verdad y enfrentar su rechazo. A los chicos como él no le gustaban las chicas como ella.

—Porque quizá tengan razón y lo que han dicho sea cierto.

Él no dijo nada durante unos segundos, solo la miraba. Pero en la tensión de su cuerpo podía notarse que estaba decidiendo cómo tomarse esa respuesta.

—Aunque cada palabra sea cierta, no deberías permitir que nadie te hable de ese modo.

—Dices eso porque no me conoces.

—Te conozco. Llevo un mes viéndote a diario.

—¿Y? No sabes nada sobre mí, de cómo ha sido mi vida ni de las cosas que he hecho y me han pasado. —Ladeó la cabeza y lo miró con un atisbo de temor—. A no ser que Tyler te haya hablado de mí.

—Claro que me ha hablado de ti. Eres su mejor amiga. Me ha dicho lo importante que eres para él. Te quiere y se preocupa por ti de un modo que a veces me cuesta entender, pero no porque me parezca mal. Aunque me intriga el porqué necesita protegerte de ese modo. Me ha contado anécdotas de cuando erais niños, travesuras... También sé que no tienes familia desde que tu abuela murió y que hace poco que te has mudado. Eres divertida, ingeniosa, buena persona... y preciosa. —Los ojos de Spencer se abrieron como platos. Y él añadió—: ¿Qué me falta por saber? Porque nada de esto explica lo de esos tíos.

—Créeme, no quieres saberlo. —Gimió, alzando los brazos con frustración—. ¡Y yo no quiero contártelo!

—¿Por qué?

—¡Porque no quiero!

—Spencer, las preguntas sinceras merecen respuestas sinceras.

Ella escondió la cara entre sus manos. Necesitó un segundo para decidir cómo contestar.

—Porque me gusta cómo me miras, sin sentir lástima por mí. Porque me gusta que me hables sin medir las palabras por miedo a herirme o a que pueda romperme. Porque me tratas como a alguien normal y eso me hace sentir bien. No quiero perderlo. Lo necesito. —Una débil sonrisa asomó a sus labios—. No me había dado cuenta hasta ahora pero lo necesito. Esto que tenemos. Amistad, compañerismo o lo que sea.

Le sostuvo la mirada. Su deseo era ser honesta con él todo lo que pudiera, intentar ocultar la verdad sobre su pasado no serviría de nada. Pero le daba miedo. Se apoyó en la barra y se dejó caer hasta acabar sentada en el suelo con la espalda contra la nevera. Él la imitó y se sentó a su lado.

—Spencer, eres una de las pocas cosas buenas que me han pasado en este pueblo. Te considero mi amiga y por muy malo que sea eso que intentas ocultarme, dudo que cambie lo que pienso de ti.

—¿Cómo estás tan seguro?

—Intenta confiar en mí.

Ella cerró los ojos un instante y dejó caer la cabeza.

—Yo era una buena chica —empezó a decir—. Pese a mi madre, pese a este pueblo y todo lo feo que encontraba en él, yo era buena. Estudiaba, sacaba buenas notas y me portaba bien. Me convencía a mí misma de que si hacía las cosas de forma adecuada y me esforzaba, podría conseguir otra vida. Todo eso cambió cuando mi madre me abandonó y detuvieron a Caleb.

—¿A Caleb? ¿Qué tiene que ver Caleb?

—Era mi novio. Llevábamos algo más de un año saliendo juntos cuando se metió en un lío muy serio y acabó en un centro de menores durante dos años.

—No lo sabía.

—Hay muchas cosas de mí que no sabes. —Se abrazó las rodillas—. Me quedé completamente sola. Aún tenía a Tyler, pero él cambió tras la muerte de Jen. Se alejó de mí, de todos, y ya no me quedó nada. Me sentía sola, muy asustada y los problemas no dejaban de crecer. Y sin darme cuenta comencé a cambiar y acabé convirtiéndome en alguien que no era yo. Rompí todas y cada una de las promesas que me había hecho a mí misma y dejé de ser buena.

—¿Buena? ¿Qué significa para ti ser buena?

—Dejé de ser una chica a la que respetar, porque yo misma dejé de respetarme. —Gimió avergonzada—. Esos chicos no mentían, Eric. Mi pasado está lleno de tíos como ellos y no me siento orgullosa de las cosas que hice; pero no puedo borrarlas. Esta noche han sido esos dos, pero puede que dentro de un tiempo sean otros los que se crucen en mi camino y me reconozcan. Y para ellos seré la chica fácil que hacía cualquier cosa por un poco de atención. Esa era yo.

Eric no habló inmediatamente. Una pequeña mueca apareció en su cara y ladeó la cabeza para mirarla.

—¿Y quién eres ahora?

Tardó en responder, no estaba segura de qué decir.

—No lo sé, aún trato de averiguarlo. Pero sí sé que ya no soy esa persona. No lo soy —repitió con vehemencia.

Él se frotó la cara y se pasó la lengua por los labios mientras estiraba las piernas y las cruzaba a la altura de los tobillos. No dejaba de ser un chico que se sentía atraído por la chica que tenía sentada al lado, por lo que averiguar esa parte de ella, esa reputación que aseguraba arrastrar, estaba provocando sentimientos enfrentados. La miró de reojo y suspiró.

—No me importa quién eras —dijo al fin—. Me da igual tu pasado y todos esos tipos con los que dices que has estado. No conozco a esa chica de la que hablas ni la veo aquí por ninguna parte. Pero sí conozco a la mujer que tengo delante, ahora un poco mejor, y me gusta cómo es. Me gusta mucho lo que veo.

Ella se giró para mirarlo. Una sonrisa se insinuó en sus labios.

—¿De verdad?

—De verdad. No dejes que tu pasado controle tu vida. Todos tenemos derecho a equivocarnos y a rectificar. Yo aún intento superar el mío y dejarlo atrás. Sé lo difícil que es. No somos aquello que los demás quieren que seamos, sino lo que nosotros decidimos ser. La próxima vez plántales cara y no te avergüences.

—Dicho así parece fácil, pero...

—Pero nada, Spencer. Para follar, meterse mano o un simple beso se necesitan dos personas, y me jode que aún haya idiotas que piensen que hacer lo que te da la gana con tu cuerpo convierte a una mujer en una puta y a un hombre en alguien al que admirar. Cambia ese rollo en tu cabeza, porque las cosas que hemos hecho no nos definen si no queremos que lo hagan.

Spencer se obligó a cerrar la boca. La había dejado pasmada con esa declaración. Inspiró hondo y luchó contra la quemazón que notaba en los ojos mientras estudiaba sus botas.

—Gracias.

—¿Por qué? ¿Por decir la verdad?

—Por no juzgarme.

Inclinó la cabeza para mirarlo a los ojos sin importarle que los suyos estuvieran llenos de lágrimas. Él le sostuvo la mirada, después alargó su mano y cubrió la de ella hasta entrelazar sus dedos.

—¿Y por qué iba a juzgarte?

—Porque yo no dejo de hacerlo —sollozó.

—Pues para de una vez. Si de verdad ya no eres esa persona, si tanto la desprecias, termina con ella.

Spencer negó con la cabeza, contemplando sus manos unidas.

—Aunque lo logre, los demás siempre la recordarán.

—¡A la mierda los demás! —exclamó él. Le tomó el rostro entre las manos—. ¡Que se jodan! A ti solo debe preocuparte lo que piensen las personas que te quieren. Dios, ni siquiera eso. Preocúpate solo de lo que hay aquí dentro —susurró mientras le señalaba el pecho a la altura del corazón—. ¿Sabes? Durante toda mi vida he sido el bastardo al que su familia despreciaba, y lo creía porque no dejaban de repetírmelo. Pero no lo soy, sé que no lo soy. Ahora lo sé. Y tú no eres esas cosas que dicen. ¡Joder, Spencer, tú no has hecho nada malo! No has matado a nadie.

Le secó con los pulgares las lágrimas que resbalaban por sus mejillas y maldijo mientras se dejaba llevar por el impulso de protección que estaba sintiendo y la abrazaba contra sí. La apretó contra su cuerpo, prácticamente la había arrastrado hasta su regazo y la sostuvo así durante una eternidad, en silencio.

Spencer se quedó rígida, pero finalmente se dejó llevar por su necesidad de afecto y se acurrucó contra su pecho. Cerró los ojos con fuerza y escuchó en silencio los latidos de su corazón. Le palpitaba deprisa, tan rápido como iba el suyo, y su respiración se aceleró por momentos. Era agradable y se sentía increíblemente bien entre sus brazos. Permanecieron así un rato, sumidos en sus pensamientos. Él empezó a trazar circulitos con los dedos sobre su hombro desnudo y esa inocente caricia le hizo sentir cosas. Cosas intensas y bonitas.

—Es tarde. Deberíamos irnos a casa —dijo él, pese a que era lo último que le apetecía hacer. Aquel suelo duro bajo su trasero, con

Spencer entre sus brazos, le parecía el mejor lugar del mundo en ese momento.

—Sí, deberíamos irnos a casa.

Se separaron el uno del otro y se pusieron en pie. Sus miradas se encontraron de nuevo y Spencer le dedicó una sonrisa temblorosa. Él no se la devolvió, simplemente se limitó a mirarla y algo apareció en sus ojos. Interés, quizá, y una parte de ella anheló que no fueran imaginaciones suyas mientras la otra se moría de miedo.

11

Tras un fin de semana agotador llegó el lunes y ese día el Shooter cerraba sus puertas, por lo que todos los empleados iban a poder descansar.

Spencer abrió los ojos a media mañana, con su cama bañada por el sol que entraba por la ventana. Se estiró bajó las sábanas e inspiró hondo mientras giraba la cabeza sobre la almohada. Alzó las cejas cuando vio a *Zarpas* durmiendo plácidamente a su lado. Se acurrucó junto a él y le rascó entre las orejas.

—Buenos días, perezoso.

Zarpas abrió los ojos, la miró un instante y saltó de la cama, maullando de camino a la cocina. Spencer lo siguió. Sin pretenderlo habían creado una sencilla rutina. Ella preparaba la cafetera y, mientras el café se hacía, le ponía a *Zarpas* su comida. Después ambos desayunaban en un cómodo silencio y, al terminar, el gatito desaparecía durante toda la mañana y ella se dedicaba a hacer tareas.

Hizo la colada, limpió la casa y se acercó al supermercado para llenar la nevera. Después se dio una ducha y decidió pasar el resto del día pintando. Subió al segundo piso y entró en la habitación en la que había improvisado su estudio. Con el tiempo esperaba poder arreglar el cobertizo y trasladarlo hasta allí.

Llenó sus pulmones con el olor que desprendían los lienzos y los óleos que usaba. Contempló la pintura que tomaba forma sobre el caballete. Llevaba días intentando averiguar cómo continuarla, pero la inspiración había desaparecido.

Se sentó en el taburete y se quedó mirándola durante un buen rato, dándose golpecitos con el dedo sobre los labios.

Había comenzado a pintar apenas un año y medio atrás, cuando la doctora Leigh le sugirió que una actividad creativa podría ayudarla a expresar todas esas cosas de las que no era capaz de hablar. Pensó de inmediato en la pintura. Desde muy pequeña había sido muy imaginativa y siempre había sentido un fuerte anhelo por dibujar. Recordaba su habitación con las paredes repletas de dibujos, sus cuadernos llenos de bocetos, y cómo en el colegio sus profesores se habían sorprendido por su talento. Esa afición había sido su refugio durante toda su infancia. La mejor forma que había encontrado para escapar de la realidad.

Pero, poco a poco, abandonó esa pasión. Perdió la ilusión y no hizo nada por recuperarla.

Ahora, gracias a su terapeuta, la voz que la instaba a crear había vuelto. Descubrir que aún le gustaba pintar y que, gracias a esa cualidad, podía pasar horas enteras abstraída de todo cuanto la rodeaba fue un regalo para ella. Su escape a unos pensamientos y una inercia que a veces la asfixiaban.

Resopló exasperada y se acercó a la ventana. No lograba concentrarse en nada. Su mente inquieta saltaba de un pensamiento a otro, y casi todos tenían que ver con Eric. Se quedaba en Babia pensando en su sonrisa genuina y en la calidez de su mirada, en su forma de moverse, ágil, masculina y con un punto de chulería que se le podía perdonar a un cuerpo como el suyo. Sin embargo, la franqueza que demostraba era una de las cualidades que más le gustaban de él. Además era amable, divertido y le resultaba más atractivo de lo que estaba dispuesta a reconocer.

Tomó aire y apoyó la frente en el cristal mientras dibujaba caritas en la superficie que su aliento había cubierto. Su interior era un hervidero de emociones y sensaciones a las que no estaba acostumbrada, a las que se había cerrado con tal determinación que las había olvidado y, de repente, todas estaban allí, sobrepasándola, sin lograr separarlas, distinguirlas y mucho menos entenderlas.

«Me gusta lo que veo», había dicho refiriéndose a ella unas noches antes, cuando se habían quedado solos, tirados en el suelo del bar, después de que aquellos tipos se hubieran metido con ella y él saliera en su defensa. No dejaba de recrear esa escena en su cabeza y lo que había sentido acurrucada sobre su pecho.

El timbre de su teléfono la devolvió a la realidad. Lo sacó de su bolsillo y notó un vuelco en el estómago al ver que se trataba de Eric. Descolgó.

—Admítelo, estabas pensando en mí y echándome de menos —dijo él.

—Por supuesto, también he soñado contigo y en este momento estoy grabando un corazón con nuestras iniciales en el tronco de un árbol —replicó ella con un tonito cargado de sarcasmo. Se ruborizó al escuchar su risa—. Cuando termine, creo que iré a tatuarme tu cara en el trasero.

La risa de Eric acabó transformándose en una carcajada.

—Sabes cómo destrozar a un hombre, ¿eh? Podrías al menos fingir que te alegras de escucharme. O que me estabas echando de menos, aunque solo sea un poquito.

—Vale, te echaba de menos un poquito, pero solo un poquito. ¿Contento?

—*Bueeeno*, podrías haberle puesto más entusiasmo, pero me vale. ¿Qué haces?

—He estado limpiando un poco y ahora pensaba comer algo.

—¡Vaya casualidad, yo también! Podría pasar a buscarte y comer juntos.

—¿Cuándo? ¿Ahora? —Miró el reloj que tenía sobre la mesa. Ya era la una y media—. No sé, es un poco tarde.

—¿Tienes algo que hacer?

—No. Sí... Quiero decir que... —bajó la voz, pensando una excusa que sonara creíble.

Le encantaba su compañía y cómo la hacía sentir con una simple sonrisa. El tiempo que pasaba a su lado en el bar era lo mejor que tenía cada día y, por ese mismo motivo, no era una buena idea verse también fuera del trabajo. Eric había llegado como una tormenta a su vida en calma, esa que tanto le estaba costando mantener. Parecía preocuparse por ella, la hacía reír y no la juzgaba; todo lo que necesitaba, y no quería necesitarlo.

Llamaron a la puerta. Salvada por la campana.

—Eric, acaban de llamar al timbre. ¿Te importa si... lo dejamos para otro día?

Miró el teléfono, contrariada. ¿Le había colgado?

Suspiró y bajó la escalera con paso rápido. Abrió sin echar un vistazo por la mirilla. Casi nunca lo hacía y no era una buena costumbre.

El corazón se le subió a la garganta, comenzó a latir desenfrenado y una expresión boba se instaló en su cara. Eric estaba de espaldas a la puerta, se giró hacia ella y le lanzó una sonrisa capaz de derretirla como melaza caliente. Se sorprendió al percatarse de su atuendo, porque hasta ese momento no lo había visto con su nuevo uniforme: un pantalón cargo negro y una sudadera del mismo color con el emblema de la estación de bomberos cosido en el pecho. Se lo quedó mirando sin pestañear. Estaba guapísimo.

—Verás, sí que me importa dejarlo para otro día —dijo él mientras se aproximaba. Se detuvo a unos centímetros y se agachó un poquito para que sus ojos quedaran a la misma altura—. Tú comes. Yo como. ¿Te das cuenta de que esto solo puede acabar con un «Y comieron felices»?

Spencer soltó una risita y lo miró de arriba abajo. Tocó con un dedo el emblema.

—Te sienta bien.

—Sabía que no podrías resistirte —susurró él, alzando las cejas de forma elocuente—. Conozco un sitio donde preparan unos tacos increíbles. Venga, di que sí —y añadió imitándola—: ¡Sí, Eric, iré a comer contigo! Es lo que más deseo.

Ella sacudió la cabeza y la dejó caer hacia atrás con un suspiro de resignación.

—Vale. Dame cinco minutos para que me cambie de ropa.

—De eso nada. Así estás preciosa. Y yo quiero comer tacos y no a ti, algo que ocurrirá sin remedio si te pones más guapa. Te comeré. Pilla el abrigo, nada más.

Ella no parpadeaba, inmóvil sin apartar la vista de él.

—¿Qué? —inquirió Eric.

—¿Alguna vez te paras a pensar en las cosas que dices?

—No mucho, pero eso no las hace menos ciertas —respondió con picardía.

Hacía un día precioso. El sol brillaba en un cielo despejado y la temperatura había alcanzado los diecinueve grados. Aún faltaba una semana para la primavera y los primeros indicios de un verano muy caluroso ya se notaban en el ambiente.

Eric había bajado las ventanillas y el aire acariciaba el rostro de Spencer, arrastrando desde el océano aroma a pino y a sal. Cerró los ojos e inspiró, disfrutando de los rayos de sol sobre su piel y de cómo su calor comenzaba a traspasarle la ropa. Notaba en la nuca que él la estaba mirando, era una sensación extraña que no lograba descifrar, pero, de momento, le gustaba esa atención que le dedicaba. Giró la cabeza y sus ojos se encontraron, quedaron enlazados y allí estaba de nuevo esa tensión palpable. Millones de mariposas revoloteando en su estómago que no había sentido en mucho tiempo.

—¿A dónde vamos? —quiso saber.

—A la feria —respondió él.

—¿Sabes que la feria está cerrada en esta época del año?

—Solo las atracciones. Los puestos de comida, las tiendas..., todo eso permanece abierto. —Apartó la vista de la carretera un segundo para mirarla—. ¿Nunca has ido?

—Hace mucho que no, y solo en verano.

Él sonrió para sí mismo y aceleró, como si de pronto tuviera prisa.

—Te va a gustar.

Hicieron el resto del camino en silencio, con el único sonido de la música que sonaba en la radio. Spencer inclinó la cabeza hacia atrás y soltó un suspiro de satisfacción. Estar con él en aquel coche era agradable y tranquilizador. Se alegraba de haber aceptado su invitación.

Eric estacionó en una solitaria esquina del enorme aparcamiento.

Se dirigieron al paseo marítimo. El muelle estaba repleto de pescadores rodeados de bártulos. En las olas que se creaban más allá de la barrera natural que formaba el arrecife, se podía ver a varias marsopas dejándose mecer por el vaivén de la marea y a los pelícanos sobrevolando sus cabezas.

Caminaron sin prisa hasta la puerta de acceso a la feria. Y tal y como había afirmado Eric, las atracciones estaban cerradas, pero los puestos de comida y las tiendas permanecían abiertas, y la gente paseaba de un lado a otro aprovechando el buen tiempo.

Spencer miró a su alrededor y sonrió encantada. En verano la afluencia de visitantes hacía casi imposible pasear por aquellas calles y a ella las multitudes solían agobiarla, por ese motivo no era un lugar que hubiera visitado a menudo. Sin embargo, el ambiente era completamente distinto ahora. La música sonaba a través de los altavoces, mezclándose con las risas y las conversaciones. El aire olía a comida. El aroma del pescado asado se fusionaba con el de la carne a la barbacoa y el olor almibarado de los dulces y el caramelo.

—Ven, es por aquí —dijo Eric, colocando una mano en la parte baja de su espalda para guiarla.

Ella se dejó conducir, tratando de no prestar atención al calor de su mano y al cosquilleo que le recorría la piel. Segundos después se detenían frente a un puesto de tacos. Había cola y se colocaron al final de esta, esperando su turno.

—Lo cierto es que no me gusta mucho la carne —se atrevió a confesar ella en voz baja.

Eric la miró y se acercó para hablarle al oído.

—Tienen tacos vegetarianos y están muy buenos.

Se miraron en silencio unos instantes y él acabó entornando los ojos con curiosidad.

—¿Qué más no te gusta?

—¿Por qué quieres saberlo?

—Quiero saber cosas sobre ti. Cosas sin importancia, o estúpidas. No sé, cualquier cosa. Llevamos un mes trabajando juntos y nuestras conversaciones se reducen a corta limones, rellena la nevera del hielo o falta cerveza. —Sacudió la cabeza como si le quitara importancia—. Quiero conocerte y saber… Cosas.

—Cosas —repitió ella mientras en su cara se dibujaba una sonrisa.

Caviló un momento, concentrada y al mismo tiempo fascinada con él y la forma con que parecía querer absorber cada detalle de ella.

—No me gustan los bordes de la pizza. Ni los pepinillos. Soy incapaz de tomar el café mezclado con nada que no sea azúcar y no me gusta el olor a jazmín o violetas. Lo odio. —Se quedó pensando—. Los cuadros escoceses tampoco. Ni el fútbol…

Eric no podía apartar su mirada de ella mientras relataba una lista interminable de cosas que no le gustaban. Era gracioso verla gesticular con las manos y cómo fruncía la nariz con una mueca de asco cada vez que mencionaba algo que le desagradaba. El pelo suelto revoloteaba alrededor de su cara y los rayos del sol empezaban a colorear sus mejillas. Mientras la escuchaba, volvió a fijarse en lo guapa que era y en lo mucho que le gustaba darse cuenta de cómo bajaba sus barreras cuando se encontraba con él. Cada vez le costaba menos, lo sentía en todas las emociones que brotaban de ella como si tuvieran forma.

Aún no estaba seguro de qué le había llevado hasta su puerta un rato antes. Simplemente se había descubierto pensando en ella, otra vez, y en lo mucho que le apetecía verla. Y sin más, había subido al coche y se había dirigido a buscarla sin un plan concreto. Solía actuar así, por impulsos, y nunca pensaba mucho en las cosas que hacía. Simplemente se sentía bien con ella. Esa sensación había hecho que las últimas semanas pasaran volando y que ni una sola vez hubiera pensado en marcharse. Era extraño.

La cola avanzó hasta que les llegó el turno. Eric pidió dos raciones de tacos vegetarianos al carbón con crema de aguacate y sangría sin alcohol para beber. Y después llevó a Spencer hasta un lugar tranquilo, a un antiguo carrusel de caballitos de madera. Se sentaron en las escaleras doradas y empezaron a comer mientras hablaban un poco de todo.

—Tengo la sensación de que sueles venir por aquí a menudo —dijo ella. Se relamió una gotita de crema que resbalaba por la comisura de sus labios y después se chupó un dedo manchado. Ladeó la cabeza y se ruborizó al pillarlo mirándole fijamente a los labios.

Eric parpadeó, como si se deshiciera de la imagen, y asintió mientras daba un bocado a su taco. Masticó y tragó antes de contestar.

—Siempre me ha gustado este sitio, sobre todo en invierno porque es más solitario. Las multitudes me molestan. Y es curioso, ya que he pasado tres años en el ejército y la intimidad es un concepto bastante difuso en una base de marines.

Spencer esbozó una leve sonrisa. A ella tampoco le gustaban las multitudes y aun así trabaja en un bar que se llenaba cada noche. Que tuvieran ese pequeño detalle en común le resultó agradable. Se preguntó qué más cosas compartirían. Él se acabó su taco de un solo bocado y dio un traguito a su bebida. Después añadió:

—De pequeño me gustaba jugar aquí. Hay sitios muy chulos donde esconderte. Y cuando fui creciendo empecé a venir por otros motivos.

—¿Qué motivos?

—Ya sabes. Pasar el rato con los colegas, chicas…

—¿Chicas?

—Sí, chicas. Aquí hay muchos rincones solitarios para… Ya sabes… Esas cosas que… —dejó la frase suspendida en el aire y se encogió de hombros con una sonrisa pícara en los labios.

—¿Venías aquí a meterle mano a las chicas?

—¡Eh, te aseguro que ellas también me metían mano a mí! Tenía bastante éxito entre las niñas de mi edad, y no tan niñas. Las universitarias me encontraban adorable —comentó con aire socarrón.

Spencer soltó una carcajada.

—Seguro que eras muy mono.

—Perdona, ¿has hablado en pasado? ¿Ahora no lo soy?

Ella lo estudió durante un segundo y asintió divertida.

—Lo eres, bastante mono, diría.

—Tú también eres bastante mona.

Spencer notó su estómago agitarse y se concentró en acabar su comida. De repente, Eric se puso en pie de un salto y subió al carrusel. Ella se giró para poder verle.

—Creo que si tuviera que elegir mi lugar favorito en este pueblo, escogería este —indicó él mientras daba vueltas alrededor de un caballito, acariciando con sus dedos la pintura brillante y un poco desconchada que decoraba la figura.

—¿En serio? Port Pleasant tiene un millón de rincones preciosos. ¿Por qué este?

—Lo dices como si tuviera algo de malo.

—No es eso. Bueno, sí… —vaciló un momento mientras contemplaba el espacio en el que se encontraban—. No sé, fíjate en este lugar, en el fondo tiene algo deprimente. Todo está viejo, solitario y casi abandonado…

—A mí me parece un plus y no un defecto.

—Eres raro —comentó risueña.

Él le guiñó un ojo y apoyó los brazos en el lomo del caballito con una postura perezosa.

—Hay culturas en las que esa frase es toda una declaración de intenciones.

—¿Qué clase de intenciones? —rio curiosa.

—¿Tú qué crees?

—Necesitas un nuevo rincón favorito —dijo ella, ignorando su pose seductora. Le encantaba que hiciera el ganso, pero no iba a demostrárselo.

—Apenas conozco otros lugares y entre los que sí, este es el que más me gusta. No he pasado mucho tiempo en este pueblo. Venía con mi madre un par de veces al año y no nos quedábamos mucho.

—¿Por qué? Si teníais incluso casa propia.

—Si me lo hubieras preguntado hace un año no habría sabido qué contestar.

—¿Y ahora?

Eric sacudió la cabeza, sin saber si quería hablar de su madre en ese momento. No solía mencionarla y hacía todo lo posible para evitar conversaciones que tuvieran que ver con cualquier tiempo antes del último año. Miró a Spencer a los ojos y las palabras aparecieron en su boca sin más, sin filtros ni barreras.

—Veníamos porque mi madre quería hacerle daño a mi padre y me usaba a mí para conseguirlo. Nos quedábamos el tiempo suficiente para que Drew averiguara que habíamos vuelto. Entonces él hacía todo lo posible para verme y hablar conmigo, y yo le rechazaba y despreciaba una y otra vez.

—¿Por qué?

—Porque ella me había convencido de que era un mal hombre que no me quería. Que yo le tratara de ese modo hacía sufrir a mi padre y era lo que ella buscaba. Torturarlo. Después volvíamos a marcharnos y no regresábamos hasta que ella necesitaba otra dosis de venganza.

—¿Por qué hacía tu madre esas cosas tan horribles?

—Por despecho, por desamor… Se enamoró de mi padre y no soportó su rechazo. Supongo que fue por algo así. No lo sé con seguridad. Murió pocos días después de que yo descubriera la verdad y no pudo explicarme muchas cosas.

—Eric, puede que tuviera algún problema mental y no fuese tan mala como parece. ¿Lo has pensado?

—Muchas veces. Me digo a mí mismo que no era consciente de lo que hacía. Sé que me quería, a su manera me quería. Intentaba hacerlo bien y se preocupaba por mí. Pero Drew era su obsesión y lo antepuso a todo, incluso a mí. Me hizo odiarlo, odiarlos a todos.

—Es muy triste e injusto para todos, porque ellos sí te querían. Te buscaron sin descanso durante mucho tiempo. En Navidad, Acción de Gracias…, hubo un plato para ti en su mesa todos los años. Lo sé porque lo vi muchas veces. Siempre había un regalo para ti bajo el árbol y otro el día de tu cumpleaños.

Eric la miró sorprendido. No sabía nada de eso. Tragó saliva con el corazón encogido.

Ella se puso de pie y subió las escaleras doradas. Se acercó a él, con el caballito separándolos.

—Tu madre no tenía ningún derecho a hacerte lo que te hizo. Eso no es amor, Eric, es egoísmo y maldad. Lo sé porque tengo experiencia con esas cosas. Puede que estuviera enferma, pero no cambia el daño que hizo.

Él esbozó una sonrisa que no llegó a sus ojos.

—Me repetía a diario que ella era la única que me quería, que nadie más lo hacía. Cuando te pasas la vida escuchando esas palabras, llegas a creerlas y te cuesta pensar que en tu vida pueda aparecer alguien que llegue a quererte de verdad. —Hizo una pausa y su mirada se perdió en algún punto que solo él podía ver. Añadió para sí mismo en un alarde de sinceridad que no esperaba—: A veces aún lo pienso.

Spencer sintió dolor por él, por su pena al decir esas últimas palabras. Estaba tan equivocado, era imposible no acabar queriendo a alguien como él. ¿Acaso no se veía a sí mismo como le veían los demás? Era bueno, amable y tenía un gran corazón capaz de sacrificarse. Lo que había hecho meses atrás por Tyler y Cassie lo demostraba.

—Pues quítate esa idea de la cabeza. No es cierto. Te mereces todo el amor del mundo.

—¿Y tú cómo estás tan segura de eso? Apenas me conoces.

—Te conozco lo suficiente. Sé lo que es crecer sin nadie, como tú, y viéndote me doy cuenta de que esas historias tristes pueden acabar bien. ¡Mírate, estás aquí!

—¿Tu historia no ha acabado bien?

—Mi madre era un desastre, solo pensaba en sí misma y también me decía que nadie me querría nunca. Empezando por ella. —Inspiró hondo—. Nunca me quiso, Eric. Nunca. Yo era un estorbo del que se deshizo en cuanto tuvo ocasión, y mientras no pudo, me culpó de sus adicciones y de sus malas decisiones a diario. Llegó a pedirme cosas que una madre de verdad jamás pediría a su hija. Créeme, me habría vendido a trocitos si hubiera ganado algo con ello. Pero ella era lo único que tenía en el mundo.

—Debió de ser duro para ti crecer así.

—Me inventaba todo tipo de excusas y razones para justificar que nunca estuviera. Se marchaba durante días sin preocuparse de mí. Luego aparecía con algunos amigos y se encerraban en casa. Bebían, hacían fiestas que duraban días… Me decía a mí misma que cambiaría, que dejaría el alcohol y todo se arreglaría. Nunca lo hizo, al contrario, empeoró con el tiempo hasta que se marchó llevándoselo todo.

—Lo siento, Spencer.

—No tienes por qué sentirlo. Hace seis años que se fue y no la echo de menos. Cuesta querer a alguien que te desprecia y te hace responsable de todos sus desastres. Aunque sea la persona que te trajo al mundo.

—¿Nunca has intentado averiguar dónde está o qué ha sido de ella?

—No. No se merece el esfuerzo. Aunque… —Dejó la frase a medias y él la miró entornando los ojos, esperando a que acabara—. A veces me pregunto si ella pensará en mí alguna vez.

A Eric se le paró el corazón durante un instante.

Spencer acarició con las yemas de los dedos el relieve de las crines de madera. Frunció el ceño e hizo amago de decir algo más, pero solo sacudió la cabeza. Eric puso su mano sobre la de ella, deteniendo sus movimientos. Cuando sus ojos se encontraron con los de él, la dulzura y comprensión de su mirada hizo que se le encogiera el estómago.

—No digas nada —susurró ella. Inspiró hondo y de forma entrecortada, sin aliento—. No creas que tienes que decir nada. Pasó. Ya está.

—¿Sabes? Tú y yo nos parecemos mucho. Por eso no entiendo cómo hemos tardado tanto en hacernos colegas.

—¿Somos colegas? —preguntó con una sonrisa que iluminó sus ojos.

—Que estemos aquí, compartiendo nuestras mierdas, es algo que harían dos colegas.

—Visto así, sí que lo somos.

Eric le apartó un mechón que se le había enganchado en los labios. Lo hizo con ternura, despacio.

—¿Por qué guardas las distancias con todo el mundo?

—¿Crees que hago eso? —quiso saber ella.

—No lo creo, lo veo cada día desde hace un mes.

—Tengo problemas y no me gusta que los demás tengan que aguantarlos. Guardar las distancias es más sencillo que fingir o tener que dar explicaciones. Además, no me va mucho conocer gente o dejarla entrar en mi vida. ¿Por qué las guardas tú?

—¿Yo?

—Vamos, se nota de lejos.

Él soltó una risita y se ruborizó.

—Pillado. No sé si me gusta que empieces a conocerme tan bien.

—Tú lo has dicho, nos parecemos.

Eric soltó el aire que estaba conteniendo y rodeó el caballito hasta detenerse a su lado. La miró a los ojos. Había algo en ese azul que lo arrastraba hacia ella. El sol los aclaraba haciendo que parecieran plateados y pensó en lo jodidamente guapa que era con esa larga melena oscura envolviendo sus pensamientos. Pensamientos que pagaría por conocer. No podía evitar preguntarse constantemente qué le estaría pasando por la cabeza. Se estaba convirtiendo casi en una obsesión la necesidad de entenderla.

—Supongo que las guardo por lo mismo. No sé, a veces siento que me observan con preocupación todo el tiempo. Son cuidadosos y miden sus palabras. Me miran diferente, como si fuese a romperme o explotar en algún momento. ¡Me pone nervioso!

—Tienen miedo.

—¿Miedo a qué?

—A que no estés bien y finjas estarlo. Eso nunca acaba bien. ¿Tienen motivos para tratarte así?

Él hizo un gesto de desgana y su mirada se oscureció al bajarla.

—No lo sé, quizá. Pienso a menudo en marcharme y creo que lo saben.

—¿Quieres irte?

—Todo el tiempo. Pero, últimamente… Empiezo a sentir que este puede ser mi lugar. —Se pasó una mano por el pelo y los músculos de su brazo se tensaron—. ¿Nunca has pensado en marcharte de aquí?

—Este es mi hogar. Aquí tengo a todas las personas que conozco y me importan. No se me ocurre otro sitio al que ir. —Frunció el ceño, intrigada—. ¿A dónde quieres ir tú?

Aguardó a que él respondiera algo, pero cuando el silencio se alargó, se limitó a asentir con la cabeza y apartó la mirada.

—Hago demasiadas preguntas.

Eric puso un dedo bajo su barbilla. Hizo que lo mirara de nuevo. Estudió su rostro como si quisiera aprendérselo de memoria y bajó la mano cuando sintió el deseo de recorrer la curva de su mandíbula con las yemas de los dedos.

—No haces demasiadas. Es que… —Alzó la cabeza al cielo antes de volver a mirarla—. Esto es nuevo para mí, responder a tus preguntas, contarte cosas sin sentirme incómodo. Estar así contigo me resulta natural y nunca me había pasado con nadie.

—¿Lo dices como algo bueno?

—Sí, claro que es algo bueno. Muy bueno. Y me sorprende.

Spencer no apartó la vista pese a que sus emociones eran muy confusas en ese momento. Si fuesen visibles, se asemejarían al vórtice de un tornado mientras gira y toma más velocidad, decidiendo si toca tierra o no. Él era tan diferente a la larga secuencia de hombres que había conocido. Decidió que él también merecía una confesión.

—Hasta que tú apareciste, no me había dado cuenta de que el resto del mundo me miraba de manera tan diferente. Tú solo miras a la chica y no al saco de traumas. Eso me gusta.

—Es imposible no mirar a la chica —replicó él con tono pícaro. Se puso serio al contemplar sus ojos—. Cuando hablo contigo solo tengo que ser yo y eso me gusta.

—Cuando hablo contigo me siento normal y no suelo sentirme así a menudo.

—¿Te sientes normal? ¿Acaso estás loca y no me lo has dicho?

—Es posible que lo esté. Dios, sí, quizá sea eso… Estoy loca, como una cabra. Completamente zumbada. Lo explicaría todo, ¿no?

Él negó con la cabeza.

—Me gustan las locas. Tú me gustas. Y me ponen tus gafitas y esa ropa de abuela andrajosa con la que te vistes.

Lo miró perpleja a través de los mechones de pelo que revoloteaban sobre su cara. Su sonrisa traviesa la desarmó.

—¡Tú sí que estás loco! ¿Nunca hablas en serio?

—Contigo siempre hablo en serio. Siempre.

Ella se rio por lo bajo. Entornó los párpados para protegerse de un sol que comenzaba a descender. Había perdido la noción del tiempo.

—Oye, ¿tú no tendrías que estar camino del taller?

—No, día libre significa día libre. Así que… ¿por qué no vamos a alguna parte a divertirnos? Quedan prohibidas las conversaciones tristes y los recuerdos deprimentes.

—No sé…

—Por favor, hace un día precioso, brilla el sol y yo quiero que me enseñes todos esos lugares bonitos que hay en este pueblo. Por favor, di que sí a este chico tan mono —suplicó, haciendo pucheros.

—¿Siempre eres tan convincente?

Él le guiñó un ojo y tiró de su mano de vuelta hacia el aparcamiento.

—Si te portas bien, puede que te lleve a comer el mejor helado del mundo.

—¿Helado?

—El mejor. Te prometo que llorarás.

—¿Quién podría resistirse a eso? —inquirió entre risas.

12

Después de un lunes en el que el sol había brillado como en un día de verano, la melancolía del invierno hizo su aparición el martes en forma de nubes grises. La temperatura había vuelto a bajar y la niebla, que ascendía desde el mar, formaba un manto espeso que lo mojaba todo a su paso.

Spencer condujo su camioneta a toda prisa hacia el Shooter. Llegaba tarde.

La noche anterior, después de que Eric la hubiera dejado en casa tras pasar uno de los días más divertidos de su vida, había subido hasta su improvisado estudio con una taza de chocolate caliente en las manos. Allí había contemplado el lienzo inacabado que colgaba del caballete. Llevaba días bloqueada, sin saber cómo terminarlo. Su propia versión de Alicia cayendo en el agujero, engullida por las sombras. Miró a su alrededor y una mueca de disgusto arrugó sus labios. Estaba tan cansada de tanta oscuridad.

Cerró los ojos para perder de vista todas aquellas imágenes que en algún momento habían brotado de su cabeza, y sonrió ante el recuerdo de un tiovivo dorado iluminado por el sol. Luz, calor sobre su piel. Y él. Su amigo inesperado. Un confidente que la comprendía.

Dejó la taza sobre la mesa, atesorando ese recuerdo en su interior. Pero no era suficiente. Abandonándose a un impulso, quitó el lienzo inacabado del caballete y lo apoyó contra la pared. Después colocó uno nuevo y comenzó a pintar.

Apenas había dormido, pero no era un detalle importante porque su cuerpo no necesitaba dormir, sino deshacerse de toda esa energía que había estado acumulando los últimos días. Pintar la hacía feliz. Había comenzado como parte de su terapia y se había convertido en algo vital que necesitaba, su válvula de escape.

La carretera estaba cubierta de una capa de agua resbaladiza y sujetó con ambas manos el volante. Se mordió el labio al ver en su muñeca la pulsera de cuentas que él le había comprado en uno de los puestos del paseo marítimo. No era un detalle al que dar importancia, ni con significado, tan solo un gesto amable. Ella se había detenido a mirarlas y, antes de que pudiera impedirlo, él había pagado los cinco dólares que costaban y se la había colocado en el brazo. Después ella se había empeñado en corresponderle y ambos acabaron con sendas pulseras.

Saltó de la camioneta en cuanto aparcó y se topó con Chad en la puerta de atrás.

—Llego tarde, lo sé. Lo sé —se disculpó al ver su mirada de reproche y corrió para cambiarse de ropa.

Eric se hallaba tras la barra, ojeando ensimismado un periódico. Se sorprendió al encontrarle allí, porque su turno no comenzaba hasta las siete. Avery y Carla pululaban a su alrededor. Lo miró de arriba abajo al rodear la barra y se le aceleró el pulso. Tenía los codos apoyados en el diario, mientras agitaba un bolígrafo entre los dedos de una mano y con la otra se sujetaba la frente. Estaba inclinado hacia delante y la postura había hecho que se le subiera un poco la camiseta y que sus caderas quedaran a la vista. También su trasero enfundado en esos vaqueros que tan bien le quedaban.

—¿Hoy tampoco has ido al taller?

Él alzó la cabeza de golpe y le dedicó una sonrisa radiante.

—No. Hoy he acabado más tarde en el parque y he venido directamente aquí.

—¿Y a tu padre no le importa?

—Esta semana no hay mucho trabajo y Caleb y mi hermano se las arreglan bastante bien.

—¿Y qué tal por el parque? ¿Ya has apagado algún fuego?

—El de mi corazón cada vez que te veo —replicó muy serio, aunque sus ojos brillaban con una diversión que apenas podía contener.

Spencer le dedicó una mirada indiferente mientras acortaba la distancia que los separaba.

—¿De verdad eso te funciona?

—Siempre funciona. Menos contigo, pero tú no eres humana —le susurró al oído.

—Muy maduro por tu parte.

—Vamos, Spencer, es una frase preciosa —intervino Avery. Se había acercado para buscar unos servilleteros. Miró a Eric y le sonrió coqueta—. ¡Es muy bonita, cielo! Pero no esperes que el frío corazón de Spencer lata por un chico. Creo que en el año que llevo trabajando aquí nunca la he visto salir con uno.

—Ya lo haces tú por las dos —le espetó ella.

—Muy graciosa. No creas ni por un segundo que me has ofendido.

Se sostuvieron la mirada hasta que Avery dio media vuelta y se alejó con la cabeza muy alta.

—Arpía —mascullό Spencer.

—No os lleváis muy bien, ¿eh?

—Al principio sí. Pero al poco de que llegara aquí le presenté a Tyler. Se encaprichó de él, y él acabó pasando de ella. Me culpa a mí y desde entonces soy el objetivo de toda su frustración. Frustración que se multiplica ahora que le gustas tú. —Esbozó una sonrisa cargada de falsedad—. ¡Gracias!

—¿Crees que está celosa de ti? —susurró él con tono travieso.

—Si vuelves a mencionar algo más sobre tu corazón en llamas, esconderé todos los cuchillos.

Eric inclinó la cabeza, ahogando una carcajada. La miró cuando se apoyó a su lado. Sus brazos casi se tocaban y sonrió al ver las pulseras idénticas. Acercó su mano a la de ella y con el meñique enlazó su meñique. Ella lo miró y alzó una ceja inquisitiva.

—¿No sabes lo que significa?

—Cuando era niña veía a mis compañeras haciendo eso todo el día. Es algo así como *Mejores amigas para siempre*, ¿no?

—Sí. Y no. Puede significar muchas cosas. Dicen que hay una arteria que conecta el dedo meñique con el corazón, así que cuando estos dos dedos se unen —aclaró mientras alzaba sus manos juntas—, significa que estamos prometiendo algo con el corazón. También hay una fábula oriental, la leyenda del Hilo rojo, que habla sobre cómo dos personas están destinadas a conocerse. Esas arterias, o hilos rojos, mantienen a dos personas atadas para siempre. No importa lo que ocurra, ese hilo nunca podrá romperse. Pase lo que pase estarán conectadas eternamente y acabarán por encontrarse. Eso simboliza los dos meñiques enlazados. O eso creo. —Se encogió de hombros—. Me lo contó un compañero de la base. Era nuestra noche libre y habíamos bebido un poco.

Spencer parpadeó, se había quedado atrapada en sus labios al moverse.

—Cierta o no, es una historia bonita.

—Según se mire. Algunas mujeres orientales se amputaban el dedo meñique como símbolo de amor a sus maridos.

—¡Eso es horrible! —exclamó ella mientras contemplaba sus dedos aún unidos—. ¿Y para ti qué significa?

—¿Mejores amigas para siempre? —bromeó con un brillo pícaro en los ojos. La empujó con el hombro y ella le devolvió el gesto con aire juguetón—. Pulseritas a juego, ropa a juego…

—Eres tonto.

—Ayer era mono. Hoy tonto. —Suspiró de un modo teatral—. ¿Por qué tengo la sensación de que nuestro hilo del destino empieza a tensarse un poco? A este paso, ese dedito tuyo seguirá en tu mano mucho tiempo y adiós al símbolo de nuestro amor.

Spencer sacudió la cabeza y le tapó la boca con los dedos para que guardara silencio. ¿Nunca dejaba de bromear? Le sostuvo la mirada sin parar de reír. Poco a poco retiró la mano, pero no antes de que él intentara darle un mordisquito. Se estremeció con un cosquilleo.

—¿Nunca hablas en serio?

—A ti siempre te hablo en serio.

—Eso es lo que me da miedo.

—¿Te preocupa que hable en serio? ¿O que esté bromeando?

—No importa lo que diga, seguro que tienes una de tus respuestas ingeniosas preparada para tomarme el pelo.

Eric se humedeció los labios.

—Tomarte el pelo no forma parte de mis planes contigo.

—¿Planes?

Él alzó una ceja y sus ojos brillaron traviesos, como si escondieran un secreto. Volvió a concentrarse en el periódico.

—¿Qué haces? —se interesó Spencer.

Eric contempló la página de anuncios de la sección local.

—Busco un lugar donde vivir que pueda permitirme con mis ingresos actuales.

—¿Vas a mudarte?

—Eso pretendo, sí.

—¿Ha pasado algo en casa para que quieras irte?

Eric se ruborizó y a Spencer no le pasó por alto. Estaba adorable con las mejillas encendidas y esa sonrisilla cohibida que había aparecido en su cara. Se inclinó sobre ella, buscando privacidad.

—Anoche, al llegar a casa, pillé a mi padre y a Blair en el sofá.

La boca de Spencer se abrió con un gesto de sorpresa y también se sonrojó.

—¿Los pillaste… pillaste? Haciendo…, ya sabes. ¿Estaban…?

—Solo te diré que podía haber visto más de lo que vi, y que vi más de lo que me habría gustado.

—¡Menudo corte!

—Joder, sí. Y… bueno, ver a mi padre fue raro. Muy raro. Pero ver a Blair… —Se estremeció como si un escalofrío lo hubiera recorrido de arriba abajo—. Es la madre de mis hermanos y… ¡Es Blair! —Se echó a reír y escondió la cara entre las manos—. Además, en unos meses Derek se irá a la universidad y pienso que deberían vivir solos. Merecen tener intimidad. Así que mudarme solo era cuestión de tiempo.

—¿Y has encontrado algo que esté bien?

—No, y no imaginaba que sería tan difícil. —Hizo una pausa y soltó con fuerza el aire de sus pulmones—. Si no consigo nada decente a buen precio, siempre me quedará Avery.

—¿Avery?

—Me ha ofrecido su casa.

—¿Y vas a aceptar?

—Lo dices como si fuese una idea horrible.

—Quizá lo sea. Tú le gustas, y no como compañero de piso.

Ambos alzaron la vista y encontraron a la pelirroja observándoles. Cuando miraba a Eric su rostro se suavizaba con una expresión de adoración; al contemplar a Spencer se transformaba con un gesto de tirria.

—Sí, ya he notado que está un poco interesada en mí.

—¿Un poco? —lo cuestionó ella.

Eric sonrió para sí mismo. Se dio la vuelta y apoyó la espalda y los codos en la barra.

—No creo que sea tan horrible.

—¿Te refieres a vivir con ella?

—Sí.

Spencer saltó como si le hubieran pinchado.

—¿Estás de coña?

—¡No! Oye, ¿a qué viene esa actitud tan negativa? Avery es guapa y amable. Y también generosa y desinteresada. Ya lo has visto —replicó él.

—Disculpa. No sabía que Avery y tú... Quiero decir que... No sabía que ella te gustaba.

Se quedaron en silencio, mirando su propio reflejo en el expositor de bebidas. Una sonrisita se insinuó en los labios de él, se mordió el labio para contenerla y suspiró. Spencer lo miró de reojo y percibió el temblor de su cuerpo. ¡Se estaba tronchando!

—¡Dios, me estabas tomando el pelo! Me has hecho creer que iba en serio.

Eric soltó una carcajada.

—Era broma. ¿De verdad has pensado que ella...? ¡No!

—Bueno, tampoco sería tan raro. Es guapa y le interesas.

—No es mi tipo —susurró él cerca de su oído. En sus ojos brilló un desafío juguetón—. ¿Es cosa mía o te has puesto celosa?

—No me he puesto celosa.

—¿Ni un poquito?

—Para ponerme celosa tú tendrías que gustarme de ese otro modo.

—¿Ese otro modo? —inquirió divertido.

—Sí. Ese otro modo —remarcó ella con énfasis.

—¿Te refieres a ese que te hace sentir mariposas en el estómago, palpitaciones y respiración superficial? ¿Pupilas dilatadas, piel ruborizada y boca seca? ¿Nerviosismo, emociones intensas y cosquilleos en zonas muy sensibles? —La observó de arriba abajo con los ojos entornados—. Porque veo algunos síntomas.

Empezó a ponerse nerviosa, porque su cuerpo sentía todas esas cosas que había descrito y tenía razón. Había empezado a gustarle de ese modo e ignorarlo era su propósito más urgente. Y sí, también se había puesto un poco celosa. Se echó a reír para disimular que el corazón le había dado un vuelco.

—¿Crees que me gustas? Deliras.

—Puede que tú también me gustes.

—Oh, sí, seguro.

—¿Cambiaría algo que me interesaras?

—Esto ya no tiene gracia, Eric.

Eric la miró de soslayo. No lograba entrever hasta qué punto Spencer le estaba tomando en serio, porque pese a las risas, pese al tono de humor, cada palabra era cierta. Ella le gustaba y ese deseo que se le enroscaba en el vientre empezaba a ser difícil de ignorar.

—¿Quién está bromeando?

—¡Espero que tú! —exclamó ella con una risita y el corazón a mil. Sus pulmones apenas podían tomar aire y el hormigueo que notaba por todo el cuerpo la estaba volviendo loca.

Eric se giró de nuevo hacia el periódico. «Puede que no bromee», pensó. Se despeinó el pelo con la mano a la vez que paseaba la vista por la página de anuncios.

—Seguiré buscando. Tampoco tiene que ser tan difícil encontrar algo a buen precio —dijo en voz alta.

—Yo tengo una habitación.

Las palabras habían salido de la boca de Spencer como si las hubiera pronunciado otra persona. Eric levantó la cabeza de golpe y la miró con los ojos muy abiertos.

—Puedes quedarte conmigo —añadió ella. Una voz en su interior le gritaba que era una pésima idea. La apartó porque en el fondo quería ayudarle—. La casa es grande y a mí me vendría bien el dinero porque intento ahorrar para comprarla. Podríamos compartir gastos, dividir el alquiler y así yo estaría un poquito más cerca de mi propósito y tú tendrás un lugar donde vivir hasta que encuentres algo mejor.

—¿Lo dices en serio? —susurró dando un paso hacia ella.

—Sí.

—Estás hablando de tu casa y tu intimidad. Es algo importante y no quiero que hagas esto porque… Yo qué sé, porque creas que te sientes obligada por algo. Por Tyler, por ejemplo.

—No me siento obligada. Tengo espacio de sobra y quiero compartirlo contigo. Además, desde que abriste esa bocaza, los mapaches ya no me parecen tan adorables. Tenerte por allí no será tan malo —replicó con los ojos en blanco.

Una sonrisa comenzó a dibujarse en los labios de Eric. Buscó la mano de ella y enlazó su meñique con el suyo.

—¿Me prometes que eres sincera?

—De corazón.

—Vale. Serán como mucho dos meses, hasta que consiga el certificado y Holland empiece a pagarme esos cuarenta y nueve mil al año. Entonces podré tener mi propia casa. —De repente, la alzó del suelo con un abrazo de oso y gruñó como uno—. Joder, esto es genial, Spencer. ¡Gracias!

Spencer contuvo el aliento mientras él la dejaba en el suelo con suavidad. Sus manos la ceñían por la cintura y su cuerpo estaba mucho más cerca de ella de lo que jamás pensó que permitiría. Dio un paso atrás.

—Puedes quedarte todo el tiempo que necesites. No te preocupes por eso.

—¿Cuándo quieres que me mude?

—¿Cuándo quieres mudarte?

Él sonrió de oreja a oreja.

—El jueves tengo la mañana libre.

—¡Pues el jueves!

13

Sentada en su sillón, la doctora Leigh miraba a Spencer con atención y una expresión dulce pintada en el rostro. La escuchaba en silencio mientras ella le contaba todas las cosas que había hecho desde la última visita. Lo que había sentido o experimentado. Si había tenido momentos de estrés, de rabia o tristeza. Si había logrado aportar a su rutina algo nuevo o diferente.

En esta ocasión, casi todo su relato había girado en torno a cierto chico que se había convertido en una constante en su día a día. Eric. Habían iniciado una amistad que había roto con la rutina de Spencer. Se atrevía a decir que, hasta cierto punto, había empezado a confiar en ese chico. Le había contado cosas importantes sobre su pasado, sobre su madre, venciendo en parte sus miedos.

Era imposible no darse cuenta del cambio que estaba sufriendo, de cómo estaba bajando sus defensas. Era evidente en su forma de hablar, en el tono de su voz, en el brillo de sus ojos. También en el atisbo de un nuevo temor que transmitían sus palabras.

—Spencer, ¿estás segura de que es una buena idea que Eric viva en tu casa?

—Puedo confiar en él y hacerle este favor. No es como los otros chicos. Además, es el hermano de Tyler.

—¿Qué tiene de diferente?

—¿A qué se refiere?

—Has dicho que no es como los otros chicos. Y que pienses de ese modo me llama la atención. Hasta ahora no habías permitido que nadie se acercara tanto a ti. Según tú, las personas nunca son lo que parecen y por ese motivo las alejas, para no correr riesgos. Pero con él has hecho una excepción.

—Eric es bueno, lo sé. En ningún momento me ha hecho sentir incómoda y me trata con respeto. Incluso después de saber que yo…

Lo de todos esos chicos del pasado... No me juzgó y tampoco cambió nada entre nosotros. Al contrario, fue como si nos uniera más.

—¿Crees que es tu amigo? ¿Un amigo de verdad?

—Creo que puede serlo.

—Entonces, ¿por qué parece que estás alterada?

—¡No estoy alterada! —replicó con una risita nerviosa.

—Pues deja de moverte y siéntate.

Spencer paró de dar vueltas alrededor de la habitación y se sentó en el sofá.

—Ya estoy sentada.

—Bien. Ahora mírame a los ojos y dime si de verdad crees que es una buena idea que Eric viva contigo. ¿Cómo te hace sentir ese pensamiento?

Spencer se cubrió la cara con las manos y gimió.

—No sé qué quiere que diga exactamente.

—Solo dime qué sientes.

—No estoy muy segura.

—¿No estás segura de cómo te sientes o de si has hecho bien dando ese paso?

Spencer alzó las cejas y apretó los labios para no reír. Se sentía como una lunática a punto de tener una crisis de histeria.

—¡No lo sé! ¡No sé nada! Es como si estuviera perdiendo el control sobre mí misma, y una parte de mí está asustada porque me ha costado mucho llegar a donde estoy y sentirme como me siento. ¡Necesito ese control! Pero otra parte de mí se empeña en actuar por impulsos, sin pensar, como cuando le dije que podía vivir en mi casa. Y eso también me da miedo porque me gustó.

La doctora Leigh se inclinó hacia delante y dejó su cuaderno de notas sobre la mesa.

—No me aclaro. ¿Qué te molesta exactamente?

—No lo sé. Creo que... Supongo que la sensación de... No, es... Si me paro a pensar en todo lo que me está pasando...

—¡Suéltalo, Spencer!

—¡Él, ¿vale?! Él me molesta.

—Él es...

—¡Eric! Está rompiendo todos mis esquemas, pone a prueba mis ideas, hace que mis decisiones se tambaleen y su simple presencia desafía todas mis normas. Mis normas eran importantes, sin ellas no habría llegado hasta aquí.

—¿Eran?

—Lo son. Dios, no lo sé —resopló—. ¿Se da cuenta? Desde que él ha aparecido todo es caos.

—Caos.

—Sí, caos. Todo está cambiando. Mi orden se ha alterado por completo. Y el orden es importante. A, B, C... Uno, dos, tres... Paso a paso, ¿entiende? Pero para él todo es improvisación. Suelta lo primero que se le pasa por la cabeza y no es consciente de que las cosas que dice o hace pueden tener consecuencias. Incluso cuando solo está bromeando.

—Y Eric tiene la culpa de todos esos cambios en tu vida porque... Quiere ser tu amigo, es bueno, considerado, te respeta y piensa que eres alguien que merece la pena conocer. Es divertido y está un poco loco, siempre te hace reír. Y para colmo es guapo. Demasiado guapo.

—¡Sí! Digo, no. ¿De qué está hablando? ¿Esto es algo así como psicología inversa?

La doctora Leigh apretó los labios para no echarse a reír.

—Solo es la síntesis de todo lo que tú me has contado. Son tus palabras.

—¿Yo he dicho esas cosas sobre él?

Su terapeuta asintió, esforzándose por mantener una expresión neutral. Spencer se cubrió las mejillas con las manos para ocultar que se había sonrojado. Se dejó caer hacia atrás y rebotó contra los cojines del sofá, completamente inerte. Se quedó mirando el techo con una sensación aterradora y emocionante.

—Spencer, ¿te gusta Eric?

No se detuvo a considerarlo.

—Sí. Pero no quiero pensar en ello. Ni siquiera es una opción con la que fantasear.

—¿Por qué? No es nada malo. Quizá tú también le gustes. A mí me ha dado esa impresión.

Spencer abrió los ojos y se incorporó.

—Me cuesta creer que yo pueda interesarle en ese sentido.

—¿Te cuesta creerlo o te asusta?

—Me asusta. Me da miedo sentir las cosas que estoy sintiendo estos últimos días.

—¿Por qué?

—Porque por primera vez en mi vida pienso que todo está bien y que podría ir a mejor. Nunca antes lo había sentido, incluso cuando salía con Caleb y era feliz con él, tenía que soportar a mi madre, a aquellos hombres, todos los problemas que sus adicciones ocasionaban. Lo malo ensuciaba lo bueno, pero siempre había sido así y estaba acostumbrada a ser fuerte y no sentir demasiado. Pero ahora…

—¿Ahora qué, Spencer?

—No hay nada malo rodeándome. Mi vida es ordenada, tranquila. He cambiado y, pese a todo, me gusta la clase de persona que soy ahora. Tengo un trabajo, cuido de mí misma sin ayuda de nadie y he descubierto que puedo hacer muchas cosas bien. —La miró y esbozó una leve sonrisa—. Como pintar.

La doctora le devolvió la sonrisa.

—¿Qué más?

—Me ilusiona ser la madrina de Maddie y quiero ser mejor persona por ella. Convertirme en un buen ejemplo. Y no sé si es por esa niña o por mí, pero he empezado a pensar en el futuro y en que quizá tenga algo para mí. Algo bueno. Eso también me hace pensar en Eric y en lo mucho que me gusta hablar con él y verle cada día. En cómo me siento cuando estoy a su lado. Él no me mira como la tragedia que soy, solo mira a una chica.

—Te gusta estar con él.

—Me hace sentir normal.

—¿Y dónde está el problema?

Spencer la miró con los ojos muy abiertos.

—Siento que no va a durar. Al final todo desaparecerá, como pasa siempre. Todos se van. Entonces, ¿por qué confiar? ¿Por qué querer? ¿Por qué ilusionarme? No suelo ser la primera en la lista de nadie.

—No puedes pensar de ese modo. Encontrarás muchas cosas y personas que te harán feliz a lo largo de tu vida, y también perderás algunas en el camino. Así es la vida: felicidad, dolor, pérdida, esperanza, sacrificio, amor… Tienes que entregarte a esos sentimientos, aunque corras el riesgo de equivocarte. En eso consiste vivir, en confiar que las cosas pueden salir bien.

—Lo sé, pero es muy difícil.

—Tú puedes lograr que sea fácil si te deshaces de tus miedos. A las personas buenas también les pasan cosas malas, y simplemente ocurren. Una vez aceptes esa verdad, solo tendrás que empezar a confiar en ti misma y en la mujer que eres ahora. ¿Y quieres saber un secreto? —Spencer asintió con un gesto—. Ya has empezado a hacer todas esas cosas.

—¿Cómo lo sabe?

—Escucha esa vocecita que susurra en el fondo de tu cabeza. Escúchala con el corazón y el alma, y dime qué dice.

—No hay ninguna voz.

—Está ahí, pero tienes que dejar de pensar. Deja de pensar, Spencer, y escucha —le dijo con vehemencia

Spencer se miró las manos que descansaban sobre su regazo e inspiró hondo. Cerró los ojos e hizo lo que le pedía, porque de verdad deseaba escuchar esa voz.

—Dice que debo dejar de mirar atrás, porque el pasado no va a cambiar ni recuperaré todo lo que perdí.

—Cierto.

—Tampoco desaparecerá el dolor que siento cuando pienso en esas cosas.

—No, no desaparecerá. Pero con el tiempo te acostumbrarás y un día, sin que te des cuenta, te habrás olvidado de que sigue ahí.

Spencer la miró de soslayo y forzó una sonrisa. La doctora Leigh le frotó el brazo con un gesto cariñoso.

—¿Qué más te dice?

Ella inspiró hondo, porque seguía olvidándose de respirar. Escuchó en silencio.

—Dice que puedo avanzar, incluso empezar de nuevo. O por primera vez, porque sería así, ¿no? Por primera vez yo, solo yo. Cómo soy de verdad, sin máscaras, sin fingir… Con el marcador a cero.

—Me gusta ese pensamiento.

—A mí también.

—¿Y vas a hacerlo?

—Puedo intentarlo —dijo con una risita.

—Yo sé que puedes.

El reloj que colgaba de la pared dio la hora en punto con una sonora campanada. Ambas lo miraron sorprendidas, como si en lugar de una hora solo hubieran pasado unos pocos minutos. La doctora Leigh se levantó para aproximarse a su mesa. Cogió la carpeta que contenía el caso de Spencer y guardó las notas de ese día. Tenía el ceño fruncido, como si estuviera pensando en algo importante. Se detuvo y alzó la vista con determinación.

—Spencer, ¿crees que estás preparada para seguir adelante sin estas sesiones?

—¿Qué… qué quiere decir?

—Pienso que ha llegado el momento de darte el alta y que te pongas a prueba.

Spencer también se puso en pie, desconcertada. El corazón empezó a latirle muy deprisa.

—¿Tan pronto? Hace un mes no pensaba nada de esto.

—Hace un mes creía que aún necesitabas una red de seguridad. Lo que has dicho sobre el marcador a cero me ha hecho pensar y, viendo lo mucho que has mejorado, lo que necesitas es eso, empezar por primera vez dejando atrás el pasado. Si continúas viniendo aquí para hablar de él, una y otra vez, seguirá estando presente. Estas sesiones forman parte de ese pasado. Evidentemente, si necesitas retomar las visitas o hablar conmigo porque sientes que la depresión regresa, no dudes en llamarme. No importa la hora o el día.

—Llevo mucho tiempo viniendo a hablar con usted, se me va a hacer raro no volver a verla.

—Estaré aquí, puedes venir a verme cuando quieras. Tomaremos un café, daremos un paseo y hablaremos del tiempo.

—¿De verdad cree que puedo seguir sola?

—¿Lo crees tú?

—Sí —susurró.

Spencer recogió sus cosas y, tras darle un fuerte abrazo de despedida a la doctora Leigh, se dirigió a la puerta.

—Spencer.

Dejó la mano suspendida sobre el pomo y la miró por encima del hombro.

—Tener miedo es normal, pero no dejes que te impida avanzar. Ahora que has dejado atrás el pasado, no dejes de pensar en el futuro. Yo también pienso que tiene algo bueno para ti. No te rindas ahora que has llegado hasta aquí.

Spencer también quería creerlo, lo deseaba con todas sus fuerzas. Pero cada vez que había anhelado algo, lo había perdido. Nada duraba. Aunque ahora se tenía a sí misma, se había encontrado a sí misma, y eso ya era un gran logro cuando había pasado toda su vida perdida. Quizá, con el tiempo, ese algo bueno acabaría encontrándola a ella.

Sonrió agradecida. Giró el pomo y abrió esa puerta por última vez.

—Gracias por todo, doctora Leigh. Sin usted no habría sobrevivido —dijo antes de salir.

14

El jueves por la mañana, tan pronto se despertó, Spencer corrió hasta la habitación que iba a ocupar Eric y abrió las ventanas para ventilarla. Se sentía muy nerviosa y *Zarpas* no le facilitaba la tarea, enredándose en sus pies todo el tiempo. Quizá presentía que se avecinaba un cambio en aquella casa y por ese motivo estaba tan alterado, reclamando atención con mucha insistencia.

Después de colocar unas sábanas limpias y un edredón en la cama, bajó hasta la cocina para prepararse el desayuno. En pocos minutos el olor a café inundó la cocina. Mientras terminaba de fregar los platos sucios, oyó el clic de la tostadora. Se secó las manos y cogió un plato del armario, a continuación sacó un cuchillo del cajón y se sirvió el café y un par de tostadas.

Empezó a comer, esforzándose para hacerlo despacio. Sus ojos vagaron por la cocina hasta detenerse en el calendario que había pegado en la puerta de la nevera y sintió un pellizco en el estómago al no ver ningún día marcado en las próximas semanas. Siempre que regresaba de la consulta de la doctora Leigh, anotaba en ese calendario la siguiente cita, y esa insignificante cruz en el papel le daba seguridad. Le recordaba que había alguien que se preocupaba por ella, que la conocía y que estaría ahí si se venía abajo.

Se preguntó si de verdad estaba lista para el paso que había dado el día anterior. Su corazón decía sí y su cabeza no. Inspiró hondo y silenció las voces. Su cabeza llevaba demasiado tiempo asumiendo el control, reprimiendo cualquier emoción salvo la de existir y había llegado el momento de vivir. Había llegado el momento de pensar menos y sentir más. En teoría parecía fácil, pero en la práctica la situación iba a desbordarla y tendría que hacer frente a esos momentos. Sola.

«Puedo hacerlo», pensó.

Tras recoger la cocina volvió arriba y se dio una ducha. Se vistió con unos *leggins* grises y una camiseta de tirantes bajo un jersey blanco de lana que dejaba a la vista sus hombros. Se recogió el pelo en una trenza que colgaba por su pecho.

Acababa de bajar las escaleras cuando oyó el sonido de un motor antes de detenerse. Se le aceleró el corazón y la respiración, causándole un dolor sordo y palpitante en el pecho que ascendió hasta su garganta.

Abrió la puerta y allí estaba Eric, bajando de su coche. Delante de su Pontiac, Tyler aparcaba su camioneta con la parte de atrás repleta de cajas y unas tablas de surf sobre unos soportes en el techo.

Alzó la mano y los saludó. Tyler fue el primero en llegar a la puerta, cargando con una caja que parecía pesar bastante.

—Esto es un poco raro, pero me alegra que dejes de vivir sola —le dijo en voz baja.

—¿Por qué es raro?

—No sabía que fueseis tan amigos.

—Llevamos un mes trabajando juntos.

—Ya lo sé, pero no imaginaba que vosotros dos… Ya sabes… Que estuvierais tan unidos como para algo así. ¡Y como nadie me cuenta nunca nada! —refunfuñó. Arqueó las cejas con un gesto elocuente—. ¿Por qué no me habéis contado lo vuestro?

—¡¿Lo nuestro?! Tyler, ¿no estarás insinuando que entre Eric y yo…?

—Bueno, sí, es lo que parece. Joder, ayer me soltó que si podía ayudarle a traer sus cosas aquí porque iba a vivir contigo. ¿Qué quieres que piense?

—Que solo somos dos amigos que van a compartir casa y gastos.

Tyler miró por encima de su hombro para asegurarse de que su hermano no podía oírle. Lo vio sobre la parte de atrás de la camioneta, soltando las tablas del soporte. Se inclinó sobre Spencer, como si así tuvieran más privacidad.

—¿De verdad? Porque a él no me he atrevido a preguntarle. No quiero que piense que voy metiendo las narices en sus asuntos.

—¿Porque es justo lo que haces? —replicó con un tonito mordaz. Tyler frunció el ceño—. Solo amigos, te lo prometo. ¿No te ha dicho que sorprendió a tus padres en una situación un poco… íntima? Porque ese es el motivo de que haya acabado aquí.

—Sí. —Soltó una risita—. No quiero imaginarlo. A mí me habría traumatizado de por vida. —Miró a su amiga—. Vale, lo he pillado. Solo amigos. Si tú dices que entre vosotros no hay nada, yo te creo.

—¿De qué habláis con tanto misterio? —preguntó Eric tras ellos. Miró a Spencer a los ojos y le dedicó una gran sonrisa—. Hola, compañera.

—Hola —respondió ella con una sensación de calidez apoderándose de su cuerpo. Se apartó a un lado para dejarles pasar—. Colocadlas en el salón y después les encontraremos sitio.

Al cabo de media hora, todas las cosas que Eric había traído estaban repartidas por el salón.

Tyler se marchó poco después.

Solos por primera vez desde que él había llegado, se miraron a los ojos mientras permanecían inmóviles, de pie el uno frente al otro, en medio del salón.

—Bueno, ya estás aquí —dijo ella para romper el mutismo.

—Eso parece.

De nuevo silencio. *Zarpas* se subió al sofá y se tumbó sobre los cojines. Empezó a ronronear y durante unos segundos ese fue el único sonido en la habitación. De repente, ella cayó en la cuenta de algo importante.

—¿No le tendrás alergia a los gatos?

Eric puso cara de póquer.

—Ni idea. Esto es lo más cerca que he estado de uno. ¿Te sangran los ojos o algo por el estilo?

—Espero que no —rio divertida—. Supongo que, si les tienes alergia, no tardaremos en saberlo.

—Y si ese gato y yo somos incompatibles, ¿quién se larga?

—Tú te largas, el gato se queda.

—Joder, ni siquiera has vacilado.

—Él llegó antes que tú.

Eric miró al gato y entornó los ojos con desconfianza.

—¿Esto se te hace tan raro como a mí? —susurró ella, cohibida.

—Bueno, si te soy sincero, lo había imaginado de otro modo.

—¿Cómo lo habías imaginado?

—¿Sabes esas escenas de película en la playa, en medio de un parque…, en las que la chica corre hacia los brazos del chico y prácticamente lo empotra contra la pared mientras se va quitando la ropa? —Intentó no reírse mientras ella lo miraba con la boca abierta—. Algo así, pero sin la parte en la que me saltas encima con tus piernas rodeando mis caderas. Hoy tengo la espalda destrozada.

Spencer parpadeó un par de veces. Hizo un ruidito ahogado con la garganta y rompió a reír con fuerza. Y, como por arte de magia, toda la tensión desapareció. Volvían a ser ellos, los dos amigos que se habían visto cada día de las últimas cuatro semanas.

—Te habría empotrado contra la pared solo por ver la cara de Tyler.

—Oye, aún puedo pedirle que vuelva… —empezó a decir él.

—¿Sabes que tu hermano cree que tú y yo estamos juntos y que por ese motivo te has mudado conmigo?

—¡No, qué va!

—Sí, lo pensaba.

Eric esbozó una sonrisa torcida.

—¿De eso hablabais con tanto secreto? —inquirió. Ella asintió con un gesto—. Debería haberme preguntado a mí.

—Según él, no quiere que parezca que va metiendo la nariz en tus asuntos.

—Hablaré con ese idiota. —Su expresión se tornó traviesa—. A no ser que tenga algo de razón y entre tú y yo…

Spencer notó un vuelco en el estómago. Había descubierto que Eric era un seductor incorregible. Un rasgo tan innato en él como el color de sus ojos y coqueteaba con ella con la misma naturalidad con la que respiraba. Quizá por eso le resultaba imposible distinguir hasta qué punto se trataba de un juego o si había indicios de algo más. Posibilidad que la aterraba desde que la doctora Leigh había sembrado en ella la semilla de la duda.

Sintió que se ahogaba ante la simple idea de que él pudiera sentirse atraído por ella.

—¿Quieres ver la casa? —le propuso para cambiar de tema—. Ven, empezaremos por arriba, por los dormitorios. Y si haces un chiste sobre eso, juro que te subo el alquiler.

La risita profunda que él soltó le hizo contener el aliento. Sonrió para sí misma mientras subía la escalera. Notaba sus pasos tras ella y también los síntomas que le provocaban: mariposas, cosquilleo, palpitaciones...

—Solo hay un baño —le indicó al llegar arriba. De repente se dio cuenta de ese detalle. Se mordió el labio, incómoda con la idea de compartir el baño con un chico que le gustaba.

—No me importa.

—Hay tres habitaciones. Esta es la mía —anunció, señalando una puerta entreabierta. Después empujó otra que estaba justo al lado—. Y esta de aquí es la tuya.

Eric entró en el cuarto y lo contempló alegre. Era muy amplio, con los techos altos y las paredes blancas y lisas. Aunque lo mejor de todo era el ventanal y la luz que entraba a raudales por él. ¡Joder, hasta tenía un balcón! Salió al exterior y apoyó las manos en la baranda. Desde allí se podía ver el océano, una preciosa y vasta superficie azul hasta donde alcanzaba la vista. Una enorme sonrisa se extendió por su cara.

—Todos los muebles estaban en la casa cuando la alquilé. No son muy bonitos y sí bastante antiguos, pero no están mal —apuntó ella.

Eric se dio la vuelta y observó el mobiliario: una cama, un armario, un par de estanterías y una pequeña mesa junto a la pared con una silla.

—Es perfecto, en serio.

—Me alegro de que te guste.

Regresaron al pasillo y él se fijó en la puerta de la tercera habitación.

—¿Y esa? —se interesó.

Spencer se movió incómoda y forzó una sonrisa. Sus cuadros eran su secreto y no había dejado que nunca nadie los viera. Tampoco había pensado que ese lugar íntimo pudiera verse amenazado al permitir que Eric viviera allí. Ni se le había pasado por la cabeza y empezó a cuestionarse en cuántas cosas más no habría pensado.

Se dio cuenta de que era imposible mantener oculta esa habitación durante dos meses y no se sentía capaz de dejar de pintar en todo ese tiempo. Tomó aire y giró el pomo, después entró con determinación, porque una de las primeras cosas que debía aprender de nuevo era a confiar en alguien.

—Solo es una habitación en la que pinto —murmuró cohibida.

Eric se detuvo en medio de la estancia y miró a su alrededor. Se fijó en los lienzos que colgaban de las paredes y en los que había en el suelo. En la mesa repleta de tarros con pinceles, óleos, aceites y disolventes. Un par de paletas y un taburete frente a un caballete con los primeros trazos de un dibujo completaban el escenario. Se giró hacia Spencer y la miró con los ojos como platos. Poco a poco la sorpresa dio paso a una expresión mucho más intensa, de admiración.

—¿Todos los has pintado tú?

—Sí.

—¡Joder!

—¿Puedes ser más explícito?

Él sacudió la cabeza, impregnándose de todo lo que veía, y silbó por lo bajo.

—No soy un experto pero… ¡Son geniales! —Buscó sus ojos—. No tenía ni idea de que pintaras.

—No te lo había dicho, es imposible que lo supieras. Y hablando de eso… Te agradecería mucho que no le menciones nada de esto a nadie. A nadie, Eric —enfatizó muy seria—. En este momento eres el único que lo sabe y necesito que continúe así.

—Tranquila, seré una tumba. Pero ¿por qué es un secreto? Aquí no hay nada de malo, al contrario.

—Empecé a pintar hace algo más de un año. Pasó algo que me afectó mucho y una persona en quien confío me sugirió que pintara para poder expresar todas las cosas que no era capaz de explicar de otro modo. Y funcionó. En esos cuadros están muchos de mis pensamientos, de mis recuerdos. Unos buenos y otros… malos. Casi todos malos. Pero ya no están en mi cabeza sino ahí, y eso es algo bueno.

Eric volvió a mirar de nuevo las imágenes, esta vez con otros ojos. Las repasó y se fijó en los colores oscuros que predominaban, en las sombras y en las figuras sin forma. Eran tristes, algunos incluso inquietantes. Se preguntó qué demonios le había pasado y qué más guardaba Spencer en su interior. Se detuvo frente a un lienzo semioculto tras la mesa, en el que se podía ver una escalera en sombras y una miríada de fragmentos esparcidos por el suelo. Los trozos formaban la silueta de una mujer.

—Ese es uno de los peores —susurró ella.

—¿Me lo contarás?

—Quizá otro día.

La miró fijamente. Parecía tan pequeña en ese momento que solo sintió ganas de abrazarla, pero desechó ese pensamiento. Se acercó al caballete y reconoció los primeros trazos dorados y brillantes del carrusel que había en la feria, donde habían comido apenas tres días atrás.

—¿Y este es bueno o malo? —preguntó con cautela.

—Uno muy bueno.

—Para mí también.

Ella tembló al soltar el aire que se le atascaba en la garganta.

—Con las cosas que ya sabes sobre mí, y ahora esto, debes pensar que soy un bicho raro y un desastre.

Eric la miró por encima de su hombro. Cada vez parecía más pequeña dentro de aquella habitación. Algo le decía que haberle mostrado esa parte de su vida había sido muy difícil para ella; y se sintió importante dentro de su pequeño mundo. Le había dado un privilegio que nadie más tenía. Se dio la vuelta y acortó los escasos pasos que los separaban. Alzó una mano y acunó su rostro. La idea de que era increíblemente preciosa pasó por su mente otra vez.

—Qué más da lo que yo piense, solo importa lo que pienses tú. Pero no, no me pareces un bicho raro. Quizá un desastre —bromeó—, pero eres un desastre adorable. —Cogió su trenza con la punta de los dedos—. Me gusta cómo te queda.

Ella se perdió en sus ojos oscuros mientras él recorría su rostro hasta detenerse en sus labios. Los suyos se abrieron por acto reflejo. Ninguno de los dos parecía capaz de moverse o hablar. Durante un instante sintió su aliento tan cerca que pensó que iba a besarla.

Quería que lo hiciera.

No, no quería.

Sí, por favor.

No, no estaba preparada.

—¿Quieres ver la cocina? —murmuró. El corazón le latía tan rápido y fuerte que lo sentía reverberar por todo su cuerpo.

Eric sonrió y se mordió el labio. Se estaba ruborizando. Necesitaba aligerar el ambiente y esa tensión que le estaba robando el aire, porque por un momento había pensado en dar rienda suelta al deseo que sentía y besarla. Contra la pared. Sobre la mesa…

—¿La cocina? —repitió con un tonito sugerente—. ¡Me has leído el pensamiento!

Ella puso los ojos en blanco y le dio un golpecito en el estómago. Después lo agarró de la camiseta y tiró de él en dirección al pasillo.

Una vez abajo, le mostró el resto de la casa. A la derecha, bajo la escalera, había un pequeño cuarto vacío. El resto del espacio lo ocupaban el salón y la cocina.

Eric miró a su alrededor y estudió la cocina. Tenía dos grandes ventanales, uno a cada lado de una puerta que daba al jardín que se veía a través de los cristales. Los muebles eran sencillos y ocupaban una sola pared con una ventana bajo la que se encontraba la pila. En la pared de enfrente se alzaban dos alacenas antiguas con puertas de madera y cristal pintadas a mano. Dentro había platos, vasos, tazas y ensaladeras; también diferentes utensilios para cocinar. La mesa competía en antigüedad con el resto de la cocina, al igual que las sillas que eran diferentes entre sí y no hacían juego con nada.

Le gustó el conjunto.

—Por esa escalera se baja al sótano —indicó ella mientras se dirigía a la puerta que daba acceso al patio trasero, señalando otra más pequeña entreabierta en la esquina.

Una vez afuera exclamó:

—¡Y este es el patio!

Eric alucinó con el tamaño del jardín, en el que había un cobertizo. Desde el porche contempló todo el espacio y pensó en lo bien que se debía de estar allí en verano, bajo los árboles que rodeaban el cercado de madera y que cubrían con sus ramas una buena porción de terreno. El silencio era tal que se podía oír el rumor del mar, tan cerca que el olor a salitre penetraba en sus fosas nasales.

Se acercó al cobertizo y le echó un vistazo al interior, vacío a excepción de unas cuantas herramientas y un banco de trabajo bastante antiguo. El espacio era grande y luminoso gracias a las ventanas y la claraboya instalada en el tejado.

—Algún día montaré aquí un estudio —dijo ella desde la puerta.

—¿Para tu pintura? —se interesó él mientras probaba la resistencia de un par de tablones del suelo. Pronto necesitaría que lo cambiaran por completo.

—Sí. ¿Crees que es una buena idea?

—Acondicionarlo te va a costar algo de dinero y mucho trabajo, pero podría quedar muy bien —apuntó. Se asomó a la ventana que daba al este—. Deberías quitar esta parte de la valla. Podrías ver el mar desde aquí.

—Lo he pensado, pero si quito esta parte ¿no se caerán las demás?

—No si las aseguras. Podrías dejar solo la que te separa del camino y quitar el resto. Tendrías unas vistas alucinantes al océano y la arboleda.

Spencer le echó un vistazo al jardín, imaginando cómo quedaría. Él tenía razón, el espacio abierto le daría otro aire a la propiedad. Siempre había sentido que esa valla era asfixiante y no le gustaba sentarse en el porche porque lo único que veía desde él eran listones de madera vieja. Hablaría con Chase para asegurarse de que podía derribarla.

—¡Voy a hacerlo! La quitaré.

—Y yo voy a ayudarte. Si me dejas.

—¡Claro! Pero no voy a descontártelo del alquiler —puntualizó con aire de suficiencia.

Eric le dedicó una sonrisa y la siguió de vuelta a la casa.

—¿Hay algo que deba saber, normas o cualquier otra cosa?

A Spencer le sorprendió la pregunta y tuvo que detenerse a pensar a qué se refería.

—¿Turnos para usar el baño, cocinar y esas cosas? —Él asintió—. Pues no había pensado en eso. ¿Crees que las necesitamos? —Se colocó la trenza sobre el hombro, inquieta—. Quizá sea una buena idea y… ¿Cómo lo hacemos?

A Eric le hizo gracia su desconcierto. Estaba tan mona con esos enormes ojos azules tan abiertos.

—¿Y si pasamos de normas y vamos improvisando?

Ella se frotó las manos con nerviosismo y casi pudo oírse su suspiro de alivio.

—Sí, me parece una buena idea. —Vaciló un momento y lo miró a los ojos—. Eric, quiero que estas semanas te sientas como si esta casa fuese tuya, ¿de acuerdo? No eres un inquilino, sino mi amigo y quiero que actúes con total libertad.

—Me gusta como suena. Sobre todo lo de amigo.

—Es la verdad.

—También por mi parte, Spencer.

No apartó su mirada oscura de ella, observándola con atención. Se fijó en sus labios llenos, sonrosados y brillantes. Perfectos. Seguro que sabían a algo dulce, porque así era ella, muy dulce. Admiró la línea de su cuello y la piel suave que se perdía bajo el escote de su jersey ajustado, evidenciando unas formas que lo dejaban sin aliento. Al llegar a su cintura empezó a notar los pantalones apretados. Se detuvo en sus caderas, consciente de que su respiración se había vuelto pesada.

Tuvo que luchar contra el impulso de acercarse y posar las manos en esas caderas. Se moría por hacerlo. Asirla con fuerza, hundir los dedos en su piel y pegarla a su cuerpo.

¿Se lo permitiría? Probablemente no. ¡Qué demonios, seguro que no! Para ella, él solo era un amigo. Sabía que era una chica con un montón de problemas e inseguridades, sin apenas vida social y que evitaba a los hombres como si estos fuesen portadores de un virus mortal. Y tras sus últimas confesiones empezaba a entender parte de sus motivos; y los que aún no conocía, le preocupaban.

Aun así era consciente de que con él había conectado. Había logrado algo especial con ella y no quería estropearlo. Sería un completo imbécil si lo hiciera, porque para él su amistad también había supuesto algo inesperado y bonito que nunca antes había tenido. Arriesgarla por sexo era una idea estúpida.

Notó una mano en su brazo. Ni siquiera se había dado cuenta de que ella se había acercado. La envolvía un ligero aroma a canela, mezclado con vainilla, que olía jodidamente bien. Empezaba a distraerse de nuevo con pensamientos que poco tenían que ver con dos amigos.

—¿Estás bien? —se interesó ella.

Eric hizo un gesto afirmativo y le guiñó un ojo. Ella sonrió y sus mejillas se encendieron de un modo que lo desarmó.

Mierda, iban a ser dos meses de muchas duchas frías.

15

La despertó el olor a café y tortitas. Miró el reloj con los ojos entornados hasta que los dígitos dejaron de moverse en la pantalla, y se sorprendió al ver que apenas pasaban unos minutos de las ocho de la mañana. Solo hacía cuatro horas que habían vuelto del trabajo y se habían ido a dormir.

Intentó conciliar de nuevo el sueño, acurrucada bajo las sábanas.

Pasó un minuto. Luego dos. Tres…

Abrió los ojos y los clavó en la pared. Imposible dormir. Todos sus sentidos estaban demasiado despiertos e inquietos, absorbiendo cada sonido y olor, cada vibración. Se sentó en la cama con el corazón latiéndole en los oídos y empezó a ser de verdad consciente del paso que había dado. Tras casi siete años completamente sola, había abierto la puerta de su casa y su vida a otra persona.

¡Madre mía, se había vuelto loca!

Se abrazó las rodillas, mirando fijamente la puerta del cuarto.

¿Qué estaría haciendo él ya despierto?

La curiosidad se apoderó de ella. También las ganas de verle. Pero una extraña incomodidad la había inmovilizado. Pensó que era absurdo que se comportara así, escondiéndose en su propia casa. Además, era Eric quien se encontraba en su cocina haciendo Dios sabe qué, no un extraño. No tenía motivos para sentirse cohibida. Pero lo estaba, y mucho.

Se desplomó en la cama y se cubrió la cara con la almohada. Entonces gritó. Fue un rugido silencioso con el que soltó parte de la tensión y acabó riéndose de sí misma por comportarse de un modo tan infantil.

Al cabo de otro par de minutos, la situación le resultó tan ridícula que empezó a sentirse muy estúpida.

«Madura de una vez. Eres una mujer adulta», pensó enfadada consigo misma mientras descendía la escalera.

Se detuvo al entrar en la cocina. Eric se hallaba de espaldas a ella, sentado a la mesa frente a una taza de café y un plato con tortitas y huevos revueltos que olían de maravilla. A su derecha tenía un par de libros abiertos y leía otro ensimismado.

—Hola —saludó.

Él se giró en la silla y la observó acercarse.

—¿Te he despertado? Lo siento —se disculpó antes de que ella respondiera.

—No pasa nada. ¿Qué haces aquí tan temprano?

Ocupó la silla más cercana y le echó un vistazo a los libros.

—Estudio un rato antes de ir al parque. Debo estar allí a las nueve y media.

—Si apenas has dormido.

—Puedo con ello mientras tenga café —replicó él con una sonrisa, y dio un sorbo a su taza—. En un par de semanas haré por fin todos los exámenes y evaluaciones. Si logro aprobar, solo tendré que preocuparme por los cursos, las prácticas y el entrenamiento. Y dispondré de más tiempo para descansar.

—¿Llevas así todo el mes? —inquirió preocupada—. ¿Sin dormir, estudiando para el título, con el taller y el bar?

—Sí.

—Pero eso es demasiado, incluso para ti.

—Si consigo ese certificado, habrá merecido la pena. —Le dedicó una sonrisa y contempló su cara, detalle a detalle—. ¿Quieres desayunar? He hecho tortitas.

Ella examinó el plato y su estómago protestó, de repente hambrienta.

—Tienen buena pinta.

—Y saben mejor —apuntó él, levantándose de la silla—. ¿Ya te he dicho que cocino de maravilla?

—No, pero me alegro de oírlo. A mí se me da fatal.

Eric la miró desde los fogones y sonrió radiante. Puso a calentar la sartén y vertió un poco de la mezcla que había guardado en un bol. Sus movimientos eran seguros y diligentes, y Spencer pensó que había hecho aquello muchas veces. Lo observó mientras él daba la vuelta a las tortitas, una a una, y las iba sirviendo en un plato. Vestía un pantalón de pijama a cuadros negro y azul, con una camiseta blanca que se le ceñía al torso. Si con ropa de calle ya le parecía atractivo, así, tan informal, lo encontró irresistible.

Sin pensar que lo hacía, lo repasó de arriba abajo. Se le dispararon las pulsaciones cuando Eric se estiró para abrir un armario y cogió un tarrito con sirope de uva del estante más alto. Toda su espalda se contrajo, al igual que sus brazos, evidenciando una musculatura perfecta bajo el fino algodón. Apartó la mirada de sus caderas cuando él cruzó la cocina para coger algo de la nevera.

No tenía ni idea de dónde estaban surgiendo todas aquellas emociones, las sensaciones, sus pensamientos, todo, absolutamente todo lo que ese chico provocaba en ella. No lograba clasificarlas, entenderlas, ni siquiera sabía cómo habían aparecido sin más. Era como si de repente hubiera despertado de un sueño muy largo, privada de cualquier percepción, a un mundo donde hasta la caricia del aire estimulaba sus sentidos.

—Aquí tienes —dijo él.

Spencer miró el desayuno y su cara se iluminó al ver las tortitas. Las había cubierto con sirope de uva y había dibujado una flor con nata en spray. A continuación le sirvió una taza de café.

—Café sin nada, solo azúcar —anunció Eric.

A ella se le escapó una risita nerviosa.

—¿Qué te resulta tan gracioso?

—Nunca me habían preparado el desayuno. No así, y es… es bonito. Gracias.

Le sostuvo la mirada y pensó que era el chico más encantador que había conocido. Era realmente adorable. Y muy sexy. Quizá demasiado porque era inevitable quedarse mirándolo. Tenía un cuerpo increíble, un regalo de la naturaleza, que sumado al ejercicio que seguro hacía, lo convertía en una escultura viviente. Aunque lo mejor de todo el conjunto era su buen humor contagioso y las maravillas que lograba en ella.

Eric sonrió con cierta arrogancia.

—¿Y eso te parece divertido?

—No, me parece agradable, en serio. Me río porque me siento ridícula y un poco estúpida. —Se cubrió las mejillas con las manos—. ¡Dios, que tonta soy!

La expresión de Eric cambió de divertida a seria en un solo segundo. Un tic contrajo su mandíbula apretada, como si se hubiera enfadado con ella.

—Págame.

—¿Qué? —preguntó desconcertada.

—A partir de este momento, cada vez que uses palabras como ridícula, estúpida, tonta, o cualquier otra que se le parezca, para referirte a ti misma, tendrás que pagarme. No eres ninguna de esas cosas y pensaba que había quedado claro.

Spencer dejó de sonreír y tragó saliva. Su declaración la afectó tanto que una emoción intensa teñía sus iris azules.

—¿Lo dices en serio?

—Muy en serio. Págame.

—Vale —accedió mientras se levantaba de la silla e iba en busca de un tarrito de cristal donde guardaba unas monedas. Quería enfadarse, pero era incapaz cuando entendía lo que él estaba haciendo y una parte de ella agradecía que la amonestara por ello. Quitó la tapa y sacó unos centavos—. ¿Cuánto?

—No quiero dinero.

La voz de Eric fue un susurro cerca de su oreja. Un escalofrío le recorrió el cuerpo ante la calidez de su aliento haciéndole cosquillas en el cuello. Su corazón comenzó a latir desbocado. Ni siquiera le había oído acercarse.

—Entonces, ¿con qué quieres que te pague?

—Con un beso.

—¿Un beso? —Se dio la vuelta y se encontró con su rostro risueño a solo unos centímetros del suyo.

—Sí, cada vez que digas una de esas palabras tan feas, tendrás que darme un beso.

—No puedo darte un beso así como así.

—¿Así como así? Esto es un pago. Una transacción entre dos personas que han llegado a un acuerdo.

—Yo no he llegado a ningún acuerdo contigo —replicó nerviosa. Una leve sonrisa se empeñaba en dibujarse en sus labios.

Eric entornó los ojos. Deslizó la mirada hasta su boca y el corazón de ella empezó a botar en su pecho.

—Tienes cinco segundos para darme un beso. Si no te lo daré yo.

—No lo harás —se rio turbada.

—Sí que lo haré.

Spencer no tenía ni idea de cuánto tiempo permanecieron así, mirándose, perdidos el uno en el otro. Una burbujeante corriente de electricidad corría entre ellos. Se aclaró la garganta, de repente seca.

—Vale, está bien —concedió.

Ladeó un poco la cabeza y sus miradas no perdieron el contacto en ningún momento. Muy despacio se alzó de puntillas hasta alcanzar su mandíbula y depositó un beso en su mejilla. Sus labios presionaron su piel y en ellos notó la barbita que le comenzaba a crecer. Se apartó igual de despacio y lo miró a los ojos. Sus pupilas estaban tan dilatadas que el marrón casi había desaparecido y apenas respiraba. Vio cómo las comisuras de sus labios se curvaban al tiempo que se ponía derecho. Se quedó callado un momento, sin dejar de mirarla hasta que finalmente soltó un suspiro y dio un paso atrás.

—Tengo que irme o llegaré tarde. ¿Nos vemos luego?

—Sí, nos vemos más tarde.

Spencer se quedó inmóvil contra la encimera, viendo cómo Eric recogía todos sus libros y apuntes, y después desaparecía a toda prisa en el salón. Oyó sus pasos subiendo la escalera y a continuación la puerta de su habitación al cerrarse.

Le temblaban tanto las rodillas que dudaba que pudiera acercarse hasta la silla, y mucho menos comer cuando un millón de mariposas le arañaban el estómago.

Tomó aire y se sentó frente a su desayuno.

Diez minutos después, Eric apareció de nuevo en la cocina vestido con su uniforme. Se había afeitado y lucía un aspecto impecable.

—Estaba pensando que, quizá, podríamos comer juntos —propuso él.

Spencer tragó el bocado que estaba masticando. Y asintió sin pensar.

—Sí, me parece bien.

—Te recojo a la una y media y buscamos algún sitio donde cocinen buena pasta. ¿Te apetece?

—O yo podría preparar algo y comer aquí. Así tendrías tiempo de descansar antes de ir al taller —le sugirió con timidez.

Él sonrió sin ningún disimulo. Lo había sorprendido con su preocupación.

—Me gusta la idea.

Se la quedó mirando desde la puerta un largo instante. Abrió la boca, como si fuese a decir algo más. En lugar de eso negó con la cabeza y dio media vuelta.

—Sé que no es asunto mío y no soy quién para darte consejos. Pero debo decirte, como amigo y compañero, que acabas de cagarla, chaval. Compartir casa con una mujer es la peor idea que podrías haber tenido —dijo Moby.

Eric le taladró la espalda con la mirada mientras subía otro tramo de escaleras con todo el equipo a cuestas. El nivel y la intensidad del entrenamiento era mayor cada día y también el estrés para cumplir con los objetivos. Estaba cansado, tenía la ropa empapada en sudor y la cabeza embotada después de haber pasado dos horas estudiando técnicas de extinción y prevención de incendios.

Y ahora Moby se había propuesto ponerle de los nervios con opiniones que nadie le había pedido. Debería haberse mordido la lengua antes de contarle que se había mudado a casa de Spencer.

—¿Y dónde está el problema si puede saberse? —murmuró Eric casi sin aliento.

—Para empezar, las chicas. Conoces a una tía que te gusta y la llevas a casa para pasar el rato. ¿Imaginas lo raro que será que tu compañera de piso y tu rollo se crucen en el pasillo? O peor, que te oiga echar un polvo.

—Pues igual que si estuviese viviendo contigo.

—«Meh», error. Entre tíos esas cosas se entienden. Hay un código no escrito.

—Vale, lo que tú digas —murmuró Eric. No iba a hacer el esfuerzo ni de discutirlo.

Aunque todo apuntaba a que Moby no pensaba dejar el tema.

—¿Y si ella invita a un chico? No sé, piénsalo. Seguro que a ese tipo no le hace ninguna gracia que comparta casa con un tío como tú. Mírate, como no sea el Chris Evans de los cojones, se sentirá intimidado.

—Pues que se joda —replicó Eric. La escena se había desarrollado a tiempo real en su cabeza y se le había revuelto el estómago al imaginar a Spencer con un hombre en casa.

—Y si eres tú quien empieza a salir con alguien, ¿piensas que tu chica se sentirá cómoda sabiendo que vives con otra mujer?

Eric se detuvo un segundo para tomar aire.

—¿No crees que estás exagerando con este asunto?

—No. Ninguna chica quiere que el tío con el que sale viva con otra, y menos si la otra es guapa. No importará que le prometas una y otra vez que solo sois amigos. Para ella será una amenaza. ¡Eric, joder, es de manual!

Eric meditó sobre el tema. Si se ponía en el peor de los casos, podía entender lo que su compañero trataba de explicar. Incluso podría estar en lo cierto, si se dieran esas circunstancias. Pero se encontraba a años luz de algo así.

—Vale, quizá tengas razón. Pero ninguno de los dos está saliendo con nadie.

—¿Y si ocurre?

—Entonces veré qué hago. No tiene sentido que piense en eso ahora —masculló sin paciencia.

—Puede que no. —Moby se encogió de hombros—. Además, ese sería el menor de los problemas que podrías tener.

—Ni siquiera voy a preguntar qué demonios quieres decir con eso.

—Tío, no es una buena idea lo mires por donde lo mires. ¿Y si es Spencer la que te acaba gustando? —Resopló, cada vez más cansado, y clavó sus ojos en Eric—. ¿Es guapa?

—¿Quién?

—La chica con la que vives. Spencer. ¿Es guapa?

—¿Y eso qué importa?

—Importa si te pone o no.

—Esta conversación empieza a tocarme las narices.

Moby ignoró el comentario.

—Venga, contesta. Del uno al diez, ¿qué nota le pondrías?

—No sé, un once, un doce… Me parece una estupidez y una falta de respeto poner nota a una mujer. Es preciosa y punto.

Moby soltó una risotada.

—Oh, Dios, es peor de lo que imaginaba. ¡Ya te gusta! Mal, tío, muy mal. Vas a pasarte esas semanas con las pelotas azules y un dolor de cojones, nunca mejor dicho.

Eric entornó los ojos y meneó la cabeza, disgustado.

—Te juro que estoy a punto de sacudirte. Cierra el pico de una vez.

Moby se dio la vuelta y alzó las cejas un par de veces con un gesto socarrón.

—No es una broma. Sé lo que digo, viví ese infierno durante dos semanas.

—¿De qué estás hablando?

—De Lizzie.

—¿Quién es Lizzie? —inquirió Eric. Quería cambiar de tema y hasta un monólogo sobre los tipos de musgo le habría parecido interesante.

Su compañero inspiró hondo y miró el siguiente tramo de escalera que debían alcanzar. Continuó subiendo.

—Lizzie era mi vecina y mi mejor amiga desde los cinco años. Dejamos de vernos cuando su familia se trasladó al terminar el último curso de instituto, y no volví a saber de ella hasta hace dos meses. Me llamó porque iba a realizar un estudio aquí, en Port Pleasant, sobre el arrecife —es bióloga marina—, y quería que nos viéramos. Ya sabes, saludarnos, tomar algo juntos y recordar viejos tiempos.

Se apoyó contra la pared y soltó un par de botones de su chaqueta amarilla. Continuó:

—Me contó que ese trabajo le iba a llevar un par de semanas. Por lo que, como buen amigo, le ofrecí que se quedara en mi casa. —Hizo una pausa para abrir la botella de agua que llevaba en el bolsillo y beber un trago—. Y aceptó. Pero en mi puerta no apareció la pequeña y dulce Lizzie que yo recordaba, sino la mujer más impresionante de todo el jodido universo. Te juro que me enamoré de ella en ese mismo instante. Y durante dos semanas tuve que verla con esos minúsculos pijamas que se ponía. Prácticamente salía del baño casi desnuda. Me abrazaba por cualquier motivo y olía tan bien. ¿Sabes cuántas horas aguanta un tío empalmado sin volverse loco? —Asintió con vehemencia—. Yo sí.

—Vale, ahora lo entiendo. La falta de sangre en el cerebro te dejó idiota.

Moby lo salpicó con el agua de su botella.

—Vete al cuerno. Eres mi compañero, mi amigo, y con suerte trabajaremos juntos muchos años. Me preocupo por ti, atontado.

—Pues deberías empezar a preocuparte más por ti y pedirle una cita a esa Lizzie.

—No aceptará.

—¿Cómo lo sabes?

—Porque, aunque te cueste creerlo, no le intereso. ¡Y mírame! Cualquier mujer con ojos en la cara querría algo más que una cena conmigo. Ella no, tío —masculló desilusionado—. Nunca dijo o hizo nada que me diera una pista de que yo le gustaba. Nos conocemos desde siempre, solo soy como un hermano para ella.

Eric empezó a reír con ganas y sacudió la cabeza.

—¿Lo dices en serio? ¿Y qué crees que estuvo haciendo todo ese tiempo? ¿Que solo tenía calor y por eso se paseaba medio desnuda por tu casa? ¿Que te abrazaba por los viejos tiempos? Vamos, Moby, hasta yo puedo darme cuenta de que le gustas.

Moby se puso serio y entornó los ojos con un gesto de concentración. Se acarició la perilla sin apartar la vista de Eric y, poco a poco, su expresión fue cambiando hasta que sumó dos más dos.

—¡Mierda!

—Y yo que te tenía por un tipo listo.

—Tengo que llamarla. —Dio media vuelta y empezó a bajar sin esperar a nadie—. Vete a casa. Hemos terminado por hoy.

—¿Seguro? No quiero que tu padre me suspenda.

—Joder, sí. Lárgate de una vez.

Eric se encaminó a casa en cuanto recogió sus cosas. Durante el trayecto en coche, no dejó de darle vueltas a las cosas que Moby le había dicho y empezó a pensar realmente en las consecuencias que podría tener que conviviera con Spencer durante tanto tiempo.

Que ella le gustaba era una realidad imposible de ignorar, y le gustaba mucho. La prueba evidente era la estúpida treta de esa misma mañana para robarle un beso, como si fuese un niño. Cuando estaba con ella su cuerpo se convertía en un recipiente lleno de burbujas, cada una contenía una sensación distinta y, al explotar, acababan tan mezcladas que era incapaz de reconocerlas.

Cuando aparcó frente a la casa, resopló con fatiga, preguntándose si se estaba equivocando. Sacó su llave del bolsillo y abrió la puerta con una sensación extraña. Lo recibió un aroma delicioso a especias y el sonido de la música de Stereophonics sonando de fondo. Dejó su bolsa en el suelo y se dirigió a la cocina. Spencer se encontraba junto a los fogones, aliñando una ensalada mientras vigilaba un wok en el fuego. La observó en silencio, hipnotizado por sus movimientos, suaves y precisos. Se había recogido el pelo, de modo que su bonito cuello y el contorno de sus hombros quedaban a la vista. Mantuvo la mirada clavada en ella. Era distinta y aún no había logrado averiguar por qué.

—Hola —dijo al fin.

Ella pegó un respingo y se le escapó un gritito. Se llevó la mano al pecho y sonrió al comprobar que se trataba de él.

—No te he oído entrar.

—Perdona, no quería asustarte. —Se acercó a ella con una sonrisa y echó un vistazo al wok—. Huele muy bien, ¿qué es?

—Pollo con arroz, verduras y un poco de curry. Espero que esté bueno.

—Si sabe tan bien como huele, seguro que sí. —Tomó aire y miró a su alrededor—. ¿A qué te ayudo?

—A nada, ya está todo listo. Solo hay que poner la mesa, pero yo lo haré mientras tú te duchas —replicó divertida, y arrugó la nariz con un gesto muy mono.

Eric sacudió la cabeza, ruborizado. Se olfateó la camiseta.

—Apesto.

—Apestas.

—Vuelvo en cinco minutos.

Salió de la cocina y subió hasta su habitación, después buscó ropa limpia del armario y se dirigió al baño. Pocos minutos más tarde regresaba vistiendo unos tejanos y un jersey de color negro con el cuello en pico. Al entrar en la cocina, Spencer lo esperaba sentada a la mesa. Vio cómo ella abría los ojos y lo miraba un poco turbada, e inmediatamente desviaba la vista al plato, con las mejillas encendidas.

Eric también apartó la vista y se sentó. Aún seguían resonando las palabras de Moby en su cabeza y se permitió pensar en otra posibilidad que su amigo no había contemplado. ¿Y si entre ellos dos estaba naciendo algo mutuo? ¿Y si ella también comenzaba a interesarse en él?

—¿Qué tal te ha ido?

Su voz lo trajo de vuelta a la realidad. La sonrisa se extendió por su cara cansada.

—Creo que no hay una sola parte del cuerpo que no me duela.

—Pobrecito —dijo ella. Se inclinó hacia delante, interesada y curiosa—. Cuéntame qué haces exactamente.

Empezaron a comer mientras él le hablaba de todas las pruebas y exámenes teóricos que debía superar en apenas unos días, y de las prácticas y el entrenamiento al que tendría que someterse para conseguir el certificado en un tiempo récord. Ella le hacía preguntas y él respondía disfrutando de la conversación.

Tras limpiar la cocina, acabaron sentados en el sofá viendo un capítulo de *Alaskan Bush People* en Discovery Channel.

—¿Crees que todo eso es real? —preguntó Eric.

—¿Te refieres a que vivan de ese modo? ¿O al hecho de que esos chicos solo llevan una camiseta de tirantes a diez bajo cero mientras nieva?

Eric se encogió de hombros y no respondió al instante. Notaba los ojos pesados.

—A todo, supongo.

—Creo que sí. No sé, míralos. Esa familia es demasiado peculiar para que sea un producto de la televisión.

Él sonrió y la miró de reojo. Reprimió un bostezo, satisfecho.

—Mi favorito es Bear, el que se sube a los árboles y aúlla. Ese tío es divertido.

—El mío es Noah. Tiene algo especial.

—¿Algo especial? Si parece que se ha escapado de una película de época.

—A mí me gusta. Es romántico, listo y escribe poesía. —Encogió un hombro—. También es guapo.

—Oh, vamos, dime que no te gustan los hombres que escriben poesía, recitan versos y todas esas cosas. Porque soy guapo, listo y muy romántico si me lo propongo, pero paso de la poesía.

Spencer ladeó la cabeza y lo miró. Él la estaba observando.

—Tres de cuatro, no está mal —dijo con un tonito irónico que provocó que él riera entre dientes.

—Cada vez me cuesta menos impresionarte.

Sus ojos brillaban divertidos sin apartarlos de los de ella. Arqueó una ceja mientras su sonrisa juvenil se transformaba en otra más arrogante y traviesa. Vio el rubor ascendiendo por su pálido cuello hasta instalarse en sus mejillas y trató de buscar algún indicio en su mirada que le indicara qué sentía.

Soltó una carcajada ronca cuando, de repente, Spencer le atizó en la cara con el cojín que abrazaba. Se lo arrebató sin mucho esfuerzo y la agarró por la muñeca. Después tiró de ella a la vez que le rodeaba los hombros con el brazo libre, de modo que acabó acurrucada sobre su pecho.

Vieron la tele en un cómodo silencio, mientras Eric notaba los párpados pesados por el cansancio. Era agradable estar allí, con ella, y se sentía tan tranquilo que no habría cambiado ese instante por ningún otro. Encajaba perfectamente entre sus brazos y olía tan bien que un anhelo desconocido se abrió camino en su interior. Despacio, comenzó a juguetear con un largo mechón de su pelo. Lo deslizaba entre sus dedos una y otra vez mientras que el sueño se iba apoderando de él.

Podría acostumbrarse con facilidad a muchos días como aquel. A regresar a esa casa con ella y hacer cosas sencillas como ver la tele y conversar, desayunar juntos, pasar noches enteras en el porche viendo llover. Podría hacerlo.

Cerró los ojos y su último pensamiento fue que era un imbécil si creía que iba a ser capaz de conformarse solo con su amistad, cuando empezaba a ser consciente de que una mitad de su ser comenzaba a ser de ella.

16

Su amistad se fue estrechando con el paso de los días, abstraídos por una convivencia que había resultado sencilla y natural desde el primer instante.

El primer lunes de abril, Eric se presentó a los exámenes teóricos y los aprobó. Todo su esfuerzo se vio recompensado con unas calificaciones increíbles y un billete directo al certificado estatal si superaba las pruebas físicas.

Spencer confiaba ciegamente en que lo lograría. Merecía conseguirlo. Merecía un futuro y una buena vida que compensara todo lo malo por lo que había pasado hasta ahora.

Ella deseaba esas cosas maravillosas para él y se sentía feliz siendo testigo de cómo había descubierto su vocación y cumplía sus metas.

Sin embargo, una nube oscura se apoderaba de su corazón con otros pensamientos. En poco más de un mes, él se iría. Dejaría de vivir con ella y ya no se imaginaba sola en esa casa. Sin tenerle a su lado, comiendo juntos, conversando en el porche o paseando por la playa.

¡Dios, cómo la entristecía pensar en ello!

Había intentado mantenerse alejada de cualquier emoción que no fuese la amistad, pero en infinidad de ocasiones se había descubierto fantaseando con ideas que iban más allá. Y esas mismas fantasías, que apenas lograba confesarse a sí misma, le hacían daño porque nunca serían reales.

No cuando él aún podía albergar sentimientos por otra persona.

Eric había estado profundamente enamorado de Cassie durante varios años. Ella había sido tan importante para él, que ese amor era lo único que había logrado que se quedara en Port Pleasant y que diera una oportunidad a su familia. Esa relación se había acabado solo unos meses antes y Spencer no estaba convencida de que él la hubiera olvidado.

Así que, después de todo, por mucha tristeza que pudiera sentir, lo mejor para ambos era que Eric se marchara en cuanto le fuera posible. Porque la sensación de que poco a poco se estaba metiendo en su vida no dejaba de crecer, y eso la asustaba. Porque él la comprendía mejor que nadie y había llegado a conocerla mucho más que cualquier otra persona, y solo había necesitado unas pocas semanas para lograrlo. Porque era la clase de hombre del que podía enamorarse, por más que no quisiera, y no podía permitirse ni ese pensamiento.

El domingo siguiente, Spencer se levantó todavía medio dormida. Demasiado temprano para lo que estaba acostumbrada y después de una larga noche de trabajo. Bostezó, al tiempo que su estómago se agitaba por el olor dulce que ascendía desde la cocina. Una de las maravillosas ventajas que tenía vivir con Eric, eran los desayunos tan alucinantes que preparaba.

Lo encontró frente a los fogones, moviendo la cabeza al ritmo de la música que sonaba a través de su iPod conectado a unos altavoces. Lo observó, notando que se le calentaban las mejillas con el deseo inesperado de acercarse y abrazarlo por la cintura para enterrar la nariz en su nuca. Se le veía tan guapo, cocinando con unos pantalones de pijama y una camiseta blanca que destacaba su piel dorada.

—Buenos días —saludó.

Eric la miró por encima del hombro y sonrió.

—Justo a tiempo. Estaba a punto de ir a despertarte.

—Necesito café.

Él sirvió dos tazas y le entregó una tan pronto como ella se sentó a la mesa. Después se acercó a la sartén que tenía puesta al fuego y sacó unos buñuelos. A continuación los espolvoreó con azúcar y los llevó hasta la mesa junto con una fuente repleta de crepes rellenas de queso cremoso y mermelada de frambuesa.

Spencer gimió, acercando la nariz al apetitoso desayuno.

—¡Qué bien huelen!

—Pues a comer. Apenas tenemos una hora antes de que lleguen.

Ella bajó la mirada a su plato, donde él había colocado un par de crepes y un buñuelo. Tomó aire y los fue cortando en trocitos antes de metérselos en la boca y masticarlos despacio. Había empezado a inquietarse, como cada vez que había pensado en esa misma mañana durante la última semana.

A Chase le había parecido una buena idea que echara abajo la valla del patio trasero. Después de todo, esa casa acabaría siendo de Spencer en un futuro, por lo que él no había considerado que la decisión fuese de su incumbencia.

Como empezaba a hacer buen tiempo, Eric no quería esperar para derribarla y le había pedido a Tyler que le echara una mano con la tarea. Caleb también se había apuntado al plan. Pero lo que en un principio se había planeado como una simple tarea para los tres chicos, finalmente se había convertido en una reunión de amigos, con barbacoa incluida, a la que también asistirían Savannah, Cassie y el bebé.

Después de desayunar, Spencer subió a su habitación, se quitó el pijama y se vistió con unos tejanos y una camisa azul. Se cepilló los dientes y después el cabello. Mientras lo recogía en una coleta, pensó que nunca había hecho nada parecido y tan normal como invitar a sus mejores amigos a casa. Su casa.

Seguro que la doctora Leigh, de haber continuado con las visitas, le habría dicho que estaba dando otro paso en la dirección correcta para mejorar, para vivir en lugar de sobrevivir como había estado haciendo durante toda su vida.

Se miró en el espejo y le sonrió a su reflejo. Estaba lista.

La reunión resultó mucho más cómoda y agradable de lo que Spencer había imaginado. Lejos de hallarse aislada y fuera de lugar como siempre le había ocurrido, ese día se había sentido integrada en el grupo, participando en las conversaciones y bromas. Disfrutó de la compañía de Cassie y Savannah, y, por primera vez, creyó de verdad que podrían acabar siendo buenas amigas.

A la hora de comer, la valla ya era historia en aquella casa. Los tablones se apilaban a un lado de la propiedad, junto a la arboleda; y mientras Eric aseguraba el tramo que mantendrían en pie, separando la vivienda del camino, Caleb astillaba los listones para convertirlos en leños que alimentaran la chimenea.

Tyler se hizo cargo de la barbacoa de carbón y en apenas unos minutos tenía casi lista la comida. Spencer salió de la cocina con un par de platos y fue junto a él.

—¿Qué tal va eso, necesitas ayuda?

—Todo controlado —respondió él mientras daba la vuelta a los bistecs y las hamburguesas.

El chico se frotó los brazos desnudos. Pese al sol primaveral, aún se encontraban a mediados de abril y la temperatura estaba descendiendo por culpa de la brisa fría que soplaba desde el mar. Alzó la mirada y contempló el paisaje. La playa repleta de dunas y las olas rompiendo contra la arena podían verse ahora desde allí.

—Las vistas desde aquí son alucinantes —comentó.

—Sí que lo son. Podré sentarme en el porche y verlas todos los días. Ha sido una idea fantástica y no sé cómo agradecerle a tu hermano todas las molestias que se ha tomado.

—¿Solo a mi hermano? —replicó Tyler con tono dolido.

Spencer lo miró de reojo y sonrió. Le dio un empujoncito cariñoso y entrelazó su brazo con el de él.

—A ti también. A todos. —Apoyó la cabeza en su hombro y su sonrisa se hizo más amplia—. Gracias, Tyler.

—No tienes que darlas, preciosa. —Se quedaron en silencio unos segundos. Entonces él añadió—: Te veo bien.

—Eso es porque estoy bien.

—Bien de verdad, Spencer. No recuerdo haberte visto nunca así. Pareces… pareces feliz.

Ella bajó la vista al carbón que crepitaba y notó que se le aceleraba el corazón. Después ladeó la cabeza y se encontró con sus bonitos ojos verdes clavados en ella.

—No sé si feliz es la palabra correcta, pero me siento bien y tranquila.

—Pues sea lo que sea lo que estás haciendo para sentirte así, no dejes de hacerlo, ¿de acuerdo?

—Vale.

Durante unos minutos se dedicaron a observar el horizonte, escuchando el eco de las olas al romper. Cerca de la orilla había dos personas volando una cometa y se entretuvieron contemplando cómo describía eses en el cielo. En la distancia la superficie salada comenzaba a rizarse y formaba unas olas espumosas que rompían una manada de marsopas.

—¿Qué tal lo lleváis?

Cassie apareció tras ellos y rodeó la cintura de Tyler con los brazos. La cara de él se iluminó y enterró la nariz en su melena rubia.

—¿Y Maddie?

—Por fin se ha quedado dormida —respondió ella. Se le escapó un bostezo y frotó la mejilla contra su cuello como lo haría un gatito.

—Deberías aprovechar y descansar tú también.

—¿Y dejar pasar ese filete? ¡No! Tengo hambre.

—¿Ocurre algo con la niña? —se interesó Spencer.

—No, si obviamos que prefiere pasar las noches despierta y que tiene el mal genio y los pulmones de su papá —replicó Cassie con una sonrisa.

—¡Yo no tengo mal genio!

—Por supuesto que no, cariño —le concedió ella al tiempo que le guiñaba un ojo a su amiga.

Spencer los observó con una enorme sonrisa. Le encantaba verles tan felices.

—Si necesitáis descansar o pasar tiempo solos, yo podría cuidar de la niña.

—¿Cuidar de quién? —quiso saber Eric.

Había aparecido tras ellos y se colocó al lado de Spencer. Le dio un tironcito a su coleta, sonriéndole de forma burlona.

—De Maddie —aclaró ella—. Les estoy diciendo que no me importa cuidar de la niña para que ellos puedan descansar.

Eric miró a uno, luego al otro, y con toda la confianza del mundo apoyó su brazo sobre los hombros de Spencer.

—Claro, cuidaremos de ella. No hay problema.

Los ojos de Cassie se abrieron de golpe.

—¿Los dos? —se interesó.

—Los tres —puntualizó Eric—. Tenemos un gato… —Miró a su alrededor, como si buscara algo—. O lo teníamos. ¡Con suerte se ha pirado!

Spencer le dio un codazo en las costillas y él se echó a reír.

—Cuidaremos de la niña encantados, de verdad.

—Genial. Os tomo la palabra —contestó Tyler antes de que nadie dijera nada más. Se percató de que la carne ya estaba hecha y empezó a servirla en los platos.

—Dame, los llevaré adentro —se ofreció Spencer. Tomó los platos y se encaminó a la casa.

—Espera, deja que te ayude con eso —le pidió Eric, quitándoselos de las manos.

Juntos cruzaron el césped hasta el porche y se perdieron en la cocina.

Tyler aprovechó el momento a solas para abrazar a Cassie y darle un beso profundo. Ella gimió y una lánguida sonrisa se perfiló en los labios de él. Se separaron casi a la fuerza, antes de dejarse arrastrar hasta ese punto de no retorno gobernado solo por los sentidos. Ahora que eran padres de una preciosa niña, sus momentos de tranquilidad a solas habían disminuido considerablemente. Se miraron a los ojos y durante un rato no dijeron nada, solo observaron el océano, donde varios surfistas remaban sobre las olas.

—¿Ty?

—¿Sí?

—¿Tú no has notado nada entre Spens y Eric? Se les ve muy unidos.

Él le acarició la espalda con un gesto distraído.

—No están juntos, si te refieres a eso.

—¿Estás seguro?

Tyler ladeó la cabeza y la miró. Su expresión se había vuelto seria.

—Lo estoy. Spencer me aseguró que no había nada entre ellos. Y si la situación hubiese cambiado, también me lo habría dicho. ¿Por qué te preocupa? —inquirió con un atisbo de inseguridad.

Ella lo percibió y se apresuró a tranquilizarlo. Hundió los dedos en su pelo y lo besó.

—No se te ocurra pensar cosas raras. Te quiero más que a nada en el mundo.

—Lo sé —susurró él contra sus labios con los ojos cerrados.

—Lo he comentado porque se nota que tienen una complicidad especial. No sé, ambos han cambiado en las últimas semanas, es difícil no darse cuenta.

Tyler esbozó una sonrisita.

—Yo también lo he notado. Y me parece algo bueno, Cass. Tengo la sensación de que todo va encajando poco a poco en su sitio y que las personas que me importan están bien. Por primera vez en mucho tiempo me siento calmado. No tengo que preocuparme por nada ni nadie, solo dar gracias por todo lo que tengo. Por ti.

Ella lo miró a los ojos y le tomó el rostro entre las manos. Inspiró hondo.

—¿Cómo puedes ser tan bueno y dulce?

—Y soy la hostia de guapo.

—Muy guapo —ronroneó Cassie.

—¿Vas a recompensarme por ser tan estupendo? —sugirió él con un tonito sugerente.

—Oh, sí. Acabas de ganar el premio gordo, chaval.

Tyler la recorrió con la vista de arriba abajo. Se fijó en la curva de su cuello que pedía a gritos un beso. Se inclinó y lamió la piel bajo la que palpitaba su pulso. Después su boca cubrió la de ella.

—¡Eh, vosotros dos! Dejad de meteros mano. La comida se enfría —los exhortó Caleb desde el porche.

Más tarde, con el sol a punto de ponerse, Eric contemplaba el océano desde los límites de la propiedad. Sunset Beach estaba siempre abarrotada de turistas que alquilaban casas por una semana o más tiempo, pero esto ocurría solo en verano. El resto del año se encontraba prácticamente desierta salvo por algún surfista. Como los cuatro que en ese momento remontaban las olas que el viento espoleaba. Sintió un poco de envidia.

Echaba de menos hacer surf y tener un poco de tiempo libre. Pero había otras muchas cosas que ya no extrañaba. Como sentirse desubicado. Perdido sin un camino que recorrer.

Caminó unos pasos, pensando en cómo había cambiado su vida en las últimas semanas. Miró por encima de su hombro y sus ojos se clavaron en la ventana de la habitación de Spencer. Ella estaba llenando un vacío que había tratado de ignorar en los últimos años. Empezaba a estar bastante colgado por ella, y no solo a un nivel físico, pero no quería pensar en ello porque los pensamientos en su cabeza se enredaban demasiado.

Miró la hora en su reloj y regresó a la casa. Si no se daban prisa, llegarían tarde a trabajar. Subió la escalera al trote y se cruzó con *Zarpas* en el pasillo. Se miraron un segundo y cada uno siguió su camino con la más absoluta indiferencia.

Eric se dirigió a la habitación de Spencer con intención de llamar a la puerta y avisarla de que la esperaría en el coche. La encontró entreabierta y sus ojos se vieron atraídos por el cuerpo desnudo de la chica frente al armario. Solo llevaba puesto un conjunto de braguita y sujetador azul oscuro que resaltaba sobre su piel cremosa.

La imagen lo golpeó como un rayo y lo dejó sin aire. Ya se había dado cuenta de que tenía un cuerpo de infarto, pero verla de ese modo hizo que tomara conciencia de hasta qué punto era jodidamente perfecta. El deseo se enroscó en su interior, abrumándolo.

Se alejó por el pasillo hasta su habitación, amonestándose a sí mismo por haberse quedado mirando. Pero ya era tarde y su mente no dejaba de imaginar cómo sería tocar toda esa piel suave. Sus manos trepando por esas piernas infinitas, el tacto de su ropa interior, la calidez que escondía su cuerpo. Sus labios deslizándose por su cuello, lamiendo su piel. Acariciándola, tentándola. Besándola con furia y después dulcemente.

De repente necesitaba un poco de tiempo para estar solo, y últimamente era algo de lo que no disponía. Estaba rodeado de gente a todas horas y la falta de espacio empezaba a pasarle factura. Siempre había sido una persona solitaria, que prefería no pensar mucho en nada concreto como el pasado, el presente o el futuro; tampoco se devanaba los sesos dándole vueltas a las cosas, sobre todo a las que no podía cambiar.

Pero Spencer se estaba convirtiendo en un pensamiento constante para él y le afectaba demasiado. Nada tenía sentido y lo que debería ser fácil se había convertido en algo muy complicado. Había coqueteado con ella, la había puesto a prueba en más de una ocasión, pero Spencer nunca había entrado en su juego. No estaba interesada en él, excepto como amigo. Una mierda, pero era lo que había.

Y allí estaba él, sentado en su cama, duro como una piedra y sintiéndose mal por querer buscar algún tipo de alivio. Pero ni de coña iba a hacerlo, porque entonces pensaría en ella y aún se sentiría peor consigo mismo. ¿Desde cuándo era tan buen tío?

Necesitaba salir de allí y despejarse.

Dejó una nota para ella diciéndole que le había surgido algo y que se verían en el bar. Se subió al coche, lo puso en marcha y pisó el acelerador. Condujo durante un rato por la carretera de la costa, sintiendo el corazón acelerado y una serie de emociones que le costaba interpretar. Solo sabía que, cada día que pasaba, ella le importaba un poquito más y se moría por descubrir qué era eso tan malo que escondía para haberse alejado tanto del mundo.

17

—Dos *Budweiser*, un *Tom Collins* y tres tequilas *sunrise* —pidió Avery.

—Oído —contestó Eric.

Avery se apoyó en la barra mientras él iba preparando las bebidas. Sin previo aviso, alargó la mano y deslizó los dedos entre su pelo oscuro, dando rienda suelta a su deseo de tocarlo. Eric alzó la vista y la miró, sorprendido por la caricia.

—Te está creciendo mucho. Te sienta bien. Me gusta —dijo ella con tono mimoso.

—Gracias.

—¿Qué tal lo llevas, el entrenamiento y todo eso?

—Bien —respondió él al mismo tiempo que añadía jarabe de granadina al tequila.

—Pronto dejarás de trabajar aquí y esa idea me pone triste.

—Aún faltan unas semanas.

Avery se inclinó sobre la barra y suspiró de forma exagerada.

—Te echaré de menos.

Él le dedicó una sonrisa y le ofreció una cereza.

—Vamos a vernos, seguiré viniendo por aquí.

—Eso suena bien —dijo ella, jugando con la cereza entre sus labios.

—Claro. No vamos a perder el contacto.

—Incluso podríamos quedar fuera de este tugurio y… no sé… ¿cenar juntos? —La expresión risueña de Eric cambió y ella se apresuró a añadir—: No como una cita ni nada de eso. Solo como amigos. —Se mordió el labio inferior y se inclinó un poco más sobre él. Sus rostros quedaron muy cerca el uno del otro—. A no ser que quieras que sea una cita.

Desde la otra punta de la barra, Spencer no perdía detalle de lo que ocurría entre ellos dos. La pelirroja había vuelto a la carga en la última semana y no dejaba de insinuarse y de flirtear con él. Y no sabía si eran imaginaciones suyas, pero tenía la impresión de que esa noche su compañero estaba mucho más receptivo e interesado que en otras ocasiones.

Observó a Eric abriendo la puerta de la nevera e inclinándose hacia su interior. Con el movimiento se le tensó la camiseta alrededor de los hombros y el torso. Se fijó en ese detalle, también en cómo se reía y en las arruguitas que se le formaban alrededor de los ojos y la boca cuando lo hacía. No le pasó desapercibida su mirada traviesa, ni la forma en la que sujetó a Avery por la cintura cuando se tropezaron, mientras ella sacaba unas servilletas y él trataba de alcanzar una botella de soda.

Apartó la vista y se concentró en el cliente que pedía su cuenta. Se distrajo un momento al oírles reír y por el rabillo del ojo pilló a Avery intentando meter la mano en los bolsillos de sus pantalones, fingiendo que buscaba el abridor. Él no se lo puso muy difícil.

Apretó los labios, disgustada, y trató por todos los medios de ignorarlos. Cobró al cliente y retiró los vasos vacíos. Durante unos minutos logró serenarse, pero la calma se veía interrumpida cada vez que Avery se acercaba a hacer un pedido.

Los celos la consumían y era una sensación horrible.

—Disculpa, ¿qué has dicho? —inquirió con los ojos cerrados. Acababan de pedirle una consumición pero la había olvidado un segundo después.

—He dicho que quiero una *Bud Light*.

Spencer se encontró con la sonrisa socarrona de Aston, el hijo de su casero. Le devolvió el gesto sin darse cuenta, Aston provocaba ese efecto. Poseía unos rasgos casi perfectos que, junto con su pelo rizado y rubio, y un cuerpo que quitaba el hipo, parecía un angelito recién caído del cielo. Solo que ella sabía que de ángel tenía muy poco: era un demonio travieso.

—Por si te lo estás preguntando, he venido solo para verte a ti —comentó Aston.

—Vaya, qué honor.

A él se le extendió una sonrisa maliciosa por toda la cara.

—Vamos, corazón, sabes que tú y yo estamos destinados.

—¿Nunca te cansas?

—Antes o después me darás un sí.

—De verdad que eres…

—¿Maravilloso? ¿Asombroso? —quiso saber interesado.

—Iba a decir un incordio.

—Venga, admite que te gusta que te incordie.

—Tanto como una fiebre hemorrágica.

Aston se echó a reír con ganas y apresó su mano con un movimiento inesperado, se la llevó a los labios y besó sus nudillos.

—Cásate conmigo.

—No.

—Pues sal conmigo.

—No —replicó ella mientras recuperaba la mano. Por el rabillo del ojo vio que Eric les estaba observando

—Vale, me conformo con sexo. Tu cuerpo y el mío, perfectos el uno para el otro.

—Eres mucho más creído de lo que imaginaba. ¿No tienes límite?

—Mírame, Spencer, soy el tío adecuado para ti. Tú y yo juntos seríamos la bomba… —Hizo una pausa y se apartó un rizo de la frente—. Si saliéramos, por supuesto. Por ti estaría dispuesto a ser hombre de una sola mujer.

Ella alzó una ceja y le sonrió divertida.

—¿Tú hombre de una sola mujer? Puede que, en una realidad paralela, tu otro yo lo lograra.

—Podría, de verdad. Ser monógamo y todo eso. Sería un drama para miles de mujeres, pero es lo que tiene el amor cuando lo encuentras. ¿Te viene bien el lunes por la noche? Sé que libras ese día.

—Dios, ¿nunca te rindes? —preguntó ella entre risas. Su mirada se cruzó con la de Eric. Parecía tenso, o puede que molesto.

—Sal conmigo y quizá pierda el interés. Aunque lo dudo. Cada día estás más guapa.

Spencer se llevó las manos a la cara. Al apartarlas pilló a Eric fulminando con la vista a Aston. ¿Qué demonios le pasaba?

—No voy a salir contigo, As. Además, soy mayor que tú.

—Solo dos años.

—Sigue siendo un no.

El chico sacudió la cabeza y frunció los labios con un mohín.

—Continúa destrozándome, mujer sin corazón.

Aston siguió insistiendo y Spencer rechazándolo de la forma más educada posible. Al fin y al cabo, solo se trataba de un juego inofensivo. El chico no era un peligro para ella ni para ninguna otra mujer. Lo intentaba, hasta la saciedad, pero no era más que un niño mimado dentro de un cuerpo grande muy mono.

Entonces, Eric apareció a su lado.

—¿Puedo hablar contigo un momento? —preguntó con la mandíbula apretada.

—Sí. Claro.

—Aquí no —susurró él.

La condujo hasta la habitación que usaban de vestuario y cerró la puerta una vez estuvieron dentro. Suspiró y alzó la vista al techo antes de volver a posarla en ella.

—¿Qué se supone que estás haciendo con ese tío?

—¿Perdona?

—No deberías dejar que te hable así. Que sea un cliente no le da derecho ni carta blanca para ligar contigo de ese modo. Casi te está acosando.

Spencer se quedó boquiabierta.

—¿Te refieres a Aston?

—Me importa una mierda cómo se llama. Creía que te incomodaba que los hombres te trataran de ese modo, sin respeto alguno.

—Aston me está tratando con respeto. No ha hecho nada malo, ni yo tampoco. ¡Le conozco! Es el hijo de Chase, mi casero.

Eric pareció confundido durante un instante. Inmediatamente recuperó su actitud molesta. Se había enojado y ni siquiera estaba seguro de los motivos. Una vocecita dentro de él le susurraba que estaba metiendo la pata, que se había puesto celoso al verla con ese tío y no pensaba con claridad. Incapaz de admitirlo, se mantuvo en sus trece.

—Así que el tipo listo se toma esas confianzas, porque cree que tiene algún derecho ya que vives en su casa. ¡Venga, no me jodas!

Ella le lanzó una mirada de reproche.

—¿Pero tú te estás oyendo? Si le conocieras, te darías cuenta de lo ridículo que suena lo que dices.

—¿Sabes que le gustas? —siseó.

Ella se cruzó de brazos y apretó los dientes. Empezaba a cabrearse, y mucho.

—Solo es un conocido que se toma demasiadas confianzas, pero es inofensivo.

—Le gustas, y tú le das esperanzas al no pararle los pies con más claridad. No deberías seguirle el juego, no después de todo lo que me has contado sobre ti.

Spencer lo miró horrorizada.

—¡Ese es un golpe bajo! Tú mismo dijiste que debía olvidarme del pasado y no avergonzarme de nada. Dijiste que mi pasado no me define. ¡Eres un hipócrita!

Eric dio un paso adelante y acercó su rostro al de ella.

—No me estoy refiriendo a eso, cielo. No te estoy juzgando por eso.

—Entonces… ¿por qué?

Eric se pasó las manos por el pelo, frustrado y confundido porque era incapaz de entenderse a sí mismo. La imagen de ese tipo besando su mano acudió a su mente. Le dirigió una mirada fría.

—Porque le sonríes cuando flirtea contigo, dejas que te toque y, cuando lo rechazas, simplemente parece que te haces la difícil. Soy un tío, sé el mensaje que está recibiendo.

Ella le sostuvo la mirada y tragó saliva.

—Tú alucinas.

—¿Que alucino? Cualquier tío iría a por todas con solo un poco de la atención que le prestas a ese idiota.

—¿Acabas de insultarlo? Tú sí que te estás comportando como un idiota.

—Si tanto te molesta, lo dejaré en imbécil. Aunque creo que le hago un favor demasiado grande.

Lo miró enojada y respondió con terquedad:

—Me molesta. Y no es cierto que yo le dedique atenciones.

—Hay chicas que me han dado luz verde con mucho menos.

—No puedo creerlo. ¿Estás cabreado conmigo porque soy amable con el hijo de mi casero?

—No estoy cabreado contigo, pero me hierve la sangre al ver a ese tío babeando sobre ti. Ese… ese estúpido ni siquiera debería atreverse a mirarte, porque estás a mil años luz de él. Me preocupo por ti, Spencer.

Ella abrió la boca y volvió a cerrarla. La abrió de nuevo sin encontrar las palabras que necesitaba. Le estaba montando todo ese numerito por... ¡Por lo mismo que él había estado haciendo con Avery!

—Pues deberías preocuparte solo por ti y por Avery.

Eric dio un respingo.

—¿Avery? ¿Qué coño tiene que ver ella en esta conversación?

—Bueno, tú también le estás dando esperanzas cuando lo cierto es que ella no te interesa. Flirteas con esa chica y dejas que te meta mano. Os he visto esta noche. ¡Y yo no me cabreo contigo! —le gritó aún más enfadada.

Él negó con la cabeza.

—Yo no estoy haciendo nada con Avery. Ni siquiera me gusta.

—Y a mí no me gusta Aston.

—Entonces deja de coquetear con él.

—Y tú con ella.

Eric se pasó la lengua por los labios y se rascó la coronilla. Empezaba a dudar de su cordura.

—Nos estamos yendo por las ramas. Le estás dando la vuelta a todo lo que he dicho.

—No le estoy dando la vuelta a nada. El único problema aquí, es que tú eres un chico y crees que puedes hacer lo que te dé la gana con quien quieras. Y como yo soy una chica, no puedo permitir que un tío flirtee conmigo sin poner en riesgo mi reputación. Pues, ¿sabes qué? Hace mucho que no tengo una buena reputación.

Eric la apuntó con el dedo.

—Ni de coña intentes convertir esto en una guerra de sexos.

—No hace falta, ya lo has hecho tú.

—Estás sacando las cosas de quicio. ¡Joder! Solo me preocupo por ti. Te protejo porque eres mi amiga y me importas.

Spencer gruñó muy frustrada.

—Dios mío, empiezas a parecerte a él.

—¿A quién?

Ella abrió los brazos como si fuese evidente y estuviera ante su cara.

—A Tyler. Me tratas como él, como si tuvieras que salvarme y cuidar de mí todo el tiempo.

—¿Y qué tiene de malo?

—¡Que no necesito que me cuides! —explotó con los puños apretados.

—Vale.

—Genial.

—Disculpa por preocuparme por ti e intentar ser un buen amigo. No volverá a pasar.

—Disculpas aceptadas —replicó ella con tono mordaz.

—Bien.

—Muy bien.

La puerta se abrió de golpe y apareció Chad con el gesto crispado.

—¿Qué demonios pasa aquí? Se oyen vuestros gritos desde la barra.

Alternó su mirada entre ellos, esperando a que alguno dijera algo. Pero, de repente, se habían quedado mudos.

—¿Spencer?

—Nada. Todo está bien, Chad —dijo entre dientes con la vista clavada en el suelo.

Chad la escudriñó con atención. Suspiró y se giró hacia Eric.

—¿Y tú?

—No ha pasado nada —masculló el chico.

Un silencio incómodo se apoderó de la habitación. Chad resopló con un gesto cansado.

—Ahí fuera no queda casi nadie, así que recoged vuestras cosas y marchaos a casa.

—Pero si nos toca a nosotros cerrar —protestó Spencer.

—No hace falta, Chad. Es nuestro trabajo, lo haremos nosotros.

—Sí, lo haremos nosotros. Todo está bien, te lo prometo —insistió ella.

Chad puso los ojos en blanco y abrió la puerta del cuarto con una clara invitación.

—Este es mi bar y aquí se hace lo que yo diga. Si digo que os vayáis a casa, os vais. Sin discutir. Y si oigo la más mínima palabra, os descontaré parte del sueldo.

—Pero…

—¡Fuera!

Cuando Spencer aparcó su camioneta frente a su casa, se sorprendió de que el coche de Eric no estuviera allí. Era mucho más rápido. Tomó aire e intentó calmarse mientras abría la puerta y entraba. Aún estaba enfadada y dolida por la discusión que habían mantenido. Eric se había comportado como un niño con una rabieta y aún no tenía muy claros los motivos.

Se dio una ducha rápida, tras la que se metió en la cama. Estaba tan cansada que moverse para cambiar de posición ya le costaba un gran esfuerzo. Cerró los ojos y se acurrucó abrazando la almohada.

Media hora después continuaba despierta, incapaz de conciliar el sueño. Eran casi las cuatro y Eric no había vuelto.

Empezó a preocuparse por si le había pasado algo. Después se le encogió el estómago al pensar que pudiera haberse enojado tanto que no quisiera volver a casa. Sus pensamientos cambiaron inmediatamente, la única con motivos para estar enfadada era ella. Eric se había comportado como un cretino, cuando el único que había actuado como no debía era él, tonteando con Avery de ese modo.

Dios, se había puesto tan celosa al verlos juntos. Solo de pensarlo volvía a hervirle la sangre y quería romper cosas. Tragó saliva y se le aceleró el corazón con una idea. ¿Y si el mosqueo de Eric también tenía que ver con los celos? Imposible. No podía permitirse fantasear con ello.

Resopló y se quedó mirando el techo. Minutos después, en el silencio de la noche, oyó la puerta principal abrirse, pasos subiendo la escalera y a continuación el agua de la ducha. Soltó con lentitud el aire que había estado conteniendo. Cerró los ojos y adivinó sus movimientos por los sonidos, hasta que, finalmente, oyó cómo se metía en la cama.

No sabía cuánto tiempo llevaba despierta cuando su móvil se iluminó con un mensaje. Le echó un vistazo. El corazón se le subió a la garganta.

Eric: Lo siento.

Solo dos palabras y la desarmaron.

Spencer: Yo también lo siento.
Eric: Me he comportado como un imbécil.
Spencer: Siento haberte gritado.

Eric: Y yo cada palabra que he dicho. No tenía ningún derecho.
Spencer: Nuestra primera pelea. Todos los amigos discuten.
Eric: ¿Amigos?

Spencer se quedó mirando la pregunta sin saber muy bien a qué se refería, a si continuaban siendo amigos o si cuestionaba la naturaleza de su relación. Era la primera opción, no podía ser otra. Pero si era la segunda... ¡No sabía qué contestar!

Spencer: ¿Abrazo?

Eric dejó de estar en línea. Segundos después, la puerta de su habitación se abría y la silueta masculina apareció a contraluz. Ella se incorporó y se lo quedó mirando mientras él se acercaba y se sentaba a su lado, vistiendo tan solo un pantalón de pijama. Sin mediar palabra, Eric la atrajo hacia su regazo como si su peso fuese el de una pluma.

Spencer notó que su piel cobraba vida cuando se dejó rodear por sus brazos. El calor que irradiaba su cuerpo era reconfortante, también la firmeza de su torso y el maravilloso olor que desprendía. Sintió los latidos de su corazón cerca del suyo. Rápidos, constantes. Inspiró y sus pechos se tocaron. Necesitada de un poco más, deslizó con torpeza una mano por su espalda suave y la otra por su cuello. Casi no podía respirar porque nunca habían estado tan juntos, su piel desnuda contra la de ella apenas cubierta por una fina camiseta de tirantes, y era tan agradable.

No dijeron una palabra mientras se limitaban a abrazarse. Tan solo se oía el tictac del reloj y el susurro de las hojas de los árboles.

Acabaron tumbados sobre las sábanas, la mejilla de ella reposando sobre el pecho de él, y en algún momento se quedó dormida.

Eric la abrazó con ternura. Inclinó la cabeza y hundió la nariz en su pelo sedoso. Aspiró el aroma que desprendía e intentó memorizarlo para no olvidarlo nunca. Tenerla así era genial, perfecto. Pensó con más calma en lo que había ocurrido unas horas antes y se sintió estúpido por haber perdido el control de ese modo. Pero le había jodido tanto ver a ese tipo ligando con ella.

Estaba a punto de quedarse dormido cuando un gemido le hizo abrir los ojos. Spencer se estremeció sobre su pecho y volvió a sollozar con un sonido lastimero que le puso la piel de gallina. De repente empezó a agitarse y a mover los brazos, como si se estuviera defendiendo de algo o alguien. Gimoteó y pronunció un nombre, Brian. Eric se envaró, malinterpretando el sueño, hasta que ella volvió a sollozar y se encogió como si algo le doliera. Estaba sufriendo.

—Spencer. —Le rozó la mejilla con los dedos—. Cielo, despierta.

Ella tembló con nuevos sollozos brotando de su pecho. De pronto soltó un grito ahogado y abrió los ojos. Estaba empapada en sudor y la respiración le silbaba en la garganta, aterrada. No podía moverse.

—Eh, ¿estás bien? —susurró Eric.

Ella lo miró y tardó un segundo en reconocerlo. Asintió muy despacio y se secó con la mano las lágrimas que resbalaban por sus mejillas. Se incorporó en busca de aire.

—Ha sido una pesadilla —dijo casi sin voz.

—Ya lo he visto. Llorabas. Me has asustado, no sabía si debía despertarte o no.

Ella forzó una sonrisa y se apartó el pelo húmedo de la cara. Estaba tan cerca que sus brazos se tocaban.

—Tranquilo, estoy bien. No te preocupes.

—¿Te pasa a menudo?

—A veces.

Eric la estudió detenidamente, preguntándose si esas pesadillas también tenían que ver con esa parte oscura de ella que aún no conocía. Si estarían en esos cuadros que pintaba.

—¿Quién es Brian? —soltó de golpe.

—¿Dónde has oído ese nombre?

—Lo has dicho mientras soñabas.

Spencer lo miró con cautela y aguantó la respiración durante unos segundos. Él le devolvía la mirada, iluminada por la luna que relucía a través de la ventana. Se inclinó hacia él y apoyó la cabeza en su hombro. Después cerró los ojos y frunció el ceño como si algo le doliese. Brian y toda la historia que lo rodeaba era el último y único secreto que a él le quedaba por conocer de ella. Ni siquiera se dio cuenta de lo que dijo, solo salió de su boca, sintiendo que sus pensamientos volaban del presente al pasado:

—Brian es el final de mi historia y mi peor pesadilla. Me agredió hace unos años. Me empujó por unas escaleras y casi me mata.

Él tardó un momento en asimilar sus palabras.

—¿Hablas en serio?

—Sí.

El corazón de Eric se partió de manera dolorosa. Una furia intensa se apoderó de sus facciones. Se hizo el silencio y Spencer sintió que se alejaba del mundo y de sí misma mientras aguardaba alguna reacción por su parte.

—¿Y dónde está ese tío ahora? —quiso saber él, rezando para que hubiera palmado o él mismo lo mataría.

—En la cárcel. Lo condenaron por asesinato e intento de homicidio entre otras muchas cosas. Yo no fui la única persona a la que hizo daño. —Tragó saliva—. No creo que salga nunca.

Él se frotó la cara, tratando de encontrarle sentido a toda aquella información.

—¿Qué fue lo que pasó?

—¿Recuerdas lo que te conté sobre todos esos chicos, lo que buscaba en ellos y por qué hacía lo que hacía?

—Sí.

—Brian era el niño mimado de esta ciudad. Buen estudiante, estrella del futbol universitario, con una familia perfecta y un futuro muy prometedor. Le conocí una noche, en Wilmington. Entonces no pasó nada, solo conversamos un poco, pero días después apareció en el Shooter y…

Dejó la frase a medias porque apenas lograba que el aire le llegara a los pulmones para poder hablar. Agotada, se le llenaron los ojos de lágrimas. Lo recordaba como si fuera ayer. Tenía hasta el último detalle grabado en la memoria. Podía reproducir esa noche ante sus ojos como una película y ese realismo aún la sobrecogía.

—No tienes por qué contármelo si no quieres.

—Quiero hacerlo. Si te cuento esto, ya sabrás todo lo que hay que saber sobre mí.

—Vale.

Spencer se humedeció los labios con la lengua y se abrazó las rodillas con la vista clavada en sus pies. Continuó:

—Fue amable conmigo, incluso cariñoso. Hablamos, coqueteamos y me convencí a mí misma de que podría gustarle. Gustarle de verdad como para que quisiera conocerme y... Quién sabe, quizá llegar a algo más. Algo bonito, ¿sabes? Algo que durara y fuese real. —Resopló con la respiración temblorosa—. Una cosa llevó a la otra y nos acostamos. Pero para él yo solo era un rollo más y después de esa noche no volvió a llamarme. Semanas más tarde me di cuenta de que estaba embarazada...

—¡¿Embarazada?!

Ella se puso de pie, buscando un poco de distancia. Se acercó a la ventana y sacudió la cabeza.

—Nada de todo esto que te voy a contar es bueno. Quizá sea mejor que no...

Eric la siguió y se detuvo a su espalda.

—No, está... está bien. Solo me ha sorprendido. Continúa, por favor. Quiero saberlo.

—Me quedé embarazada y supe que era de Brian; en ese tiempo solo había estado con él. Le di la noticia y se enfadó mucho. Primero me dijo que era imposible que fuese suyo. Después me acusó de haberlo hecho a propósito para sacarle dinero y me ofreció una cantidad bastante importante a cambio de abortar.

—¿Lo hiciste?

—¿Te refieres a si me quedé embarazada a propósito?

Él hizo que se diera la vuelta. Le rozó la mejilla con el dorso de la mano y le dedicó una leve sonrisa.

—No. Sé que tú nunca harías algo así. Me refiero a si aceptaste su oferta para... Para solucionar el «problema».

—No. Quise tener ese bebé desde el primer momento. Así que le dije a Brian que no quería su dinero. Le prometí que mantendría en secreto que él era el padre y que nunca más volvería a saber de mí. Él insistía en que no podía tenerlo, que el bebé acabaría siendo un problema. Pero cuando yo no cedí, al final aceptó mi decisión. O eso creía yo.

Alzó los ojos hacia él. Aquella situación estaba siendo más difícil a cada momento y la conversación la avergonzaba muchísimo. Continuó hablando:

—Una noche llegué a casa después del trabajo y él estaba dentro, esperándome. No habló, no dijo nada de nada, solo me golpeó. Me llevó a rastras hasta la escalera de incendios que había en la parte trasera del edificio y me empujó. No sé si quería matarme o solo que perdiera el bebé, pero, créeme, logró ambas cosas.

La rabia se apoderó de las facciones de Eric. Lo corroía por dentro como si fuese ácido. Quería pegarle a ese tío hasta destrozarlo. No, quería pegarle hasta matarlo por haberla dañado de ese modo.

—¿Por eso tienes pesadillas?

Ella asintió muy despacio y se apoyó contra el cristal. Se le erizó la piel por lo frío que estaba.

—Durante un tiempo estuve sin acordarme de nada de lo que pasó. Los médicos dijeron que era un mecanismo de defensa provocado por el trauma que había sufrido. Pero acabé recordando y desde entonces tengo pesadillas con esa noche.

Eric pensó en todos sus cuadros, y recordó el de la escalera en penumbra con una miríada de fragmentos en el suelo que se asemejaban a la silueta de una mujer.

—¿El cuadro que pintaste...?

—Fue el primero.

Eric la contempló durante unos segundos. Tenía los puños tan apretados que se le empezaban a dormir los dedos. Inspiró hondo y soltó todo el aire de golpe para aflojar la tensión que sentía en el pecho. Levantó las manos hasta los hombros de ella y las deslizó por sus brazos, incapaz de no tocarla. En realidad quería abrazarla con fuerza y borrar ese dolor de sus ojos para siempre.

—Sé que no es asunto mío, pero... Quizá deberías buscar ayuda profesional. Todo lo que me has contado es terrible y esos sueños son una consecuencia. Podrían ayudarte. Todo esto es demasiado para que cargues sola con ello.

—He estado viendo a una terapeuta durante dos años. Me dio el alta el día anterior a que tú vinieras a vivir aquí —confesó ella en voz baja.

Él frunció el ceño, confuso.

—¿En serio? ¿Por qué no me lo dijiste?

Spencer se apartó de la ventana y del contacto de sus manos. El deseo de acurrucarse contra su cuerpo era demasiado intenso. Regresó a la cama y se sentó en el borde.

—No es lo que sueles contarle a un chico nada más conocerlo: todo el mundo piensa que soy una zorra y el último tipo con el que me acosté intentó matarme para deshacerse de mí y del bebé que esperaba. Por cierto, estoy viendo a una terapeuta porque, cuando empecé a recordar, no pude soportarlo y se me fue la mano con los somníferos. Casi no lo cuento —replicó en tono mordaz mientras rehuía su mirada.

Él se arrodilló frente a ella y le tomó el rostro entre las manos. La tristeza oscureció su expresión. Le estaba costando lidiar con toda aquella historia, y cada nueva revelación era peor que la anterior.

—Spencer...

—No me mires así. Estoy bien. Te lo juro.

—No si te siguen atormentando las pesadillas.

—Solo son sueños y no pueden hacerme daño. Sé que algún día desaparecerán, al igual que todo lo demás. Mírame. —Sonrió para que la creyera—. Me conoces, estás aquí conmigo y sabes que estoy bien. Ahora sí.

—Quiero creerte. Pero todo lo que me has contado... ¡es la hostia de malo! —Deslizó las manos por sus brazos hasta coger sus dedos y entrelazarlos con los suyos. Después se movió y se sentó a su lado en la cama—. Quiero que estés bien.

—Lo estoy, y en gran parte es gracias a ti. Tu... tu amistad significa mucho para mí. Puede que no lo creas, pero me has ayudado mucho. Nunca me has juzgado, has sido bueno conmigo y siempre estás ahí cuando lo necesito —susurró con sinceridad. Él la hacía reír cada vez que sentía ganas de llorar, era como si tuviera algún don con el que podía adivinar qué necesitaba en cada momento.

Eric le sostuvo la mirada. Un calor intenso le recorrió el cuerpo hasta concentrarse en su pecho. Spencer se componía de un montón de pedacitos rotos y él quería recomponerlos todos, del mismo modo que ella, sin ser consciente, estaba recomponiendo los de él, llenando ese vacío que había tratado de ignorar en los últimos años.

—¡Joder! —soltó sin poder contenerse.

—¿Qué?

—Eres increíble. Una superviviente.

—No lo soy —dijo con una risita. Se le calentó la sangre y con un gesto necesitado apoyó la cabeza en su hombro. Notó que él la besaba en el pelo y cerró los ojos.

—Lo eres para mí. Y deberías estar orgullosa de haber llegado hasta aquí tú sola. Nunca lo has tenido fácil y aun así...

—Aun así nada —lo interrumpió—. Soy un desastre que nunca ha tenido una vida normal. Lo más parecido es esto que tengo ahora.

—¿Qué quieres decir?

—Estas últimas semanas... Tú y yo... Compartir la casa, el trabajo... Comer juntos cada día. Esto es lo más parecido a una vida normal que he tenido nunca.

Eric se tumbó de espaldas sobre las sábanas con la vista clavada en el techo. Sonrió de oreja a oreja.

—Es curioso, porque yo me siento exactamente igual. Estas semanas contigo son lo más parecido a una vida normal que he tenido. Incluso por lo de discutir. No recuerdo haber discutido así con nadie.

Ella se giró para mirarlo y alzó las cejas.

—¡Es patético!

Eric se echó a reír al tiempo que tomaba su mano y tiraba de ella para que se tumbara a su lado.

—No, no lo es. Somos... somos como dos piezas perdidas que finalmente se encuentran y encajan. Y así dejan de estar perdidas. Dejan de estar solas porque ahora se tienen la una a la otra.

Spencer tragó saliva sin osar moverse. Tuvo que luchar contra el impulso que la llevaba a acurrucarse más cerca de él y la fantasía que se abría paso en su mente una vez más. Esas cosas que decía la desarmaban, y no podía evitar pensar hasta qué punto él era consciente de lo que soltaba por esa boca suya y de lo que podía significar para ella.

Se quedaron en silencio con las manos unidas entre sus cuerpos.

—Lo siento, Spencer —susurró Eric al cabo de unos minutos—. Siento mucho todo lo que te pasó. Y siento mucho que perdieras el bebé.

—Yo también.

—Sé que no es un consuelo, pero tendrás más hijos y serás una madre maravillosa.

Spencer apretó los labios mientras un sollozo sacudía su pecho y negó con la cabeza.

—No, no los tendré. Esa noche me rompieron de muchas formas diferentes, Eric. No puedo tener hijos —al pronunciar esas palabras en voz alta, delante de él, un dique en su interior se rompió dando paso a dolorosas emociones. Y del mismo modo se sintió liberada. Lo había confesado, y lo había hecho con un chico que le gustaba. Sabía que había sido fuerte al dar ese paso y notó cierto orgullo calentándole el pecho. Los recuerdos adheridos a su mente aún eran dolorosos, pero un día estaría bien y lo creía de verdad.

Eric se giró para verla. Se alzó sobre el codo y observó su cara con atención.

—¿Estás segura de eso?

—Un doctor me explicó que es imposible que pueda tenerlos.

—Lo siento, cielo. Lo siento.

—Yo también. Y me siento tan incompleta. Como si fuese defectuosa.

—No digas eso, sigues siendo perfecta. Eres perfecta, Spencer.

Deslizó un dedo por su mandíbula con un gesto demasiado íntimo que ella no rechazó. Esa chica había sido un auténtico enigma para él desde el minuto uno y, a medida que pasaba el tiempo e iba desentrañando sus secretos, su admiración por ella crecía por su fortaleza.

Era una auténtica paradoja. Desde que Spencer había llegado a su vida podía respirar mejor, relajarse, ser él mismo sin ni siquiera esforzarse. Lo anclaba al suelo y había dejado de sentirse solo. Y le gustaba mucho.

Recorrió el perfil de su rostro en la penumbra y al rozar sus labios se detuvo, retirando la mano mientras contenía el aliento. Se sintió mal consigo mismo porque, pese a la situación y todo lo que ella acababa de revelarle, se estaba excitando. Las ganas de besarla, desnudarla y sentirla le quemaban la piel de un modo doloroso.

Ella habló, sacándolo de sus pensamientos:

—¿Y si algún día encuentro a alguien con quien…?

Eric volvió a tumbarse. Estaba claro que no pensaba en él de ese modo cuando se hacía preguntas sobre un posible futuro con otra persona.

—Será un necio si no quiere pasar el resto de su vida contigo por eso.

—¿Tú lo harías? ¿Construirías una familia con una mujer que no puede tener hijos?

—Sí, porque ella sería mi familia. Los hijos solo son la consecuencia de estar con la persona que quieres. Pero primero siempre sería ella.

Spencer giró la cara hacia él. Se miraron con una sonrisa. Entonces, con un impulso inesperado, ella dio rienda suelta al deseo que llevaba conteniendo y se acurrucó contra él con la cabeza descansando en su pecho. Se apretujó un poco más con el brazo rodeando su cintura desnuda.

—Eso ha sido bonito.

Él no contestó. Se limitó a rodearla con sus brazos y soltó un suspiro pesado. Lo desarmaba cuando tenía esos gestos con él, y le hacía preguntarse si no estaría equivocado. Si ella, quizá, sí que estaba un poquito interesada en él. La inseguridad y el anhelo lo torturaban. Odiaba sentirse así cuando con una simple pregunta saldría de dudas.

—¿Spencer?

—¿Sí?

¿Y si lo estropeaba? Acababa de contarle todas sus miserias y a él solo le interesaba saber si tenía alguna posibilidad con ella.

—Nada. Duérmete.

18

A finales de abril, un anticiclón llegó desde el sur y el tiempo mejoró en Port Pleasant. Subió la temperatura, el ambiente se volvió seco, soleado y empezó a hacer calor.

Era sábado por la mañana, y Eric y Spencer decidieron disfrutar del sol y el agua. La noche anterior él había rescatado su tabla favorita y la había limpiado y encerado en el porche. Se moría de ganas de volver a probar las olas y el día amaneció perfecto, con el viento soplando cálido desde el mar, moviendo de un lado a otro la arena de las dunas que se extendían durante millas.

Después de desayunar enfilaron hacia la playa. Eric sonrió al ver el oleaje espumoso rompiendo contra la orilla. No es que fuera espectacular, pero podría divertirse un rato. Mientras se quitaba la camiseta, observó de soslayo a Spencer haciendo lo mismo. Era incapaz de apartar los ojos de su cuerpo apenas cubierto por un bikini rojo. Se le secó la boca cuando la vio tumbarse de espaldas sobre la toalla, con el sol reflejándose en su piel de porcelana brillante por la crema solar. La imagen era preciosa, sugerente y empezaba a costarle pensar con claridad.

En un esfuerzo por desviar la atención, cogió la tabla y se encaminó al agua.

Estaba fría. Demasiado fría. Tomó aire y no lo pensó más, simplemente se adentró en el océano. Se acomodó en la tabla y remó con los brazos hacia el interior. Habían transcurrido tres años desde que se había subido a una por última vez.

Al principio, sus movimientos fueron lentos y vacilantes. Quince minutos más tarde volaba sobre las olas como si fuera un profesional. Se deslizó por las paredes de agua revuelta, escapando con agilidad de la rompiente para después girar y volver a bajarla. Navegó sobre la espuma y logró hacer varios aéreos y hasta un *Kick Flip* que celebró con un grito.

Le encantaba el surf y la libertad que sentía cuando lo practicaba. Disfrutaba sin reservas, con su mente libre de pensamientos, solo centrada en el siguiente movimiento.

A media mañana, las rachas de viento se fueron calmando hasta que solo sopló una suave brisa. Exhausto, acabó sentado a horcajadas sobre la tabla, dejando que la corriente lo meciera de vuelta a la playa.

Alzó los ojos, buscando a Spencer en la arena. La encontró de pie junto a la orilla, hablando con tres hombres. Se envaró y se le aceleró el corazón mientras remaba de nuevo. Desde que aquellos tipos se habían metido con ella en el Shooter, se había vuelto un poco paranoico en ese sentido.

Su expresión cambió al reconocer los rizos rubios de Aston, y notó una punzada de celos atravesando su pecho. Los avistó alejarse segundos después.

—Era Aston con unos amigos —dijo ella un poco nerviosa en cuanto llegó a su lado.

—¿Qué se cuenta?

—Nada importante. Solo ha saludado.

Spencer tragó saliva y sus ojos no pudieron evitar recorrer su cuerpo, tenso por el ejercicio. Parecía una escultura viviente con la piel morena salpicada de gotitas de agua. Todos sus músculos estaban perfectamente definidos. Si contemplarlo sobre las olas ya había sido un espectáculo impresionante, ahora se había quedado sin aliento, sorprendida por la reacción de su propio cuerpo. Deseo. Esa parte de ella, tanto tiempo dormida, también había despertado.

Se percató de que se le habían empezado a quemar los hombros y la nuca.

—Deberías ponerte más crema solar en la espalda —le sugirió.

Eric asintió y sacó un tubo de su mochila. Desenroscó el tapón, puso un poco sobre su mano y la fue extendiendo por toda la piel a la que podía llegar.

—Deja que te ayude —se ofreció ella.

Con un gesto le pidió que se sentara. Se arrodilló tras él, se echó un poco de crema en ambas manos y las deslizó por su espalda sintiendo bajo ellas los músculos y la piel tersa. Lo había tocado en otras ocasiones, pero no de ese modo, e intentó no prestar atención a la extraña sensación de intimidad que le provocaba acariciarlo.

—Aston ha sido amable en todo momento. No… no ha tonteado conmigo, ni nada parecido. —Sentía la necesidad de justificarse.

—No tienes que darme explicaciones.

—No son explicaciones, solo quiero que sepas…

Eric se giró hacia ella.

—Mira, la otra noche me comporté como un imbécil y no tenía ningún derecho. En realidad, lo que hagas o permitas, y con quién, nada tiene que ver conmigo. Solo soy tu inquilino, ¿qué más da? —sonó más molesto de lo que pretendía, pero así se sentía.

—¿Inquilino?

—Sabes a qué me refiero.

—Sí, sin ninguna duda. Te da igual lo que haga y con quién. Has sido muy claro —mascullό ella mientras alcanzaba la toalla para limpiarse los restos de crema.

Eric la detuvo por la muñeca y la miró a los ojos, preguntándose por qué estaba buscando otra discusión con ella y qué coño estaba a punto de hacer. El corazón le latía a un ritmo endemoniado y notó que se ahogaba en el azul de sus iris. Esa mirada que devoraba su cordura.

—¿Cambiaría algo si no me diera igual?

A Spencer se le cortó la respiración al ver su expresión. Sabía a qué se refería, pero fingió no entenderlo.

—No te sigo.

—Si no me diera igual lo que haces y con quién, ¿cambiaría en algo la relación que tenemos?

—¿Te importa lo que yo…? —preguntó incrédula.

—No has contestado a mi pregunta.

Spencer palideció. Había pensado infinidad de veces en esa posibilidad, en la fantasía que suponía para ella, pero no se había atrevido a considerarla por tantas razones. Y ahí estaba él, planteándole una cuestión para la que no estaba preparada. Sabía qué contestar, pero allí, en ese preciso instante, las palabras se negaban a salir de su boca.

Él se quedó callado, concediéndole tiempo para que tomara una decisión. Pero cuando el silencio se alargó, asintió lentamente y apartó la vista.

—Vale. Olvida esta conversación. Ni siquiera sé por qué he dicho todas esas tonterías.

En ese momento, el teléfono de Eric comenzó a sonar sobre su mochila. Le echó un vistazo y atisbó el número de su hermano. Lo agarró para poder hacer cualquier otra cosa que no fuese quedarse allí parado, pensando que había metido la pata al forzar las cosas.

—¿Qué pasa, Ty?

—Hola, hermanito. Oye… sé que es tu mañana libre, pero estamos hasta arriba y nos vendría bien que te pasaras por aquí.

—Claro, voy para allá.

—Gracias, tío. Y lo siento, no te lo pediría si no te necesitáramos de verdad.

—No pasa nada. Te veo en unos veinte minutos.

Colgó y miró a Spencer.

—Tengo que irme. Me necesitan en el taller.

—Vale.

—No creo que tenga tiempo de volver. Me llevaré mis cosas y nos veremos en la fiesta.

—De acuerdo. Nos vemos allí.

Sus miradas quedaron enlazadas un instante. Él fue el primero en apartar la vista y regresar a la casa.

Spencer pasó el resto del día pintando, necesitaba descargar su mente de todos los pensamientos que la agobiaban. Eric la había puesto contra las cuerdas y ella no había sabido reaccionar, completamente desprevenida. No era tonta, se había fijado en cómo la miraba. Ella también sentía esa atracción por él, no estaba ciega, así que se lo había tomado como un quid pro quo sin posibilidad de convertirse en otra cosa.

Ahora ya no estaba tan segura.

Se sentía muy confundida y su mente hecha un lío. Las palabras de Eric se repetían dentro de su cabeza en un bucle. «Si no me diera igual lo que haces y con quién, ¿cambiaría en algo la relación que tenemos?» ¿De verdad a él le importaba de ese modo? Quizá sí, si pensaba detenidamente en ello, había señales: atracción, deseo, cariño, celos…, pero no amor. Él amaba a otra. Era imposible que la hubiera olvidado en tan poco tiempo.

Las piezas de la realidad se asentaron en su pecho.

Dejó el pincel sobre la paleta y se sorprendió al encontrarse rodeada de penumbra. Miró el reloj. Eran más de las ocho, si no se daba prisa, llegaría tarde a la despedida de solteros de Caleb y Savannah.

Se dio una ducha caliente que relajó la tensión de su cuerpo, aunque no su corazón. Se secó el pelo y lo peinó marcando sus ondas naturales. Después se maquilló, apenas un poco de color en las mejillas y en los labios, y rímel en las pestañas. Se plantó delante del armario con las puertas abiertas, intentando decidir qué ponerse.

Sus ojos toparon con un vestido color crema con unas flores azules bordadas en la falda de vuelo. Había sido un regalo de Blair por su veintiún cumpleaños y aún no se lo había puesto. No había tenido ocasión ni motivos para hacerlo.

Parecía demasiado virginal para alguien como ella. Tomó aire con fuerza y apretó los dientes. Quizá lo fuera para la antigua Spencer, pero no para la nueva. Se puso el vestido, combinándolo con un chal de punto, también azul, y unos zapatos de tacón con pulsera en el tobillo.

Se colocó frente al espejo. Recorrió con los ojos toda su silueta y acabó mirándose a sí misma en el reflejo. Sus labios se curvaron con una sonrisa. No estaba mal, nada mal. Apenas se reconocía.

Con el estómago del revés por culpa de los nervios, condujo su camioneta hasta Bennett's, un restaurante que se encontraba situado junto a uno de los embarcaderos de Great Beach. Vio un espacio vacío en la calle y aminoró la velocidad. El restaurante estaba a solo una manzana de allí y le pareció un buen lugar para aparcar.

Caminó sin prisa por el paseo, disfrutando de la buena temperatura. A lo lejos vio la estructura del viejo edificio alzándose al pie de la playa. Era uno de los lugares más antiguos de la ciudad, y había sobrevivido a infinidad de tormentas y huracanes. Hacía muy poco que lo habían vuelto a reformar y tenía un aspecto estupendo.

Al llegar a la puerta se encontró con Derek.

—¡Joder, un ángel se ha escapado del cielo!

Spencer sonrió.

—Cásate conmigo, y lo digo en serio. Ahora mismo —añadió el chico.

—Derek, madura de una vez —dijo una voz tras ellos.

Spencer se giró y sus ojos se encontraron con Matt y Kim. Se le escapó un gemido y se llevó las manos a la cara. Llevaba sin verlos desde el verano anterior, cuando ambos se trasladaron a Atlanta para que Matt pudiera estudiar en la SCAD.

—¡Estáis aquí! —exclamó.

Kim se lanzó a sus brazos y la apretujó con fuerza.

—¡Cuánto me alegro de verte, Spens! —La cogió de las manos y dio un paso atrás para mirarla—. Estás genial.

—Tú también. Estás muy guapa.

—¿Y yo no estoy guapo? —preguntó Matt con un mohín coqueto.

Spencer asintió con una enorme sonrisa y lo abrazó.

—Hola —susurró pegada a su mejilla.

—Hola, preciosa. Me alegro de verte tan bien. —Soltó una risita y después la hizo girar como a una bailarina—. Estás impresionante.

—No es para tanto, pero gracias. ¿Cuándo habéis vuelto?

—Esta mañana —contestó Matt.

—¿Y cuánto vais a quedaros?

—Un par de días, pero regresaremos para la boda —respondió Kim—. ¿Caleb casándose? No me lo perdería por nada del mundo. Espero que no salga corriendo en el último momento.

—¿Quién va a salir corriendo?

Jace y Sally se detuvieron junto a ellos. Intercambiaron más saludos y todos juntos se abrieron paso entre el gentío que aguardaba para conseguir una mesa. Derek miró a su alrededor con mala cara.

—No lo entiendo, se supone que una despedida de soltero es solo para el novio y sus amigos, para hacer cosas de tíos. Ya sabéis. Chicas, *strippers*, alcohol y mucha fiesta. ¡Pero no esto! —bufó—. ¿A quién demonios le parece divertido organizar una despedida conjunta en un restaurante cutre de marisco?

—Cutre es que un montón de tíos vayan a un local de *striptease* a mirar tetas de plástico —replicó Sally.

—Lo que a ti te preocupa es que Jace mire otras tetas.

—Jace puede mirar todas las tetas que quiera, siempre y cuando sus manos solo acaben sobre las mías —replicó Sally.

Spencer se rio por lo bajo y empujó a Derek para que continuara caminando.

—No te metas con ella. Contigo no tiene ni para empezar.

—No me dan miedo las brujas.

—Sally no es una bruja. Pero puede cogerte por las pelotas y hacerte suplicar por tu descendencia.

Derek frunció el ceño y le echó un rápido vistazo a Sally. La chica le estaba observando con cara de pocos amigos. Daba algo de miedo.

—Vale, paso de ella, pero solo porque no me importa.

—Claro —le concedió Spencer, tragándose una carcajada.

Llegaron hasta la escalera que conducía a una terraza en la azotea, que sus amigos habían reservado para la ocasión. Subieron los estrechos peldaños y, cuando llegaron arriba, ella se quedó maravillada con lo que vio. Habían decorado toda la terraza con farolillos y velas, que iluminaban cada rincón. Habían distribuido las mesas frente a un pequeño escenario donde tocaba un grupo, dejando espacio para que los invitados pudieran bailar.

La barra quedaba en un lateral, bajo una marquesina.

Las vistas eran alucinantes desde esa altura. Se podía ver todo el paseo, el embarcadero y los últimos vestigios del sol poniéndose en el horizonte. No había muchas personas, solo los amigos más cercanos de Caleb y Savannah y algunos primos de esta que habían sido invitados.

Era una reunión íntima en la que conocía a casi todo el mundo y se sintió cómoda.

—¡Spens!

Vio a Savannah saludándola con la mano en alto. Cassie se encontraba con ella. Se acercaron de la mano.

—¡Qué bien que hayas venido! —exclamó Savannah mientras le daba un cariñoso abrazo.

—No me lo perdería por nada del mundo —sonrió a Cassie—. Hola, Cass.

—Hola. ¡Estás guapísima! Me gusta tu vestido.

—Gracias. Blair lo cosió para mí por mi cumpleaños.

—Pues quiero uno igual. Es precioso.

—¡Oh, Dios mío, habéis venido! —chilló Savannah al ver a Matt y a Kim.

Spencer se hizo a un lado mientras sus amigos se saludaban y paseó la vista por la terraza. De repente, unos brazos le rodearon la cintura y dio un respingo, sobresaltada. Se giró para encontrarse con la sonrisa de Tyler.

—¿Quién eres tú y qué has hecho con mi amiga?

—¿Eso es un cumplido?

—Por supuesto —aseguró él con un guiño. Le dio un beso en la mejilla y la tomó de la mano—. Ven, estamos tomando algo en la barra.

Spencer lo siguió y entre todos aquellos cuerpos pudo ver a Caleb apoyado contra una columna de la marquesina. El corazón se le subió a la garganta, Eric estaba con él. Y no sabía si sentirse una idiota o reírse de sí misma por haberse puesto tan nerviosa solo con verlo de lejos.

Lo observó mientras se acercaban. Se encontraba de espaldas a ella, con el cuerpo inclinado hacia delante y los brazos descansando sobre el cristal. Se había vestido con un tejano negro desgastado y una camisa del mismo color con las mangas dobladas hasta los codos. Masculino, guapo e imponente, y siempre tenía el mismo efecto sobre ella. Entraba en ebullición.

En ese instante, él miró por encima de su hombro y sus ojos se encontraron. La miró de arriba abajo mientras daba un trago a su cerveza. Lo hizo de un modo descarado que logró que se ruborizara y apartara la vista. Esas reacciones eran nuevas para ella y se sintió un poco tonta. Ningún hombre la había turbado nunca de ese modo y solo con una mirada.

—¿Y esta preciosidad? Perdona, pero ¿nos conocemos? —preguntó Caleb con una sonrisita socarrona.

Spencer puso los ojos en blanco y le dio un golpecito en el brazo.

—No seas tonto.

—¿Tonto? Señorita, acaba de ganarse un abrazo. —La alzó en el aire. La zarandeó con un gruñido y volvió a dejarla en el suelo entre risas—. En serio, estás muy guapa esta noche.

—Mucho más que eso —dijo Eric.

A Spencer se le aceleró el pulso al notar que él volvía a repasarla de arriba abajo. Sus ojos destellaban más oscuros de lo normal y vio en ellos un brillo hambriento, posesivo y al mismo tiempo airado. La estaba observando con tanta intensidad que le pareció que la acariciaba con la mirada. La extraña sensación de querer salir corriendo, pero al mismo tiempo desear quedarse junto a él, hizo que se estremeciera.

Le dedicó una leve sonrisa y se giró hacia la barra. Necesitaba beber algo que la ayudara a distraerse de la tensión que palpitaba entre ellos.

Se encontró con que Tyler y Caleb les estaban observando, y volvió a ponerse nerviosa intentando interpretar sus expresiones.

Por suerte, Derek apareció con su amigo Sean, acaparando toda la atención.

La fiesta se animó en pocos minutos.

Tras la cena, el grupo volvió a subir al escenario.

—¡Oh, me encanta esa canción! —gritó Savannah. Agarró de las manos a Cassie y Spencer y tiró de ellas hacia la pista—. Vamos a bailar, por favor. Por favor —rogó con los labios fruncidos.

Eric contempló a Spencer mientras ella se alejaba moviéndose con gracia al ritmo de la música. Joder, casi se había caído de espaldas al verla llegar de la mano de Tyler con ese vestido. Perfecta y preciosa hasta doler como una herida abierta. Se había quedado sin palabras, admirándola como un idiota. La curva de su cuello al unirse a sus hombros le había pedido a gritos que la acariciara, que la besara. Tan puñeteramente sexy.

Intentó seguir el ritmo y participar en la conversación, pero constantemente perdía el hilo porque toda su atención estaba concentrada en Spencer. Era como una visión hipnótica de la que no podía apartar la vista. Y se le ocurrió la tontería de que debería llevar un aviso como los videojuegos, informando de la posibilidad de sufrir algún ataque epiléptico por exceso de estímulos.

Negó con la cabeza ante la ocurrencia.

Tragó saliva con fuerza, embriagado por el inesperado espectáculo que era contemplarla como un jodido mirón. Ni siquiera tenía palabras para describirla, y mucho menos para intentar explicar lo que sentía en ese momento viéndola reír y disfrutar de la fiesta junto a sus amigos.

Sonrió para sí mismo al imaginarse yendo en su busca, echándosela sobre el hombro y largándose de allí como si fuese un cavernícola. Después la llevaría a casa y se conformaría con una de sus pequeñas siestas en el sofá, en las que acababa acurrucada en su regazo mientras le acariciaba el pelo con los dedos.

Le encantaba su pelo largo y oscuro, su tacto sedoso y los ruiditos de placer que a ella se le escapaban cuando lo acariciaba.

Se le borró la sonrisa al recordar su silencio como única respuesta en la playa. Llevaba semanas luchando por mantener a raya la atracción que sentía por ella, pero esa mañana había sido débil y había mostrado sus cartas.

Una ligera tos lo trajo de vuelta al presente. Tyler y Caleb lo miraban con cara rara, repantigados en sus sillas.

—¿Qué pasa?

—Nada —respondieron los chicos de inmediato.

Observaron a la gente en silencio, mientras bebían.

—¿Qué tal os va a Spencer y a ti? —curioseó Tyler.

Eric se detuvo con el vaso a centímetros de la boca y parpadeó.

—¿A qué te refieres?

—A compartir casa, gastos y todo eso. Y a ser amigos. Os lleváis muy bien —explicó su hermano.

Él asintió en respuesta y se humedeció los labios.

—Es muy fácil llevarse bien con ella. Es una tía increíble.

—Lo es —coincidió Tyler. Miró a su hermano de reojo—. Y guapa.

—Guapa, lista, divertida… —pensó Eric en voz alta, observándola balancearse al ritmo de la música.

Nunca la había visto bailar y era increíblemente sexy. Se movía con gracia y sin ningún esfuerzo. Sus caderas se mecían con un contoneo que estaba a punto de volverlo loco.

¡Santa madre de Dios!

Ella se había quitado el chal, dejando a la vista un pronunciado escote en su espalda que le llegaba hasta la cintura. No llevaba sujetador. Se excitó de inmediato, con el corazón latiendo con tanta fuerza dentro de su pecho que parecía un martillo.

Se levantó con brusquedad de la silla.

—Voy a por una copa. ¿Queréis algo?

—Una cerveza.

—Otra —pidió Tyler.

Eric se alejó en dirección a la barra como alma que lleva el diablo.

Caleb estiró las piernas y enlazó sus manos tras la nuca. Soltó una risita maliciosa y miró a Tyler. Este le devolvió la sonrisa y se rascó la mandíbula. Sacudió la cabeza.

—Tío, está colado por ella.

—Hasta los huesos —replicó Caleb.

—¿Tú crees que ella también…?

—Es muy posible. —Se irguió de golpe—. Veinte pavos a que acaban juntos.

Los ojos de Tyler brillaron ante el reto.

—No sé. Esta vez no las tengo todas conmigo.

—Solo son veinte pavos y va a ser divertido.

—Eres peor que una vieja cotilla —resopló Ty, moviendo la pierna con un tic nervioso—. Sé que voy a perder. Está cantado... ¡Hecho! —cedió al fin.

Se dieron la mano y continuaron observando a las chicas bailar.

—¿Sabes? En el fondo me alegro de que a mi hermano le guste Spencer —dijo Tyler al cabo de unos segundos.

—¿Y por qué iba a parecerte mal? A mí me gusta la idea. Siempre y cuando la trate bien. Porque si se porta mal con ella, tendrá que vérselas conmigo; y me importará una mierda si es tu hermano o el jodido presidente. Le patearé el culo si ella sufre por su culpa.

—Eric jamás se portaría mal con Spencer. No es tan capullo como tú y yo. Y no me refiero a eso.

Caleb arqueó las cejas con un gesto inquisitivo.

—¿Entonces?

Tyler suspiró y se acercó a él para que nadie más pudiera oírle.

—Todo este tiempo me ha preocupado que mi hermano continuara enamorado de Cassie. Se quedó por ella, creía que la había recuperado. Después me dejó el camino libre porque estaba embarazada y sus principios le obligaron a hacer lo correcto. Pero no porque ya no la quisiera.

—Lo sé —dijo Caleb, de pronto muy serio.

—Todos estos meses he vivido con eso metido en la cabeza. Cada vez que los veía juntos o que lo pillaba mirándola... Sentía un infierno aquí dentro. —Se señaló el pecho y su respiración se entrecortó.

—Joder, Ty.

—No sabía cómo sentirme al respecto, ¿entiendes? Así que me alivia ver que está interesado en otra chica.

Caleb rio travieso.

—Yo diría que está mucho más que interesado.

Eric apareció con las cervezas y las dejó sobre la mesa.

En ese momento empezó a sonar *I want you* de Savage Garden. Tyler se enderezó en la silla y arrugó la nariz con un gesto de asco.

—¿Quién coño está eligiendo la música? Odio a este grupo. —Se tapó la cara con las manos cuando vio a Cassie saltando y haciéndole señas para que se acercara. Ella los adoraba.

—Creo que quiere que vayas a bailar —le hizo notar Caleb, reprimiendo una carcajada.

Tyler se hundió en el asiento.

—Ni de coña.

Su amigo se puso de pie y se estiró como un gato. Apuntó con el dedo a Savannah y le guiñó un ojo, contoneando las caderas al ritmo de la música.

—Pues yo sí voy. ¡Es mi despedida de soltero y hacer el ridículo forma parte de la fiesta!

Eric le dio un codazo afectuoso a su hermano.

—Deberías ir o aquel tío acabará bailando con tu chica.

Tyler se levantó de golpe con el cuello estirado. A través de los cuerpos que se movían localizó a Cassie y a uno de los primos de Savannah hablando con ella. Que ya se estaba moviendo como un extra de *Dirty Dancing* en plena danza de apareamiento.

—Está muerto como la toque —masculló, yendo hacia la pista con grandes zancadas.

19

A Spencer le encantaba bailar. Siempre le había gustado porque era como una escapatoria, una forma de liberar muchas emociones contenidas. Era divertido y emocionante. Rio con ganas mientras Cassie y Savannah gritaban a pleno pulmón el estribillo de la canción y chocaban sus caderas. Daban saltitos y giraban sobre sí mismas, sacudiendo la cabeza.

Poco después apareció Caleb, contoneándose como un león perezoso. Y, para sorpresa de Spencer, Tyler lo seguía. Lo miró con los ojos muy abiertos y él se encogió de hombros con una sonrisita maliciosa, mientras agitaba el cuello como si se estuviera electrocutando. Rompió a reír a carcajadas.

Se movieron al ritmo de la música durante otro par de temas, hasta que el grupo hizo sonar las primeras notas de un tema más lento. Caleb atrapó la cintura de Savie con una mano y la pegó a su cuerpo. Cassie se dejó arrastrar por el abrazo de su chico y comenzaron a mecerse sin dejar de mirarse a los ojos.

Un atisbo de incomodidad recorrió a Spencer como un escalofrío. Se dio la vuelta con intención de abandonar la pista, pero una cálida mirada la detuvo. Eric. Respiró hondo y exhaló despacio intentando controlar el ritmo de su respiración.

Él se acercó a su oído y le preguntó:

—¿Bailas conmigo?

Sintió su aliento en el cuello e inhaló su fragancia antes de que se apartara, esperando una respuesta.

—Sí.

La tomó por la cintura y la acercó hasta que sus cuerpos quedaron pegados. Cuando sus ojos se encontraron, él dibujó una sonrisa lenta y ella se dejó llevar, rodeando su cuello con los brazos. Eric extendió los dedos por su espalda desnuda y la sujetó con más fuerza.

Sus cuerpos se mecieron al compás de la música, encajando con fluidez. Un tema siguió a otro, pero si alguien les hubiera preguntado en ese momento, ninguno habría sabido diferenciarlos. Se habían convertido en una única cadencia.

Los farolillos parpadeaban empujados por la brisa y las velas titilaban sobre las mesas.

Los dedos de ella se enredaron en el pelo de él y las manos de él acariciaron su columna, ciñéndola con posesión. Casi sin aliento, Eric ladeó la cabeza hasta que su mejilla acarició la de ella. Spencer sintió que le ardía la cara. El corazón le latía rebosante de deseo y confusión, aterrorizado. En algún momento habían dejado de bailar y solo se abrazaban.

Él agachó la cabeza y le habló al oído con una voz grave y un poco ronca:

—¿Y si damos un paseo?

Spencer se apartó y alzó la mirada hasta sus ojos. Lo observó fijamente y él le dedicó una sonrisa cómplice y traviesa a la que no pudo resistirse.

—De acuerdo.

Eric la tomó de la mano y abandonaron el restaurante. Cruzaron el paseo y descendieron por la pasarela hasta la playa. Donde las estrellas brillaban en un cielo aterciopelado, las olas batían con una danza rítmica y la brisa soplaba cálida y aromática. Caminaron en silencio hasta la orilla, con los hombros tocándose ligeramente. Poco a poco se alejaron del bullicio y el olor a comida, que fue sustituido por un aire limpio y fresco y el ligero aroma de la sal en la bruma.

Al bordear unas rocas, se encontraron con un grupo de adolescentes que habían montado un *picnic* sobre unas mantas alrededor de una pequeña hoguera. Estaban enfrascados en una especie de discusión, en la que todos hablaban a la vez.

Conforme se acercaban, pudieron captar retazos de la conversación.

Estaban debatiendo sobre si las chicas solían tomar la iniciativa o no a la hora de pedir salir a un chico, de invitarlo a un baile, de dar el primer beso... Ninguno pensaba que sí y todos basaban su opinión en sus propias experiencias personales. Esos comentarios hicieron gracia a Eric, porque en el grupo nadie aparentaba más de quince o dieciséis años. Eran unos niños.

Como era de esperar, la parte femenina de la reunión no estaba para nada de acuerdo. Empezaron a sonar frases como que el hombre conquistaba y la mujer se dejaba conquistar, cuya respuesta fue que en el siglo XXI ya no había damiselas, al grito de machistas. Un chico se quejaba de que siempre eran ellos los que tenían que arriesgarse a pedir una cita y el miedo a ser rechazados les fastidiaba tanto como a ellas, pero que si no se lanzaban, jamás se comerían una rosca. Además, si al final ellas aceptaban, aún era problema de ellos romperse la cabeza para preparar la cita perfecta, la película adecuada, flores sí o flores no, ofrecerse a pagar la cuenta...

Eric no pudo evitar asentir con un gesto imperceptible, y se le escapó una risita cuando Spencer le dio un codazo.

Una chica aseguraba que parte del problema residía en que, si ellas tomaban la iniciativa, ellos lo interpretaban como una invitación directa a tener sexo. Un claro atentado a la igualdad. Lo que ocasionó varias respuestas masculinas bastante ofendidas.

Una tímida voz se alzó diciendo que los chicos al final eran mucho más románticos que las chicas, porque se veían obligados a pensar más en esas cosas. Lo que provocó otra explosión de acusaciones.

Pasaron de largo, dejando atrás el grupo. La arena endurecida dio paso a las dunas. Spencer alzó la barbilla para sentir la brisa en la cara. Se fijó en que Eric no paraba de sonreír y que de vez en cuando volvía la vista atrás, hacia los chicos. Sus voces y risas aún eran claras.

—¿Qué te hace tanta gracia? —quiso saber.

—Nada.

Ella frunció el ceño y lo estudió con más atención.

—¿No estarás de acuerdo con esos chicos?

Eric abrió la boca para contestar. Hizo un ruidito con la garganta y volvió a cerrarla como si no estuviera muy seguro de qué decir. La miró de reojo y rio por lo bajo al ver lo seria que se había puesto.

—Al contrario que esos chavales, yo sí he aprendido que nunca debes tener una conversación como esa con una mujer.

—¡Eso es un sí! —saltó ella como un resorte—. No es cierto que las mujeres no toman la iniciativa. Sí que la tomamos.

—Si tú lo crees...

—¿No irás a decir que nunca se te ha acercado una chica en un bar? Seguro que se te habrán insinuado mujeres. Hasta puede que te hayan seducido para que las acompañaras a su habitación.

Eric suavizó su gesto.

—Cierto.

—Pues ahí tienes la respuesta.

—Pero eso son rollos de una noche y esos chicos hablaban de otra cosa. Se referían a citas, bailes, bolos, hamburguesas… Y esas cosas se hacen cuando alguien te gusta de verdad, quieres salir con esa persona y tener una relación. —Se encogió de hombros—. Basándome en mi propia experiencia, tengo que darles la razón. Yo siempre he tenido que dar el primer paso para salir con una chica que me gustaba. Y créeme, lo pasaba fatal hasta que me lanzaba y ella decía sí.

—No te creo. Los tiempos han cambiado mucho.

—No tanto. Esos chicos decían la verdad, es como si hubiera alguna especie de código no escrito que haya definido los roles. Los hombres enamoran y las mujeres se dejan enamorar. Nunca tomáis la iniciativa por mucho que os guste un chico. Con suerte nos enviáis alguna señal codificada que viene a decir: «No se me ha metido nada en el ojo, es que me gustas, pídeme salir» —dijo con un tonito agudo mientras parpadeaba repetidamente.

Spencer tuvo que clavarse los dientes en el labio para no echarse a reír. Dejó de caminar y alzó la barbilla hacia él con un gesto desafiante.

—No estoy muy de acuerdo. Las chicas también tomamos la iniciativa cuando un chico nos gusta.

Eric dio un paso acercándose a ella. La música procedente de los locales casi había desaparecido, amortiguada por el sonido de las olas rompiendo contra la arena. Lejos de las luces artificiales, la noche parecía mucho más oscura y la luminosidad de la luna más brillante sobre sus rostros.

—¿Tú la has tomado alguna vez?

Spencer abrió la boca para responder con un sí rotundo, si bien se detuvo al darse cuenta de que nunca lo había hecho con un chico que le gustase de verdad. No para pedirle una cita. Se ruborizó y parte de su seguridad se esfumó.

—No. Pero daría ese primer paso llegado el momento. Sí, lo haría.

—¿Estás segura de eso? ¿No te frenaría el miedo al rechazo? Porque es lo que más asusta cuando alguien te interesa. Que no te corresponda.

—Sí, estoy muy segura.

Eric dio otro paso. Ahora estaban muy cerca el uno del otro. Miró su cara pensando en lo mucho que le gustaría hundir las manos en su melena oscura, enredarla en sus dedos y tirar de ella hasta alcanzar su boca.

—Vamos a concretar un poco más la situación, porque sigo sin creerte.

—Adelante —dijo ella con más convicción de la que sentía.

Un músculo se tensó en la mandíbula de Eric. Tenía una ligera idea de lo que estaba haciendo y de lo que pretendía, y una alarma se encendió en su cabeza. La ignoró.

—Imagina que yo te gusto. Quieres que entre nosotros pase algo, pero no tienes ni idea de si yo siento lo mismo. ¿Te acercarías a mí? ¿Serías clara conmigo aun a riesgo de que pudiera rechazarte? —poco a poco bajó la voz y su respiración se volvió más pesada—. ¿Te arriesgarías a besarme o simplemente no harías nada de nada y esperarías?

Ella intentó pensar una respuesta, pero era incapaz de concentrarse en nada que no fuese su proximidad y el delicioso olor que él desprendía. Separó los labios y la mirada de Eric descendió a ese punto, haciendo que su corazón empezara a acelerarse.

Se llevó la mano al cuello, nerviosa. A quién quería engañar, llevaba semanas pillada por él y todos sus esfuerzos los había dedicado a disimular y a parecer indiferente.

—No lo sé —admitió en un susurro. Sonrió para sí misma y le regaló una tímida sonrisa—. Quizá tengas razón…

—¿Sobre qué exactamente?

—Sobre esos roles, el miedo al rechazo… La inseguridad. —Se encogió de hombros—. No haría nada sin estar segura de que tú me corresponderías —y se apresuró a puntualizar—: Imaginando, claro.

Eric alzó la mano y le apartó de la cara unos mechones rebeldes que revoloteaban con la brisa. Después los deslizó tras su oreja, consciente de que ya no quedaba espacio entre ellos. Spencer no se había movido un ápice y sus ojos estaban clavados en los suyos. Y continuó sin moverse mientras él recorría con la otra mano su espalda y la atraía hacia sí.

—Entonces, imaginando, nuestra única esperanza para acabar juntos recaería en mí. Si soy tan valiente como para dar yo el paso —musitó él con los labios pegados a su oído. Spencer asintió contra su mejilla—. Y si lo fuese, valiente, aún tendría que pensar en el mejor modo de llegar hasta ti, si diciéndote lo mucho que me gustas o demostrándotelo.

Ella afirmó de nuevo con un gesto.

—Sí, supongo que dependería de ti —musitó.

Cerró los ojos sin aliento, incapaz de pensar mientras él deslizaba la nariz por su mejilla.

—El problema es que no soy muy bueno con las palabras y... tendría que apostar por una demostración —susurró, rozando su boca con la suavidad de un aleteo—: Algo como esto...

Tomó aire, indeciso por un solo segundo, y presionó sus labios. Eran cálidos y suaves, tiernos. Con exquisita delicadeza, la envolvió con sus brazos y la besó suavemente sin apenas moverse. Se moría por profundizar ese beso y al mismo tiempo quería ir despacio. Muy despacio. Le rodeó la cintura con ambas manos, anhelándola con cada célula de su cuerpo. Sus pechos subían y bajaban como si fueran uno mientras se respiraban inmóviles.

Temblando, Spencer le rodeó el cuello con los brazos y se pegó a él sin ofrecer ninguna resistencia. Una maravillosa calidez se extendió por todo su interior, también una sensación desconocida que la hacía desfallecer. Entreabrió los labios y notó su sabor a cerveza y menta, y algo más que solo le pertenecía a él. Dejó escapar un soplo de aire y le devolvió el beso presionando su boca, respirándolo como si lo necesitara para sobrevivir a ese instante. La intensidad de lo que sentía hizo que brotaran lágrimas de sus ojos.

Abrió la boca y aceptó su lengua, acariciándola, permitiendo que la explorara. Las sensaciones que reptaban por su piel la obligaban a querer fundirse con él, pero no había modo humano de lograrlo con toda aquella ropa puesta. Notó su estómago encogerse cuando Eric clavó los dientes en la carne de su labio inferior, y después lo succionó para volver a hundirse dentro de su boca. La vida latió en sus venas, como una especie de electricidad que chisporroteaba cada vez que sus dedos rozaban una zona sensible.

Hacía mucho tiempo que quería tener esa sensación, había soñado con ella. Y era absolutamente perfecta. Rodeó su ancho torso con los brazos y deslizó las manos por su espalda. Notaba sus músculos tensarse y agitarse conforme sus lenguas se volvían más atrevidas.

El anhelo era cada vez más fuerte y le dio miedo. Necesitaba a ese chico y no había sido consciente de cuánto hasta ese momento. Pero lo necesitaba entero y completo. Sin sombras del pasado. Sin fantasmas. Lo quería todo de él. Deseaba su cuerpo, su pensamiento... su corazón. Todo.

Necesitaba ser lo primero y único para él. Y no estaba convencida de serlo.

Necesitaba algo real y estable por primera vez en su vida. Y no estaba segura de que él quisiera lo mismo.

Se apartó de golpe y lo miró con los ojos muy abiertos. No podía fiarse de las personas y sus sentimientos porque estos desaparecían sin más. Siempre lo hacían. Su vida había estado llena de esas pérdidas y, si continuaba adelante, Eric sería una más entre todas ellas.

Había intentado confiar y arriesgarse dejándolo entrar en su vida. Sabía que la única forma de ganar era jugando, y sin olvidar que perder siempre era una posibilidad. Lo había hecho apostando por su amistad. Pero no estaba preparada para hacerlo por algo mucho más grande.

Dio un paso atrás y se cerró por completo a él, hermética e indiferente. Sabía cómo hacerlo y parecer convincente.

—No hemos debido... Esto no está bien.

—Spencer...

—Es mejor que lo olvidemos. No ha sido nada —murmuró mientras caminaba de espaldas. Se dio la vuelta y comenzó a alejarse.

Él la siguió.

—Spencer, para. No puedes decir que no ha sido nada. Nos hemos besado.

—Muchas personas se besan y no significa nada.

—¿Que no significa nada? —repitió con la voz ronca. Se le escapó una risa sin ningún humor—. Vamos a hablarlo, por favor.

—No quiero hablar. ¡Y deja de seguirme!

Él la detuvo con una mano en el brazo y se interpuso en su camino. Ella apretó los labios y esquivó su mirada.

—Mírame, por favor —le suplicó él.

Tardó unos segundos en hacer lo que le pedía.

Spencer se encontró con sus ojos oscuros, en los que se reflejaba la luna. La preocupación en ellos era evidente. Él esbozó una sonrisa, un atisbo de esperanza fútil y desesperada que se negaba a perder.

—¿De verdad vas a irte? ¿Vas a dejar las cosas así, como si no hubiera pasado? ¿Como si no hubiera sido importante?

Spencer abrió la boca para replicar, pero no había realmente nada que decir. Ansiaba arriesgarse, pero temía demasiado las posibles consecuencias. El silencio se alargó y la incomodidad se extendió como un manto a su alrededor.

Eric soltó una risita ahogada y mostró su exasperación alzando los brazos. Sacudió la cabeza y exhaló, frustrado. Después se apartó de su camino y con un gesto cargado de ironía le indicó que podía marcharse. Luego echó a andar en dirección contraria, en busca de su coche. No pensaba regresar a la fiesta. No podía cuando era incapaz de disimular lo jodido que estaba. Nunca se le había dado bien esconder sus estados de humor.

Le envió un mensaje a su hermano para que no se preocupara y volvió a casa. Una vez allí, cogió un par de cervezas de la nevera y se dirigió a la playa. Los grillos cantaban entre las dunas y el sonido de las olas rompiendo contra la orilla fueron calmándolo poco a poco. No se arrepentía de haberla besado, y menos después de haber percibido su respuesta. Ella había correspondido a ese beso. Aun así, se sentía decepcionado consigo mismo por lo que había sucedido.

Spencer regresó a casa al cabo de una hora. Después de lo que había ocurrido en la playa, y que Eric no había vuelto a aparecer, la ansiedad había ido haciendo mella en ella hasta que no pudo soportar el simple hecho de estar rodeada de gente.

Encontró la luz del porche encendida y las zapatillas de Eric en el primer escalón. Sobre la baranda descubrió los tapones de dos botellas de cerveza. Dejó sus zapatos allí mismo y cruzó el jardín en dirección a la playa.

Lo encontró sentado sobre un tronco que había arrastrado la marea, contemplando el mar con una cerveza en la mano. Tomó aire y se sentó a su lado sin que él hiciera el más mínimo movimiento. Pensó qué decir, cómo aflojar esa tensión que se había instalado entre ellos, pero no lograba dar con las palabras.

No sabía de qué modo afrontar lo que había pasado, lo que había sentido. Ni tampoco cómo arreglarlo.

—Hola —musitó.

—Hola.

—No has regresado a la fiesta.

—No.

—Bueno, te has librado de la tortura. No te lo vas a creer, pero alguien ha llevado un karaoke y todo el mundo se ha vuelto como loco.

—Genial.

—No lo admitiría en público, pero ha sido divertido.

—Ya.

Spencer lo miró de reojo y se mordió el labio hasta hacerse daño. No imaginaba que sería tan difícil. Removió la arena con los dedos de los pies, inquieta.

—Savannah quiere que el próximo sábado la acompañe a la última prueba de su vestido. Le he dicho que lo haré. Si se me hace tarde, cuento contigo para que abras el Shooter.

—Claro.

—Dios, aún no sé qué voy a ponerme para la boda. ¿Tú ya tienes traje?

De pronto, él se levantó. Se giró hacia ella con una vena palpitando en el cuello y la miró resentido.

—Déjalo, ¿vale?

—¿El qué?

—Todo esto. Deja… deja de disimular. Deja de hacer como que no pasa nada. De creer que todo sigue igual.

—Eric…

—No puedo seguir así —soltó con la respiración acelerada.

—¿Así? ¿Cómo?

Él se pasó la mano por el pelo y sonrió sin gracia.

—Fingiendo que solo quiero ser tu amigo. Porque es lo que estoy haciendo desde hace semanas: fingir. Y se acabó. Me gustas y me atraes, esa es la realidad. No quiero ser tu amigo, quiero mucho más.

Ella le observaba boquiabierta, como si no entendiera los motivos de su arrebato.

—¡Estoy harto de toda esta mierda, por ese motivo te he besado esta noche! Puede que no haya estado bien, pero no voy a disculparme por algo que llevaba mucho tiempo queriendo hacer.

Miró al cielo con las manos en las caderas y negó repetidamente con la cabeza antes de volver a clavar la vista en ella y añadir:

—Me he controlado todo este tiempo porque estaba convencido de que yo no te interesaba de ese modo. Me preocupaba estropearlo y que te sintieras mal después de todas esas cosas que te han pasado. —La miró con desesperación—. No quería que pensaras que soy otro tío más buscando lo mismo. Porque no lo soy, Spens.

Ella tragó saliva y un tembloroso suspiro escapó de su garganta.

—Sé que no lo eres. Tú... tú eres mi amigo. Mi mejor amigo.

Eric se dejó caer de rodillas frente a ella y, pese a lo que podía parecer, no era un gesto de súplica sino desafiante.

—Quiero ser más que un amigo, y algo en tus ojos me dice que tú también lo deseas. —Ella abrió la boca para replicar, pero él se adelantó—. Sé sincera conmigo, por favor. Solo te pido que seas honesta con los dos. —Inspiró por la nariz—. ¿Has pensado alguna vez en ser algo más que mi amiga?

Spencer asintió muy despacio.

—Sí. Pero no cambia nada.

—¡Joder, cielo, claro que lo cambia! Si ambos sentimos lo mismo...

—No creo que sea una buena idea —lo cortó al tiempo que se ponía de pie y se alejaba un par de pasos en busca de aire.

Él también se levantó.

—Me da igual si es una buena idea o no, mientras tú y yo queramos esto.

—¡Pero a mí no me da igual cuando puede haber otra persona entre nosotros dos! —estalló ella con voz rota y dolida.

Eric frunció el ceño y un pensamiento cruzó su mente como un rayo de luz cegadora.

—¿Te refieres a Cassie? ¿Es por ella por lo que te cierras a mí?

—No lo sé. Puede... —Alzó los brazos con exasperación—. No estoy segura. Solo sé que no puedo hacer esto contigo.

—¿Porque crees que aún no lo he superado?

—¿Lo has hecho? —preguntó, girándose hacia él con los dientes apretados.

—¡Sí!

—Estabas enamorado de ella. Te quedaste en Port Pleasant por ella. Ni siquiera ha pasado un año.

—Ya no siento esas cosas por Cassie. Debes creerme.

—¡Me gustaría! Pero, aunque te empeñes, esos sentimientos tan fuertes nunca desaparecen del todo.

Eric dibujó una sonrisa sarcástica.

—Entonces, por esa misma regla, ¿tú todavía amas a Caleb?

—¡Por supuesto que no!

—¿Y qué diferencia hay?

—Que tú... que tú... —Suspiró derrotada y cerró los ojos un instante—. Recuerdo la primera vez que te vi. El verano pasado, en la playa, cuando todos nos reunimos junto a la hoguera. Te encontrabas con Cassie. Me fijé en ti porque sabía lo que estaba ocurriendo, lo mucho que Tyler la quería a ella y el miedo que él tenía a perderte a ti otra vez. Esa noche tu hermano se encontraba allí conmigo, sufriendo mientras os veía juntos. Te observé. Vi cómo la mirabas y le sonreías. Solo tenías ojos para ella. ¡La adorabas!

Eric expulsó el aire que estaba conteniendo. Sentía que había pasado una eternidad desde aquella noche. Incluso le costaba recordar los detalles. Era como si en su cabeza hubieran desaparecido la mayor parte de sus recuerdos y solo existieran los últimos tres meses.

—Las cosas han cambiado. Han cambiado las circunstancias y también yo. Quiero a Cassie, no te mentiré negándolo, aunque no del modo que piensas. Te lo juro.

—Es posible, pero me cuesta creerte. El pasado...

—No me importa el pasado, Spencer —aseguró con vehemencia—. Solo me importa el ahora, aquí, contigo. Me gustas, ¿vale? Me gustas muchísimo y en este momento no hay nadie más para mí salvo tú.

—Ella era tu alma gemela —insistió cabezota.

—No, puede que en algún momento pensara que sí… —Sacudió la cabeza, buscando las palabras adecuadas—. No creo que Cassie llegara a mi vida para ser mi alma gemela. Es verdad, la quise mucho. Pero ahora siento que ella, en cierto modo, apareció para unirnos a mi hermano y a mí. La quería más de lo que pensé que llegaría a querer a otra persona, pero en mi interior sé que esa chica es el aire que Tyler necesita para sobrevivir y yo necesito mucho más a mi hermano.

—Me cuesta creer que ya no signifique nada para ti.

—No pienso en ella de ese modo, ya no. Desde que tú apareciste no he mirado a ninguna mujer con interés. Solo a ti. Día a día te has ido metiendo un poquito más bajo mi piel y me encanta que estés ahí. ¿Sabes qué pensé la primera vez que te vi? —Ella negó con un gesto imperceptible—. Que éramos iguales. Esa sensación hizo que quisiera conocerte y saber más de ti. Despertaste mi curiosidad y yo no suelo sentir demasiado interés por nadie, te lo aseguro. Entonces, poco a poco, fui descubriendo cosas sobre ti y empezaste a gustarme, mucho. ¡Joder, no imaginas cuánto! Y no solo porque eres preciosa, sino porque tu forma de ser, tus ideas, todo lo que tú eres me desarma. Me mata.

—Eric…

Él acortó la distancia que los separaba y la tomó por los hombros. Puso un dedo bajo su barbilla y la instó a mirarlo.

—¿Qué tengo que hacer para qué confíes en mí?

—Tú no tienes que hacer nada, yo tengo el problema. Me cuesta confiar en los demás.

—Pues haz un esfuerzo y confía en mí porque siempre te diré la verdad. Y quiero que tú me la digas a mí, incluso cuando no quiera oírla. Nunca te mentiré.

Spencer le sostuvo la mirada. Estuvo tanto tiempo en silencio que él pensó que no diría nada. Tragó saliva, desesperada por creerle, y un despliegue de emociones asomó a su rostro. Siempre había ido de chica dura por la vida, sarcástica, frívola, impasible…, era la única forma que había encontrado para protegerse. Pero con él no lograba mantener esa máscara y sus miedos e inseguridades afloraban sin que pudiera controlarlos.

—¿De verdad te gusto?

—Tanto que me estoy volviendo loco.

—¿Y qué quieres de mí?

Eric movió la cabeza lentamente. Sus ojos sobre ella sonrieron mientras le colocaba la larga melena tras los hombros y, a continuación, tomaba su rostro entre las manos. Le latía el corazón tan fuerte que era lo único que oía.

—Quiero que estemos juntos. Quiero que empecemos a salir como una pareja normal y descubrir a dónde nos lleva esto que sentimos. Piensa en estas últimas semanas, han sido geniales. —Apoyó la frente en la de ella e inspiró el aroma de su pelo—. Pues eso es lo que quiero, muchas semanas más a tu lado. Pero también quiero besarte, tocarte y estar contigo. Porque te deseo, Spencer. Jamás he deseado a nadie como te deseo a ti.

El corazón le latía a mil por hora y tuvo que tomar aire un par de veces para seguir hablando.

—¿Sabes por qué me cabreé tanto cuando te vi hablando con Aston? —Ella negó con un leve gesto y su nariz acarició la de él—. Porque estaba celoso, y la razón no es que tú estuvieras haciendo algo malo. Odiaba la idea de que él pudiera gustarte. Eso me dejaba a mí sin oportunidades. Quería estrangularlo. —Depositó un beso en su frente—. Joder, incluso a veces siento celos de Caleb cuando se acerca a ti.

El calor prendió en el estómago de Spencer y dio un paso atrás para poder mirarlo a los ojos.

—Aston no me interesa lo más mínimo. Y hace mucho tiempo que no siento nada por Caleb. ¿Me crees?

—Claro que te creo. Confío en ti. —Apretó los párpados un segundo—. Aunque vuestras muestras de afecto me hacen sentir incómodo.

Spencer sonrió y, un poco más segura de sí misma, se mordió el labio inferior con un gesto coqueto. Sus ojos vagaron errantes hasta su boca y deseó volver a sentirla sobre la suya. Su voluntad se estaba quebrando y no se veía capaz de hacer nada para evitarlo.

—Creo que la palabra correcta es inseguro.

Él soltó una carcajada gutural y sexy.

—No piensas ponérmelo fácil. Vas a exprimir este momento a corazón abierto, ¿verdad? —Ella se limitó a sostenerle la mirada. Eric tomó aire y lo soltó de golpe—. Vale, sí. Tengo veintiséis años y a estas alturas de mi vida me siento inseguro por culpa de tu ex. Lo peor de todo es que Caleb me cae bien. Se ha convertido en un amigo. De los de verdad, ¿sabes? De los que dan la cara y se la juegan por ti.

—Esa noche yo también me sentí celosa —confesó ella. Eric la miró y alzó una ceja, socarrón—. Me puso enferma verte con Avery. Parecíais tan… tan… íntimos.

—¿Íntimos?

—¡Te empotra contra la pared cada vez que tiene ocasión! Parece un perrito frotándose contra tu pierna todo el tiempo. Y se ríe de ese modo estúpido siempre que habla contigo.

Eric tuvo que hacer un gran esfuerzo para no echarse a reír con ganas. Bajó la vista, un poco avergonzado al darse cuenta de que ella tenía razón. Por dentro el corazón le latía muy fuerte porque Spencer estaba admitiendo que él también le importaba.

—Si te molesta que Avery se tome esas confianzas conmigo, te prometo que no dejaré que vuelva a pasar. Ni siquiera me gusta un poquito. —La tomó de la mano y entrelazó sus dedos al tiempo que daba un suave tirón hacia él—. ¿Me crees?

Ella sintió que le ardía el corazón. Sus ojos y manos sobre ella despertaban todo lo que había estado dormido en su interior y no dejaba de pensar en el beso. Unos innegables sentimientos de deseo la hicieron temblar.

—Te creo.

—Spencer, lo nuestro puede funcionar si lo intentamos. Es absurdo que sigamos fingiendo que no pasa nada, los dos sabemos que no es así. Entre nosotros hay algo especial.

—Lo sé, yo también lo siento —susurró.

—Entonces, ¿qué pasa?

Lo miró a los ojos. Dios, quería dejarlo entrar en su corazón. Quería dejar a un lado el miedo y la cautela que la acompañaban desde… ¡siempre! Quería abandonarse, entregarse a lo que sentía por él.

—No quiero ser un premio de consolación, ni la sustituta. No quiero ser el segundo plato de nadie, ni tampoco un entretenimiento hasta que aparezca algo mejor; y siempre he sido una de esas cosas para los chicos con los que he estado. Quiero ser la chica que baila y no la que se sienta a mirar sola. Quiero ser la que al final se queda con el chico.

Eric apretó los labios al tiempo que su pecho se llenaba con una inspiración. Le acarició los brazos desnudos de arriba abajo hasta rodear sus muñecas con los dedos.

—Yo quiero ser el chico que sale a jugar y no el que se sienta en el banquillo. Quiero quedarme con la chica. Contigo.

—¿Tu primera opción?

—Mi primera y única opción.

A Spencer se le escapó una risita nerviosa y sacudió la cabeza.

—Estos dos últimos años me he esforzado mucho para construir una vida de verdad para mí. Lo que tengo, lo que ahora soy, lo he conseguido siendo muy estricta conmigo misma. Hice… hice una lista repleta de normas que cumplir; sin ellas no habría podido hacerlo. Pero has llegado tú y has hecho que las olvide todas. He abierto la puerta, te he dejado entrar en mi vida y ahora tengo miedo de que me hagas daño.

—¿Crees que yo no tengo el mismo miedo? No quiero hacerte daño ni que tú me lo hagas a mí. Pero lo que siento por ti se ha transformado en una espiral que ya no puedo controlar. Te has convertido en una necesidad, y no estoy hablando solo de algo físico, Spencer. Sé que hay más y quiero averiguar qué es y hasta dónde nos puede llevar. —Se llevó su mano a los labios y la besó—. Yo también te he dejado entrar en mi vida y has visto más de mí que nadie. Al igual que tú, tenía unas normas y se fueron a la mierda en cuanto me di cuenta de que quería quedarme en este pueblo porque en él estabas tú.

—¿De verdad?

Eric asintió. Soltó sus manos y la asió por la cintura, clavando la mirada en sus ojos azules.

—De verdad. Sigo aquí por ti. Aunque me encantaría decir que es por nosotros.

«Nosotros», repitió Spencer en su cabeza. Pensó en lo que había ocurrido horas antes. En el beso, en sus manos sobre la piel, en la calidez de su aliento derramándose sobre ella. Lo había disfrutado y se descubrió deseando que él volviera a tocarla y besarla. Porque anhelaba sentirse necesitada. Porque con él se sentía segura.

Sí, quería que hubiera un «nosotros».

Se humedeció los labios, buscando el valor para hacer lo que tanto tiempo llevaba deseando. Lo miró a los ojos y lo que vio en ellos borró cualquier duda. Su boca se posó sobre la de él con tantas ganas que dolía. Tragó aire y, una vez más, sus labios acariciaron los de él, casi sin tocarlos, como si solo estuviera familiarizándose con su tacto.

Se volvió un poco más atrevida y los rozó con la punta de la lengua, a la vez que deslizaba las manos por su pecho. Sin aliento, lo miró a los ojos y se dio cuenta de que respiraba tan rápido como ella.

El mundo entero se había quedado en silencio. Incluso puede que se hubiera detenido mientras se miraban y algo muy intenso fluía entre ellos.

De repente, Eric la agarró por la nuca y la atrajo hacia él cubriendo su boca con la suya. Lo hizo con fuerza, reclamando su lengua con desesperación. Enredó los dedos en su pelo sedoso y profundizó el beso con decisión, acariciando y explorando cada recoveco. Su sabor era dulce, adictivo, y ahora que lo había probado no iba a ser capaz de subsistir sin él. Ella gimió en su boca y jadeó sin aliento, con un sonido bajo y sensual.

Deslizó las manos por su espalda desnuda, pegando aquel cuerpo delicioso al suyo. La sostuvo por las caderas y clavó los dedos en ellas mientras Spencer se abrazaba a él, recorriendo su nuca y enredándose en su pelo. Sentía el pulso acelerado golpeando contra su piel y el deseo que se enroscaba bajo ella. Se moría por devorarla de pies a cabeza, pero se obligó a sí mismo a contenerse. Después de tanto tiempo esperando, aún podía hacerlo un poco más.

Un soplo de brisa llegó hasta ellos desde el mar y se coló a través de sus ropas. Spencer se estremeció bajo la fina tela de su vestido. Él le dio un último beso y se echó hacia atrás para verle la cara. Sus ojos oscuros brillaban de un modo especial al contemplarla y Spencer se perdió en ellos. Volvió a estremecerse y se le puso la piel de gallina.

—Empieza a hacer frío. ¿Y si volvemos a casa y preparo un poco de chocolate caliente? —propuso él con una sonrisa.

Spencer asintió y apoyó la cabeza contra su pecho, incapaz de romper el contacto.

—¿Con nubes de azúcar? —las palabras sonaron ahogadas contra su camisa.

Una risita muy sexy escapó de la garganta de él y ella la sintió por todo su cuerpo.

—Con muchas nubes de azúcar.

20

Spencer despertó lentamente, sintiendo la cálida caricia del sol en la piel. Aún con los ojos cerrados, inspiró hondo y una sonrisa se extendió por su cara.

Una respiración lenta y profunda llegó hasta sus oídos.

Se giró en la cama y vio a Eric dormido a su lado. Tenía la boca entreabierta y una ligera sonrisa se insinuaba en sus comisuras, enmarcada por una barba de dos días muy atractiva. El sol había bronceado su piel, acentuando su moreno natural y aclarando el vello de su cuerpo. La camiseta de tirantes se le había subido, dejando a la vista su estómago, parte de las caderas y la perfecta V que formaba su vientre antes de perderse bajo el pantalón de su pijama. Era guapo a rabiar.

Pensó en todo lo que había pasado la noche anterior y su pecho se elevó con una profunda inspiración. Tras volver de la playa, Eric había preparado chocolate caliente, que bebieron en el porche enfundados en sus pijamas y con una manta sobre los hombros. Habían hablado de todo y de nada, y habían continuado besándose hasta que el amanecer los sorprendió medio dormidos, con ella acurrucada sobre el regazo de él.

Eric la había acompañado hasta su habitación, y ella, que no deseaba separarse de su lado, le había pedido que se quedara en su cama. Y bajo las sábanas habían vuelto a besarse hasta que el sueño los venció.

Se levantó con cuidado de no despertarlo. Sacó ropa limpia del armario y fue hasta el baño para darse una ducha. Después preparó café y con una taza muy caliente entre las manos volvió a subir.

Al abrir la puerta de su estudio, el olor a pintura penetró con fuerza en su nariz y le provocó un cosquilleo. El caballete estaba vacío y su inspiración dormida. Buscó un lienzo nuevo y entre sorbos de café preparó sus pinceles, mientras su mente distraída vagaba hasta el dormitorio y el chico que dormía en su cama.

Su corazón emocionado aleteó dentro de su pecho. Estaba colada por él. Era una realidad. Una avalancha de emociones serpenteaban por su cuerpo cobrando velocidad: miedo, curiosidad, alegría, deseo... El recuerdo de sus labios sobre ella hizo que sus músculos se contrajeran y un nudo de presión la estremeció con un estallido de calor. Dios, no habían ido más allá de unos besos y su cuerpo casi se había vuelto loco. Había sido tan nuevo para ella.

Estaban juntos. La idea aún le parecía un disparate, pero no lo era. Y no iba a pensar en ello, no iba a analizarlo. Por primera vez en mucho tiempo iba a dejar que su corazón tomara el mando y no la cabeza. La doctora Leigh le había dicho en muchas ocasiones, que vivir consistía en confiar que las cosas podían salir bien. Y ella iba a confiar en Eric.

Comenzó a dibujar y los primeros trazos de un cuerpo masculino tomaron forma sobre el lienzo. Otro recuerdo que conservar. Uno bueno. Sonrió al darse cuenta de que cada vez atesoraba más, y que todos tenían que ver con el dueño de unos ojos oscuros que parecían conocerla mejor de lo que se conocía a sí misma.

—¿Quién es?

Spencer dio un respingo, sobresaltada. Estaba tan ensimismada en su propio mundo, que no se había percatado de que Eric se encontraba en la puerta de la habitación, observándola con una sonrisita pícara en el rostro. Se giró en el taburete para verle.

—Un chico muy guapo

Eric entró en el cuarto y se acercó a ella. Miró el dibujo, el esbozo de un cuerpo de hombre desnudo de cintura para arriba contemplando el mar. Arqueó una ceja.

—¿Debo ponerme celoso?

A ella se le encendieron las mejillas y tuvo que morderse el labio para no reírse. Lo contempló de arriba abajo y se maravilló con su aspecto. Quizá no era la mejor palabra para describir a un hombre recién levantado, pero estaba adorable.

—Solo si así te gusto más.

—Mucho más.

—Entonces sí, debes ponerte muy celoso.

Él soltó una risita. La tomó de los brazos y tiró de ella hasta ponerla de pie. Después deslizó las manos por su cintura con toda la ternura de la que fue capaz, debajo de su camiseta, y acarició su piel suave con las yemas de los dedos. La miró a los ojos un largo instante, antes de inclinarse y darle un beso muy suave en el cuello. Separó los labios y rozó con la lengua su piel mientras ascendía hasta su mandíbula. Su aliento le calentó la mejilla al besarla. Luego llevó las manos a su rostro y lo acunó dejando caer su boca contra la de ella, apretándola con delicadeza.

Spencer se apoyó en él y respiró con fuerza sobre su pecho. Todo su cuerpo deseaba tocarlo para asegurarse de que de verdad estaba ahí y que no era su imaginación.

—Eres tú —dijo en su susurro, ladeando la cabeza para ver el lienzo.

—¿De verdad? —inquirió Eric. Contempló el dibujo con más atención—. ¡Crees que estoy bueno!

A ella se le escapó un gritito de sorpresa.

—¡¿Qué?!

—Si así es como me ves, es que te tengo que gustar mucho.

—Eres así, idiota.

Eric le dedicó una sonrisita socarrona. Se mordió el labio inferior.

—Exacto, estoy como un tren y tú…

Las palabras murieron en su boca cuando Spencer lo agarró de la camiseta y se la cerró con un beso. Eric gimió y llevó las manos a sus caderas.

—Vamos a tener que hacer algo con este ego, señor chulito.

Él sonrió sobre su boca. Hundió los dedos en su pelo y mordisqueó sus labios. Sus lenguas se encontraron. Deslizó las manos hasta su trasero y la apretó más contra él. Joder, era perfecto. Toda ella era perfecta.

—¿Sabes que encuentro muy sexy verte pintar? —regó de besos su mandíbula—. Estás muy guapa cuando te concentras.

—Yo encuentro muy sexy verte dormir. Estás muy guapo cuando haces esos ruiditos.

Eric entornó los ojos y suspiró como si algo le doliera. Acarició su trasero, la curva de su cintura y subió por sus costillas hasta rozar con los pulgares la curva de sus pechos. Tembló, consciente de que su erección ya no pasaba desapercibida y que a ella no parecía incomodarla. Al contrario, se apretó contra él y depositó un beso húmedo y caliente en sus labios.

Maldijo por lo bajo y le devolvió el beso con muy poco control sobre sus instintos más primarios. Jadeó al sentir sus pequeños dedos colándose bajo su camiseta, tanteando sus abdominales. El gesto casi lo hizo enloquecer.

—Esto empieza a ponerse muy intenso.

—¿Y eso es malo?

—¡Joder, no! Pero quiero ir con calma y me lo estás poniendo muy difícil. —Le costaba respirar y todas las zonas con pulso de su cuerpo martilleaban bajo su piel. Sentir sus manos explorando su estómago, mientras le besaba el cuello, debía asemejarse a tocar el cielo.

—¿Por qué quieres ir con calma?

—Porque necesito demostrarte lo especial que eres para mí. —Cerró los ojos un instante y detuvo sus manos. La miró sin disimular el deseo hambriento que sentía y el dolor de su cuerpo insatisfecho—. Porque te mereces que quiera esperar al momento perfecto. Porque quiero borrar cualquier mal recuerdo que puedas tener. Voy a borrarlos todos. —Inspiró hondo y con un dedo rozó su sien. Bajó la voz hasta convertirla en un susurro ronco—. Yo busco en ti mucho más y quiero ser el único aquí dentro. Solo yo.

—Vale. Me parece bien.

—¿Sí?

—Sí. Yo también quiero esperar.

—¿Y ya está? ¿No vas a insistir un poquito ni a decirme que te parece una tontería que quiera portarme bien?

Ella se apartó de él con los ojos brillando divertidos, llenos de felicidad.

—No, tienes razón. Me parece precioso por tu parte que quieras hacerlo de este modo.

La determinación de él empezó a flaquear.

—Pero también puede que esté equivocado y, no sé, parecía que estabas a punto de arrancarme la ropa.

Ella arqueó las cejas y se lo quedó mirando.

—No, qué va.

Después se echó a reír con un gesto coqueto, y a él ese sonido le resultó tan melódico que supo sin lugar a dudas, como si de una revelación se tratara, que necesitaría escucharlo todos los días.

—Pues lo parecía. —Una sonrisita traviesa apareció en su cara. Atrapó su mano y tiró de ella para volver a abrazarla—. Pero no importa, hay muchas cosas que se pueden hacer con la ropa puesta.

—Voy a pasar la mitad de mi vida pagando esa casa —masculló Caleb—. Esto de las hipotecas y los bancos es un timo. ¿Sabéis cuánto tardaría en conseguir ese mismo dinero con las carreras y las peleas?

—Ni siquiera lo pienses —replicó Tyler—. Todo eso lo dejamos atrás.

—Lo sé, tío. No voy a hacer ninguna tontería, salvo la de pagar una letra todos los meses como un jodido imbécil.

Derek se echó a reír en el asiento del copiloto de la furgoneta que conducía Eric, y se giró para ver la parte de atrás donde Tyler y Caleb iban encajados sin apenas espacio. Caleb por fin había logrado comprar la casa del barrio y trataba de ponerla a punto antes de la boda con la ayuda de sus amigos. Solo faltaban dos semanas.

—Eres un llorica.

—Vuelve a decir eso y el próximo partido lo jugarás en silla de ruedas —replicó Caleb.

—Como si pudieras. No sé si te has dado cuenta, pero ahora soy bastante más grande que tú.

Caleb entornó los ojos y se inclinó hacia delante. Apuntó a Derek con el dedo.

—Te quedan muchos biberones que tomar para poder parecerte a mí solo un poco.

—¡Joder, no empecéis otra vez! —protestó Tyler—. Besaos de una vez, parecéis un matrimonio. —Caleb le clavó el codo en las costillas—. ¡Ay! Me has hecho daño.

Eric sacudió la cabeza y se acomodó en el asiento, escondiendo una sonrisa. El testigo de la gasolina empezó a parpadear.

—Tenemos que llenar el depósito —anunció.

—Hay una gasolinera un poco más adelante. Gira a la derecha en el siguiente cruce —señaló Tyler.

Hizo lo que su hermano le indicó y un par de minutos después se detenían junto a un surtidor. Los cuatro descendieron del vehículo.

Estaba anocheciendo y las luces amarillentas de las farolas empezaban a brillar sobre sus cabezas.

—Tengo que mear. Enseguida vuelvo —dijo Derek.

—¿Pillamos algo de beber? Estoy seco —propuso Caleb. Tyler asintió mientras se estiraba con los brazos por encima de su cabeza—. ¿Eric?

—Algo con mucha cafeína.

—Tener novia agota, ¿eh? —comentó su hermano con una risita traviesa.

—¿Algo más con la cafeína? ¿Una pastillita azul? —apuntó Caleb con expresión inocente.

Eric los fulminó con la mirada.

—Empiezo a arrepentirme de habéroslo contado.

—Tío, no ha sido ninguna sorpresa. —Caleb se giró hacia Tyler—. Esto me recuerda que me debes veinte pavos. Los tortolitos se han liado.

—Venga ya, no es justo. No tenía ninguna posibilidad. ¡Estaba claro!

Eric le dio un empujón a su hermano en el hombro.

—¿Habéis apostado?

—Fue idea suya. Yo no quería.

—¡Que os den! Sois unos cabrones —replicó entre risas.

Era incapaz de enfadarse. Esos tres se habían convertido en una parte muy importante de su vida y gracias a ellos había descubierto lo que significaba la lealtad y la familia. El apoyo incondicional, el sacrificio desinteresado y una amistad sin precio, por la que se jugarían hasta el pellejo más allá de cualquier consecuencia. Con ellos no había medias tintas y Eric se sentía afortunado de formar parte. Nunca había tenido nada parecido.

Eric abrió el depósito y comenzó a llenarlo, mientras su hermano y Caleb entraban en la tienda discutiendo por los veinte dólares de la apuesta. Estaba cansado y no tenía ni idea de cómo iba a aguantar las próximas horas en el Shooter, pero había merecido la pena pasar la noche despierto con Spencer entre sus brazos.

Solo le quedaban tres semanas en el bar. Tres semanas para obtener su certificado estatal y convertirse en bombero. Al principio no había pensado mucho en ello. Solo había aceptado la propuesta de Holland porque era la mejor opción entre todas las que tenía, pero con el tiempo había descubierto que le gustaba el trabajo y que podía convertirse en su futuro. Un buen futuro en el que ahora contaba con Spencer.

Por primera vez en mucho tiempo, pensó que había encontrado ese lugar que tanto buscaba.

Se sentó en el bordillo de la acera y aprovechó para escribirle un mensaje a Spencer. No había sabido nada de ella desde que se habían despedido esa misma mañana, después del almuerzo, y la echaba de menos.

—Joder, ¿ese no es el tipo que se atrevió a echarnos de ese bar de mierda?

—El mismo capullo.

—Eh, tú, imbécil. ¿Te acuerdas de nosotros?

Eric levantó la vista del teléfono y la clavó en los tíos que se habían detenido a unos pocos metros de donde se encontraba. Eran cuatro a bordo de un Jeep nuevecito y reconoció a dos de ellos: los mismos que habían humillado a Spencer unas semanas antes. Aaron, creía recordar, y el pelirrojo. Puso los ojos en blanco, como si fuesen una molestia, y continuó escribiendo. No iba a entrar en su juego.

Pero ellos bajaron del coche y se plantaron frente a él. No muy cerca, pero tampoco lo suficientemente lejos.

—Tenemos un asunto pendiente contigo, marica —dijo Aaron.

Eric lo ignoró y apretó los dientes. No iba a pelearse. En el pasado había tenido muchos problemas por culpa de sus arrebatos de ira y gracias al ejército había logrado controlarlos. Sabía lo que ocurriría si perdía el control y no iba a jugársela. Aún se sentía culpable por la paliza que le había dado a Tyler en uno de sus escasos encuentros, cuando solo eran un par de adolescentes. Había volcado en él toda su rabia contenida y lo había enviado al hospital con un par de costillas rotas. Eso se había terminado para él.

—Tío, este idiota te está ignorando —comentó uno de sus amigos.

—Pienso partirle la cara igual, y luego iré a por su puta —se rio Aaron, dando un paso hacia él, y continuó provocándolo—: Porque es tu puta, ¿no? La camarera. No deberías de meterte en líos por ella. La lista de tíos que se ha tirado hasta llegar a ti es bastante larga.

El chico dirigió una sonrisa burlona a sus amigos y miró de nuevo a Eric, que había iniciado una cuenta silenciosa para intentar controlarse. «Uno, dos, tres, cuatro…»

—No merece la pena, créeme.

«Cinco, seis…»

—Esa zorra no es para tanto —dijo el pelirrojo.

«A la mierda.»

Se levantó de golpe. La agresividad que sentía había pasado a ira letal.

—Cerrad el pico y largaos. Es un aviso.

—¿Un aviso? —se burló Aaron, secundado por un coro de risitas—. Tío, estás solo y nosotros somos cuatro. Hoy serás tú quien se disculpe y me bese el culo. Después lo hará esa puta cuando vaya a visitarla.

—¿Y quién coño dice que está solo? —dijo Caleb.

Acababa de aparecer tras Eric, a tiempo de agarrarlo por el cuello antes de que se lanzara contra ellos. Tyler se colocó a su lado y entornó los ojos mientras escudriñaba a los recién llegados.

—¿Y de qué puta estamos hablando? ¿La conozco? —preguntó. El gruñido que soltó Eric le confirmó sus sospechas. Se puso rojo—. Retíralo o te parto la cara —masculló.

—Joder, ¿montáis una fiesta y no me llamáis? —terció Derek con tono travieso. Se paró junto a ellos mientras se secaba las manos en los tejanos—. ¿Y estos quiénes son?

—Unos imbéciles con ganas de que los aplasten —aclaró Eric con rabia. Se retorció bajo el brazo de Caleb—. Suéltame, joder.

El rubio de los cuatro, que parecía el más listo, le puso una mano en el hombro a Aaron.

—Venga, tío, vámonos. No merece la pena.

—Eso, tío, escucha a tu amigo —dijo Caleb.

No hizo caso y su orgullo se antepuso a la idea más sensata. Dio un paso hacia Eric y le clavó un dedo en el pecho.

—¿Y si no qué?

Y ya estaba liada.

Eric se lanzó contra Aaron sin que Caleb pudiera contenerlo. Lo embistió y acabó empotrándolo contra el Jeep. El pelirrojo, y dueño del coche, corrió para ayudar a su amigo, pero Caleb lo detuvo antes de que pudiera asestarle una patada en la espalda. Derek iba a caballito de un tercer tío y gritaba como si estuviera en medio de un rodeo. Tyler resopló ante la escena.

—Cassie va a matarme —dijo para sí mismo a la vez que esquivaba un golpe y lo devolvía con más acierto.

21

Spencer aparcó su camioneta en el primer hueco que encontró y corrió hasta la comisaría sin molestarse en cerrarla con llave. Vio a Savannah paseando de un lado a otro de la acera.

—¿Qué ha pasado? —preguntó en cuanto llegó a su lado. La respiración le silbaba en la garganta y el corazón le latía tan rápido que pensaba que acabaría saliéndosele por la boca.

—No estoy muy segura, pero creo que se han metido en una pelea.

Spencer se mostró confundida. Había hecho todo el trayecto imaginando un sinfín de desastres que podían haber llevado a la detención de los chicos, pero una pelea no se le había pasado por la cabeza. Ya no hacían esas cosas.

Miró a su amiga con la boca abierta.

—¿Una pelea? ¿Los tres?

—Los cuatro. Derek estaba con ellos —puntualizó Savannah sin disimular su enfado—. Voy a matar a Caleb. Me prometió que estas cosas se habían terminado. —Suspiró exasperada—. No sé qué me molesta más, que se haya peleado o que lo hayan pillado.

Spencer se estaba alterando por momentos. Se pasó las manos por el pelo.

—¿Sabes si están bien?

—Sí, seguro. Siguen ahí dentro y no han llamado al médico. Así que continúan vivos y de una pieza.

—¿No deberíamos entrar y averiguar qué pasa?

Savannah negó con un gesto.

—Mi padre y Drew están con ellos. No te preocupes, mi padre no dejará que les pase nada. Sabe que tengo que casarme con ese idiota en dos semanas y los otros tres listillos son sus testigos en la ceremonia. —Soltó un grito cargado de frustración—. Te juro que cuando pase todo este asunto de la boda, yo misma lo encerraré una temporada.

En ese instante, la puerta de la comisaría se abrió y Roger Halbrook apareció con gesto serio mientras le susurraba algo a Caleb. Savannah corrió hasta ellos y abrazó a su novio. Les seguía Drew con Derek, que no dejaba de sonreír como un idiota. Tyler y Eric cerraban el grupo.

Spencer se tapó la boca con la mano al percatarse de sus rostros magullados. Sus miradas se encontraron y él pareció sorprendido de encontrarla allí. Se acercó a ella con paso rápido, sin disimular su inquietud.

—¿Quién te ha llamado?

—Me preocupé al ver que no venías a trabajar. He llamado a todo el mundo hasta que Blair me ha contado que os habían detenido.

—Lo siento, cielo. No me han dejado usar el teléfono.

—¿Estás bien? —Le rozó la cara con los dedos. Tenía un cardenal alrededor del ojo derecho, un arañazo bastante feo sobre la ceja y un poco hinchado el labio inferior. Llevaba manchas de sangre en la camiseta y una de las mangas desgarrada—. ¿Qué os ha pasado?

La puerta volvió a abrirse y Aaron apareció junto a un hombre con pinta de abogado. Su cara era un desastre y llevaba un brazo en cabestrillo. Le seguían tres chicos con aspecto de haberse enfrentado a una trituradora y haber perdido. Miradas de odio cruzaron en todas direcciones.

Spencer comprendió la situación de inmediato. Su expresión afligida dio paso a otra de disgusto. Miró a Eric y se cruzó de brazos.

—¿Te has pegado con ellos?

—Es lo que parece, ¿no?

—¿Ha sido por mí? ¿Por lo de aquella noche?

—No exactamente…

Ella no lo dejó terminar. Señaló a Caleb y a los Kizer con un dedo acusador.

—¿Y los has metido a ellos?

Tyler se acercó para devolverle el teléfono a su hermano.

—Nosotros nos hemos metido solitos. Eran cuatro contra uno, querían jugar sucio. Y nadie toca a mi hermano ni dice esas cosas sobre mi mejor amiga… y, por las nuevas noticias, cuñada —replicó con una sonrisa traviesa.

Spencer se ruborizó y apartó la mirada.

—Amén a eso —gritó Derek.

Drew le dio un coscorrón a su hijo pequeño.

—Tú cierra el pico y reza para que tu entrenador de la universidad no se entere de esto. Vas a estar una semana fregando tapacubos en el taller.

Tyler abrazó a Eric un segundo.

—Te llamo mañana.

—¿Tendrás problemas con Cassie?

—Tranquilo, sabía dónde se metía. Además, seguro que se me ocurre algo para que se le pase el enfado. Me preocupa mucho más el viejo. Tú aún no has visto cómo las gasta —susurró mientras echaba un vistazo fugaz a su padre—. Ponte algo en ese ojo —le sugirió, y dio media vuelta al encuentro de los demás.

Eric se palpó el labio con un gesto de dolor. Miró a Spencer y resopló ansioso.

—No lo busqué, ni siquiera provoqué la situación. Hice todo lo posible para ignorarlos, pero se pasaron de la raya. No pude evitarlo. Antes de darme cuenta tenía a ese idiota en el suelo y mi puño en su cara.

Ella le sostuvo la mirada, sin disimular que estaba muy enfadada.

—Hay que limpiarte esas heridas —masculló dando media vuelta.

Eric la siguió hasta su camioneta. Subió al vehículo en silencio, dándole tiempo para que se tranquilizara. La observó de reojo mientras conducía y deseó poder leer su mente para saber qué se estaba cociendo allí dentro. No había que ser un genio para darse cuenta de que estaba muy cabreada, pero tampoco era para tanto. ¿O sí? Puede que sí. No llevaban ni veinticuatro horas juntos y ya había tenido que ir a buscarlo a comisaría por tonto. Genial.

Miró a su alrededor al percatarse de que no iban en dirección al Shooter.

—¿Adónde vamos? —De repente se le ocurrió que quizá quería que lo viera un médico—. No necesito ir al hospital, Spencer.

—No vas a tener tanta suerte. Te llevo a casa.

—¿Y qué pasa con el trabajo?

—Chad nos ha dado la noche libre. No había mucha gente y después de que le contara dónde estabas y por qué no habías ido… —Le lanzó una mirada de reproche con la que lo dijo todo.

Eric se hundió en el asiento y se palpó el ojo. Lo notaba un poco inflamado, pero solo un poco. Aunque por la mañana seguro que luciría un bonito moretón.

—¿Va a despedirme?

—¿Chad? No creo. Yo sí.

—¿Puedes despedirme? —preguntó sin dar crédito.

—¿Acaso lo has dudado en algún momento?

Él se giró en el asiento y la escudriñó en la oscuridad. La luz de la luna iluminaba su rostro a través del parabrisas, convirtiendo su piel pálida y cremosa en puro marfil. Sonrió para sí mismo y sacudió la cabeza. Menudo mal genio. Era la primera vez que la veía tan enfadada y empezaba a resultarle excitante. Se mordió la lengua para no replicar y guardó silencio el resto del camino porque no quería seguir tentando a la suerte. Poco a poco ella se iría calmando, o eso esperaba, porque se moría por volver a besarla y tenerla entre sus brazos.

Esa tarde no había hecho otra cosa que echarla de menos y pensar en ella, en su boca, en sus ojos jodidamente azules y en cada centímetro de su bonito cuerpo que quería descubrir.

Llegaron a casa y Spencer fue directamente a la cocina. Sacó un botiquín de uno de los armarios y lo llevó hasta la mesa.

—Siéntate.

Él se acercó a la silla mientras por el camino se deshacía de la camiseta rota. La hizo una bola y la lanzó dentro del cubo de la basura que Spencer acababa de sacar de debajo de la pila.

Ella se lo quedó mirando. Sus ojos vagaron por su cuerpo medio desnudo, convencida de que nunca había visto algo tan impactante. Sus músculos se movían bajo la piel de sus brazos largos y atléticos y los hombros anchos. Siguió la ondulación de sus marcados abdominales hasta las caderas y la forma tan atractiva en la que sus pantalones se sujetaban a ellas.

Lo miró a los ojos una vez que se sentó, y notó un calor insoportable inundándole el cuello y la cara. Él no apartaba la vista de su boca y no pudo evitar humedecerse los labios. Fue un acto reflejo que hizo que él contuviera el aliento. Abrió el antiséptico y puso un poco en una gasa, después desinfectó con ligeros toques la herida que tenía en la ceja.

Él hizo una mueca al notar el escozor, pero no dijo nada y se limitó a observar cada uno de sus movimientos. Demasiado consciente de sus manos sobre él y los roces accidentales de sus cuerpos.

Con un dedo en la barbilla, Spencer le echó la cabeza hacia atrás para poder verle el rostro. Sintió un pellizco en el corazón ante la idea de que le hubieran hecho daño. Tomó la pomada y con cuidado fue extendiendo una pequeña cantidad por la piel inflamada. Notaba su mirada inquieta y tangible sobre ella, directa a su corazón acelerado.

—Spencer…

Ella se detuvo y clavó los ojos en sus pupilas dilatadas enmarcadas por unas pestañas oscuras y espesas. Él ladeó la cabeza y la estudió como si estuviera pensando sus siguientes palabras.

—No he matado a nadie, ¿vale? Entiendo que estés cabreada conmigo, pero creo que estás exagerando un poquito.

—¿Ah, sí? Pues yo lo veo de otro modo —replicó con desdén. Se acercó a la basura y tiró las gasas sucias. Después se lavó las manos, volcando su frustración al frotarlas bajo el agua caliente.

—Pues explícamelo para que pueda entenderlo.

—Es que ahora tengo bastantes dudas sobre que consigas entenderlo. Creía que te conocía, pero me he dado cuenta de que no.

—¿Qué quieres decir con eso?

—Por Dios, Eric. Pensaba que eras distinto, diferente, pero resulta que no. ¡Eres como ellos!

—¿Como quién?

—Como Caleb, como Tyler… ¡Como todos ellos! Vais de duros por la vida como si os perteneciera hasta el aire. De chicos malos que se creen los dueños del mundo, por encima de límites y reglas. Y que Dios libre a cualquiera de miraros mal, porque se habrá buscado una paliza. Es como si disfrutarais con los problemas, demostrando lo fuertes y peligrosos que sois. Como si fuese algo de lo que sentirse orgulloso. —Negó con la cabeza—. Pensaba que eras distinto, bueno, sensato…, que huías de ese tipo de líos.

—No voy buscando problemas, pero tampoco soy de los que ponen la otra mejilla; y menos cuando un mierda te insulta en mi cara.

—Te avisé. Te dije que volvería a pasar. Tienes que aceptar que ahí fuera hay unos cuantos tipos como ese al que has pegado. No puedes liarte a golpes con cada uno de ellos porque me llamen zorra.

Eric apretó los dientes, intentando por todos los medios no estallar. Le dolía oírla hablar de ese modo y, aunque tenía razón, esa realidad era como una gota de ácido atravesando su pecho. No la juzgaba por las cosas que había hecho y con quién había estado, pero el sabor que sentía en la boca era demasiado amargo.

Ella continuó:

—No… no necesito a alguien inestable e impulsivo que pierde los nervios a la primera de cambio. Necesito a alguien constante, seguro, y que no va a hacer un disparate o a desaparecer cada vez que se le crucen los cables. O cuando acabes harto de que te restrieguen lo poco que me costaba meterme en sus camas.

—¿Hablas en serio?

—¡Sí, muy en serio!

—Joder, ¿de verdad crees que porque me haya peleado con unos capullos voy a desaparecer o a dejarte al más mínimo problema? ¿Crees que yo no me he acostado con nadie? Me he follado a muchas mujeres antes de conocerte, ¿vas a dejarme por eso?

Spencer se estremeció, sintiendo sus palabras como un golpe en el estómago. Y por muy demencial que pudiera parecer en ese momento, tras todo lo que estaba defendiendo, sintió unos celos terribles.

—No, pero… —intentó rebatirlo con la cara ardiendo.

Eric ni siquiera le dio la posibilidad.

—¿Vas a decir que no es lo mismo? Pensaba que te escudabas en todo ese asunto de la igualdad —replicó con tono sarcástico. La tensión de las últimas horas lo sobrepasó y acabó explotando en su interior—. Siento mucho que pienses de ese modo, y siento mucho haberte decepcionado. Pero, ¿sabes una cosa? Tienes razón, soy como ellos, como mi hermano, porque tenemos el mismo ADN. ¿Y sabes otra cosa? Hasta me estoy planteando cambiarme el apellido y llevar el que de verdad me corresponde. Eric Jackson Kizer, porque así es como debería llamarme.

Bajó la cabeza y negó repetidas veces.

—Estoy orgulloso de ser como soy y de haberle partido la cara a ese imbécil. No creas ni por un momento que ha sido el primero. —Alzó los brazos y su cara se nubló como una nube de tormenta—. Esto es lo que soy. He sido así toda mi jodida vida, Spencer. Tú solo has conocido la mejor versión que tengo, pero la antigua sigue formando parte de mí. Y si a tus ojos me convierte en malo, pues lo siento, cielo. Creía que me conocías mejor.

Se pasó las manos por el pelo con un gesto de frustración y empezó a moverse de un lado a otro.

Sin poder articular palabra por el estallido del que acababa de ser testigo, Spencer solo podía observarlo ir de un lado a otro de la cocina. Sus ojos se vieron atraídos por su piel desnuda. No estaba segura de si le fascinaba su cuerpo o cómo reaccionaba el suyo al contemplarlo. El enfado se estaba diluyendo en su pecho y comenzaba a ser consciente de otras emociones algo más primarias, imprevisibles y desbordantes. Él era una tentación que quería con todas sus fuerzas y hasta ahora no había sido consciente de cuánto. Su descarga de rabia, sus gestos airados, el modo en que la había desafiado sin dudar, la habían impresionado.

—No pienso que seas malo —su voz sonó mucho más suave.

Él se plantó frente a la ventana con la mirada perdida en la oscuridad. Gruñó una maldición.

—No puedes cabrearte conmigo por defenderte y cuidarte.

—No tienes que hacerlo, y menos a golpes —dijo ella con un gemido.

Eric se dio la vuelta y sus ojos brillaron, retándola.

—Quiero hacerlo. Mientras estés conmigo, serás parte de mí. Y yo de ti. Así funcionan las cosas para mí —aclaró mientras acortaba la distancia que los separaba—. Aún estás a tiempo.

—¿A tiempo de qué? —quiso saber ella moviéndose a su encuentro.

—De pensar mejor lo nuestro. Puedo intentar cambiar en otras cosas, pero no en esto. Me da igual si parezco un cavernícola o crees que soy...

Las palabras enmudecieron en su boca cuando Spencer, sin previo aviso, se aplastó contra él y lo besó.

—Cállate —le ordenó sobre sus labios.

—¿Qué? —balbuceó Eric, perplejo por el cambio.

—Que te calles y me beses.

Él se la quedó mirando y un escalofrío lo recorrió con el mero pensamiento. Esbozó una sonrisa torcida y sus ojos brillaron maliciosos.

Joder, se había propuesto volverlo loco de remate con sus idas y venidas. Primero lo cabreaba y ahora… No sabía si estrangularla o comérsela entera.

Contempló su preciosa cara como si la viera por primera vez. Tenía los ojos azules pintados de negro y los labios brillantes. Las ondas de su larga melena le caían por los hombros desnudos y olían a canela y vainilla. Su respiración era suave, apenas un roce en su cuello, pero hizo que una necesidad abrasadora le recorriera la piel. Se puso duro de inmediato como no recordaba haberlo estado nunca.

El cuerpo de Spencer se tensó por la anticipación cuando él alzó la mano y rozó su labio inferior. Lo hizo con un gesto tan lento, tan sensual, que sus rodillas comenzaron a temblar. Sintió su aliento deslizándose por su cara mientras reducía la distancia entre sus bocas. Colocó la mano detrás de su nuca, enredada en su pelo, y la besó. Lo hizo despacio y de forma deliberada, calculando cada movimiento.

Ella entreabrió los labios, desesperada por sentir su lengua, y se permitió tocarlo. Trazó con los dedos su estómago y ascendió por el pecho hasta sus hombros. El descenso fue mucho más tortuoso y una corriente eléctrica chisporroteó entre ellos. Sus lenguas se enredaron y acariciaron, ansiosas, mientras sus cuerpos se tentaban, se contoneaban y se presionaban el uno contra el otro.

Ella se apartó lo justo para quitarse la camiseta. Necesitaba sentirlo más cerca, piel contra piel. Los ojos de Eric vagaron por sus pechos apenas ocultos bajo un sujetador negro de encaje. La palidez de su piel resaltaba contra la tela y el rubor que la cubría la convertía en lo más delicioso que él había visto nunca. Incapaz de contenerse, se inclinó y lamió el hueco que formaba su escote. Mordisqueó la redondez tierna y suave que delimitaba el contorno del sujetador.

Estaba seguro de que aquella vibración que notaba en la lengua era su pulso, y advirtió el suyo propio cobrando fuerza en la garganta, bajando hasta su estómago y palpitando con una necesidad dolorosa bajo los pantalones.

Tomó una bocanada de aire y atrapó de nuevo su boca, temblando al cubrir sus pechos con las manos. Ella gimió y ese sonido acabó con todo su control.

La agarró por el trasero y la alzó con mucha facilidad. La sentó en la encimera. Separó sus rodillas y con un suave tirón la acercó al borde, de modo que acabó encajado entre sus piernas. Sus ojos oscuros la recorrieron de arriba abajo y volvieron a posarse en su cara. Dios, era la cosa más hermosa que había visto nunca y estaba jodidamente pillado por ella. Dejó de respirar cuando se frotó contra él y su calor elevó la temperatura de su erección sin espacio en los vaqueros.

Se inclinó sobre ella y atrapó con los dientes el lóbulo de su oreja, mientras con la otra mano recorría su muslo, su cintura, abarcaba su seno y lo apretaba con cuidado un momento antes de continuar su ascenso y tomarle el rostro.

Era una puta locura, porque nunca había estado tan excitado en toda su vida. La conexión que sentía con esa chica era tan perfecta, a tantos niveles, que supo sin lugar a dudas que nunca más lograría encontrar nada parecido. Se le pasó por la cabeza el pensamiento cursi de que ella era la dueña de su cuerpo y que ninguna otra mujer volvería a tocarlo. No podría soportar otras manos, otros labios, un olor distinto.

Le mordió y succionó la suave piel del cuello, y jadeó con fuerza al notar sus pequeñas manos en su trasero, acercándolo, instándolo a que presionara con más fuerza su centro. Después coló una mano entre ambos y lo acarició con los dedos por encima de los vaqueros, arrancándole un gruñido.

—Spencer —susurró con una súplica.

Ella echó el cuello hacia atrás y lo miró a los ojos. Se relamió los labios.

—No quiero esperar más. No quiero perder más tiempo.

—¿Estás segura?

—Sí. Es la primera vez que siento que está bien, que es correcto. Lo quiero.

Los ojos de Eric sobre ella irradiaban deseo y calor.

—¿Qué quieres?

—Tenerte. Quiero tenerte —suplicó con voz ahogada—. Quiero que me hagas olvidar, que borres todo lo anterior y que conviertas esta noche en mi primera vez. Quiero que me hagas el amor y quiero que me folles. Quiero al amigo, al amante, al chico malo que me vuelve loca.

Quiero todo eso. —Posó las manos en su estómago y lo miró de arriba abajo sin respirar—. ¿Vas a dármelo?

Eric tembló, dejando que cada palabra se grabara en su cerebro, convirtiéndolas en algo real. Iba a darle todo eso y mucho más.

Joder, le daría cualquier cosa que le pidiera.

Apoyó su frente en la de ella y respiró hondo contra sus labios. Después hundió la lengua en su boca, sin freno, sin control. Spencer sollozó ante la desesperación de aquel beso, y rio por la felicidad que la embargó cuando él volvió a alzarla y se encaminó a la escalera sin dejar de besarla.

Entraron a trompicones en su habitación y chocaron contra la pared. La dejó en el suelo y, ansiosa, llevó las manos hasta la cintura de sus pantalones. Soltó el primer botón con torpeza y a continuación los siguientes. Luego tiró hacia abajo, liberando sus caderas. Con un par de sacudidas, él se libró de los vaqueros y los lanzó a la esquina de una patada. No llevaba ropa interior y recorrió con la mirada encendida su cuerpo perfecto y tan masculino.

Lo miró a los ojos y la sonrisita traviesa que él le regaló la dejó sin aire. Comenzó a desvestirla, de pie contra la pared. Primero le quitó el sujetador y deslizó las puntas de los dedos entre sus pechos. Se arrodilló ante ella, besando, lamiendo y mordiendo cada centímetro de piel hasta detenerse en su ombligo. Tiró de sus pantalones hacia abajo y, como si fuera una muñeca, movió y alzó sus piernas para sacárselos. A continuación apretó los labios contra su vientre. Su aliento traspasó el algodón de sus braguitas y envió oleadas de calor al hueco entre sus piernas.

Se estaba derritiendo sin remedio.

De repente, él hizo que se diera la vuelta y quedó de cara a la pared. Se le aceleró la respiración al notar cómo se levantaba tras ella y la aplastaba clavando los dedos en sus caderas. Podía sentir la evidencia de su deseo, la dureza de su cuerpo y la necesidad de su lengua saboreando su cuello. Tenía la sensación de que estaban bailando. Una danza lenta y erótica de movimientos calculados, en la que cada respiración era la melodía que marcaba el ritmo. Jadeos, gemidos y sollozos, mientras sus pieles se fundían, se mezclaban.

La mordió con suavidad en el hombro y ella dejó de pensar, solo quería sentirlo. Se dio la vuelta entre sus brazos y con las manos en el pecho lo empujó hasta la cama. Su intento de control solo duró un segundo. Eric volvió a asumirlo y a ella no le importó. Así estaba bien, quería dejarse llevar y que él se adueñara de su cuerpo como quisiera. Y eso hizo.

Se sintió morir cuando se tumbó sobre ella y sus labios se la bebieron con el beso más dulce e íntimo que le había dado, mientras una de sus manos se perdía entre sus piernas con la caricia más secreta. La mimó con ternura. Sus dedos ásperos se movían de un modo seguro y delicioso haciéndola gemir. Rozaban una vez tras otra su punto más sensible, llevándola al borde del abismo para detenerse antes de que pudiera dar el salto.

Era una tortura, que alcanzó un grado insoportable cuando su boca abandonó sus labios y recorrió cada centímetro de su cuerpo, saboreándolo, lamiéndolo despacio como si intentara borrar todo lo malo. Era como si la estuviera modelando de nuevo bajo sus manos, marcándola con sus dedos, sus dientes y su aroma hasta que por fin la dejó saltar estremeciéndose contra su boca.

No podía dejar de temblar cuando él ajustó las caderas entre sus piernas y la miró. De repente su expresión cambió.

—Mierda, no tengo preservativos.

Spencer alzó la mano y le acarició la mejilla.

—No los necesitamos. Yo no puedo, ya sabes… quedarme embarazada. Y hace tres años que no estoy con nadie.

—Te prometo que estoy limpio —susurró.

Ella le sonrió. Tomó su cara y lo atrajo buscando su boca. Alzó las caderas y él se hundió en su cuerpo hasta que estuvo completamente dentro de ella. Se detuvo, dándole tiempo para que se acostumbrase. Notó cómo sus músculos lo acogían y fue una sensación maravillosa y estremecedora.

Ella gimió su nombre y él la acarició con sus palabras mientras empezaba a moverse. El pulso retumbaba en sus oídos y dentro de sus cuerpos, que encajaban con una perfección absoluta. Dos mitades que por fin se habían encontrado e intentaban volver a unirse sin ninguna fisura.

Sus labios se buscaban, sus manos se encontraban, y sus miembros se entrelazaban mientras se fundían con un lento vaivén. Caderas que se mecían, dientes que chocaban y alientos que se mezclaban al tiempo que oleadas de placer se iban enroscando como una espiral.

Eric se apoyó en los brazos para poder controlar sus erráticas embestidas, que cada vez eran más rápidas, más desesperadas. La miró a los ojos y ella le devolvió la mirada, mientras sus caderas se impulsaban saliendo a su encuentro. Spencer abrió la boca sin aliento, cuando un temblor incontrolable comenzó a extenderse por sus piernas y estalló dentro de ella con un grito sofocado. Cerró los ojos un instante, y volvió a abrirlos en el momento exacto en que él explotaba en su interior.

Fascinada contempló su expresión de placer, y lo acunó contra su pecho cuando él se desplomó y hundió el rostro en su cuello. Quería llorar, porque lo que sentía en ese momento era lo más maravilloso que había experimentado nunca.

Permanecieron unidos unos minutos, hasta que Eric temió que su cuerpo fuese demasiado pesado y con cuidado salió de su interior. Dibujó una estela de besos por su cuello y acabó en sus labios.

Ella enredó los dedos en su pelo corto, exhausta.

—Gracias.

—¿Por qué? —susurró él.

—Por hacerme sentir viva y especial.

—Eres especial. Eres perfecta y preciosa. —Rozó su mejilla con el dorso de la mano—. Gracias.

—¿Por qué?

—Por permitirme entrar en tu vida. Por dejar que me quede. Por estar conmigo. Porque ya no quiero volver a estar solo.

—Puedes quedarte todo el tiempo que quieras. No es necesario que te marches cuando comiences a trabajar en el parque. Si es que quieres quedarte.

—Quiero quedarme.

—Y yo que te quedes. Tampoco quiero volver a estar sola.

Se apretó contra él en un intento de aferrarse al presente, a lo que había encontrado a su lado. Su piel se estremeció, cobrando vida de nuevo. Lo empujó con suavidad para que se tumbara de espaldas y se colocó sobre él. Lo contempló desde arriba y su cara adoptó una bonita expresión de deseo y nerviosismo.

Él sonrió como si acabara de ganar un par de millones en la lotería.

—¿Quieres más? —su voz sonó ronca y sexual.

—Mucho más.

Un brillo perverso iluminó la mirada de Eric. Necesitaba besarla. Ya. Le costó un mundo permanecer quieto y dejar que ella asumiera el control. Mantuvo los ojos fijos en su rostro. Era increíblemente excitante verla moverse, despacio, alargando cada momento.

Le sobraban dedos de una mano para contar los momentos realmente perfectos de su vida, y ese instante era uno de ellos. El mejor de todos.

22

—Este sitio es alucinante —dijo Tyler, recorriendo con la mirada el interior de la estación de bomberos. Se detuvo frente al camión más grande y se quedó mirándolo.

—¿Nunca habías estado aquí? —se interesó Eric.

Se encontraba de pie, en la parte trasera de un vehículo sanitario, reponiendo material de primeros auxilios.

—No, qué va. Lo mío siempre han sido los desguaces. Pero este lugar es la hostia. ¿Sabías que mi primer Hot Wheels fue un camión de bomberos?

—No lo sabía.

—Sí, papá me llevó a comprarlo el día que cumplí cinco años. Y parecía premonitorio, ¿sabes? Porque ese mismo día… —se quedó callado y bajó la vista al suelo.

Un recuerdo fugaz de su niñez apareció en la mente de Eric. Algo le dijo que Tyler estaba pensando lo mismo y se le encogió el estómago con una punzada que sabía amarga. Tenía unos siete años cuando una de tantas veces regresó a Port Pleasant con su madre. Ella había entrado en un supermercado y él se había quedado en la puerta, esperándola, cuando de repente había visto a su padre con un niño más pequeño que él saliendo de la juguetería. Iban de la mano y reían, y el niño llevaba colgando de su brazo una bolsa con un regalo. Aún recordaba lo que había sentido en ese instante, el odio y el dolor, también las lágrimas que le hicieron salir corriendo.

Se deshizo de las imágenes y tragó saliva. Descubrió a Tyler observándole.

—Te acuerdas, ¿verdad? —preguntó su hermano.

Eric asintió y forzó una sonrisa.

—Lo siento —se disculpó Tyler.

—Tú no tenías la culpa de nada. La única culpable fue ella.

—A veces siento que debería haberlo intentado más.

—¿Más? La primera y última vez que te acercaste a mí te di una paliza. Habrías sido un estúpido si lo hubieras intentado más. —Se pasó la mano por el pelo y lo revolvió con fuerza—. Entonces tenía bastantes problemas de ira.

Tyler se apoyó en el camión y se lo quedó mirando, consciente de que se había puesto tenso. Aún le afectaba hablar del pasado y todo lo ocurrido.

—Eres un buen tío. No lo dudes nunca. Y has hecho feliz a papá queriendo cambiar tu nombre y apellido. Has adelantado la Navidad para él.

Eric le sonrió y sacudió la cabeza como si se abochornara por tener un momento cursi entre hermanos.

—No lo hago por él, sino por mí. Necesito mi identidad y encajar de una jodida vez. —Metió unos paquetes de gasas en el compartimento de un maletín de asistencia, al tiempo que intentaba volver a respirar con normalidad. Necesitaba cambiar de tema—. ¿Cuántos vehículos tienes en tu colección?

—Cuatrocientos cuarenta y siete.

—Joder, esos son un montón.

—Sí —afirmó Tyler con orgullo—. Oye, nunca te los he enseñado. ¿Quieres verlos? Podrías venir a casa conmigo, y así también ves a tu sobrina. Porque no sé si lo recuerdas, pero tengo una hija.

Eric sonrió y apartó la vista un poco avergonzado. Lo cierto era que no visitaba mucho la casa de su hermano, tampoco la de su padre. No lo hacía porque no le importara, simplemente no tenía tiempo de nada entre el trabajo y el parque. Y sus pocas horas libres las pasaba en casa, con Spencer.

—Me encantaría verla.

—Pues si has acabado, guarda tus cosas. También te quedas a comer —apuntó Tyler con una mirada sin opción a réplica.

En cuanto Eric terminó en el parque, Tyler y él compraron unas pizzas y se dirigieron a su casa. Allí les esperaba Cassie con la niña. Se saludaron con un abrazo y comieron los tres juntos mientras conversaban un poco sobre todo. Al acabar la comida, mientras Cassie preparaba café, Tyler le enseñó su colección de coches a escala, que era una auténtica pasada.

Regresaron a la sala, donde Maddie había comenzado a lloriquear, incapaz de dormirse sola. Tyler la tomó en brazos y la llevó a su habitación para acostarla. Eric lo vio desaparecer escaleras arriba con la pequeña acunada contra su pecho, susurrándole una canción. Sonrió ante la ternura de la escena.

—Muy pronto vas a ser el nuevo miembro de la estación número dos de Port Pleasant. ¡Vas a conseguirlo!

Eric ladeó la cabeza y miró a Cassie. Tomó la taza de café que le ofrecía y asintió contento con la idea.

—El lunes me presento a las pruebas físicas. Y si todo sale bien, una semana más tarde tendré mi certificado de bombero profesional colgado en la pared. —Le dedicó un guiño travieso—. Rescataré gatitos de los árboles, explicaré cómo usar una salida de incendios en los colegios y me moriré de aburrimiento durante mis turnos. —Suspiró—. En este pueblo nunca pasa nada.

—Pero eso es bueno —apuntó Cassie, sentándose a su lado—. Si buscas emociones más fuertes, siento decirte que estás en el lugar equivocado.

—Estoy en el lugar correcto —susurró, pensando en Spencer.

Ella le sostuvo la mirada y poco a poco se puso seria.

—¿Eso quiere decir que has dejado de huir?

La expresión de Eric también cambió. Inspiró hondo y soltó el aire con fuerza.

—Creo que sí —arqueó las cejas, pensativo, y añadió con más convicción—. Sí, he dejado de huir.

—¿Qué buscabas? ¿Por qué necesitabas escapar?

—No lo sé. Aún sigo sin saber muy bien por qué.

—Pero ahora ya no lo necesitas.

Eric entornó los ojos y apoyó los codos en la mesa.

—¿Adónde quieres llegar, Cassie?

—Estoy profundamente enamorada de Tyler. Tengo la vida que deseo y soy feliz. Pero aún hoy, cuando te veo, me sigo preguntando por qué te fuiste. Es como una cuenta pendiente, un capítulo que necesito cerrar porque durante mucho tiempo me culpé. Creía que era culpa mía, Eric.

—Nunca tuviste la culpa de nada. Tú… Era yo, ¿vale? Solo yo y mi puta cabeza.

—Entonces dame una respuesta que pueda entender. A estas alturas no tienes nada que perder, así que dime la verdad. ¿Por qué te marchaste de ese modo?

Él meditó su respuesta, buscando las palabras correctas.

—Una voz dentro de mí no cesaba de repetirme que no me querías. Que todo era una ilusión y que antes o después despertarías y se acabaría. Estaba tan seguro de eso, que simplemente aceleré el proceso. Vivir aquí contigo, cerca de mi padre y con esas ideas en la cabeza, estaba acabando conmigo.

—¿Qué te hizo pensar que yo no te quería?

—Mi propio miedo. Y que he pasado toda mi vida oyendo esas malditas palabras: no te quieren, nunca te han querido, nunca te querrán. Al final las creí. Se metieron en mi cabeza, en mi corazón y la creí.

—¿Hablas de tu madre?

—Sí.

—Y te convenciste de que si tu propia familia no podía quererte, mucho menos yo.

—Sí.

—Nada de eso era cierto, Eric. Eres un hombre maravilloso y es muy fácil quererte. Mereces que te amen, pero tienes que dejar que lo hagamos.

—Lo sé, Cass. Ahora lo sé. Y eso es lo que estoy intentando hacer en este momento. Estoy luchando contra esas ideas. Estoy aprendiendo a dar y recibir sin cuestionar nada. Estoy aprendiendo a confiar.

—¿Te refieres a Spencer?

—Sí.

—¿Y vas en serio con ella?

—No se trata de un rollo si es lo que estás pensando. Estamos juntos y confío en lo que tenemos. No quiero cagarla con ella, Cassie —admitió con un nudo en la garganta—. Ni salir corriendo como hice contigo. Esta vez necesito más que nada quedarme donde estoy. Con ella.

—Te gusta mucho, ¿verdad?

Eric sonrió para sí mismo y bajó la vista a su taza de café. Se había quedado frío y al probarlo arrugó los labios con una mueca. Tamborileó con los dedos sobre la mesa.

—Se me hace raro hablar contigo de esto —comentó un poco azorado. Suspiró y la miró a los ojos dejando que viera su corazón a través de ellos—. No te haces una idea de cuánto. Es lista, divertida y una superviviente. No lo ha tenido fácil y, aun así, no se ha rendido. Puede que no lo creas, pero se parece mucho a mí.

—Lo cierto es que apenas la conozco. No es fácil acercarse a ella.

—¡Qué me vas a contar! —exclamó él. Sus labios se curvaron con un mohín—. Pero cuando logras llegar a ella, cuando baja la guardia, es increíble. —Torció el gesto con un presentimiento—. ¿Desconfías de ella?

—¡No! Aunque si soy sincera contigo, jamás habría imaginado que ella y tú pudierais acabar juntos. Pero me alegro por ti. Te… te veo bien, contento y feliz. Sabes que siempre he querido lo mejor para ti.

Eric cubrió la mano de Cassie con la suya y se la llevó a los labios.

—Spencer es lo mejor para mí.

Para Spencer el amanecer, su luz diurna, siempre había señalado que de nuevo había llegado el momento de enfrentarse a la realidad. Ese instante solía entristecerla, porque nunca se sentía preparada para plantarle cara.

Pero la realidad había cambiado y con ella sus días.

El sol se coló por la ventana y ella sonrió notando su calor en la cara, como una bienvenida dulce a otro sinfín de momentos perfectos. Movió su cuerpo desnudo bajo las sábanas y abrió los ojos. Eric descansaba a su lado. Observó su respiración, la manera en que su pecho subía y bajaba tranquilamente. Dormir con él, entre sus brazos, se había convertido en un bálsamo que había alejado las pesadillas. Los recuerdos que agolpaban su cerebro, ahogaban su mente y asfixiaban su corazón se estaban convirtiendo en un sonido sordo al fondo de su cabeza. Una vibración apenas perceptible, enterrada bajo capas y capas de risas, abrazos y noches de pasión.

Deslizó el dorso de la mano por su vientre. Después sus dedos treparon por su estómago y su pecho hasta posarse en su cara. Vio cómo sus labios se curvaban con una sonrisa, inspiraba hondo y sus párpados se abrían, clavando sus ojos castaños en ella. Se le oscurecieron al bajar la mirada sobre su piel.

Sin hablar, Eric la rodeo con sus brazos y giró con ella hasta colocarla bajo su cuerpo. Sus movimientos eran lentos, perezosos y muy sensuales. Aún medio dormidos. Deslizó las manos por su piel caliente, trazando sus caderas, la cintura y sus costillas. Envolvió sus brazos y los alzó por encima de su cabeza, sujetándolos por las muñecas.

Ella cerró los ojos y arqueó la espalda hacia arriba cuando él se inclinó y la besó en el cuello, lamiendo su pulso. Ahogó un grito, que se convirtió en un ronco gemido al sentirlo empujando en su interior con una lentitud dolorosa. Abrió los ojos de golpe, sobrepasada por las sensaciones, y lo encontró mirándola fijamente. Su expresión era de puro placer y posesión, tan cruda y descarnada que quedó atrapada bajo sus pupilas dilatadas y su sonrisa de chico malo.

Era guapo y lo sabía.

Era un amante perfecto y lo sabía.

Y esa seguridad en sí mismo lo hacía aún más sexy. Pero esa mirada de devoción al contemplarla la ponía ella en su rostro. Ella era la responsable y la satisfacción que le producía provocarlo de ese modo la hacía palpitar.

Eric continuó mirándola mientras balanceaba las caderas lentamente, hipnotizado por todas las emociones que brillaban en sus rasgos. Se movió con ella hasta que la tuvo sentada sobre él. Frente a frente, con todos los sentidos sobrecargados, se acariciaron, se tocaron y suspiraron hasta que el precipicio quedó a sus pies y saltaron juntos sin pensar.

Hacer el amor cobró un nuevo significado para ellos esa mañana.

—Mmmm —murmuró Spencer, recobrando el aliento poco a poco—. Buenos días.

Eric sonrió sobre su piel, presionando con los labios su clavícula. Aún estaban abrazados, pecho contra pecho. La empujó con suavidad y cayeron sobre las sábanas, sensibles y sudorosos.

—Buenos días.

Se miraron un segundo y se echaron a reír.

El teléfono de Spencer sonó con un mensaje sobre la mesita. Lo alcanzó y le echó un vistazo. Después volvió a dejarlo con desgana.

—Es Savannah, recordándome por millonésima vez que hemos quedado para la prueba de su vestido. —Gruñó, acurrucándose junto a él. Enterró la nariz en su cuello y gimoteó como una niña pequeña—. Dios, no quiero ir. No quiero levantarme. Quiero dormir. Y después hacer el amor. Y volver a dormir. Y hacer otra vez el amor. Y luego comer algo rico.

—¿A mí?

Ella le acarició la piel bajo la oreja con la punta de la nariz y lo olisqueó.

—Tú estás muy rico, pero me refiero a otro tipo de comida —susurró, dejando una estela de besos hasta su mandíbula. Su estómago sonó con fuerza, lo que hizo que sus mejillas se calentaran, rojas por el rubor.

Eric rio por lo bajo y la besó en la cabeza.

—Alguien necesita un buen desayuno. ¿Qué te parece si preparo unos huevos con queso y tostadas mientras tú te vas duchando?

—¿Y tortitas?

Él la estrechó entre sus brazos con fuerza y un impulso protector y posesivo que iba cobrando ímpetu con el paso de los días.

—Y tortitas. Muchas tortitas con sirope y crema de cacahuete para mi pequeña adicta al azúcar. Y después, si quieres, puedo llevarte al centro.

—¿Harías eso por mí? Es tu mañana libre.

Eric inclinó la barbilla para poder verle la cara. Sus bonitos ojos azules le devolvieron la mirada felices y risueños.

—Te llevaría a la luna si me lo pidieras.

Se ganó un beso profundo que le hizo considerar la idea de enviar al cuerno todos los planes para ese día y volver a hundirse en su interior hasta hacerla olvidar su propio nombre. Estaba seguro de poder lograrlo.

Le dio una palmada en el trasero y la instó a levantarse. Desde la cama la observó alejarse, completamente desnuda y sin ningún asomo de pudor. Le encantaba contemplarla. La naturalidad con la que se comportaba era algo que lo desarmaba, porque le decía lo mucho que confiaba en él, lo segura que se encontraba a su lado.

Suspiró, clavando la vista en el techo, sintiendo como si varias piezas de su vida encajaran en su lugar a la vez. La idea de que estaban hechos el uno para el otro cobraba sentido en momentos como aquel. Conectaban de todas las formas posibles: sus cuerpos se convertían en uno solo cuando estaban juntos, sus almas se comprendían y sus corazones latían al mismo ritmo. Nunca había tenido nada parecido.

Con esos pensamientos se vistió y bajó a la cocina. Preparó el desayuno y minutos más tarde disfrutó viéndola comer con ganas. Tras tomar otra taza de café que necesitaba como el aire, dejó a Spencer ocupándose de *Zarpas* y subió arriba para darse una ducha y vestirse. Poco después salían de la mano en busca del coche.

Abril había decidido despedirse a lo grande, con un perfecto día de primavera. La temperatura era suave, el sol brillaba en un cielo despejado y las flores de los jardines hacían que el ambiente resultara embriagador. Era sábado y el centro de la ciudad se encontraba a rebosar de tráfico y gente yendo de un lado para otro. Las terrazas estaban repletas y las tiendas también, como si algún tipo de euforia colectiva hubiese poseído a los habitantes de Port Pleasant.

Al aproximarse a la exclusiva boutique, avistaron junto a la puerta a una pareja dándose el lote tras una enorme planta artificial. Spencer rio al darse cuenta de que eran Caleb y Savannah. Eric carraspeó al llegar a su lado.

—¿Pensáis dejar algo para la noche de bodas?

Savannah se apartó de golpe, con las mejillas arreboladas. Algo que a Caleb le hizo gracia y un brillo provocativo iluminó su mirada.

—¿Qué haces tú aquí? Pensaba que ibas a cubrirme en el taller.

—Yo también, pero mi padre no quiere que aparezca por allí hasta que pase las pruebas.

—¿Teme que te rompas una uña? —bromeó Caleb.

—¿Quieres ir a tu boda con la nariz rota? —replicó Eric con el mismo tono mordaz.

Se sostuvieron la mirada y una enorme sonrisa se extendió por sus caras. Caleb dio una palmada y se separó de su chica para rodear el cuello de Eric con un brazo.

—Genial, entonces te vienes conmigo. ¡Vamos a hacer cosas de chicos!

—¿Contigo? ¿Adónde?

—Yo también tengo que probarme el traje para la boda.

—¡No jodas! —se le escapó a Eric. Esperaba que no estuviera hablando en serio.

—Ya me gustaría estar jodiendo. —Caleb le guiñó un ojo a Savannah—. Pero no, voy a que un tío con las manos muy largas me mida la entrepierna. Te juro que a ese tipo le gusto.

Savannah resopló.

—Te lo he dicho un millón de veces. ¡No es gay! Y aunque lo fuera... Seguro que fue un accidente.

—Me tocó —dijo muy serio y pagado de sí mismo.

—Por accidente —insistió Savie—. A veces ocurre, es inevitable al medir ciertas partes del cuerpo.

Caleb señaló con un gesto de su barbilla la tienda de vestidos de novia y su expresión se tornó socarrona.

—¿Quieres decir que ahí dentro a ti te tocan por accidente? ¿Puedo quedarme a mirar?

A Savannah se le escapó una risotada y lo contempló con los ojos como platos.

—Dios, estás enfermo. Lárgate de una vez —le ordenó mientras lo empujaba en el pecho con las manos.

Caleb le robó un beso antes de darse la vuelta y llevarse a Eric con él.

Spencer los vio alejarse, divertida mientras Eric le lanzaba una mirada de auxilio.

—¡No va a cambiar nunca! —exclamó Savannah.

—¿Quieres que cambie?

Savie miró a Spencer y sacudió la cabeza. Se ruborizó un poco.

—No quiero que cambie. Una de las cosas que más me gustan de él es su forma de ser. Tan directo y bruto. —Batió sus pestañas con coquetería—. La otra es que está muy bueno y tiene un culito que dan ganas de morder.

A Spencer se le escapó un hipido y se echó a reír con ganas.

—Sois tal para cual.

—¡Gracias!

Entraron en la tienda y en cuestión de segundos un ejército de empleadas las estaban rodeando sin apenas respiro. Spencer sabía que la familia de Savannah era de clase alta, con una fortuna considerable y bastante respetada en la ciudad, pero nunca había sido testigo de lo que el dinero podía lograr. Bueno, sí, en las películas. Y ahora se sentía dentro de una.

Las llevaron hasta una salita muy elegante, donde había una mesa con bebidas, aperitivos y flores por todas partes; un sofá refinado con brillos y lo que parecía una pequeña pasarela. Se sentó en el sofá, mirando a su alrededor y sintiéndose fuera de lugar. Savannah se acomodó a su lado y colocó su mano sobre la de ella.

—Gracias por acompañarme. Necesitaba hacer esta prueba sola. Sola no, quiero decir sin mi madre. Es que me vuelve loca, ¿sabes? —bufó—. Bueno, a lo que iba, que necesitaba hacer esta prueba con amigas para estar completamente segura de que el vestido es perfecto. Cassie no podía venir, pero te tengo a ti.

—¡Qué bien, una amiga por pena! Lo que siempre he querido.

—¿Qué? ¡No! ¿Cómo puedes decir eso?

—Es broma, Savie.

Savannah la miró con una expresión a medio camino entre el enfado y la risa.

—Vale. Porque me caes bien, Spencer, y con el tiempo te he tomado mucho cariño. Te considero mi amiga. Una amiga de verdad. Podría haberle pedido a cualquiera que viniera, a Marcia, a Nora... Pero quería que fueras tú.

Spencer bajó la mirada al suelo, cohibida y al mismo tiempo agradecida por sus palabras.

—Nunca he tenido una amiga de verdad. Bueno, tengo a Kim, pero ella es muy distinta a ti.

—Pues ahora sí la tienes. —Savannah se mordió el labio con un mohín y de golpe se abalanzó sobre Spencer y la abrazó con fuerza—. Vamos a ser como hermanas. Familia.

Spencer le devolvió el abrazo y sonrió con una sensación de calor muy especial en el pecho.

Un par de horas más tarde abandonaron la boutique entre risas. A Spencer, el vestido de novia de Savannah le había parecido realmente precioso. Sencillo, con un escote palabra de honor confeccionado en tul con pedrería. La falda de múltiples capas le daba un toque vaporoso y elegante que realzaba su figura a la perfección. Al final había optado por deshacerse del velo y usar una corona natural de diminutas flores blancas. Spencer no había podido evitar emocionarse. Se alegraba por ella y por Caleb. Esos dos se amaban con locura y merecían toda la felicidad del mundo.

Savannah se empeñó en comprar una botella de champán para celebrar que todo estaba saliendo de maravilla, y que en una semana estaría dando el sí quiero a su chico malo. Después, subieron a un taxi y se dirigieron a la playa, hacia la casa que Tyler y Cass compartían.

Ya las tres juntas, brindaron en la cocina por la boda de Savannah. Y de inmediato esta empezó a contarles lo nerviosa que estaba por todos los preparativos, la ceremonia y su nueva casa. Cassie también aprovechó la íntima reunión para ponerlas al día. En agosto regresaría a la universidad y se sentía terriblemente culpable al pensar que dejaría a Maddie en Port Pleasant y solo podría verla los fines de semana. Pero para ella era muy importante terminar sus estudios, y también era consciente de que el mejor ejemplo que podía darle a su hija era cumplir sus sueños y luchar por sí misma.

Savannah hizo otro brindis por la maravillosa periodista que un día sería Cassie y clavó sus ojos en Spencer.

—Bueno, te toca.

—¿Qué significa eso?

—Que ahora te toca a ti contarnos qué tal te va —aclaró con un tonito confidente.

Spencer tomó aire con cierta brusquedad y forzó una sonrisa.

—Bien, genial. Todo va de maravilla. *Zarpas* está enorme —dijo con incomodidad y escondió la cara en la copa, bebiendo pequeños sorbitos.

Savannah no parecía muy conforme con su escueta respuesta. Sonrió con malicia.

—Vale, seré más clara. Lo que queremos saber es cómo te va con Eric. Ya sabes, con todo tipo de detalles e intimidades. Cómo pasó, qué te dijo, qué le dijiste… ¡Primer beso! Y no queremos que te dejes nada de nada.

Cassie asintió con una sonrisa que no llegó a sus ojos.

—Simplemente pasó. Una cosa llevó a la otra y… La verdad es que fue a raíz de una discusión, aunque desde el principio hubo algo que... —Se le escapó una risita estrangulada—. ¡No puedo resumiros todas estas semanas en cinco minutos! Ni siquiera sé cómo expresarlo. —Empezó a darle vueltas a la copa. Miró a una y luego a otra. Se ruborizó—. Al principio solo éramos amigos, pero, conforme nos fuimos conociendo, con el tiempo, surgieron sentimientos mucho más personales. Ambos sabíamos que pasaba algo. Se notaba la tensión, las miradas, celos estúpidos... —Sonrió para sí misma—. Pero ninguno se atrevía a dar el paso. Hasta la noche de tu despedida —le dijo a Savannah—. Esa noche él me besó. Yo me comporté como una idiota. Discutimos. Y ocurrió.

Se puso de pie para escapar de aquellos cuatro ojos que la miraban fijamente. Se acercó a la mesa y tomó una galletita salada que se llevó a la boca de inmediato. Después probó otra. Y otra.

—¿Y cómo os va? —preguntó Savannah.

—Bien.

—¿Solo bien? —intervino Cassie, que había permanecido más callada de lo normal—. Bien no parece una respuesta muy entusiasta.

Spencer se giró hacia ella, espoleada por su frío tono de voz. Se puso a la defensiva en cuanto sus ojos se encontraron. Cassie parecía enfadada con ella y el único motivo podía ser Eric. Su cuerpo se tensó.

—¿Y qué es para ti una respuesta entusiasta? ¿Grito, doy saltitos estúpidos mientras os cuento cómo lo hacemos y cuántas veces? Lo siento, pero nunca he tenido la costumbre de hablar sobre mi vida de ese modo.

—No quiero saber cuántas veces lo hacéis. Pero sí que me interesa saber qué sientes por él. No sé, ¿solo te gusta porque es guapo? ¿Le quieres? ¿Estás enamorada?

—Cass, ¿qué estás haciendo? —susurró Savannah sin entender nada.

Cassie la miró como si solo estuviera hablando del tiempo.

—Quiero saber qué siente por él. Si solo es un capricho o de verdad va en serio. Pienso que es importante. Eric es mi cuñado, y sobre todo mi mejor amigo, es normal que me preocupe por él. Y tú... —señaló a Spencer con un dedo.

—¿Yo qué?

—Cassie, por favor —musitó Savannah, aferrando la mano de su mejor amiga para que lo dejara estar. De repente había visto a dónde quería ir a parar y sabía que iba a equivocarse tomando ese camino—. No es justo para ella. Ni para mí. Eso está olvidado.

Cassie soltó una risita.

—Dios, no está olvidado, simplemente fingimos que lo está. Nosotras ya la conocíamos mucho antes de que Caleb o Tyler entraran en nuestras vidas. ¡Y perdonadme si una parte de mí aún duda! Pero, si miramos atrás, los hechos hablan por sí mismos.

—¿En serio me estás juzgando por mi pasado?

—No pretendo insultarte, Spencer, y sé que ha transcurrido tiempo desde entonces…

Spencer soltó una carcajada sin pizca de humor. Solía mostrarse tranquila y paciente, hasta que le tocaban las narices y la chica del barrio salía a la superficie.

—Tú, precisamente tú me estás juzgando a mí. No puedo creerlo. No tienes ningún derecho, yo podría decirte lo mismo respecto a Tyler. ¿Cuántos antes de él, Cassie?

Cassie apretó los dientes y sus mejillas se encendieron.

—Chicas, por favor —rogó Savannah.

—Estamos hablando de ti —se justificó Cassie—. Eric es mi amigo y le quiero. Es un buen hombre y parece que le importas. Para él las cosas entre vosotros van algo mejor que «bien». Quizá deberías pensar un poco más en lo que sientes por él y asegurarte.

—En eso te doy la razón. Eric es el mejor hombre que he conocido y no merece que le hagan daño. No necesito pensar nada, él es lo más importante para mí en este momento y jamás haría nada que pudiera hacerle sufrir.

—Pues no me ha dado esa impresión.

—¿Por qué? Porque no te cuento con pelos y señales qué siento. Porque no me comporto como una niñita estúpida, gimiendo lo mucho que me gusta y me pone. Me basta con que él lo sepa. No tengo nada que demostrarte, ni a ti ni a nadie.

—Solo te digo que no se merece que le vuelvan a hacer daño.

—Por si lo has olvidado, aquí la única que le hizo daño dándole falsas esperanzas, mientras estabas enamorada de su hermano, fuiste tú.

Tú le rompiste el corazón construyendo una vida con otro en sus narices. Y yo no me parezco en nada a ti.

Cassie contuvo el aliento, notando sus palabras como un golpe en el estómago. Y lo peor de todo era que Spencer tenía razón. Empezaba a arrepentirse de todas las cosas horribles que le había dicho.

Spencer le sostuvo la mirada y sacudió la cabeza con desdén.

—Todos merecemos otra oportunidad, Cassie. Hasta yo. ¿Y sabes qué? Yo sí me alegro de que Tyler esté contigo. Nunca ha sido más feliz que a tu lado y eso me basta para confiar en ti. Pero como te decía, tú y yo no nos parecemos en nada.

Se dirigió a la puerta, desoyendo las súplicas de Savannah para que se quedara y arreglaran las cosas. Al salir de la cocina se detuvo un segundo, sorprendida. Caleb y Tyler estaban parados en medio del salón, con el rostro descompuesto. No los había oído llegar. Tras un segundo vacilante, tomó aire. No dijo nada, se limitó a pasar entre ellos directa a la calle.

—Spencer —la llamó Caleb—. Nena, espera.

No pudo alcanzarla y se detuvo en la terraza, viendo cómo su amiga corría escaleras abajo. Soltó una maldición y golpeó con el puño la baranda. Volvió a entrar en la casa y clavó sus ojos en Cassie. Parecía avergonzada y muy nerviosa.

—¿Qué coño ha sido eso, Cass? —preguntó Tyler.

—¿Cuánto has oído?

—Joder, suficiente —replicó Caleb. La apuntó con el dedo—. No tenías ningún derecho a…

—Caleb… —le advirtió Tyler.

—Spencer es buena persona y no se merece que nadie y menos tú…

—Caleb, cierra la puta boca —gritó Tyler con los puños apretados.

Savannah se acercó a Caleb y lo obligó a moverse con las manos en el pecho.

—Vamos, cariño, deja que hablen. —Se giró hacia su amiga—. Chicos, nosotros mejor nos vamos.

23

En cuanto la puerta se cerró, Tyler dejó escapar el aire que estaba conteniendo y se sentó en el sofá.

—¿Maddie está durmiendo?

—Sí —respondió Cassie, esquivando su mirada—. ¿Estás enfadado?

—¿Crees que tengo motivos?

Ella se humedeció el labio inferior y lo miró a los ojos. Despacio, se acercó a él y se sentó a su lado.

—He sido mala con ella y ni siquiera sé por qué.

—Desde fuera parecía que estabas celosa.

—¿Qué? ¡No! Dios, no, Ty. Por favor, no pienses eso.

Se subió a su regazo y le enmarcó la cara con las manos mientras le ceñía las caderas con las rodillas. Su expresión suplicante le imploraba que la creyera. Empezó a ahogarse en una culpa asfixiante y en la posibilidad de haber creado dudas en la persona más importante para ella.

Él tardó una eternidad en volver a hablar.

—Pues lo parecía, Cass. Y si no estuviera completamente seguro de ti, ahora mismo esta conversación no estaría siendo tan civilizada —replicó. Rodeó sus muñecas con los dedos y se llevó sus manos al pecho—. Explícamelo.

Cassie suspiró aliviada ante la certeza de que Tyler confiaba en ella.

—Me siento culpable porque sé que le hice mucho daño a Eric. He vivido con eso todos estos meses y, viendo cómo él me ha estado evitando todo ese tiempo, esa culpa se convirtió en una carga muy pesada para mí —confesó en voz baja.

Sus miradas se encontraron. La de Tyler era la de un hombre que estaba completamente loco por ella. La de Cassie era de pura adoración.

—¿Por qué no hablaste conmigo de esto? —quiso saber él—. Porque te habría dicho que yo también me sentía culpable. No estabas sola en este asunto.

—No lo sé. Quizá por miedo a que lo malinterpretaras y pudieras pensar que aún sentía algo por él.

—He tenido dudas, Cass. Pero no por ti, sino por él. Me comía la cabeza pensando si mi hermano aún te quería, si cuando te miraba aún… —Hizo una pausa, incómodo por sus propios pensamientos—. Sé que tú me quieres y que te importa lo que tenemos.

Cassie sonrió con un brillo de ternura en los ojos. Se inclinó y le dio un beso en la nariz. Él la sujetó por los hombros cuando intentó besarlo en los labios. Deslizó la mano por su cuello hasta la mejilla y la acarició con el pulgar.

—Nena, te has pasado con Spencer. Entiendo que te preocupen los sentimientos de Eric y por qué te has puesto así. Pero Spens no es la que era, no has sido justa con ella. Y es mi mejor amiga.

—Lo siento. Es que… Eric parece feliz. Jamás le había visto tan bien y que esté así hace que yo me sienta menos culpable. No quiero que sufra. Y si ella le hace daño de algún modo, no podrá superarlo y entonces se irá.

—Siempre existirá esa posibilidad, Cass. Eric es una persona adulta y cualquier decisión que tome será solo suya. No puedes hacer responsable a Spencer de cosas que podrían no pasar nunca, ni tampoco juzgar sus sentimientos. No puedes meterte entre ellos. No tienes ningún derecho —le hizo notar con tono vehemente.

Ella apartó la mirada un segundo, contrariada.

—Si Eric se va, tú sufrirás.

—Si mi hermano se va… —Tragó saliva, nervioso y asustado ante la mera idea—. Me jodería mucho que se fuera. Pero te tendré a ti conmigo y a mi hija. Solo os necesito a vosotras para sentirme completo.

—Aun así…

Tyler posó un dedo sobre sus labios, haciéndola callar. Clavó sus ojos verdes en ella con determinación.

—Nada, nena. No podemos sentirnos culpables para siempre cuando él ya nos ha perdonado. Quédate con el momento, con lo bueno. Mi hermano parece estar bien y todo apunta a que la única responsable es Spens. Está *pilladísimo* por ella. La necesita.

Cassie asintió, sintiéndose fatal por lo que había provocado. Se había dejado llevar por sus remordimientos, volcándolos en Spencer de un modo injusto, y se había equivocado.

—Lo sé, es importante para él. —Soltó un largo suspiro y se retiró el pelo de la cara—. Me disculparé con ella, si es que quiere volver a hablar conmigo.

Tyler sonrió y con las manos acarició sus hombros y brazos. Se alzó un poco y alcanzó sus labios con un beso suave.

—Hablará contigo. No es mala, Cassie. No es tan fría y difícil como parece. Es que… No lo ha tenido fácil, ¿sabes? Jamás podrías entender todo lo que esa chica ha pasado. Donde tú ves indiferencia, yo veo miedo. Y esa frivolidad tras la que se esconde no es otra cosa que inseguridad. Ya la han machacado mucho, lo que necesita es que la apoyen.

—Y yo la he tratado como una mierda —gimió devastada. Hizo un mohín con los labios y entornó los ojos con un gesto afligido—. ¿Sigues enfadado conmigo?

—Sí.

—¿Mucho?

—Mucho —respondió.

La besó en la clavícula y respiró en el hueco de la misma. Abarcó sus caderas con las manos y se acomodó bajo ellas, de modo que sus cuerpos entraron en contacto de un modo muy íntimo. Sonrió, travieso, y la abrazó por la cintura arrastrándola con él hasta que la tuvo de espaldas contra el sofá. La contempló, perdiéndose en sus ojos azules. Ella le devolvió la sonrisa, leyéndole el pensamiento, y le rodeó las caderas con las piernas.

—¿Y puedo hacer algo para que dejes de estar tan enfadado?

—Es posible. ¿Qué se te ocurre?

Ella se mordió el labio y coló las manos bajo su camiseta, tirando de ella para quitársela.

—Que tenemos como unos veinte minutos antes de que Maddie se despierte.

Spencer no era capaz de regresar a casa. Estaba enfadada, dolida y muy humillada. No se sentía con fuerzas de enfrentarse a Eric. Seguro que acabaría dándose cuenta de que algo había ocurrido y no quería darle explicaciones. De hecho, no quería que él supiera nada de nada de lo que había pasado entre Cassie y ella. No iba a ponerlo en esa situación tan difícil. Necesitaba que la burbuja que habían creado no estallara, al menos para él. Así que le envió un mensaje diciéndole que no pasaría por casa para comer y que se verían en el trabajo. Puso como excusa unas compras y que quería visitar una tienda de manualidades de la que le habían hablado con una gran oferta en lienzos y óleos. Él le respondió con una carita triste y un «Te echo de menos» que le aceleró el corazón.

Se sintió como una zorra por la facilidad con la que le había mentido.

Caminó durante mucho tiempo. Siguió el paseo y alcanzó los muelles del puerto. Continuó sin detenerse hasta que los edificios dieron paso a pequeñas casas antiguas, con la pintura resquebrajada por la brisa marina, y las carreteras asfaltadas se convirtieron en caminos de arena. Tomó el sendero que bajaba hasta la playa y sus pasos inseguros resbalaron un par de veces por culpa de la humedad que enturbiaba sus ojos. Se sentía tan triste y enfadada.

Se limpió las lágrimas del rostro y se dirigió al viejo bar que aún se mantenía en pie pese a las décadas que habían pasado desde que se construyó.

El Whydah Gally era un bar oscuro que apestaba a moho, cigarrillos y alcohol rancio. Spencer estaba convencida de que el barco por el que llevaba su nombre habría olido así cuando surcaba los mares, capitaneado por el «Negro Sam» Bellamy, uno de los piratas más temidos de la historia. O eso le había contado Franklin, el dueño, cuando solo era una niña pequeña y se escapaba hasta allí para huir de casa cuando su madre bebía demasiado o la visitaba alguno de sus amigos.

La mujer de Franklin siempre le preparaba leche con galletas y ese era uno de los mejores recuerdos que tenía de su vida. Allí también había conocido a Chad, el hermano pequeño de Franklin, lo más parecido a un padre que había tenido nunca. Todos ellos habían cuidado de ella cuando nadie más se preocupaba; Chad aún lo seguía haciendo. Y por todos esos recuerdos, y porque era uno de los pocos lugares en los que se había sentido segura, le gustaba ir hasta allí cuando necesitaba esconderse.

La puerta se encontraba abierta y entró sin más. Una decena de mesas estaban dispuestas sin ningún orden, rodeadas de sillas que no hacían juego con nada. Probablemente habrían salido del mar, como casi toda la decoración. Letti atendía la barra. Se había quedado con el bar después de que sus padres se jubilaran y no había cambiado de él ni la vieja tabla de un cascarón hundido en la que escribía el menú del día.

—¡Hola, cariño! —saludó Letti en cuanto la vio acercarse a la barra—. Dichosos los ojos. Cuánto tiempo sin verte por aquí. Seguro que mi tío Chad te tiene explotada en ese bar de carretera que apesta a gasolina y por eso no vienes a visitarme.

Spencer sonrió y se acomodó en la barra.

—No digas eso, Letti. Chad me cuida bien.

—Eso espero, o le diré cuatro cosas a ese gruñón. ¿Quieres que te ponga algo?

—¿Leche con galletas es posible?

Letti se la quedó mirando durante un largo segundo y la sonrisa de su cara se desvaneció un momento. La recuperó en un santiamén mientras se frotaba las manos en el mandil que llevaba anudado a la cintura.

—Claro que sí. Siéntate donde quieras y te la llevo en un minuto.

Se dirigió al fondo, donde se levantaba un pequeño escenario a lo largo del muro, un poco combado por el centro. Había un grupo tocando. Letti solía dejarles el espacio a algunos grupos de adolescentes como lugar de ensayo, a cambio de unos cuantos dólares. Los de ese día tocaban bastante bien. Se relajó en la silla mientras los escuchaba.

—Aquí tienes, cariño —dijo Letti, poniendo en la mesa un vaso de leche y un plato con galletas de avena y chocolate—. Con dos cucharadas de azúcar, como te gusta.

—Gracias.

—De nada. —Se sentó frente a ella y la observó con atención, como si intentara ver más allá de lo que reflejaba su cara. No solía ir mucho por allí últimamente y casi nunca pedía leche. Eso lo reservaba para cuando necesitaba animarse—. ¿Un día difícil?

Spencer asintió mientras mordisqueaba una galleta.

—Complicado.

Letti esperó a que dijera algo más, pero Spencer permaneció en silencio.

—Sabes que puedes contar conmigo, ¿verdad? Para lo que sea. Sé que nunca he sido muy lista y que tampoco se me ha dado bien tener amigos, pero te conozco desde que naciste y siempre que lo necesites aquí estaré.

Spencer alzó la vista y la miró. Una sonrisa sincera se dibujó en su cara.

—Gracias, Letti, te lo agradezco mucho.

La mujer se puso de pie y le guiñó un ojo.

—Llámame si quieres más galletas.

Un poco más tarde, Spencer había limpiado el plato de miguitas y había dado buena cuenta del vaso de leche con azúcar. Se arrellanó en la silla y se esforzó por ahogar los pensamientos que bullían en su cabeza, dándole una oportunidad al grupo. Al cabo de otro par de temas, su mente regresó al encontronazo con Cassie. Le hervía la sangre al evocar las cosas que le había dicho. No necesitaba que nadie le recordara que no era lo suficientemente buena para Eric. Ya lo sabía. Lo había sabido desde el primer momento, cuando apareció en su puerta para llevarla a buscar su camioneta. Eric era distinto. Diferente a cualquiera que hubiera conocido. Era bueno y el sueño de cualquier chica.

Una presión desagradable empezó a aumentar en su pecho ante la idea de perderlo. No se atrevía a hablar de amor, pero algo parecido era lo que sentía en ese momento. No sabía cuándo había sucedido, cuándo había nacido ese sentimiento. Quizá había sido la noche que durmieron juntos, tras su primera discusión. O mucho antes, cuando le habló de su pasado después de que Aaron la humillara. O puede que fuese en la feria, comiendo tacos. No importaba, lo que sí sabía era que gracias a él había dejado de ser una sombra de sí misma.

Alguien arrastró una silla y se sentó a su lado. Giró la cabeza y se encontró con Tyler. Se miraron fijamente al tiempo que él dejaba una botella de Jim Beam y dos chupitos sobre la mesa. Después se espatarró y empezó a mover el cuerpo al ritmo de *Gun in my hand* de Dorothy. La versión del grupo era bastante buena.

—¿No crees que es un poco pronto para eso?

—A mí no me mires, invita la casa y no pienso hacerle un feo a Letti.

Spencer miró por encima de su hombro y pilló a Letti observándoles. La mujer le dedicó una sonrisa cómplice. Sus pulmones se aflojaron con un suspiro, agarró la botella y llenó los dos vasos. Después levantó uno con pulso firme y se lo bebió de un trago. Su cara se contrajo con una mueca. Él la imitó y volvió a servir otros dos.

—¿Cómo sabías que estaría aquí?

Tyler la miró de reojo.

—Porque conozco todos tus escondites y te escapas a este cuando no quieres que nadie te encuentre.

—Pues está claro que no funciona.

—Podría ofenderme con ese comentario, pero voy a pasar. Esos críos tocan bastante bien y tengo una botella de bourbon gratis. Nada de lo que digas va a tocarme las narices.

A Spencer se le escapó una risita y ladeó la cabeza para estudiarlo. Movió su silla y la acercó a la de Tyler. Se apoyó en su hombro mientras le daba sorbitos a su vaso.

—No quiero que tengas problemas con Cassie por mi culpa.

—No voy a tener problemas con ella por tu culpa. No tenía razón para decirte esas cosas. Se ha equivocado y lo sabe. No ha sido justa contigo.

—¿Lo dices tú o ella?

—Los dos. Está arrepentida, Spens. Todas esas cosas que te ha dicho no eran exactamente por ti, sino por ella. Por nosotros. —La miró y se encogió de hombros—. No hicimos bien las cosas con él y eso la ha estado torturando todos estos meses. De eso iba toda la movida.

—Eric ya lo ha olvidado.

—Lo sé. Para ser más exactos, le importa una mierda lo que ocurrió. Tú has hecho que pase página y me alegro de todo corazón.

Spencer se ruborizó e hizo girar el vaso entre sus manos.

—Gracias.

—¿Por qué?

—Ya sabes, por pensar que lo mío con Eric está bien.

—Él es mi hermano y tú mi mejor amiga. Si queréis estar juntos, a mí me parece bien. Sois mayorcitos y no tenéis que dar explicaciones a nadie, ni siquiera a mí. Pase lo que pase, solo será asunto vuestro. —Le dio un codazo cariñoso para que lo mirara—. Pero me gusta que estéis juntos. —Hizo una larga pausa en la que volvió a llenar los vasos—. No dejes que esta mierda de hoy te afecte, ¿vale?

—¿No te cansas de preocuparte por mí? —replicó ella.

—No. Y no puedo evitarlo. Vas a tener que aguantarte —respondió con una risita. Se puso serio—. ¿Sabes por qué me enojé tanto cuando me enteré de que veías a un terapeuta? No fue porque no me lo contaras, ni siquiera me enfadé contigo. Me cabreé conmigo mismo por no haber estado contigo cuando más me necesitabas.

—Eso es injusto, Ty. Has estado ahí siempre. Cuando mi madre me echaba de casa. Cuando los demás niños se metían conmigo porque mi ropa o mis zapatos estaban sucios y rotos. Estuviste cuando ella me abandonó, y cuando Caleb me olvidó. Ayudaste a que Brian pagara por lo que me hizo y ahora estás aquí. Siempre estás.

Alargó la mano y asió la de él. Después añadió:

—Nadie podría tener un amigo mejor.

Una sombra se cernió sobre ellos al tiempo que una silla pasaba volando sobre sus cabezas y descendía al lado de la de ella. Caleb se dejó caer en el asiento. Agarró la botella y dio un buen trago. Spencer se enderezó y lo miró perpleja.

—¿Tú también sabías que estaría aquí?

—¿Me estás subestimando o solo me lo parece a mí? —respondió él.

Spencer le dedicó un gesto obsceno con el dedo y él se echó a reír con ganas. Los tres contemplaron al grupo, bebiendo de la botella por turnos. En la vida había personas con las que un día coincidías sin saber que acabarían convirtiéndose en aquello que nos hace sentir importantes, libres para ser cualquier cosa. Con el don para salvarnos de nosotros mismos. Personas que nos descubren que no importa cuántas veces te equivoques, siempre estarán ahí si caes. Ellos tres eran así. Familia.

—¿Os acordáis de la última vez que estuvimos los tres solos? —preguntó Tyler.

Caleb asintió y se inclinó hacia delante con los codos en las rodillas para verles.

—Fue aquí mismo, en la playa, la noche antes de que me detuvieran.

Spencer tragó saliva con un nudo en la garganta y vio pasar aquella noche ante sus ojos.

—Le birlamos unas cervezas a Franklin y nos escondimos tras los botes de pesca de los hermanos McAvoy —dijo ella.

—Lo pasábamos bien —susurró Tyler.

Ella lo miró con cara de susto.

—¿Bien? Era raro el día que no acabábamos metidos en algún lío.

—Pero era divertido meternos en líos —replicó Caleb. Inspiró hondo y su expresión se volvió seria—. Todo era una mierda entonces, pero si sobreviví a aquel infierno fue gracias a vosotros.

Spencer estiró su brazo libre y asió su mano, de modo que ahora sostenía a cada uno de ellos. Se le humedecieron los ojos y un nudo apretado le estrujó el pecho.

—Yo también sobreviví gracias a vosotros.

—Sois unos jodidos lloricas —dijo Tyler como si nada. Por dentro una parte de él se estaba haciendo trocitos. Bebió un trago de bourbon y le pasó la botella a Caleb. Este le dio otro trago y la dejó en la mesa antes de que se le subiera a la cabeza.

—Dios, me caso en una semana. ¿Podéis creerlo? ¡Yo casándome! Venga, admitidlo, no habríais apostado por algo así hace unos años. Yo un tío responsable, legal, con mujer, una casa…

—*Nop* —aseguró Ty.

—No lo fastidies. Tienes suerte, Savannah es increíble —comentó Spencer.

Caleb la miró de reojo y se llevó su mano a los labios. Le dio un besito.

—Me moriría si la perdiera. No podría soportarlo. No haré nada que pueda estropearlo, te lo prometo. —Le dedicó una sonrisa. Ella se la devolvió con el mismo afecto—. Si el bombero no se porta bien contigo, le partiré la cara y tendrán que buscar sus trocitos en la bahía. Sé cómo hacerlo.

Ella se mordió el labio y asintió con las mejillas rojas.

—Pensaba que te caía bien.

—Me encanta ese tío. Haría cualquier cosa por él. Y aun así lo castraré si te hace daño.

—¿Te das cuenta de que estás hablando de mi hermano? —intervino Tyler con cara de «aún sigo aquí».

Caleb se encogió de hombros, quitándole importancia.

—Tú también lo castrarías.

Tyler hizo una mueca y suspiró, aceptando lo evidente.

—Tienes razón.

Ella se puso de pie y los miró incrédula.

—Nadie va a castrar a nadie, ¿de acuerdo? —Los señaló moviendo su dedo de uno a otro—. Ese rollo de «Yo cavernícola, te protejo a ti, mujer», ya no se lleva. Es hasta ridículo. Ya no soy una niña indefensa, soy adulta y no podéis ir metiendo las narices en mis cosas. Eric es asunto mío, y solo mío, pase lo que pase. —Apretó los labios y con las manos en las caderas dio un fuerte pisotón—. Me sacáis de quicio con esa actitud, en serio. ¿De verdad pensáis esos disparates o solo os gusta haceros los machitos? Golpearos el pecho mientras gruñís y todas esas tonterías.

Caleb volvió a tomar la botella, le dio un trago y se la pasó a Tyler sin apartar la mirada de su amiga. Sonrió de oreja a oreja.

—Se le sigue moviendo la nariz cuando se cabrea, igual que a esa bruja de la tele que veíamos de niños.

A Tyler se le escapó una risotada.

—Y hasta tiene un gato, como ella.

—Es una brujita.

—Una brujita adorable y con muy mala hostia.

—En cualquier momento nos atiza.

Tyler se enderezó en la silla y se giró hacia su amigo con los ojos muy abiertos.

—Joder, ¿te acuerdas de aquel puñetazo que te dio en tercero? Perdiste un diente.

—Era de leche y ya se me movía —se justificó Caleb. Sacudió la cabeza—. ¿Te acuerdas de aquella vez que intentamos fugarnos? Menudo plan de mierda se te ocurrió. Nos pillaron enseguida.

—Mi plan era perfecto.

—Nos pillaron porque yo dejé una nota —declaró Spencer en voz baja. Sus amigos la miraron boquiabiertos y con el ceño fruncido—. ¡¿Qué?! Queríais ir a Daytona para ser pilotos de Nascar. Yo quería criar caballos en Montana, domar un mustang como en esa película de Robert Redford.

—¿Pensabas domar un mustang con nueve años? —la cuestionó Tyler.

—¿Y vosotros que seríais pilotos de NASCAR con diez? —se defendió ella.

—*Touché* —rio Caleb. Se hizo el silencio, mirándose entre ellos en una pausa que se hizo eterna. Sus labios se curvaron un poco más, pero había algo melancólico en su expresión que tocaba el corazón—. Y pensar que siempre hemos odiado este pueblo. Fantaseamos tantas veces con la idea de escapar. Pero aquí estamos, atrapados como si nuestras vidas fuesen parte de esa película del puto día de la marmota; pero lo más jodido de todo es que no quiero estar en ninguna otra parte. Y que... —Se pasó la mano por la cara mientras llenaba sus pulmones de aire—. Me gustaría estar seguro de que dentro de cinco, diez o veinte años, seguiremos viniendo a este garito para estar un rato juntos, los tres solos como cuando éramos niños.

Spencer se quedó boquiabierta, mirándolo sin parpadear. Caleb nunca se había sentido cómodo articulando sus sentimientos. Solía usar el sarcasmo para expresar sus emociones, y lo hacía como un escudo protector; siempre podía retractarse excusándose en que estaba bromeando si sus palabras no llegaban a su destino. Su arrogancia era otra capa con nombre en la coraza tras la que se escondía. Ironía, insolencia..., no importaba, solo era su forma de esconder el miedo al rechazo, a sufrir, a que los demás lo despreciaran tanto como se despreciaba a sí mismo. Sin embargo, todo eso había desaparecido de su personalidad y allí estaba, hablando de sentimientos, de sus deseos, sin importarle si le hacían parecer débil y el tópico de chico malo se iba a la mierda.

Envidiaba esa seguridad.

Se acercó a él y le rozó la mejilla con los dedos. Le sonrió.

—Vendremos —susurró.

Tyler tragó saliva, sin apartar la mirada del escenario. Sus ojos se habían cubierto por un velo húmedo que trató de disimular por todos los medios. Carraspeó.

—Vendremos —repitió casi sin voz. Se aclaró la garganta—. Claro que vendremos.

24

Iban a llegar tarde, estaba seguro, y aun así le importaba un cuerno. Lo que tenía en la cabeza en ese momento le impedía pensar en cualquier otra cosa. Una sonrisa lobuna oscureció sus ojos al ver cómo Spencer corría alrededor de la mesa mientras su risa resonaba entre las paredes.

—Me las vas a pagar.

Echó a correr tras ella, sorprendido de lo rápida que era. Alcanzó a ver un destello de su cabello moreno subiendo las escaleras mientras él cruzaba la cocina.

—No puedes escapar de mí —canturreó subiendo los peldaños de dos en dos.

Ella soltó un grito histérico y se oyó un portazo. Llegó arriba y un gruñido gutural escapó de su garganta. La única puerta cerrada era la del baño. La abrió de un empujón haciendo que ella soltara otro grito. La miró de arriba abajo y sonrió como un depredador acechando una presa. Una presa que había hecho trampas para ganar una apuesta: ambos odiaban planchar, así que se habían jugado esa tarea a las cartas.

—Vamos, solo era una broma —dijo ella alzando las manos con un gesto de paz.

—Has intentado timarme.

—En eso te equivocas. Es que tú eres un manta jugando al *blackjack*.

Eric frunció el ceño y cerró la puerta a su espalda. Ella contuvo el aliento y dio un paso atrás, chocando con la ventana.

—¿Qué haces? —inquirió, preocupada por su expresión maliciosa.

—Quiero la revancha.

—Me encantaría curarte ese ego herido, en serio, pero ya llegamos tarde a la boda. Podemos volver a jugar a la vuelta. Y te dejaré ganar, prometido —declaró con aire juguetón.

Él soltó una risita y sacudió la cabeza.

—¿De verdad crees que me has ganado porque juegas mejor que yo? Me encanta tu inocencia.

—¿Qué insinúas?

—Yo no insinúo nada. Afirmo.

Dio un paso hacia ella, y luego otro mientras sus ojos la devoraban. Solo llevaba un pantalón corto de algodón y la parte superior de un biquini. La contemplaba como si fuese la única mujer viva en el mundo y para él lo era.

—Estás muy seguro de ti mismo. Demasiado.

—¿Ah, sí?

—Sí. Y a la larga eso puede ser un…

De una zancada acortó la distancia que los separaba y la empotró contra la ventana. Ambos se quedaron sin aire durante un momento. Sus ojos sobre los de ella se volvieron oscuros y salvajes mientras deslizaba una mano por su cintura, la subía por la espalda y alcanzaba el lazo que sostenía en su sitio la prenda. Tiró de él y sus dedos treparon hasta dar con el del cuello.

—¿Un qué?

—Problema.

—¿Como este?

Otro tirón y los dos triángulos de tela cayeron entre ellos. Sus ojos descendieron hasta su pecho.

Spencer tragó aire como pudo, de repente había olvidado cómo se respiraba.

—Es tarde y aún debemos ducharnos —le recordó.

Él soltó una risita. Las suaves vibraciones llegaron hasta ella a través de la piel, estremeciéndola, y casi gimió cuando él enredó una mano en su pelo y echó su cabeza hacia atrás para que sus ojos se encontraran.

—¿Es una proposición? —susurró Eric—. Me gusta la idea.

—¿Esta es tu idea de revancha?

—Se acerca bastante.

La agarró por la mandíbula y acercó la nariz a su cuello, inspirando su olor. Con la otra mano le quitó los pantalones y a continuación hizo caer los suyos con un par de sacudidas. Sus cuerpos desnudos presionaban el uno contra el otro. Se deseaban como anhelaban vivir el presente, sin tener miedo a un futuro incierto. Se deseaban como anhelaban respirar, porque lo precisaban para sobrevivir.

En ningún momento habían hablado de sentimientos, no le habían puesto palabras a lo que burbujeaba dentro de sus cuerpos. Pero se lo demostraban a diario, incapaces de controlar la necesidad física que los consumía.

El baño no era muy grande y sí bastante antiguo. En él había una bañera encastrada en la pared que también servía de ducha. Corrió la cortina de plástico y entró en ella sin dejar de abrazar a Spencer. Abrió el agua caliente y los colocó debajo en cuanto alcanzó la temperatura perfecta. Presionó su pecho desnudo contra el de ella, inclinó la cabeza y lamió su cuello, deslizando las manos por sus caderas hasta rodear sus muslos. La alzó, aplastándola contra la pared de azulejos blancos y se apoderó de su boca. Sus lenguas colisionaron, húmedas, calientes y hambrientas. Buscándose, encontrándose, saboreándose con desesperación.

Spencer jadeó en busca de aire y su mirada quedó atrapada en la de él. Sus ojos oscuros eran posesivos. Se estremeció, y su piel resbaladiza empezó a arder con una deseosa anticipación. Lo rodeó con sus brazos, maravillada con el contraste de su palidez y el tono bronceado de él. Las sensaciones la golpearon como un rayo.

Sentía sus dientes en el cuello, mordisqueando su barbilla en busca de sus labios. Volvió a apoderarse de su boca con un ardiente e invasivo beso que hizo que cualquier pensamiento coherente desapareciera de su mente. El deseo le arqueó la espalda, necesitada de mucho más que sus caricias hábiles, expertas y apasionadas. Las sentía en todas partes.

Sin aire se agarró a sus hombros y lo miró con una súplica.

Eric contuvo el aliento. Aquellos ojos azules, tan expresivos, lo hacían pedazos para volver a recomponerlo cuando se clavaban en él. Todo al mismo tiempo. Un escalofrío le bajó por la espalda cuando se fundieron. Atrapó el lóbulo de su oreja con los dientes. Su profunda respiración presionaba los músculos de su pecho contra el de ella. Se movían como si sus vidas dependieran de ello. Gimió, temiendo que no iba a durar mucho más, aun así intentó complacerla. Apoyó su frente en la de ella con un gruñido contenido.

—Spens —pronunció en su boca, y apretó con fuerza sus muslos.

La sintió estallar, como si al nombrarla hubiera invocado su orgasmo. Se aferró a él, temblando sin control, lo que lo arrastró a una liberación que detuvo todos y cada uno de sus sistemas. Exhausto, gruñó satisfecho en su sien.

Con cuidado la puso de pie y abrazó su lánguido cuerpo. El calor de su piel mezclándose con el de ella. El pulso aún le retumbaba en los oídos. En ese momento se sentía libre, feliz, y todo gracias a la chica que acunaba contra su pecho. Ella era la única capaz de despertar esas sensaciones en él. Le insuflaba vida solo con existir y le hacía pensar en el futuro, aunque no tenía muy claro qué esperaba de ese futuro.

Ya era un bombero titulado. Unos días antes había superado las últimas pruebas y su certificado había llegado esa misma mañana, junto con su contrato. La noche anterior había sido la última como camarero del Shooter e iba a echarlo de menos porque ya no pasaría tanto tiempo con Spencer. Esa idea no le gustaba, apenas podrían verse ya que sus horarios no eran muy compatibles.

Al menos, iba a seguir viviendo con ella. No habían vuelto a hablar de ese asunto. La primera noche que estuvieron juntos, ella dijo que podía quedarse y él le aseguró que lo último que quería era marcharse. Cualquier sentimiento o compromiso al respecto había quedado implícito con el paso de los días. Pero no era suficiente, a veces las palabras pesaban tan poco como el aire que las formaba; pero otras, eran tan importantes como los latidos del corazón que les daba fuerza.

—¿En qué piensas?

Eric regresó del lugar en el que se había perdido y sonrió. Cerró los ojos brevemente y luego la besó en los labios con suavidad. Le besó los párpados y la nariz.

—¿Tenemos que ir?

Ella estiró el brazo y le cubrió la mejilla con la mano. Acarició la áspera textura de su barba incipiente.

—Debemos ir.

Media hora después, Eric daba vueltas por el salón sin dejar de mirar el reloj. *Zarpas* no le quitaba los ojos de encima, como si lo estuviera acechando a la espera del más mínimo descuido. Su relación continuaba brillando por la indiferencia que se demostraban. Se ajustó la corbata, otra vez, y comprobó la hora. Solo habían pasado otros treinta segundos. Iban a llegar tarde, muy tarde.

Se giró hacia la escalera, atraído por el sonido de unos tacones. Sus ojos se abrieron como platos y una sacudida de placer lo estremeció. «Joder.» Todo su ser se quedó inmóvil. Nada le provocaba esas reacciones salvo esa chica. Recorrió su cuerpo de arriba abajo mientras ella bajaba y se olvidó de cualquier pensamiento anterior. Llevaba un vestido azul, tan oscuro que casi parecía negro, con un solo tirante. Se ajustaba a su torso evidenciando las formas perfectas de su pecho y su preciosa cintura con un cinturón forrado con cristalitos negros. La falda de gasa flotaba a su alrededor cada vez que se movía, descubriendo una abertura de vértigo por la que asomaba una pierna esbelta e infinita.

Calculó mentalmente las horas que tenía por delante hasta poder quitárselo. Demasiadas. Se percató de que ella también lo miraba y que un ligero rubor coloreaba su cara, se extendía por su cuello y se hundía bajo su escote. Se preguntó hasta dónde llegaría.

—Deja de mirarme de ese modo.

—No te estoy mirando de ningún modo —replicó él con una sonrisita traviesa.

—Sí lo estás haciendo, así que deja de mirarme.

—Es imposible con ese vestido. —Se mordió el labio inferior—. ¿Llevas algo debajo? Porque no se nota.

Ella alzó la vista de su bolsito, en el que estaba guardando algunas cosas y lo miró con la boca abierta.

—¡Eric, no seas idiota!

—Por si no lo sabes, compito conmigo mismo al premio a mayor idiota del año —dijo, ofreciéndole la mano—. Si no me lo dices, lo averiguaré yo mismo.

Ella sonrió para sí misma. Ladeó la cabeza para mirarlo y entornó los ojos con una maldad absoluta.

—Buena suerte con eso.

Aceleró el paso, dejándolo atrás, y salió por la puerta haciendo repicar con fuerza sus tacones sobre el suelo. Podía sentir la mirada de Eric en su espalda, también su risa vibrante, pícara e insolente, y tan ronca que le costaba respirar. Ese chico era su bálsamo y su tortura. Lo deseaba hasta sentir dolor y al mismo tiempo no quería necesitarlo de ese modo. La asustaba sentirse así, tan dependiente cuando nunca antes lo había sido de nadie; sobre todo si lo suyo tenía fecha de caducidad.

La boda iba a celebrarse en la casa familiar de Savannah, en el inmenso jardín que tenía la propiedad. Habían organizado una ceremonia íntima, sin excesos, alejada de la prensa y los curiosos. La organización había dispuesto las mesas para la cena que se serviría tras el enlace junto a la piscina. Tejiendo sobre ellas un intrincando techo de ramas artificiales de las que colgaban farolillos y centenares de bombillas diminutas. Bajo unos magnolios de flores blancas, se había colocado el altar, cubierto por un arco de madera decorado con rosas, organza y móviles de cristal.

Eric y Spencer recorrieron el pasillo que formaban las sillas repleto de pétalos rojos, en busca de un lugar donde sentarse. Blair, que se encontraba en la primera fila junto a Hannah, les hizo señas para que se acercaran. Spencer se sentó entre las dos mujeres y observó a Eric dirigirse al altar, donde Caleb ya esperaba junto a Tyler y Derek. Se dieron un abrazo y durante unos segundos se hablaron al oído. Se sonrieron y volvieron a fundirse en otro abrazo más intenso.

Caleb parecía preocupado. En realidad, Spencer nunca lo había visto tan nervioso como en ese instante. No dejaba de estirarse los puños de la camisa bajo la chaqueta y su pecho se hinchaba con profundas inspiraciones. Estaba convencida de que en cualquier momento se pondría a dar saltitos y a golpear un saco de boxeo imaginario para descargar tensión.

Sonrió al ver cómo empezaba a mover los pies. Sus ojos se encontraron en ese momento y ella le dedicó una sonrisa tranquilizadora mientras negaba con la cabeza. Caleb pareció leerle el pensamiento, porque se echó a reír y sacudió el cuerpo para relajarse.

«Te quiero», le dijo él sin voz.

«Yo también te quiero. Y vas a hacerlo muy bien.» Se le llenaron los ojos de lágrimas. La tensión se vio interrumpida por la música, el tema que habían elegido como marcha nupcial: *Sugar*, de Maroon 5. Aún recordaba el momento en que a Savannah se le había ocurrido esa idea, la cara de susto de Caleb, y cómo al final había accedido como siempre hacía con todo lo que tuviera que ver con ella.

Savannah apareció en el pasillo del brazo de su padre. Estaba preciosa. Avanzó con lentitud, sin apartar la mirada del hombre que la esperaba en el altar. Se le iluminaron los ojos y sonrió entre lágrimas. Estaba tan guapo que solo quería salir corriendo hasta sus brazos, pero se contuvo casi sin fuerzas. Metro a metro llegó a él. Entonces se giró hacia su padre, que la besó en la mejilla y le susurró algo al oído. Ella asintió con vehemencia y lo abrazó como si esa fuese la última vez.

Temblaba cuando su padre colocó su mano sobre la de Caleb y cubrió ambas con las suyas.

—Hazla muy feliz, porque su felicidad es la única que importa —dijo el juez Halbrook.

—Cada día de mi vida —replicó Caleb, y jamás había estado más seguro de nada en toda su jodida vida que de esa afirmación.

Miró a los ojos a la que en pocos minutos se convertiría en su esposa y una sonrisa bobalicona se extendió por su cara. El cura comenzó a oficiar la ceremonia. Habló del amor, del compromiso y de las dificultades de una vida en común. También de la felicidad, del respeto y lo que suponía un para siempre entre dos personas. Ellos no dejaron de mirarse en ningún momento, ni mientras pronunciaban sus votos, ni ante el esperado *Sí quiero*, ni cuando se colocaron los anillos. Solo se perdieron de vista durante el beso con el que se prometieron una vida juntos.

Al acabar la ceremonia, y tras todas las felicitaciones de los invitados, dio comienzo la cena. Había unas ciento cincuenta personas, y todas lo estaban pasando de maravilla. Cuando llegaron los postres, la noche había caído por completo y el jardín se transformó en un paisaje de cuento. Había lucecitas blancas por todas partes: en el suelo, en los árboles, en los arbustos, colgando de la casa… Velas titilantes iluminaban las mesas y los farolillos oscilaban mecidos por la brisa. Era imposible haber logrado algo más perfecto.

Desde su mesa, Spencer lo miraba todo con los ojos muy abiertos. Nunca había asistido a nada parecido. Los invitados reían, bailaban y disfrutaban. Un tintineo llamó la atención de los presentes. Sonrió al darse cuenta de que era Tyler el que los reclamaba. Todo el mundo se sentó y guardó silencio, expectantes. Su amigo se aflojó un poco la corbata, nervioso, y soltó una risita. Se concentró unos segundos en la copa que sostenía y finalmente clavó los ojos en Caleb.

—Nunca se me ha dado bien nada, salvo arreglar coches y para eso no se necesita hablar. Por lo que hacer esto es bastante difícil para mí. Pero ese idiota se lo merece así que aquí estoy, con un maldito discurso con el que no voy a poder expresar una mierda de lo que de verdad siento.

Un coro de risitas ahogadas surgió de las mesas. Los que le conocían ni siquiera se inmutaron por su lenguaje. Los que no, se debatían entre la incomodidad y la diversión; pero nadie parecía molesto.

Tyler continuó sin apartar la vista de su mejor amigo:

—No tengo un solo recuerdo importante en el que no estés tú. Siempre hemos estado juntos, en lo bueno y en lo malo. Nos hemos cubierto las espaldas, nos hemos protegido el uno al otro y, aun así, esta noche estamos aquí porque alguna fuerza divina así lo ha querido. Tú y yo nunca nos hemos preocupado mucho por las consecuencias de nuestros actos, ¿verdad? Sin límites, sin reglas… —Caleb asintió con ojos brillantes—. Nos creíamos invencibles, cuando solo éramos un par de críos que no tenían ni idea de qué hacer con sus vidas excepto sobrevivir, y no siempre del mejor modo. —Tyler tragó saliva—. Siempre me he sentido culpable por tener la familia que tú no podías tener, y por ese mismo motivo siempre he intentado serlo todo para ti: tu padre, tu hermano, tu conciencia, la voz que se preocupaba por ti… Mis peores momentos han sido aquellos en los que no he podido protegerte, pero es que siempre has sido un cabrón que se creía lo bastante listo como para no necesitar a nadie. —Más risas. Tyler también sonrió, pero se puso serio de inmediato—. Hubo un tiempo en el que todo se estropeó, todo se fue a la mierda, y llegué a creer que no lo conseguiríamos. Pero aquí estamos...

Caleb tragó saliva y apretó con fuerza la mano de Savannah. Inspiró hondo, controlando la emoción que lo embargaba. Tyler prosiguió:

—Nos hemos hecho mayores en contra de todos los que pensaban que nunca maduraríamos. Ya no somos unos niños, aunque a veces aún nos peleemos como si lo fuésemos, pero eso es lo que hacen los hermanos, ¿no? —Se rascó la coronilla y sacudió la cabeza, divertido con un par de recuerdos. Tomó aire sin apartar la vista de Caleb, que asentía sin aliento—. Te has convertido en todo un hombre, en un buen hombre. Estoy orgulloso de ti. Y te estoy agradecido por todo lo que siempre has hecho por mí, por todos nosotros. Por tu familia. Porque eso es lo que somos, una familia de verdad, más allá de la jodida sangre. Al final la única que cuenta es la que estás dispuesto a derramar por los que te importan, y esa es mucho más roja y espesa que cualquier otra. Estoy orgulloso de ser tu mejor amigo y de poder llamarte hermano. Lo creas o no, siempre te he admirado. ¿Sabes? Tenías razón aquella noche, cuando hiciste que me diera cuenta de que había encontrado algo muy bueno y lo idiota que sería si me arriesgaba a perderlo. —Miró a Cassie con todo el amor que sentía por ella—. Es cierto, puede que no merezcamos todo esto, todas las oportunidades, ¿y qué? Pelearemos para conservarlo, hasta merecerlo de verdad.

—Hasta merecerlo —repitió Caleb.

—Te quiero, tío.

Caleb apretó los labios, incapaz de hablar sin romperse.

Tyler se humedeció el labio inferior con la lengua y posó sus ojos en Savannah.

—Hola, princesa.

Ella soltó una risita, emocionada, y se puso de pie junto a Caleb.

—Hola, guapo.

—Este idiota tiene mucha suerte de tenerte. Eres con diferencia lo mejor que podría haberle pasado en la vida. Te quiere y te querrá siempre, incluso esos días en los que no esté seguro de nada y la cague. No olvides que tú eres lo más importante para él. Lo sé, llevo oyéndole lloriquear desde que te conoció.

—¡Eso no es cierto! —replicó Caleb, muerto de risa.

—Eh, que ahora lo que les pone son los tíos sensibles y tiernos. Olvídate de Stephen King y hazle caso a Nicholas Sparks, el tío es un dios en estas cosas.

—¿Quién? —preguntó Caleb con cara de póquer.

Una carcajada general resonó en el jardín. Tyler puso los ojos en blanco y carraspeó.

—Savie, gracias por quererle y aceptarle como es; y con él a todos nosotros. Lo siento, pero formamos parte del lote. ¡Bienvenida a la familia! Para nosotros hace tiempo que ya formas parte de ella. Te queremos.

Savannah se abrazó a la cintura de su marido con lágrimas en los ojos.

—Yo también os quiero.

Tyler alzó la copa.

—Os deseo lo mejor. Os lo merecéis.

Todo el mundo brindó por ellos y la fiesta continuó.

Sentada a su mesa, Spencer intentaba deshacer el nudo que se había formado en su garganta. Las palabras de Tyler la habían emocionado y, al mismo tiempo, habían despertado cierta desesperación que rápidamente inundó su pecho. En su corazón no había dolor, sino envidia, minúscula, pero ahí se encontraba. En un oscuro rincón, haciendo que se preguntara si alguna vez el chico por el que se estaba volviendo loca, cada día un poco más, sentiría por ella solo un poco del amor que había presenciado esa noche.

—Vamos a bailar.

Alzó la cabeza y vio la mano de Eric suspendida, esperando de pie. La tomó con una sonrisa y lo siguió hasta la pista de baile. Rodeó su cuello con los brazos y él la ciño por la cintura. Se dejó llevar por el lento balanceo, mientras cerraba los ojos y frotaba la nariz contra la piel de su cuello, disfrutando de su olor. De ese aroma que solo él poseía y que le fundía las entrañas.

Suspiró más tranquila. Sus brazos la mantenían a salvo.

Imágenes de esa misma tarde, en la ducha, regresaron a su mente. Se ruborizó al sentir una punzada de deseo en el vientre y se pegó más a él. Se le aceleró la respiración al deslizar las manos por su nuca y probó con la lengua la piel de su cuello, segura en la penumbra que los rodeaba. A través de la ropa pudo notar la firmeza de su pecho, las líneas cinceladas de su vientre, el calor que desprendía su cuerpo y la agitación que empezaba a despertar contra su estómago. Se mordió el labio y se le escapó una risita ante su turbación.

—¿Te parece divertido? —susurró él junto a su oreja. Le dio un mordisquito en el lóbulo.

—No sé de qué estás hablando —replicó con su expresión más inocente, dando un paso atrás.

Eric la atrajo de nuevo y la sujetó con fuerza.

—Pues si no quieres que el resto del mundo sí lo sepa, te aconsejo que te quedes donde estás. Parezco una jodida tienda de campaña.

A Spencer se le escapó una carcajada y sus pies se enredaron en la falda, perdiendo el equilibrio. Sus ojos brillaron traviesos sin parar de reír y se mordió el labio con un guiño.

—Estoy a punto de sacarte de aquí sobre un hombro y averiguar de una vez si llevas algo debajo de ese vestido —murmuró Eric junto a su mejilla, riéndose entre dientes mientras los estabilizaba a los dos.

—La costumbre es que los invitados esperen hasta que los novios se marchen.

—Ese detalle me importaría, si no tuviera toda la sangre de mi cuerpo concentrada en una única parte y pudiera pensar con claridad. —La besó en la oreja y susurró—. A casa. Ya.

—No podemos irnos a casa, aún es pronto.

—¿Y al coche? Me muero por besarte.

—Pues bésame.

—¿Donde yo quiera? —Las comisuras de sus labios se curvaron y su mirada se tornó muy oscura. Inclinó la cabeza y depositó un beso en su garganta—. Por ejemplo, aquí. —Bajó un poco más y la besó en la clavícula—. O aquí. —La hizo girar hasta ponerla de espaldas a un árbol, alejados de ojos curiosos. Rozó con sus labios la fina piel de su escote, haciéndole cosquillas con el aliento—. O aquí.

Ella rompió a reír de nuevo y Eric la contempló cautivado. Mil cosas que jamás había sentido lo golpearon al mismo tiempo. Sus ojos lo estaban matando y se sentía tan torturado como si fuese su último día sobre la tierra. Y cómo le gustaba que le hiciera sentir así. Era perfecta y alucinante. Y la criatura más hermosa sobre la tierra.

—Parece que lo pasáis bien.

Se giraron hacia la voz y se encontraron con Cassie, que los observaba con una sonrisa cohibida.

—Es una fiesta, consiste en eso, ¿no? —dijo él con su encanto habitual.

—Eric, ¿te importa si hablo con Spencer un momento?

La diversión desapareció del rostro de Eric y un atisbo de preocupación cruzó por sus ojos. Miró primero a una, y luego a la otra, intentando averiguar por qué estaban tan raras y tensas.

—¿Ocurre algo?

Cassie no contestó, a la espera de que fuese Spencer la que decidiera el siguiente paso. Spens forzó una sonrisa y sacudió la cabeza.

—Tranquilo, todo está bien.

—¿Seguro?

—Sí, de verdad —insistió. Le dedicó su sonrisa más tierna—. ¿Podrías traerme algo de beber, por favor?

Él asintió con un gesto y se retiró hacia la barra, lanzando rápidas miradas por encima de su hombro.

Cassie esperó a que se hubiera alejado y después tomó aire.

—No le has contado nada.

—No.

—¿Por qué?

—Porque eres su amiga y le dolería. No necesita saberlo.

—¿Y qué le vas a decir cuando te pregunte por esta conversación?

—Ya se me ocurrirá algo. —La observó mientras perdía la paciencia—. ¿Qué quieres?

—Quiero pedirte perdón.

—Escucha, Cassie, yo…

—Por favor, si no por mí, por Tyler y Eric, por ellos. No tienen la culpa de que yo sea idiota. —Dio un paso hacia ella. Ahora estaban muy juntas—. Déjame decirte esto.

Spencer asintió y se cruzó de brazos.

—Siento mucho mi comportamiento. No fui justa, ni siquiera sincera, y te hice daño. Todo lo que dije, en realidad no tenía que ver contigo, sino conmigo. Solo pensaba en mí y fue egoísta por mi parte. Lo he pasado mal durante estos últimos meses, sabiendo que podría haber hecho las cosas bien para todos, sobre todo para Eric. Pero lo único que provoqué fueron un montón de silencios, de mentiras y más tarde dolor. Le hice sufrir. Lo sé porque lo conozco. Y aunque se esforzó en aparentar que estaba bien y que todo era agua pasada, yo sabía que no era así. No era capaz de estar en la misma habitación que yo.

Spencer la miraba sin parpadear. Una extraña mezcla de emociones la estaban afectando de una forma muy profunda. Sentía celos al oírla hablar de ese modo sobre Eric, también pena por la chica, y rabia por permitirse tener esos sentimientos.

Cassie continuó hablando:

—Desde el primer día he creído que en cualquier momento se marcharía, y que lo haría por mi culpa, dejando a Tyler. Pero sigue aquí y parece feliz. Y lo único que quiero es que continúe así. Él necesita a su familia y su familia lo necesita a él; y yo tengo que creer que me ha perdonado. —Tomó aire y lo soltó entrecortado—. No pensaba en nada más cuando te acusé de todas esas cosas horribles. Si lo hubiera hecho, habría visto que todos esos cambios en Eric tienen un único origen: tú. No pienso que seas mala para él, al contrario. Eres lo único bueno que le ha pasado en años, puede que en toda su vida, y lo creo de verdad. Lo siento mucho, Spens, y ojalá logres perdonarme.

—Cassie, yo…

—Somos familia. He tardado mucho en averiguar qué se siente al tener una y lo importante que es. Lo primordiales que son todas las personas que la forman. Tú y yo pertenecemos a la misma familia. Eres la madrina de mi hija y no me arrepiento de esa decisión, así que espero que podamos arreglarlo.

—Yo…

—Piénsalo, solo te pido eso.

—Cass, cállate y escucha. ¿No crees que ha sido una boda preciosa?

Cassie sonrió y apretó los labios, emocionada por el intento amable de Spencer.

—Lo ha sido.

—Hace bastante que no veo a Maddie y… Estaba pensando que podría pasarme un día de estos.

—Claro, cuando quieras. Sería genial que pasaras a visitarnos.

—Te llamaré.

—Por favor, me gustaría que lo hicieras.

25

Después de la boda los días pasaron con asombrosa rapidez.

En el parque de bomberos el horario se distribuía en turnos y guardias, que podían durar bastante. Como la última, que había sido de cuarenta y ocho horas. Dos días en los que el ajetreo había sido continuo. No habían tenido ningún aviso de gran riesgo, pero en una ciudad como Port Pleasant siempre había alguna emergencia: accidentes de tráfico, rescates, asistencias técnicas, pequeños fuegos…

Eric había descubierto en muy poco tiempo que le encantaba su trabajo. Se sentía bien consigo mismo siempre que regresaba a casa tras una jornada agotadora. No importaba si había salvado la vida de un accidentado o si había ayudado a una anciana a entrar en su casa después de haber olvidado las llaves dentro. Las caras de agradecimiento de aquellas personas, como si fuese alguna especie de héroe, hacían que cualquier esfuerzo o riesgo mereciera la pena.

Había crecido con el pensamiento retorcido de que no le importaba a nadie, de no ser apreciado por nada, y menos por las cualidades que podía tener. Su trabajo estaba cambiando esa percepción sobre sí mismo.

Tras atender a los heridos de un Explorer que había volcado en una salida de la autovía, regresó a la estación. Hacía una hora que había acabado su turno y se precipitó a las duchas como si lo estuvieran persiguiendo. Se vistió con unos tejanos y una camiseta sencilla, y pocos minutos después se despedía de sus compañeros.

Necesitaba dormir doce horas seguidas casi tanto como respirar. Aunque le urgía mucho más ver a una preciosa chica, de cabello oscuro y ojos claros que le había frito el cerebro. Joder, dos días sin verla y la echaba de menos como si hubieran pasado dos años. Pero a Spencer aún le quedaban unas cuantas horas en el Shooter antes de volver a casa.

Moby también había terminado y le propuso que tomaran algo juntos. Eric no había comido nada desde el almuerzo y aceptó sin dudar.

Prefería cenar con su compañero a hacerlo solo. Además, Moby se estaba convirtiendo en un buen amigo. Era un tipo divertido, sincero y un poco loco, pero buena gente. Fueron hasta un Domino's que se encontraba en la misma calle. Eligieron una mesa, pidieron pizza y tarta de queso, y durante una hora hablaron sin parar de la Major League de béisbol. A Moby también le encantaba ese deporte y era seguidor de los Mets de Nueva York, al igual que él.

Al llegar a casa, *Zarpas* salió a su encuentro nada más cruzar la puerta. Maulló y se frotó contra su pierna, buscando atención. Casi sin darse cuenta, habían empezado a llevarse bien.

—Hola, diablillo. ¿Tienes hambre?

Abrió una lata de la comida para gatos que Spencer le compraba y la puso en el suelo. Después subió hasta el dormitorio, se quitó la ropa y se metió en la cama. Le envió un mensaje a Spencer.

Eric: Te echo de menos y no me gusta estar aquí solo.

Spencer: ¿Ya estás en casa?

Eric: Sí, en la cama. ¿Tardarás mucho en llegar?

Spencer: Creo que sí. Hay mucha gente.

Eric: ¿Y si finges estar enferma?

Spencer: No seas malo. Sabes que no puedo hacer eso.

Eric: Llevo dos días sin verte. Ahora mismo no soy malo, soy el puto Diablo.

Spencer: Yo también tengo muchas ganas de verte, muchas. Duérmete, estaré ahí antes de que te des cuenta.

Eric se quedó mirando el mensaje. Segundos después se había quedado dormido.

Spencer llegó a casa dos horas más tarde. Subió arriba y a través de la puerta entreabierta vio a Eric durmiendo profundamente. Se moría por meterse en esa cama con él, pero su pelo y su piel apestaban a humo y a frito. Se dio una ducha y secó su larga melena con una toalla. Entró en el dormitorio intentando ser silenciosa. Se puso una camiseta limpia y unas braguitas.

Las cortinas estaban medio abiertas y una leve luz se colaba entre ellas, iluminando un poco el cuerpo de Eric. Estaba tumbado boca abajo, con la sábana arrugada a sus pies y unos bóxer como única prenda. Las mariposas le revolotearon por el estómago. Era el chico más atractivo que había visto nunca. Tenía un cuerpo increíble que, sumado a todo el ejercicio físico que hacía, lo convertía en una escultura viviente de la que ella no podía apartar las manos.

Se subió a la cama y el colchón crujió. Despacio se tumbó a su lado, acercó su cuerpo al de él y sintió el calor de su piel calentando la suya. Su aroma natural, junto con el de su jabón, le llenó los pulmones con un cosquilleo. Le rodeó la cintura con el brazo mientras rozaba suavemente el lóbulo de su oreja con los labios. Se acurrucó con un bostezo, escuchando su respiración.

Entonces él gruñó y giró la cara en la almohada. Abrió los ojos, solo dos ranuras, y sonrió con una inspiración.

—Hola —susurró. Se giró por completo y hundió la cara en el cuello de Spencer. Le dio un besito cargado de ternura.

—Hola.

Ella deslizó los dedos por su pelo mientras él le rodeaba con una mano la rodilla y llevaba la pierna hasta su cadera.

—Te he echado muchísimo de menos.

—Y yo a ti. Mucho.

Eric inspiró de nuevo, oliendo su deliciosa piel. Con mucha delicadeza buscó sus labios, perezoso y silencioso. Los besó, primero en las comisuras, y poco a poco los fue devorando hasta que ella los separó con un gemido. La besó despacio, enredando los dedos en su cabello, guiando su cabeza, moviéndola al ritmo de su boca. Su lengua rozaba la de ella. Chupaba, lamía y daba vueltas, haciendo que su cuerpo se consumiera.

Ella gimió y él gruñó con los ojos cerrados. Su pecho se agitaba fuerte y rápido sobre el de ella, pero sus movimientos continuaban siendo lentos hasta rozar lo insoportable. Recorrió y saboreó su garganta mientras se abría paso entre sus piernas. Nunca lo habían hecho tan despacio, con tanta ternura, y había algo mágico en esa lentitud premeditada.

Con la misma calma alcanzaron juntos el final.

Se quedaron quietos, abrazados con los cuerpos perlados por el sudor. En la habitación solo se oía el sonido de sus respiraciones y en la lejanía el rumor de las olas rompiendo con fuerza contra la playa. Con esa melodía acabaron dormidos.

A la mañana siguiente, el amanecer trajo consigo la lluvia. Desde el porche, la tranquilidad se apoderó de Eric mientras observaba la playa. Oía a Spencer trastear en la cocina y a *Zarpas* maullando sin parar, y el corazón se le aceleró. No dejaba de fascinarle que momentos tan cotidianos pudieran provocarle tantas cosas. A veces los recuerdos llenaban su mente de imágenes y sentimientos que no quería revivir, pero entonces recordaba que había dejado atrás toda esa mierda y que por fin tenía algo bueno que le hacía feliz. Se preguntó qué habría pasado con él si sus caminos no se hubieran cruzado nunca. La respuesta casi le daba miedo.

La puerta se abrió y Spencer apareció con dos tazas humeantes de café. Se sentaron en las mecedoras y él le cubrió el regazo con una fina manta. Tomó la taza, disfrutando del calor en sus manos frías. Se pusieron a contemplar cómo el aire mecía las hojas de los árboles y una fina lluvia empapaba la hierba, demasiado alta.

Eric empezó a hacer una lista mental de todas las cosas que aún había que arreglar en la casa, tan larga como la de desperfectos que ya había reparado. Poco a poco estaban logrando un hogar de verdad, cómodo y acogedor.

Continuó dándole vueltas a las reformas y a los gastos que ocasionarían. Tenía un poco de dinero que podía invertir en una cortadora de césped y algunas herramientas más. Miró el cobertizo y pensó en el deseo de Spencer de convertirlo en un estudio de pintura. Iba a hacerlo, iba a darle ese regalo. La miró de reojo y la encontró con el ceño fruncido, perdida en sus pensamientos. No había tocado el café.

—¿Te preocupa algo?

—Chad tuvo otro desvanecimiento anoche. Él dice que solo está cansado, pero a mí me preocupa que haya algo más. Le he pedido que vaya a ver a un médico, pero ya sabes cómo es. Un maldito cabezota. Si encontrara el modo de obligarlo.

—Es una persona adulta, no puedes obligarlo a que vea un médico.

Ella suspiró.

—Lo sé. Pero me asusta que pueda estar enfermo o que la próxima vez que sufra un mareo esté conduciendo o vete tú a saber.

—¿Quieres que hable con él? Quizá consiga que me haga caso. Podría pasarme esta noche y así os ayudo con el turno de después de las cenas.

—¿Harías eso?

Eric dejó la taza en el suelo. Alargó la mano y tomó la de ella.

—Ven.

Spencer no se hizo de rogar y se sentó en su regazo. Se acurrucó en su pecho y cerró los ojos cuando él los cubrió a ambos con la manta.

—Haría cualquier cosa por ti —susurró con la boca pegada a su sien—. Además, prefiero estar en el bar contigo a quedarme aquí solo viendo la tele.

Pasaron el resto de la tarde tirados en el sofá, viendo reposiciones y durmiendo a ratos con la lluvia de fondo. Sobre las cinco, Spencer se marchó al trabajo y él ocupó el tiempo con las tareas domésticas. Después se acercó hasta la casa de su padre. Llevaba toda la semana sin ver a su familia. Blair insistió para que se quedara a cenar y él aceptó como hacía siempre, incapaz de contrariarla.

Tras la cena, mientras anochecía, pasó un rato con Derek en el jardín, lanzando unos pases y poniéndose al día. El chico estaba inquieto porque su relación con Clare no atravesaba un buen momento. A ella le preocupaba la distancia una vez que él se mudara a la otra punta del país, y sus inseguridades hacían que discutieran a menudo por culpa de las chicas que aún no había conocido y las fiestas a las que aún no había asistido.

Eric no tenía ni idea de cómo ayudarle. No podía darle ningún consejo cuando sus propias decisiones siempre habían sido un error tras otro. No era el más indicado; y aun así trató de animarlo con esas frases que todo el mundo dice pero que nunca sirven para nada. «No te preocupes. Seguro que lo solucionáis.»

Quería a ese idiota con todas sus poses arrogantes y esos aires de chulito, se había convertido en su debilidad.

A eso de las diez, recibió una llamada de Moby. Estaba eufórico porque Lizzie había accedido a visitarlo y a pasar unos días con él. Quería celebrarlo. Eric se alegró por su amigo. Sabía cuánto le gustaba esa chica porque no hacía otra cosa que pensar en ella y hablar de ella, a todas horas hasta volverlo loco y homicida.

Le propuso que fuese con él al Shooter a tomar unas cervezas. Pasó a buscarlo y juntos se dirigieron al bar cuando estaban a punto de dar las diez y media.

Eric se removió en el asiento mientras conducía deprisa, un poco nervioso. Quería llegar antes de que acabara el turno de las cenas y pillar a Chad en la cocina para hablar con él. No le gustaba ver a Spencer preocupada por ese cascarrabias y tampoco quería que a Chad le pasara nada malo. Era un buen hombre que se había ganado su respeto, pero también era muy testarudo y si se le había metido en la cabeza que no necesitaba un médico, le iba a costar convencerlo.

—¡Eric! —exclamó de golpe Moby, con todo el cuerpo en tensión.

—Lo estoy viendo —respondió con un gruñido.

Eric hundió el pie en el acelerador. Había fuego tras los árboles y el único edificio en esa zona era el Shooter. El corazón le palpitaba en las sienes y todo a su alrededor pareció emborronarse. Dobló la curva y las ruedas chirriaron en el asfalto, dejando los árboles atrás. Sus ojos se centraron en la escena que había al otro lado del parabrisas. El edificio estaba ardiendo y decenas de personas se encontraban en la calle. El Pontiac frenó en seco y ambos saltaron del coche. Había gente tosiendo por culpa del humo y otros se quejaban de pequeñas quemaduras. Parecía que todo el mundo había salido a tiempo.

Eric empezó a buscar a Spencer entre todos ellos, pero no lograba verla por ninguna parte y el miedo se enroscó en su cuerpo como una boa constrictor.

—¿Alguien ha llamado a emergencias? —oyó que gritaba Moby.

—Spencer —gritó Eric sin recibir respuesta.

Atisbó una melena roja cerca de un coche. Avery. Corrió hasta ella y la encontró abrazada a Carla. Las dos estaban llorando mientras miraban las llamas.

—¿Y Spencer? ¿Dónde coño está Spencer? —gritó al ver que ni se habían percatado de su presencia. Estaban en *shock*.

—Aún está dentro. Fue a buscar a Chad.

A Eric se le detuvo el corazón. Echó a correr hacia el edificio sin pensar en nada salvo encontrarla, mientras rezaba por primera vez en su vida para que ella estuviera bien. La parte delantera era pasto de las llamas y no había modo de entrar. Rodeó el edificio y con alivio vio que en la parte trasera solo había humo. Tocó la puerta. Estaba caliente pero el fuego no había llegado hasta ella. La abrió de una patada y la corriente hizo que el humo se dispersara un poco. Empezaron a llorarle los ojos y tuvo que quitarse la camiseta y cubrirse el rostro con ella para poder respirar. Las llamas avanzaban por el pasillo rápidamente y habían alcanzado el almacén.

—¡Spencer! —gritó, mientras empujaba la puerta donde se encontraban las taquillas. No había nadie—. ¡Spencer!

—¡Aquí! ¡Estamos aquí!

Se giró hacia la puerta del baño y entró de un empellón. Resbaló en el suelo mojado. Todos los grifos estaban abiertos y el agua caía en cascada desde los lavabos. Spencer se encontraba en el suelo, junto a la pared, bajo el pequeño respiradero que había en el techo. Tenía a Chad entre sus brazos y le había cubierto la cara con una toalla húmeda. Sintió tal alivio al verla sana que a punto estuvo de echarse a llorar como un niño. Se arrastró hasta ella y la abrazó con fuerza. Pero no había tiempo que perder. El humo apenas les dejaba ver y menos respirar, y el fuego se estaba tragando el pasillo.

—¿Estás herida? ¿Puedes moverte?

Ella asintió entre lágrimas y miró a Chad.

—No consigo que despierte. Solo he podido arrastrarlo hasta aquí, pesa demasiado —dijo entre sollozos e hipidos. Su cuerpo temblaba sin control—. Recordé... recordé las cosas que me contabas mientras estudiabas. Recordé que el baño era el lugar más seguro. Recordé... el agua y la bañera, pero aquí no hay bañera y no sabía qué más hacer —se rompió con un lamento.

—Lo has hecho muy bien, cielo. Lo has hecho bien —declaró orgulloso de ella—. Ahora tenemos que intentar salir de aquí. Quiero que cojas esa toalla mojada y que te cubras la cabeza. Yo llevaré a Chad.

Mojó la camiseta en el agua del suelo y se la anudó al cuello, cubriendo su nariz y boca. Después, con un esfuerzo casi sobrehumano, alzó a Chad del suelo y con ayuda de Spencer lo subió a su espalda.

El calor era insoportable y el humo demasiado espeso. Las llamas se habían propagado por el techo y comenzaban a lamer el hueco de la puerta. Eric le pidió a Spencer que se agarrara al bolsillo de su pantalón y que no se soltara por nada del mundo. Se abrió camino a través del pasillo, cargando con el cuerpo inerte de Chad.

Tras el minuto más largo de toda su vida, alcanzó el exterior y el aire limpio de la noche. Moby y un par de compañeros aparecieron en su campo de visión y se hicieron cargo de Chad. Eric buscó inmediatamente a Spencer y empezó a recorrer su cuerpo con los ojos y las manos para asegurarse de que estaba bien. Ella no paraba de toser y apenas podía hablar. La tomó en brazos y la alejó del edificio. El aparcamiento estaba teñido de rojo y azul por un montón de luces. Había varios coches de policía, tres ambulancias y dos camiones de bomberos, que ya luchaban contra el fuego. Eric se dirigió a la ambulancia más cercana. Sentó a Spencer en la parte trasera y le cubrió la cara con una mascarilla de oxigeno.

—Respira despacio. Así, con calma —le pidió. Después agarró una botella de suero y empapó unas gasas para limpiarle los ojos—. ¿Te duele en alguna parte? ¿Te has golpeado?

Ella negó con un gesto y luego arrugó el ceño con una mueca de dolor. Le enseñó la palma de la mano, donde tenía una quemadura superficial. Un feo arañazo en el antebrazo izquierdo sangraba y no tenía buen aspecto. Eric se puso unos guantes y allí mismo le hizo la primera cura.

Dos técnicos de otra ambulancia pasaron junto a ellos con Chad en una camilla. Eric salió a su paso, los conocía.

—Eh, ¿cómo está?

—Lo llevamos al hospital. Sigue inconsciente y tiene una laceración en el cuero cabelludo y una lesión en la parte trasera de la cabeza. Tensión alta, ritmo cardíaco acelerado y respiración superficial. Aquí no podemos saber mucho más.

—De acuerdo. Cuidad de él, por favor. Es un amigo.

Spencer saltó de la ambulancia, tirando la mascarilla a un lado.

—¡Quiero ir con él!

Eric la detuvo por la cintura y la atrajo hacia su pecho con un abrazo.

—Está en buenas manos.

—Me da igual. Quiero ir con él. Eric, por favor, necesito ir con él.

—Vale —accedió al darse cuenta de lo cerca que estaba de perder los nervios. Silbó a los técnicos para llamar su atención—. Eh, chicos, ¿podemos ir con vosotros?

—Sí, claro. Subid.

Eric acompañó a Spencer hasta la parte trasera de la ambulancia y la ayudó a acomodarse. Después localizó a Moby y le pidió que llevara su coche hasta el hospital.

Una vez en urgencias, tuvieron que esperar bastante hasta obtener alguna noticia sobre el estado de Chad. Mientras, atendieron a Spencer de sus heridas y le hicieron algunas pruebas para asegurarse de que todo estaba bien. Después prestó declaración a la policía.

Moby apareció dos horas después y le devolvió a Eric las llaves de su coche. Aún iba lleno de hollín y con la ropa rasgada.

—¿Se sabe algo? —se interesó Eric.

Moby se sentó en una silla a su lado y estiró las piernas, cansado.

—Por las declaraciones y los primeros indicios, todo apunta a que el cocinero sufrió un desvanecimiento mientras tenía la parrilla encendida. El fuego prendió la grasa y las llamas alcanzaron unos trapos. Después se extendió como la pólvora por el edificio. Demasiado material inflamable. Es un milagro que todo el mundo saliera prácticamente ileso. Reaccionaron bien y a tiempo.

Eric asintió agradecido por la información y ladeó la cabeza para ver a Spencer. Estaba muy pálida y tenía las mejillas húmedas por las lágrimas que no dejaban de brotar de sus bonitos ojos. No se movía, no hablaba, era como si no estuviera allí.

Poco después regresó el médico que atendía a Chad. Habían descubierto un trastorno circulatorio, problemas con sus niveles de tensión arterial y una artrosis cervical bastante severa. Todo ello había desencadenado una patología compleja con muchos síntomas, entre ellos los desvanecimientos.

Regresaron a casa bien entrada la madrugada, después de que Spencer pudiera visitar un momento a Chad en la habitación del hospital donde iba a permanecer unos días. Ella continuaba sin hablar, con la mirada petrificada en algún punto que nadie más podía ver. Eric estaba preocupado por ella. Ya lo había visto otras veces, personas que se bloqueaban tras una experiencia traumática, incapaces de reaccionar. Parecía tan frágil y perdida. Su aspecto era igual de lamentable. La ropa rota y la piel cubierta de un hollín negro que en su cara se había emborronado por las lágrimas. Sus ojos azules se habían vuelto oscuros y los tenía enrojecidos. Le tomó el rostro entre las manos y le dio un beso muy suave. Ella por fin lo miró.

—¿Por qué no te das un baño? Mientras, yo prepararé algo caliente para calmar los nervios.

—Vale.

Se dio la vuelta y se dirigió a la escalera bajo la atenta mirada de él.

—Cielo, ¿estás bien?

—Sí.

Puso la tetera al fuego y preparó dos tazas con unas bolsitas de té. Minutos después, un silbido penetrante rompió el silencio. Eric se apresuró a apartar del fuego la tetera y a servir agua hirviendo en las tazas. Preocupado por Spencer al ver que tardaba, subió la escalera en su busca. Nada más llegar arriba, los gemidos y lamentos, junto con un chapoteo, le pusieron alerta. Entró sin llamar y encontró a Spencer frotándose con una esponja de forma frenética, mientras lloraba y jadeaba sin control.

—Eh. —Se agachó a su lado y trató de sujetarle la mano antes de que lograra arrancarse la piel—. Ya está, tranquila. Ya ha pasado.

—No... No puedo —sollozó, rascándose de forma compulsiva.

—¿Qué es lo que no puedes? —inquirió. Su llanto era desgarrador.

—No puedo quitarme todo esto —replicó, señalando el tizne que se había adherido a su cabello como una pátina de grasa—. No puedo, no se va. Y... y me duele la mano. No puedo lavarme con esta mano. Y Chad está en el hospital por mi culpa, porque no he sabido cuidar de él. Ese hombre es mi familia. El Shooter es mi casa. Y los he perdido. —Empezó a toser, en busca de aire, pero el ataque que estaba sufriendo no le permitía relajarse lo suficiente.

—Joder, Spencer. Tienes que tranquilizarte, ¿vale? Tú no has tenido la culpa de nada. Le has salvado la vida a Chad. Se va a poner bien gracias a ti.

—Debí obligarle a ir al médico.

—Lo intentaste.

—Nada de todo esto habría sucedido si hubiera insistido más —gritó, y se revolvió como si tratara de defenderse de algo.

Él le tomó el rostro, llamando su atención. Apretó los dientes cuando ella le clavó las uñas en la piel de los brazos, intentando liberarse.

—No es un niño. No podías obligarle a hacer nada que no quisiera.

—Podría haberle convencido y no lo hice. Podía haber evitado este desastre. Que lo perdiera todo. Dios, yo también lo he perdido todo. Mi vida entera estaba en ese bar.

—Puede reconstruirse.

—No, ¿no te das cuenta? Ha ardido. Ya no queda nada. Era mi casa. —Soltó un aullido y gritó con más fuerza—. Era mi casa. Era... era... todo lo que... tenía. Todo...

—Lo sé. Sé lo que significaba para ti. Y lo siento —susurró él, sujetándole la cara con fuerza para que no dejara de mirarlo—. Tienes que calmarte. Mírame, cielo. No dejes de mirarme. Respira, por favor, respira.

Ella le sostuvo la mirada. De sus ojos brotaban lágrimas sin control y de su corazón, pena y dolor. Lo agarró de la camiseta como si fuese un salvavidas y ella estuviera a punto de hundirse en un mar negro y profundo. Empezó a respirar, y a contar, y de nuevo a respirar, aferrándose al mínimo control que le quedaba, tal y como le había enseñado la doctora Leigh. Pensar en ella le estrujó el corazón y su llanto se volvió más amargo. La echaba de menos, echaba de menos sus consejos y sus palabras. Pero ella tampoco estaba.

Todo desaparecía. Todos se marchaban. Al final no quedaría nada ni nadie.

—Por favor, tienes que calmarte, cariño. Estás sufriendo un ataque de pánico, solo eso. Hazlo por mí, respira y mírame.

Hizo lo que le pedía. Él seguía allí y la observaba con preocupación. Él seguía allí.

—No te vayas —gimió.

—No voy a ninguna parte.

—Lo harás, al final lo harás.

—Te prometo que no —le susurró Eric mientras le abría la mano para que soltara su camiseta. Después se la quitó e hizo lo mismo con los pantalones y las zapatillas. Se metió en la bañera con ella y la tomó para colocarla entre sus piernas, de espaldas a él. Tomó el champú y puso un poco en sus manos. Empezó a lavarle el pelo—. Ahora voy a quitarte todo esto de encima, ¿vale?

Ella asintió y cerró los ojos. Eric frotó y aclaró su larga melena hasta que el agua salió limpia. Después le enjabonó el cuerpo. Spencer le dejó hacer sintiendo sus manos en todas partes, incluso en su mente. Él lo era todo en ese momento. Era calor, seguridad, ternura, fuerza, todo lo que necesitaba.

Se apoyó en su pecho, notando riachuelos de agua deslizándose por su frente, su mandíbula y su pecho. Eric cerró el grifo y la rodeó con sus brazos. Permanecieron quietos, en el agua caliente, escuchando el silencio. Poco a poco su cuerpo se fue relajando. La descarga de adrenalina, los nervios y el ataque de pánico que había sufrido, la habían dejado tan agotada que no era capaz de mover ni un solo músculo. Se sentía débil y adormilada.

El agua se enfriaba rápidamente. Eric la sacó de la bañera en cuanto la notó estremecerse. La envolvió con una toalla y secó cada centímetro de su cuerpo con cuidado. Después la sentó en su regazo y le cepilló el pelo.

Spencer era incapaz de abrir los ojos. Nunca le habían cepillado el pelo, no un chico y de ese modo. Sintió ganas de llorar. Su ternura le estrujaba el alma. Se abrazó a su cuello cuando volvió a tomarla en brazos y la llevó a la cama. Se tumbó junto a ella y la cubrió con su cuerpo de forma protectora.

Seguía sintiendo un dolor desgarrador por todo lo que había pasado esa noche. Tanto miedo, tanta incertidumbre… Dios, había llegado a creer que no sobreviviría y en lo único que había pensado en ese momento había sido él. En volver a verle. En volver a abrazarle. Sus lágrimas mojaron la almohada y apretó los párpados para contenerlas. Se negaba a pensar en todas las razones por las que no podría ser, por las que podría acabar mal, por las que se rompería si lo perdía.

—Todo va a ir bien —le susurró él, con los labios pegados a su nuca—. Confía en mí. No es el fin, sino el principio. Ya lo verás. Será todo lo que tú quieras que sea.

—Gracias —pronunció su boca mientras entrelazaba sus dedos con los de él sobre su estómago. Su corazón gritaba «Te quiero».

—Siempre podrás contar conmigo.

26

A la mañana siguiente, Spencer se dirigió al hospital para ver cómo se encontraba Chad. No pudo hablar mucho con él. Necesitaba ayuda para respirar y le habían administrado un sedante suave para que descansara y estuviera tranquilo. De repente, parecía tan mayor y cansado en esa cama de hospital. Letti, su sobrina, había pasado la noche con él.

—El médico ha dicho que lo mejor para su salud es que deje este tipo de vida. Los mareos continuarán y tendrá que tener cuidado. Se acabó para él —empezó a explicar Letti.

—Entonces, ¿qué va a hacer?

—Tiene un buen seguro. Cuando acaben las investigaciones y se demuestre que fue un accidente, tendrán que pagarle una cantidad importante. Con ese dinero podrá vivir tranquilo bastante tiempo. —Suspiró y trató de arreglarse el pelo con las manos—. No puede quedarse solo y le he propuesto que venga a vivir conmigo. Tengo espacio de sobra y somos familia.

—¿Y qué te ha dicho? —preguntó Spencer. Conociendo a Chad, seguro que había empezado a escupir espuma por la boca.

—Que antes muerto, pero sé que aceptará.

Spencer sonrió, aunque era incapaz de disimular que se sentía muy triste. Letti suspiró a su lado y se repantigó en la silla.

—¿Cómo estás tú?

—Bien. Solo tengo un arañazo y una quemadura en la mano. Apenas dejará cicatriz —Suspiró con fuerza—..Aún no puedo creerlo. He pasado por allí al venir y no ha quedado nada. Nada, Letti.

—Eso me han dicho. Se han visto dañados hasta los cimientos. Van a tirarlo todo.

Spencer clavó la mirada en el techo. Empezó a despegar las esquinas del vendaje que llevaba en la mano.

—Supongo que de verdad se acabó.

—¿Qué vas a hacer ahora?

—Buscar un empleo. Tengo un millón de facturas que pagar y no quiero perder la casa. Necesito ahorrar dinero para comprarla. Pero no sé dónde voy a encontrar un trabajo en el que paguen al menos lo que me pagaba Chad, y lo único que sé hacer es servir copas.

—Ojalá pudiera ayudarte, cariño. Pero en ese tugurio que me dejaron mis padres apenas saco para vivir yo.

Spencer le tomó la mano y le dio un apretón afectuoso.

—No te preocupes, saldré adelante. Siempre lo he hecho, ¿no? —Se puso de pie. Debía marcharse—. Volveré mañana para ver cómo está.

Se despidieron con un abrazo y Spencer regresó a casa. El interior olía a jabón, a limpio, y hasta los cristales brillaban reflejando el sol. En el horno se estaba cocinando algo que olía muy bien y el sonido de la lavadora ascendía desde el sótano. Encontró a *Zarpas* subido a la ventana, observando con interés el jardín. Se acercó y deslizó los dedos por su pelo suave, mientras localizaba el motivo de su atención. Eric estaba sacando tablones de madera del cobertizo.

Se quedó mirándolo, y no solo porque verlo ir de un lado a otro sin camiseta fuese un espectáculo, es que aún no entendía cómo demonios habían acabado juntos. Cómo había logrado meterse tan dentro de su vida. Ese chico la había cambiado. Y con su presencia, su cariño y todos y cada uno de sus gestos, le había dado un hogar de verdad. El hogar que siempre había deseado. Solo tenía que mirar a su alrededor para comprobarlo. Aquellas paredes olían a familia.

Dios, el tiempo anterior a conocerle se le antojaba lejano y difuso, y le asustaba tanto que todo, absolutamente todo lo bueno en su vida tuviera que ver con él.

Sacó de la nevera un par de refrescos y salió al porche.

—Hola.

Él se detuvo y se giró hacia ella. Una sonrisa enorme se dibujó en su cara y trotó a su encuentro. Le plantó un beso en los labios, sin dejar de sonreír, y tomó el refresco que le ofrecía. Se bebió la mitad de un trago.

—Gracias.

—Veo que la mañana ha sido muy productiva.

Eric miró a su alrededor e inspiró hondo. Toda su piel brillaba cubierta de sudor.

—Hay muchas cosas que hacer y reparar.

—No me refiero solo a eso. Has limpiado la casa, has hecho la colada y en el horno hay algo que huele de maravilla. No tienes por qué hacer todas esas cosas.

Él frunció el ceño.

—¿Perdona? ¿Cómo tengo que tomarme ese comentario? Porque por un momento me ha parecido que volvías a tratarme como a un simple inquilino y no es así, ¿verdad? —comentó con una sonrisa despreocupada, aunque sus palabras iban muy en serio—. Creía que mi estatus aquí era otro. Mucho más que tu amigo, para empezar. Que somos un equipo, iguales. Cuidamos el uno del otro.

Spencer se sonrojó y apartó la vista. El corazón se le había subido a la garganta al escuchar sus palabras. Para ella, él era eso y mucho más, pero le daba tanto miedo admitir que se estaba enamorando de ese chico. Porque estaba ocurriendo sin que pudiera controlarlo, le quería.

En ningún momento habían hablado de sus sentimientos, no le habían puesto nombre a su relación, a lo que significaban el uno para el otro. Solo se limitaban a dejarse llevar y ver a dónde les conducía estar juntos. Y para ella eso empezaba a ser lo mismo que nada. Demasiados caminos que podían conducir a ninguna parte.

Se lamió los labios, un poco resecos, y lo miró de reojo. Observó su perfil, en el que destacaba la nariz masculina más mona que había visto nunca. Incapaz de no tocarlo, le rodeó el torso con los brazos sin importarle que estuviera sucio y sudado.

—Lo siento. No quería que sonara así. Lo que intentaba decir es que llevas toda la semana trabajando y deberías descansar en tu día libre, en lugar de ponerte a limpiar, cocinar y… —Elevó las cejas con curiosidad—. ¿Qué haces en el cobertizo?

—Es una sorpresa.

—¿Una sorpresa? ¿Qué clase de sorpresa? —quiso saber mientras miraba por encima de su hombro. Hizo el intento de aproximarse, pero él se lo impidió levantándola del suelo y cargando con ella hasta la cocina—. ¿Qué estás haciendo?

—No vas a estropear mi sorpresa —dijo él mientras la sentaba en la encimera—. Prométeme que no mirarás hasta que yo te lo diga.

—Vale, te prometo que no miraré.

Se perdió en sus ojos oscuros mientras con los dedos seguía el contorno de su mandíbula. Su barba de pocos días le hacía cosquillas en la piel. Rozó su labio inferior y trazó el perfil de su nariz. Enredó los dedos en su pelo y se permitió acercar la nariz a su cuello y olerlo. Eric se había colado dentro de ella como el agua a través de una red, imparable, sin ninguna resistencia. Lo adoraba cuando sonreía y notaba su mirada pendiente de ella. Le hacía sentir infinidad de cosas y plantearse otras muchas.

—Mataría por saber qué estás pensando —susurró Eric.

Ella tomó aire y luego lo soltó de golpe.

—Pienso que debería empezar a buscar un empleo.

Eric sabía que no era eso lo que había ocupado su cabeza los últimos minutos, pero lo dejó estar. Sus pensamientos eran solo suyos y si quisiera compartirlos lo haría sin más. Como había hecho otras muchas veces. Tragó saliva y tomó con cuidado su mano herida.

—Deberías esperar a que se cure.

—No puedo esperar. Necesito un trabajo y lo necesito ya. Tengo muy poco dinero ahorrado.

—Tranquila, de momento podemos arreglarnos con lo que yo gano.

Ella dio un respingo y se envaró.

—No voy a permitir que me mantengas —protestó a la defensiva. Intentó bajarse de la encimera, pero él no se lo permitió—. Déjame.

—No voy a mantenerte, solo voy a ayudarte.

—Puedo cuidar de mí misma.

—Lo sé. Pero hay ocasiones en las que no podemos hacerlo todo solos. No hay nada malo en dejar que las personas a las que les importamos nos cuiden.

—Te lo repito. Puedo cuidarme yo sola y para mí es importante seguir así.

—¿Manteniendo el control? ¿Con tus normas? ¿Sin desafíos? ¿Solo tú porque no puedes confiar en nadie que no seas tú misma? —replicó muy serio con las mismas palabras que ya había oído de sus labios.

Respetaba su independencia, pero la llevaba a extremos sin lógica alguna, y empezaba a estar harto de que levantara muros entre ellos con toda esa mierda. Se alejó de espaldas, dándole espacio, y alzó las brazos indicándole que podía bajarse, no iba a detenerla.

—Eric, no lo decía en ese sentido. Confío en ti, es solo que….

—No tienes que justificarte conmigo ni darme explicaciones.

—¡Tengo que hacerlo porque no lo entiendes! Antes me acercaba a los chicos esperando que cuidaran de mí. Deseaba encontrar al príncipe azul que me rescatara. Sería su mujercita, la madre de sus hijos, me querría y nunca más volvería a estar sola. Le esperaría en casa con una tarta en la mesa, le preguntaría por su día y le serviría una cerveza. La puta Tribu de los Brady, Eric, ¿lo recuerdas? Hasta que el padre se larga porque ya no aguanta más, o porque no soporta a su mujer, o porque odia a sus hijos o simplemente porque no le importa NADA. —Sacudió la cabeza consciente de que estaba desvariando con sus paranoias—. Entonces ella tendrá que hacer cualquier cosa para sobrevivir, ya que lo único que sabe hacer es preparar tartas y servir cervezas, y buscará a otro marido al que le gusten las tartas y las cervezas para no dormir en la calle y comer todos los días.

—¿Como hizo tu madre?

—Y como hice yo cuando ella me dejó. No volveré a ser esa persona.

—¡Tú sí que no lo entiendes! Me importa una mierda tu pasado. Me da igual si te acercabas a todos esos capullos por el tamaño de su cartera. Te conozco, sé quién eres, y no te pareces en nada a esa persona de la que hablas. Nunca has sido esa persona, joder. Y jamás pensaría que estás conmigo por ese motivo, si es que en algún momento se te ha pasado por esa cabezota.

—Lo sé.

—No, no lo sabes cuando estamos teniendo esta conversación. No quiero mantenerte ni que dependas de mí. Tampoco busco una «mujercita», ni de coña. Busco a un igual y pensaba que eras tú. Alguien con quien formar equipo. Alguien a quien cuidar cuando lo necesite y que también me cuide cuando sea yo el que esté jodido. Fue lo que hiciste cuando me dejaste vivir contigo. ¿O piensas decirme que eso es diferente?

—No, claro que no.

—Bien, porque tampoco pienso que seas una hipócrita. —Se pasó una mano por el pelo, aún mojado por el sudor. Estaba demasiado alterado para seguir discutiendo por ese tema y necesitaba un minuto—. Voy a darme una ducha.

Spencer se quedó mirando su espalda mientras salía de la cocina. Acababa de meter la pata hasta el fondo, y si eso no era suficiente, todas las cosas que él había dicho se le habían clavado en el corazón como garras afiladas haciendo que se sintiera la peor persona del mundo. Cosas preciosas, sinceras, que cualquier chica querría oír de sus labios, pero que habían sido para ella.

—Genial, Spencer. No necesitas un destino que te joda la vida. Tú solita lo haces de maravilla —masculló para sí misma.

Se sirvió un vaso de agua fría y lo bebió a sorbitos frente a la ventana, confundida y enfadada consigo misma. Era un desastre. Había cosas en su interior que no tenían arreglo. No importaba cuántos terapeutas visitara, ni las horas de terapia que invirtiera, nunca estaría en sintonía con nada ni nadie. En el pasado tenía miedo a estar sola y valerse por sí misma, no se sentía capaz. Ahora la asustaba apoyarse en otra persona. Su primer impulso era esperar lo peor de los demás y de sí misma. Eternamente. No podía seguir así, siempre a la defensiva.

Mientras seguía dándole vueltas a la cabeza, su teléfono sonó. Le echó un vistazo a la pantalla. No conocía el número. Descolgó por si era algo relacionado con el incendio.

—¿Sí?

—¿Spencer Baum?

—Sí, soy yo.

—¿Conoce a Colleen Mendes?

A Spencer se le detuvo el corazón un par de segundos. Tragó saliva con un mal pálpito y apretó el teléfono entre sus dedos.

—No conozco a nadie apellidado Mendes.

—¿Y Colleen Baum?

—Sí, Colleen… Colleen Baum es mi madre. —Notaba palpitar todo su cuerpo. El pulso en su cuello era atronador, rebotando en sus oídos como una bola de billar que apenas le permitía oír nada salvo ese *bum bum*—. ¿Ella… ella está bien?

—Mi nombre es Madilyn Thompson, asistente social en Athens, en el condado de Clarke, Georgia. Siento mucho comunicarle que su madre falleció hace dos semanas.

Spencer tuvo que sentarse. Las rodillas le temblaban tanto que no podían sostenerla. Alzó la vista del suelo y sus ojos se encontraron con los de Eric entrando de nuevo en la cocina.

Él la miró y su expresión cambió al percatarse de que algo grave ocurría. En la ducha había tenido tiempo de calmarse, consciente de que Spencer estaba pasando por un momento de gran estrés debido al incendio, su preocupación por Chad y el trabajo. Debía ser más comprensivo con ella y había bajado dispuesto a hacer las paces. Pero algo le dijo que nada de eso tenía ya importancia.

—¿Falleció? ¿Qué… qué le pasó? —tartamudeó Spencer.

—La encontraron sin vida en su domicilio. Tras la autopsia el forense dictaminó que la ingesta de alcohol y estupefacientes le había provocado un fallo cardíaco. Siento mucho que tenga que saberlo de este modo.

Muerta, su madre estaba muerta. Más de seis años sin saber de ella y la primera noticia era que nunca volvería a verla. Se acabó. Tomó aliento, buscando una calma que no era capaz de sentir.

—¿Y dónde está ahora? ¿Dónde está su cuerpo? ¿Cómo han tardado tanto en avisarme? —soltó la batería de preguntas con brusquedad.

Eric se arrodilló frente a ella y la tomó de la mano.

—La comprendo perfectamente, pero no teníamos conocimiento de que Colleen tuviera más familia. Su marido organizó su funeral en cuanto le devolvieron el cuerpo. Se encuentra en el cementerio de Winterville, el East Lawn Memorial. Él fue quien nos dio su nombre para poder localizarla.

Ella parpadeó sorprendida en cuanto las explicaciones calaron en su cerebro.

—¿Ha dicho marido? ¿Estaba casada?

Al otro lado del teléfono hubo un silencio, seguido de unos susurros que no pudo entender.

—Señora Baum, ¿debo entender que usted no sabía nada de la situación familiar de su madre?

Sus ojos permanecían anclados a los de Eric. Él continuaba sosteniendo su mano y la acariciaba con el pulgar.

—Es señorita, y no, no sé nada. Me abandonó cuando yo tenía dieciséis años. No he sabido nada de ella desde entonces. Ni dónde vivía y menos aún que se había casado.

—Bien. Entonces voy a intentar explicarle la situación de la forma más clara posible. No la llamo solo para informarle de su pérdida. Colleen era madre de un niño. El pequeño se llama Travis y cumplirá tres años a mediados de julio. En un principio, el señor Mendes, el marido de su madre, se hizo cargo del pequeño. Pero cambió de opinión poco después y nos lo entregó a nosotros. Fue entonces cuando nos dio su nombre. Hemos tardado unos días en poder localizarla.

Spencer era incapaz de asimilar toda aquella información. Su madre se había casado y no solo eso, había tenido otro hijo. Ahora ese niño se había quedado huérfano y su padre lo acababa de abandonar. Desde luego, su madre siempre había sabido elegirlos. Eran igualitos a ella.

—¿Ese hombre ha abandonado a su hijo? —peguntó con asco.

—El señor Mendes no es el padre biológico de Travis. Nadie sabe quién es. Él no quiere hacerse cargo del pequeño y legalmente no tiene ninguna obligación. Usted es el único familiar de Travis del que tenemos constancia, por eso tengo el deber de informarla y explicarle la situación. —Hubo una pequeña pausa y ruido de papeles—. Como pariente directo y mayor de edad, usted tiene derecho a reclamar la custodia de Travis. Si por algún motivo no puede o no quiere, el niño será tutelado por el estado y se le buscará un hogar de acogida hasta que pueda ser adoptado. En ese caso necesitaremos que firme unos documentos renunciando a dicha custodia. Por el contrario, si desea quedarse con el pequeño, tendrá que entrevistarse con nosotros y, si todo es correcto, Travis podrá vivir con usted. Forma parte de nuestro trabajo conseguir la opción más adecuada para el menor. Un familiar es lo mejor, siempre y cuando sea apto. ¿Lo ha entendido?

Spencer tomó una bocanada de aire. Le dolían los pulmones, y también la garganta, donde un nudo muy apretado la ahogaba.

—Sí, creo que sí.

—Si tiene dudas o alguna pregunta…

—No… no lo sé. Ahora mismo estoy demasiado sorprendida con todo esto. Tengo… tengo que asimilarlo. Llevaba más de seis años sin saber nada de mi madre y, de repente, llama usted y me dice que ha muerto, que tengo un hermano… Es mucha información.

—Puedo imaginarlo, señorita Baum. En mi trabajo convivo con cosas así a diario y le aseguro que nunca es fácil, para ninguna de las partes. Entiendo que necesitará un tiempo para pensarlo, tómese el que necesite y llámeme a este mismo número cuando haya tomado una decisión.

La mente de Spencer apenas podía seguir el ritmo de sus propios pensamientos. Todo era demasiado confuso y doloroso, aunque era curioso que nada de ese dolor tuviera que ver con que su madre hubiera muerto. No. Su muerte le provocaba rabia, enfado, ira…, porque ya nunca tendría la ocasión de decirle cuánto daño le había hecho siendo la peor madre del mundo. Jamás sabría qué había de malo en ella para que nunca la hubiera querido. Pensó en Travis y se dio cuenta de que ese niño debía sentirse como ella, abandonado y solo. Se obligó a centrarse.

—¿Y qué pasará con Travis? ¿Dónde está ahora?

—En un centro de acogida. Es un sitio provisional por el que pasan todos los niños mientras se les busca un hogar. No se preocupe por él, estará bien.

Se imaginó a sí misma tan pequeña, rodeada de extraños y sin entender nada de nada. No iba a permitirlo. Ese niño era su medio hermano. Su familia. Esa palabra la atravesó como un rayo. Travis era su familia, por sangre y por historia.

—Escuche, no tengo nada que pensar. Quiero quedarme con él. Es mi hermano, debe estar conmigo. Iré a buscarlo hoy mismo.

—Me alegra que piense de ese modo, pero no es tan sencillo. Tenemos que asegurarnos de que usted es apta para cuidar de él. Le haremos una entrevista y valoraremos su situación. Es el protocolo en estos casos.

Se le cayó el corazón a los pies, después de todo, no iba a ser tan fácil como decir sí.

—Lo entiendo, claro. ¿Cuándo quiere hacer esa entrevista? Iré a Athens cuando usted me diga.

—Dada la situación, seré yo quién vaya hasta allí con Travis. Debo ver el entorno en el que vivirá, la casa, si cumple con todas las necesidades básicas... Y cómo se siente Travis.

Spencer se puso de pie. Necesitaba moverse para aliviar la impotencia que comenzaba a sentir.

—De acuerdo. Como usted diga. ¿Cuándo será eso?

—Mañana volveré a llamar para concretar los detalles. ¿Le parece bien? Pero es conveniente que sea lo antes posible.

—Sí. Por supuesto. No será un problema.

—Estupendo. Quiero que sepa que esta primera impresión ha sido muy positiva. Estoy deseando conocerla.

Spencer notaba la esperanza en su interior, afilada como la hoja de un cuchillo. Era dolorosa pero debía creer en ella.

—Gracias, señora Thompson.

—De nada. Que tenga un buen día.

Colgó el teléfono y lo dejó sobre la encimera. Muy despacio se giró hacia Eric.

—¿Lo has oído?

—Todo. —Se pasó las manos por el pelo y sacudió la cabeza, consternado—. Siento mucho la muerte de tu madre, Spencer.

Ella cerró los ojos con una profunda inspiración.

—Tengo un hermano.

—Sí. Y lo que quieres hacer por él me parece genial.

—¿De verdad lo crees? Porque ni siquiera sé qué aspecto tiene y es muy pequeño. Tampoco sé si es un niño sano o no. Mi madre tenía muchas adicciones, nunca se ha cuidado. Probablemente consumió durante el embarazo, hasta puede que lo maltratara. Nunca ha sido cariñosa, Eric. Y cuando bebía se convertía en un demonio. ¡Es muy pequeño! —Los ojos se le llenaron de lágrimas—. Ella me destrozó durante mucho tiempo, sabía cómo hacerme daño con una sola frase. ¿Y si no había cambiado? ¿Y si con él era igual?

Eric la tomó por los hombros y después la abrazó contra su pecho. Le frotó la espalda en un intento de calmarla.

—Tranquila, no pienses en eso ahora.

—Dios, ¿por qué de repente todo me parece una locura?

—Porque es una puta locura. No es malo que pienses así, es normal. Son demasiadas cosas como para fingir que todo está bien. Yo me estaría volviendo loco.

—Necesito estar sola un rato. Tengo que pensar en lo que está pasando y aclararme.

Eric dio un paso atrás y frunció el ceño.

—No creo que sea buena idea que estés sola ahora. Mira, sé que antes no debería haber dicho algunas cosas. Puede que haya sido duro e injusto contigo, y lo siento porque por un momento he olvidado todo por lo que estás pasando: el incendio, Chad… —Contuvo el aliento y lo soltó muy despacio. Cuando continuó, había una nota de súplica en su voz—. Cielo, puedes confiar en mí, cuentas conmigo y quiero ayudarte con toda esta locura.

Ella negó con la cabeza y hundió la cara en su pecho.

—No. Tenías todo el derecho a enfadarte conmigo. Yo no he sido justa contigo y me siento mal por ello. Tú… tú eres lo más real que tengo.

—Entonces no te alejes de mí.

—No intento alejarme de ti porque esté disgustada, Eric. Es que necesito de verdad estar sola. Sé que tú puedes entenderlo. Todas esas veces que has desaparecido con alguna excusa, ¿crees que no lo sabía?

Él asintió con la cabeza y sin decir nada más, le tomó el rostro y la besó en los labios con fuerza. Apoyó su frente en la de ella e inspiró hondo, como si quisiera respirarla. Después le dedicó una sonrisa y dejó que se fuera.

Sus pasos llevaron a Spencer hasta el faro solitario y abandonado que se alzaba a varios kilómetros al norte de Sunset Beach. La falta de acuerdo entre los propietarios y el ayuntamiento para su restauración, había hecho que los años pasaran sin que nadie cuidara de él. Contempló su aspecto decrépito y sintió pena al comprobar que algún idiota había roto la puerta.

Entró, movida por la curiosidad de ver el interior de un lugar que siempre la había fascinado. Subió la escalera y al llegar arriba comprobó que había más destrozos. La vidriera se encontraba en el suelo, hecha añicos.

Aquel edificio se parecía tanto a ella.

Salió al balcón y respiró el aire salado. Una avalancha de pensamientos había colapsado su cerebro y por un momento desconectó de cualquier realidad. Pero un pensamiento repentino y difuso al principio, empezó a cristalizarse en su mente, un pensamiento que le provocó un angustioso pánico.

Abandonó el faro y regresó a casa. Había anochecido por completo cuando se detuvo en el porche. Recorrió la barandilla arriba y abajo, mientras sus especulaciones rondaban como una nube oscura de tormenta sobre su cabeza. Detrás de ella oyó que la puerta se abría con un crujido. Eric salió al porche y se colocó a su lado, contemplando el horizonte. No hizo ni dijo nada, solo se limitó a permanecer quieto y paciente.

Ella se apoyó en la barandilla. El cielo oscuro sumía su cara en sombras y le daba una apariencia triste y derrotada, un fiel reflejo de cómo se sentía. Él la observó mientras ella soltaba un largo suspiro.

—No puedo —susurró Spencer.

—¿Qué no puedes?

—Sentir algo, lo que sea. No puedo sentir.

Eric posó su mano sobre la de ella y entrelazó sus dedos. Una persona solo podía soportar cierto número de cosas antes de llegar al límite y ella ya estaba soportando demasiadas.

Spencer se aferró a su mano con fuerza y su respiración se aceleró por momentos.

—Ha muerto. Mi madre ha muerto y yo no consigo sentir nada. Me siento vacía, fría, como si estuviera fuera de mi cuerpo, flotando en silencio, rodeada de nada. —Ladeó la cabeza y se encontró con sus ojos oscuros estudiándola con preocupación—. Necesito sentir algo, lo que sea. Llorar, gritar, cualquier cosa, pero no puedo. ¡Ella ha muerto, Eric! ¡Era mi madre!

—Nunca te trató bien. Te hizo daño.

—Lo sé. Siempre me hizo sentir culpable por el simple hecho de existir. Pero… ¿Qué dice esto de mí?

Eric se giró lentamente y la abrazó por la cintura, pegando el pecho a su espalda. Su cuerpo estaba tan rígido que parecía de mármol y podía notarlo temblar. Parecía una olla a presión a punto de estallar. La besó en la cabeza.

—No eres mala persona por no llorar su muerte. Si es eso lo que te preocupa. —Guardó silencio un segundo, pensando en su propia madre—. Yo quería a la mía, pero cuando murió estaba muy enfadado con ella. En ese momento solo sentía rabia y un dolor inmenso. Pero no porque ya no estuviera, sino porque me había mentido y me había manipulado durante toda mi vida. No entendía cómo había sido capaz de hacerme algo así. Nunca lloré. Y aún ahora sigo enfadado con ella. —Sus palabras le sabían demasiado amargas—. Te entiendo y sé cómo te sientes. No te culpes.

—Siento mucho que pasaras por algo así.

—Y yo siento que estés pasando por esto.

Spencer se giró entre sus brazos y sus ojos brillaron con un arrebato de paranoia. Ese pensamiento sí que le hacía sentir miedo a romperse en mil pedazos.

—No van a dejar que me quede con Travis. No tengo trabajo, no tengo dinero ahorrado, y en cuanto descubran que un loco intentó matarme y que he pasado los últimos dos años yendo al psiquiatra, ni siquiera van a dejar que le conozca. —Se aferró a su camiseta con los puños, incapaz de controlarse por más tiempo—. Si esa mujer se pone a investigar mi pasado y le pregunta a la gente, sabrá que no he sido un buen ejemplo para nadie.

—Olvida el jodido pasado, Spencer. Escúchame atentamente, ¿de acuerdo? Hay una forma de hacer esto bien y la vamos a encontrar. Te lo prometo.

Ella soltó una risita desquiciada y lo empujó en el pecho, alejándolo.

—¿Cómo? ¿Qué hago? ¿Se te ocurre algo? ¿Se te ocurre alguna de tus putas ideas brillantes? —gritó, sobrepasada por todo, y continuó desatada—: ¿La tienes? ¿Eh?, algo…

—¡Sí! —él la cortó, alzando también la voz.

Tenía los nervios destrozados y demasiado cansancio acumulado. Levantó los brazos unos centímetros y los dejó caer como si le pesaran una tonelada, derrotado, pero en sus ojos brillaba un fuego tan airado que había dejado muda a Spencer. La apuntó con el dedo y dio un paso hacia ella, después otro, y otro, hasta que la tuvo acorralada contra la barandilla. Resopló con la paciencia agotada.

—Llevo toda la maldita tarde pensando cómo conseguirlo. Y lo único que tienes que hacer es confiar en mí y dejar que yo me ocupe de este asunto. Ahora mismo soy lo mejor que tienes y vas a tener que olvidar todo ese rollo de «Yo-No-Necesito-A-Nadie». Porque te guste o no, me necesitas si de verdad quieres tener alguna posibilidad de quedarte con la custodia de tu hermano. Todos necesitamos a alguien en algún momento y el tuyo está aquí mismo, ahora. Este es el trato: a partir de ahora yo cuidaré de ti y tú cuidarás de mí. ¿Está claro? —masculló con los dientes apretados, apoyando un puño en la columna.

—Sí.

—¿Quieres a Travis contigo?

—Sí.

—Pues vas a dejar que yo tome el control. Harás y dirás todo lo que yo te pida. Y no me deberás nada, no estarás en deuda conmigo, porque somos un equipo.

Spencer asintió. Mordiéndose el labio inferior mientras sus ojos se llenaban de lágrimas. Se sentía débil, sin fuerzas, con unas ganas increíbles de abofetearse a sí misma por su estúpida actitud. No merecía a ese chico, que la miraba como si fuera la persona más complicada del mundo, y quizá lo fuera.

—De acuerdo —susurró.

—Bien.

Eric se pasó la mano por el pelo oscuro, y los músculos del brazo se le tensaron. Se fijó en sus ojos húmedos y sintió un nudo en la garganta que lo exhortó a querer abrazarla con fuerza.

—Joder, ven aquí. —La rodeó con sus brazos y escondió el rostro en su cuello, entre los mechones oscuros de su larga melena. Inspiró su olor y echó la cabeza hacia atrás para mirarla—. No quería gritarte, pero es que a veces me vuelves loco.

—Yo tampoco quería gritarte. Lo siento.

Se puso de puntillas y lo besó en la boca. Él le devolvió el beso con ternura antes de deslizar los labios por su mejilla, siguiendo el rastro de sus lágrimas. La rompía cuando la trataba de ese modo, como si fuese la única mujer del mundo. Dios, él era todo cuanto quería. Por eso no entendía por qué seguía esforzándose para perderle.

—Eric, yo…

—¿Sí?

—Yo…

«Te quiero. Por favor, no dejes que te deje.»

—Nada —susurró.

27

A Eric nunca le había gustado pedir favores, y menos de los grandes, de esos tan importantes que te ves obligado a estar agradecido y en deuda toda tu vida. La simple idea de depender de los demás le enfermaba. Pero desde que había llegado a Port Pleasant y a su nueva familia, desde que Spencer había entrado en su mundo, se había obligado a cambiar esa percepción. Y mientras le daba lecciones a ella sobre dejar que los demás nos ayuden y nos cuiden, él había tenido que aprenderlas casi al mismo tiempo. Solo por ella.

Por ese único motivo había llamado a Caleb y Savannah en medio de su luna de miel, y por ello les había pedido que le concertaran una cita con el juez Halbrook.

El padre de Savannah les recibió a él y a Tyler en su casa, en una reunión informal. Le explicó la situación en la que Spencer se encontraba en ese momento. Le habló de la reciente aparición de Travis y del estado de su custodia. Le hizo un resumen bastante detallado del tipo de vida que ella había tenido y de cómo había logrado sobrevivir y superar todos sus problemas.

Después le puso sobre la mesa su contrato de trabajo, los datos de su salario, seguro médico y su firme palabra de que podía hacerse cargo de todas las necesidades de ese niño mientras Spencer no fuese autosuficiente. Y finalmente le suplicó que, si podía hacer algo para que ella lograra la custodia, lo hiciera porque era lo justo en un mundo donde ya había demasiadas injusticias.

No había vuelto a tener noticias del juez ni de nadie desde entonces, y ya había transcurrido una semana.

Miró el reloj y notó un enjambre de abejas en el estómago. En pocos minutos recibirían la visita de la asistente social y no tenía ni idea de qué iba a pasar. Joder, le había pedido a Spencer que confiara en él. Si perdía al niño, no se lo perdonaría a sí mismo jamás.

Oyó pasos en la escalera y se obligó a apartar de su mente esos pensamientos tan negativos. La vio acercarse, parpadeó para asegurarse de que sus ojos no lo engañaban, y a punto estuvo de escupir el café que tenía en la boca

Spencer se plantó delante de Eric y tomó aire. Lo miró con ojos brillantes e inseguros. Movió las manos sin saber muy bien qué hacer con ellas. Las colocó a la espalda, después en las caderas y finalmente dejó los brazos colgando a ambos lados de su cuerpo.

—¿Qué te parece? ¿Crees que le causaré buena impresión?

Eric la observó detenidamente. Apartó la taza de café de su cara y su mirada la recorrió de arriba abajo. Levantó una ceja y abrió la boca para decir algo, la cerró de nuevo y se mordió el labio. Estudió su ropa, tratando de buscar algo positivo. Imposible, el vestido era un horror. Si hasta tenía uno de esos cuellos de bebé con un lacito y todo.

—Sí, si estuvieses en 1950 y a punto de tomar los hábitos.

Spencer resopló decepcionada.

—No te gusta.

—No es eso, es que esta no eres tú. Tú no eres así y esa mujer se va a dar cuenta. Tienes que ser sincera con ella en todo. —Se encogió de hombros y movió los labios de forma graciosa—. Bueno, y que el vestido es feo de narices.

Ella entrecerró lo ojos, preparada para discutir, pero acabó soltando un suspiro y se rindió.

—Tienes razón, es muy feo.

—¿De dónde lo has sacado?

—Lo vi ayer en un mercadillo de segunda mano en el paseo.

—Deberías quemarlo para que no posea a nadie más.

Spencer puso los ojos en blanco y le sacó la lengua con un mohín.

—Es que quiero caerle bien. Causarle una buena impresión —gimoteó como una niña pequeña—. Que vea que soy responsable y seria.

Eric se levantó de la silla y se acercó a ella. La tomó de la mano y la hizo girar como si fuese una bailarina. Con la mano libre le quitó la horquilla que sujetaba el moño con el que había peinado su preciosa melena oscura. Ondas descontroladas cayeron en cascada cubriendo sus hombros.

—En cuanto te conozca, se dará cuenta de lo maravillosa que eres. No tienes que disfrazarte de Nanny McPhee para demostrarle que eres capaz de cuidar de un niño.

A Spencer se le escapó una risita divertida. Unos días atrás habían visto esa película, y Eric había pasado todo el tiempo quejándose del asco que le daba la verruga de la niñera. Se apoyó en su pecho y le rodeó el cuello con los brazos. Deseó quedarse allí para siempre, arropada por él.

—¿Lo crees de verdad?

Él le dio un beso fugaz, y después le robó otro, más apasionado.

—Nunca he dicho nada más en serio. Sé tú misma y la tendrás en el bolsillo sin esforzarte.

—Vale, iré a cambiarme.

—Date prisa, no creo que tarden en llegar.

Spencer notó que el corazón se le subía a la garganta. Estaba tan nerviosa que tenía calambres en el estómago y no paraba de sudar. Corrió a su habitación y sacó del armario unos pantalones vaqueros y una camiseta muy sencilla de color azul. Dudó entre sus zapatillas o unas bailarinas, y acabó decantándose por las bailarinas. Le daban un aspecto más formal.

Su mente bullía descontrolada, había tantas cosas que podían ir mal.

Con pasos inseguros entró en la habitación que semanas atrás perteneció a Eric, y volvió a maravillarse con lo cambiada que estaba. Él la había reformado entera dedicándose en cuerpo y alma a la decoración, transformándola en el cuarto infantil más bonito que había visto nunca.

Lo había adornado con colores blancos, azules y rojos, y un montón de detalles de bombero. La colcha y las cortinas hacían juego con camiones rojos estampados en ellas. Hasta le había comprado algunos juguetes y cuentos, y un dálmata de peluche enorme.

Parpadeó varias veces para contener las lagrimas. El esfuerzo de Eric era tan evidente en aquel cuarto, que ella se había enamorado un poquito más de él ayudándole a prepararlo. A quién quería engañar. Era imposible enamorarse más de ese chico de lo que ya estaba.

Había pedido un par de días libres para arreglar algunas cosas y convertir la casa en el lugar más seguro para un niño. Después tendría que compensarlos con un montón de horas extra, pero a él no le importaba lo más mínimo. No había dejado nada al azar en cuanto a su seguridad y sus necesidades. Nada que pudiera darle motivos a Madilyn Thompson para negarle la custodia.

—Ya están aquí —gritó Eric desde abajo.

Ella dio un respingo y su corazón entró en barrena. Casi no podía respirar. Llegó abajo al mismo tiempo que el timbre de la puerta sonaba. Jadeaba con fuerza y sus manos no dejaban de temblar. Eric entrelazó sus dedos con los de ella y le dedicó una sonrisa.

—¿Lista?

—Sí.

Eric abrió la puerta y se encontraron con una mujer bajita, de mediana edad, que vestía un traje de chaqueta y falda azul marino. A su lado, agarrado a su mano, había un niño de piel clara, pelo negro despeinado y un rostro cubierto de pecas. Sus ojos eran de un gris imposible, tan claro que casi parecía hielo. No había ninguna emoción en ellos, solo reaccionaron un poco cuando *Zarpas* apareció en la puerta y maulló restregándose contra las piernas de Eric.

—¿Señorita Baum? Encantada de conocerla. Soy Madilyn Thompson.

—Señora Thompson, el placer es mío. —Esbozó una sonrisa amable—. Le presento a Eric. Como le expliqué por teléfono, vivimos juntos desde hace un par de meses.

—Es un placer —dijo él, estrechando su mano regordeta. Se agachó para quedar a la altura del niño—. Y tú debes de ser Travis. ¿Sabes? Spencer, que es esta chica tan guapa de aquí, y yo, teníamos muchas ganas de conocerte.

Travis le miró de reojo, y después lanzó un rápido vistazo a Spencer. No dijo nada y se limitó a seguir observando a *Zarpas*. Su actitud era tan indiferente y pasiva que costaba no fijarse en ello. Eric le revolvió el pelo al ponerse de pie y se hizo a un lado.

—Señora Thompson…

—Oh, llámenme Madilyn, por favor.

—Madilyn, ¿por qué no pasan?

Se dirigieron a la cocina para estar más cómodos alrededor de la mesa. Spencer sirvió café y un zumo para Travis. La asistente dejó sobre la mesa una carpeta marrón repleta de papeles y echó un vistazo a su alrededor. Observó a Travis, que se había quedado de pie junto a la puerta, mirándose los pies. Empezó a rebuscar en su bolso y sacó un libro de colorear con pegatinas y unas ceras.

—Travis, ¿por qué no pintas este cuaderno tan bonito mientras hablo con Spencer y Eric? —Le sonrió con ternura—. ¿Has visto el porche y el jardín? ¿Te apetece salir afuera?

El niño se acercó sin decir nada, tomó ambas cosas y salió al porche dejando la puerta abierta. Se sentó en el suelo con las piernas cruzadas y se quedó quieto. Lo único que movía eran sus ojos, siguiendo al gato que había salido tras él.

Spencer no podía apartar la vista del niño. Era tan pequeño, que algunos de sus gestos aún eran vacilantes y le recordaban a los de un bebé. Era muy guapo, aunque estaba un poco delgado y necesitaba un corte de pelo.

—¿Por qué no habla? —susurró preocupada.

—Bueno, Travis es un poco callado. No tiene ningún problema médico ni de nacimiento que le imposibilite, si eso les preocupa. Solo es reservado y algo desconfiado. No sabemos mucho sobre la situación que tenía en casa. El señor Mendes, su padrastro, trabaja de camionero y no pasaba mucho tiempo en casa. Desconocemos cómo era la relación con su madre y no tenemos pruebas que confirmen ni desmientan nada, pero todo apunta a que no era muy buena.

—Si mi madre le ha tratado como me trataba a mí, le aseguro que ese niño lo ha pasado muy mal.

Madilyn la observó con atención un momento. Se aseguró de que Travis estaba distraído y se inclinó sobre la mesa.

—Creemos que ha sido maltratado, sobre todo emocionalmente. Un psicólogo le ha estado visitando y ha encontrado deficiencias afectivas —susurró.

A Spencer se le partió el corazón. Se moría por levantarse y tomar en brazos a su hermano. Decirle que estaba a salvo y que ella ya lo quería. Muchísimo. Inspiró hondo y unió las manos sobre su regazo para que dejaran de temblarle.

—Mi madre podía ser muy cruel con las palabras. Me recordaba a diario que no me quería y que para ella era un estorbo. —Se colocó un mechón de pelo suelto tras la oreja con un gesto nervioso—. Mire, si alguien puede entender a Travis y saber qué siente, esa persona soy yo. Tiene que dejar que se quede conmigo. Es mi hermano, soy su única familia, y he estado en su lugar. He pasado por todo lo que él puede haber pasado. Soy lo mejor para él —indicó evidentemente ansiosa.

—Spencer —musitó Eric, para que se calmara.

Ella sacudió la cabeza, cada vez más tensa.

—Es que no entiendo por qué hay que hacer todo esto. Por qué personas extrañas tienen el poder de decidir si mi hermano puede vivir o no conmigo. Debería ser mi decisión, y yo digo que este es su sitio. Mire a su alrededor, por favor. Tenemos un hogar, empleo, somos buenas personas. Le hemos preparado una habitación para él solo. Eric es bombero, trabaja cuidando de la gente y yo le prometo que nadie va a querer a Travis más que yo.

—No he dicho lo contrario.

—Pero usted no nos conoce, no de verdad, y va a juzgarnos con unas estúpidas preguntas. ¿Le ha explicado a él quién soy? ¿Le ha preguntado qué quiere? ¿Travis le importa o solo es un huérfano más?

—Spencer —insistió Eric. Se había percatado de que Travis observaba a su hermana con los ojos muy abiertos y por primera vez vio un atisbo de emoción en ellos—. Cielo, ella está aquí para ayudarnos, pero debe hacer su trabajo. Tienes que calmarte.

Spencer asintió, taladrando con sus ojos a la asistente social.

—Lo siento.

Madilyn le sostuvo la mirada y soltó el aire que había estado conteniendo.

—Quiero que quede muy clara una cosa. Me importan todos los niños que llegan a mi oficina. Una vez que me los entregan son mi prioridad y busco lo mejor para ellos. Soy consciente de que a veces las leyes, la burocracia y el sistema pueden equivocarse, ser demasiado lentos e incluso ir en contra de los intereses de los menores porque solo se centran en los protocolos y en las normas, en números y test absurdos que casi nunca aportan nada. Pero, pese a los posibles fallos, creo en ese sistema y lo defiendo. —Echó un rápido vistazo a Travis y después observó de nuevo la cocina. Había cierres infantiles de seguridad en los cajones y en los armarios y ese detalle le hizo sonreír. Finalmente se fijó en la forma en la que Eric sujetaba la mano de Spencer y cómo ella se la apretaba—. Eso no quiere decir que en determinados casos, justificados, permita un camino más directo.

—¿Qué quiere decir con eso? —quiso saber Spencer, sin entender a dónde quería llegar.

—Voy a ir directa al grano. Hace unos días recibí una llamada. Se trataba de uno de los jueces más influyentes de este estado y con mejor reputación del país. El juez Roger Halbrook, ¿le conocen?

Spencer asintió con la boca abierta. Eric apartó la mirada y sus mejillas se tiñeron de púrpura. Una leve sonrisa se insinuó en sus labios, que borró rápidamente, pero no a tiempo de que Madilyn no la viera. Ella también sonrió. Lo había pillado.

Madilyn continuó:

—De algún modo, el juez Halbrook tenía conocimiento de ustedes y se tomó la libertad de hacerme llegar una serie de documentos e informes, en los que me dejaba bastante clara su postura sobre este caso. Además de defender con bastante acierto la integridad moral de ustedes dos, y su capacidad económica para atender cualquier necesidad que Travis pudiera tener. De hecho, está tan seguro de que son aptos para su cuidado y educación, que se ha hecho personalmente responsable del seguimiento de esta familia durante un periodo de adaptación que él mismo decidirá. Como es fácil suponer, ignorar a alguien como el juez Halbrook es imposible y mis jefes han considerado que no hay motivos para alargar esta situación con protocolos. Y sí para iniciar cuanto antes los trámites.

—¿Qué trámites? —preguntó Spencer casi sin voz. No estaba segura de si de verdad había entendido bien; porque, si lo había hecho, eso quería decir que Travis iba a ser suyo.

—Bueno, los de la custodia, evidentemente. —Abrió la carpeta y sacó un montón de papeles—. Aquí tengo toda la documentación para que legalmente pueda convertirse en la tutora de Travis. Sé que también está interesada en la posibilidad de una adopción. Pero al haber un parentesco tan directo, un tribunal deberá valorar si es recomendable. Ha habido precedentes, así que sería posible…

De repente, Spencer se levantó de la silla y rodeó la mesa tan rápido que pilló a Madilyn por sorpresa cuando la abrazó arrodillándose a su lado.

—Gracias, gracias, gracias —sollozó con un nudo tan grande en la garganta que no podía respirar—. Le juro que no se arrepentirá.

—Tranquila, sé que no lo haré —dijo la mujer, dándole palmaditas en el hombro.

Spencer se levantó del suelo con toda la dignidad que pudo y se secó las lagrimas con las manos, sorbiendo por la nariz sin mucha delicadeza. Se sentó de nuevo y miró a Eric con una sonrisa deslumbrante. Él se la devolvió, contento y aliviado por ella.

La asistente les sonrió.

—Entonces daré curso a todo el papeleo y la documentación, y espero que en muy poco tiempo quede resuelta esta situación. —Se puso de pie—. Ahora, si no les importa, voy a hablar un momento con Travis. Aunque ya le he contado lo que va a suceder, me gustaría volver a explicarle algunas cosas y despedirme de él.

—¿Ya puede quedarse con nosotros? —quiso saber Spencer.

—Sí. Sus cosas están en el coche.

La trabajadora social salió al porche y se sentó al lado de Travis.

Spencer los observaba desde la cocina, aún sin dar crédito a lo que acababa de ocurrir, y todo gracias a una única persona. Sonrió al notarlo detenerse a su espalda y habría jurado que su corazón se acababa de derretir entero al sentir su mano en la cintura. Se giró hacia él y levantó la barbilla para mirarlo a los ojos.

—Así que fuiste a pedirle ayuda al padre de Savannah.

—Fue lo único que se me ocurrió con alguna posibilidad de salir bien. Tyler me acompañó. Parte del mérito es suyo.

—Gracias.

—¿Por qué?

—Por darme tantas razones para sonreír otra vez —contestó, mordiéndose el labio.

Eric guardó silencio unos momentos y después le acarició la mejilla sin apartar los ojos de su rostro. La besó en la frente.

—Cuentas conmigo. Te lo prometí.

Ella suspiró y se apoyó en su pecho, necesitada de su contacto.

—Es muy guapo, ¿verdad?

—Se parece mucho a ti.

Spencer sonrió y al mismo tiempo esbozó una mueca triste.

—Es muy pequeño y ya tiene esa mirada triste y perdida que tan bien conozco. Me da miedo no hacerlo bien. ¿Y si…? ¿Y si no soy lo que necesita? ¿Y si no soy capaz de ayudarle?

—Eh, deja de pensar esas cosas. Tú eres todo lo que Travis necesita, su familia. Y lo único que tienes que hacer es quererle, el resto vendrá rodado.

—¿Sabe una cosa, señor Eric Jackson Kizer? —susurró. Los ojos oscuros de Eric se iluminaron al escuchar el que pronto sería su nuevo nombre—. Me gusta formar equipo contigo.

Él echó la cabeza hacia atrás y soltó una risotada. Después le plantó un beso en los labios.

28

—¿Solo tiene esto? —preguntó Eric, sorprendido al ver la pequeña mochila que la trabajadora social le entregó con las cosas de Travis.

—Sí, un par de pantalones y unas camisetas. Y están tan desgastadas que parecen listas para tirarlas.

Eric asintió y los oblicuos rayos del sol de la tarde acariciaron su pelo oscuro, un poco desgreñado. Inspiró hondo y apretó la mochila en su mano. No quería pensar en la clase de vida que le habían dado a ese niño. Las ideas que se le pasaban por la cabeza hacían que aflorara su instinto homicida y necesitaba permanecer tranquilo, ahora más que nunca. No sabía mucho sobre el tema, pero no había que ser un genio para darse cuenta de que el comportamiento del niño no era normal.

No tenía ni idea de por dónde empezar con él. Se sentía perdido, impotente, con la sensación de encontrarse sobre un campo de minas completamente ciego.

Madilyn debió de darse cuenta de su lucha interna, porque se acercó a él y le dio un apretón afectuoso en el hombro.

—Sé lo abrumadora que puede ser esta responsabilidad. El miedo a equivocarse, a no saber cómo tratarlo porque desconocemos hasta qué punto pueden haberle dañado. Asusta, lo sé. Pero voy a contarte un secreto, los niños como Travis, sobre todo cuando son tan pequeños, suelen recuperarse muy pronto. Solo necesitan sentirse amados y protegidos, y mucha paciencia. Un día hablará, y al siguiente te sorprenderá con su risa. Y sin que os deis cuenta se convertirá en un niño completamente normal. Lo he visto muchas veces. Confía en mí.

—Gracias por sus palabras.

Tras intercambiar unas cuantas frases de cortesía, se despidieron con un apretón de manos. Eric esperó junto a la acera hasta que el Prius de alquiler desapareció calle abajo y después regresó a la casa. Al entrar en la cocina, vio a Spencer sentada en el porche al lado de Travis. Los dos miraban al frente, inmóviles, sin decir una palabra. Le resultaba imposible no reflexionar sobre la magnitud de todo lo que le estaba ocurriendo a ese niño. Cómo debía sentirse rodeado de extraños en un lugar desconocido.

Salió al porche y se sentó al lado de Travis, de modo que el niño quedó entre los dos. Spencer y él cruzaron una mirada. Una conversación tácita fluyó entre ellos. Nunca un silencio había significado tantas cosas. *Zarpas* apareció detrás del cobertizo, cruzó el jardín y acabó subiendo al regazo de Spencer. Se acomodó con un maullido y empezó a ronronear.

Travis ladeó un poco la cabeza y se quedó mirándolo.

—Se llama *Zarpas* —dijo Spencer con voz suave—. ¿Te gustan los gatos? —Al ver que el niño guardaba silencio, continuó—: Es nuestra mascota, y ahora que tú vas a vivir aquí, *Zarpas* también será tu mascota. ¿Sabes? Le gusta mucho jugar y que le rasquen. Así. —Acarició al gato en la cabeza y este se puso patas arriba. Spencer le rascó la barriga—. ¿Ves? Le gusta. ¿Quieres hacerlo tú?

Travis se mordió el labio. Movió uno de sus deditos sobre su pierna y tragó saliva, sin decidirse a dar otro paso. Finalmente alargó la mano y deslizó los dedos por una de sus patas. La retiró de golpe. Las miradas de Eric y Spencer volvieron a encontrarse y una sonrisa cómplice se dibujó en sus labios.

—Eh, campeón. ¿Quieres ver la habitación tan guay en la que vas a dormir? Es muy chula y hay juguetes —propuso Eric con tono animado—. Hasta hay un camión de bomberos, con luces y todo. ¿Te gustan los bomberos? Porque yo soy uno de verdad y trabajo en un parque enorme con camiones de verdad y una barra para deslizarse. ¿Te gustaría verlo algún día? Porque puedo llevarte cuando quieras.

Poco a poco Travis giró la cabeza y levantó sus ojos grises. Miró a Eric y alzó un hombro. Un gesto apenas imperceptible.

—¿Eso es un sí?

El niño repitió el gesto y con cautela volvió a tocar a *Zarpas*. Solo un roce con el dedo sobre la oreja. Spencer se llevó una mano a la boca para contener un sollozo. Se le partía el corazón al verlo tan encerrado en sí mismo, y al mismo tiempo tenía la sensación de que solo era cuestión de tiempo que se abriera a ellos. Iban a lograrlo.

Eric se puso de pie de un salto y dio una palmada.

—Genial. Pues haremos una cosa. Spencer te llevará a visitarme al parque de bomberos esta misma semana. Pero para eso necesitas un casco, y tengo uno justo arriba, en tu nueva habitación. ¿Qué te parece si subimos a verlo y te lo pruebas?

Travis se miró los pies y se quedó inmóvil durante una eternidad. Al final, poco a poco, se puso de pie y metió las manos en los bolsillos de sus pantalones. Se encogió de hombros y miró de nuevo a Eric.

Sin decir una palabra, subieron los tres juntos a la planta de arriba. *Zarpas* los siguió. De repente parecía la sombra de Travis. Eric y Spencer entraron en el cuarto, pero el niño no los siguió. Se quedó en la puerta, mirándolo todo con los ojos abiertos de par en par. Eric se acercó a la estantería y alcanzó el casco de bombero que había colocado allí días antes. Se agachó y le dedicó una sonrisa.

—Puedes pasar, ahora esta habitación es tuya.

Travis no dejaba de ser un niño pequeño y aquel cuarto estaba repleto de cosas que no había visto nunca y que llamaban su atención. Indeciso, dio un paso, y luego otro, y después otro. Miró a su alrededor y sus pupilas se dilataron. Su pecho subía y bajaba deprisa.

Spencer se arrodilló a su lado para sentarse en los talones y así poder mirar directamente a la carita pecosa del niño. Se moría de ganas de tocarlo, pero le daba miedo asustarlo. Cada vez que se acercaban a él, su espalda se tensaba de forma sutil pero evidente.

—Travis, sé que no nos conoces y que esta casa es muy diferente a tu casa. Pero aquí estás a salvo. Eric y yo te queremos mucho y estamos muy contentos de que vayas a vivir con nosotros. Hemos preparado todo esto para ti, para que puedas jugar y sentirte bien. Puedes tocarlo todo y tomar lo que quieras. No vamos a decirte nada malo.

El niño miró de reojo el enorme dálmata de peluche. Ella se dio cuenta y sonrió. Le ofreció la mano.

—¿Quieres jugar con él?

Travis la miró en ese momento. Sus ojos la recorrieron desde las bailarinas hasta su melena oscura recogida en una trenza. Mientras se estudiaban, a Spencer la asaltó una profunda ternura. Travis era la viva imagen de un niño que ya no confiaba ni en las cosas ni en las personas, su frágil seriedad lo demostraba. Pero aún no había cumplido los tres años, era muy pequeño, y su infancia seguía ahí, morando dentro de él, lista para salir con un poco de ayuda.

Travis puso su mano sobre la de ella. Sintió el calor de sus deditos sobre la palma y se la agarró con cuidado. La emoción que la embargó la dejó sin aliento. Había algo en Travis, en su pelo mal cortado, su ropa vieja y su expresión ansiosa y asustada, que destrozaba el alma de Spencer. Lo llevó hasta el peluche y puso la mano del niño sobre él.

—Tendrás que buscarle un buen nombre.

El niño hizo un gesto desinteresado. Tenía los ojos brillantes pero la mirada apagada. «Te entiendo —quiso decirle ella—. He sido como tú y he estado en tu mismo lugar, sé lo que era vivir con ella. No la creas. No eres malo, no eres un estorbo y sí mereces que te quieran. Eres maravilloso y vas a ser muy feliz.» Estaba segura de eso.

Eric se acercó a ellos y deslizó los dedos por la cabecita de Travis. Nunca había sido muy paternal, ni siquiera había tenido un trato tan directo con un niño hasta ahora. Siempre había sabido apañárselas, desde que solo era un mocoso, y se sabía capaz de muchas cosas. Pero de verse obligado a cuidar de un niño que ni siquiera era suyo, nunca lo había contemplado y no sabía por dónde empezar.

Había sido sincero ofreciéndole su ayuda a Spencer, asegurándole que estaría a su lado y que no la dejaría sola. Por todo lo que sentía por ella había asumido una responsabilidad que desconocía por completo, para la que probablemente no estaba preparado. Ahora que el niño se encontraba allí, no sabía qué hacer. Solo tenía buenas intenciones, nada más, y el deseo de ver a Spencer feliz. Esperaba que con eso bastara.

—¿Y si dejamos que Travis le eche un vistazo a su cuarto mientras nosotros preparamos la cena? —sugirió.

—¿Quieres dejarle aquí solo?

—Creo que necesita un descanso, sin agobios, y aquí no va a pasarle nada.

Spencer se puso de pie a regañadientes, pero sabía que Eric tenía razón. No podía agobiarlo nada más llegar y sobreprotegerlo como si necesitara ayuda hasta para respirar. No quería ser ese tipo de persona.

Bajaron a la cocina dejando al niño en la habitación. Veinte minutos después, con una pizza recién sacada del horno, subieron a buscarle. Lo encontraron sentado junto al peluche, con un cuento de desplegables sobre el regazo que lo tenía fascinado, y a *Zarpas* tumbado a su lado. No había tocado nada más. Lo acompañaron al baño para que se lavara las manos, y después cenaron los tres juntos. Travis comió en silencio, sin levantar la vista del plato. Asentía y negaba con gestos, y cuando no sabía, simplemente se encogía de hombros.

Mas tarde le dieron un baño. Entre sus cosas no había un pijama y Spencer no le había comprado nada de ropa. No había pensado en ello. Lo solucionó con una de sus camisetas más ajustadas, que en el cuerpo de Travis parecía una túnica. Lo metieron en la cama y lo arroparon juntos. El niño los miraba con los ojos abiertos de par en par. Spencer le apartó el pelo de la frente mientras miraba su expresión atormentada. Daría cualquier cosa por borrarla. Haría cualquier cosa por él. Y con ese pensamiento se inclinó y lo besó en la frente.

—Voy a dejar esa luz encendida, ¿vale? Por si te despiertas o necesitas ir al baño. Nosotros dormimos en el cuarto de al lado y vendremos enseguida si nos necesitas. —Volvió a acariciarle el pelo, deseando encontrar la fórmula mágica que le permitiera llegar hasta él. Le preguntó en voz baja—: Travis… ¿te gusta estar aquí?

La miró de reojo y asintió. Ella sonrió y su sonrisa se ensanchó cuando *Zarpas* se subió a la cama de un salto y se tumbó a su lado. El niño se dio media vuelta y cerró los ojos.

—Buenas noches —susurró ella al salir de la habitación.

A la mañana siguiente, Spencer se despertó muy temprano. Había pasado gran parte de la noche desvelada, atenta a los ruidos del cuarto del niño. Con un bostezo se asomó a su habitación y lo encontró de pie, frente a la estantería, mirando la caja que contenía un conjunto de tren, vagones y vías de madera.

—Tiene hasta un puente, ¿quieres que la abramos juntos?

Travis asintió con la cabeza y la miró de reojo. Ella sonrió y cruzó la habitación hasta él. Tomó la caja y la abrió con cuidado. Un montón de piezas cayeron sobre la alfombra.

—Nunca he montado un tren. Vas a tener que ayudarme.

Una titubeante sonrisa vaciló en los labios del niño. Se arrodilló junto a ella y tomó dos de las partes que formaban las vías. Las unió y después añadió una tercera.

—¡Vaya, eres todo un experto! —exclamó, llevándose las manos a las mejillas. Después agarró un vagón y le dio vueltas entre sus dedos—. ¿Y dónde crees tú que irá esta?

Travis le quitó el vagón de su mano y lo enganchó a la locomotora. Los colocó sobre las vías. Otro asomo de sonrisa iluminó un poco su cara. En cinco minutos tuvieron todo el juego montado. El niño lo miraba fascinado. Spencer alcanzó el casco de bombero y se lo puso en la cabeza.

—No es un sombrero de maquinista, pero podría servir. ¡Pasajeros al tren!

Eric apareció en la puerta, frotándose los ojos. Tenía el pelo revuelto y una sonrisa somnolienta en la cara. Se acercó a ellos.

—¿Pensabais salir de viaje sin mí?

—¡No! —replicó Spencer. Se llevó un dedo a los labios y le lanzó una mirada cómplice a su hermano—. Casi nos pilla.

Esta vez la sonrisa de Travis fue menos sutil.

Los tres juntos bajaron a desayunar y, poco después, Eric salía hacia el trabajo. Spencer aprovechó el día para ir de compras. Travis necesitaba ropa y zapatos. Comieron en una hamburguesería y más tarde pasaron la tarde en un parque. Travis no se movió de su lado en ningún momento y tampoco habló. Miraba a los otros niños jugar desde el banco en el que se habían sentado, también a las madres. Sus ojos parecían querer absorber hasta el último detalle y no podían disimular su atracción por aquel reducido espacio repleto de risas, gritos y alegría.

Spencer le observaba, preguntándose tantas cosas sobre él que la lista era interminable.

—Travis, ¿nunca habías estado en un parque como este? —El pequeño negó con un gesto—. ¿Habías estado alguna vez en un parque? —Volvió a negar—. Pero tienes amigos, has jugado con otros niños, ¿no? —Travis señaló a un abuelo que saltaba con su nieta—. ¿Jugabas con un amigo mayor? —Él asintió—. ¿Y era bueno contigo, cuidaba de ti? —Volvió a afirmar.

Ese gesto hizo que Spencer girara la cabeza para esconder un sollozo. Quiso suponer que se refería a un vecino. Recordaba que la trabajadora social había comentado en algún momento que fue uno de los vecinos el que denunció que el niño no paraba de llorar y que estaba preocupado por él. Así encontraron a su madre.

—Bueno, si te gusta estar aquí, podemos venir más veces.

Travis se mostró de acuerdo con un leve gesto y continuó observando a todas aquellas personas. Ella alargó el brazo y tomó su manita entre los dedos. Le escocían los ojos y le era imposible detener los temblores que sacudían su cuerpo. Odiaba a su madre, la odiaba con todas sus fuerzas.

Regresaron a casa poco después. Colocaron toda la ropa nueva de Travis en su habitación y bajaron a la cocina. El sol del atardecer aún era intenso y su luz dorada lanzaba destellos sobre el mar que se podían ver desde el porche. Las gaviotas volaban de un lado a otro, lanzando graznidos al aire y zambulléndose en las aguas en busca de peces. Hacía calor y la humedad era bastante alta. Después de todo, estaban a principios de junio y pronto llegaría el verano.

—¿Quieres que demos un paseo por la playa antes de la cena?

Travis se aferró a su mano y ella lo interpretó como un sí rotundo. Sin prisa se acercaron a la orilla. Una ligera brisa soplaba desde el océano y las olas rompían contra la arena dejando un rastro de espuma. El niño parecía reacio a acercarse al agua y se alejaba inquieto en cuanto el oleaje ascendía en busca de sus pies.

—Eh, no pasa nada, es divertido —lo tranquilizó ella. Se quitó las sandalias y se acercó hasta que el mar lamió sus tobillos. Se le escapó una risita—. Es divertido. ¿Quieres probar?

Travis se encogió de hombros, pero su carita se mostraba ansiosa y sus ojos brillaban expectantes. Nunca había visto el mar tan de cerca. En realidad solo había visto el mar en la televisión y allí no le había parecido tan grande.

—Vale. Deja que te ayude. —Le quitó los zapatos y le dio unas vueltas al bajo de sus pantalones. Después lo sostuvo por ambas manos y poco a poco se acercaron a la orilla. El agua mojó sus deditos y se le escapó un gemido ahogado—. ¿Ves? No pasa nada.

Aferrado a sus manos, Travis dejó que la espuma rodeara sus pies y se encogió por las cosquillas que le hacía. Al cabo de unos minutos había ganado confianza suficiente como para soltarse de sus manos. Alzó su carita emocionada hacia ella y sonrió abiertamente.

Spencer pensó que iba a explotarle el corazón. Dio un par de saltitos y su hermano la imitó, chapoteando. De repente, un rugido vibró junto a su oreja y unos brazos la alzaron del suelo. Eric giró con ella en brazos, gruñendo como un oso. El susto y la sorpresa hizo que la risa de Spencer estallara en su garganta y gritó cuando él se la puso sobre el hombro y le dio una palmada en el trasero.

—Te cacé, y ahora te voy a comer —dijo él con voz gutural.

Spencer volvió a chillar y le golpeó la espalda con las manos.

—Bájame.

Una risita llegó hasta ellos y se quedaron petrificados. Sus cabezas se giraron de golpe y comprobaron con sus propios ojos que ese precioso sonido brotaba de Travis. Eric, sin dar crédito, le guiñó un ojo.

—¿Qué dices, campeón, me la como o no me la como?

El niño asintió muy deprisa y se cubrió la boca con las manos. Más risa infantil surgió de su cuerpecito.

—¡Eh, no puedes ponerte de su parte! —protestó Spencer en broma, mientras la dejaba en el suelo.

—Pensándolo mejor, creo que os voy a comer a los dos —aulló Eric alzando sus manos como si fuesen garras—. Será mejor que corráis.

Spencer chilló y echó a correr con Travis aferrado a su mano. Reían muy fuerte, y cuando ella gritó, él también lo hizo. Eric les dio un poco de ventaja. Aun así tardó pocos segundos en alcanzarlos. Alzó con un brazo a Travis y con el otro a ella y rugió como si fuese el mismísimo King Kong. Cayeron en la arena, enredados, y Spencer aprovechó para abalanzarse sobre él y empezar a hacerle cosquillas. Travis los miraba con el rostro completamente iluminado.

—¡Vamos, ayúdame a derrotarlo! —lo animó ella.

Travis dudó, inseguro, pero las ganas de jugar pudieron con cualquier reserva y saltó encima de Eric. Sus deditos se movían sobre él y su risa divertida se unió a la suya, fuerte y ronca. Fue un momento mágico e importante para los tres. Conscientes de que en ese instante habían caído un montón de barreras.

Los días transcurrieron plácidamente sin que apenas se dieran cuenta de su paso. La llegada de Travis había supuesto muchos cambios para Eric y Spencer, y trataban de adaptarse a ellos lo mejor que podían. Unas veces era fácil y otras no tanto, como el domingo que comieron en casa de los Kizer, con toda la familia, para celebrar el cumpleaños de Drew. Travis pasó todo el tiempo sentado en una silla mirándose los pies, confuso e inseguro entre todas aquellas personas.

Era un niño muy bueno y siempre hacía todo lo que le decían. Aunque continuaba mostrándose cauto la mayor parte del tiempo, como si temiera encariñarse con ellos y mantener la distancia le hiciera sentirse protegido.

Seguía sin hablar, pero su risa sonaba a menudo y tenía confianza a la hora moverse por la casa y el jardín. Jugaba con sus juguetes y perseguía a *Zarpas* por todos los rincones; o simplemente se tumbaba sobre la hierba y contemplaba el cielo. Solía mantenerse cerca de Spencer y ella lo sorprendía a menudo observándola.

El tiempo que Eric pasaba en casa era el favorito de Travis. No se separaba de él y le encantaba ayudarle a reparar cosas. También era el favorito de Spencer, sobre todo cuando volvía de alguna guardia muy larga y le había echado de menos hasta dolerle el pecho. Lo había dejado entrar en su vida de un modo que ni ella misma entendía. Solo iba a quedarse un par de meses, solo eso. Y de repente era el centro de todo, de su cabeza, de su corazón y de su alma.

Nunca había tenido nada y ahora lo tenía todo. Y aunque no quería pensar en ello, no podía evitar sentir sobre su cabeza un enorme reloj con una cuenta atrás que no se detenía. Un día llegaría a cero y el sueño desaparecería, porque cada vez que había creído tener algo que anhelaba, lo había perdido. Nunca duraba.

Miró a su alrededor. Su casa, Travis, Eric, los días como aquel… Todo era demasiado bueno.

—No te alejes tanto —alzó la voz para que pudiera oírla

Su hermano correteaba tras las gaviotas que se posaban en el suelo, y cada vez que lo perdía de vista tras una duna, el corazón se le subía a la garganta. Habían salido a dar un paseo por la playa después de pasar todo el día en casa y ya llevaban un par de horas deambulando, haciendo cosas fascinantes como buscar conchas de mar o empujar con un palito un pez que habían encontrado sobre las rocas para comprobar si estaba vivo. Llegaron a la conclusión de que el pobre animal se encontraba ya en el cielo de los peces.

Cansada de caminar, se sentó en un montículo rodeado de hierba crecida que se mecía ondulante por la brisa, y desde allí observó a Travis mojando sus pies. Perseguía las olas cuando se alejaban y después corría en dirección contraria para escapar de ellas. Al cabo de un rato se sentó junto a ella y se dedicaron a contemplar unos parapentes que sobrevolaban la costa.

—Parece divertido —dijo Spencer, usando la mano a modo de visera para protegerse del sol, tan bajo que incidía en sus ojos—. ¿Sabes? Algún día me gustaría poder volar. No sé, en un avión, en un helicóptero, incluso en un parapente como esos. Creo que me encantaría. —Sonrió para sí misma al ver la mirada curiosa de Travis sobre ella—. Nunca he volado. ¿Y tú?

El niño negó con la cabeza.

—Pues deberíamos hacerlo algún día. Y también ir a Disneyland. Y a ver ballenas. —Se limpió la arena que se le había pegado en las manos dando palmaditas—. ¿Te gustan las ballenas?

Travis asintió de nuevo.

—A mí también. Pero me gustaría verlas en el océano, desde un barco. No en un acuario. No me gustan mucho los acuarios y los zoos. Me entristece ver a los animales tan solos, allí encerrados…

—¿Vas a ser mi mamá para siempre?

Spencer se quedó paralizada. No estaba muy segura de haber oído esa vocecilla titubeante. Dios, no podía ser, había hablado. ¿De verdad lo había hecho? Por fin lo miró y se conmovió al ver sus mejillas sonrojadas. Tragó saliva e inspiró hondo antes de replicar, como si no hubiera pasado nada importante.

—Travis, ¿sabes que soy tu hermana y lo que eso significa?

El pequeño se encogió de hombros.

—Significa que tú y yo tenemos la misma madre. Colleen también era mi mamá —le explicó. El niño empezó a respirar un poco agitado—. También significa que somos familia, que estamos unidos, pero no como una mamá y su hijo. Sin embargo, lo estamos de un modo igual de importante.

—No quiero volver con ella —dijo tan flojito, que casi sonó como un soplo.

Había vuelto a hablar y esa voz diminuta era lo más dulce que Spencer había oído nunca. Pensó qué decirle, porque no estaba muy segura de si Travis podía entender que su madre ya no estaba.

—No vas a volver con ella. Nunca más. Te quedarás conmigo para siempre, o hasta que te hagas mayor y vayas a la universidad, y entonces te echaré muchísimo de menos. —Le sacó la lengua con una mueca y se ganó una sonrisa de bonitos dientes tan pequeños como los de un ratón. Suspiró—. No puedo ser tu mamá, pero voy a cuidarte como si lo fuera. ¿Te parece bien?

—Sí.

Spencer tuvo que controlarse para seguir aparentando normalidad y no agobiar con su reacción histérica a Travis. Por dentro estaba gritando de alegría. Notó una lágrima caer por su mejilla y vio a Travis fruncir el ceño al percatarse.

—¿Te he puesto triste?

—¡No, cariño, no! —se apresuró a decirle mientras le tomaba el rostro con una mano—. Me has hecho muy feliz. Estas lágrimas son de felicidad porque has hablado conmigo. Tenía muchas ganas de escuchar tu voz. ¿Por qué no hablabas?

Travis se encogió de hombros y Spencer se removió inquieta, empezaba a odiar ese gesto. Quería que volviera a hablar, que no dejara de hacerlo nunca.

—No importa, ya me lo contarás otro día. —Se movió hasta quedar de rodillas frente a él y le acarició las manos—. A mí puedes hablarme, y a Eric y a todas las personas que estás conociendo aquí, como mi amigo Tyler y sus papás. ¡Te dieron un montón de tarta! O esa señora del supermercado tan simpática que te regala caramelos. Se pondrá muy contenta si la próxima vez le dices gracias. ¿Lo intentarás?

Travis asintió con una tímida sonrisa. Tragó saliva y abrió la boca.

—Sí.

29

Después de un turno de dieciocho horas, Eric solo deseaba llegar a casa y dormir en su cama. Odiaba las literas del parque. Eran incómodas, estrechas y la suya solía compartirla con Moby. No a la vez, por supuesto. Primero uno y luego el otro. Solo le faltaba tener que compartir la cama. Ya se bebía su café, picaba de su comida y usaba su jabón en la ducha. Le quitaba el iPod para escuchar música y hasta se había aficionado a leer gracias a sus cómics, cómo no.

Bostezó un par de veces mientras conducía, tan fuerte que pensó que se le iba a desencajar la mandíbula. Otra de las cosas buenas de dormir en casa, la mejor, era que compartía la cama con una morena preciosa con la que quería hacer de todo menos dormir. Sonrió, divertido por sus propias contradicciones.

Aparcó y desde la ventanilla contempló la luz anaranjada que se adivinaba tras las ventanas. Notó un cosquilleo en el estómago y su pecho se hinchó con una profunda inhalación.

Nada más abrir la puerta, la boca se le hizo agua por el delicioso olor que inundaba la casa. Espaguetis a la boloñesa. Sus favoritos. Dejó su bolsa en la entrada y se dirigió a la cocina, donde sonaba música y se oía el sonido de la batidora en marcha. *Zarpas* salió a su encuentro y se frotó contra sus piernas. Lo tomó en brazos y entró en la cocina.

Travis se encontraba sentado a la mesa, entretenido con un puzzle de animales, y al verle su cara se iluminó con una enorme sonrisa. Eric le guiñó un ojo. Se acercó para darle un beso en la cabecita. Después, de puntillas y sin hacer ruido, acechó a Spencer hasta detenerse a su espalda. Llevaba unos pantaloncitos cortos y una camiseta de tirantes, que mostraban todas y cada una de sus curvas. Joder, era preciosa y no se cansaba de mirarla. Le rodeó la cintura con los brazos y hundió la cara en su cuello, dándole un susto de muerte.

—¿Eres tú la que huele así de bien?

Ella se giró entre sus brazos y le plantó un beso en los labios.

—Me temo que no. ¿Qué tal ha ido?

Eric hizo un mueca.

—Largo y aburrido.

—Pero eso es bueno, porque significa que no ha pasado nada malo.

Eric la estrechó muy fuerte y volvió a besarla.

—Me muero de hambre.

—La cena ya está lista. Mientras tú sacas un par de cervezas de la nevera, yo voy poniendo la mesa, ¿vale?

—Hablo de otro tipo de hambre —susurró muy bajito con tono travieso.

Los ojos de Spencer brillaron expectantes y se mordió el labio.

—Veré qué puedo hacer con el postre.

—Hay helado —dijo una vocecita.

Eric se quedó de piedra y sus ojos se clavaron en los de Spencer llenos de interrogantes. Ella se encogió de hombros y le sonrió.

—Travis, ¿por qué no le dices a Eric los sabores que hemos comprado para que elija?

—De chocolate, fresa y ese que tiene cosas verdes.

—De pistachos —aclaró ella.

—Sí, ese —dijo Travis sin levantar la vista del puzzle—. Yo lo quiero de fresa.

Eric apoyó la frente en la de Spencer, riendo en silencio. Su cuerpo se agitaba tembloroso. Abrió mucho los ojos, sin dar crédito.

—¿Cómo? —musitó.

—Luego te lo cuento.

Eric se volvió despacio para mirar al niño. Fingiendo una calma que no sentía, se acercó a la nevera y sacó una cerveza. Le quitó el tapón y se sentó al lado de Travis.

—Vaya, parece difícil.

Travis negó con un gesto y golpeó una pieza con su puño para encajarla.

—Es fácil, solo tienes que saber que la cabeza está arriba y las patas abajo.

Eric torció el cuello para ver mejor el dibujo.

—Tienes razón. ¿Cómo no se me ha ocurrido antes?

El niño soltó una risilla, como si él no fuese muy listo.

—Y… cuéntame, ¿qué has hecho hoy?

—He ido a dar un paseo con Spencer y hemos visto un pez muerto. Daba mucho asco —respondió con una mueca y los ojos en blanco.

Eric se echó hacia atrás con una carcajada y lo abrazó para estrecharlo contra su pecho. Travis se dejó hacer y acabó en su regazo, rodeándole el cuello con sus bracitos. Acercó la boca a su oído, haciéndole cosquillas en la barba con el pelo. Eric se derritió con su olor a melocotón y ceras de colores.

—Ahora hablo, pero no le he contado nuestro secreto.

—Eso está bien. No queremos que se estropee la sorpresa.

El pequeño sacudió la cabeza con vehemencia. Se estremeció con una risita que acabó contagiando a Eric.

—¿Qué tramáis vosotros dos? —quiso saber Spencer, mientras dejaba un par de platos repletos de espaguetis sobre la mesa.

—¡Nada! —saltaron los dos al mismo tiempo.

Tras la cena, los tres pasaron un rato en el porche trasero, viendo cómo *Zarpas* cazaba grillos entre la hierba. La luna, llena y resplandeciente, había iniciado su ascenso desde el mar, iluminándolo con bonitos destellos plateados. Travis empezó a frotarse los ojos en el regazo de Eric y a bostezar.

—Voy a acostarle —dijo él, levantándose de la mecedora con el niño en brazos—. ¿Subes?

—En dos minutos.

Él le dedicó una sonrisa y entró en casa. Llevó al niño arriba, pesaba tan poco y era tan pequeño que un instinto que no reconocía empezó a agitarse en su pecho. Lo besó en la frente con una increíble ternura en cuanto sintió el peso de su cabeza en el hombro. Ayudó al pequeño a lavarse los dientes y después con el pijama. Lo metió en la cama y encendió la lamparita. Su cálida luz se filtraba a través de la pantalla azul.

—¿Quieres que te lea un cuento?

—Sí.

Se sentó en la cama y tras arroparlo empezó a leerle una historia sobre un elefante que era diferente a todos los demás porque su piel era de muchos colores. Travis se durmió abrazado a su peluche, antes de que él llegara al final de la segunda página. Se lo quedó mirando con una sonrisa en los labios y soltó un profundo suspiro mientras se frotaba la cara con ambas manos.

La mayor parte del tiempo no tenía ni idea de qué estaba haciendo, pero Travis parecía cada día un poco más feliz y buscaba su compañía, así que era posible que ejercer de «padre» no se le diera tan mal como había temido.

«Padre», esa palabra le provocaba un montón de sentimientos y no siempre eran buenos. Él no había conocido al suyo hasta hacía muy poco y bien sabía que le había necesitado desde el primer día. Durante su infancia y adolescencia, no había tenido una figura masculina en la que apoyarse. Realmente no sabía lo que era tener un padre y tampoco sabía cómo serlo. Era una responsabilidad que iba mucho más allá de lanzar unos pases con el balón y leerle un cuento por las noches.

Pensar esas cosas lo llenaba de miedos, y lo hacía muy a menudo.

Travis le importaba, quería que estuviera bien, pero la realidad era que se sentía sobrepasado en algunos instantes. Apenas llevaba tres semanas en su vida y había llegado un momento en que ni siquiera sentía que su relación con Spencer fuese completamente sólida. Joder, solo habían pasado dos meses desde que le dijo que quería ser algo más que su amigo. Nunca habían hablado de sentimientos y en los momentos importantes, en los que ella había necesitado ayuda, le había tratado como un amigo especial con el que se acostaba y convivía. Solo eso, sin más proyección.

Resopló molesto y se puso en pie. Lo estaba haciendo otra vez, pensar demasiado, y no de un modo positivo. Y no podía dejar que sus paranoias tomaran el control. La última vez que lo permitió acabó dejando a una chica maravillosa sin un simple adiós, y tardó tres años en volver.

Encontró a Spencer en la cama. Se quedó mirándola desde la puerta, con ambas manos apoyadas en el marco por encima de su cabeza. Nunca había creído en los ángeles, las hadas y todas esas mierdas, pero tenía una mezcla de todos ellos justo delante de él, mirándole con unos ojos que brillaban de un modo sobrenatural en la penumbra. Hasta su piel de cera parecía estar iluminada desde dentro. Ella le sonrió y fue como la luz del sol abriéndose paso entre los pesados nubarrones negros que habían ocupado su mente unos minutos antes.

Entró en el cuarto mientras se quitaba la camiseta, pensando solo en ella; con un par de sacudidas se deshizo de las zapatillas, notando lo mucho que la deseaba; y sin detenerse tiró de los vaqueros hacia abajo, consciente de la facilidad con la que habían encajado sus vidas. Ella lo contempló de pies a cabeza y una sonrisa fácil y sugerente le mostró lo mucho que le gustaba lo que veía. A él también le gustaba lo que abarcaban sus ojos, mucho, muchísimo.

Se subió a la cama, de rodillas. La atrapó por los tobillos y la arrastró por las sábanas hasta que estuvo entre sus piernas, arrancándole una risa ahogada. Deslizó los dedos por sus muslos, trazando un camino hasta sus caderas. Se inclinó y depositó un beso en su vientre, allí donde sus braguitas daban paso a una piel suave que olía a vainilla. Subió por la cintura, arrastrando a su paso la tela de su camiseta y depositó otro beso donde comenzaba el esternón. Otro beso en el hueco de su cuello y la tuvo bajo su cuerpo cálido y firme. Saboreó la piel de su garganta, la barbilla y presionó su boca con fuerza en un beso lento y húmedo. Ella arqueó la espalda contra él y apretó los muslos contra sus caderas. Profundizó el beso y sus lenguas bailaron juntas, danzando al mismo ritmo que sus cuerpos.

Se alzó sobre los brazos para poder verla. Era tan jodidamente sexy que no podía soportarlo y sin más preámbulos apartó con una mano la única prenda que los separaba. Se adentró en ella con un siseo, como si llevara toda la vida esperando esa unión. Pero con Spencer siempre era así, todo su ser convergía en ella reduciendo la existencia de todo un universo a su tacto, a su sabor, a su calor rodeándolo por completo. Ardiente y explosiva. Tierna y dulce. Era perfecta.

A la mañana siguiente, Eric se despertó temprano para avanzar con la tarea que se traía entre manos desde hacía un tiempo. Spencer aún dormía y salió de la habitación tratando de no hacer ruido. Se asomó al cuarto de Travis y comprobó que también descansaba.

Salió al porche mientras se hacía el café y caminó descalzo por la hierba húmeda. El cielo en aquellas primeras horas del amanecer era una paleta de colores que iban desde el violeta oscuro hasta el naranja brillante. Sobre el agua pudo distinguir un par de lanchas y unas motos de agua. El verano había llegado y con él las vacaciones para muchas personas que elegían Port Pleasant, y concretamente Sunset Beach, para su descanso. El lugar era una maravilla, aún salvaje y natural.

La tranquilidad se apoderó de él mientras observaba la playa y supo sin lugar a dudas que aquel era su lugar.

Nunca se había sentido tan bien como allí. Pese a los miedos y las dudas que lo acosaban a traición, su alma sabía que no encontraría esa paz que lo embargaba en ninguna otra parte. Regresó adentro y mientras tomaba un desayuno ligero, hizo una lista con todas las cosas que necesitaba de la ferretería.

Cuando regresó después de comprar todos los materiales, enfiló con ellos directamente al cobertizo, rodeando la casa para evitar que Spencer pudiera verle. Le estaba costando bastante mantenerla alejada de allí. En alguna ocasión la había pillado intentando ver algo a través de las ventanas que había tapado con papel. Su curiosidad le resultaba graciosa, pero había planeado aquella sorpresa hasta el último detalle y no iba a dejar que la viera antes de tiempo.

A media mañana, Travis fue a buscarle con el juego de herramientas que le había comprado unos días antes en una juguetería. Durante un rato estuvo entretenido, fingiendo martillear y atornillar, pero enseguida se distrajo con las mariposas que habían aparecido en el jardín y estuvo correteando de un lado a otro hasta que el calor se hizo insoportable y regresó dentro de la casa.

Agitó la botella de agua y le dio la vuelta solo para confirmar que no quedaba ni una gota. Entró en la cocina, secándose la frente con la camiseta que llevaba en la mano, y encontró a Spencer hojeando un periódico sobre la mesa.

Ella lo miró de arriba abajo. El pelo húmedo y de punta, el torso moreno perlado de gotitas de sudor, los músculos tensos por el trabajo y sus caderas estrechas enfundadas en unos tejanos rotos, que le hacían un culo estupendo al inclinarse dentro de la nevera para buscar una botella de agua fría.

—¡Qué bueno estás!

Eric alzó una ceja y la miró por encima del hombro. Una sonrisa socarrona se dibujó en su cara. Alzó un brazo y marcó el bíceps, a lo que

Spencer respondió con un suspiro y un aleteo de pestañas. Se acercó a ella y ahogó su risa con un beso.

—¿Qué haces?

—Mirando ofertas de trabajo —respondió con un deje de cansancio.

—¿Hay algo interesante?

—Sí, pero nada que yo pueda hacer. No tengo la formación que piden. No tengo estudios, ni sé mecanografía, no manejo la contabilidad... ¡Nada! Solo sé ser camarera. Pero todo lo que encuentro en ese sentido no es compatible con cuidar de Travis. Muchas horas, un sueldo miserable y tendría que tenerlo todo el día en una guardería.

Eric se acuclilló junto a ella y giró la silla para que sus rostros quedaran frente a frente.

—Todo el día no. Yo me ocuparía de él después del trabajo.

—¿Y qué hacemos cuando tengas guardias de varios días? Solo habla con nosotros, aún no está preparado. Tiene miedo de que quiera abandonarlo.

—No te agobies, ya encontrarás algo. De momento estamos bien así.

—No lo estamos, tú te estás ocupando de todo. Pagas el alquiler, las facturas, la comida, la ropa, hasta la gasolina de mi camioneta... —dijo ella con la voz llena de frustración—. Todo, Eric.

—No me importa hacer nada de eso. Además, ya lo hemos hablado. Yo cuido de ti y tú cuidas de mí.

Spencer se echó hacia atrás y se repantigó en la silla con un mohín enfurruñado. Sus dedos toqueteaban nerviosamente el dobladillo de su blusa.

—Sí, ya, un equipo. El problema es que en este equipo solo una parte es funcional. Solo remas tú en este barco. Solo tú resuelves. —Le clavó una mirada penetrante, con los ojos azules llenos de impotencia—. Me siento menos que nada. Si tú no estuvieras, si por algún motivo...

—Spencer, yo no... —intentó que no cayera de nuevo en ese bucle, pero ella no lo dejó acabar, cerrando sus labios con la mano.

—Sé lo que vas a decir, y una parte de mí lo entiende, sabe que tienes razón e intenta aceptar la situación. Esa parte de mí me dice que gracias a esta decisión puedo cuidar de Travis y estar con él hasta que se adapte por completo. También me dice que eres sincero cuando me repites una y mil veces que no te importa asumir esta responsabilidad —declaró, derrotada como si le estuvieran absorbiendo la energía—. Pero otra parte de mí, mucho más grande, no lo consigue. Todo... —Alzó los brazos y los dejó caer de nuevo—, todo esto me hace sentir mal, me incomoda, me hace infeliz. Quiero formar ese equipo contigo, pero jugando a tu lado. No en el banquillo. Desde el banquillo no se ganan partidos. No sabe igual la victoria. ¿Puedes entenderme?

Eric tomó sus manos y se puso de pie, tirando de ella hacia arriba. La abrazó como si intentara abrazar su corazón para aliviarle ese pesar.

—Lo entiendo. Joder, por supuesto que lo entiendo y me mata que te sientas así —exhaló hondo.

—No es culpa tuya.

Él le tomó el rostro y le dio un besito en la punta de la nariz

—Lo solucionaremos. De un modo u otro encontraremos algo para ti y será perfecto. Te lo prometo.

El teléfono móvil de Eric sonó en el salón con el tono que había programado para las llamadas del parque de bomberos y de los números de sus compañeros.

—Debo responder —susurró, soltándola a regañadientes, y salió de la cocina. Segundos después volvía con el semblante serio—. Uno de los chicos se ha puesto enfermo y tengo que sustituirlo.

—No pasa nada, es tu deber —dijo ella con una sonrisa que no llegó a sus ojos.

—Voy a darme una ducha.

—Vale.

Eric se tragó el mal sabor de boca que le había dejado la conversación. Odiaba tener que irse y dejarla así, pero no le quedaba más remedio. Deslizó la mano por su nuca y la atrajo para darle un beso profundo. La miró a los ojos y volvió a besarla como si tratara de dejar parte de él en esos labios que lo volvían loco.

Bajo la ducha, no dejaba de pensar en todo lo que Spencer le había dicho y la comprendía, de verdad que la comprendía. Como para cualquier otra persona, para ella tener un trabajo era una necesidad básica. Pero con Travis en su vida, algo que antes habría sido fácil de lograr, ahora no lo era. Parecía imposible encontrar un empleo bien pagado, que le permitiera pasar todo el tiempo posible con un niño con tantos problemas que necesitaba casi atención continua.

No tenía ni idea de por dónde empezar, pero debía hacer algo. Spencer lo estaba pasando mal, era imposible no verlo. Tras su preciosa sonrisa y su buen humor, latían otras emociones que la estaban envenenando y al final acabaría explotando.

Con una toalla alrededor de las caderas se dirigió a su habitación mientras se frotaba el pelo mojado con otra toalla. El olor a pintura llegó hasta su nariz y de reojo vio la puerta de la tercera habitación abierta. Ella siempre tenía mucho cuidado de que estuviera cerrada.

Echó un vistazo dentro y vio un lienzo nuevo sobre el caballete. El dibujo que tomaba forma sobre la tela era un retrato de Travis, tan jodidamente perfecto que los ojos del niño parecían tener vida. Miró a su alrededor y pensó que podrían llenar las paredes de la casa con todos aquellos cuadros.

Una idea lo atravesó como un rayo. Una locura, pero el mundo estaba lleno de locuras como la que se le acababa de ocurrir. Miles de casos. ¿Y si ella pudiera ser una de esas personas a las que la magia y lo imposible elige?

—¿Eric? —lo llamó Spencer desde la entrada.

—¿Sí?

—Como tienes que irte, he pensado en llevarme a Travis a visitar a Chad y a Letti. Pasaremos la tarde con ellos.

—Me parece una idea estupenda.

—Vale. Ten cuidado, por favor.

—Siempre.

Oyó el clic de la puerta y poco después el motor de la camioneta. Mientras se vestía, una opresión en el pecho le estaba aplastando el esternón. Las piernas le brincaban solas y la mandíbula le dolía de tanto apretar los dientes. Lo que iba a hacer no estaba bien, le había prometido que guardaría su secreto porque para ella era importante, e iba a traicionar su confianza.

Sacó una sábana del armario y entró en el cuarto de pintura de Spencer. La extendió en el suelo, después revisó uno a uno todos los cuadros y eligió tres de ellos. Uno era el primero que ella pintó. El más trágico. El más oscuro. El que más le dolía. Pero esa imagen tenía algo a lo que era imposible no reaccionar.

Los envolvió con mucho cuidado y los guardó en el maletero de su Pontiac.

Desde el coche llamó a Moby para avisarle de que iba a retrasarse unos minutos y condujo hasta la casa de su hermano. Atravesó el centro. Llegó hasta el puente que separaba la ciudad y se dirigió al sur por la carretera de la costa. Un par de desvíos después, se detenía junto a la casa de Tyler. Subió la escalera con los cuadros bajo el brazo y llamó a la puerta.

Cassie abrió con Maddie dormida contra su pecho. Sus ojos se abrieron por la sorpresa.

—¡Eric!

—Hola, Cassie. ¿Puedo pasar?

—Sí, claro, pero Tyler no está en casa —respondió mientras se hacía a un lado para que entrara.

—Lo sé, he venido a hablar contigo.

Ella cerró en cuanto estuvo dentro y lo miró intrigada. Notó que estaba un poco nervioso y pálido, y empezó a preocuparse.

—Voy un momento arriba para acostar a la niña y vuelvo. Ponte cómodo.

Eric permaneció de pie, incapaz de sentarse.

—¿Quieres tomar algo? ¿Un café? ¿Un refresco?

Él se giró hacia la voz y negó con una sonrisa demasiado tensa.

—Lo cierto es que tengo algo de prisa. Ya debería de estar en el trabajo, pero antes necesito pedirte algo. Algo importante, y también urgente.

Cassie se sentó en el sofá con gesto serio. Se miraron fijamente el uno al otro por espacio de unos segundos, como si estuvieran esperando a ver quién empezaba primero.

—Vale —dijo Eric para sí mismo. Se agachó y con mucho cuidado abrió la sábana, los cuadros quedaron a la vista. Los colocó para que ella pudiera verlos bien—. ¿Qué te parecen? Sé que entiendes un poco de este tema. Cuando te conocí hablabas sobre pintores, museos, galerías… Acompañabas a tu madre a esas exposiciones y la ayudabas en su trabajo. Así que tendrás alguna idea de si son buenos.

Cassie se puso de pie y se colocó a su lado. Los estudió con atención, buscando perspectivas. Después se agachó y tomó uno de ellos. Un carrusel dorado y un poco decrépito.

—¿De dónde los has sacado?

—Yo he preguntado primero.

Cassie lo miró de reojo, muy confundida con todo aquello.

—No soy una experta, pero tienen algo especial. Cuesta apartar la mirada, atrapan. Sí, diría que son buenos, bastante buenos. No sé, hacía tiempo que no veía algo así, tan diferente y dramático. —Señaló el cuadro de la escalera. Después apuntó con el dedo el carrusel—. Y este es todo lo contrario: luz, esperanza… Pero es evidente que son del mismo artista. El estilo es muy definido y los trazos muy parecidos. Muy, muy versátil.

—¿Podrían tener valor?

—Sí, es muy posible. ¿Quién es el autor?

—¿Qué valor crees que alcanzarían?

Cassie se dio cuenta de que había ignorado su pregunta a propósito. Lo dejó correr, demasiado intrigada con todo aquel misterio.

—No sé, Eric, habría que tasarlos. Si fuesen de un pintor muy conocido, podrían valer mucho. Son realmente buenos, la verdad. Si el artista es poco conocido… —Dudó, pensando—. Hay gente que puede llegar a pagar cuatro y cinco cifras por algo así, depende de muchos factores. Los buenos coleccionistas suelen invertir en talento. La pintura es como el buen vino, gana valor con el tiempo.

Él soltó el aire que estaba conteniendo y se acarició la barbilla. Cuatro o cinco cifras por cada cuadro sonaba jodidamente bien. Si su idea funcionaba, podría convertirse en el futuro de Spencer. Trabajaría en casa, en algo que le gustaba y que hacía que se sintiera bien, y además ganaría pasta. Tomó aire y la miró a los ojos.

—Has dicho que habría que tasarlos. ¿Tu madre lo haría?

—Supongo que sí. —Se encogió de hombros. Después frunció el ceño y lo encaró—. Explícame de qué va todo esto o no responderé ni una pregunta más.

—Los ha pintado Spencer —anunció sin preámbulos—. Necesito que me hagas un favor. Uno grande. Quiero que le lleves estos cuadros a tu madre y que los tase. Que averigüe si tienen algún valor para alguien. No sé, entre sus clientes.

—Perdona, ¿qué? ¿Spencer ha pintado estos cuadros?

—Sí. Tiene muchos más, algunos increíbles. Debes llevárselos a tu madre.

—Eric, espera un momento. No... no puedo hacer lo que me pides.

Él casi pareció sorprendido ante su negativa.

—¿Por qué no? Has dicho que son buenos.

—Sí, pero las cosas no funcionan así, ¿vale? Cualquiera no puede pintar unos cuadros y montar una exposición seria. Existen escuelas de arte, universidades. La gente asiste durante años para formarse y aprender, para conseguir un título que los acredite.

Eric rio sin pizca de humor. Porque lo que ella acababa de soltar, como si fuese una snob, no tenía ninguna gracia. No era propio de ella.

—Hay excepciones, Cass. El mundo está lleno de ellas. Woody Allen nunca fue a una escuela de cine, escribía chistes. Tarantino tampoco, ese tío ni siquiera iba al cine. La mayoría de los músicos famosos que existen son autodidactas: Frank Zappa, Jimmy Hendrix... ¿Crees que fueron a Juilliard? Basquiat pintaba grafitis en las calles y en los vagones del metro de Nueva York cuando era un adolescente. Nunca estuvo en una escuela de arte. Joder, si lo expulsaron del instituto, nunca llegó a acabarlo. Erin Brockovich, de ama de casa a investigadora. —Alzó las cejas, retándola—. Puedo seguir.

Ella se frotó las sienes y tardó en responder. Eso había un sido un jaque en toda regla.

—Veo que has hecho los deberes.

—Estoy desmontando tus excusas clasistas. Solo intento que veas tus propios prejuicios —replicó muy serio.

Ella se cruzó de brazos, a la defensiva.

—Eso no es justo, Eric. Y aunque quisiera, no es posible. Mi madre no...

—Haz que sea posible, se lo debes a Spencer.

—¿Qué?

—¿Crees que soy idiota? Se lo debes. Sé que te portaste mal con ella.

Cassie se ruborizó y apartó la mirada, avergonzada. Su respiración se agitó mientras volvía a sentarse en el sofá con las rodillas flojas.

—Te lo ha contado.

—No me ha dicho una sola palabra. Pero durante la cena, tras la boda, cuando te acercaste a hablar con ella, me di cuenta de que había pasado algo entre vosotras. No olvides que te conozco, Cassie. Lo vi en tu cara, los remordimientos. —Ella alzó la mirada y sus ojos azules brillaron apenados—. No sé qué le hiciste, pero tuvo que ser malo. Y estoy convencido de que Spencer te perdonó sin dudar; y te protegió, porque no tuvo el valor de contármelo ni de joder nuestra amistad.

—Eric, lo siento. Perdí la cabeza. Ni siquiera era por ella. Fui yo que… Todo lo que le dije… Lo siento, de verdad. Puedo explicártelo.

Él alzó la mano, pidiéndole que no siguiera.

—No quiero saber qué pasó. Cambiaría las cosas entre tú y yo. —Negó repetidas veces—. Lo arreglasteis y con eso me basta, pero le debes una.

El rostro de Cassie se tiñó de dolor y arrepentimiento.

—Vale. Los llevaré a la galería para que los tasen, pero no te prometo nada.

—Para mí es suficiente. Gracias.

—De nada. —Alzó la mirada hacia él—. Me equivoqué y lo siento. Puede que no me creas, pero respeto a Spencer, se lo ha ganado con creces. Y… esos cuadros son muy buenos, no tenía ni idea de que pudiera hacer algo así.

Él asintió y su mirada le transmitió todo el agradecimiento que no podía expresar con palabras. Se encaminó a la puerta, pero se detuvo antes de salir y la miró por encima del hombro.

—No le cuentes nada de esto a nadie y menos a ella. Spencer no sabe que estoy aquí y me odiaría si supiera lo que acabo de hacer. Estos cuadros… estos cuadros guardan una parte de ella.

—No diré nada.

—Prométemelo.

—Te doy mi palabra.

30

Spencer miró de reojo a Eric mientras este se levantaba de la mesa y llevaba los platos sucios a la pila. Abrió el grifo y empezó a enjabonarlos con movimientos enérgicos, después los aclaró y los fue secando con un paño antes de guardarlos en el armario. Llevaba unos días tenso e inquieto, apenas probaba bocado y estaba más callado de lo habitual.

—Quizá deberíamos pasar por el supermercado y comprar más cervezas —dijo ella.

—Me parece bien, pero hay que salir ya o llegaremos tarde.

—Voy a buscar a Travis.

—Yo iré guardando toda esta comida en el maletero.

En pocos minutos, los tres estaban en el coche camino del nuevo hogar de Caleb y Savannah. Ese era el primer domingo que todos los miembros del grupo tenían libre desde la boda y habían quedado para celebrar una barbacoa y poder verse.

Spencer se giró en el asiento y le echó un vistazo a Travis, que miraba por la ventanilla desde su silla.

—Si no te sientes bien y quieres que regresemos a casa, dímelo enseguida, ¿de acuerdo?

—Sí —dijo el niño con su vocecita aguda.

—Va a estar bien —comentó Eric con la vista en los espejos mientras adelantaba a unos motoristas. La miró de soslayo—. Tienes que relajarte un poco y esperar a ver qué pasa, cómo se comporta. Si antes de llegar ya le estás diciendo que puede sentirse mal, lo estarás condicionando y preocupando.

Ella frunció el ceño y se giró en el asiento.

—Solo quiero que se sienta seguro.

—Está seguro, Spencer. Va a estar rodeado de personas adultas que van a tratarlo bien, y nosotros estaremos con él. Tienes que dejar de preocuparte tanto, ¿vale? No puedes controlarlo todo y anticiparte a todo. A veces hay que limitarse a no hacer nada y ver qué pasa —declaró un poco malhumorado.

Spencer se quedó perpleja por un momento.

—¿A ti qué mosca te ha picado?

—Ninguna. Es solo que… —Guardó silencio sin poder decirle que se sentía culpable por haber sacado los cuadros de la casa, y que le asustaba que no pudiera entender por qué lo había hecho cuando lo descubriera. Y si esos cuadros valían algo, iba a averiguarlo muy pronto. Además, se sentía agobiado por esa sobreprotección con la que ella cubría al niño. No estaba para nada de acuerdo. Entendía por qué lo hacía, pero no lo apoyaba—. Nada. No es nada, déjalo.

Spencer iba a replicar, pero justo en ese momento llegaron a su destino. Alguien tras ellos tocó un claxon y, por el espejo retrovisor, Eric vio que Tyler estaba aparcando detrás. La puerta de la casa se abrió y Caleb corrió hasta ellos.

—Tíos, ya era hora.

Se acercó a Eric y chocó un puño con él. Después le lanzó un beso a Spencer, que ayudaba a Travis a bajar del coche.

—Nada más salir, tuvimos que volver para cambiarle el pañal a esta princesa —explicó Tyler mientras sacaba del coche a Maddie y le daba un beso en el moflete—. No entiendo cómo algo tan pequeño puede echar esas…

—Eh, sin detalles escatológicos —replicó Caleb con cara de asco. Pero sonrió de inmediato al ver a la niña—. Déjame tomarla. —En cuanto la tuvo en brazos, le hizo una pedorreta en la tripa.

—Tío, la vas a asustar, es muy pequeña para eso —protestó Tyler intentando recuperar a su bebé.

—Esta niña me adora. Tienes envidia porque le gusto más que tú. Los críos me idolatran —dijo como si nada. Vio a Travis enganchado a la mano de Spencer. Se acercó a él—. Hola, ¿y tú quién eres?

—Travis —respondió con las mejillas coloradas.

Eric sonrió para sí mismo, orgulloso de que el niño hubiera respondido.

—Hola, Travis, yo me llamo Caleb. Soy un buen amigo de Eric y de tu hermana. Si quieres, también puedo ser amigo tuyo.

Travis levantó la vista y miró a Caleb. Poco a poco le devolvió la sonrisa y asintió.

—¡Estupendo! ¿Te gustan las pistolas de agua? Tengo una muy chula, ¿quieres probarla?

—Sí.

—Pues ven conmigo adentro.

La casa de Caleb y Savannah se encontraba en la zona norte del barrio y contaba con un patio trasero enorme. Pero esa mañana, con tanta gente, casi se había quedado pequeño. Tras su vuelta de la luna de miel, la pareja había querido juntar a todos sus amigos y familiares en una reunión más íntima.

Eric sacó una cerveza fría de una nevera repleta de hielo. Mientras daba un buen trago para aliviar el calor, observó a todas aquellas personas a las que ya conocía como si llevara media vida con ellas.

Spencer estaba charlando animadamente con Cassie y Savannah en el porche. Hannah y Helen se encontraban con ellas y miraban emocionadas las fotografías de la boda. Jace y Sally se habían acomodado en una tumbona y se hacían arrumacos. Esos dos siempre estaban pegados. A su lado, Matt y Kim, que habían vuelto a Port Pleasant para las vacaciones de verano, conversaban con Derek y Clare.

Eric se fijó en la chica de su hermano, parecía incómoda, como si se encontrara fuera de lugar. Un sentimiento de fuerte empatía le hizo sonreírle cuando sus miradas se encontraron. Él se había sentido exactamente igual en la primera barbacoa a la que había asistido. A años luz de toda aquella gente. La chica le devolvió la sonrisa y se abrazó a la cintura de Derek cuando este le puso el brazo sobre los hombros.

Drew y el juez Halbrook salieron de la cocina y se unieron a las chicas en el porche, mientras discutían sobre el resultado de un partido de baloncesto. Travis correteaba feliz persiguiendo al labrador de Caleb, dando saltitos cada vez que el perro atrapaba la pelota que le lanzaba.

—¿Qué haces aquí parado? —le preguntó Tyler, rodeándole el cuello con un brazo.

—Es donde están las cervezas —respondió, señalando la nevera con un gesto.

Tyler se echó a reír con ganas y levantó la nevera del suelo.

—Llevemos esto adonde está la auténtica diversión.

—Oh, Dios, gracias —gimió Caleb en cuanto les vio aparecer. Se estaba ocupando de la barbacoa, que habían colocado a un lado de la casa para que el humo no molestara. Tomó una cerveza, le quitó el tapón y se la bebió como si fuese una botella de agua—. Hace un calor de la hostia.

—Necesitas una piscina —sugirió Tyler.

—Y tú ser un poco más listo. Pero ya ves, lo tuyo es imposible y para lo mío necesito unos cuantos miles. La vida es tan injusta —se burló.

Tyler se apoyó en la pared y Eric se derrumbó a su lado.

—Quiero casarme con Cassie. Le he comprado un anillo y voy a pedírselo la semana que viene. Ya lo tengo todo organizado.

—Eso es genial, Ty —dijo Eric, dándole un empujoncito cariñoso en las costillas.

—Espero que diga que sí.

—Eres el padre de su hija, vivís juntos. ¿Por qué iba a rechazarte? —replicó Caleb.

—Porque le encanta tocarme los huevos.

—Pues esa es una buena razón para un sí, literal y metafóricamente hablando. Es importante en un matrimonio que a tu mujer le gusten tus huevos, literalmente. Y uno de los encantos de la convivencia es que podrá tocártelos por todo cada vez que le dé la gana, metafóricamente.

A Eric se le escapó una risotada, que trató de acallar al ver la mirada furibunda de su hermano. Caleb también empezó a reír con ganas. Los miró a ambos, sintiéndose parte de algo grande entre los tres.

—¿Y tú cómo lo llevas?

Eric miró a Caleb al darse cuenta de que su pregunta iba dirigida a él.

—¿A qué te refieres?

—A todo lo que te está pasando últimamente. No debe de ser fácil.

Eric se encogió de hombros, quitándole hierro al asunto. Aunque no tenía muy claro de qué iba dicho asunto. Caleb continuó, y la diversión había desaparecido de su rostro. Estaba serio y en sus ojos se podía ver un asomo de preocupación.

—Lo hablaba antes con Ty. Spencer es nuestra amiga y nos importa mucho, pero tú también. Y no podemos evitar ponernos en tu lugar. Llámalo empatía masculina, tío. Lo que sea. Pero hasta hace nada apenas os conocíais y, de repente, estáis yendo muy rápido. Sin frenos.

—¿Adónde quieres ir a parar?

Respondió Tyler:

—¿Eres consciente de las decisiones que estás tomando? ¿Te has parado a pensar si las cosas son como quieres que sean? Porque tengo la sensación de que no estás pensando una jodida mierda, solo actúas, y creo que deberías detenerte un minuto y fijarte en qué estás haciendo.

—Eric —empezó a decir Caleb—, lo que tu hermano quiere decir es que… Tío, en muy poco tiempo te han pasado muchas cosas y creemos que no eres consciente de la magnitud de algunas. Conoces a Spencer, tomas la decisión de vivir con ella, iniciáis una relación, te gradúas en la academia de bomberos e inmediatamente comienzas a trabajar en algo que no es nada fácil. Y a esa ecuación, ahora hay que sumarle un niño con problemas que ni siquiera es tuyo y del que te estás ocupando como si fueses su padre. Cuando Spencer y tú no lleváis ni dos meses juntos. ¿Pillas por dónde voy?

Eric tragó saliva. Miró a Caleb y luego a su hermano.

—No puedo creer que de verdad estéis dándome una charla sobre esto. No es asunto vuestro.

—En eso te equivocas. Tú eres asunto nuestro y ella también. Queremos lo mejor para los dos —le recordó Tyler.

—Vale, gracias por la preocupación, pero ya somos mayorcitos y podemos ocuparnos de nuestras cosas sin que os metáis como dos viejas.

—Eres mi hermano mayor, pero no te pases —le recriminó Ty.

—¿Vais en serio? —preguntó Caleb—. ¿Spencer y tú habéis hablado del futuro, de responsabilidades, de lo que Travis supone en vuestra relación? ¿Estáis preparados para un compromiso serio, para formar una familia?

—¿Esto qué es, un interrogatorio? —replicó Eric.

Tyler negó con la cabeza.

—Solo queremos estar seguros de que sabes de verdad dónde te estás metiendo. Porque si no lo sabes, si no estás seguro, deberías aclarar las cosas antes de que sea tarde y esta historia acabe mal. Si lo hace, tú sufrirás, Spencer sufrirá y Travis también. Piensa un poco, hermanito. Sé que Spencer te gusta mucho, te importa y te preocupa lo que pueda pasarle, pero ¿estás preparado para hacer esto con ella? Porque la relación que tenéis se está volviendo la hostia de seria.

Eric se tensó y su mirada se oscureció. Tyler continuó:

—Estáis juntos, vivís juntos, y ahora ella tiene un niño del que ocuparse. Es su hermano, pase lo que pase no va a abandonarlo. Pero Travis no es nada tuyo, y de la noche a la mañana has asumido el rol de padre con él: su educación, su cuidado, su manutención. ¿Eres consciente de lo que supone un compromiso así?

Eric empezaba a sentir la boca seca y la mente abotargada. Demasiadas preguntas, demasiados supuestos, y no tenía las respuestas. No había tenido tiempo de pensar en nada y menos en sí mismo.

Se había centrado solo en Spencer, en sus problemas, pérdidas, necesidades y en cómo solucionar todos los jodidos imprevistos que habían ido surgiendo como setas en otoño. Mientras se acostumbraba a un nuevo trabajo que le exigía entregarse al cien por cien. Porque Spencer le importaba, y mucho. La conexión que había logrado con esa chica no la había tenido con nadie. Se había convertido en su mejor amiga y la atracción que sentía por ella le tenía trastornado y excitado casi todo el tiempo.

Pero Tyler estaba hablando de algo mucho más serio que amistad, atracción y deseo. Hablaba de amor, de ese sentimiento que todo lo puede y por el que entregas el resto de tu vida a otra persona.

—Entiendo el compromiso, Ty.

—Claro que lo entiendes, joder, no eres tonto. Pero no comprendes lo que te exigiría a ti. Has pasado de jugar a las casitas con tu novia a ejercer de padre de un niño. Lo que quiero que hagas, antes de que sea más tarde, es que me respondas a esto. ¿Qué pasa si sigues adelante sin pensar en nada y después te das cuenta de que es demasiado para ti? ¿Qué pasará con ellos?

Eric resopló y encestó la botella de cerveza en el cubo de la basura que había junto a la barbacoa.

—¿Cómo esperas que lo sepa?

—Spencer quiere comprar la cabaña. ¿Vas a firmar esa hipoteca con ella? Si finalmente adopta a Travis, ¿lo harás con ella?

—¡Joder, Tyler, no lo sé! —Miró a ambos chicos con un gesto suplicante—. Tenéis razón, todo está yendo demasiado deprisa y no me he parado a pensar en nada. No estoy seguro de lo que ella siente de verdad por mí, no me lo ha dicho. Ni yo a ella. Se suponía que íbamos a tomarnos lo nuestro con calma y ver adónde nos llevaba. Y estábamos bien. Mejor que bien.

Colocó sus manos entrelazadas sobre la cabeza y exhaló un largo suspiro. Sus ojos brillaban llenos de frustración.

—¿Pero? —lo alentó su hermano.

—Pero de golpe todo cambió, el incendio, Travis… Para Spencer han sido unas semanas muy difíciles y yo lo único que he intentado es ayudarla en todo lo que he podido. Ella me importa mucho, joder. Le dije que podía confiar en mí, que estaría ahí para ella, y no pienso defraudarla. Le hice promesas. Está sola, me necesita.

—¿Y qué pasa contigo?

—Es cierto que a veces me he sentido sobrepasado. No voy a mentiros, no esperaba que las cosas saliesen de este modo. Cuando me imaginaba un posible futuro con ella, no era esto lo que veía… —Sacudió la cabeza y se apoyó en la pared—. Pero me encanta Spencer y Travis es un niño estupendo. Mi mejor momento del día es cuando estoy con ellos en casa. No cambiaría esos instantes por nada del mundo. —Suspiró—. No sé lo que quiero, ni cuáles son mis sentimientos exactos. Tampoco sé qué va a pasar más adelante. Lo que sí sé, es que cuando pienso en dónde me gustaría estar, lo primero que me viene a la cabeza son ellos dos. Quiero estar con ellos.

«Es cierto que a veces me he sentido sobrepasado. No voy a mentiros, no esperaba que las cosas saliesen de este modo. Cuando me imaginaba un posible futuro con ella, no era esto lo que veía…» Spencer dio media vuelta y se alejó a toda prisa. No podía seguir escuchando nada más.

Había olvidado la mochila de Travis en el coche y necesitaba las llaves, por lo que había ido en busca de Eric. Pero antes de doblar la esquina donde él se encontraba pasando el rato con Caleb y Tyler, una conversación inesperada la había dejado petrificada.

Regresó al jardín con la sensación de que el suelo había desaparecido bajo sus pies.

—¿Os importa vigilar unos minutos a Travis? —pidió a las chicas.

—Sí, no te preocupes. No pienso quitarle el ojo de encima —dijo Savannah con una sonrisa.

—¿Estás bien? —se interesó Cassie.

—Sí. Tengo que ir al baño, solo eso —respondió, tratando de disimular que estaba a punto de echarse a llorar.

Entró en la casa y corrió al baño. Una vez dentro cerró con el pestillo y se dejó caer al suelo con la espalda apoyada contra la puerta. No estaba segura de cuánto había oído en realidad, y una vocecita en su cabeza le decía que sin toda la información completa, sin el contexto exacto, podía estar malinterpretando la conversación.

Se le escapó una risita histérica ante su pobre intento de ignorar que todo acababa de irse a la mierda.

Enterró la cara entre las manos y sollozó. Dios, ¿cómo había estado tan ciega? En las últimas tres semanas no había hecho otra cosa que lamentarse y pensar en sí misma. En sus problemas, en sus necesidades y en cómo se las iba a arreglar para salir adelante. Y allí había estado Eric, siempre a su lado, solucionando dificultades, dándolo todo sin pedir nada a cambio. Ocupándose de que tanto ella como Travis estuvieran bien, que se sintieran seguros.

Había colocado una gran carga sobre los hombros de Eric, un peso que no le pertenecía, y no había pensado ni una sola vez en cómo podría sentirse con todos aquellos cambios. Lo había arrastrado a una situación injusta para él.

Nunca habían hablado de lo que sentían el uno por el otro. Ella hacía tiempo que había descubierto que le quería, que se estaba enamorando de él como una idiota, pero no había tenido el valor para confesárselo.

Eric tampoco había dado ningún paso en ese sentido. Spencer no tenía ni idea de qué sentía por ella salvo esa conexión especial de deseo y atracción. Ambos se habían dejado arrastrar por la inercia de la situación. Pero nada de todo aquello estaba bien, no era suficiente para seguir juntos con Travis.

Tyler estaba en lo cierto, Eric no había elegido esa vida, ella se la había impuesto, y algún día podría darse cuenta de que era demasiado para él. Entonces él sufriría, ella sufriría, y Travis también lo haría al perderle.

Debía liberarlo, aunque eso la destrozara para siempre.

31

El lunes, Spencer fingió estar dormida cuando Eric se despertó para ir al trabajo. Después de oír su Pontiac alejarse calle abajo, se levantó de la cama como si alguien le estuviera aplastando los pulmones y sacándole el aire. Debía hacerlo, romper con él y darle la oportunidad de encontrar a alguien mucho mejor que ella, con quien tener una familia de verdad. Completamente suya.

De nada servía continuar. No era real, solo un espejismo fugaz que acabaría desapareciendo y que le provocaría un enorme dolor. En su caso nada duraba para siempre, y menos la felicidad.

Pasó el día buscando las palabras, repitiéndolas en su cabeza para no vacilar cuando las pronunciara de verdad. Debía creerlas para que él las creyera. Pero al caer la noche, cuando Eric llegó a casa, su determinación desapareció en el mismo instante que lo encontró dormido en el sofá con Travis y *Zarpas* acurrucados encima de su pecho.

Se convenció a sí misma de que al día siguiente lograría hacerlo. Cada día que pasaba, Travis se encariñaba un poco más con él y no quería alargar la dolorosa situación. Ella tenía amor de sobra para darle y lograr que su hermano fuese completamente feliz solo con ella. Siempre había salido adelante sola y esta vez también lo haría. Ya buscaría el modo. Encontraría un trabajo y volvería a tener el control.

El martes pasó y llegó el miércoles, y esa noche hicieron el amor. Se durmió pensando que no debería haber dejado que ocurriera, porque tenía la odiosa sensación de que se había aprovechado de él. Pero no había podido resistirse a tenerle de nuevo, una última vez. Y así lo había tomado, besado y acariciado, con el dolor y la rabia que le provocaba saber que ya le había perdido.

El jueves amaneció con un aviso de tormenta en las noticias. Spencer encendió la cafetera y sirvió dos tazas. Tomó una y salió al porche. Anduvo unos cuantos metros, hasta que sus pies descalzos alcanzaron el límite del jardín. En la distancia vio un pelícano planeando con dificultad sobre el agua. Las olas avanzaban rápidas en dos direcciones, coronadas por crestas de espuma.

Se esperaba la tormenta para la tarde, pero ella dudaba de que tardara tanto en caer. En el horizonte ya se divisaban las primeras nubes con los rayos titilando en su interior. Eric apareció a su lado con la otra taza y le rodeó los hombros con el brazo.

—No tiene buena pinta, viene del noreste y esas suelen ser fuertes —dijo él.

Ella asintió con la vista perdida en el cielo.

—¿Estás bien? —se interesó Eric. Se había dado cuenta de que llevaba unos días un poco rara y estaba preocupado.

—Sí —respondió en voz baja.

Ladeó la cabeza y recorrió su rostro con la mirada, absorbiendo cada detalle. Sus ojos oscuros, la nariz recta, sus labios carnosos y la línea de su mandíbula. Una sombra lo oscurecía, la misma que lo rodeaba como un halo desde el domingo tras volver de la barbacoa.

—¿Y tú?

—Sí —respondió, acariciándole la mejilla. Le sonrió—. Tengo que ir un par de horas a la estación, pero cuando vuelva podemos hacer lo que quieras.

—Con este tiempo, prefiero quedarme en casa.

—Vale, como quieras. —Se inclinó y la besó en los labios—. Te veo en un rato.

Al cabo de una hora empezó a caer una fina lluvia que al poco tiempo se hizo más intensa. El cielo se oscureció como si de golpe el día hubiera sido engullido por la noche. Un súbito rayo unió el mar con el cielo.

—¿Lo has visto? —preguntó Travis con la nariz pegada a la ventana de su cuarto. El trueno resonó como un fuerte impacto y su cuerpo pegó un respingo—. No me gustan.

—¿Los truenos? —se interesó Spencer.

—Hacen mucho ruido —respondió asustado.

Spencer se acercó a la ventana y le acarició la cabeza.

—Puedes ponerte una peli y escucharla con los cascos, así no oirás los truenos.

A Travis le gustó la idea. Buscó el DVD portátil que Spencer había rescatado de entre un montón de trastos y conectó las auriculares, después se tumbó en su cama. Ella se lo quedó mirando durante un rato. Su hermano se abría al mundo un poco más cada día. No quedaba mucho del pequeño que había llegado a casa hacía menos de un mes, sumido en un mutismo selectivo que era el reflejo de algún trauma que no sabía si llegaría a conocer algún día.

Entornó la puerta al salir del cuarto.

El viento soplaba afuera con mucha fuerza, doblando las ramas de los árboles en la misma dirección. La lluvia caía de lado formando una cortina espesa que emborronaba el paisaje. Una secuencia de relámpagos iluminó el cielo y durante unos segundos la luz parpadeó. Su teléfono móvil comenzó a sonar, dándole un gran susto. Lo sacó del bolsillo y le echó un vistazo a la pantalla antes de descolgar. Era un número local, pero no lo reconocía.

—¿Sí?

—¿Hola? ¿Eres Spencer?

—Sí, soy Spencer. ¿Con quién hablo?

—¡Hola! Soy Dana Wells, de la galería.

Spencer frunció el ceño. Aquella mujer le hablaba como si diera por hecho que ella debía saber de quién se trataba.

—Disculpe. ¿Quién ha dicho que es?

—Dana Wells, soy la madre de Cassie. Ya nos hemos visto anteriormente.

—Oh, sí, claro. Nos conocimos en el hospital cuando Cassie dio a luz. ¿En qué puedo ayudarla, señora Wells?

—Te llamo por los cuadros, Spencer. Lo cierto es que pretendía organizar una cita formal, recibirte aquí y explicártelo todo. Pero no puedo esperar. Son muy buenos. Qué digo buenos, son maravillosos…

Spencer se pasó una mano por la frente sin entender nada de nada. ¿De qué cuadros estaba hablando? La mujer continuaba parloteando:

—Cuando Cassie apareció con ellos, vi inmediatamente el potencial. Aunque no estaba muy segura de si iba a ser posible, porque no eres una artista profesional y el mercado es muy hermético en ese sentido. Así que le mostré tu obra a algunos clientes y amigos, entre ellos a una compañera de universidad que ahora trabaja para Hauser & Wirth.

Spencer, las reacciones han sido unánimes y todos creemos que tu obra ha de ser expuesta. Tienes algo muy genuino, innato, que no se aprende. Se tiene o no se tiene. Hablo de talento. Y el tuyo es increíble. Es más, uno de mis clientes en Nueva York está interesado en uno de los cuadros y ha ofrecido tres mil quinientos dólares.

Spencer se quedó de piedra.

—¿Tres mil quinientos dólares?

—Sí. Es un precio muy bueno para alguien que acaba de aterrizar como quien dice. Pero si confías en mí, y el resto de tu trabajo es igual a este, puedo hacer que ambas salgamos beneficiadas y construirte un futuro artístico.

Spencer empezó a temblar mientras las piezas comenzaban a encajar. Corrió escalera arriba y empujó la puerta de la habitación donde pintaba. Sus ojos repasaron todos los lienzos con frenesí.

—¿Qué cuadro?

—¿Qué?

—¿Qué cuadro quiere su cliente?

—Sí, bueno. Como no tenía título, me tomé la libertad de llamarlo «Mujer de espejo en la escalera».

Spencer se quedó sin aire en los pulmones. El corazón comenzó a martillearle las costillas y un sabor amargo ascendió por su garganta.

«Oh, Dios, ese no. Ese no.»

Los ojos se le llenaron de lágrimas mientras lo buscaba. Estaba allí, seguro que estaba allí. Lo que imaginaba no podía ser cierto. Dana continuaba hablando, pero Spencer era incapaz de seguirla.

—Me gustaría concertar una cita contigo para poder hablar con calma y explicarte los detalles, y cómo se gestionaría todo si estuvieras dispuesta a trabajar conmigo. Cassie me explicó que tu obra es mayor, así que otro de los pasos más urgentes e importantes sería catalogarla y tasarla. Pero no quiero agobiarte con más información…

«No está», pensó Spencer, derrumbándose de rodillas en el suelo. Su cuadro no estaba. Tampoco el que representaba el abandono de su madre. Ni el carrusel, el comienzo de la luz en su vida de sombras. Tres pedazos de su vida habían sido mostrados sin su consentimiento a personas que no la conocían.

¿Cómo había podido traicionarla de ese modo? Se lo prometió. Le juró que nunca diría nada a nadie. Creía que él lo había entendido. No eran cuadros, eran trozos de su corazón y su alma que había colocado allí para poder avanzar sin su peso. Carne muerta que raspas de una herida para que pueda cicatrizar. No tenían precio. Su lugar no era la pared de un desconocido cualquiera que jamás podría entender lo que estaba viendo.

—¿Spencer? Spencer, ¿sigues ahí?

Se obligó a prestar atención a la mujer al otro lado del teléfono.

—Quiero que me devuelva mis cuadros. Yo nunca le di permiso a nadie para que se los mostrara. Me los han robado.

—Cassie no me dijo eso. Spencer, ¿hablas en serio?

—Devuélvamelos, por favor —suplicó con un sollozo.

Hubo un largo silencio al otro lado del teléfono.

—Claro, debe haber sido un malentendido. Lo prepararé todo para que mi secretaria los lleve donde tú indiques. Y siento mucho haberte importunado. ¿Estás bien?

—Solo quiero recuperarlos.

—Por supuesto. —Un suspiro—. Aun así, si cambias de opinión, puedes llamarme a este número. Estaré encantada de hablar contigo.

—Gracias, pero dudo que eso pase.

Colgó el teléfono y se limpió las lágrimas que mojaban su cara. Se puso de pie y con un arrebato airado salió de aquel cuarto para dirigirse a su dormitorio. Abrió las puertas del armario y comenzó a descolgar toda la ropa de Eric. Después abrió los cajones de la cómoda y sus prendas desaparecieron dentro de la maleta que había abierto sobre la cama. Luego fue al baño y sacó todas sus cosas: su maquinilla, espuma de afeitar, cepillo de dientes…, todo.

Cuatro días intentado encontrar el modo de romper con él, sin valor para echarlo de su vida. Y de golpe solo deseaba que desapareciera de ella. No quería volver a verle. Era un mentiroso que había traicionado su confianza. Se había abierto a él, le había enseñado una parte de sí misma que nadie más había visto, y la había traicionado.

Una vocecita intentó hacerse oír en el fondo de su mente. La voz de la razón que le decía que podía haber una buena explicación, pero el dolor que sentía la corroía como ácido y no la dejaba pensar.

Una tóxica mezcla de emociones inundó su pecho mientras arrastraba todas sus cosas por las escaleras. ¿Cómo había podido él hacerle algo así? Y cuanto más lo pensaba, más se enfadaba.

Puso las maletas en la entrada y se paró frente a la puerta.

Eric regresó poco después. Entró en la casa dando saltitos y sacudiéndose el agua que en cuestión de segundos había empapado su ropa. Afuera continuaba lloviendo a cántaros, soplaba el viento y los truenos se sucedían sin parar.

Lo primero que registraron sus ojos fue el cuerpo de Spencer temblando junto al sofá con los ojos llorosos. A sus pies estaban las maletas y bolsas en las que había llevado sus cosas cuando se mudó a vivir con ella.

—¿Qué es todo eso?

—Tus cosas. Quiero que te vayas.

—¿Qué?

—Tres mil quinientos dólares, ese es el precio que le han puesto a mi peor recuerdo. El más doloroso, el que tanto me ha costaba superar; y hay un tipo que quiere comprarlo y colgarlo de su pared. Un desconocido quiere comprar un trozo de mí por tres mil quinientos dólares —dijo con frialdad.

Eric se había ido poniendo pálido por momentos, mientras por sus ojos pasaba toda una película. Apretó los párpados con fuerza y bajó la cabeza.

—Lo hice por ti.

—¿Por mí? ¿Traicionaste mi confianza por mí? ¿Has tomado mi dolor más profundo para que lo vean un montón de desconocidos por mí?

Eric sintió miedo al mirarla, tan dolida, tan fría.

—Rompí esa promesa, pero para cumplir otra.

—¡¿Qué otra?!

—La de que cuidaría de Travis y de ti. Me dijiste que así no eras feliz, que necesitabas sentirte útil, encontrar un trabajo que te diera independencia y tiempo para cuidar de tu hermano. Y eso fue lo único que se me ocurrió. Le llevé los cuadros a Cassie para que su madre los tasara, creyendo que si eran tan buenos como parecían, podrían tener algún valor.

—¡Que plan más brillante! ¿Se te ocurrió a ti solito? —se burló.

—El arte es caro, Spencer. Pensé que si sacabas unos cuantos miles de cada uno de esos cuadros, podrías vivir sin preocuparte por nada durante un tiempo, y mientras seguir pintando. ¿No lo ves? Te daba la oportunidad de trabajar en casa y estar con Travis al mismo tiempo.

—¿Vendiendo mi pasado?

—¡Cambiándolo por un futuro!

Ella sonrió amargamente.

—No tenías ningún derecho.

—Lo sé, y me he sentido un mierda desde entonces. Pero mi intención era buena. Solo quería ayudarte. ¿No puedes quedarte con esa parte y perdonarme el resto?

—¿Ayudarme? ¿Estás seguro de que era a mí a quien querías ayudar o solo a ti mismo? Quizá solo querías seguir siendo el héroe, el bueno de Eric sintiéndose bien e importante con sus obras de caridad. No soy ningún proyecto personal para ti. No tienes ningún derecho a meterte en mi vida de ese modo, decidiendo, involucrándote, haciendo mis problemas y mi vida tuyos. ¡No lo son!

Él alzó los brazos y enredó las manos en su pelo mojado, después los dejó caer a ambos lados, derrotado

—Eso no es justo, Spencer. Y estás diciendo esas cosas solo para hacerme daño, porque estás enfadada. Pero cuando te tranquilices un poco…

—Quiero que te vayas.

—Cielo, no me pidas eso. —Se acercó a ella y la sostuvo por los hombros—. Vamos a hablarlo.

Ella se deshizo de sus manos con dureza. No quería que la tocara.

—Has roto mi confianza. Lo más importante entre dos personas. ¿Qué ocurrirá la próxima vez que te dé por decidir qué es lo mejor para mí? Pasarás de nuevo por encima de cualquier promesa que hayas podido hacerme. Dando por hecho que tú tienes razón y yo no porque tus intenciones eran nobles.

—¡Dios, no! Te juro que no.

—Si esa promesa tiene el mismo valor que la que has roto robando mis cuadros…

—Joder, Spencer, lo estás sacando todo de quicio. Abre la mente, por favor. Solo quería ayudarte. Es lo único que quería y que sigo queriendo.

—¿Por qué?

Eric tensó la mandíbula y la miró indeciso.

—Porque me importas.

—Te importo —repitió con tristeza. ¿Nada más? ¿Esos eran sus sentimientos por ella?

—Tú y Travis me importáis —continuó él—. Sé que la he cagado, pero no quiero separarme de vosotros. Sois lo más importante para mí.

—¿Por qué? ¿Por qué somos tan importantes para ti?

—Porque vosotros me…

—Joder, no vuelvas a repetir que te importamos. —*Zarpas* apareció en el salón y se quedó mirándolos como si supiera que algo malo estaba pasando. Ella lo señaló—. ¿Te importamos tanto como *Zarpas*? ¿Más? ¿Menos? Es para lograr entender cuánto significamos de verdad para ti.

Él tomó una brusca bocanada de aire.

—No hagas eso, por favor. No conviertas lo nuestro en nada.

—Entonces explícame qué es lo *nuestro* —le suplicó ella, porque después de todo el enfado, el drama y la decepción por los cuadros, lo que de verdad le importaba era descubrir qué les unía y cómo era de fuerte.

Eric dio un paso para acercarse, pero ella le pidió que se detuviera con un gesto.

—Tú, Travis y yo. Aquí. Juntos. Eso es —dijo él. Respiraba agitado y sus ojos brillaban suplicantes—. No me pidas que me vaya.

Una gran desesperación inundó el pecho de Spencer. Necesitaba más, mucho más que eso.

—Tengo que hacerlo, antes de que sea tarde.

—¿Tarde para qué? —preguntó él sin entender nada. Sacudió la cabeza—. Siento lo de los cuadros. Lo siento mucho, joder. Contaba con que te enfadarías, pero si hubiera sabido que ibas a echarme y a romper conmigo, no habría tocado nada.

—Ya no se trata de los cuadros.

Él la miró cada vez más confundido.

—Entonces, ¿de qué cojones se trata?

—¡De lo que no puedes responder cada vez que te pregunto por qué quieres hacer esto conmigo!

—Claro que lo sé.

—No tienes ni idea, Eric. Y no la tienes porque sé que no has pensado en nada de esto. En las consecuencias, en la responsabilidad, en todo lo que implica que continuemos juntos en esta situación. Con Travis.

—Me doy perfecta cuenta de lo que implica.

—El domingo pasado no lo tenías tan claro. Te oí hablar con tu hermano y con Caleb.

—Spens, no sé exactamente lo que oíste, pero…

—Oí lo suficiente. Tú… tú no sabes lo que quieres, ni lo que sientes. Y yo no puedo dejar que Travis se encariñe contigo para que después tenga que ver cómo te marchas cuando no puedas seguir adelante. Haré lo imposible para que no descubra qué se siente cuando las personas que quieres se marchan y te abandonan, como me ha pasado a mí durante toda mi vida.

—Estás equivocada.

—Es posible. Pero sí estoy segura de una cosa, no puedo seguir enamorándome más de ti cada día. Ni imaginar el resto de mi vida contigo y después perderte cuando descubras que no es bastante que solo Te-Im-Por-Te para estar juntos —remarcó cada sílaba con rabia.

—¿Has dicho que estás…? ¿Estás enamorada de mí?

—Sí.

—¿Me quieres?

—Sí. Sí a las dos cosas.

—¿Y por qué no me lo habías dicho hasta ahora? —preguntó, yendo a su encuentro, muriendo por abrazarla.

Spencer se apartó de él, desoyendo los ruegos de su corazón y las quejas de su cuerpo.

—Porque no me he dado cuenta de lo mucho que te quiero hasta que te he perdido.

—No me has perdido. Y no vas a perderme si dejas toda esa tontería de que rompamos y me marche. Cielo, nuestra historia puede funcionar, pero tenemos que intentarlo.

—No se trata de intentarlo, sino de sentirlo aquí dentro —dijo ella mientras colocaba la mano sobre su corazón—. Sé que quieres creer que deseas hacer esto conmigo, pero no es así, Eric. ¡No puedes!

—¿Cómo estás tan segura?

—Porque tú no me quieres como yo a ti. No estás enamorado de mí. Y eso es lo único que puede hacer que lo nuestro funcione de verdad. ¿O vas a decir que en esto también estoy equivocada y que sí me quieres?

Eric quiso abrir la boca y responder a su pregunta. Quería decirlo, pero no podía, no sabía cómo hacerlo por más que intentaba buscar las palabras, mientras ella le observaba con sus preciosos ojos azules muy abiertos. El silencio se alargó, poniéndolo de los nervios, porque no tenía ni la más jodida idea de qué sentía de verdad por Spencer. ¿Enamorado? ¿Y cómo demonios se sentía alguien enamorado?

Volvió a pasarse la mano por el pelo y gruñó una maldición que ella no llegó a oír. Miró hacia la puerta de reojo, deseando salir de allí desesperadamente. Dios, hacía tanto que no sentía el deseo de huir que casi le pareció algo nuevo.

Pudo oír una parte de él rompiéndose, al darse cuenta de que empezaba a perderla.

Una sola vez había creído sentir ese amor del que hablan los libros y las películas. Ese por el que uno es capaz de cualquier cosa. Pero al final lo había abandonado sin mirar atrás y había vivido su vida sin más durante tres años. Hasta que las circunstancias le hicieron volver y reencontrarse con ella. La había echado de menos durante todo ese tiempo, sí; había vivido arrepintiéndose de haberla dejado, también; pero la realidad imposible de ignorar era que no había vuelto por ella. Y de no haber enfermado su madre, probablemente nunca habría regresado a Port Pleasant.

Consciente de esa verdad, se había preguntado muchas veces qué era lo que le había unido a Cassie, y la respuesta era tan patética que sentía vergüenza. Ella era la única persona por la que se había sentido querido. La única que había pronunciado esas dos palabras para él de verdad, sin condiciones, con el corazón: te quiero. Porque su madre no contaba. Ella siempre las había usado como complemento de otras. «Te quiero, perdóname.» «Te quiero, lo siento.» «Te quiero, me lo debes.»

Así que no tenía ni la más mínima idea de qué se sentía al amar a otra persona, y el pálpito de estar repitiendo la misma historia con Spencer se convirtió en algo más que un eco en su conciencia. No sabía si la quería. No sabía si con el tiempo todo aquello sería demasiado. No estaba seguro de nada.

Spencer inspiró hondo, conteniendo a duras penas las ganas de llorar. Cuando habló de nuevo lo hizo con voz temblorosa y dolida.

—No vas a responder, ¿verdad?

La miró. Su cara era la viva imagen del dolor y la desolación, y él sentía el mismo sufrimiento por lo que estaba a punto de suceder. Bajó la cabeza y guardó silencio. No podía.

—Vete, Eric. Enviaré el resto de tus cosas a casa de tu padre.

Eric tardó en apartar la mirada de ella, y un poco más en moverse. Pero al final su cuerpo reaccionó. Agarró todo su equipaje y en un instante estaba cruzando el umbral mientras su mundo entero explotaba a su alrededor. Bajó los peldaños del porche y miró por encima de su hombro. Ver cómo se cerraba la puerta del que había considerado su hogar lo hizo añicos. Con toda probabilidad acababa de destruir lo mejor que le había pasado en la vida y aún no sabía cómo había sucedido.

La lluvia caía con fuerza, impactando de forma dolorosa contra su cuerpo. Se deslizaba por su pelo, su cara, el cuello y empapaba la ropa. Contempló la casa durante un rato. Sus pies parecían haberse fundido con el cemento y se negaban a moverse. Se obligó a respirar hondo y con una decisión que no sentía logró llegar al coche.

Un dolor sordo nació en su pecho al ponerlo en marcha. Se sentía como si le hubieran arrancado una parte del cuerpo y le hubieran dejado la herida abierta y sangrante.

Parpadeó para alejar las gotas de lluvia de sus ojos, solo que no era lluvia.

Por primera vez desde que era niño estaba llorando.

32

Spencer mantuvo la mirada clavada en el suelo mientras Eric recogía sus cosas y se dirigía a la salida. Temblaba de pies a cabeza, furiosa y muy triste. Cuando la puerta se cerró con vida propia, emitió un sonido de dolor que le salió de lo más hondo. Lo poco que quedaba en su corazón que aún no estaba roto, se fragmentó en ese instante. Empezó a llorar, y a medida que los sollozos ganaban intensidad, ella perdía fuerza.

Oyó pasos en las escaleras y se obligó a serenarse. De pronto fue consciente de que Travis había estado en casa todo ese tiempo y que podría haber escuchado la conversación. Se giró hacia él cuando llegó abajo y respiró aliviada al ver que aún llevaba los auriculares puestos y que tarareaba una de las canciones de la película que estaba viendo.

Ella le sonrió y él le devolvió la sonrisa. Le apartó un auricular y se agachó a su altura.

—¿Todo bien?

—Sí, pero tengo hambre.

—Vale, ¿te apetece pizza?

—¡Sí! ¿Podemos pedirla con piña? Es la que le gusta a Eric.

Spencer se estaba rompiendo por dentro en miles de trocitos.

—Verás, cariño. Eric no va a comer hoy con nosotros.

—¿Por qué?

—Porque le han llamado del parque de bomberos. Con la tormenta están teniendo muchas emergencias y no va a poder venir. Y mañana tampoco.

—¿Tiene otra guardia?

—Sí, cariño. Lo siento. Va a tener muchas guardias.

—Oh —respondió apenado. Su carita se iluminó un poco—. Pues le guardaremos un trozo.

—Claro, uno muy grande. —Le pasó la mano por el pelo revuelto y después lo besó en la frente—. ¿Por qué no te sientas en la cocina un ratito? Tengo que ir al baño y después pediré la pizza. ¿Te parece bien? —se le rompió la voz y trató de disimularlo con una ligera tos.

Travis se encaminó a la cocina y Spencer le vio tomar asiento a la mesa, entretenido con la película.

Se ahogaba en su propio llanto cuando entró en el baño. Apoyó la espalda contra la puerta mientras unas lágrimas silenciosas resbalaban por sus mejillas. Se deslizó por la madera y lloró con angustia, enfado y tristeza. Su corazón se estaba desangrando por el sufrimiento. No sabía que un alma rota podía doler de un modo tan devastador.

Travis la llamó desde abajo. Ponerse en pie de nuevo le costó la vida misma. Había pasado por muchas cosas, algunas muy dolorosas, y ahora debía sumar una más a esa larga lista.

Pasó el resto del día sumida en una especie de bruma extraña que le hacía pasar del dolor más agudo a una serenidad insensible.

Al caer la noche, Travis se quedó dormido enseguida. El silencio se apoderó de la casa y ella se sentía agotada. Salió al porche. La tormenta había amainado y solo caía una ligera llovizna. Entre las nubes comenzaban a aparecer claros en el cielo, en los que podían verse las estrellas.

Sus pies descalzos la llevaron hasta la hierba mientras inhalaba la brisa marina. Alzó el rostro y cerró los ojos. Gotas frías humedecieron su piel, su pelo y poco a poco su ropa. Se quedó allí, sintiéndolo todo y al mismo tiempo sin sentir nada. Se puso a llorar sin poder evitarlo. Cómo dolía.

Helada de pies a cabeza, entró en la casa y subió arriba. En el baño se quitó la ropa mojada y secó su pelo con una toalla. No sabía decir si solo habían pasado unos segundos, unos minutos o unas horas cuando salió de él arrastrando los pies.

Después de asegurarse de que Travis continuaba dormido, fue a su habitación y se quedó parada nada más entrar. Las puertas del armario estaban abiertas, y también los cajones, tal y como ella los había dejado tras recoger todas las cosas de él.

En ese instante, contemplando la habitación vacía, comprendió, con angustiosa y demoledora claridad, que habían acabado de verdad.

Agotada, se le llenaron los ojos de lágrimas. Se metió en la cama y al levantar la sábana, descubrió la camiseta con la que Eric dormía. Se acurrucó, abrazándola contra su pecho. Olía a él y sintió el filo de un cuchillo clavándose en su corazón cuando la acercó a su nariz e inspiró. Sus sollozos amortiguados y sus suspiros temblorosos llenaron la habitación. Le dolía la cabeza, el corazón y el alma.

Lloró.

Lloró por sí misma, por Eric y por todo lo que podrían haber sido.

Lloró por quererlo de ese modo tan profundo y no haber podido despertar el mismo sentimiento en él.

Lloró porque la doctora Leigh tenía razón cuando le dijo que encontraría muchas cosas y personas que la harían feliz a lo largo de su vida, y también que perdería algunas en el camino. Así era la vida: felicidad, dolor, pérdida, esperanza, sacrificio, amor... Pero había que entregarse a esos sentimientos, aunque corriera el riesgo de equivocarse. En eso consistía vivir, en confiar que las cosas pueden salir bien. Pero cuánto dolía cuando salían mal. Y lloró por todo ello.

Lloró hasta quedarse seca. Porque después de esa noche, no iba a derramar ni una lágrima más.

33

Eric no sabía cuánto tiempo había pasado dando vueltas por la ciudad. Lo único que sabía era que estaba cansado, empapado y que todo se había ido a la mierda. Se burló de sí mismo al haber creído que por una vez su vida iba por el buen camino.

Aún seguía sin entender qué demonios había pasado. Creía que estaban bien. Que todo marchaba de maravilla. Habían formado un buen equipo que se compenetraba y entendía. El uno en el otro habían encontrado todo lo necesario para ser felices: amistad, compañía, diversión y un sexo increíble. Se cuidaban, se mimaban y se preocupaban el uno por el otro. ¿Qué más hacía falta?

Había seguido dándole vueltas a esa idea mientras regresaba al coche y la respuesta siempre era la misma. El puto amor. Por un momento, apretando el volante con fuerza entre sus dedos, estuvo a punto de ir en busca de Tyler y Caleb y preguntarles qué cojones era lo que se suponía que debía sentir y no sentía. Qué tenían ellos que a él le faltaba. Porque esos dos pregonaban a los cuatro vientos que estaban enamorados de sus parejas y, viendo sus ojos cuando miraban a sus mujeres, él lo creía de verdad.

Echó la cabeza hacia atrás y dio golpecitos contra el asiento. Amor. Amor de verdad. No era tan idiota como para no entenderlo. El amor verdadero había hecho que Drew permaneciera junto a Blair y que no la abandonara por su madre pese a estar embarazada de él. El amor verdadero había conseguido que Caleb y Savannah unieran sus vidas, dos personas tan diferentes entre sí que nadie apostaba por ellas; ni siquiera ellos mismos. El amor verdadero había logrado que Cassie y Tyler se enfrentaran a sus demonios y que superaran todas sus mierdas con un montón de sacrificios. Pero allí estaban, con una niña preciosa y la mirada puesta en el futuro.

Pensó en todo lo que le había dicho Spencer y consideró la posibilidad de que estuviera en lo cierto. Se necesitaba algo más que amistad, sexo y diversión para formar una familia y darlo todo por ella. Se necesitaba ese sentimiento que pudiera hacerle frente a cualquier deseo de abandonar cuando las cosas se pusieran difíciles. Y él acababa de salir corriendo por una sola pregunta. Pero había sido LA PREGUNTA, y él no había podido contestarla.

Condujo bajo la lluvia sin saber qué hacer ni adónde ir. Necesitaba un lugar donde pasar la noche y su familia estaba descartada. No tenía ánimo para dar explicaciones. Pensó en un hotel, y con la misma rapidez lo descartó. Estaba de un humor de perros, parecía un vagabundo y si algún recepcionista se pasaba de listo, corría el riesgo de partirle la cara.

Suspiró y esbozó una triste sonrisa cuando un único nombre apareció en su mente. Quién lo iba a decir.

Minutos más tarde dejaba el coche en el estacionamiento del complejo de apartamentos donde vivía Moby. Cargó con todas sus maletas y cruzó el arco por el que se accedía al patio interior. Subió al segundo y llamó al timbre. Instantes después, Moby abría la puerta. Su compañero le miró de arriba abajo, lanzó un rápido vistazo al pasillo, como si esperara ver a alguien más detrás de él, y volvió a contemplarlo. Sin decir una palabra, abrió la puerta del todo y se hizo a un lado para que pasara.

—Deja todo eso en la habitación que hay junto al baño. Y date prisa, he hecho palomitas y en el cable van a dar *Ant-Man*. ¡Tío, me encanta esa peli! Ya la he visto tres veces. Y sale la tía esa de Lost que está buenísima. Por cierto, menudo final de mierda le dieron a esa serie.

Eric soltó una risita mientras Moby seguía hablando en el salón, enlazando un tema con otro sin apenas respirar. Se puso ropa seca y regresó junto a su amigo, que se encontraba en el sofá. Sobre la mesa había un montón de cervezas y una botella de tequila, aperitivos y chucherías. La película empezó.

—Puedes quedarte todo el tiempo que quieras —dijo Moby al cabo de un rato.

—Gracias.

—¿Estás bien?

—No, no lo estoy.

Moby asintió con un gesto y se metió un regaliz en la boca mientras miraba la película. De repente, giró el cuello hacia él.

—¿Ha sido por otro tío?

Eric le devolvió la mirada con la misma perplejidad.

—¡No! ¿Por qué piensas eso?

—No lo pienso. Solo quiero saber si ha sido por otro tío. Podríamos ir y darle una paliza. Seguro que te sentirías mejor.

Eric se encogió de hombros, dándole la razón.

—Ya, seguro que sí. Pero no hay nadie. Solo yo. Yo he sido el imbécil.

Moby se inclinó hacia delante y abrió otra cerveza.

—Puedo darte la paliza a ti.

A Eric se le escapó una risotada.

—Seguro que estás deseándolo.

—Te asesinaría si supiera que puedo quedarme con tu Pontiac. Ese coche es una puta pasada.

—Vale, creo que esta noche voy a dormir con una silla atrancando la puerta.

Moby le dedicó un guiño malicioso y masticó otro regaliz. Hizo un gesto hacia el televisor.

—Hermano, soy rápido y sigiloso como ese «Ant-Capullo». Estaría tras de ti antes de que te dieras cuenta.

Eric pronto descubrió que la única manera de permanecer un poco cuerdo era trabajando. Así que hizo todos los turnos, guardias y horas extra que pudo durante los días siguientes, porque cuando no estaba ocupado y su mente disponía de tiempo para pensar, Spencer la ocupaba por completo.

La echaba de menos, tanto que creía que le habían arrancado una parte de sí mismo. Y echaba de menos al niño, muchísimo. Todo el tiempo notaba ese peso muerto en el estómago y el corazón hecho trizas. Jamás se había sentido en toda su jodida vida como ahora.

Pero solo había un modo de volver a sus vidas, con la respuesta a la pregunta que ella le había hecho con su propio corazón expuesto. Una respuesta sincera y sentida, y él continuaba sin tenerla. Podría mentir, plantarse en su puerta y decirle que sí, que la quería con toda su alma y que estaba enamorado de ella como un idiota, aunque no estuviese seguro de eso. Pero la recuperaría, y con ella la vida que tanto añoraba.

Se convencía de que ese pensamiento egoísta no era tan malo como parecía, hasta que recuperaba el juicio y se daba cuenta de que ese acto le convertiría en un mierda. Spencer y Travis le importaban demasiado como para hacerles daño mintiéndoles.

Su única esperanza para no hacer una tontería era seguir centrado en el trabajo.

—¿Estás bien? ¿Tío, estás bien? —le preguntaba Moby, golpeándole en el casco para espabilarlo.

Eric asintió sin respiración, mientras veía cómo sus compañeros llevaban hasta la ambulancia a la mujer que acaba de sacar de la casa en llamas. Habían hecho muchas locuras, pero aquella había sido de las más peligrosas. Resopló, sintiendo el sabor a humo pegado a la boca. Moby le ofreció una botella de agua y bebió con avidez. Después se echó el resto sobre la cara y se la frotó con fuerza.

Sentía la piel ardiendo.

Empezó a quitarse los guantes y después la chaqueta, buscando aire fresco.

—¿A vosotros qué coño os pasa? Vuestro trabajo consiste en salvar gente, no en suicidaros en sus rescates —les gritó Holland mientras se aproximaba a ellos dando zancadas—. ¿Qué? ¿Habéis hecho alguna estúpida apuesta para ver cuál es el más tonto de los dos?

—Venga, papá, ha salido bien. Hemos sacado a todo el mundo y no tenemos ni un rasguño —replicó Moby.

El jefe le dio un coscorrón.

—¡Ay!

—Ahora tienes este rasguño. Y no vuelvas a llamarme papá. Un respeto a tu superior. ¿Entendido?

—Sí.

—¿Sí qué?

—Sí, jefe. Entendido, jefe. A sus pies, jefe.

Eric bajó la cabeza para esconder una sonrisa y le dio un golpecito con el pie a su amigo. Holland era un buen tipo, pero no querías vértelas con él cuando se cabreaba, y Moby estaba a punto de darle el golpe de gracia.

—Idos a casa a dormir, ya. Es una orden. Y mañana tomaos el día libre.

—Pero… —empezó a protestar Eric.

No quería un día libre, lo que necesitaba era seguir trabajando, a tope, sin descanso y con un chute de adrenalina tras otro. Porque así no sentía el corazón en carne viva y no le pesaba en el pecho como una piedra.

—Ni peros ni gilipolleces. Si mañana os veo aparecer por el parque os azuzo a los perros. Miraos, si no podéis ni poneros en pie. Lo digo en serio, salid echando leches de aquí y no volváis hasta el jueves.

—¿Qué os parece? —preguntó Tyler frente al espejo.

En su día libre, Eric había acompañado a este y a Caleb al estudio de Jerry para hacerse un nuevo tatuaje. Jerry era un tipo simpático y divertido que le había caído bien de inmediato. Se acercó al espejo y contempló en el reflejo el nombre de Maddie, escrito con tinta en el pecho de su hermano. En el pectoral izquierdo, a la altura del corazón.

A simple vista parecían unos trazos tribales, pero, si te fijabas, el nombre de la pequeña tomaba forma con una belleza increíble. Debajo del nombre, en números romanos, había añadido la fecha de su nacimiento.

—Es una pasada.

—Me toca —replicó Caleb mientras se quitaba la camiseta y se sentaba en el sillón—. Deberías hacerte uno.

Eric lo miró por encima del hombro y negó con un gesto.

—Yo paso.

—¿No te gustan las agujas o los tatuajes?

—Tío, soy paramédico, no tengo ningún problema con las agujas. Durante las prácticas me acribillaron como a un muñeco de vudú. Y me gustan los tatuajes.

—¿Entonces?

—Aún no he encontrado nada que quiera llevar tan permanente —respondió mientras volvía a sentarse.

Apoyó la espalda en la pared y estiró las piernas, poniéndose cómodo. Iban a estar allí un buen rato. Su hermano se sentó a su lado en el banco y empezó a mordisquear un palillo como si le fuera la vida en ello.

Eric cerró los ojos porque empezaba a ponerle nervioso. A través de los altavoces sonaba de fondo el último disco de Saving Abel con Jared Weeks como vocalista. Le encantaba la voz de ese tío y las letras de sus canciones, y se concentró solo en ese sonido.

—¿Fue culpa nuestra? —preguntó de repente Tyler en voz baja.

—¿De qué hablas? —quiso saber Eric. No tenía ni idea de a qué se refería.

—De que lo tuyo con Spencer se rompiese. ¿Fue por lo que te dijimos aquel domingo? Es que no dejo de comerme la cabeza con que pudimos influir de algún modo. Todo aquello sobre las responsabilidades, convertirte en padre de ese niño… No era asunto nuestro.

Eric abrió los ojos y miró a su hermano. Negó con un gesto.

—No rompimos por lo que dijisteis, sino por lo que yo no dije —contestó.

Caleb levantó la cabeza por encima de Jerry y frunció el ceño.

—¿Qué significa eso?

Eric les contó una versión resumida, pero bastante detallada, de lo que había ocurrido ese día. Después de tres semanas dándoles largas, se merecían una explicación.

—Te hizo la pregunta del millón y no dijiste nada —señaló su hermano.

—No podía. No importaba si contestaba una cosa u otra, le habría mentido de todos modos. No sé lo que siento, ¿vale? Sé que me importa, pero… No sé si es suficiente o no. Cuando pienso en esas dos palabras, no consigo pronunciarlas. Se quedan ahí atascadas. Así que es muy posible que yo no… que no las sienta.

—Me gustaba veros juntos y me jode que lo estéis pasando mal —dijo Caleb.

Tyler fijó la vista en Eric.

—Dices que no sabes si estás enamorado de Spencer porque no tienes ni idea de qué se siente al estarlo. Y ahí es donde empieza tu problema, nadie sabe qué se siente hasta que amas a alguien. Pero hay pistas, como cuando de repente tienes la sensación, incluso la certeza, de que esa persona va a ser importante en tu vida. Poco a poco se te va metiendo bajo la piel y un día te das cuenta de que está en todos tus pensamientos, en tus planes y que tu felicidad depende de la suya. Eso fue lo que yo sentí con Cassie.

—Es cierto, hay pistas —afirmó Caleb—. Mira, tío, no soy el más indicado para dar consejos, pero he aprendido unas cuantas cosas gracias a Savannah. Compartir tu vida, formar una familia y planear un futuro con otra persona no es fácil. En realidad es un quebradero de cabeza la mayor parte del tiempo. Surgen cientos de problemas y acabas discutiendo por la casa, las responsabilidades, tu familia, la suya, el perro, la tapa del váter… ¿Sabes qué hace que soportes todas esas locuras? Que quieras a esa persona más que a tu propia vida. Si no de qué ibas a aguantar a su madre todos los domingos o a su mejor amiga decidiendo de qué color va a ser tu puto sofá. Mi sofá.

Tyler se echó a reír con ganas y Eric no pudo evitar reír con él.

Caleb hizo un gesto de dolor cuando la aguja se clavó en una zona sensible. Inspiró hondo y volvió a relajarse.

—Lo digo en serio. Si no estuviese enamorado de mi mujer, no aguantaría la mitad de lo que aguanto. El otro día se cabreó, no sé por qué, pero por lo visto era culpa mía. Así que acabé pidiéndole perdón, gastando una fortuna en una cena romántica y haciéndole el amor como si fuese nuestra última noche en la Tierra. —Les guiñó un ojo—. ¡Y de esto último no me quejo! Pero es que me vuelve loco la mayor parte del tiempo y siempre se sale con la suya. Una puta mirada y me pone de rodillas. Si eso no es amor…

Tyler sonrió para sí mismo, se sentía bastante identificado con su amigo. Se le encendieron las mejillas cuando empezó a hablar:

—A mí me gusta la persona que soy cuando estoy con ella. Me hace sentir cosas que no había sentido con nadie, y solo con ella soy yo mismo. A veces tengo miedo, me asusta despertar y que no esté ahí. Sin ella siento que no tengo nada y creo que haría cualquier cosa para no perderla. Cualquier cosa.

Tyler alzó la vista al techo y se encogió de hombros antes de añadir:

—No sé, las pistas suelen estar en las cosas más sencillas. —Ladeó la cabeza para mirar a su hermano—. ¿A quién te imaginas preparándole el desayuno los domingos dentro de diez años? ¿A quién quieres abrazar por las noches? ¿Quién quieres que te mire al despertar?

—¿Quién quieres que te eche la bronca por comerte la mermelada con el dedo? —intervino Caleb con un tonito burlón—. ¿O a quién estarías dispuesto a dejarle tu maravilloso Pontiac? ¿A quién permitirías comer hamburguesas dentro de tu maravilloso Pontiac? ¿Por quién verías *El diario de Noah* mil veces aunque odies a muerte al puto Ryan Gosling? Dios, no sé qué les pasa a las chicas con esa película.

Tyler puso los ojos en blanco y le lanzó el palillo.

—¡Joder, qué asco! —exclamó Caleb.

—Para quién deseas serlo todo —susurró Jerry inclinado sobre el brazo de Caleb—. Quién es tu mundo. Quién te da esperanza. Quién te da motivos para vivir.

Todos le miraron con los ojos muy abiertos y el chico se ruborizó.

—Jerry, colega, eso ha sido muy profundo —le dijo Caleb con una sonrisa.

El tipo sacó la lengua, quitándole importancia.

Eric dejó de prestar atención a la conversación. En su cabeza había estallado una tormenta. Tenía respuesta para todas y cada una de las preguntas que los chicos habían formulado, y para todas era la misma. Ella. Con ella. Por ella. Solo ella. Y de golpe lo comprendió. La certeza se instaló en su pecho como una piedra de veinte toneladas. Se le detuvo el corazón. Dios, si existiera un premio al mayor estúpido del mundo, se lo darían a él sin dudar y le pondrían su nombre. ¿Cómo había estado tan ciego?

Se puso de pie, con el pulso palpitando acelerado. Se estaba ahogando en un torbellino de emociones: sorpresa, confusión, esperanza y miedo, sobre todo miedo por si era demasiado tarde.

—Tío, ¿estás bien?

Notó la mano de Tyler en su hombro. Se giró hacia él con los ojos brillando con desesperación. Su destino. Lo había tenido ahí delante todo el tiempo, en las manos, y lo había perdido. Mierda, *mieeeerda*. Se merecía que alguien le diera una paliza para ver si espabilaba de una vez.

—Joder, la he cagado. He metido la pata hasta el fondo. —Se llevó las manos a la cabeza y se tiró del pelo—. ¿Cómo puedo haber sido tan idiota?

Tyler, intuyendo qué tipo de revelación acababa de tener su hermano, sacudió la cabeza con una risita.

—No te preocupes, es un defecto de familia.

—No va a perdonarme. Destrocé su confianza en mí.

—Eso no lo sabes y solo tienes un modo de averiguarlo. Habla con ella y dale tiempo, y de paso arrástrate de tal manera que sienta pena por ti. —Eric alzó una ceja. Tyler asintió convencido—. Suele funcionar.

De acuerdo, se arrastraría, suplicaría, haría cualquier cosa para lograr que ella le diera una segunda oportunidad. Y también la última, porque a partir de ese momento iba a hacer lo imposible para no volver a fastidiarla.

—Tengo que irme.

Eric dio media vuelta y salió del estudio. Subió al coche y puso rumbo a Sunset Beach. Mientras conducía no dejaba de repetirse lo estúpido y cobarde que había sido. Tan obtuso e inseguro de sí mismo que había abandonado lo mejor que le había pasado en la vida.

«Por favor, que no sea demasiado tarde», pensó mientras llamaba a su puerta.

34

Spencer contempló los montoncitos de monedas sobre la mesa de la cocina, y después el resultado de la calculadora. Resopló y se dejó caer hacia atrás en la silla. Tenía un total de setenta y cuatro dólares y ochenta y siete centavos, y necesitaba al menos doscientos para llegar a fin de mes. No tenía ni idea de cómo iba a hacerlo.

Se tapó la cara con las manos cuando escuchó que llamaban a la puerta.

Se levantó sin energía y caminó hasta la entrada.

Por un instante no supo si lo que veía era real o un producto de su imaginación, pero él se movió, dando un paso adelante, y despertó de su confusión. Sus miradas se enredaron, ávidas, mientras dejaban escapar el aire que estaban conteniendo. Habían pasado tres semanas desde la última vez que se habían encontrado el uno frente al otro. Tres semanas de agonía, dolor y decepción.

—¿Qué haces aquí? —preguntó ella.

Él se pasó la mano por el pelo, retirándolo de la frente, y una llama de anhelo brilló en sus ojos mientras la contemplaba. Estaba más guapa que antes, si eso era posible. Tragó saliva y se humedeció el labio inferior con la lengua. Había ido hasta allí con la intención de arrastrarse y suplicar como un niño, de implorarle que volviera a aceptarle y que le dejara volver. Pero en ese momento, mirándola allí de pie, se dio cuenta de que esa no era la manera. La conocía lo bastante bien para saber que el único modo de llegar a ella era dándole todo el control. Ella dictaría las normas.

Cambió el peso de un pie a otro, indeciso, hasta que reunió el valor para hablar.

—Tengo la respuesta.

—¿Qué?

—La respuesta que necesitabas. La tengo. Sé que con tres semanas de retraso, pero en mi defensa diré que es la más sincera que podré darte nunca.

—Eric, no puedo volver a hacer esto —dijo ella con tono suplicante.

—No tienes que hacer nada, solo escuchar lo que tengo que decir.

—Iba en serio, se terminó.

—Vale, y si es lo que quieres lo respetaré. Pero, por favor, escucha lo que tengo que decir. Por favor.

Un largo suspiro cargado de dolor escapó de los labios de Spencer.

—De acuerdo.

Eric tomó aire y lo soltó muy despacio, intentando parecer calmado. Por dentro estaba completamente acelerado. La sangre le rugía en las venas y la adrenalina se estaba adueñando hasta del último rincón de su cuerpo. Apenas los separaban unos pasos y se moría por tocarla.

—Sé que te va a costar creerme, porque ya no confías en mí. Pero cada palabra es cierta y me nace del corazón. Lo siento, siento haberme comportado como un idiota y siento haberte hecho daño.

Tragó saliva y enderezó la espalda, rezando para que no le fallaran las palabras. Ella le miraba sin parpadear y sus ojos reflejaban una montaña rusa de emociones. Continuó:

—Me hiciste una pregunta y la respuesta es sí. Sí te quiero y sí estoy enamorado de ti. Y lo estoy desde hace mucho, solo que no me había dado cuenta hasta ahora. Estaba tan pendiente de lo que ocurría dentro de mí, buscando ese algo en mi interior, que no vi que donde debía buscar era fuera, delante de mis ojos. —Se aclaró la garganta y soltó aire—. Llevo toda mi vida pensando que en otra parte, en otro lugar, hay un sitio para mí. ¡El hogar que nunca he tenido! Donde por fin encontraré lo que busco, lo que necesito para ser feliz. ¿Y sabes qué? Estos últimos meses lo he tenido en las narices, todo el tiempo. Tú eres ese hogar en el que quiero vivir.

—Eric... —susurró ella sintiéndose muy débil. La estaba destrozando con su perfecta y hermosa cara pintada de arrepentimiento.

Él hizo un gesto con la mano, como si quisiera abarcar con ella la casa y todo lo que la rodeaba.

—Quiero todo esto. Quiero la vida que teníamos. Verte cada día, despertar a tu lado, prepararte tortitas y café por las mañanas. Paseos por la playa. Noches solo nuestras. Verte reír, enfadarte, hacerte la dura cuando eres todo corazón. Quiero hacer planes, tener deseos y cumplirlos a tu lado. Necesito que formes parte de mi vida. Tú y Travis. Porque a él también le necesito.

Esbozó una sonrisa llena de ternura al pensar en el pequeño.

—Ese niño es fantástico y deseo formar parte de su vida. Quiero convertirme en su padre y verle crecer. Estar ahí para él. Siempre. Porque en mi corazón ese niño ya es mío. Quiero que seamos una familia.

Dio un paso adelante y recorrió su cara con la mirada, tan pálida y delicada, plagada de pecas. A ella se le detuvo el corazón unos instantes al tenerle tan cerca y el nudo que se le había formado en el estómago estaba cada vez más apretado. Eric levantó la comisura de los labios con una media sonrisa e inspiró su olor a vainilla y canela.

—Sé que habrá dificultades. Siempre. Pero yo estoy dispuesto a hacerles frente por vosotros. Y no pienso volver a marcharme, nunca. Jamás podría abandonarte otra vez. Ya no. Porque tú me das razones para vivir todos los días. Me das esperanza. Has estado conmigo cuando me encontraba solo y necesité un amigo. Me haces querer ser mejor hombre. Me has cambiado y me gusta la persona que soy cuando estoy contigo. Joder, tú me has enseñado a querer y a saber qué se siente cuando te quieren. Porque no lo sabía, cielo. Te juro que no lo sabía.

Se llevó la mano al corazón y dio otro paso. Estaban tan cerca, que ella tuvo que alzar la barbilla para mirarlo, ya que sus ojos quedaban a la altura de su cuello.

—Siento… siento que mi cabeza estuviese hecha un lío y no haber estado a la altura de lo que necesitabas. Pero… La gente se pasa la vida buscando esto que tenemos. Esto que tú y yo hemos encontrado. Somos afortunados y sé que, si algún día dejas de estar enfadada conmigo, tú misma te darás cuenta.

Spencer notó cómo las lágrimas afloraban bajo sus pestañas y rodaban por sus mejillas. Él alzó una mano temblorosa y la deslizó por su cara, secando su piel con el pulgar. Su cabeza le dijo que se apartara de su contacto, pero su cuerpo se inclinó hacia él. Cerró los ojos mientras Eric acercaba la boca a su oído.

—No imaginaba que un corazón roto podía doler tanto, pero romperé el mío mil veces si así consigo arreglar el tuyo. Te quiero, Spencer. Te quiero sin dudas, sin reservas y sin miedo. Y si vuelves a confiar en mí, te prometo que cada día será mejor que el anterior. —Suspiró contra su piel y le rozó la sien con la nariz—. Mi casa está aquí, contigo, y por eso voy a esperarte. Todo el tiempo que haga falta hasta que estés lista.

La besó en la frente y se apartó con los ojos húmedos. Entonces hizo lo más duro y difícil de toda su vida hasta ahora. Dio media vuelta y regresó al coche. Se alejó de allí convenciéndose a sí mismo de que estaba haciendo lo que debía y del modo correcto. Le había abierto su corazón y se lo había entregado en una bandeja con el poder de aplastarlo o de insuflarle vida.

Ahora ella debía decidir si volvía a confiar en él y en todo lo que podrían ser juntos.

35

Apenas había amanecido cuando Spencer abrió los ojos. A través de la ventana abierta, la brisa se colaba agitando las cortinas. Se quedó un rato observando cómo se elevaban, danzando sinuosas con las primeras luces.

Cerró los ojos y contuvo el aliento para dejar de sentir durante unos segundos ese peso constante que le aplastaba los pulmones. Ya habían pasado cinco días desde que Eric había aparecido en la puerta como un vendaval, poniendo de nuevo todo su mundo patas arriba. Habían sido unos días duros para ella en los que apenas había logrado dormir. Su mente había entrado en una especie de bucle obsesivo y evocaba cada segundo de ese encuentro, memorizando hasta la última palabra que había salido de sus labios.

El dolor de su ausencia era continuo, pero había alcanzado un grado insoportable desde ese encuentro. Al menos antes había podido consolarse con la idea de que él no la quería, de que no merecía su tristeza. Pero tras su declaración, tras esa confesión en la que le había visto tan roto y desamparado como ella se sentía, ese consuelo ya no le servía.

Porque le había creído. De principio a fin. Eric podía ser muchas cosas, pero no un mentiroso que jugaba con las personas. Podía equivocarse, meter la pata, incluso hacer daño, pero nunca de un modo premeditado. Siempre había sido sincero y consecuente consigo mismo, hasta para romperle el corazón cuando se marchó convencido de que no podía darle lo que ella necesitaba.

Y de la misma forma había vuelto para desnudarle su alma, sin esperar nada a cambio. Él había dicho que ella era su hogar y esas palabras habían sonado mucho mejor que todos los «Te quiero» que había pronunciado. Él también era su hogar y lo añoraba terriblemente cada día. Eric había entrado en su pequeño y limitado mundo como una salvaje explosión de vida, derribando sus muros, llenando un vacío que había sentido siempre en su pecho. Lo más real que había tenido nunca.

Aún no sabía de dónde había sacado las fuerzas para permanecer quieta y no salir tras él. Pero volvía a tener miedo. Los pensamientos se le disparaban cuando intentaba decidir qué hacer. En su caso la felicidad no duraba mucho tiempo. Para ella era algo tan momentáneo como una estrella fugaz que surca el cielo consumiéndose hasta desaparecer. Por lo que no era cuestión de si ocurriría, sino de cuándo. Así que prefería sufrir por no tenerle y aferrarse a la seguridad de una relación acabada sin remedio, a volver con él y vivir con la incertidumbre de si el día siguiente sería el que le perdería para siempre.

Era consciente de lo retorcido que podía parecer ese pensamiento. Sin embargo, no lograba evitarlo.

Sintiéndose agotada, apartó la sábana y puso los pies en el suelo. Los arrastró hasta el baño y después abajo, donde abrió todas las ventanas de ambos lados de la casa para que la brisa oceánica la refrescara. Puso la cafetera en marcha y metió dos tortitas congeladas en la tostadora.

Desayunó en el porche, distraída con los pájaros que coronaban los árboles. Un cardenal rojo aleteó hasta el suelo, para después ascender y posarse en el tejado del cobertizo. Spencer dejó de prestar atención al pajarito y contempló el destartalado pabellón. No se había acercado allí desde antes de que Eric comenzara a trabajar en su secreta remodelación.

Tamborileó con los dedos sobre la barandilla antes de levantarse y cruzar el jardín para averiguar qué había estado haciendo allí. Soltó un gruñido al ver un candado nuevo en la puerta. Lo sacudió con la vaga esperanza de que así pudiera abrirlo, pero lo único que consiguió fueron unos bonitos destellos del sol sobre el metal nuevo y brillante. O encontraba la llave o una cizalla. También podría echar la puerta abajo, solución que descartó incluso antes de considerarla. Ya encontraría el modo de entrar, ahora tenía cosas más importantes de las que preocuparse y con bastante más urgencia.

No le quedaba mucho dinero en la cartera. Lo que sí tenía era un montón de facturas sin pagar, guardadas en un cajón de la cocina, y un aviso del banco advirtiéndole de que se había excedido del límite de crédito de su tarjeta, y que no podría disponer de más efectivo hasta que pagara las cuotas atrasadas.

Estaba tocando fondo. De hecho, ya se encontraba en la ruina. Le debía a Chase el alquiler del último mes porque había empleado ese dinero en comer, ya que el dinero de la comida lo había necesitado para gasolina, y el de la gasolina para pagar la luz.

No sabía qué más hacer y su situación era precaria. Debía encontrar un trabajo de verdad. Las horas que ayudaba a Letti en su bar los fines de semana no cubrían ni lo más básico. Pero, para poder trabajar, necesitaba primero una guardería para Travis. Así que volvía al principio y sin ninguna solución.

Bueno, sí que había una solución, pero algo inexplicable dentro de ella se rebelaba contra esa posibilidad. Simplemente no podía.

A media mañana, Chad les hizo una visita. Spencer se alegraba de verle tan recuperado. La jubilación y el tiempo libre le estaban sentando bien.

—No tienes que hacer eso cada vez que vienes, Chad —le dijo Spencer al ver las bolsas del supermercado.

—Me gusta hacerlo —replicó él, después de dejar la comida sobre la encimera.

—Puedo arreglármelas.

—¿Seguro? Porque yo no tengo esa impresión.

Spencer cerró el armario donde había guardado unas botellas de zumo y se giró hacia él. Se puso colorada al ver que contemplaba la nevera vacía.

—Lo tengo todo controlado. De verdad. Iba a ir a comprar ahora.

Chad no dijo nada, pero ella pudo ver en su cara que no la creía. En ese instante, Travis entró corriendo en la cocina.

—¡Tío Chad! ¡Tío Chad!

—Hola, pequeño —dijo él tomándolo en brazos.

—¿Sabes? Ayer vi tortugas.

—¿De verdad?

—Sí, en la playa. Quizá sigan allí. ¿Quieres verlas?

—Si a tu hermana le parece bien…

Travis la miró con expresión suplicante.

—¿Puedo ir con a Chad a dar un paseo? ¿Puedo? ¿Puedo enseñarle las tortugas?

—Claro que puedes. Pero ponte tu gorra.

—¡Sí! —exclamó el niño dando saltitos.

Minutos después, Spencer los veía marchar hacia la playa desde la ventana.

Terminó de colocar en la nevera la comida que Chad había comprado y después bajó al sótano para poner una lavadora. Su mirada se detuvo en la caja de herramientas que había en la esquina, bajo la estantería donde guardaba los adornos de Halloween y Navidad, y tuvo un pálpito. La abrió y fue lo primero que encontraron sus ojos. Una pequeña llave plateada que colgaba de una anilla. La apretó con fuerza dentro de su mano y regresó arriba.

La llave encajó en el candado. Un suave giro y este se abrió. Se quedó mirándolo con la incómoda sensación de que aquello no estaba bien, e inmediatamente pensó en lo absurdo de ese pensamiento. Por Dios, era su casa, su cobertizo, tenía todo el derecho del mundo a entrar en ese espacio y ver qué había. La puerta cedió con un chirrido y un fuerte olor a cola y madera nueva colmó su olfato. Accionó el interruptor de la luz, pero no ocurrió nada. Al mirar arriba adivinó la silueta de un casquillo sin su bombilla. Forzó la vista en la penumbra y se acercó a la ventana más cercana. Con cuidado despegó un trozo de cinta adhesiva que mantenía pegado el papel que tapaba el cristal. Un rayo de sol rebotó en la pared contraria e iluminó el suelo.

Spencer miró a su alrededor y percibió muebles, estantes y un armario. Nada de eso estaba allí antes. De un tirón arrancó otro trozo de papel y la claridad la cegó un momento. Parpadeó y su expresión fue cambiando mientras sus ojos absorbían los detalles. El suelo era nuevo, una tarima de una madera tan clara que parecía blanca como la nieve. Las paredes estaban revestidas de unas láminas del mismo color que el suelo, haciendo que el espacio pareciera mucho más grande.

Se acercó a otra ventana y arrancó el papel opaco que la cubría. Un nuevo haz de luz penetró engullendo las sombras y Spencer se quedó sin aliento. Eric había convertido el cobertizo en el estudio de pintura más bonito que podría haber imaginado nunca. Giró sobre sí misma sin dar crédito a lo que veía. Caballetes, lienzos, pinceles de diferentes tamaños y formas, paletas de mezclas, oleos, diluyentes, aceites… Todo lo que podía necesitar. Los muebles eran sencillos y muy funcionales y había colocado en ellos algunos adornos, entre ellos una fotografía enmarcada de los tres juntos, que habían tomado durante un paseo por la playa.

Parpadeó para alejar unas estúpidas lágrimas.

Eric había creado todo un espacio mágico para ella. Había hecho realidad su sueño. Durante mucho tiempo había estado planeando el regalo más hermoso y lleno de significado que jamás pensó recibir. Intentó mantener la calma mientras deslizaba la mano por la mesa de dibujo. Nadie había hecho por ella nada parecido.

Empezó a ahogarse. Allí mismo, de pie e inmóvil, una fuerte opresión en el pecho le contraía los pulmones y no la dejaba respirar. Comenzó a temblar, como si un terremoto se hubiera desatado dentro de su cuerpo y, una vez dormido, pequeñas réplicas continuaran sacudiéndolo sin parar. Empezaron a picarle los ojos y notó las lagrimas arremolinándose bajo sus pestañas. Emoción, incertidumbre, culpabilidad…, y la lista de sensaciones no dejaba de aumentar.

Se resistió a dejarse llevar por todo lo que sentía, sabiendo que si abría paso a todas esas emociones no sería capaz de detenerlas. Pero ya era tarde, el dique se había roto.

Se dejó caer al suelo y rompió a llorar sumida en una profunda y oscura angustia. Hipaba y sollozaba como un bebé. Acunó la cara entre sus manos y gritó llena de frustración porque no entendía qué le pasaba. Por qué hacía las cosas que hacía. Por qué si quería ir hacia la derecha giraba a la izquierda. Por qué no pedía ayuda cuando la necesitaba y rechazaba la que le ofrecían, aun a riesgo de perder a Travis por ello. Por qué alejaba a las personas que se preocupaban por ella. Por qué continuaba empeñada en hacerlo todo sola. Por qué saboteaba cualquier posibilidad de tener algo bueno de verdad. Por qué destrozaba cada atisbo de felicidad que encontraba en el camino.

Y la más importante. Por qué se había quedado mirando cómo Eric se marchaba en lugar de detenerlo.

Sus pensamientos cada vez eran más furiosos e iban dirigidos contra sí misma. Se odiaba con todas sus fuerzas por no ser capaz de romper con esa inercia que la arrastraba desde que era pequeña. No había terapia que pudiera arreglar sus problemas, porque ella nunca había querido superarlos, no de verdad. Y aun así, algún poder que desconocía seguía empeñado en poner en su camino cosas maravillosas, como sus amigos, su hermanito y un chico asombroso que no merecía. Y ella aún se atrevía a desafiarlo con su absurda obstinación.

Dios, se le estaba desgarrando el alma. ¿Por qué no podía ser una persona normal como el resto?

Y seguía sin poder respirar.

De repente, unos brazos la rodearon y la sostuvieron.

—Spens, ¿qué pasa? ¿Qué te ocurre?

Era Cassie. No entendía qué hacía allí, ni tampoco importaba. Se abrazó a ella y su llanto se volvió más amargo.

—¿Deberíamos llamar a alguien? Mírala, no está bien —dijo Savannah, arrodillada junto a ellas.

—Es un ataque de pánico, solo eso. Conozco los síntomas —le dijo a su amiga mientras estrechaba con más fuerza a Spencer—. Tranquila, Spens, estamos aquí. Y no te vamos a dejar sola. Respira. Respira conmigo.

—Respira, preciosa —susurró Savannah, peinándole el pelo con los dedos.

Spencer jamás habría pensando, ni aunque hubiera vivido mil años, que el salvavidas que necesitaba en ese momento vendría de esas dos chicas. Se abrazó a Cassie y se abandonó a toda la amargura que la envenenaba. Se dejó mecer por sus brazos, sintiéndose extraña y a la vez reconfortada, porque nunca nadie la había acunado de ese modo.

—No... no puedo seguir así. No... puedo —logró decir entre sollozos—. Voy a perderlos a los dos si no logro parar.

—¿Parar qué? —susurró Cassie, apartándola de su pecho para poder verle el rostro. Se le partió el corazón al ver su expresión de dolor.

—De estropearlo todo. De alejar a todo el mundo de mi lado. Tengo que parar, pero no puedo. No sé por qué lo hago, de verdad que no lo sé. Siento que me estoy volviendo loca.

Savannah la tomó de la mano.

—No te estás volviendo loca.

—Estoy asustada. He vuelto a estropearlo todo y no sé cómo arreglarlo.

—Quizá, si confiaras en nosotras, podríamos ayudarte —susurró Cassie—. Sé que he sido una arpía contigo en más de una ocasión. Pero te prometo que puedes contar conmigo.

—Y conmigo. A veces necesitamos a alguien en quien apoyarnos. ¿Quieres intentarlo? —le propuso Savannah.

Spencer asintió con un gesto. Le temblaron los labios con otro sollozo.

—Pues cuéntanos qué demonios tienes dentro de esa cabeza —replicó Cassie mientras le apartaba de la cara los mechones húmedos que se le habían pegado a las mejillas.

Spencer comenzó a hablar. Al principio sin mucha confianza, sin apenas voz, buscando el modo de abrirse. Les contó cosas acerca de su infancia con su madre. De su adolescencia y todos los errores que había cometido hasta que fue empujada por esa escalera oscura y solitaria. Les confesó que había tomado aquellas pastillas para dormir de forma consciente y que ese acto fue lo que la llevó a la consulta de la doctora Leigh. Les habló de lo maravillosa que había sido esa mujer con ella y de sus consejos. Y mientras el relato avanzaba hasta el momento en que Eric poco a poco había entrado en su vida, las lágrimas habían ido dejando paso a algunas risas. Unas partes le resultaron más difíciles de contar que otras, y algunas fueron una completa tortura. Sin embargo, con cada capítulo, se liberaba de un peso y la ligereza que comenzaba a sentir la animaba a continuar.

El cobertizo se quedó en silencio durante unos minutos. Solo se oía el sonido de los pájaros y una serie de sollozos ahogados. Las tres chicas continuaban sentadas en el suelo, la una al lado de la otra, apoyadas contra la pared.

—Lo que te dijo fue precioso —musitó Savannah, refiriéndose a la declaración de Eric—. Y después descubres todo esto. —Señaló con la mano el estudio—. Es lo más romántico, tierno y desinteresado que he visto hacer a nadie.

Cassie suspiró y contempló todo el trabajo que su amigo había invertido en aquel espacio. Había que estar ciego para no darse cuenta del amor que había en cada detalle.

—No le has perdido ni vas a perderle. Te lo aseguro, está loco por ti. Eric está ahí fuera, esperando en alguna parte a que vayas a buscarle.

—Deberías ir, ahora mismo. —Resopló Savannah con un gemido—. Dios, si no vas tú, iré yo.

Spencer ladeó la cabeza para mirarla. Las dos se sonrieron.

—Iré, pero quiero hacerlo bien, en el momento adecuado. No sé, planearlo. Se merece algo especial. Por una vez debería ser él quien reciba un regalo.

—Estoy de acuerdo con que quieras hacer algo especial —aseveró Cassie—. ¿Se te ocurre algo?

—No, lo cierto es que no tengo cabeza para nada en este momento. Estoy muy preocupada por Travis y por esta casa. Si no consigo ingresos, servicios sociales se llevará a mi hermano. Y si no pago el alquiler y todas esas facturas, Chase tendrá que echarme. No quiero aparecer delante de Eric con toda esta carga. Sé que a él no le importaría, pero necesito demostrarle que quiero estar con él porque le amo, no porque lo necesite para que me rescate. No quiero crearle dudas.

Savannah se inclinó hacia delante y dobló las rodillas.

—Lo comprendo. En ese sentido yo soy igual.

—Deja que te prestemos el dinero —le pidió Cassie.

—¡No, es mucho! Son más de mil doscientos dólares. —Spencer rechazó de plano esa idea. Debía encontrar otra solución que no implicara desplumar a sus amigos—. Se me ocurrirá algo. Chad se ha ofrecido a cuidar de Travis para que yo pueda trabajar. Así me ahorraría la guardería. Es una solución a largo plazo, pero me serviría.

—Pues acepta la oferta de mi madre. Vende los cuadros.

Spencer contuvo el aliento y negó lentamente. Sentía de nuevo ese nudo familiar en el fondo de la garganta.

—No puedo —susurró—. Empecé a pintarlos porque necesitaba sacar esos recuerdos de mi interior, y los puse sobre esos lienzos. No son cuadros normales. Son… son… Soy yo. Son partes de mí.

—Puedo comprenderlo, pero vender los cuadros no solo te permitiría pagar las facturas. Si accedes a que mi madre gestione tu obra, lograrías comprar esta casa y ahorrar para la universidad de Travis. Y si continúas pintando, podrías convertirte en artista profesional, vivir de tu pintura. ¡Es una gran oportunidad! ¿Sabes a cuántas personas se les abre una puerta como esta? A muy pocas.

—¿De verdad? Eso sería perfecto —intervino Savannah muy sorprendida—. ¡Qué digo perfecto, joder, me estoy muriendo de envidia!

Spencer se puso de pie. Ese tema la alteraba demasiado.

—No puedo deshacerme de ellos.

—¿Por qué? —quiso saber Cassie. También se levantó del suelo.

—Porque... porque... Simplemente no puedo.

—¿Te das cuenta? No tienes una razón. ¿Sabes lo que creo? Que los ves como algo malo y feo que ocultar, de lo que avergonzarte. Pero no es así, son cicatrices, heridas de guerra que demuestran que has sobrevivido. Son un corte de mangas a todos aquellos que no apostaban por ti. Un «Que te jodan» a quienes te han humillado. Son el futuro que mereces. Que Eric, Travis y tú merecéis.

Spencer se la quedó mirando. Sabía que Cassie tenía razón. Sus palabras habían calado muy hondo en su pecho, despertando un fuerte sentimiento. Siempre los había visto como algo negativo, pero, quizá, había llegado el momento de ver esos cuadros como algo bueno. Del mismo modo que había descubierto que confiar no era una debilidad, amar no tenía por qué doler y tener una familia podía ser maravilloso. Sus labios se curvaron con una sonrisa, que fue creciendo poco a poco hasta que rompió a reír. Se tapó la boca con la mano para contenerla, porque no entendía de qué se estaba riendo. Bueno, sí lo sabía.

—Me recordáis a mi terapeuta.

—¿Y eso es bueno o malo? —se interesó Cassie, contagiándose de su risa.

Savannah se puso seria y arrugó la nariz con un mohín.

—A lo mejor te vendría bien visitarla. Te han ocurrido muchas cosas desde que la viste por última vez.

—¿Para qué, si os tengo a vosotras? Y estoy segura de que me habría dicho exactamente lo mismo —señaló contenta, y lo creía de verdad.

Cassie dobló las rodillas con una reverencia.

—Siempre ha sido mi verdadera vocación.

—Gracias —les dijo Spencer en voz baja.

Miró a su alrededor sin poder creer que su viejo cobertizo tuviera ahora ese aspecto. Sus ojos encontraron la fotografía. Si hacía lo correcto, si por fin hacía las cosas bien, dentro de unos años esa estantería podría estar repleta de muchas más. Tomó aire y se llevó las manos al pecho como si así pudiera controlar los latidos desbocados de su corazón.

—¿Me acompañaríais a la galería? Quiero... quiero vender los cuadros.

36

Eric había descubierto que hacer ejercicio también en sus días libres tenía un montón de ventajas. Había ganado un nuevo kilo en músculo, su resistencia física había aumentado y estaba descubriendo lugares alucinantes en los que perderse un rato. Además, prefería oír su propia respiración, los graznidos de las gaviotas y los motores de los barcos, a las sesiones de sexo matinales de Moby y su chica.

Lizzie había venido a pasar unos días con él.

Desde el primer momento, Eric quiso guardar sus cosas y mudarse a alguna otra parte para que pudieran disfrutar de su intimidad; y no solo por ese motivo, ya que tras cinco semanas siendo el invitado de su amigo, había llegado el momento de que buscara su propio lugar. Sin embargo, tanto Moby como Lizzie le hicieron prometer que no se marcharía. Ella incluso llegó a confesarle que se sentía más tranquila sabiendo que Moby tenía un amigo como él tan cerca. Así que, cuando no estaba en el trabajo, se dedicaba a correr y descubrir todos los restaurantes y puestos callejeros donde se cocinaban tacos.

Cerca del puerto de pescadores había encontrado uno de taquitos dulces que te hacían la boca agua con solo olerlos.

Esa mañana compró uno de frutas rojas con salsa de mango y nata, y se sentó en el muelle a observar cómo los barcos regresaban a tierra. Seguía sumido en un estado de ánimo confuso y fastidiado. Echaba de menos a Spencer y el paso del tiempo no aliviaba esa sensación, al contrario. Todos los días luchaba contra el deseo de ir a buscarla para suplicarle que terminara con aquella agonía y le dejara volver a casa. Pero no podía. No le quedaba más remedio que ser fuerte y esperar, rezando para que ella diera el paso de ir a buscarle.

Para cuando terminó los tacos y todos los barcos arribaron a puerto, ya era más de media mañana.

Tyler le llamó entusiasmado poco antes del almuerzo. Caleb y él habían encontrado un Plymouth Hemi Cuda del 71 en un desguace a las afueras de Wilmington y querían que se acercara al taller para verlo. Así que, sin nada mejor que hacer, pasó el resto del día con ellos.

Eran poco más de las nueve de la noche cuando llegó a casa. Lizzie y Moby se encontraban en el sofá. Acababan de hacer palomitas y tenían un DVD sin carátula sobre la mesa.

—¡Justo a tiempo! —exclamó Moby—. Venga, tío, siéntate con nosotros.

—Paso, estoy cansado. Seguid con lo vuestro.

—Vamos, Eric, no has interrumpido ninguna cita. Ven y siéntate con nosotros. He preparado mojitos —dijo Lizzie con voz cantarina.

Eric frunció los labios sin estar muy seguro. Al final esbozó una sonrisa y saltó por encima del sofá hasta caer en medio de los dos.

—Vale, me habéis convencido. No puedo decir no a un mojito.

Moby le dio al *play* y en la pantalla apareció un atardecer muy rojo sobre un lago, junto al primer nombre del reparto: Ryan Gosling. Rio para sí mismo al recordar la conversación con Caleb en el estudio de tatuajes. Dejó de sonreír.

—*¿El diario de Noah?* —inquirió.

—Sí —respondió Lizzie con ojos brillantes—. ¿Ya la has visto?

—No, pero tengo un amigo al que le encanta —replicó con un tonito burlón.

—La peli está bien, hombre —comentó Moby—. Aunque acabarás odiando a Ryan Gosling.

—No digas eso —refunfuñó Lizzie—. Su personaje es adorable.

Moby puso los ojos en blanco.

—¿Qué te decía? El tío es guapo, está cachas y se pasa toda la película haciendo cosas que vuelven locas a las tías.

—¿Como qué? —se interesó Eric. Quizá fuese el medio mojito que ya se había bebido, pero empezaba a sentir curiosidad por la película y el puto Ryan Gosling, o Noah, porque así se llamaba en la historia.

—Bailar sin música, tumbarse en medio de una carretera para mirar las estrellas, construirle una mansión, escribirle cientos de cartas. Y esto ya es la leche, un paseo en bote por un lago lleno de cisnes bajo la lluvia. De jodidos cisnes.

—Patos. Patos blancos —le corrigió ella.

—Sí, eso. —Abrió mucho los ojos—. Y de vuelta a casa la empotra contra la pared y echan el polvo de sus vidas. Los tíos normales no tenemos posibilidades por culpa de tipos como estos. Mis recursos solo dan para patitos amarillos en la feria.

Eric se echó a reír con ganas, hasta el punto de doblarse hacia delante, abrazándose las costillas. Moby acabó contagiándose y también rompió a reír.

Lizzie los miraba con una sonrisita divertida en los labios.

—Es una historia de amor preciosa. Deberíais aprender en lugar de reíros.

Eric no parpadeaba mientras en la última escena unas aves sobrevolaban el lago y los créditos ocupaban la pantalla. Moby se había quedado durmiendo hacía rato, con la cabeza colgando hacia atrás, pero él, pese a estar muy cansado, no había podido dejar de mirar la película. Dios, si hasta se había emocionado con el final.

—¿Qué te ha parecido? —le susurró Lizzie.

Él se encogió de hombros.

—La verdad es que me ha gustado.

—Los chicos tenéis muchos prejuicios con estas películas, pero luego…

—Bueno, has dicho que deberíamos aprender y yo soy bastante aplicado.

Lizzie rio bajito y le dio un codazo cariñoso.

—Muy bien, ¿y qué has aprendido?

—No sé, es una de esas historias que te infunden esperanza. La relación entre ellos es… Es un poco a lo que todo el mundo aspira, ¿no? A encontrar a alguien que nos quiera de ese modo, siempre, por muy difíciles que se pongan las cosas.

Lizzie sonrió y asintió al mismo tiempo. Lo miró de reojo.

—¿Y cómo es tu historia? —preguntó ella. Eric le devolvió la mirada con reserva—. Tranquilo, Moby no me ha contado nada. Pero es evidente que no lo estás pasando muy bien y yo soy una metomentodo. ¿Te dejó ella o la dejaste tú?

—No es tan simple.

—Nunca lo es.

—Digamos que… Me pidió algo que yo no estaba seguro de poder darle y rompió conmigo. Vivíamos juntos y tuve que marcharme. Por eso estoy aquí. —Sonrió sin humor—. Poco después me di cuenta de que había sido un imbécil. He intentado arreglarlo, hablé con ella, pero han pasado dos semanas desde entonces y no he vuelto a saber nada.

—¿La quieres?

—Sí.

—Volverá contigo, ya lo verás.

—¿Cómo lo sabes?

—Es un pálpito. Ella es tu Allie y tú su Noah. Ya lo has visto, si dos personas están destinadas a estar juntas, eso es lo que ocurrirá. —Se inclinó y le dio un beso en la mejilla—. Ten un poco más de paciencia.

Permanecieron en silencio mientras los créditos de la película seguían desfilando por la pantalla. Eric se llevó la mano a la nuca. «Paciencia.» Costaba un poco tenerla cuando se sentía morir con solo pensar en ella. Cuando su nombre se estaba convirtiendo en algo imposible de pronunciar sin notar dolor.

Inspiró hondo, convenciéndose a sí mismo de que podía hacerlo. Tendría paciencia, esperaría todo el tiempo necesario, si ella era el premio al final.

37

A Spencer le iba el corazón a mil por hora cuando abandonó la galería. Acababa de recibir su segundo cheque por la venta de uno de sus cuadros y ni siquiera habían sido expuestos aún. El primero se lo había entregado Dana la semana anterior por un valor total de tres mil dólares después de descontar su comisión y no había dejado de mirarlo durante horas. Y si no hubiera sido porque necesitaba el dinero con urgencia, lo habría enmarcado y colocado junto a su cama.

Se había echado a llorar nada más salir del banco tras cobrarlo. La sensación de alivio había sido tan grande que su cuerpo se colapsó. Ya no perdería a Travis, ni la casa, y tenía un trabajo. Bueno, no estaba segura de si era correcto llamarlo trabajo, aunque suponía que sí ya que gracias a su habilidad para pintar, y con un poco de suerte, iba a poder vivir de él.

Ese mismo día pagó todas sus deudas y, con el dinero que le sobró, llevó a Travis a un centro comercial. Regresaron a casa con la camioneta repleta de compras y el estómago atiborrado de helado.

Aún le costaba entender que en alguna parte hubiera personas dispuestas a pagar esas cantidades de dinero por tener uno de sus dibujos colgados de la pared. Era tan extraño.

Recorrió los escasos metros que la separaban del banco e ingresó ese nuevo cheque en su cuenta, que por primera vez en mucho, mucho tiempo, no tenía un saldo negativo. Después llamó a Chad para saber cómo estaba Travis. Tras ser consciente de que no podía hacerlo todo sola y que pedir ayuda no era una debilidad, había permitido que su amigo le echara una mano cuidando del niño cuando ella estaba ocupada. Esos dos se llevaban de maravilla.

Travis adoraba a Chad y el sentimiento era mutuo.

—¿Puedo llamarte abuelo? —le había preguntado la tarde anterior.

Se había quedado pasmado, pero tras unos segundos para recuperar el habla, y la sonrisa de aliento que ella le había dedicado, contestó que estaría encantado de que le llamara de ese modo. Spencer había tenido que escaparse de la habitación para que no la vieran llorar. Últimamente no hacía otra cosa, se emocionaba por todo. Al menos ya no por tristeza, al contrario. Aunque una parte muy importante de ella aún sufría porque se sentía muy sola. Le faltaba un trozo de corazón y esperaba recuperarlo muy pronto. Entonces, su mayor sueño sería real.

Colgó el teléfono y fue en busca de su camioneta. Aún debía ir a buscar su vestido y encontrar algo elegante que pudiera ponerse un niño de tres años. Si bien, antes tenía que hacer algo muy importante.

Se sumergió en el tráfico y se dirigió a la carretera que bordeaba la costa en dirección noreste. Mientras conducía, empezó a ponerse mucho más nerviosa de lo que ya estaba y la falta de sueño no la ayudaba. La agitación y el estrés de los últimos días hacía que por la noche se derrumbara en la cama, pero era incapaz de dormir, pues no podía detener el torbellino de pensamientos que inundaban su cabeza.

Aminoró la velocidad al tomar la carretera que conducía a la urbanización en la que Cassie le había dicho que vivía Eric. Unas señas en un mensaje de texto, esa era toda la información que había tenido de él en cinco semanas. Había evitado por todos los medios saber de su vida sin ella: qué hacía, a dónde iba, con quién. Y no porque no tuviera curiosidad o no estuviera preocupada, era el único modo que había encontrado para soportar la dolorosa separación.

Estacionó en el aparcamiento y se quedó inmóvil con el motor encendido y las manos en el volante. El deseo de dar media vuelta y marcharse se hizo muy fuerte. Estaba aterrada.

Sacó la invitación de su bolso y la sostuvo entre los dedos. Esa noche iba a tener lugar en la galería la inauguración de su exposición. Dana Wells había invitado a la prensa y a un par de críticos muy importantes. Muchos de sus fieles clientes también iban a asistir.

Trazó con el dedo el nombre de Eric manuscrito en el sobre. Quizá debería habérsela hecho llegar por correo, pero había pensado que entregársela en persona le daría la excusa para verle. Necesitaba ver su rostro otra vez. Perderse en sus ojos oscuros y en su sonrisa de niño. Porque su ausencia era una herida que tenía dentro y que no desaparecía. Se había quedado sin fuerzas para seguir alejada de él. También porque debía asegurarse de que la recibiría y que asistiría a la inauguración. Sin él no podía hacerlo. No se sentía capaz de ponerse delante de todos aquellos desconocidos y fingir que sabía lo que estaba haciendo.

Y porque en ese sobre se encontraba su respuesta.

Dejó caer la cabeza en el volante y resopló. Se enderezó de golpe y clavó la vista en el edificio. Se acabó, no era una niña para andar con esas tonterías. Debía hacerlo y punto. Paró el motor y se bajó de la camioneta. Con la invitación fuertemente sujeta en su mano, cruzó la verja y se adentró en el patio central en el que concurrían todos los apartamentos. Subió la escalera y localizó el piso. Con paso decidido se paró ante la puerta y llamó al timbre.

Tras unos segundos eternos, la puerta se abrió con un ligero clic. Spencer se quedó mirando a la mujer que acababa de aparecer en el umbral. Era rubia, con una melena lisa cortada por encima del hombro y un flequillo recto a la altura de las cejas. Sus ojos de color avellana la miraron de arriba abajo y le sonrió.

—¿Puedo ayudarte en algo?

Spencer tardó un largo segundo en contestar. No podía apartar la vista de la única prenda que vestía la chica. Una camiseta gris de hombre del cuerpo de bomberos de Port Pleasant. Se le secó la boca y su corazón se lanzó a latir en una carrera salvaje. No lo entendía.

—¿Estás bien?

Spencer se obligó a contestar.

—Sí, perdona. Estoy buscando… Lo cierto es que creo que… —Estaba en *shock* y sin saber qué creer. Pensó que lo mejor era darse la vuelta y largarse, fingiendo que se había equivocado de apartamento.

—¿Buscas a Eric?

—¿Qué? —inquirió sobresaltada.

—En ese sobre pone su nombre.

Spencer bajó la vista y asintió. Se le pusieron los pelos de punta por lo que pudiera pasar a continuación. Ella le llamaría. Él saldría. Se verían… Las piernas se le transformaron en gelatina. A lo mejor ni siquiera se encontraba en casa y no tendría que verse obligada a pasar por la incómoda situación que acababa de crearse. Y… ¿Quién demonios era esa chica? ¿Y por qué llevaba solo una camiseta? ¡Su camiseta!

—Esto… Sí… Es para él.

La chica sonrió y se apoyó en el marco de la puerta. Señaló con la mano por encima de su hombro, al interior del apartamento.

—Pues ahora mismo está en la ducha. Si quieres, yo me encargo de dárselo cuando salga. O puedes pasar y esperarle. Como prefieras.

Spencer volvió a observarla y se imaginó la escena. Las dos sentadas en ese sofá rojo que podía ver perfectamente desde donde se encontraba, esperando a que él saliera de la ducha, probablemente con solo una toalla y... Si era lo que parecía... Alzó la mano y le entregó el sobre. Anonadada, dio un paso atrás con un vuelco en el estómago.

—Gracias. Y... adiós.

Dio media vuelta y con paso rápido se alejó por el pasillo.

—Oye, perdona.

Spencer se paró en seco y el color abandonó su cara. Se giró un poco, lo justo para verle la cara a la rubia. Ella alzó el sobre y en su rostro había desaparecido la sonrisa. Una expresión que no supo interpretar le hacía fruncir el ceño.

—¿Conoces a Eric personalmente? Quiero decir... ¿esto es para él de tu parte?

«¿Qué clase de pregunta es esa?», pensó Spencer. Y sin saber muy bien por qué, mintió.

—No. Yo solo debía entregárselo.

Continuó andando.

—¿Cómo te llamas? —insistió la chica.

Pero Spencer fingió no oírla y corrió sin detenerse hasta su camioneta.

38

—Tío, los Indians tienen que mejorar su productividad en el *home*. Jonathan Lucroy es el *catcher* que necesitan —señaló Moby repantigado en el sofá.

Eric lanzó un cacahuete al aire y lo atrapó con la boca.

—Dicen que los Astros y los Red Sox están detrás de él. Los Indians van a tener que poner mucha pasta sobre la mesa para comprarlo.

Moby hizo una mueca, como si no estuviera del todo de acuerdo. Llevaban toda la tarde viendo un programa de béisbol en un canal de deportes. El plazo para los traspasos veraniegos en la Major League iba a expirar en tres días y los expertos estaban haciendo correr ríos de tinta con sus apuestas.

—En el fondo me da igual. Mi corazón es de los Mets y con Céspedes en el jardín es imposible que perdamos.

—¡Amén! —exclamó Eric, chocando su puño con el de su amigo.

La puerta de entrada se abrió y Lizzie entró cargada con un montón de bolsas. Las dejó en el suelo, bajo el perchero, y se quitó los zapatos de tacón allí mismo.

—¿Qué hacéis?

—Nada, sufriendo. ¿Cómo te ha ido? —se interesó Moby.

—Bien. He encontrado el regalo perfecto para mi hermana y los zapatos que mi madre quería. Ah, y te he traído el periódico. He leído el artículo y es realmente bueno.

Moby alcanzó el diario y empezó a pasar las hojas.

—¿Qué artículo? —Se interesó Eric.

—Mi hermana ha comenzado a trabajar en el periódico, en la sección local, y hoy han publicado su primer artículo.

—Vaya, eso es genial. Debes de estar orgulloso.

—Lo estoy. ¿Ves? —Señaló una columna y el nombre que aparecía a su inicio—. Holly Holland. Suena bien, ¿eh?

Eric no contestó. Sus ojos se habían clavado en la página contigua, en la sección de cultura, donde se anunciaba la inauguración de una exposición de pintura en la galería de Dana Wells. La noticia iba acompañada de una foto a color de Spencer posando en la puerta.

—¿Qué pasa? Parece que has visto un fantasma.

—Es… es Spencer. Esta noche inauguran su exposición. —Sonrió para sí mismo y sacudió la cabeza—. ¡Vaya!

Se pasó la mano por la frente y tomó aire. Joder, menuda sorpresa. Ni siquiera sabía cómo sentirse al respecto. Por un lado se alegraba por ella y por todo lo que significaba esa noticia. Admiraba su valor y que hubiera decidido hacerlo. Por otro lado, prácticamente ese tema había sido el desencadenante de su ruptura.

—¿Tu chica? —preguntó Lizzie. Tomó el periódico de las manos de Eric y le echó un vistazo a la noticia muerta de curiosidad—. Oh, Dios, ¿esta es Spencer?

Se puso en pie de un bote y corrió hasta una consola que había junto a la puerta, donde solían dejar las llaves y el correo. Allí estaba el sobre. Lo tomó y se dio la vuelta con una mirada suplicante.

—Eric, no te enfades conmigo, por favor. Pero lo olvidé por completo. Se me hacía tarde, tú seguías en la ducha y yo… Yo olvidé darte esto. Lo trajo la chica de la foto esta mañana.

Eric tardó un segundo en comprender.

—¿Spencer trajo eso? —inquirió mientras tomaba el sobre blanco.

—Sí. Preguntó por ti y me lo dio para que te lo entregara. Pero cuando traté de averiguar quién era, salió corriendo. Imaginé que sería una mensajera o algo así.

Eric resopló por la nariz. El corazón se le había subido a la garganta y no lograba que bajara a su sitio. Rasgó el lacre, demasiado nervioso como para enfadarse con Lizzie. Dentro había una invitación con su nombre para la fiesta de inauguración. También una tarjeta manuscrita con tinta roja en la que reconoció la letra de ella.

Me encantaría que vinieras.
En realidad, todo esto es gracias a ti.
No creo que pueda hacerlo si no estás conmigo.
Mejores amigos para siempre.

Pd. Mi meñique es tuyo.

No había firma, solo dos corazones unidos por lo que parecía un hilo rojo. Se pasó la mano por el pelo y empezó a moverse de un lado a otro. La leyó de nuevo. Y una vez más. ¿Eso significaba lo que creía? ¿Qué otra cosa si no? Una sonrisa aparecía y desaparecía en su rostro al mismo ritmo que sus pensamientos. No podía significar otra cosa. Esa era su forma de ir a buscarle, de pedirle que volviera.

Miró de nuevo la invitación y se fijó en la hora a la que comenzaba la fiesta. A las siete.

—¿Qué hora es?

—Casi las ocho —dijo Moby.

—Eric, siento mucho si he fastidiado algo —sollozó Lizzie.

Alzó la vista y la miró. Soltó una risita y la besó en la mejilla.

—Tranquila. No pasa nada.

—¿Seguro?

Asintió con vehemencia.

—Tengo que irme. Llego tarde a un sitio.

Segundos después, Eric montaba en el coche.

39

—Me gustaría presentarte a alguien.

Spencer había perdido la cuenta de las veces que había escuchado esa frase desde que la fiesta de inauguración había comenzado. Se sentía como una marioneta a la que llevaban de un lado para otro, pero la experiencia no estaba siendo tan difícil como había imaginado. Había posado para un par de fotógrafos y hasta había concedido algunas entrevistas, aunque casi todas las preguntas las había contestado Dana en su lugar. Se lo agradecía, porque apenas lograba recordar que para caminar había que poner un pie delante de otro.

El momento más difícil surgió cuando uno de los clientes habituales se interesó por uno de los cuadros y quiso conocer su historia y significado por ella misma. No fue fácil ponerle palabras a un sentimiento, a un recuerdo, a una pesadilla. Pero lo hizo y sintió cierta liberación en su interior. El hombre, un músico retirado que poseía un famoso club en Raleight, la había escuchado absorto. Pocos minutos después había cerrado un acuerdo de compra con Dana por ese mismo cuadro, el tercero de la noche, y se había interesado en otros dos.

Intentó mostrarse indiferente con esa noticia, aparentando sentirse como un pez en el agua. Pero la realidad era bien distinta, en cualquier momento correría a esconderse en algún lugar oscuro para poder gritar.

Por fin Dana la liberó de su papel de «artista» en la fiesta. Le entraba una risita floja y nerviosa cada vez que escuchaba esa palabra refiriéndose a ella.

Estuvo a punto de echarse a llorar cuando vio a la doctora Leigh entre el público. Sin esa mujer no lo habría conseguido, no habría dado el primer paso en un camino que había comenzado siendo muy duro, pero que había transformado su vida para siempre. Pocos minutos después tuvieron que despedirse, ya que Megan, ese era su nombre de pila, salía de viaje hacia Seattle para asistir a un simposio. Se dieron un fuerte abrazo, entre promesas de verse a menudo para no perder el contacto.

—He tenido muchos casos, Spencer. Pero el tuyo siempre será el que me recordará por qué me gusta mi trabajo. Conocerte también me ayudó a mí —le había dicho Megan.

Spencer atesoró esas palabras mientras la veía salir por la puerta con un nudo muy apretado en la garganta.

Buscó a Travis entre los invitados. Lo encontró agarrado a la mano de Chad, mientras observaba con sus grandes ojos a todas aquellas personas. Parecía un poco intimidado, pero cuando su mirada se cruzó con la de ella, su carita se iluminó con una gran sonrisa. La saludó agitando su mano con energía, y ella le devolvió el gesto.

Un camarero se acercó con una bandeja y le ofreció una copa de champán. La tomó a pesar de que no le agradaba mucho su sabor, pero estaba frío y la ayudaría a mantener las manos ocupadas.

—Madre mía, todo esto es genial —gritó Savannah corriendo a su encuentro.

Se dieron un abrazo. Por encima del hombro de su amiga, Spencer vio que Caleb la observaba. Una sonrisa traviesa curvaba sus labios.

—Felicidades, preciosa —susurró él junto a su oído, después de besarla en la mejilla—. Estoy muy orgulloso de ti.

—Y yo de ti. —Se contemplaron durante un largo silencio. Y ella añadió—: Nos va a ir bien, ¿verdad? Está pasando.

Caleb se tragó el nudo que tenía en la garganta y asintió una vez antes de darle un apretón cariñoso.

—Pues claro que está pasando, y pobre del que venga a jodernos porque no se lo permitiré. Te mereces todo esto, Spens. No dejes que nadie te haga creer lo contrario.

Ella le sonrió con todo el afecto que sentía por él. Hubo un tiempo en el que compartieron muchas cosas. A su manera se habían querido y eso siempre les uniría.

Tyler apareció tras ella y la agarró por la cintura, después le plantó un beso en el hombro. Sonreía como un idiota.

—Estoy-Alucinando. Te lo tenías bien callado, Warhol.

Spencer entornó los ojos y se acercó para susurrarle:

—¿Ese es el que pinta latas de tomate? —Los dos rompieron a reír con ganas. Ella se ruborizó—. No tengo ni idea de nada. Voy a tener que aprender muchas cosas para no hacer el ridículo.

—Venga ya, ahora puedes permitirte ser todo lo excéntrica que quieras.

Cassie se acercó al grupo en cuanto logró deshacerse de un par de amigas de su madre muy cotillas. Y por fin Spencer pudo relajarse entre sus amigos. Conversaron y rieron durante un rato, dentro de su propia burbuja.

Tyler y Caleb ya le habían echado el ojo a un terreno para construir su taller de restauración de coches clásicos, y en un par de semanas se entrevistarían con el director del banco para hablar sobre un préstamo.

Savannah les confesó que esa misma tarde había recibido la llamada de un editor de Boston con una oferta para publicar su libro. Casi no podía creerlo después de una decena de cartas de rechazo.

Cassie continuaba con su drama personal, dividida entre su maternidad y acabar la carrera de periodismo. Tyler la animaba para que regresara a Virginia y lograra su sueño.

Spencer bebía sorbitos de champán mientras seguía las distintas conversaciones, pero cada pocos minutos perdía el hilo porque sus ojos no cesaban de escudriñar el espacio, buscando a una única persona. Eric no había aparecido y una sensación de tristeza se estaba apoderando de ella. Y no dejaba de pensar en la chica que había abierto la puerta de su casa esa mañana.

Vio a Chad haciéndole señas. Se disculpó con sus amigos y fue a su encuentro.

—¿Qué tal estáis? —Se agachó para acariciar la carita de Travis y le dio un beso en la frente—. ¡Gracias por venir y cuidar de él, Chad!

—Sabes que pasar los días con este mequetrefe es lo que me mantiene cuerdo.

—¿Qué es un *mequetefe*? —preguntó Travis con su habitual inocencia.

—Algo que te explicaré mañana —replicó ella.

—Si te parece bien, me lo llevaré a casa y lo meteré en la cama. Es tarde y empieza a estar algo cansado —le sugirió Chad.

Spencer miró a su hermanito y lo pilló bostezando con la boca completamente abierta. Se sintió culpable por tenerle allí. Apenas había podido dedicarle unos minutos, pero pensaba compensárselo al día siguiente.

Alzó la vista para decirle a Chad que le parecía bien, cuando sus ojos se encontraron con otros que la observaban con una intensidad que le costó comprender. Se le licuaron los huesos, y el corazón se le aceleró en el pecho al verle allí de pie, inmóvil, a pocos metros de ella. Destacaba entre todas aquellas personas como un faro en medio de la oscuridad, llenando el espacio, y no porque su aspecto fuera el de alguien que acababa de levantarse de la cama y que se había vestido con lo primero que había encontrado. Sino porque era guapísimo y desprendía un atractivo imposible de ignorar.

—¡Eric! ¡Eric, has vuelto! —gritó Travis al percatarse de su presencia.

El niño salió corriendo a su encuentro y Eric se agachó con los brazos abiertos para recibirlo. Lo alzó del suelo y lo estrechó contra su pecho muy fuerte. Olía a caramelo y plastilina, y se le hinchó el corazón al volver a tener su pequeño cuerpo acurrucado contra el suyo. Le apartó el pelo de la cara para verle el rostro y le plantó un beso en la frente.

—Hola, campeón.

—¿Cuándo has vuelto de tu viaje? ¿Por qué has tardado tanto en volver?

Eric frunció el ceño sin entender a qué viaje se refería. Spencer se detuvo junto a ellos y no pudo evitar mirarla con descaro. La contempló de arriba abajo y se quedó sin respiración al comprobar lo bien que le quedaba el vestido negro que llevaba puesto. Esa noche sus ojos azules se veían tan claros que casi parecían transparentes.

—Le dije que te habías ido de viaje, por trabajo, y que por eso tardarías mucho en regresar… a casa —explicó ella un tanto cohibida.

—No vas a irte otra vez, ¿verdad? —Travis rodeó su cuello con sus bracitos y apoyó la cabeza en su hombro con un bostezo—. No quiero que te vayas.

Eric le acarició la espalda sin apartar la vista del rostro de Spencer.

—Tranquilo, no voy a irme a ninguna parte.

—Será mejor que me lleve a este pequeño a casa —intervino Chad. Acunó al niño en cuanto Eric se lo puso en los brazos—. Me alegro de verte. Tienes buen aspecto, muchacho.

—Yo también me alegro de verte, Chad.

—Por cierto, aún no he tenido la oportunidad de agradecerte lo que hiciste por mí la noche del incendio. Gracias. Gracias por sacarme de allí.

—No tienes que agradecerme nada. Eres de la familia.

El hombre bajó la mirada un segundo, disimulando que el comentario le había afectado. Una tímida sonrisa apareció en sus labios. Eric también sonrió, convencido de que era el primer gesto con un atisbo de afecto que le dedicaba. Se estrecharon la mano con un firme apretón. Después Chad abandonó la galería con Travis ya dormido.

Eric y Spencer se miraron el uno al otro en silencio, ambos tratando de encontrar algo que decir.

—Esto es genial —él fue el primero en hablar. Miró a su alrededor sin saber cómo desenredar los sentimientos que lo recorrían—. Felicidades. Al entrar he oído a la gente hablar maravillas de ti y de tu trabajo. Los has impresionado.

—Sabes que no es mérito mío. Tú lo iniciaste. Si tú no hubieras... —Cerró los ojos un segundo—. Ya sabes a qué me refiero.

La gente se movía de un lado a otro. Conversaban y reían en una noche que estaba yendo de maravilla. Algunos recién llegados se acercaron para saludar a Spencer, y un sentimiento de orgullo atravesó a Eric al ver cómo se desenvolvía.

De nuevo se quedaron solos entre todas aquellas personas, contemplándose.

—Ni siquiera les conocía —dijo ella visiblemente nerviosa. Tenía los hombros muy rígidos y se percibía cierto agobio en sus labios tensos y apretados.

—¿Necesitas un minuto?

—Sí.

Los ojos de Eric vagaron errantes por su bonito rostro, bebiéndose cada uno de sus rasgos y deteniéndose en su boca.

—Vamos afuera.

—Vale.

Eric dio un paso a un lado para dejarla salir primero, luego la siguió hasta la entrada. Sus cuerpos se rozaron al apretarse para pasar entre un grupo de personas y sintió el calor que emanaba de ella como si le llamara.

La acera se encontraba repleta de invitados que habían tenido la misma idea que ellos, así que pasearon muy juntos en busca de un espacio más tranquilo. Doblaron hacia una callejuela y sus pasos les llevaron hasta uno de esos rincones ocultos que guardaba Port Pleasant, como huevos de Pascua colocados para ser encontrados solo por unos pocos afortunados. Se adentraron en un patio rodeado de casas adosadas con una fuente en el centro. La hiedra subía por las paredes y crecía sobre un enrejado. Estaba oscuro, salvo por unas diminutas luces con las que alguien había decorado los arbustos.

El lugar tenía algo mágico y Spencer miró a su alrededor maravillada. Lo observaba todo como si le costara creer que ese lugar existiera de verdad. Giró sobre sí misma y, al detenerse, su mirada se enredó con la de él. La tensión entre ellos podía palparse en el aire, contenida, luchando por liberarse. Era extraño, porque se estaban comportando como dos desconocidos, cuando por dentro ardían en deseos de correr el uno a los brazos del otro.

—¿Por qué le dijiste a Travis que estaba de viaje? —preguntó Eric.

—Pensé que era mejor a decirle que ya no ibas a volver. Tenía la esperanza de que con el tiempo, y al no verte, se olvidaría.

—¿Que se olvidaría de mí? —susurró sin esconder el dolor que le causaba ese pensamiento.

—Es muy pequeño, no sabía hasta dónde lo podría comprender. —Sus ojos se velaron con un millón de disculpas—. No lo ha hecho. Ha preguntado por ti cada día. Te quiere.

—Y yo a él.

Se sacó la invitación del bolsillo trasero de sus vaqueros y la giró entre los dedos.

—Siento mucho haber llegado tarde. Me habría gustado estar contigo desde el primer momento, como me pedías en tu nota, pero Lizzie olvidó dármela y no la he visto hasta hace un rato.

—¿Lizzie? ¿Te refieres a la chica que me abrió la puerta esta mañana?

—Sí. ¿Por qué te fuiste corriendo y no me esperaste?

Ella se encogió de hombros, le daba vergüenza contestar a esa pregunta. Porque se había puesto celosa. Porque aún lo estaba. Porque no quería pensar en esa chica vestida tan solo con su camiseta. Porque todo parecía a punto de derrumbarse con el más mínimo soplo.

Y porque se suponía que él iba a esperarla, para siempre si hacía falta, aunque sonase demasiado egoísta.

—Es muy guapa.

—¿Quién?

—Ella, Lizzie. Es muy guapa.

—Supongo que sí lo es. No me he fijado mucho, y tampoco creo que a Moby le hiciera gracia.

—¿Moby? ¿Qué tiene que ver Moby?

—Bueno, porque es su chica. Están juntos.

—¿Y por qué la chica de Moby se encontraba en tu casa vestida tan solo con tu camiseta?

—¿Con mi camiseta?

—Sí, la del uniforme.

—Lizzie jamás se ha puesto una de mis camisetas. Sería una de las de Moby, son iguales porque ambos llevamos el mismo uniforme. Y no estaba en mi casa, yo estoy en la suya. Vivo con Moby desde hace cinco semanas y Lizzie ha venido a pasar unos días con él.

—Ah.

Eric abrió mucho los ojos y su boca se torció con una sonrisa.

—Espera un momento. ¿Has creído que tenía algo con ella? ¿Por eso estás así de rara?

—Lo parecía. Y no estoy rara.

—No tengo nada con ella ni con nadie. Tú… —La señaló con un dedo tembloroso—. Tú eres la única con la que quiero estar. Creía que te lo había dejado muy claro.

—Pero podrías haber cambiado de opinión. ¿Cómo iba a saberlo? —replicó ella, esquivando su mirada, sintiéndose tonta y muy niña por momentos.

Él alzó los brazos con un gesto de exasperación.

—Sí, claro, podría haber cambiado de opinión mientras te echaba de menos con el corazón roto y sentía que mi vida se había acabado.

—¿Crees que yo no me sentía así?

—¡No lo sé! Porque después de decirte que te quiero, no he vuelto a saber de ti. Dos semanas, Spencer, en las que casi me he vuelto loco porque cada día que pasaba perdía un poco más la esperanza.

—Es que necesitaba tiempo para arreglar las cosas. Tenía que poner orden en mi cabeza antes de volver contigo. Estaba hecha un lío. —Lo miró insegura—. Mi corazón quería una cosa, pero mi cuerpo hacía todo lo contrario. Deseaba ir a buscarte, pero caminaba alejándome.

—¿Por qué?

—No lo sé. Porque soy complicada y retorcida. Porque aún estoy aprendiendo a confiar. Porque... porque tenía tanto miedo de que pudieran irme bien las cosas que lo estropeaba a propósito sin darme cuenta. Porque antes me asustaba que no me quisieras y ahora me da miedo que lo hagas.

Él respiró profundamente y su mirada reflejó una increíble ternura.

—¿Te da miedo que te quiera?

—Mucho. Y no trates de buscarle sentido. Yo no se lo encuentro.

Eric sonrió.

—Pues siento decirte que lo vas a pasar muy mal los próximos sesenta o setenta años, que es el tiempo que espero amarte en este mundo. Y el resto de la eternidad cuando lo abandonemos.

Ella alzó sus ojos llorosos y sonrió, divertida. Sus emociones cambiaban al mismo ritmo que los destellos de las lucecitas que parpadeaban en los arbustos.

—¡Joder! —exclamó él, y se le escapó una risita floja que sacó a relucir sus hoyuelos. Inspiró hondo, como si de repente ya no le costara tanto respirar. Cómo quería a esa chica, pese a estar como una cabra—. Un día de estos vas a matarme. Lo digo en serio, vas a acabar conmigo. Lo que me estás haciendo ni siquiera tiene nombre, y aquí estoy, dispuesto a más.

—¿Perdona? Tú eres el que me está volviendo loca de remate.

—¿Yo? —Saltó indignado y travieso al mismo tiempo—. Llevo dos semanas esperando a que aparezcas para acabar con todo este sinsentido y... —Sacó la tarjeta del sobre que aún llevaba en la mano y le dio la vuelta para que ella pudiera verla—. ¿Mejores amigos para siempre? ¿Mi meñique es tuyo? ¿Qué quieres decir con eso? Porque se contradicen un poco, ¿no? No sé, ¿solo quieres que seamos amigos? ¿O quieres pasar el resto de tu vida conmigo?

Ella se ruborizó y Eric la quiso mucho más al ver cómo ese halo de timidez la envolvía.

—Recordé la historia que me contaste sobre el hilo rojo del destino y me pareció un modo bonito de... —Spencer no sabía cómo explicarlo—. De...

Él la miraba fijamente con el corazón en la garganta. Sus ojos relucían en la penumbra con anhelo. La tenía tan cerca que no tocarla se estaba convirtiendo en una tortura. Pero a la vez aún la sentía lejos, escondida tras algo que no podía ver.

—¿De qué, Spencer?

Ella se humedeció los labios y se deshizo del resquicio de aprensión e incertidumbre que había teñido su voz. Tragó saliva con fuerza y se irguió llena de determinación.

—De decirte que te sigo queriendo, mucho más si cabe, y que quiero que vuelvas a casa. Porque... porque yo también deseo tener contigo todas esas cosas que dijiste. Quiero la vida que teníamos. Despertar a tu lado y que me prepares café. Deseo verte todos los días y tenerte todas las noches. —Las lágrimas comenzaron a resbalar por sus mejillas y emitió un sollozo que fue mitad llanto y mitad risa—. Quiero paseos por la playa y ver programas estúpidos. Y que decoremos un árbol de Navidad juntos todos los años. Quiero sentir envidia viendo cómo le gustas a Travis mucho más que yo. Quiero que te enfades conmigo cuando soy irracional y te saco de quicio, y después quiero que me perdones y me desnudes a besos. Quiero hacer planes contigo y sentir que lo nuestro es para siempre. Porque tú también me das esperanza y razones para vivir todos los días. Tú también me has enseñado a querer y a saber qué se siente cuando te quieren. Y por todo eso necesito que vuelvas.

La mirada de Eric la recorrió entera y se detuvo en su rostro congestionado por un llanto silencioso que le estaba partiendo el alma. Notó que le escocían los ojos y que su pulso sonaba fuerte en el silencio de aquel patio.

—¿Quieres que vuelva?

—Sí. Hoy mismo. O me volveré loca de verdad. Te echo de menos —gimió.

—Yo también te echo de menos y quiero volver.

Se quedaron mirándose una eternidad. Asimilando que, por primera vez, estaban completamente de acuerdo en algo. Sin réplicas, ni dudas, ni desafíos. Ambos querían y precisaban lo mismo. Se necesitaban el uno al otro para sentirse completos. Se contemplaron fijamente haciéndose la misma pregunta, ¿cómo habían logrado sobrevivir el uno sin el otro durante tantas semanas?

—Ven aquí —musitó él de golpe yendo hacia ella.

Spencer también salió a su encuentro y sus bocas se unieron. Se besaron con las ganas y el deseo que habían reprimido todo el tiempo que habían estado separados. Las manos de Eric abandonaron su cintura para tomarle el rostro, mientras sus lenguas se enredaban. Sus terminaciones nerviosas chisporroteaban allí donde se tocaban. Sus cuerpos se mecían, se contoneaban buscándose, saliendo el uno en busca del otro con sensuales embestidas. La piel les ardía bajo la ropa y el más ligero roce provocaba una secuencia de escalofríos.

Separaron sus labios para tomar aliento, mientras vibraban por dentro.

—No vuelvas a pedirme que me vaya, jamás vuelvas a pedirme que te abandone. No importa lo que ocurra —el susurro ronco en la voz de Eric hizo que ella dejara de respirar.

Spencer estiró el brazo y le cubrió la mejilla con la mano. Se puso de puntillas y le rozó la mandíbula con la nariz, inspirando su olor. Se le fundieron las entrañas con ese aroma que despertaba en ella pensamientos muy íntimos. Se le escapó un nuevo sollozo mientras buscaba sus labios llenos, para absorber su calor y su presencia. Su aliento se derramó sobre él cuando le susurró:

—No me permitas dejarte. No permitas que te deje jamás. Prométemelo.

Eric asintió sin poder respirar. La mirada le ardía con una intensidad que llegó a lo más hondo de Spencer y tomó posesión de ella. Se inclinó y le robó un beso. Después otro, apresando su labio inferior con los dientes. Su respiración se convirtió en un jadeo y con brusquedad hundió la lengua en su boca con un beso apasionado que hizo que se le encogieran los dedos de los pies. Era un beso lleno de lujuria y agradecimiento, que se convirtió en un quejido necesitado que brotó de su garganta.

De algún modo, y sin ser muy conscientes de cómo, habían acabado contra la pared rodeados de hiedra. Él había colado las manos bajo su vestido y ella las deslizaba por los músculos de su espalda. Se devoraron la boca entre jadeos y gemidos, con una desesperación que era el reflejo del tiempo que habían pasado separados.

Eric la acarició de arriba abajo. Le acarició por encima de la ropa los costados, los pechos y lamió su cuello, mientras ella se retorcía con la respiración pesada. Metió las manos bajo su vestido de nuevo y la alzó por el trasero. Su erección dentro de los pantalones encajó en el hueco entre sus piernas, arrancándole un gruñido. Se hundió en su boca con violencia, con la misma avidez que sus caderas giraban y empujaban, aplastándola contra la pared.

Spencer temblaba sin control, a punto de estallar dentro de su propia piel. Él empujaba y ella se impulsaba necesitada de esa fricción que la estaba volviendo loca. Pero no era suficiente. Quería más. Mucho más.

—Quiero sentirte. Sentirte de verdad —le susurró temblando de anticipación.

Él dejó de moverse y se apartó un poco para mirarla a los ojos, vivos y anhelantes. Sentía tanto por ella. Deseaba tanto complacerla, que habría accedido a cualquier locura que le pidiera. Hacerle el amor en un rincón oscuro era una de ellas.

Mientras se miraban fijamente se escuchó el ruido de una cremallera. Spencer tembló al notar sus dedos apartando su ropa interior. Contuvo el aliento al sentirlo resbalar dentro de ella y enroscó con más fuerza las piernas en sus caderas. Enredó los dedos en su nuca y llevó su cabeza hasta el hueco de su cuello, sintiendo sus jadeos sobre el pecho. Habían tenido muchos momentos únicos y perfectos entre ellos, pero en aquel instante se estaban entregando el uno al otro de manera absoluta. Ya no había nada que no supieran del otro: sus deseos, sus sueños y sus miedos.

Él empezó a moverse y una espiral de placer los envolvió a ambos. Spencer se aferró a sus hombros y sus gemidos se convirtieron en un ruego desesperado. Estaba a punto de tocar el cielo con las puntas de los dedos. Contuvo el aliento y su interior se tensó, sintiendo sus embestidas cada vez más rápidas y profundas. Y sin que pudiera anticiparlo, su cuerpo explotó con un largo gemido.

Eric cubrió su boca sofocando aquel sonido maravilloso y su propio cuerpo se liberó dentro de ella.

Una luz se encendió sobre sus cabezas y oyeron cómo una ventana se deslizaba. Una sombra se proyectó en el suelo. Un segundo después la ventana se cerró y volvieron a quedar sumidos en la oscuridad.

Una risita floja sacudió el pecho de Spencer. Él volvió a besarla para que no hiciera ruido. Con cuidado la dejó en el suelo y le colocó el vestido alrededor de sus bonitas caderas. Después, le retiró el pelo de la cara con las puntas de los dedos y se quedó mirándola. Era jodidamente preciosa y todo su mundo. Dibujó un camino de besos por su mandíbula que acabó en su oreja.

—Voy a pedirte que te cases conmigo —susurró muy flojito con los ojos cerrados—. No será esta noche, ni mañana, y puede que tampoco la semana que viene. No porque no quiera en este momento. —Su aliento entrecortado le acarició el cuello—. Créeme, quiero ponerme de rodillas ahora mismo e implorarte que pases el resto de tu vida conmigo. Pero tú eres mi Allie y yo tu Noah. —Ella echó la cabeza hacia atrás y lo miró sin comprender. Él sonrió travieso y añadió—: Quizá no sea en un lago con patos, ni en una casa blanca que haya construido para ti. Puede que tampoco te escriba un diario, ni decenas de cartas. Pero encontraré el momento perfecto para pedírtelo y será especial.

Spencer al final lo comprendió y una risita tonta escapó de sus labios. Suerte que había visto la película.

Su Allie.

Dios, ¿cómo podía ser tan dulce y bueno? La rompía cuando decía cosas así. Lo besó e inspiró respirándolo como si fuese aire para sus pulmones.

—¿Más especial que convertir ese cobertizo en un estudio?

Los ojos de Eric brillaron y un rubor que ella no podía ver cubrió sus mejillas.

—Lo has visto.

Spencer asintió y enterró la cara en su pecho.

—Es lo más bonito que nadie ha hecho por mí jamás. Y te quiero mucho más por cumplir ese sueño. No creo que exista nada más perfecto y especial que ese estudio. Es imposible.

Alzó la barbilla hacia él y sonrió perdiéndose en sus ojos.

—Pídemelo esta noche —musitó sin ningún atisbo de turbación.

Eric la miró y sacudió la cabeza.

—¿Quieres que..?

—Sí. Hazlo.

—Pero si ni siquiera tengo un…

Las palabras murieron en su boca bajo los labios de Spencer.

—Pídemelo —repitió con su voz vibrando contra su piel.

Él le tomó el rostro entre las manos y la felicidad se pintó en su cara.

—Cásate conmigo —susurró con algo muy intenso creciendo en su pecho. Rio sin poder contenerse—. Cásate conmigo. Cásate conmigo.

—Sí.

La alzó del suelo y giró con ella entre los brazos.

—Cásate conmigo —le pidió otra vez, alzando la voz con una emoción que no podía controlar—. Joder, sí. Ahora mismo. Esta noche. Cásate conmigo.

Spencer alzó los brazos por encima de su cabeza y su risa resonó por el patio.

—Sí.

Eric la dejó en el suelo, le tomó ambas manos y acercó la frente a la de ella.

—Eres todo mi mundo, Spencer.

—Tú también eres todo mi mundo.

Epílogo

Dos años después.

Era 4 de julio y todo el grupo había quedado para celebrar un *picnic* en la playa. Ese año habían decidido que sería en Sunset Beach.

Spencer se despertó cuando los primeros rayos de sol se filtraban sesgados a través de las cortinas. Eric dormía profundamente a su lado. Le acarició la espalda con los dedos.

—Eh, dormilón.

—Mmmm…

—¡Es el gran día!

—¿Y si lo cerramos todo y fingimos que no estamos en casa? —susurró somnoliento.

Ella se acurrucó junto a él y le dio un beso en la mejilla sin afeitar.

—Me encanta la idea, pero hay un niño ahí al lado que no creo que esté muy de acuerdo.

Eric levantó la cabeza de la almohada, sonrió y la besó varias veces en los labios con suavidad. Su sonrisa se amplió más y con un movimiento inesperado la atrapó por la cintura y tiró de ella hasta que la tuvo sentada a horcajadas sobre sus caderas. Coló la mano bajo su camiseta y le acarició el estómago. La miró a los ojos risueño.

Ella rozó con la punta del dedo el hoyuelo que se dibujaba cerca de su boca. Se había enamorado de él la primera vez que vio esa misma sonrisa en su cara, y un poco más cada día desde entonces. Aún le costaba creer que ese hombre maravilloso formase parte de su vida. Había llorado y sufrido mucho a lo largo de todos sus años, por tristeza y dolor, por miedo e ira. Ahora solo existía la felicidad de ese día y la esperanza del siguiente. Lo amaba con cada partícula y cada molécula de su ser. A él y al pequeño que dormía en la habitación contigua. Estaba enamorada de ellos y de la pequeña familia que habían creado juntos. No necesitaba nada más. Ellos eran todo su mundo.

—Cuando te quedas así, tan callada, me gustaría tener alguna especie de superpoder para averiguar qué estás pensando —susurró él.

—No necesitas un superpoder para eso.

Apoyó las manos sobre su ancho pecho y se inclinó para darle un beso en los labios. Su corazón tembló al sentir su sonrisa traviesa contra la boca.

—Pienso en lo mucho que te quiero y en lo mucho que me gusta estar así contigo.

—Entonces, ¿nos quedamos en la cama? —preguntó Eric con un mohín pícaro. Su voz era baja y ronca.

Spencer empezó a reír y la diversión brilló en sus ojos mientras se inclinaba para darle otro beso.

Él la estrechó con sus brazos y la sensación fue maravillosa. Le devolvió el beso con ganas, mientras deslizaba una de sus manos hasta su trasero y lo acariciaba por encima del pijama. Enredó la otra en su melena y la atrajo amoldando su cuerpo bajo el de ella.

—Solo un ratito —susurró Eric, y volvió a apoderarse de su boca.

Spencer se derretía con sus caricias y le costó la vida misma separarse de sus labios. Se apartó un poco y vio el brillo travieso que iluminaba sus cálidos ojos castaños. Su sonrisa ladeada era adorable y todo su ser le pedía que se dejara llevar por el deseo que reflejaba su expresión. Pero por mucho que quisiera perderse entre sus brazos, no podía. Entornó los ojos y lo agarró por las muñecas.

—Quedarnos en la cama, desnudos. Comerte a besos y lamerte entero. Mmmm… ¡suena tan bien! —susurró con un jadeo. De golpe alzó las cejas y tiró de él para que se levantara—. Pero no, lo más caliente que haremos esta mañana será compartir un algodón de azúcar.

Eric soltó una carcajada y se dejó arrastrar fuera de la cama.

—Eres perversa.

—Lo sé, y también sé que me adoras cuando lo soy.

Bajaron a la cocina y juntos prepararon el desayuno. Eric sirvió tres vasos de zumo, tres platos repletos de tortitas y dos tazas de café. Lo llevó todo a la mesa, donde Spencer untaba un bollo con mermelada. Le dio una palmada en el trasero y le robó un bocado.

—¡Eh! —protestó ella.

Travis apareció en la cocina, frotándose los ojos. De su mano colgaba un pez de peluche con el que solía dormir. Dejó el juguete sobre la mesa y se sentó en la silla aún medio dormido.

—¿Listo para ir a la feria? —le preguntó Spencer mientras le daba un besito en la cabeza.

El pequeño sonrió al recordar que era un día de fiesta, un día especial.

Una hora más tarde los tres paseaban por la feria. A ambos lados del paseo había puestos ambulantes con artesanía, ropa y comida. El ambiente olía a perritos calientes, hamburguesas y algodón de azúcar. Travis lo contemplaba todo desde los hombros de Eric.

Habían colocado un escenario al final del parque y un grupo local tocaba versiones de temas famosos. También había paradas con juegos y Eric ganó un osito para Travis lanzando dardos.

Hacía un tiempo que el pequeño había comenzado a llamarles papá y mamá. Y correcto o no, debido al parentesco, Spencer no tuvo el valor para decirle que no lo hiciera.

Compraron fichas para el carrusel, la noria y las tacitas de té. Después comieron tacos en el mismo puesto que la primera vez que Eric había aparecido en la puerta de su casa. Cuando ninguno sospechaba que sus vidas estaban enlazadas por un hilo inquebrantable.

Y así fueron sucediendo las horas hasta que llegó el momento de volver a casa.

Spencer estaba llenando una nevera con hielo cuando sonó la puerta.

—Voy yo —gritó para que Eric la oyera.

Tyler y Cassie entraron cargados con un montón de bolsas y Maddie los seguía arrastrando su mochila con forma de mariquita. Spencer la abrazó muy fuerte cuando la niña se precipitó en sus brazos.

—¡Tía, Spencer!

—Hola, cielo.

Maddie era una niña preciosa de ojos verdes como su padre y melena rubia como la de su madre. Era inquieta y muy despierta, y todos la adoraban.

—¿Dónde está Travis? —preguntó con su lengua de trapo.

—Ayudando a Eric con la leña para la hoguera. ¿Quieres ir?

Maddie asintió y echó a correr en dirección al jardín.

—¿Cómo estás? Pareces cansada —le dijo Cassie.

—Lo estoy —gimoteó—. Hemos pasado toda la mañana en la feria y anoche me acosté muy tarde, debía terminar un cuadro para el *hall* de un estudio de arquitectura en Atlanta.

Tyler apareció detrás de su mujer y la abrazó por la cintura. La besó en el cuello.

—¿Ya te lo ha contado? —apuntó con tono misterioso.

—¿Qué? —se interesó Spencer.

—Ha recibido una oferta del *Newsday*.

—¡Eso es genial, Cass! ¡Felicidades! —exclamó Spencer.

Cassie se ruborizó y apartó a Tyler con un mohín.

—¿Piensas contárselo a todo el mundo? —protestó, aunque sus ojos brillaban divertidos.

—Sí, porque me siento muy orgulloso de ti —declaró él sobre sus labios.

Spencer apartó la vista en cuanto la escena pasó de ser apta para todos los públicos a solo para adultos.

El timbre sonó de nuevo.

—Ya voy yo —anunció ella, dirigiéndose de nuevo a la puerta.

La sonrisa de Caleb la saludó desde el porche. Vestía una camiseta con el logo del nuevo taller que Tyler, Matt y él mismo habían puesto en marcha un año antes. En los brazos llevaba un cachorro mestizo, mezcla de labrador y de husky, tan pequeño que parecía una bolita de pelo. Spencer se llevó las manos a la cara y lo miró con la boca abierta. Era la cosita más adorable que había visto nunca.

—¡Oh, Dios mío, no me habías dicho que fuese tan bonito! ¡Dámelo, por favor, déjame tomarlo! —gimoteó, extendiendo los brazos hacia él.

—¡Vaya, yo también me alegro de verte! —replicó Caleb, haciéndose el ofendido. Puso al cachorro en brazos de su amiga y sonrió al ver cómo le hacía monadas.

—Hola, pequeño. Bienvenido a tu nueva casa.

—Gracias por quedártelo, Spencer.

—De nada, ya sabes que me encantan los animales y aquí tenemos sitio de sobra para él. Además, *Zarpas* necesita un amiguito. ¿Le has encontrado hogar al resto?

Caleb asintió con una sonrisa de alivio. Un mes antes, su vecina se había presentado en su casa portando una cesta con tres perritos recién nacidos, acusando a su can de ser el responsable de haber dejado embarazada a su mascota. Caleb, tras ver a los pequeños y el parecido que guardaban con su labrador, no tuvo más remedio que hacerse cargo de ellos.

—Sí. Los padres de Savie se han quedado con la hembra y uno de nuestros clientes con el otro macho.

Spencer sonrió y frotó su nariz contra el pelaje del pequeño.

—A Travis le va a encantar. Será su regalo de cumpleaños. —Alzó la mirada hacia su amigo—. Sé que no te gusta la idea, pero vas a tener que pensar en algo drástico. Ese perro tuyo es un casanova y volverá a pasar como no le pongas remedio.

—Lo sé, pero me duele a mí con solo pensarlo.

Ella se echó a reír al ver su gesto de sufrimiento.

Savannah entró tras su chico cargando con un pastel de chocolate.

—¿Dónde dejo esto? Pesa mucho.

—En la cocina —le indicó Spencer.

—Dame, princesa, ya lo llevo yo —se ofreció Caleb. Se lo quitó de las manos y le dio un besito en los labios antes de desaparecer en el interior de la cocina.

—Gracias por decirle eso. Hace semanas que le repito sin parar que debe llevarlo al veterinario, pero me mira como si yo quisiera que lo castraran a él —susurró Savannah.

—¿Empatía masculina?

Savannah soltó una carcajada y le dio un abrazo.

—Por cierto, te he traído mi último libro. Ayer me llegó una caja con ejemplares —comentó con una enorme sonrisa.

Spencer se llevó las manos al pecho, emocionada.

—Gracias. No imaginas la ilusión que me hace. ¿Sabes? Me mataste con el final de la primera parte y necesito saber cómo continúa.

Savannah le guiñó un ojo, cómplice.

—Espero que te guste.

—Estoy segura de que sí —expresó con sinceridad, porque se había convertido en fan incondicional de las historias que su amiga escribía.

Savannah había publicado su primera novela dos años antes con una editorial de Boston, y en pocos días saldría a la venta su tercer libro. Para Spencer era emocionante ser testigo de cómo todas las personas que le importaban lograban sus sueños.

—Cielo, no encuentro las mantas —gritó Eric desde el jardín.

—Están en la bolsa, junto a la escalera —respondió mientras iba a su encuentro.

Media hora más tarde, ya habían aparecido Chad y Letti, que enseguida se dedicaron a entretener a los niños. Moby y Lizzie fueron los siguientes; hacía ya un año que ella se había instalado definitivamente en Port Pleasant. Luego llegaron Matt y Kim. Jace y Sally fueron los últimos.

Derek aterrizó cuando todo el grupo ya se encontraba en la playa, instalados sobre las mantas y rodeados de un montón de bocadillos y refrescos. El pequeño de los Kizer acababa de terminar su segundo año de universidad y ya era una estrella del fútbol. Todos se sentían muy orgullosos de él, más aún sus hermanos mayores, que no perdían ninguna ocasión para fardar.

Eric incluso se había aficionado a ver los partidos.

El chico se sentó al lado de su hermano mayor y contempló el mar con una cerveza en la mano a la que daba pequeños tragos. Spencer lo miró de reojo y sonrió. Derek acababa de cumplir los veinte y ya era todo un hombre. Un hombre guapísimo. Se parecía mucho a Eric, salvo en los ojos, que eran tan verdes como los de Tyler.

—¿Clare no ha venido contigo? —se interesó Spencer.

Derek negó con un gesto de su cabeza, taciturno y malhumorado. Eric se dio cuenta.

—¿Os ha pasado algo?

—Se acabó, hemos roto.

—¿Por qué?

—Según Clare, me estoy acostando con la mitad del campus y con todo el equipo de animadoras mientras ella se queda aquí, sola. —Resopló y se puso de pie—. Estoy harto de sus paranoias —dijo mientras echaba a andar hacia la orilla.

Tyler intercambió una mirada inquisitiva con Eric, y este se encogió de hombros y negó con un gesto.

El sol empezó a descender en el horizonte y el anaranjado atardecer dio paso a la noche. Las primeras estrellas brillaban en el cielo mientras una lenta sucesión de olas tranquilas se estrellaban contra la orilla. El fuego de la hoguera se reflejaba en sus caras mientras conversaban y reían, y los niños correteaban de un lado a otro gritando sin parar.

Eric se recostó sobre la manta y Spencer se apoyó en su pecho, sentada entre sus piernas. Ella contempló a sus amigos y sonrió feliz. La gratitud la abrumó porque todo seguía igual y, sin embargo... todo había cambiado. Durante mucho tiempo solo había sido un montón de pedazos y todas aquellas personas la habían recompuesto de nuevo.

Un estallido hizo que alzara la vista al cielo. Habían comenzado los fuegos artificiales.

Travis y Maddie gritaban dando saltitos con las manos en alto.

Los colores del cielo se reflejaban en el agua oscura, creando un espectáculo precioso. Spencer suspiró, consciente de hasta dónde había llegado y de todo lo que había conseguido. Lo mejor, de lo que más orgullosa se sentía, era su familia y sus amigos. También se sentía orgullosa de sí misma. Había sido capaz de contener la oscuridad que durante tanto tiempo la había engullido, cada vez que había hecho un intento de aparecer.

Y sintiendo a Eric a su espalda y viendo a Travis correr, supo que lo conseguirían. No importaban los obstáculos ni los desafíos que la vida pusiera en su camino, lograrían superarlos porque lo harían juntos, como una familia.

—¿Todo bien? —le susurró Eric al oído.

Ella asintió y echó la mano hacia atrás para abrazarlo por la nuca. Eric la besó en la sien y la ciñó con fuerza mientras el cielo continuaba iluminándose.

Unas horas más tarde, Travis dormía en su cama. Eric cerró el cuento y apagó la luz de la mesita. Se asomó a la ventana y vio a Spencer saliendo del cobertizo. Ella se detuvo en medio del jardín y se abrazó los codos como si tuviera frío. Luego la observó dar media vuelta y caminar unos pasos hacia la playa.

Salió del cuarto de Travis y fue en busca de la chica con los ojos más bonitos y misteriosos del mundo. Caminó sin hacer ruido, acercándose despacio mientras se enamoraba un poco más de ella, contemplando su silueta recortada contra la luna.

Solo podía pensar en que era perfecta en todos los sentidos que importaban. Que a él le importaban. Y eso la hacía única para él. Especial. Nada se asemejaba a ella, nada se le acercaba ni en su cabeza ni en su corazón.

Eric entendía el significado de la familia por primera vez en su vida. Y deseaba mantener esa familia más de lo que había ansiado nada en toda su vida. Travis se había convertido en su hijo de corazón, pero dudaba que pudiera quererlo más de haber sido su padre biológico.

Se detuvo a su lado y contempló la luna durante unos segundos. Después ladeó la cabeza y miró otra cosa mucho más interesante. Ella sonrió al notar que la observaba y buscó su mirada. Eric se perdió en sus ojos y vio el futuro en ellos. Vio pasar los años y la felicidad de una buena vida.

Tomó su mano y entrelazó sus dedos con los de ella. Cuidar el uno del otro se había convertido en algo sencillo.

Pensó en todos los límites que había cruzado, en todas las reglas que había roto y en todas las normas del jodido destino que había desafiado, y supo que había merecido la pena.

FIN

Agradecimientos

Cuando planeé esta novela era completamente diferente. El argumento no tenía nada que ver y de todo aquello solo han quedado pequeñas pinceladas. Tomar la decisión de empezar de cero fue difícil, pero ahora sé que fue la mejor que pude tomar.

Gracias a todo el equipo de Titania por volver a confiar en mí. Sobre todo a Esther Sanz, por el trabajo bien hecho, el cariño y la amistad. Por su apoyo, por su fe en mí y la ilusión con la que aborda cada nuevo trabajo.

A Luis Tinoco, por crear las portadas más bonitas del mundo.

A Alice Kellen, por las eternas conversaciones. Te has convertido en un pedacito muy importante de mí. No estamos locas, solo pensamos diferente al resto.

A Nazareth Vargas, Tamara Arteaga, Victoria Vílchez y Yuliss M. Priego, porque esta novela habla de lo importante que es la familia, y ellas son la mía.

A Dunia Vidal, Elena Presedo y Lorena Luna, porque sin ellas este final no sería imperfecto. Esta historia también es vuestra.

A Elena Castillo y Virginia S. McKenzie, por ser las mejores compañeras que podría desear.

A papá y mamá, mi corazón.

A mis hijas, mi razón para todo.

A mi marido, por comprenderme mejor que yo misma.

A todas las personas que reseñan y recomiendan mis libros. Mi agradecimiento es infinito.

Y a vosotros, mis lectores. No disfrutaría del privilegio de hacer lo que hago si no estuvierais ahí de forma incondicional. Mi cariño sin fin. Me hacéis soñar con cosas que nunca habría imaginado poder hacer.